U0631921

王蓮芬詩文選

九三老人 苗子

王蓮芬 著

文匯出版社

图书在版编目（C I P）数据

王莲芬诗文选 / 王莲芬著. —上海：文汇出版社，2011.5
ISBN 978-7-5496-0206-3

Ⅰ. ①王… Ⅱ. ①王… Ⅲ. ①诗集－中国－当代 ②散文集－中国－当代 Ⅳ. ① I217.2

中国版本图书馆 CIP 数据核字(2011)第 069683 号

王莲芬诗文选

作　　者 / 王莲芬
责任编辑 / 胡少英
封面题签 / 黄苗子
策划机构 / 龙沙文化影视传媒有限公司
装帧设计 / 符亚军 高俏俏 赵丽娜

出版发行 / 文匯出版社
上海市威海路 755 号（邮政编码：200041）
出 版 人 / 桂国强
经　　销 / 全国新华书店
印刷装订 / 北京卡梅尔彩印厂
版　　次 / 2011 年 5 月第 1 版
印　　次 / 2011 年 5 月第 1 次印刷
开　　本 / 889 × 1194 毫米 1/16
字　　数 / 150 千字
印　　张 / 36
书　　号 / ISBN 978-7-5496-0206-3
定　　价 / 228.00 元

二十世纪五十年代初于东北沈阳

作者青年时期于东北

1954年于东北工作时与苏联专家和他们的女儿们

1965年春节于北京

1992年诗书画展于深圳

1985年春于山东烟台

1992年于深圳

上世纪九十年代于北京三里河南沙沟寓所

【目 录】

【附 录】

序一

周汝昌

王莲芬同志，山东掖县人。出身于一个教育家庭，后依舅氏于东北，很早投身于革命事业，成为一名忠诚爱国的中共党员。她爱国的表现之一，即是热爱中华民族的文化传统，尤其喜爱诗词与书法艺术。

我与她初不相识，当然也不曾意识到在我国还存在着这一类型的女文艺家。一个革命工作者，但酷爱中华传统文学艺术中的“阳春白雪”，这在我是一度认为不可能的，——这一错觉，倒不完全是我个人的无知妄断，历史原因之种种，确实给人们造成了或促成了那一错觉。自从认识了莲芬同志，我的错觉才开始消除了。

记得我们之相识，是由于1980年之夏，文化部组织了一次人数盛多的旅游休假团体，到承德的避暑山庄去度过几天带着浓厚的文艺气息而又别有风味的聚会和活动——那次有男女老少的文艺界名流，诸如梨园名角，歌界女星，书坛老手，画苑方家……可谓一时之盛。陪随前往，热情照顾我们的文化部同志中，就有她在。当时她负责具体组织工作，我只感觉到她工作很有魄力，可以看出她有才干，但尚不知她对诗词深所爱好。有一天，当地主人为我们和承德文艺界人士安排了一次诗文书画笔会，会场设在山庄澄湖中心青莲岛的烟雨楼上。那是仿浙江嘉兴胡的烟雨楼而建的一处胜境。湖光山色，远挹近收。华灯映席，座客挥毫。此刻，即兴作字的唯一一位女士竟是莲芬同志，她书写的是她当天游览山庄而作的《沁园春》——原来这位女同志还会写诗也能即席挥毫，引起与会者瞩目……这是十年以前的事了。她自己说，这是她第一次在这种场合即席吟咏，还一切很不成熟，只是胆子大而已。我却欣赏她这种勇气。次日清晨，她持来这首词要我修改，而每到忙完了一天的工作，便时常到我屋中畅叙——这就是我与莲芬同志相识的起始。

我记得很清楚，那些叙谈的主题，就是诗词，别的内容几乎不曾介入。

她告诉我：自幼酷爱我国古代的诗歌词曲，不但是欣赏，而且创作。她说：多少年来，耽吟成“病”，敲句苦思，以致废事忘餐，连家人都埋怨她这种为诗而陷于“痴迷”的地步……她说到这些情景时，不是“嘻笑自若”“随便闲聊”的，而是五内真诚、满怀积绪的一种倾诉，他的词气与面部表情所透露出的那种诗的热情，当时即给我以很深的印象。

话要简断：从此，我们便熟识起来。遇到音律或词藻上的难题，她也常常找我来商量解决。

那时，我国南北两大词家，张伯驹与夏承焘二位先生，都在北京，我与张、夏两家是词友之忘年交，唱和过从，留下不少京华吟坛佳话。莲芬同志后来与二叟也建立了交谊。这样，她的吟咏篇什，风格水平，自然与日俱增，因时益进。

在此必要一提的是，由于我们创建中国韵文学会筹备工作的机缘，使莲芬同志与我们三位老者增加了交往与友谊。起初，在1957年，张伯驹和章士钊、叶恭绰三位先生曾致书周恩来总理，对古典诗歌的创作和研究，提出了看法，希望成立这方面的研究组织，得到了周总理的关注和肯定。后因一些历史上的原因而此议未能实行。事隔二十余载之后，当年倡导者章、叶先后谢世，伯驹老又重倡此议，决心再次约集同志，筹组韵文学会，亲自草拟了倡议书。他为此事，多次与我计议。在我这次的承德之行回京后，由我重拟了倡议书，与张、夏两先生联名向文化部部长黄镇同志、中宣部副部长贺敬之同志写信申请，此信即是烦请莲芬同志转呈的。以后为了此事，她始终热情出力，终于在1984年秋于长沙成立了中国韵文学会——我国第一个古典诗歌研究组织。这时，张伯老已先在1982年去世，所以只有夏翁翁和我逢此盛会。如今当我执笔之际，则夏老也已作古数年了，回顾这段往事，感慨系之。中国韵文学会成立了，我们几个创业人也就完成了“历史使命”；从此，对这个学会的一切，无由获知。

如我上面指出的，莲芬同志是一位革命工作队伍中的女诗人，喜爱这种古典的优美民族文学形式藉以书写革命热情，其一切都不会也不应与我们这些老知识分子相提并论。展其诗词集，就可以看到那些题材内容，都是积极的，充满激情的。我以为，她的韵语的最大特点，端在于此。

我留意过中华历史上出现的那些值得表彰的妇女诗人与词家。我觉得这是我们中华文化史上的一宗独特的现象与收获，是应当重视与研究的一项深有意义的课题。从古来的班姑、蔡女数起，以致后来的薛涛、李清照，他们联成一条“文化链”，以文字织出了美丽的锦缎。这条链，这匹锦，也应该随着中华民族文化的生命力而永远延长下去。在此意义上讲，现在还有像王莲芬这样的女吟家，是十分之可贵的。

承她不弃，嘱为弁言，因志所感，贡此愚悃。我祝贺她的集子的出版，并愿她不以此境而自满，则所成就，未可量也。

己巳（1989年）冬至大节

情怀似火 才气如虹

——王莲芬《诗书画集》读后记

周笃文

王莲芬，这个闪光的名字，在我的师辈中博得高度的信任与热烈的赞扬：

张伯驹先生说她的诗词"写作都好，真不容易。"

夏承焘先生评价她的书法："矫矫有丈夫气。"

周谷城老人说她的诗"内容形式都好，自成一家之言；"

燕南园里的王力教授说：我首先钦佩这一手好字，诗词也非常大气。

萧钟美先生赠诗云："书重簪花格，诗惊咏絮才"；

启功先生云："诗才豪放韵纵横，李卫还输八法精"；

刘海粟老人更有"骨似梅清，诗如莲洁"的评论。

这些顶尖级大师的评价，绝非虚誉。莲芬同志秀外慧中，极具天赋，又善于法古师今，博采众长而自具特色。她笔下的大地山河，虫鱼花鸟，无不具足灵性，闪耀着主人公的似火情怀与如虹才气。就拿伯驹老人激赏的《满庭芳·黄山》来说吧：

巧夺神工，奇超鬼斧，擎霄拔地群峰。天都骋目，丹嶂翠峦重。脚下云涛吞吐，奔腾似万马行空。烟波里，碧簪螺髻，缥缈讶仙宫。

苍穹，蓦举首，金铺莲蕊，玉削芙蓉。试悬崖接引，招手蟠松。始信琴台观海，绝顶弄霞驭长风。澄胸臆，清凉世界，红日正当中。

一派壮丽辉煌，读来令人神观飞越。结拍的始信、琴台，清凉界皆景点地名，点化得如此自然入妙，真有胸罗万象，笔扫千钧气概。再如王力先生喜爱的《卜算子·咏雪莲兼致边防战士》

岁岁伴高寒，终日听呼啸。雪窖冰天总自如，含笑迎风暴。

风暴报军情，我站西天哨。世纪风云尽饱谙，一览寰球小。

用到口即消的白话写两面关锁的意象，一扫昔日边塞诗作的悲凉，变为高响入云的豪迈乐章，真盛世之新声也。

莲芬同志工诗善画能书，下笔便天机衮衮，万象纷呈，是一个自学旁通的奇才。她的作品载誉东瀛、美国，不愧为女中英杰。

其实，不止是创作，王莲芬的生活，工作，也无处不凸现出诗人的气质与才智。她待人真诚，见义勇为，爱憎分明，诽誉不计。在创办中国书协上，她是出过大力气，作过大贡献的，可被排挤却无任何荣誉的安排和职务，但她不屑理会，与世无争，凭着对文艺的酷爱与对事业的忠诚，在此后的中国韵文学会与中华诗词学会的创立上，更加殚精竭虑，千方百计促成此事。我就是在筹备韵文学会时与莲芬同志相识的。早在1957年初，张伯驹与章士钊、叶恭绰三先生曾上书周总理，希望成立研究韵文的学术组织，并得到周总理的关怀与肯定。后反右事起，遂被搁置。十一届三中全会后，国步更新，张伯驹先生复与夏承焘、周汝昌先生联名上书黄镇、贺敬之部长，重申前意。我和冯统一受张老嘱托到文化部的平板房中与莲芬同志联系。她不仅热情接待，还为我们出主意，想办法，多方沟通，甚至斟酌报告的文字以及呈递的方式。当时成立此类组织，立项已不易，要解决挂靠与经费问题则更难。一拖好几年，没能落实。多亏莲芬同志锲而不舍地奔走，最后由敬之同志亲自出面打通关系，我国第一个古典诗词的研究组织终于在1984年于湖南成立了。后来成立以创作为主的中华诗词学会，也遇到很多困难，还是莲芬同志想方设法协助解决了批准问题，才于1987年正式成立。如今的诗坛万紫千红，生机满眼，莲芬同志的贡献是功不可没的。她不仅是才气横溢的诗人，还是深具魅力的文化活动家与组织者。

莲芬同志敬老尊贤、广交朋友，急人之难的高尚品质使我终生难忘。

业师张伯驹先生是一位爱国诗人，大收藏家。解放后把自己价值连城的文物捐献给国家。文革以后已经一贫如洗。夫人潘素画家的工作未能落实。莲芬同志获知这一情况，马上向领导反映，贺敬之部长极为关注，要莲芬同志多去关心、照顾。后来生活、工作相继得到解决。伯老晚年因肺炎住院，安排在大病房里，条件很差。莲芬同志立即向敬之同志汇报，迁入特护病房。但已病入膏肓，不久去世。莲芬同志为此常难过地对我说：“我们知道晚了，对不住他老人家。”她的真诚与自责，令我深为感动，张老去世后，为体现党对这位爱国老文人遗孀的关怀，经她不断努力，夫人潘素被安排为全国政协委员，房产也全部发还。党和国家关怀知识分子，不忘老朋友的这个事例，很快传为佳话，在海内外都引起不小的震动。

词学大师夏承焘先生晚年定居北京。莲芬同志便成了夏府的常客。年节生辰，必去探望，师母吴闻诗书双妙，是有名的才女。与莲芬同志便成了忘年之交。夏老遇到什么困难，莲芬同志总是想方设法，努力解决。师母称赞她是一位难得的好人。

在我的师友圈中得到她照顾的很多。如萧钟美（萧劳）老人以及黄畬、林锴先生就是由她推荐当了中央文史馆馆员。老诗人曹辛之住房湫隘，经她百计奔走，终于得到满意的解决。她就是这样的实心实意的热情与己溺己饥的大爱去为这些老先生排忧解难，从而获得他们高度的信任与热烈的赞许的。莲芬同志的工作也像诗情画意一样的完美和出色。

她是一个象水晶一样通透，象熔岩一样热烈，象潮汐一样诚信，象云雾变幻一样才气纵横的诗人书者与画家——我以为。

（作者为中国新闻学院教授，中华诗词学会副会长）

作者简介

王莲芬，女，字益清，曾用名莲若、凌风。山东莱州人，1930年四月出生，1945年参加革命。曾长期在全国人大常委会办公厅工作，后任中华人民共和国文化部党委统战部部长、台湾事务办公室主任，中华文化联谊会副会长、教授级文化专员。在革命队伍中自学写作诗词和书法，为中国书法家协会会员，中国韵文学会理事，中华诗词学会理事，北京中山书画社顾问等。曾任中国世界民族文化交流促进会副会长暨该会文学委员会主席。

王莲芬女士为当代著名女诗人、书法家，深谙中华传统文化底蕴，一身兼擅诗书画三绝。其作品多书自作诗词，信手拈来，笔走龙蛇，大气磅礴。文化界的名宿、老前辈都给予她很高的评价。启功先生赞其“诗才豪放韵纵横，李卫还输八法精。”刘海粟先生赠诗：“骨似梅清，诗如莲洁”赞其人格的魅力。冰心老人亦为其一版再版的诗书画集提书：“像王莲芬这样的全才现在少有。”她的作品曾多次参加国内外展览，被人民大会堂、毛主席纪念堂、周总理纪念馆等重要纪念场所收藏，全国一些历史文化名胜也留有其墨迹或被石刻。1982年她为中日合拍影片《一盘没有下完的棋》写的两首现代诗《儿女的呼喊》、《天下父母心》呼唤和平，不要战争，署名一个中国孩子的母亲书赠日中友好代表团，曾在日本引起很大轰动，被称为中国母亲的心声。1983年她作为中国女书法家应邀赴日本交流，载誉而归。1996年出席在美国旧金山举行的第23届国际文化艺术代表大会，其大会发言、论文及作品备受瞩目，获有‘王莲芬诗书画全才扬名’的广泛赞誉。为弘扬中华传统文化，加强中外文化交流做出了积极的贡献。其成就被列入英国剑桥世界名人录、美国名人传记中心等书籍。主要著述：《王莲芬诗书画》(1991年北京文化艺术出版社出版、再版、三版)、《王莲芬诗书画集》(2005年深圳海天出版社出版)、《王莲芬诗文选》(2011年文匯出版社出版)、《我是怎样做统战工作的》(2010年北京华文出版社出版)。

A Brief Introduction to Mrs. WangLianfen

Mrs. Wang Lianfen, also styled Yiqing, once named Lingfeng,wsa born in April 1930 in Laizhou, Shandong Province .She successively held posts of the united front department under the party committee of the Ministry of Culture, director of the office of Taiwan affairs, deputy president of the Get-Together of Chinese Culture. The title of her professional post is (professorate)cultural commissioner.Mrs Wang has being self-taught in studying of writing, poetry, calligraphy and achieved great successes. She is a member of Chinese Verse Society,a manager and deputy secretary-general of Chinese Poetry Society,adwisert of Beijing Zhongshan Painting and Calligraphy Society, etc.. She holds now a post of deputy president of Chinese World Nationalities Culture Exchange and Promotion Society as well as chairwoman of its Literature Commission.

As currently well-known poetess and calligrapher, Mrs.Wang Lianfen has s good comprehension to Chinese traditional culture; which is expert in poetry, calligraphy and painting. Most of her works were originated from her own poetry.She has seemly the words at hand and show a great momentum in het artistic creation.Her works were highly commended by such celebrities in cultural circles as Mr. Qigong, Mr.Liu Haisu, Mrs.Bing Xin and others. Mrs. Wang's works were participated many times in echibitions home and abroad, some of her pieces were collected by Great Hall of the people, Memorial Hall of chairman Mao Zedong and Memorial Hall of Premier Zhou Enlai; some of her calligraphic works were handed down or engraved on a few domestic scenic spots and historical sites, meanwhile some were spread abroad . In 1982, Mrs. Wang wrote two piece of poetry for sino-Japanese collaborated filin" An Unfinished Game of Chess" and presented the two pieces of poetry as gifts to the Japan-China Friendship Delegation.In 1983, Mrs.Wang was invited as Chinese woman calligrapher to visit Japan; also in 1996, Mrs. Wang participated in the 23rd International Culture and Arts Congress held in San Francisco of the United States. Mrs.Wang's speech, paper and works were attracted attention in this conference. For her achievement,Mrs.Wang Lianfen's name was listed in the Cambtidge World Celebrities, edited by the UK ,and the America Biographical Dictionary,etc..The major works of Mrs.Wang Lianfen's Poetry,Calligraphy and Painting".

名人题赠

王蓮芬詩文選

九三老人 苗子

古韵新风 ——李淑一 时年九十三岁

古韵新風
李淑一題

像王莲芬这样的全才现在少有！——冰心（1993年11月21日）

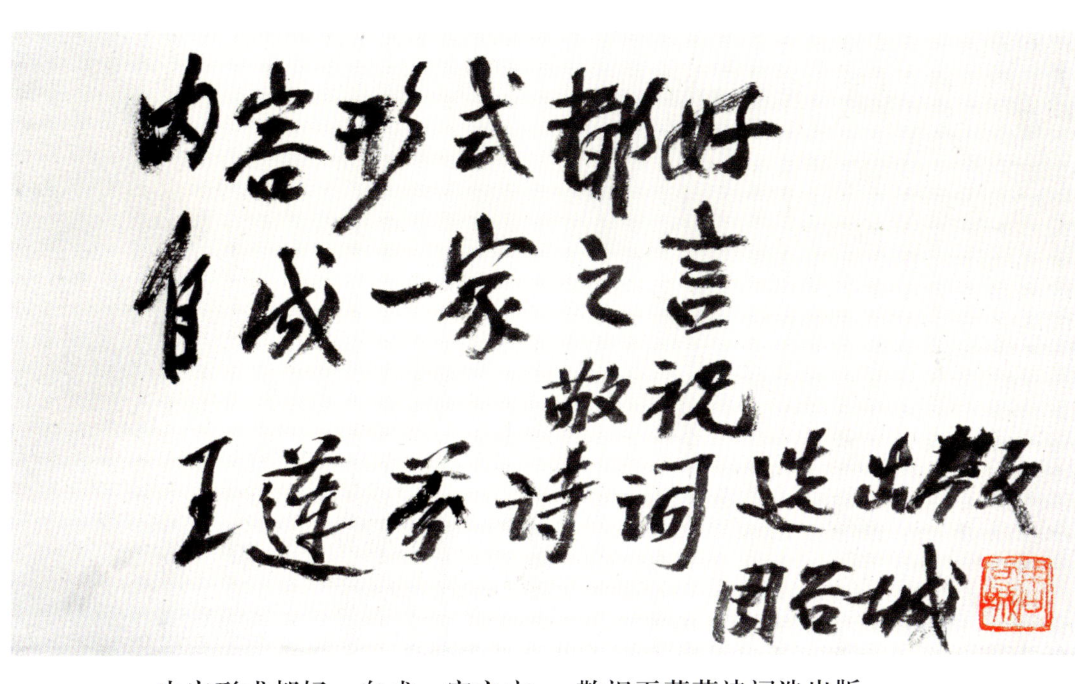

内容形式都好　自成一家之言　　敬祝王莲芬诗词选出版

——周谷城

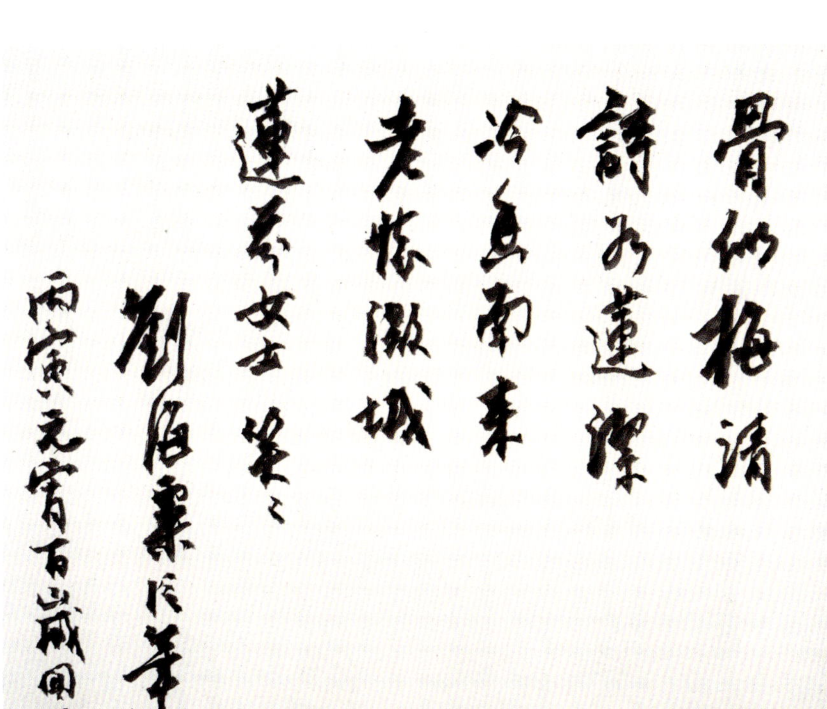

骨似梅清　诗如莲洁　冷香南来　老怀激越

莲芬女士笑笑　——刘海栗

丙寅（1986年）元宵百岁开一

灯火伴长夜　隃麋古砚隈　诗书俱秀发　谈笑出尘埃
句向笺头写　花从笔底开　絮飞惊咏雪　一代谢家才

——萧劳　拈题莲芬学弟诗词集　九二叟（1988年）

莲芬方家雅正

豪爽激昂　天资卓绝　诗书画意　情趣清真

——胡絜青（老舍夫人、著名画家）八十八岁（1993年）

诗才豪放韵纵横　李卫还输八法精
不待玉台书绝艺　乾坤今日见真平

——启功　短句呈莲芬同志（1985年5月）

心红血热女诗人　透纸霜锋剑戟新
重见龙蛇张长史　不须豪兴藉裴旻

——启功（1990年春）题王莲芬诗人三绝展览

重君斗雪凌寒日，重君驰思染翰时。
重君高义驱今古，一线孤危好护持。

奉怀王莲芬同志

——尚爱松（1987年8月4日）

彤管炜然鸣盛世，易安才调不寻常。
工诗擅草称双绝，腕走龙蛇墨潘香。

——李希泌　丁卯（1987年）12月

五年重见女词人　笔会都门更出新
琢韵倚声非小技　能宣风化即经纶
中国书法家协会第二次代表大会
乙丑（1985年）暮春上弦之夜　——秦萼生　时年八十五（广东
文史研究馆馆员、老诗人、书法家）

湘水共评文　倾心喜遇君　清才同咏絮
壮志亦凌云　笔走龙蛇势　词传玉雪神
诗天半边霸　巾帼有斯人

甲子初冬，岳麓山下开韵文学会群贤毕至席上与莲芬大家相遇一见倾心，莲芬不仅以诗词文字胜，其革命历史实尤可贵“革命者而兼擅艺文”是其突出之处，故诗中有清才咏絮，壮志凌云之句。至于诗才俊秀书法劲遒在巾帼中亦称难能。妇女有半边天之称，所谓诗天半边霸者盖指此也。俚句拙书殊不惬意姑录呈乞。

许宝骙　时年七十有六
1984年
（许宝骙老先生为民革中央委员、老诗人、团结报顾问）

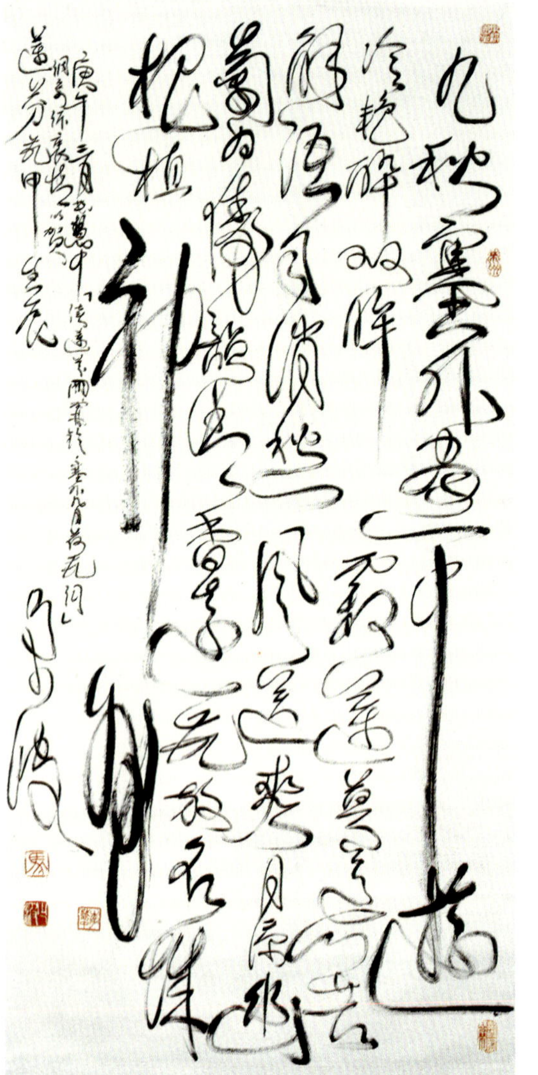

九秋塞外画中游，冷艳醉双眸。霜莲莫道心苦，解语自消愁。风送爽，月添幽，兰为俦。韵清香远，花放名城，根植神州。

——马少波　庚午三月书慧中读莲芬《雨霖铃塞外九月荷花词》调寄　诉衷情以贺莲芬花甲生辰

巾帼豪才

赠莲芬同志

——秦岭云（2006年）时年九十二岁

义肝侠胆　古道热肠　此八字莲芬大姐足以当之

——林锴于京华　乙亥冬（1995年）

陈锐霆司令题赠（1994年）

莱州秀出雪莲开，冷艳清秀高处来。

美化大千思妙品，诗词书画仗全才。

（原炮兵司令员陈锐霆前辈1994年时年90岁赠诗，今2010年已106岁高龄，弥足珍贵。）

古道热肠　义肝侠胆

——徐之谦　乙丑（1985年）初夏

（荣宝斋　著名篆刻家）

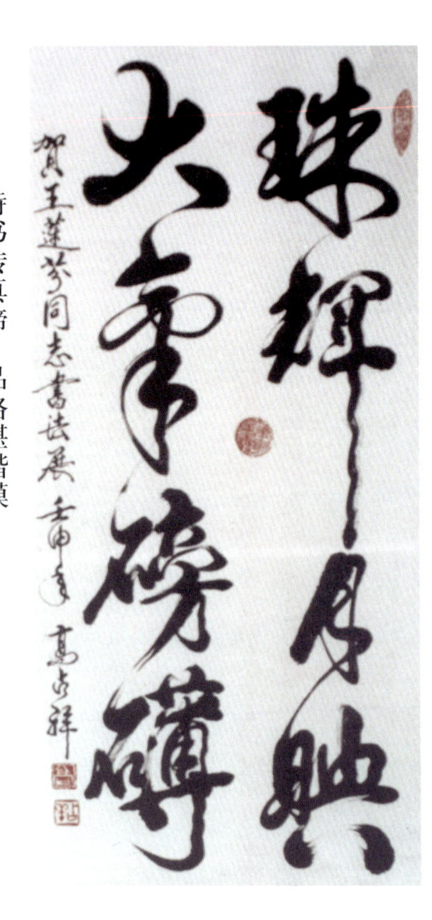

珠辉月映　大气磅礴

贺王莲芬同志书法展

——高占祥（1992年）

诗书传真谛　品格堪楷模

祝莲芬大姐诗书画展圆满成功

——王众孚（1992年冬月）

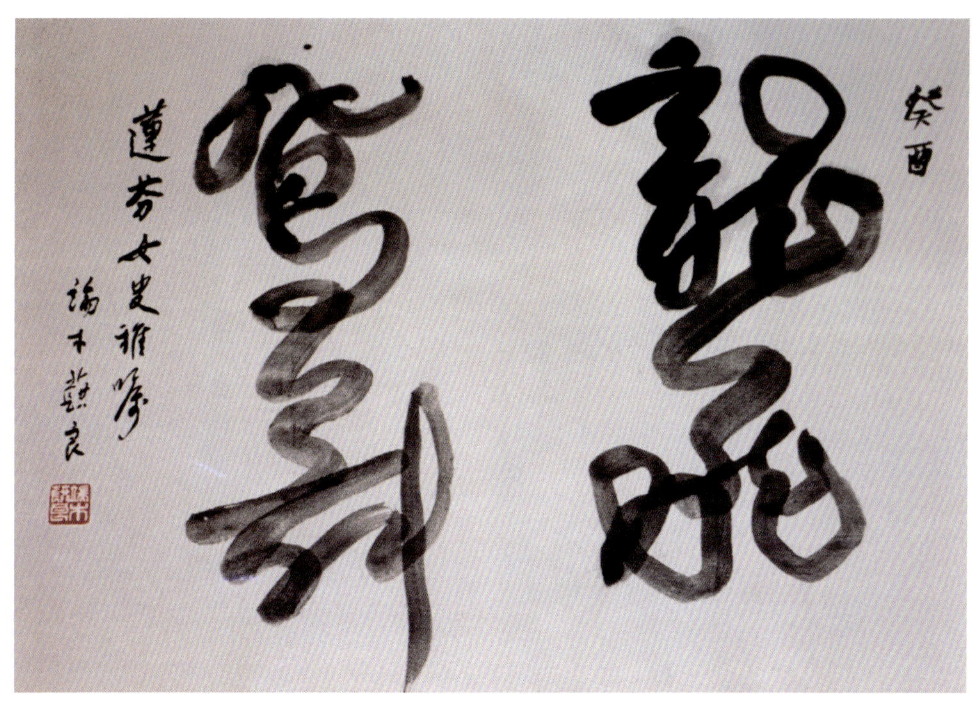

龙飞凤舞

莲芬女史雅属——端木蕻良（1993年）

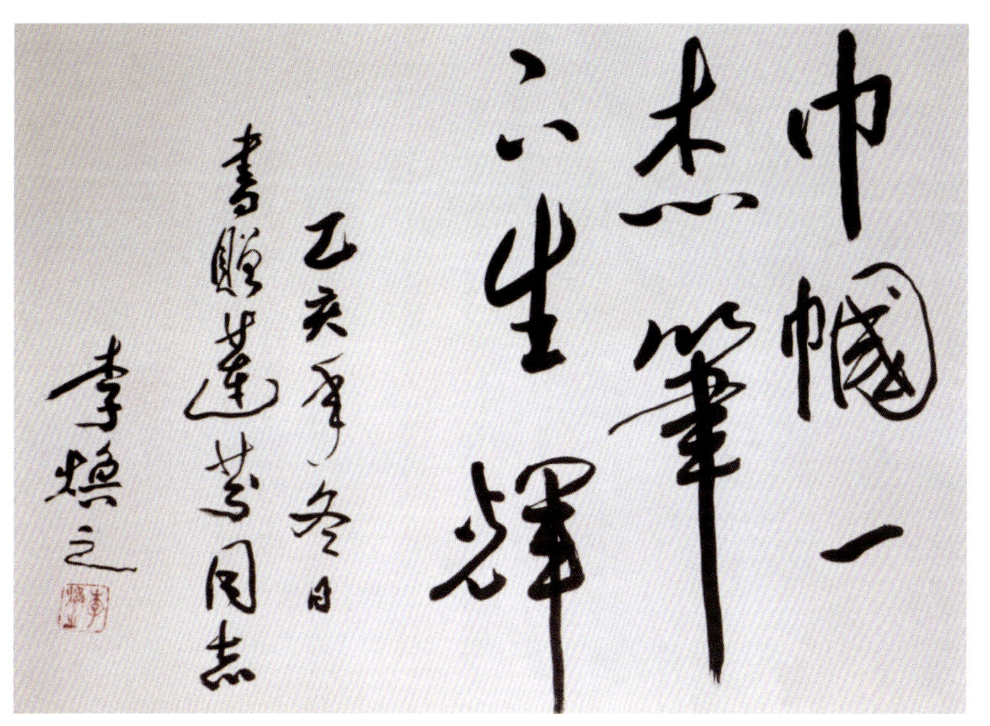

巾帼一杰　笔下生辉

乙亥（1995年）冬日书赠莲芬同志——李焕之

秋 丽

丹枫如火照余霞，幽兰香溢月初华。
秋光未必输春色，红豆此时摘最佳。

题王莲芬诗书画集——林默涵（1994年）

贺王莲芬先生书画展
笔走龙蛇

——周南（1992年）

锦心满腹　珠玉淑德　为人坦诚
楮上诗词　曲赋毫端　气韵才情

庚辰（2000年）冬为莲芬乡友作品集付梓题赞——欧阳中石

读王蓮芬大姐大作有感而书

文化传承，也有俺膠東才女

遲浩田

二〇一一年三月二十六日

读王莲芬大姐大作有感而书

文化传承，也有俺胶东才女

迟浩田（2011年3月26日）

唐圭璋老先生复示

议对同志：

远辱惠顾，曷胜感激。由于虚弱，未能及时应命书签，至为惭歉。

今得锡九函告，即勉题奉寄。莲芬先生所作，从报纸所刊，甚觉“挥洒自如，功力很深”。词中“相映红”，红韵借叶，是否挪移，不必用借叶，还盼裁酌。“文章千古事，得失寸心知。”鄙意何能改动，记得张炎与蕙风词话都有改之又改的说法，亦即精益求精之意，唐人每有吟易一个字，燃断数茎须之诗，正励我辈创作宜力求有一唱三叹之韵致。李白诗东坡词一片神行又难以寻章摘句来衡量，自知此乃保守、落后一孔之见，聊以供参考而已。匆此寄上挂号原件，乞恕稽复之愆。颂候

康乐

唐圭璋 拜

一九八五年四月一日

第______页

议对同志：

远辱惠顾，曷胜感激。由于虚弱，未能及时应命书签，至为惭歉。

今得锡九函告，即勉题奉寄。莲芬先生所作，从报纸所刊，甚觉“挥洒自如，功力很深”。词中“相映红”，红韵借叶，是否挪移，不必用借叶，还盼裁酌。“文章千古事，得失寸心知”，鄙意何能改动，记得张炎与蕙风词话都有改之又改的说法，亦即精益求精之意，唐人每有吟易一个字，燃断数茎须之诗，正励我辈创作宜力求有一唱三叹之韵致。李白诗东坡词一片神行又难以寻章摘句来衡量，自知此乃保守、落后一孔之见，聊以供参考而已。匆此寄上挂号原件，乞恕稽复之愆。颂候

康乐

唐圭璋拜 四月一日

15×20=300　　文学研究所稿纸

王力教授回示

莲芬同志：

前日陈贻焮同志送来夏承焘先生和你的信，以及诗词一束，均已拜读。首先我欣赏你的一笔好字，难得难得！我自己不是诗人。我写《诗词格律》只是谈形式，并非我对诗词有什么修养。辱承请益，愧不敢当。

在你寄来的诗词中，有些佳作。我最喜欢《卜算子·咏雪莲》二首。诗意甚浓。其余稍差，不一一具举。

在格律方面，我提一点意见。在《奉和启功教授》一首中，“长白一枝日下花”，“日”字犯孤平。在《再咏雪莲》中，“雹”是入声字而误押去声。在《望海潮·亲人来到俺家》中“顶雨冒沙”，“冒”字宜平，馀不一一。专此即颂

文祺

王 力

1984年4月5日

莲芬同志：

前日陈贻焮同志送来夏承焘先生和你的信，以及诗词一束，均已拜读。首先我欣赏你的一笔好字，难得难得！我自己不是诗人。我写《诗词格律》只是谈形式，并非我对诗词有什么修养。辱承请益，愧不敢当。

在你寄来的诗词中，有些佳作。我最喜欢《卜算子·咏雪莲》二首。诗意甚浓。其馀稍差，不一一具举。

在格律方面，我提一点意见。在《奉和启功教授》一首中，“长白一枝日下花”，“日”字犯孤平。在《再咏雪莲》中，“雹”是入声字而误押去声。在《望海潮·亲人来到俺家》中，“顶雨冒沙”，“冒”字宜平。馀不一一。专此即颂

文祺。

王力 1984.4.5.

王蓮芬詩文選

旧体诗篇

九三老人 苗子

冰心、李淑一、唐圭璋、萧劳诸前辈题签

王蓮芬詩书画
冰心題

王蓮芬詩詞選

唐圭璋題

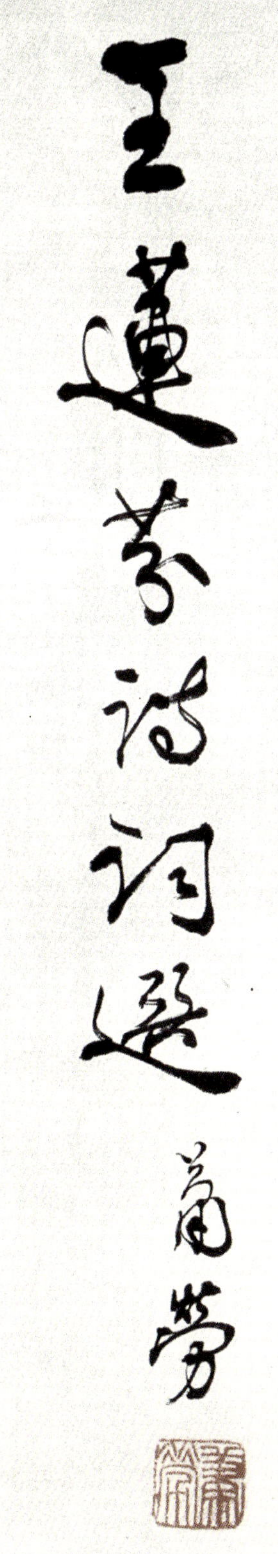

中南海观

1962年3月21日

1962年3月21日，二届三次全国人代大会预备会在中南海怀仁堂召开。见中南海一片初春景象，水光潋滟，映日如银蛇翻舞，蔚为奇观：

（一）

中南海畔喜凭栏，浩浩金波蔚大观。浪走云飞光日月，雷鸣风吼挽狂澜。
开天辟地乾坤转，革故鼎新琼宇宽。六亿人民朝北斗，千秋伟业固如磐。

（二）

瑶台琼岛虎龙蟠，百载沧桑百劫还。玉蝀金鳌三海涌①，红墙宫柳九门环②。
云蒸霞蔚飞花雨，海晏河清泛瑞澜。律转阳回天地改，春来紫气满长安。

注：①三海：北京北海、中海、南海，北海桥旧有东西牌楼题额为金鳌、玉蝀。在中南海、北海桥中间。
②九门：北京城旧有九门。

春望

1962年4月2日，第二届第三次全国人民代表大会闭幕，工作人员春游香山，余得登最高峰。心情振奋，歌以志之。初学芜乱，不忍弃也。

春游上香山，放眼骋平川。百里铺锦绣，临高意万千。
芳苑依丛峦，极目峻岭环。白云起眼底，翠微横远岚。
绮殿映虹彩，楼阙绕紫烟。峨峨山势壮，郁郁松参天。
龙蟠虎峰踞，峭壁叠嶂盘。巉岩突千仞，深壑雪浪湍。
阡陌广绿禾，蜿蜒廻玉泉。东风万户暖，红旗九域妍。
山河自雄丽，京都信伟观。荡胸风云骤，壮志乾坤旋。
千岩路万转，磨练必登攀。崎岖转奇岫，披荆意自闲。
峰廻天外接，广宇心相连。怀远英风起，登高棘径艰。
霜花洗尘面，露珠润征颜。坎坷诚规律，美好出艰难。
犹如生为人，应受风霜寒。忧患起节士，铁骨出沛颠。
小挫不气馁，畏途岂沧然。孙子遭刖足，兵法留名篇。
屈原愤放逐，离骚芬芳传。魏武观沧海，慷慨越千年。
争若今幽燕，弹指换人间。旭日东方红，狮吼龙跃渊。
巍然自挺立，声威镇狂澜。封锁压我顶，使我膂力坚。
扼杀背信义，教我执巨椽。愤发壮思飞，郁怒跨峰巅。
风云任舒卷，翱翔天地间。茹苦生不易，愈爱生命延。
热情炽如火，期望思联翩。千难万险阻，大业毕生肩。
扶持扬正气，尽瘁无间言。甘心赴国忧，安逸非吾欢。

幸福感人涕，育吾雨露涓。涔涔盈热泪，哺吐恩如山。
壮哉我山河，英雄豪气宣。大哉我祖国，高歌沥胆肝！

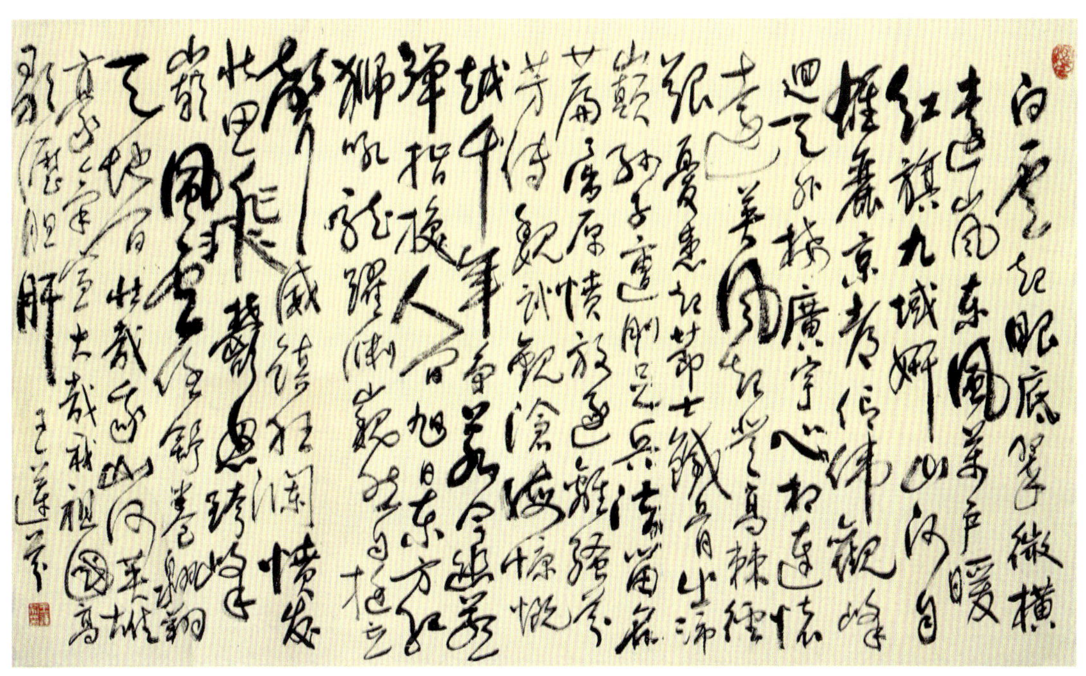

游香山春望诗（节录）1962年作　　1994年重书

Hope is offering spring gives to the world

春 夜

1962年3月25日夜宿人民大会堂办公室

环顾世事惑无已，强对辛艰楚不悲。春夜漫漫切欲语，低廻惆怅但奋思。
光阴荏苒流水逝，人痛庸碌未珍时。钦羡群雄气盖世，喜颂英风屹帅旗。
愁也忧也焉惧我，苦也非也志倍奇。困厄精神更抖擞，熔炼愈显真容仪。
忿染莲颜一分红，怒添绿黛双蛾驰。皎皎清姿淡更艳，哀哀年华愤始为。
婉婉少妇沉无语，楚楚弱质劲敏持。缠绵多疾恨无力，病痛病累抵良师。
因念当年鬓眉志，应坚今朝战斗姿。意气风发因扬眉，胸怀万里知可追。
举翼欲效大鹏举，昂首长空御虹霓。冲霄一声抟摇上，辛勤来去力不辞。
劲健不畏风雨阻，翱翔上下俱乐之。

纪 晨

1962年3月21日晨起喜凭大会堂北窗眺望天安门

天安门上起朝晖，倏忽冰化雪溶诗。
心怀世界意奔放，转眼东风春满枝。

1959年于人民大会堂与蓝公武夫人郭英(右一)、叶澜夫人陈素(中)

天安门上亮红灯

1962年3月20日于人民大会堂

天安门上亮红灯，大会堂开宴会厅。
宾友如云来四海，金光大道通北京。
冷观世界风和雨，热撒满天虹与星。
遍叫东风唤新宇，同欢巨手扶天倾。

夏苑集

1962年夏于西苑

此夏于西郊友谊宾馆中央国家机关干部学习班学习，馀暇文娱活动观看影剧，因记影剧中事——

观影片《山鹰》

——乌克兰古代民族英雄历史影片

1962年夏

倾心但许大丈夫，驰骋疆场最羡人。
慧眼蛾眉忧社稷，王蟠霸业见精神。

观影片《苏小小》

1962年夏

才溢钱塘水，貌倾西子春。冰清污淖立，抱洁见其人。

美哉苏小小，慧眼识英豪。君子殊堪忆，孤襟慰寂寥。

观戏曲影片柳毅传书

1962年于西苑

抑恨含悲牧海滨，凄风苦雨遇知音。
多情终有多情报，不信千年只一闻！

神话缘何今古传，苦情女子慰心田。
可怜无限鲛珠泪，千里君山一梦牵。

断雁孤云梦醒迟，俜伶独处自矜持。
才经风雨心犹冷，欲问佳期未有期。

痛来低楚语迟迟，苦极悲歌血铸诗。
惨淡青春笔底逝，惯书长夜月明时。

青春谁说失凄惋，龙女逢春结凤鸾。
但得人间多柳毅，终成眷属尽欢颜。

夏梦

1962年夏于西苑

抛书枕竹人儿倦，流水淙淙柳拂岸。锦甸芳林莺乱啼，诗情画意梦西苑。
翡翠芳园欣若惊，千年幸会恍云中。顷闻亘古愤仇泪，顿作九天剑化虹。
清姿明艳照人来，疑似碧波雪蕊开。潇洒神倾天外客，玉阶幽径共徘徊。
长裳素裹倍飘逸，浩落襟怀神自愚。凝重肃容堪文貌，性豪每脱形迹拘。
刚心侃侃吐玑珠，话到扬眉神采殊。最是仰观琼宇碧，清莹澄澈映新芙。
亭亭净植濯心清，映日荷花照眼明。喜见流泉飞似雪，卿怀欲诉愿闻卿。
关山万阻话平生，款款恭陈喜笑迎。倏醒南柯竟一梦，精诚所至惜乎情。

观剧偶成

1962年夏于西苑

几见落红铺作径，未闻流水冷无声。
倾心天外待秋月，千里婵娟共碧琼。

述 怀

1962年夏于西苑

妆晚登楼怀渺渺，心潮波涌绛河中。
多情明月解人意，万里心通万里空。

观文得句

——读鲁迅《论雷峰塔的倒掉》一文

1962年冬

塔倒得诛法海贼，雪仇岂独白娘痴。
千年风雨谁解意，但看挥刀跃马时。

寒 夜

——仿女史诗作

1962年冬

皎皎风姿异，溶溶月影寒。
倚楼非不泣，珠泪不轻弹。

拟古诗

——夜读

1962年10月

赤霞散绮锦，星斗布繁章。明月何皎皎，穿户照帷床。
高远蓄英气，隽秀挺清扬。挑灯每忘睡，开卷诵诗行。

双清别墅见松竹

——1962年9月与国务院秘书长童小鹏、周总理卫士长成元功等往瞻香山双清别墅。毛泽东主席曾住此。

飒飒木叶脱，参天独青奕。
洒洒英标奇，疏影立新碧。
效尔罹寒姿，凛凛对敌斥。
效尔凌霜性，勤涤泥污迹。
效尔风格殊，刚质兼毅魄。
效尔寒中暖，疾苦知民厄。
今日香山游，教我知勉策。
深庆生逢时，终身服无斁。

左起：成元功、齐一飞、成元功小女儿、童小鹏、王莲芬

报国欲请缨

1963年元旦试笔

欢顾日月新，喜瞻锦绣程。
浩然立正气，去国欲请缨。
驰思追风走，嘶若斑马鸣。
长空驭狂飙，怒海驾巨鲸。
凌云餐琼露，搏涛饮鳌羹。
挥鞭天地阔，沥胆星斗惊。
起舞当壮岁，奋发振英声。
健笔撼心曲，酣墨恣纵横。
但展鲲鹏志，庶不负平生。

六州歌头

读“生于忧患，死于安乐”感赋

1963年春节试笔

烟尘扫尽，万里又新程。冰雪泄，东风劲，遍歌声。庆天明。回首当年事：干戈炽，风云厉；寒霜剑，英雄锷，血沾腥。沈水辽乡，驰骋敌心脏，意气纵横。看乾坤已握，风掣战旗鸣。岁月峥嵘，竞群英。

喜宏图展，全球震，睡狮醒，五洲惊。羞安逸，藐忧患，激愤成，壮怀凌。奋发今应是：投征路，尽精兵，顶恶浪，肩重任，满豪情。直欲挥鞭千里，终不改，斗志坚恒，使赤心如矢，快马疾风腾，方称生平。

满江红

——藐病

1963年2月

小小忧患，不过是平常疾病。肆猖獗，几回败阵，几回狰狞。螳臂挡车空费力，蚍蜉撼树徒嚣横。对当今，共产党人躯，焉争胜！

藐视尔，无受佞；重视尔，谨防盛。尔既来不拒，且自安定。勇敢斗持强意志，乐观冷对陶情性。看丹枫，霜重叶更红，斯为镜。

力拔山兮无计

1963年2月6日

渺渺苍穹无际，绵绵起涌胸底。茫茫烟尘何断，默默伫立欲觅。
滔滔大江东去，漫漫倾泻无地。荡荡浩寰何期，冰封千里难递。
雷霆愿震愚塞，刮目以待春息。怒海欲啸以厉，狂飙欲嘶其烈。
出阵呼挥无惧，迢迢霜露焉拒。奈何奈何力微，力拔山兮无计。
徒使迴荡胸臆，肝肠冲痛如击。奈何奈何力微，肝肠冲痛如击！

江城子

——度过三年困难时期

1963年3月

三年艰苦只平常。向前望，意飞扬。硬骨钢心，风浪又何妨。自力更生强志气，能破雾，敢凌霜。

挺胸放眼路途长。走城乡，戍边疆。跃马操枪，凛凛上沙场。惊看旗开人到处，姿飒爽，有红装！

满江红

——国庆十四周年

1963年10月1日

旭日东升，冉冉起，天安门上。光万丈，普天同庆，欢呼声荡。人似涌潮花似海，红旗招展歌飞浪。喜今朝，天下属人民，东方亮！

《东方红》，万民唱；金鼓动，健儿壮。更乌云驱散，碧空晴朗。自力更生辉战果，蚍蜉撼树徒妄想。十四春，华诞庆芳辰，同欢畅！

重阳登高思远

1963年秋

方临漱芳泉，又登白云巅。极目穷万里，起步千仞山。
拓远心如驰，据高意自翩。芳甸诚可憩，花林惟知妍。
未若踏天际，长涉霄汉间。日月永为栖，霜露喜作筵。
力至挽列宿，手起扶昊天。壮心天外接，猛气五岳连。

呼使青鸟至，挥可仙槎还。战魂渴召唤，大业毕生肩。
若何竟羁留，徘徊芳圃前。昂爽为本色，意态由来坚。
笑谈落珠玉，雄怀讵忍安。因教向诗说，披襟励自鞭。

学雷锋

1963年6月

事业攀高峰，榜样学雷锋。
平凡原可为，小我首其宗。

诉衷情

——与芳园读史

1963年9月18日

金闺明烛会红楼。人物自风流。并肩扶案舒卷，濡笔切磋稠。
酣墨雨，竞吟讴，辩殷周。此生谁晓，喜也文俦，愁也春秋。

听妈妈讲故事

1963年9月18日于北京西皇城根红楼

芳芳小儿健，燕燕幼妹巧。开口常欢道，革命故事好。
继光哥哥“棒”，雷锋叔叔“高”。要个战斗的，“英雄炸碉堡”。
“威武小八路，杀敌挥大刀。”见妈点头笑，喜得拍手跳。
灯下忙团坐，屏息静悄悄。一会神欢跃，一会眉头恼。
心会小头点，情急追分晓。气极骂坏蛋，胜利手足蹈。
小眼滴滴转，问题难解了。“何以穷人苦，怎任地主暴？”
“擒敌拿梭标，不开机关炮？”妈妈说原由，阶级有分教。
听罢小拳握，长大杀强盗。英勇学叔叔，枪杆莫丢掉。
刚强有志气，困难吓不倒。科学创尖端，自造火箭炮。
解放全人类，红旗万代飘。坏蛋消灭光，狠打帝国佬。

这首歌是从我六岁的儿子形态中记录下来的。我认为我们的少年儿童，既然现在就是这样的，那么他们将来一定会很好地报效祖国的。这首歌也启发着我自己怎样去继续教育孩子。

一九六三年九月十八日于北京西皇城根红楼——芳园加注

沁园春

——语挟秋霜

1963年10月

史称孙尚香“极其刚勇”“身虽女子，志胜男儿”。自言“若非天下英雄，吾不事之”。论者谓其堪称一代女中豪俊。诚然，讵能与今日妇女相比耶?

语挟秋霜，胸荡风云，国士尚香。“非英雄不事”，裙钗豪气；神州在抱，内助相襄。韬略千谋，霜戈万队，碧眼卧龙竞一堂。主攻战，恰功成鸾侣。吴蜀联芳。

夫人胆识刚强。图霸业，金闺激汉王。最情词侃侃，凛规皇叔；神思灼灼，智斗周郎。一代蛾眉，女中豪俊，佳话长留史册光。看今日，尽纵横捭阖，当代红妆!

临江仙

——观张君秋“孙尚香”

1963年10月

争看君秋才艺绝，高华神似尚香。乔玄公瑾尽登场。江山留旖旎。一代竞风光。
借问古人能拟否，请看当代红妆：洋洋意气撼穹苍。深情钟社会，豪气摄邪狂!

张君秋京剧龙凤呈祥孙尚香剧照

临江仙

——观李少春、杜近芳《野猪林》

1963年10月

敢与松柏竞后凋。任凭雪暴风号。沧州一去路迢迢，柔肠诚可断，贞志实难销。
男儿不能将妻保。怎生再累煎熬。英雄力可泰山挑，斯当生死别，无计泪如涛。

临江仙

——观关鹔鹴《断桥》、《战洪州》

1963年10月

红氍毹上惊鸿影，断桥唱断生平。波涛犹作鼓鼙鸣。青裳探紫电，慷慨女儿声。
我不统军谁挂帅。威风八面亲征。沙场一战虏巢倾。英名垂百世，巾帼抵干城。

秋塘残荷

1963年秋

优逸清闲讵忍安，横塘僻野负辛艰。日来光艳花容暗，暮近白头意未寒。
宁愿形枯全素志，不将心降付庸欢。自凋自守西风里，岂羡楼台亭阁栏。

咏 菊

1963年秋暮

抱香枝上傲寒放，噙雪劲开贞志坚。
忍见众芳伤倏逝，独择三径竞霜天。

听新闻广播巴拿马人民反帝斗争

1964年1月13日

为爱自由拿起枪，千年奴隶驱霸强。
今朝四海怒潮涌，明日五洲披红装。

题友人照

1965年春

温文大度笑盈来，落落从容语慢开。傲岸冷眉真傲骨，文章绣腹假庸才。
霜浓饱愤天难问，露重沉飞自只哀。漫漫凝眸何所觅，茫茫求索料无猜。

母亲为制梨花棉衣题照

1965年春节于北京西皇城根红楼全国人大常委会机关宿舍

丹霞一片出尘埃，粉淡脂莹润玉腮。雪绽梨花清韵溢，云辉新月修眉开。
娇娆更著琴心美，潇洒尤添剑气才。笑语雄谈声到处，惊呼光彩照人来。

1965年春节下乡赴江西离京前夕与子女合影（身着母亲新制梨花棉衣）

江城子

——少年悲苦实荒唐

1965年3月

少年悲苦实荒唐。不思量，又何妨。难得人生，几度历风霜。行尽崎岖诚可贵，知拼搏，力图强。

芳华虚度更堪伤。莫彷徨，奋飞翔。无愧平生，斗志劲如钢。好去乘风长万里，多少事，看龙骧！

鹧鸪天——上饶茅家岭烈士纪念馆二首 （1965年春）

（一）为奠英灵到上饶，黄河赣水泪滔滔。九千将士冤魂绕，一叶丹心义魄飘①。哀往烈，愤难消，江南从此雨潇潇。捐躯沥血英雄业，生死关头志不摇！

注：①指叶挺将军。周总理诗：千古奇冤，江南一叶。同室操戈，相煎何急。

（二）魑魅当年舞上饶，嫦娥飞泪立云霄。茅家岭上悲忠骨，汀泗桥头祭战袍①。心澎湃，血燃烧，长江滚滚逐潮高。欲将不尽东流水，酹酒倾杯奠众豪。

注：①汀泗桥战役。1926年8月26日北伐军向湖北境内汀泗桥发动进攻，遭到吴佩孚主力顽抗。27日，由于叶挺独立团的奋勇抗击获胜。

为奠英灵到上饶，黄河赣水泪滔滔。九千将士冤魂绕，一叶丹心义魄飘。哀往烈，愤难消，江南从此雨潇潇。捐躯沥血英雄业，生死关头志不摇。魑魅当年舞上饶，嫦娥飞泪立云霄。茅家岭上悲忠骨，汀泗桥头祭战袍。心澎湃，血燃烧，长江滚滚逐潮高。欲将不尽东流水，酹酒倾杯奠众豪。

谒江西上饶茅家岭烈士纪念馆诗二首 调寄鹧鸪天 王莲芬

谒上饶烈士纪念馆　1965年作　1983年书

Paying respects to Shang-Rao Martyrs' Memorial Hall

下乡诗抄

旧体诗词，格律严密，久欲以口语反映现实生活，并力求合律，下乡后试作数章：

望海潮

——亲人来到俺家

1965年夏于上饶

钢鞭鸣响，金锣敲打，枝头喜鹊喳喳。身着绿装，肩扛背包，亲人来到俺家。炎日抡锄耙，更访贫问苦，相语欢哗。抢险救危，英雄赤胆喜争夸。

明霞烟雨村洼。看桑麻绿遍，红枣甜瓜。金谷囤仓，猪肥牛壮，渔舟满载鱼虾。老伯乐哈哈：是咱毛主席，派的好娃。争给亲人佩上，一朵大红花。

水调歌头

——记江西夏收“双抢”

1965年8月于上饶

七月江南好，千里稻花香。银镰闪闪、波逐金浪恁欣狂。畈里担儿如燕，场上风车飞转，新谷满新仓。队队忙分配，户户喜洋洋。

老洪叔，阿根嫂，唠开腔：翻身牢记、幸福应念党恩长。连叫北京同志，把咱话儿捎上，家富国须强。回首唤娃子，快去送馀粮。

水调歌头

——女民兵

1965年夏于江西上饶八都公社

黑夜望北斗，日出见朝霞。金光灿灿高照，温暖送家家。从此冰河解冻，千载锁链打碎，铁树喜开花。渔唱舟归晚，畈里满桑麻。

甜今日，悲旧苦，劲儿加。尚思天下兄弟、一颗苦藤瓜。愿使春风杨柳，绿遍穷山恶水，芳草到天涯。换取新世界，也有女农娃。

女民兵　　1985年书

Militiawoman

鹧鸪天

——骄傲生为当代人

35岁初度，1965年5月于上饶

骄傲生为当代人，欢呼赤县万年春。
高歌因念党恩重，幸福常怀祖国亲。
人七亿，世惊闻。翻天覆地震寰垠。
春雷响彻五洲梦，怒浪腾蒸四海云。

如梦令

1965年夏于上饶地委

1965年国务院下乡工作组驻江西上饶地委。夏夜乘凉听国务院秘书厅吴空同志讲述中南海故事，斗极繁耀，尤以领袖们的雄才伟略，令人心往神驰，当夜喜作《如梦令》词：

馆驿夜凉无寐，喜听吴空高议，太液话鲲鹏，一世经纶堪佩。如醉、如醉，又见群峰争翠。

这首词“文革”中被误为吹捧某“大走资派”，曾受到批判。2001年10月26日重阅此作，感撰此联奉吴空同志：

上饶馆驿，永夜高论天下英雄北斗众星，
日月悬浮，千载仰凌烟，无寐喜填《如梦令》；
太液池边，终年广结文坛俊彦槐庭国士，
春秋代序，万方留史迹，有心共唱《沁园春》。

望海潮

——伟大祖国

1965年10月1日国庆节

红旗耀彩，东风竞艳，天安门上朝阳。震撼寰球，巨人宣告，普天万众欢狂。大地著新装。创千秋史业，国步康莊。今日神州，青山绿水沐霞光。

前程灿烂辉煌。看长城巍峙，万里稻香。狮醒五洲，龙腾禹甸，繁荣百业盛昌。中子上天航。永攀登不息，振兴炎黄。欣我中华民族，屹屹立东方！

沁园春

——大型音乐舞蹈史诗《东方红》组词

1965年冬作于北京人民大会堂办公室

大型音乐舞蹈史诗《东方红》是在周恩来总理的亲切关怀下诞生的。这是一部歌颂中国革命的史诗。在观看这一幕幕、一曲曲气壮山河、雄伟磅礴的颂歌时，受到了巨大激励和鼓舞。回顾那些战火纷飞的年月，缅怀为人民而英勇献身的无数革命先烈，喜看幸福美好的今天，展望光辉灿烂的未来，更使我们体会到：没有共产党就没有新中国。试以通俗口语分场咏志。

长 征

万水千山，磅礴无前，意志坚强。会南昌起义，井冈凝翠；金沙激浪，铁索生光。草地留芳，雪山映彩，万里铁流举世扬。还今日，我山河壮丽，历史辉煌。

完成北上救亡。驱倭寇、运筹延水旁。庆云开遵义，拨正航向；霞飞宝塔，四射光芒。喜颂红军，英雄好汉，日月星辰载史章。长征路，看红花结果，遍地传香。

抗日战争

中国人民，不惧强权，敢于较量。忆松花江上，家乡何处？芦沟桥畔，倭寇逞狂。锦绣山河，铁蹄踏破，遍地悲呼爹与娘。浑难忍，誓报仇雪恨，奋打东洋。

怎当民族危亡。党领导、全民尽武装。看青纱帐里，健儿杀敌；太行山上，妻子送郎。万众一心，铜墙铁壁，抗战八年迫敌降。史为鉴，有敌来侵犯，定灭豺狼。

1995年8月纪念抗日战争胜利50周年书画展展出余作《沁园春·抗日战争》余率孙儿孙女与张自忠将军女儿北京民革市委张廉云副主委(右二)缅怀先烈合影于展品前

中国人民不惧强权，敢于较量。忆松花江上家乡何处？卢沟桥畔，倭寇逞狂，锦绣山河铁蹄践破，遍地悲呼爹与娘。挥泪誓报雠雪恨，打东洋。

急当民族危亡，党领导全民尽武装。发青纱帐里健儿杀敌，太行山上妻子送郎。万众一心，铜墙铁壁，抗战八年迫敌降。史为鉴，有胆敢来犯，定灭豺狼。

纪念抗日战争胜利六十周年 调寄沁园春

王遂以原诗并书

抗美援朝

何故猖狂，侵我比邻，胁我家乡。决援朝抗美，并肩作战；保家卫国，奋击豺狼。休戚相关，同仇敌忾，赳赳跨过鸭绿江。驱强盗，灭犯者气焰，举世名扬。

中朝众好儿郎。万千个、英雄黄继光。看牡丹峰下，血凝友谊；上甘岭上，气贯穹苍。可泣可歌，惊天动地，无数英灵殉异邦。忠魂祭，看花红枝翠，万古流芳。

解放战争

决策如神，大举反攻，解放战场。迅辽沈决战，锦州首捷；平津奇取，淮海名扬。直捣南京，勇追穷寇，百万雄师过大江。欢呼荡，遍凯歌响彻，雷动城乡。

人民团结如钢。三山倒、翻身见太阳。听天安门上，巨人宣告：中华民族，屹立东方。奔涌长安，万民空巷，鼎沸笙歌喜欲狂。新中国，创千秋伟业，万载光芒。

爱国志士

带镣长街，血染战旗，永载史篇。看大江南北，风生云涌；中华儿女，俊杰万千。挽浪回澜，星移月换，多少英雄史册传。敌丧胆，更丹心碧血，一往无前。

那堪长夜漫漫。枷锁断、推翻三座山，看春临长白①，红旗漫卷；雪溶戈壁，蘑菇飞天②。旭日东升，红霞喷艳，万众凯歌动地川。乌云散，遍缤纷花雨，换了人间。

注：①即东北长白山。②1964年10月16日，我国第一颗原子弹实验成功。

当代青年

如火青春，志在峰巅，誓师一堂。是枣园灯火，指引明航；延安母乳，哺育栋梁。服务人民，丹心向党，广阔新天任翱翔。擂战鼓，更抽刀倚剑，浴血疆场。

炎黄儿女昂扬。纵豪气，浩歌跃五洋。俱胸怀祖国，建功伟业；立林世界，跻列富强。振兴中华，自强不息，继往开来吾辈当。肝胆热，担千秋重任，永向前方！

歌舞盛况

火树银花，雾鬓风裳，玉管冰弦。听大会堂里，凯歌回荡；红帷幕下，妙舞翩跹。孔雀屏开，巨龙腾跃。腰鼓秧歌羌笛欢。兴盛会，喜普天同庆，其乐无边。

向前、“双百”争妍。山呼响、各族共一言。颂黄河云水，峥嵘岁月；延安圣地，帷幄当年。十唱丰登，边区模范，艰苦不忘南泥湾。今更唱，“社会主义好”，改地换天！

童声合唱——我们是共产主义接班人

红日东升，大海喧腾，振激心弦。如仙宫珠璀，灿烂夺目；苗圃春蕾，吐蕊呈妍。花团锦簇，朝霞飞彩，列队翩翩新少年。红旗下“育共产主义，少先队员”。

未来革命中坚，听召唤，兴邦重任肩。要“好好学习，天天向上”；刚强勇敢，不怕危艰。做接班人，继先烈志，誓把豺狼消灭完。教天下，皆奋争实现，幸福明天！

全世界无产者联合起来

喜看瀛寰，四海翻腾，亿众昂扬。听惊雷怒吼，降魔伏虎；风云激荡，逐霸驱强。友使万隆，严持正义，星火燎原真理详。争独立，必武装革命，紧握刀枪！

东方已现曙光，亚非拉，熊熊烈火长，看黑人兄弟，奋勇崛起，三分世界，当识劣良。力致和平，并肩携手，志现大同共热凉。无产者，自心心相息，风雨同航。

沁园春

——观现代京剧《红灯记》

1965年冬

雪绽红梅，岩立青松，浩气凛然。听前人历史，英勇悲壮；国仇家恨，愤扎心间。视死如归，刚强铁汉，怒火熊熊对鸠山：头可断，要“电码”休想，叫尔知难！

誓将牢底坐穿。党教我、生来斗敌顽。任毒刑用遍，钢牙咬紧；利诱威逼，意志贞坚。高举红灯，光芒四射，后继有人代代传。看今日，正百花吐艳，春满人间。

沁园春

——大庆精神

1965年冬

铁骨钢心，敢想敢攻，勇上险峰。向地球决战，铁人探宝；银河让路，油海喷虹。头盖青天，身铺草地，大庆精神撼月宫。换历史，只人民才是，主宰天公。

坚持自力更生。任封锁、岿然志不穷！看手挥五岳，神龙破雾；心连四海，汗雨飞空。电闪雷鸣，龙腾狮吼，万丈擎天是劲松。新中国，自从容镇定，挺立寰中。

沁园春

——大寨红花

1965年

大寨花红，到处生根，遍地发芽。叫穷山恶水，重添锦绣；雄关险道，驱雾平沙。拔地起天，十年奋战，汗水浇开幸福花。大寨路，浴阳光雨露，永放光华。

英雄千户万家。铲穷白、神笔绘新画。看青山起舞，铁牛穿梭；银河上岭，金稻满洼。把把钢锨，双双铁手，托起金桥通天下。光万丈，直大江南北，尽见彩霞。

沁园春

——王杰雷锋

1965年

伟大光荣，王杰雷锋，灿灿众星。俱心怀祖国，唯无自己；春风送暖，热血化冰。慷慨捐躯，临危不惧，革命胸怀阶级情。真战士，为人民而死，虽死犹生。

爱憎敌我分明。忠于党，甘作螺丝钉。看英雄辈出，高歌猛进；山花烂漫，奋搏攀登。赶学楷模，勇争奉献，一代新风处处声，花万朵，正香飘寰宇，众志成城。

太常引

——观京剧《沙家浜》

1965年

（一）

巍然屹立傲苍穹。密雾锁水乡，怒涛漫战场。暖如火，胸怀朝阳。
死生与共，军民相帮，鱼水情谊长。坚守耐饥肠，芦苇荡，整装待狼。

（二）

这个女人不平常。沉着有胆量，机智又周详。观颜色就将敌诓。
能言善语，不亢不卑，任你逞猖狂。白费鬼心肠，刁德一，神慌意忙。

（三）

凛然斥敌慨而慷。沙母气如钢，四龙志顽强，众民们群情激昂。
飞兵奇袭，直捣敌巢。“胡司令”叫娘，刁德一神慌，一个个、命见阎王。

（四）

挥刀奋臂斩豺狼。转战大后方，消灭日汪蒋。子弟兵威震城乡。
武装革命，人民战争，猎猎大旗扬。毛泽东思想、星星火，迅燃五洋。

望海潮

——韶山

1965年2月26日毛主席诞辰

一轮红日，韶山升起，彻天万道光霞。身在韶冲，胸怀天下，少年英俊豪奢。万众共嗟呀，看灾难深重，忧愤交加。指点江山，从头收拾旧中华。

红旗怒卷长沙，急传扬真理，播种天涯。湘水奔腾，黄河咆哮，长城内外鸣笳。辛苦建邦家。奠千秋伟业，宇海惊夸。指日全球同庆，福泽育新葩。

沁园春

——焦裕禄

1966年1月于北京人民大会堂听新华社穆青同志报告焦裕禄事迹

（一）革命胸怀，一切为人民，灾患必除。誓改变兰考，乡区走遍；征服三害①，力竭无余。赤胆忠心，鞠躬尽瘁，雪夜霜晨无定居，治涝碱，查沙丘风口，亲理河渠。中途，屡访民庐。好榜样，与民甘苦俱。战长年痼疾，忘身搏斗；垂危病榻，犹念沙墟。心有他人，唯无自己，全党追怀共叹吁。坚誓念：继英雄遗志，更展宏图。

注：①指兰考沙、碱、涝灾害。

（二）服务人民，无限忠诚，吾党楷模。每跋山涉水，治沙治碱；访贫问苦，同有共无。阶级情深，铁肩任重。自视此身直若无。忧民疾，每亲临险境，劳损孱躯。闾阎，父老皆呼。风雪夜，登门亲慰扶。是人民儿子，呕心沥血；县委书记，风雨当车。『专门利人，毫无利己』，思想光芒浸体肤。看兰考，正改天换地，遍野丰腴。

纪念焦裕禄同志　2002年重书
Commemorating the memory of comrade Jiao Yulu

毛主席派俺总理来

1966年3月8日河北邢台地区发生了强烈地震，周总理带着毛主席和党中央的亲切关怀到灾区慰问并亲自布置抗震救灾工作。

总理嘱咐16个字：“自力更生，发奋图强，发展生产，重建家园。”

河北地震人受灾，毛主席派总理来。
总理亲切相慰问，问寒问暖作安排。
眼含热泪救伤危，亲入窝棚息恸哀。
身冒余震视险区，足迹走遍全邢台。
男女老幼齐欢呼，敬祝主席寿无涯。
眼望北京心潮涌，手拉总理泪满腮。
周总理俺好总理，您为人民操心怀。
您和人民心连心，党的恩情颂万代。
定叫山河放异彩，重建家园笑颜开。
子子孙孙永不忘，主席派俺总理来。

注：这首诗的书法作于1993年被收入毛泽东主席诞辰一百周年《毛泽东纪念堂珍藏书法集》，原作毛主席纪念堂收藏。

黑云压顶惧何哉

——斥“奴才”

1967年

柔情豪气本相偕，好恶爱憎明所怀。
俯首温柔从孺子，横眉刀剑斥奴才。
围攻孤立辱何耻，公允折中荣亦哀。
真义捨生宁碎骨，不将壮志付藁莱！

慷慨有余哀

一语引出万语来——友人夜访，一声询问悲从衷来

1968年

梨花朵朵破云开，一语悲生万语来。
字字深沉难解意，声声低楚不胜哀。
漫漫海浪涌胸底，慄慄艰程横宇埃。
唯有丹心身许国，凛然正气慰吾侪。

读卫敬瑜妻王氏《孤燕诗》

南史·贞女所居户有巢燕，常双飞来去，后忽孤飞，贞女感其偏棲，乃以缕系脚以为志·后岁，此燕更来，犹带前缕。

孤燕诗曰：

昔年无偶去，
今春犹独归；
故人恩义重，
不忍复双飞。

这首诗出自于一位古代妇女之笔。用朴素的语言、深切的体验，写出了一个心灵高尚纯真的妇女对于生活的美好憧憬和坚贞意愿。……此情此意，此景此句……感人至深，读之怆然……！！！

我欣赏她的艺术风格更为她的情怀所感动。但环顾现时人际，触目惊心，我却想反其意，写出与此不同的一种情景：

孤燕诗

1968年7月

窗前孤燕来，感恻悯偏栖。
慨然使为巢，患难共起居。
朝起教健飞，夜息温羽体。
风雨相依伴，鹰犬为防提。
吐哺抚伤创，和融慰凄迷。
孤燕绕膝语，呢喃誓不离。
感涕恩义重，泣血欲啣泥。
讵知羽渐壮，矫飞遇偶去。
寻欢觅双飞，无复念孤寂。
故人穿眼望，依窗独悲泣。
犹念伤未愈，新人可知惜？
怆悢令心悲，踯躅益惨悽。
愤辱鄙背义，默默噬心悸。
沉郁忧思结，摧折哭声低。
孤燕再来时，楼空人非昔。

秋夜心雨

1969年秋于隔离室

秋夜听雨声，声声系新愁。淅沥如人泣，低回何怨幽。怨幽诚雨声，感此增怅惘。最是心头雨，恸若江海流。心雨心头雨，寸心已伤揉。非是悲秋人，忧患使心忧。……

雨声可勿闻，心头雨难禁，声声若鞭挞，滴滴穿吾心。点点如铅重，串串泪沾襟。非关天夜雨，心雨恸心音。夜雨一夕休，心雨竟长侵。集天下之苦痛，莫如我之怨深。汇百川之积雨，莫如我之悲沉。苍天若有情，天雨每相临。

天雨伴心雨，若何慰吾苦？泻若长江水，诉我之怨怒！溶若长白雪，洗我之雠辱。崩若天地裂，震激我肺腑。何日见霹雳，开天拨迷雾！

秋夜风雨人，秋雨秋夜吟。心雨伴夜雨，夜气何萧森。夜雨伴心雨，夜沉心雨深。心雨深无涯，夜雨夜深沉。

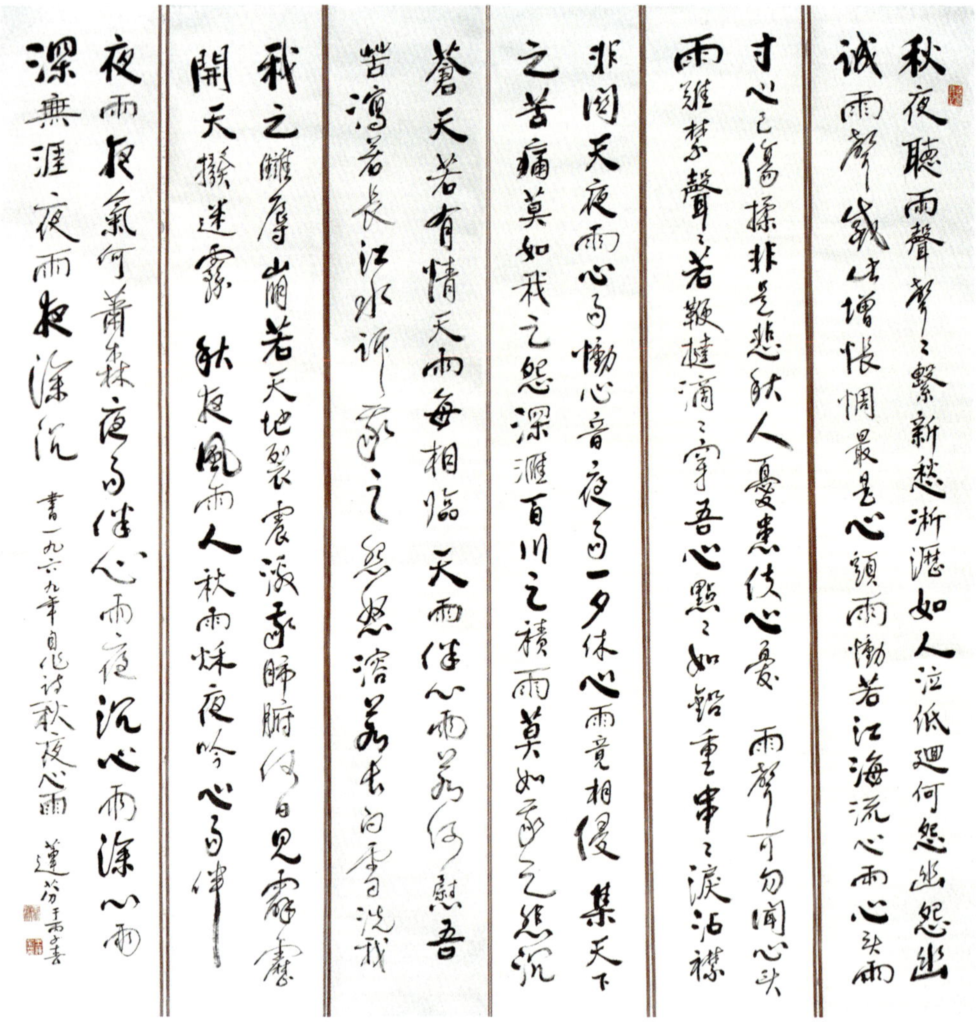

秋夜心雨　　1996年书

A cry in the heart is like the rain of an autumn night

"文革"期间《秋夜心雨》照

鹊踏枝

1969年秋

重重沉沉沉几许？心事千斤，遗恨无重数。冷露清霜回顾处，风狂雨骤莲塘路。懔懔不堪摧折苦，泪眼焚仇，吞楚揉心户。笔底翻澜谁与吐？欲挥又止悲难诉。

拟古诗

1969年冬

皎皎鲜且丽，采采光照殊。
齐东转娥行，辽南芬芳舒。
拔剑曾几时，宛转涕穷途。
昂然忿别离，忍坚入京都。
彷徨低迴走，悽怆对壁呼。
击柱长叹息，茕茕直且孤。
忍辱苦负重，拼搏投溶炉。
深山有虎豹，大堂嚣贼徒。
奸佞窃弄权，正直痛无辜。
是非无曲直，黑白混颠诬。
顺者青云上，逆者辄遭屠。
棍帽压顶摧，辗转受炭涂。
声声嘶欲裂，点点血溅躯。
光艳逐岁淡，憔悴形影枯。
痛哉当年人，无复昔日吾。
瞿见旧时伴，惊惜皆咽呜。
斑斑血泪滴，熊熊烈火荼。
霹雳破雾霾，红日映新芙。
铁锁奋挣断，魍魉众手诛。
中流冀砥柱，仰赖主沉浮。
夷险谋胜算，贞志劲方初。
烂漫话兄弟，扬眉鄙狗奴。
同志倍觉亲，患难感依扶。
裁悲减忧思，砥砺奋疾书。
心迹明霜雪，文章惊鬼狐。
缤纷吐花雨，淋漓斥朽腐。
控诉忍挥泪，豪辩雄且愉。
烦惋犹笑谈，怡悦析玑珠。

幸福谁如我，清声闻凤雏。
放眼幽燕地，横眉对千夫。

下放《五七干校》诗抄

忆下放“五七”干校时，非敢妄称有先见之明，实诚心诚意，自觉地“着眼于改造，立足于锻炼”，“阴溅泥水晴飞汗，天天接受大批判”，是当时的真实写照。今摘录当时部分诗作，以志当年……（友人建议：“时代痕迹，犹为珍贵。留下刊发”）

冷雨寒风忆干校

1971年于湖北沙洋

雷鸣雨急过重关，艰苦不忘南泥湾。
棉绽白云汗水溅，稻掀金浪银镰翻。
天天接受大批判，事事狠批世界观。
北望京师思渺渺，“脱胎换骨”又一年。

阴溅泥水晴飞汗，冷雨寒风人到田。
身在牛棚看世界，滔滔心壁卷狂澜！

万千双手绿荒原，无数英雄下夕烟。
不得汗浇禾下土，怎教士子过平川！

顶雨冒沙踩粪浆，浴霜饮露夺棉粮。
牛棚瓜架观天下，泥脚铁肩走汉阳。

六州歌头
——汉江北望

1971年5月7日于湖北沙洋全国人大、政协机关“五七”干校

汉江北望，心系白云翔。征尘暗，归路杳，惜流光，黯神伤！离首都来此，居牛圈、抡锄耙；踩泥浆，饮秋雾，溶寒霜。换骨脱胎，又铸溶金炉，烈火真钢。更几番

风雨，白发学耕桑。蹈火赴汤，怎彷徨？

每“双抢”到，战书下，迎险上，夺棉粮；顶炎日，挥汗水，磨思想，沥肝肠。日夕投批判，低惆怅，苦迷茫；斗私念，惶反省，几凄怆！忆掬丹心向党，誓言在，信念无忘：“为人类解放，热血化霓绛”，反复思量。

六州歌头

——于沙洋干校听传达：今年国庆不游行，某国屯兵边境妄犯

1971年10月1日

喜迎佳节，举首望北京。心澎湃，思潮涌，激豪情，羡群英。追想建国始，改天地，艰创业，治穷白，宏图展，志攀登。奋发图强，熠熠红旗下，自力更生。有坚强领导，赤县一片明。昌盛繁荣，骇敌惊。

灭魍魉梦，驱霾雾，争朝夕，又新程。新中国，震寰球，声威增。正飞腾。天下谁能此，皆钢骨，遍精兵。三军立，师正义，卫和平。闻道边关有犯，可知我钢铁长城？愤夸强霸丑，忠贞气填膺，血战请缨！

1970年于湖北沙洋全国人大政协机关“五七干校”

渔家傲

——观京剧奇袭白虎团

1972年秋

鸭绿江涛风浪急，牡丹峰上硝烟集。休戚与共平戎策，歼来敌、并肩血战弹穿壁。
驱逐霸强声威立，擒拿“纸虎 ”开天辟。三千里江山似画，峰翠滴、中朝鲜血凝新碧。

渔家傲

——喜看影片《创业》

1975年2月春节

天接竖井天欲转，铁人志气冲霄汉。手把地球勇往探。一声唤，石油喷出天心半！
滚滚寒流风云变，岿然我自神妙算。自力更生操胜券。同心干，五洲尽见红旗艳！

大庆油田会战

1975年2月春节

荒原雪地摆战场，天做房屋地做床。自力更生艰创业，图强发奋振炎黄。
百年积愤激奇志，“两论”起家谋自强。大庆精神光史册，铁人豪气撼穹苍！

声声慢

——观舞剧《白毛女》

1974年5月

年年月月，重重沉沉，声声咽咽烈烈。血泪斑斑煎熬，悲忿凝噎。仇人怒见如火，愤撕他万千条裂。恨万种，苦无涯，血海深仇誓雪！

地主凶残如蠍。虎狼逼，榨干穷人髓血。怒戟狂涛，冲毁鬼牢蛇穴。普天太阳照彻，换人间，喜语激悦。战未歇，待尽把豺狼杀绝！

水调歌头

——与社员同观《白毛女》

1965年

往事几千载，虎豹九关排，斑斑血泪煎熬，长夜苦难挨。世代为牛为马，岁岁饥寒交迫，怒火爇胸怀。百万工农起，手劈锁枷开。

东方亮，出红日，喜儿回。诉倾相见感激，悲喜泪盈腮。更念全球姐妹，喜儿千千万万，杀敌莫徘徊。辞别出征去，抽剑斩狼豺！

酹江月

——哀别周总理

1976年1月15日

天悲地恸，最难忍，启动灵车声急。十里长街心欲碎，半落红旗低泣。万众相随，满城人哭：总理去何疾？普天哀别，五洲飞泪同滴。

肝胆无私无畏。鞠躬尽瘁，青史存丰绩。旷世奇才倾万国，亮节高风无敌。骨洒山河，名垂宇宙，遗愿争朝夕。云端犹望，千家万户生息。

酹江月

——悲歌化惊雷

1976年4月丙辰清明

清明凄雨，丰碑下，哀诔挽联飞集。一夜白花开似海，尽是生民血滴。敬吊英灵，永铭先烈，怒向刀丛觅。裂天霹雳，悲歌风荡雷激。

毕生磊落光明。精忠盖世，浩气顶天立。忧国爱民谁不念，力挽狂澜勋绩。德布乾坤，功昭日月，蚍蜉撼何易！？年年花祭，护花自有八亿！

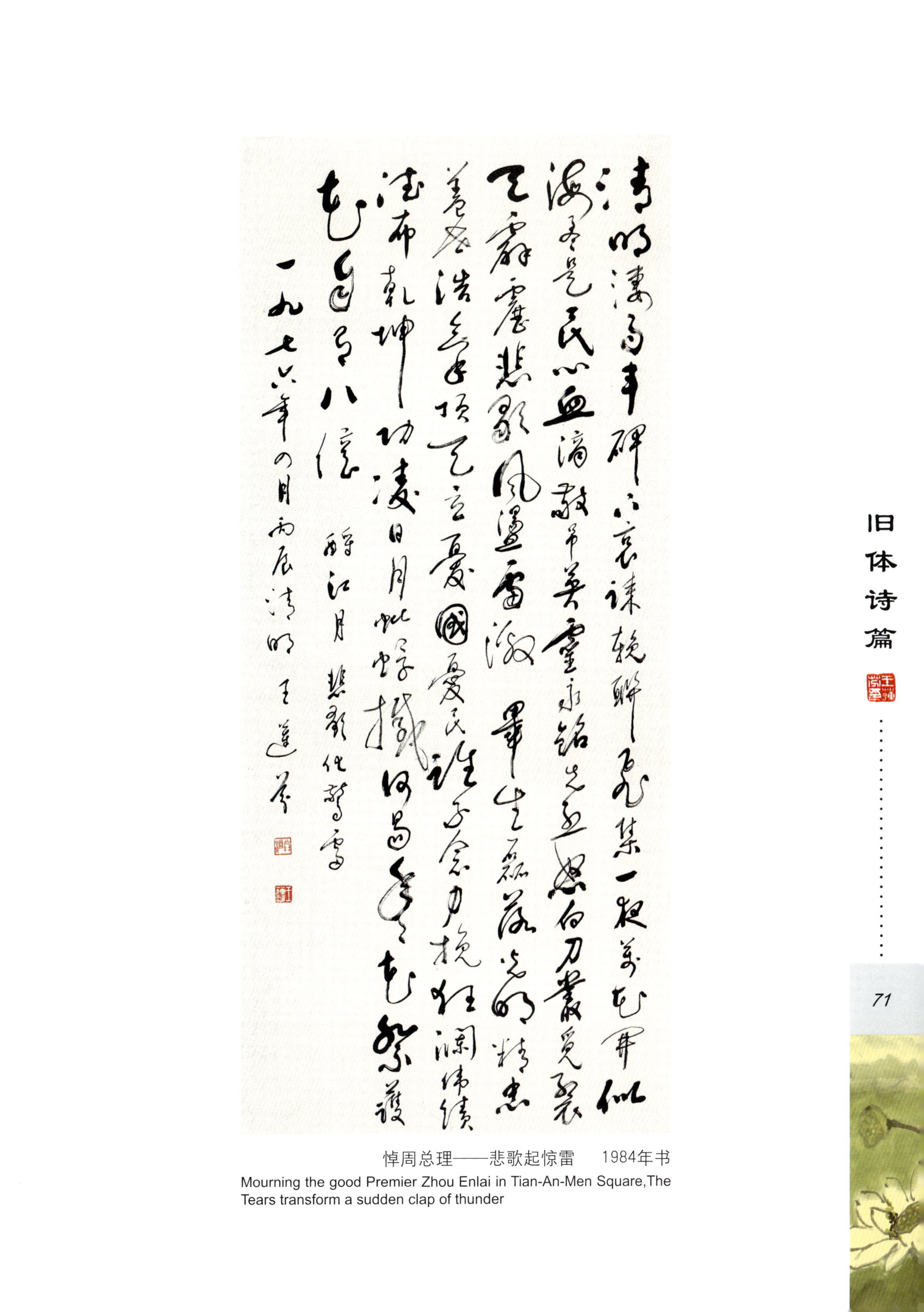

悼周总理——悲歌起惊雷　1984年书

Mourning the good Premier Zhou Enlai in Tian-An-Men Square,The Tears transform a sudden clap of thunder

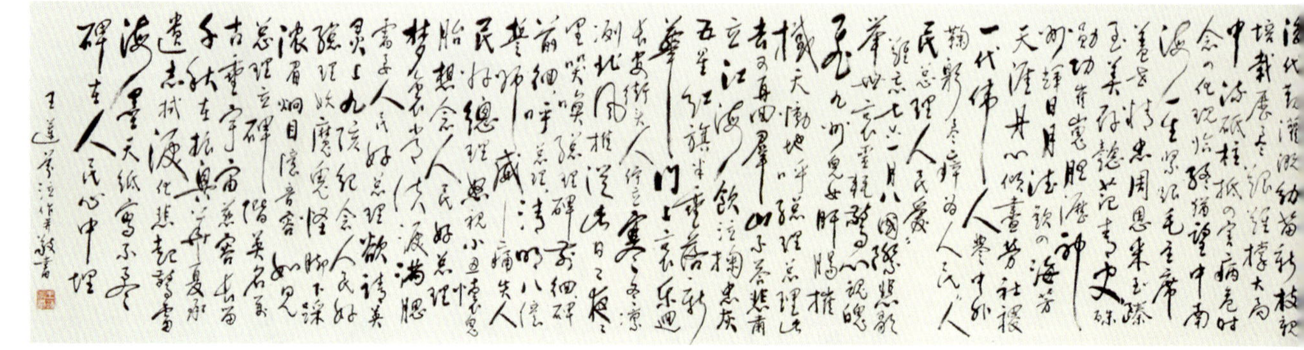

周总理的丰碑
丙辰清明人民英雄纪念碑前九州儿女祭

1976年清明泣作

天安门前人如潮，纪念碑下花似海。涌潮捧海列阵来，丰功伟绩万民摆。
共产主义真战士，中华民族栋梁材。青年疾书唤《觉悟》，反帝反封慷而慨。
五四举旗奋先驱，北伐跃马荡尘埃。黄浦江头锤镰举，南京路上乾坤开。
南昌打响第一枪，枪声报晓新时代。遵义城头迎旭日，奠定领导扫阴霾。
雪山草地逾万里，延安宝塔架虹彩。衣上征尘未曾掸，亲临虎穴从容来（差）。
西安渝城著妙手，红岩梅园绽松梅。坚定沉着握全局，刚毅机智斗狼豺。
唇枪舌剑斥顽敌，挥洒笑谈奏神凯。统战望重功卓绝，宾朋契友四海偕。
人心向背论得失，岂容域中妖成灾。雄目炯炯千军扫，伟略步步统帅陪。
转战陕北仰北斗，决策全局会西柏。一唱雄鸡东方红，立林世界大步迈。

建国创业呕心血，飞展宏图奠万代。日理万机为国筹，经文纬武信奇才。
爱民无私倾肝胆，勤国劳躯鬓添白。统一祖国实夙愿，怀念同胞望金台。
外交纵横才横溢，扶世帷幄思澎湃。风尘仆仆访诸国，万隆精神功玮瑰。
三分世界扶弱小，友遍天下抗霸魁。豁达明正彰大义，温文庄重凝风采。
平易近人不矜功，崇高品德人爱戴。光明磊落照千秋，艰苦朴素志不改。
父辈晚节时告诫，高风清德砺吾侪。殷望后代勤灌溉，幼苗新枝辛培栽。
历尽艰难撑大局，中流砥柱抵四害。病危时念四化现，临终犹望中南海。
一生紧跟毛主席，盖世精忠周恩来。至善至美存懿范，无私无畏功崔嵬。
胆沥神州辉日月，德钦四海芳天涯。丹心倾尽劳社稷，一代伟人誉中外。
鞠躬尽瘁为人民，人民总理人民爱。

难忘七六一月八，国际悲歌举世哀。巨星忽陨裂长空，天柱倾折狂飚吹。

周总理的丰碑　1976年作　1986年重书

An everlasting monument of Premier Zhou-En-Lai

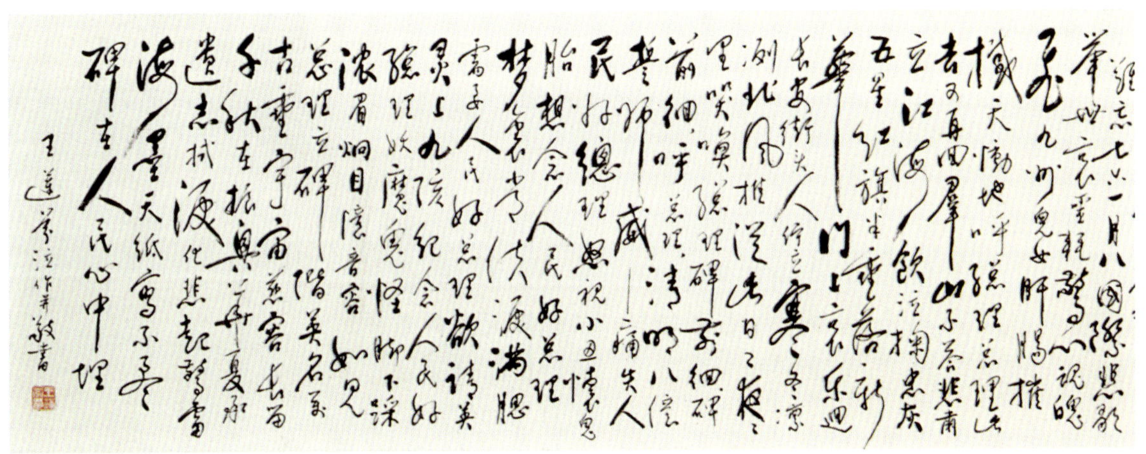

噩耗惊心魂魄散，九州儿女肝肠摧。撼天恸地呼总理，总理此去可再回。
群山不答悲肃立，江海饮泣掬忠灰。五星红旗半垂落，新华门上哀乐廻。
长安街头人伫立，寒冬凛冽北风推。从此日日夜夜里，哭唤总理碑前徊。
碑前徊，呼总理，清明八亿誓师威。痛失人民好总理，怒视小丑怀鬼胎。
想念人民好总理，梦里常使泪满腮。需要人民好总理，欲请英灵下九陔。
纪念人民好总理，妖魔鬼怪脚下踩。浓眉炯目音容现，如见总理立碑阶。
英名千古垂宇宙，殊勋万世青史载。振兴华夏承遗志，拭泪化悲起惊雷。
海墨天纸写不尽，碑在人民心中埋。

花满观礼台

记1977年1月8日周总理逝世一周年

清明雨纷纷，断肠吊忠魂。泪洗纪念碑，人涌天安门。
白花漫地泣，诗环矗山堆。挽联字字血，檄文声声雷。
故国万民集，九州音同哀。浩景震天地，悲歌惊雷来。
一夜风雨狂，黑云压顶摧。刀丛捍忠烈，劲搏见松梅。
四五诬元良，十六灭妖灾。迎来一月八，大地吹春回。
捷报举盛祭，一夜万花开。花圈寄深情，素绢托缅怀。
广场人如海，花满观礼台。春盈天安门，霞披纪念碑。
同是悼忠魂，悲喜有分差。今年悼总理，喜泪洒玉阶。

把酒酹滔滔

1976年12月26日

阳光灿烂雨露浇，万里山河红旗飘。
主席英名震四海，总理忠心日月昭。
人民幸福承领导，改地换天颂舜尧。
讵料晴天惊霹雳，黄河长江奔呼号。
一月总理栋梁倾，七月朱帅传噩耗。
九九主席天柱折，山崩地陷落狂飙。
五岳伤悲顿失色，三江饮泣涌波涛。
十里长街哭总理，河山处处泪如潮。
举国惊悼总司令，三军严阵警天雕。
寰球同声恸领袖，国际悲歌动九霄。
八亿人民心欲裂，神州大地雨潇潇。
默默仰望天安门，沉沉移步金水桥。
哀痛欲绝呼主席，忧思如焚虑魔嚣。
难忘一九七六年，悲痛接踵霾雾绕。
蛇蝎鬼域万民忿，黑手祸心罪难饶。
为国为民除“四害”，元勋共策灭尔曹。
英明拥戴华主席，天飞红云擒帮妖。
力挽狂澜弹指间，稳操胜券险象消。
万众欢腾庆胜利，前程似锦江山娇。
月宫嫦娥闻喜讯，告慰忠魂万古标。
愿借吴刚桂花酒，敬祭英灵酹滔滔。

敬谒西柏坡

1978年夏，去石家庄国务院干校参加麦收劳动并慰问在校同志，期间往瞻西柏坡。

麦收时节枣花多，一路香飘西柏坡。堤坝嵯峨依峻岭，峦崖迢递绕盘陀。
太行胜算冲牛斗，延水神谋出滹沱。翠竹红梨环圣地，千秋永念此山河。

敬谒西柏坡

Perceiving Xibaipo with reverence,a sacred place of the Revolution

诉衷情——敬悼朱德委员长（1976年夏）

当年万里统旌矛，武略定神州。一身百战南北，鞍马度春秋。
恤黎庶，恨仇雠，解国忧。威扬天下，峰翠井岗，誉贯五洲。

敬悼朱德委员长 1988年

Mourning President Zhu De

迎客松下忆总理

1975年7月，周总理最后一次到人民大会堂，在迎客松下做了重要指示。（1976年5月）

大会堂里迎客松，日迎东西南北中。总理松下会宾朋，五洲四海沐东风。八亿重担为人类，路线忠循毛泽东。
襟怀大度谦有礼，平易近人人敬崇。谈笑风生倾满座，机警敏思目炯炯。凛然正气敌惊恐，义正言辞豪辩雄。
世界风云多变幻，时时若在指掌中。累历艰险何所惧？越岭跨海自从容。鞠躬尽瘁为人民，艰苦卓绝建奇功。
反帝反修砥柱坚，无私无畏肝胆忠。劬劳会晤又达旦，钟楼正奏《东方红》①。（1979年3月4日 人民日报发表）

注：①当年西长安街电报大楼报时钟，每晨鸣钟报晓高奏乐曲《东方红》，京城皆闻。总理通宵达旦工作到黎明报晓钟鸣。

迎客松下忆总理　　1976年

To cherish the memory of Premier Zhou Enlai beside the picture of “Greeting Pine” , which hung on the wall of the Great Hall of the People - a place to meet distinguished guest from around the world

1988年3月4日在毛泽东纪念堂纪念周恩来总理诞辰90周年书画会上，邓颖超大姐亲切接见(左起：程莉影、萧淑芳、刘继英、计燕荪、邓颖超、胡絜青、王莲芬)

1988年3月5日纪念周总理诞辰90周年赠献与田世光、黄均、陆鸿年合作的《迎客松下忆总理》画作于毛主席纪念堂受到邓颖超大姐接见(此照于此画前与纪念堂欧日升同志暨溥杰先生)

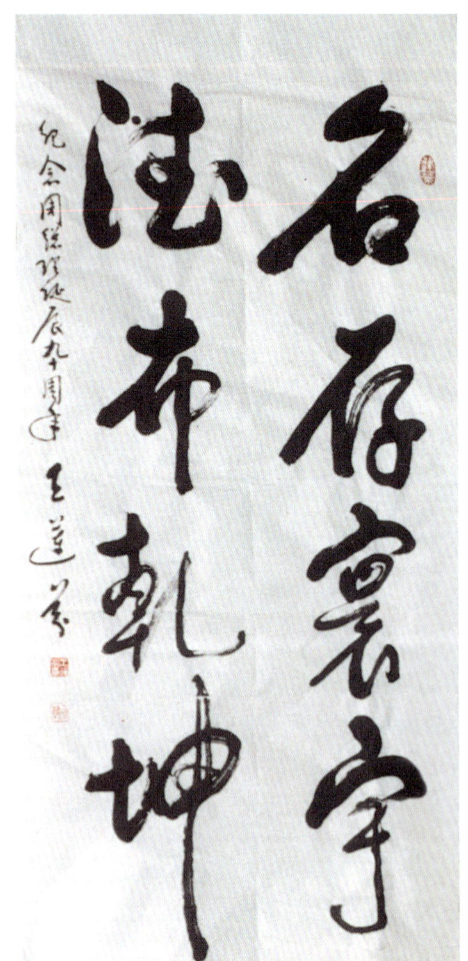

1988年3月4日在毛泽东纪念堂举办书画会纪念周年来总理诞辰90周年现场敬题“名存寰宇，德布乾坤”

新华社记者周立宪（后排左四）报道

毛主席纪念堂举办书画会纪念周恩来同志诞辰九十周年

新华社北京3月3日电 （记者周立宪）20多位著名书画家今天上午在毛主席纪念堂电影厅挥毫拨墨，在宣纸上抒发对周恩来的深切怀念之情。这些书画家是应毛主席纪念堂管理局的邀请，来纪念堂参加纪念周恩来同志诞辰90周年书画会的。

一些书画家早早便来到设立在纪念堂内的周恩来同志纪念室，在周恩来的汉白玉胸像前合影留念。

九时半，邓颖超来到二楼电影厅，与书画家们一一握手问好，并与大家合影。艺术家们纷纷向邓大姐表示敬意。邓颖超拉着胡絜青的手，关切地询问她的身体状况。邓颖超祝贺吴作人不久前获得比利时“王冠级荣誉勋章”。这是表彰吴作人在绘画艺术方面的杰出成就和对沟通中、比两国文化艺术交流所作的贡献。邓颖超对艺术家们说，以书画会的形式纪念周恩来同志诞辰90周年是很有意义的。

首先挥毫的是许麟庐、周怀民、陈大章。他们在一张宣纸上分别以兰、竹、梅为题合作了一幅画，寓意周恩来同志的谦谦君子风度。

老舍夫人胡絜青抱病前来写字作画。12年前，周恩来总理去世时，她含泪画青松，并题诗“要知松高洁，待到雪化时”，以表达对周总理的敬仰，对“四人帮”的蔑视。画店曾要收购这幅画，她没有同意。不久前，毛主席纪念堂为纪念周恩来诞辰90周年向全国一些著名书画家征集作品，胡絜青献出了这幅饱含心血的力作。现在，《青松》正和一些书画家赠送的佳作一起挂在电影厅里。

“名存寰宇，德布乾坤”，墨迹未乾的条幅出自王莲芬之手，它笔墨酣畅，气势雄浑。这位曾在全国人大常委会工作了20年的女书画家，指着大厅的一幅《迎客松》对记者说：“周总理生前常在人民大会堂那幅迎客松画下会见中外客人。1975年7月，周总理最后一次来到人民大会堂，也曾在迎客松画下与我们亲切交谈，勉励我们做好工作。”周总理去世时，王莲芬写了《迎客松下忆总理》一诗寄托哀思。1980年，中央美术学院三位画家据诗意画了这幅“迎客松”送给她，王莲芬将自己的诗作题在画上。这次，她将保存了8年的这幅画捐赠出来。

88岁高龄的人大常委会副委员长楚图南可能是今天到场的书画家中年龄最大的了。尽管在不久前他已送来了“与有肝胆人共事，从无字句处读书”的书法作品，但今天仍然又兴致勃勃地参加了书画会。

科教·文化·体育

英名存寰宇 盛德满乾坤

首都书画家泼墨挥毫纪念周总理

据新华社北京3月3日电（记者周立宪）20多位著名书画家今天上午在毛主席纪念堂电影厅挥毫泼墨，在宣纸上抒发对周恩来的深切怀念之情。这些书画家是应毛主席纪念堂管理局的邀请，来纪念堂参加纪念周恩来同志诞辰90周年书画会的。

一些书画家早早便来到设立在纪念堂内的周恩来同志纪念室，在周恩来的汉白玉胸像前合影留念。

九时半，邓颖超来到二楼电影厅，与书画家们一一握手问好，并与大家合影。艺术家们纷纷向邓大姐表示敬意。邓颖超拉着胡絜青的手，关切地询问她的身体状况。邓颖超祝贺吴作人不久前获得比利时“王冠级荣誉勋章”。这是表彰吴作人在绘画艺术方面的杰出成就和对沟通中、比两国文化艺术交流所作的贡献。邓颖超对艺术家们说，以书画会的形式纪念周恩来同志诞辰90周年是很有意义的。

首先挥毫的是许麟庐、周怀民、陈大章。他们在一张宣纸上分别以兰、竹、梅为题合作了一幅画，寓意周恩来同志的谦谦君子风度。

老舍夫人胡絜青抱病前来写字作画。12年前，周恩来总理去世时，她含泪画青松，并题诗“要知松高洁，待到雪化时”，以表达对周总理的敬仰，对“四人帮”的蔑视。画店曾要收购这幅画，她没有同意。不久前，毛主席纪念堂为纪念周恩来诞辰90周年向全国一些著名书画家征集作品，胡絜青献出了这幅饱含心血的力作。现在，《青松》正和一些书画家赠送的佳作一起挂在电影厅里。

“名存寰宇，德布乾坤”，墨迹未干的条幅出自王莲芬之手，它笔墨酣畅，气势雄浑。这位曾在全国人大常委会工作了20年的女书画家，指着大厅的一幅《迎客松》对记者说：“周总理生前常在人民大会堂那幅迎客松画下会见中外客人。1975年7月，周总理最后一次来到人民大会堂，也曾在迎客松画下与我们亲切交谈，勉励我们做好工作。”

88岁高龄的人大常委会副委员长楚图南可能是今天到场的书画家中年龄最大的了。尽管在不久前他已送来了“与有肝胆人共事，从无字句处读书”的书法作品，但今天仍然又兴致勃勃地参加了书画会。

邓颖超与书画家们共同欣赏书画会的作品。

新华社记者 王传国摄

左二为邓颖超大姐、后排左四为王莲芬

雪昭元勋三中会

欢庆党的十一届三中全会小平同志出来工作暨叶副主席建军五十周年讲话

1977年8月1日

德高望重豈可摧，帷幄胜操民望回。
泪洒白花一月八，雪昭元勋三中会。
人心所向奋八亿，善恶得报慰九陔。
继往开来肩安危，兴邦治世荐贤才。
老泪纵横思主席，宏图重展忆恩来。
力辅英明无私念，心探长策望澎台。
全党全军共感涕，叶帅语重激心怀。
誓师四化从头越，千秋大业功崔嵬。

满江红

——悼张志新烈士

1979年6月28日

气贯长虹，战妖孽，铁窗悲绝。带行镣，仰天昂别，浩怀壮烈。雪压青松真傲骨，寒欺新竹亮高节。但直言、肝胆炳丹青，昭日月。

捍真理，宁玉折；凌霜立，梅挺洁。任割喉钳口，血涂史页。留得美名颂千古，换来广宇添春色。树楷模，长恸忆忠魂，奠英杰。

（载光明日报）

敬和南风老同志

1980年庚申清明

1978年麦收赴国务院干校与南风老先生相识，南老因不屈于“四人帮”淫威，长期不得工作。方为其平反，便喜奔干校劳动，七十余高龄仍思为国家多做贡献。惜被癌症夺去生命。麦收时曾惠余诗：“麦收战斗喜逢君，时届夏令犹如春。现代清照堪钦羡，飒爽雄姿亦诗英。”当时因该诗多溢美之词，未便奉和。今倒箧目睹其遗诗，不胜感慨，和之以悼。

麦收时节始逢君，
前辈高风语似春。
恸哭雨狂摧未折，
却令痼疾夺斯人。

代娥妹答友人“雨中赏荷诗”

记1979年11月8日

映日蓬莱水，婷婷立素荷。
瑶池愁黛少，莲蕊紫菂多。
佳侣偕鸳鸟，仙舟漾玉鹅。
与君相会日，鼓乐起笙歌。

附：友人《雨中赏荷》诗：“细雨昆明水，霏霏净仰荷。红颜敷粉少，绿袖滚珠多。
香蕊踏翠鸟，残萍绕白鹭。无舟近君子，翘首叹奈何。”

庚申除夕寄树声

1980年除夕于北京寄内蒙

红酒华灯独不眠，此心何事驶三边。
闺中今夜思千里，暗数归期又一年。

沁园春
——避暑山庄烟雨楼即兴

1980年仲夏，文化部邀请文化界专家、学者、知名人士于承德避暑山庄消夏。8月5日与当地文化界人士欢叙于烟雨楼头。席间有阳翰笙、周而复、张君秋、周汝昌、葛一虹、陈慧、王遐举、徐之谦、胡松华、苏叔阳、秦鹏章、楼乾贵、刘淑芳、项堃、邹德华、刘长瑜、李谷一、傅正义、钟润良、康绵总、朱雅莉、钟玉新、江浩、娄青蓝、曹静波等，艺术院校的有田世光、黄均、陆鸿年、祝肇年、黄源礼、黄飞立、易开基、孙明经诸教授，以及承德市文化界关阔诸君，吟诗作画，即席挥毫。余亦即兴成沁园春一阕：

北国江南，塞上名园，避暑山庄。看奇峰拱峙，雄深雅健；画堂掩映，金碧辉煌。胜趣天成，水芳岩秀，十里澄湖荷溢香①。寻芝径②，问文津月冷③，烟雨波凉④。

林峦玉宇晴光。豁千嶂，紫霞浮翠岗。最磬锤东立，晖扬天际⑤；蔚松西偃，蛇走宫墙⑥，背控烽烟，内坚古戍⑦，嘉会名藩朝众王⑧。今来者，又五洲宾客，共道沧桑。

注：①山庄金山之北，为热河泉，泉水平流，澄湖十里。②山庄名胜之一，芝径云堤。③山庄名胜之一，文津阁之下有一池清水，假山错落重叠之中，留有一穴漏光，倒映在池中，宛如一弯素月高悬。终年可见。④山庄有一青莲岛独立水中，仿嘉兴南湖烟雨楼而建的同名建筑。⑤承德山庄东部有一棒槌山。当夕阳西照，晚霞似火，奇伟壮丽，称槌峰落照。⑥山庄宫墙蜿蜒长达20华里。⑦北抗沙俄侵略。⑧清帝利用塞外避暑机会召见、宴赏蒙、藏、新疆（维族）等少数民族王公，传授统治经验和筹划边防措施。

北国江南

The beauty of the northern country is equal to that of the south of the Changjiang River

1980年夏文化部文艺工作者于承德避暑山庄消夏于烟雨楼笔会作者(右一)即席书当日游山庄词《沁园春》

沁园春

——奉题包钢

1981年春节于内蒙古包头市

莽莽青山，滚滚黄河，跑鹿古城①。昔宝藏沉睡，黎元苦瘠；飞沙卷地，狼虎冠缨。关塞云低，昭君墓冷，胡马嘶风笳鼓鸣。霞光启，听鸡鸣旭日，一唱天明。

白云鄂博重生②。握金钥、富神山令行③。看高炉琼阁，嫦娥捧袂；玉池铁水，哪吒降鲸。“包鲁特台”④，火龙吐焰，万树钢花笑语迎。舒铁臂，更九天揽月，众志成城！

注：①蒙语为包克图，即跑鹿的地方。

②指白云鄂博铁矿。

③当地流传的神话故事，说白云鄂博有一座珍藏各种宝贝的铁柜山，盼望着一把金钥匙打开这座富神山。

④［包鲁特台］即蒙语流钢的地方。

满庭芳——黄山

庚申十二月一日游黄山。辛酉除夕夜于内蒙古包头市作《满庭芳》以志。新春正月在民革中央上元盛会上，八十四岁诗翁张伯驹老先生又为之斧正。

巧夺神工，奇超鬼斧，擎霄拔地群峰。天都骋目①，丹嶂翠峦重。脚下云涛吞吐，奔腾似万马行空。烟波里，碧簪螺髻，缥缈讶仙宫。

苍穹，翥举首，金铺莲蕊，玉削芙蓉②。试悬崖接引，招手蟠松③。始信琴台观海④，绝顶弄霞驭长风。澄胸臆，清凉世界⑤，红日正当中。

注：①天都峰。人称天之都会，海拔1810公尺，与莲花峰争雄对峙，为黄山三大主峰之一。②莲花、莲蕊峰，劈地摩天，气冠群山，海拔1860公尺，为黄山第一高峰。③黄山玉屏楼迎客松。伸展枝臂，像一位热情好客的主人，欢迎来自四面八方的宾客。④始信：黄山始信峰。小巧而玲珑，在群峰之中风姿独秀。以『始信黄山天下奇』诗句而得名。于始信峰上琴台观云海。⑤黄山北海清凉台。清晨于此台观日出。仰望一轮红日从东方喷薄而出的雄伟景象，更为瑰丽。

满庭芳 · 黄山　　1982年

A poem of Yellow Mountain

祝荣宝斋三十周年藏头诗

1980年10月

荣文享盛名，宝珍价连城。斋开京华市，新作竞丹青。
生意兴华夏，卅载会嘉朋。周游海内外，年年百花增。

纪念活动当日与来宾关山月夫妇(左一、二)，右一为王庚和

沁园春

——承焘夏老招饮

1981年4月清明

辛酉清明，髯翁夏老招饮于河南饭庄。同席有贺敬之、周汝昌、钟敬文、吴祖光诸诗界名流。席间余作“沁园春”苦不能卒章，周汝昌先生为续结语“一引长虹”。

魂断清明，梦绕丰碑，酒奠英灵。望长安故道①，海天云气；西园草绿②，紫阁风轻③。依约当年，劳躯国事，旧地斜阳忆笑迎。捧金斝 ，顾席间老少，欲语无声。

春回桃李峥嵘。待兴举、飞龙去枥腾。纵凤霞未出，育雏哺燕④；髯翁不老，捉鳖吞鲸。红杏出墙，新篁生笋，待有才人伟业承。重聚首，换大杯如斗，一引长虹！

注：①北京东西长安街。
②中南海西花厅。
③中南海紫光阁。以上均为怀念周恩来总理之句。
④席间讲到新凤霞因病不能演出，致力培养青年演员。

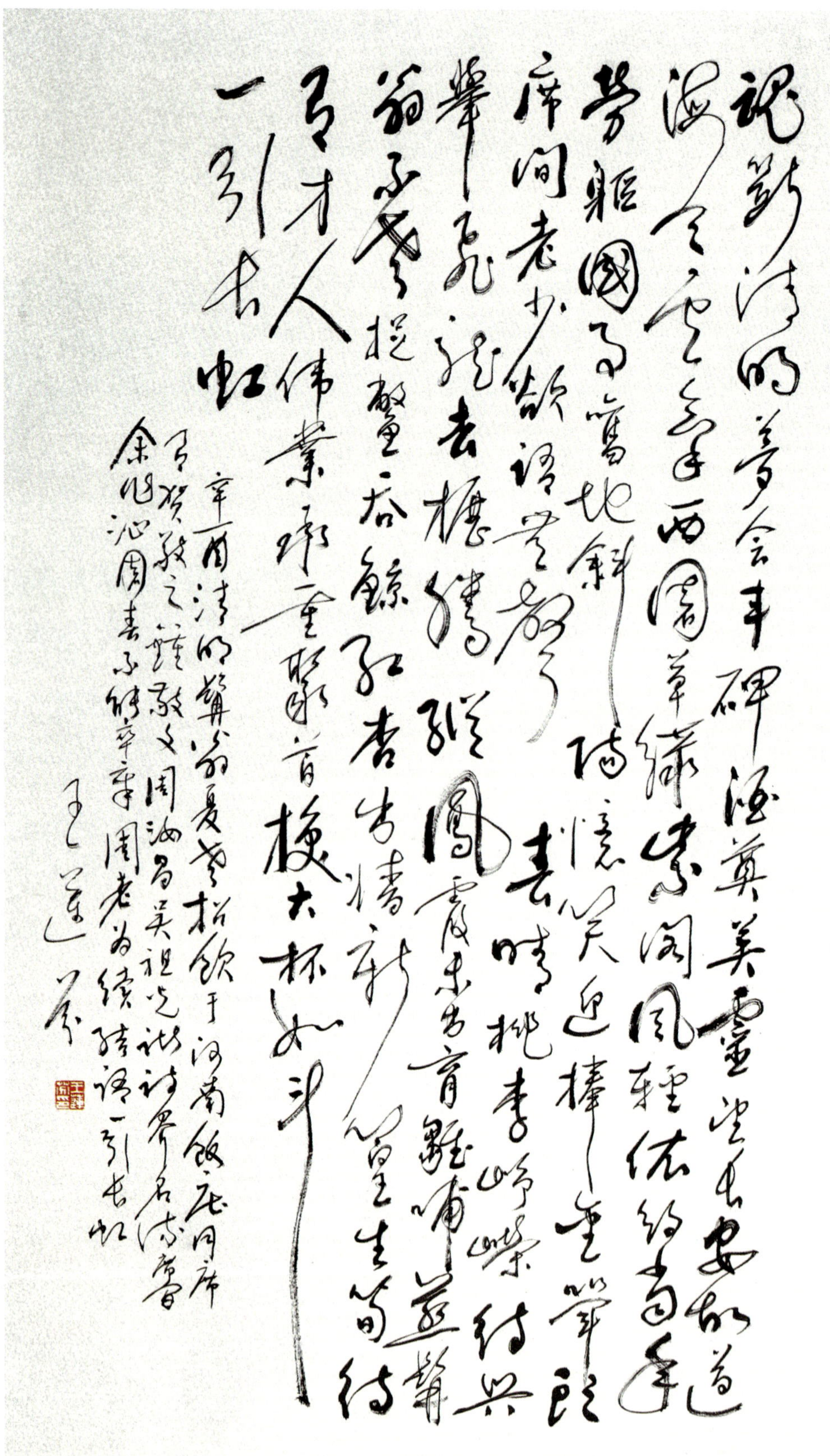

夏承焘先生招饮　1981年

Meeting with Mr.Xia Chengtao

1981年3月夏老招饮

前排左起：周汝昌、贺敬之、钟敬文、夏承焘、邓广铭、张璋、程莘农、陈秋帆(钟夫人)
后排左起：范用、吴祖光、程莘农夫妇、王莲芬、吴闻、周笃文、陈贻焮

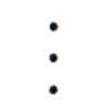

辛酉春黑龙江省书画展在北京开幕
观李万春先生作画即兴

1981年

饱蘸松江水，豪挥长白情。
报春来日下，烟柳满京城。

辛酉端阳北京中山书画社雅集感赋

1981年端阳节

方惊星陨恸寰垠，又会端阳怀故人。
照眼榴花红似火，更投角黍吊灵均。

西江月

——出席中国书法家第一次代表大会即兴

1981年5月5日

烟柳京城春色，兴豪满座东风。好山好水画图中，泼墨龙蛇飞动。
笔阵横挥五岳，词源倒泻千洪。眼前仰止羡诸翁，待看长江波涌。

奉和益知老

1982年3月1日中央文史馆馆员王益知老先生惠赠书篆并诗一首。诗篆俱绝佳，无任钦迟，因步原玉奉和。

阳春一曲龙飞篆，梁颢才高重史坛①。
太液恩波人不老②，同舟风雨共危安。

注：①梁颢：宋朝，字太素，是有才华的文学家，借指益知老。②太液：古代宫城里的池称太液池。中央文史馆曾在北海公园（原太液池）内。太液恩波泛指国家的关怀并怀念为统一战线工作付出心力和光辉典范的敬爱的周恩来总理。

益知老长于诗作，特录原作以飨读者：

绿云常绕端溪砚，彤管光生翰墨坛。
排比休夸图笔阵，簪花盛誉满长安。

念奴娇

——庆祝建党六十周年

1981年7月1日

风云吞吐，六十载，力挽陆沉八极。逐鹿中原谁手得？四海共瞻主席。樽俎周公，运筹朱总，志士皆英杰。乾坤再造，辉煌无此丰绩。

睡狮威震寰球。中华民族，屹屹摩天立。洗尽百年侵侮耻，伟大光荣无敌。十亿同心，千秋四化，振翮争朝夕，山河一统，神州玉宇澄碧。

念奴娇

——1981年夏文化部邀请文艺界人士赴北戴河消夏活动『八一』建军节山海关感志

水天空阔，天连水，又接幽燕东壁。阅尽兴亡千载事，多少风流人物。魏武挥鞭，秦皇铭石，今日飞鸣镝。关山故垒，缅思辽沈神策。

雄狮横渡长江。金陵气尽，直把苍龙执。流水落花八百万，百代人神惊绝。四海归心，春回大地，决战还中国。长城巍峙，金瓯从此无缺。

山海关　1981年

A poem about the Shan-Hai-Guan Great Wall of China

题英雄树

——著名画家、中央美术学院田世光教授为纪念郑成功收复台湾320周年画英雄树、蝴蝶兰嘱余题句。（1982年夏日）

英雄树立英雄土，蝴蝶兰开台湾府。吾土长春金瓯满，蝶兰心向英雄舞。

注：我台湾省宝岛盛开蝴蝶兰花。

题英雄树　1982年

The artist's inscription in Tian Shiguang's painting "The Tree of Hero" , to commemorate The 320th anniversary of reaccupy Taiwan by hero Zheng Chenggong.

满江红

——纪念郑成功收复台湾320周年献词

1982年5月

还我台湾，吾国土，吾当来索。壮怀烈，誓师慷慨，同仇破敌。力复旧疆完夙志，勇驱荷虏成功业。震瀛寰，宝岛庆重光，回中国。

三百载，乾坤易；英雄业，千秋绩。固金瓯无缺，自强不息。原则九条昭大义，同心十亿翻鹏翮。早团圞，两岸共升平，辉史册。

注：郑成功320年前正告荷兰殖民者的壮严誓词："……台湾者，中国之土地也，……今余即来索，则地当归我。"

此诗的书法作参加民革中央、民革北京市委中山书画社举办的"纪念郑成功收复台湾320周年书画展"于全国各地巡回展出后，此原作被日本访华人士购去收藏。

和芳园《无题》

1982年6月6日

十年浩劫中芳园遭受严重迫害，批斗致伤，1972年10月6日于长春手术后赴北京治疗，车近沈阳感作《无题》诗，翌年10月10日函嘱余书之赠友人。1974年病故。1982年6月重睹遗诗，步原韵敬奠芳园逝世九周年。

（一）

沈水辽乡曾几时？燕关匹马任驰之。
春城晓月嫦娥梦，故国青山杜老痴。
漫念劫中成义鬼，忍寻生会在京师。
泪泉如酒君当饮，阎妮扬芬有好诗①。

（二）

万里锦书拭目开，沈阳一驿痛摧怀。
松江滚滚呼号急，故地暗暗噩耗来。
一代老将困小虫②，百年大业未竟哀。
白山黑水埋忠骨③，英烈堂前举大杯。

注：① 阎妮为芳园外孙女，幼即能诗。

附：芳园车至沈阳站作《无题》感怀诗：

岂有风流少壮时，东西南北任之之。
九天揽月嫦娥梦，五洋捉鳖魑魅痴。
漫道此去成新鬼，明日京华若有诗。
忍待有人提好酒，开我襟怀举大杯。

②十年浩劫中芳园遭受严重迫害批斗致伤患了重病。

③芳园为东北人。

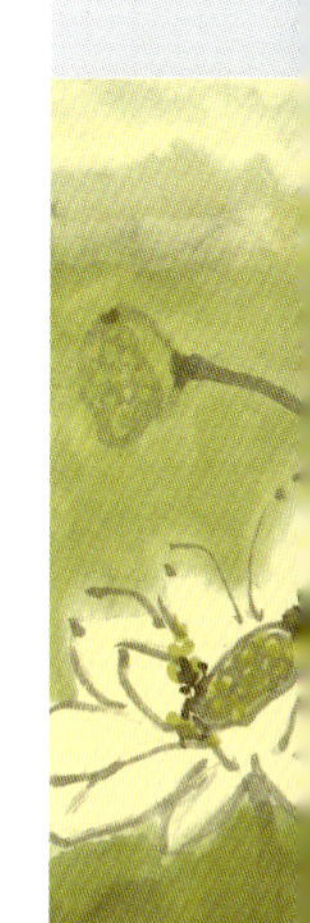

敬和萧师

1982年夏

德音方逖听，欣诵北山莱。博雅红楼学①，清新白傅才。
拜师尊马帐②，修禊晋螺杯。席上皆前辈，心仪彩笔堆。

注：①萧老曾就读旧沙滩老北大红楼。②壬戌端午后二日，潘素夫人宴请牛满江博士于丛碧堂。宾客有萧劳、宋振庭、秦岭云诸先生，芬亦预末座。席间，宋、秦作画，萧老题诗。振庭同志介余执贽萧老门下。萧老为赐字并诗：

早年游日下，乡国近蓬莱。
书重簪花格，诗惊詠絮才。
操觚寻胜迹，执贽共芳杯。（执贽于潘素夫人席间）
喜在文衡地，长安锦绣堆。

1982年6月27日于北京后海南岸张伯驹老寓所拜萧老为师

贺北京中山书画成立两周年

1982年11月12日

是日于中山公园中山堂举行纪念盛会，马璧教授当场挥毫以此诗入画。先画丹枫一枝，著名画家周怀民、潘素、陆鸿年等相继补菊、石、松、竹、梅等。书法家王遐举先生题此诗于画上，以志盛事。

大业鸿猷当奋先，华堂盛会集群贤。
枫红菊艳知人意，随画入诗祝有年。

奉和启功教授

1982年12月

春风桃李遍天涯，长白琼枝日下花①。
容若雪芹应笑慰，霞光又照夕阳斜。

注：①长白：启功老系满族，溯源长白；日下：指京都。

附：启老原作：

孤山冷澹好生涯，后实先开是此花。
香遍竹篱天下暖，不辞风雪压枝斜。

与启功先生于北京贵宾楼宴请台湾郎静山摄影展一行

沁园春——三八妇女节献词

1983年3月8日

喜看今朝，巾帼英雄，女将成城。昔败家亡国，咎归女子；违风抗俗，罪罚娉婷。封建根深，锁枷灾重，酷压深渊最底层。犹叱曰：『女，无才是德』，『国不予政』①！

千年怒吼抗争，长夜苦，雄鸡一唱明。获翻身解放，能文能武；当家作主，同享同工。担海挑山，攀峰揽月，不让须眉气宇宏。今道矣：女，扶地擎天，国之精英。

注：①『政』借韵，因成语。

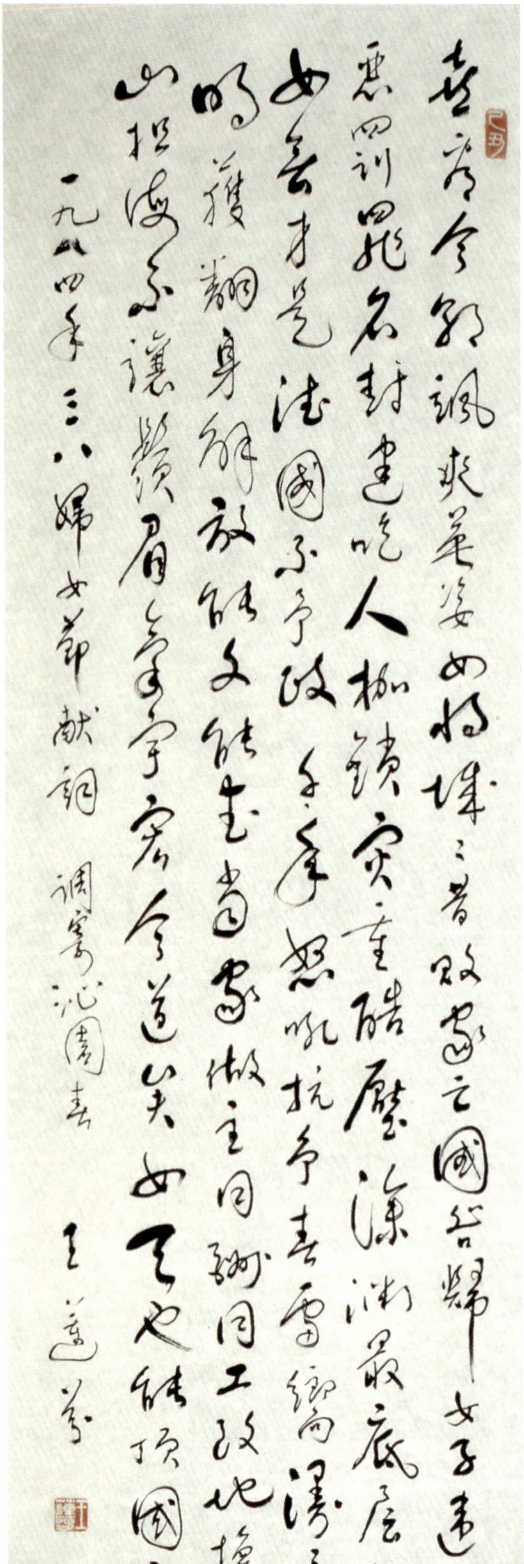

三八国际劳动妇女节献词　1984年书

A congratulatory message of the International Working Women' Day

三八妇女节与胞姐于南沙沟寓所

题棒棰岛

1983年7月文化部邀请文艺界知名人士于大连棒棰岛消夏，为周怀民老先生棒棰岛海滨写意题句。

浩渺接天涌，沧波壮此行。
惊涛如捣海，日夜棒棰声。

浩渺接天涌，沧波照此行。惊涛如捣海，日夜棒棰声。
题大连棒棰岛 王莲芬

题大连棒棰岛　1983年
An inscription of Bang-Chui Island of Dalian

旅顺口感怀

1983年7月于大连

（一）

大连海上吼雷奔，旅顺湾头浪吐吞。
废垒弹痕存浩气，残垣血迹隐忠魂。
沉沙白骨衔疆土，映日红旗耀国门。
奇耻百年都雪尽，鹰扬今见重兵屯。

（二）

维艰常忆此军港，凭吊今来古战场。
倭寇沙俄争掠夺，狼吞虎噬罪昭彰。
万忠墓下悲忠骨，老铁山前悼国殇。
告我子孙扬志气，兴邦当做好儿郎！

1993年夏作者与大连棒棰岛

庆祝日本雪江堂二十周年藏头诗

1983年9月

庆会秋光好，祝筵笔有花。
雪峰看富士，江海灿朝霞。
堂上良朋集，廿年令誉夸。
周寰鹏翅展，岁岁萃英华。

游日本箱根

1983年秋应邀访日游箱根于小涌园作七律一首
志中日人民友谊之源远流长

雾卷山腰云拂裳，烟岚袅袅远秋岗。长空带雨尘无染，深谷无风气自凉。
人寂幽园茵展绿，山闲疏树影生香。飞泉涌雪声声落，细语芳邻友谊长。

赠野阪澄子夫人

1983年9月21日中秋节，于日本朋友野阪一房先生家做客。野阪家住日本大阪宝塚半山绿荫深处，须拾阶而上。小楼幽雅恬静，夫人澄子女士陪我们参观了庭院中自种菜蔬。晚宴谈笑中，得知澄子夫人与余系同年同月出生……。

白云深处半山斜，绿树幽园野阪家。佳节天涯逢姐妹，与君岁岁庆芳华。

应邀访日贺东京雪江堂20周年 得汉俳句二首

1983年9月22日

庆会值中秋，扶桑同贺友情稠，美若雪江流。

东渡结墨缘，两邦姊妹相见欢，共赏笔花妍。

1983年秋出席日本友人西园寺公一先生雪江堂成立20周年盛典左起：西园寺公一先生、王遐举、王莲芬、姜逸程、王尧山、韩培新(中国对外友协干部)驻日本使馆文迟参赞

1983年九月于东京会见西园寺公一先生(右二)、西园寺雪江夫人(左二)

1983年秋于日本东京会见日中友协会长宇都宫德马先生(右一)、左一为西园寺公一先生二公子彬弘，左二为书法家王遐举先生

中国对外友协韩培新（左一）、王莲芬（左三）、雪江夫人（左四）

于东京雪江堂拜会雪江夫人

于日本东京与王遐举先生(左一)会见日本书道会长宇野雪村先生(右一)

1983年9月于日本东京与日本书法家笔会

与日本书道会员

1983年9月19日于日本箱根与中国友好协会干部（右三为书法家王遐举先生）

1983年9月19日于日本箱根小涌园题诗相赠

旧体诗篇

敬瞻岚山诗碑

1983年9月应邀访日，中秋节翌日西园寺公一先生二公子西园寺彬弘先生陪同往瞻岚山周恩来总理纪念碑。岚山风景秀丽、林峦秋水相抱，丹枫绿树成荫。尤空气清新、湿润，信如周总理诗中：濛濛雨中行句……及睹此碑，感怀泪下。

凝眸秋水绕林峦，曲沼涟漪碧映天。
疑雨疑晴山欲雨，若烟若雾水生烟。
方吟仙境来天外，忽报名山到眼前。
敬仰丰碑情不已，枫丹泣露诵诗篇①。

注：①碑文为廖公书总理岚山诗。

敬瞻岚山诗碑　1983年

A poem about the Lanshan Mountain of Japan

1983年9月21日敬谒日本岚山周总理诗碑

1983年9月中秋节与日本大阪宝塚野阪一房先生家做客，与野阪夫人野阪澄子女士合影

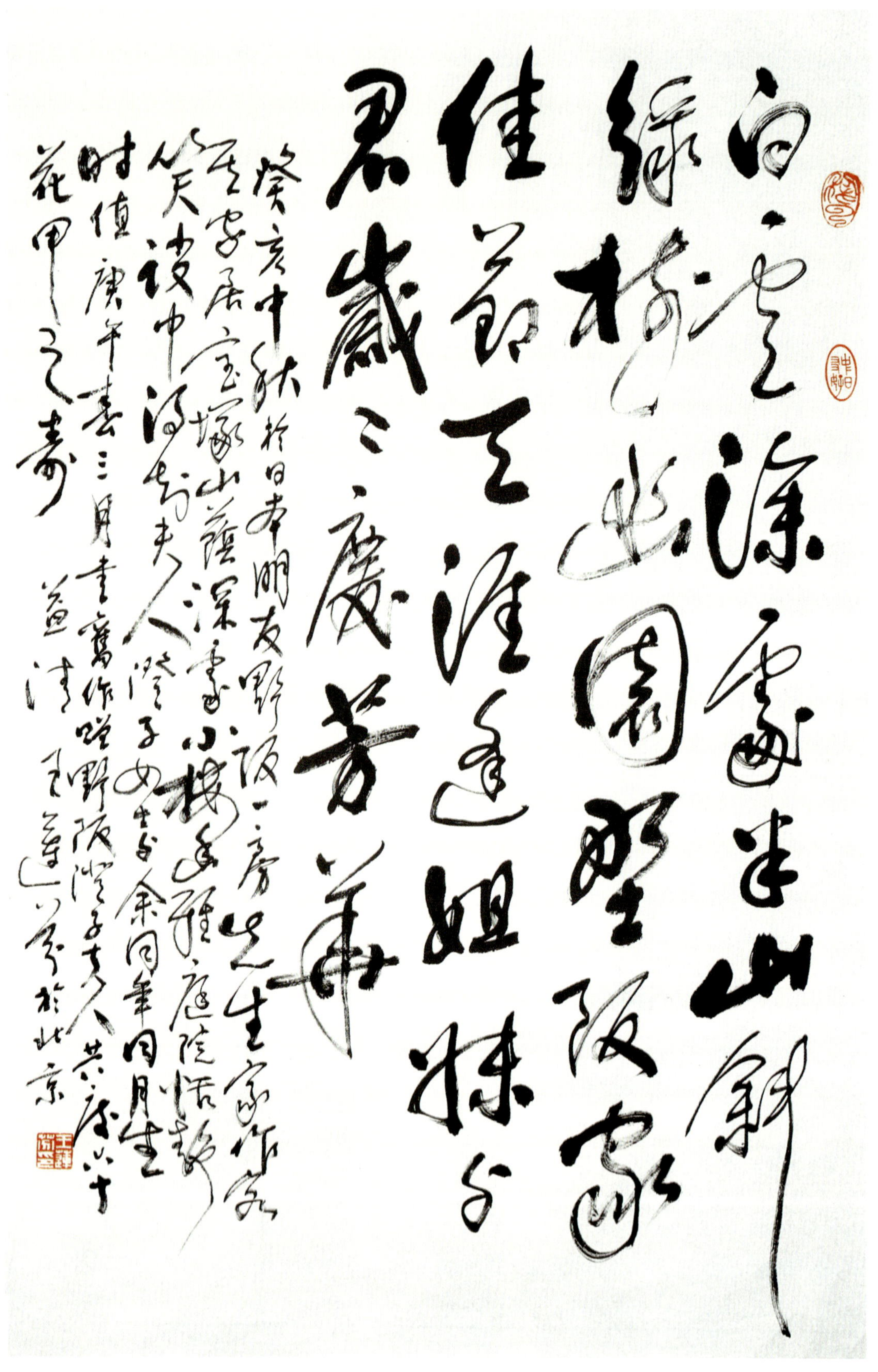

赠日本野阪澄子夫人诗　1990年

A poem presented to Japanese Yebanchengzi

谢胡絜青大姐赠画

1983年10月2日

癸亥国庆，东渡归来，喜见案头絜青大姐为其小女舒立画猫图补兰菊赠余。感其盛情，诗以答谢。

佳节秋风弹一枝，故园三径色尤奇。
幽兰香示夫人意，舒立画猫系所思。

冶金部老干部书画会即兴

1983年11月8日（立冬日）

傲雪老梅先百芳，舞风新柳绿千行。
参天翠竹清声远，战地黄花依旧香。

于冶金部老干部迎春会为潘素、秦岭云、李仲耘、赵世咸等合作画配诗

四八甲子第一春，生意盎然佳气氲。
奇石百花同入画，群贤毕至共图新。

为冲出亚洲走向世界体育展览题辞

1983年11月24日

驰骋著奇勋，名将有巾帼。劲松冬犹翠，红梅寒更茁。

自题画梅图

1984年5月1日

淡妆别有雪霜姿，玉洁冰清质自奇。
借得长毫抒正气，报春先写咏梅诗。

为树声画白梅配诗三首

1984年5月1日

暗香疏影淡烟痕，玉屑冰绡笼月魂。
莫误梨花欺雪艳，写来清气满乾坤。

玉树琼枝带雪妍，淡妆丽质出天然。
横斜自领高寒趣，梦到孤山浅水边。

格高傲霜雪，情深先百花。
塞上经风雨，青山居士家①。

注：①何树声：内蒙大青山人，号青山居士。

梅　1985年　Plum blossom

题红梅

为宋步云先生赠赵守一老红梅题句

1984年5月18日

粉肌脂靥红熳烂，铁骨横斜破冻寒。
为有幽香天下满，年年春色报人间。

临江仙

——贺中国广播电台对华侨开播三十五周年

1984年6月21日

祖国好音旋广宇，豪情共庆新猷。扬扬三十五春秋。风云留画稿，江海入吟讴。
佳节思亲看月满，清光两地凝眸。炎黄苗裔终何酬。百川归大海，携手建神州。

迎风展翅飞

庆祝对华侨广播开播三十五周年茶话会剪影

6月20日下午，北京国际俱乐部宴会厅里宾客满座。出席中国国际广播电台庆祝对华侨广播开播三十五周年茶话会的首都侨务界、文化界的来宾，有的献歌献舞，有的作画，有的书写条幅，热烈祝贺对华侨广播三十五年来所取得的成就。

出访前夕送真情

北京市侨联艺术团副团长、著名归侨女歌唱家叶佩英，原定当天下午四点多钟随全国人大代表团前往朝鲜访问。为了向电台同志们表示祝贺，她带着行李赶到会场，提前为大家演唱了一首赞美白帆的新歌。“蔚蓝的大海气象万千，最美的要数那片片白帆……”她用深情、甜美的歌声，预祝广播工作者“在生活的海洋里，扬起风帆，乘风破浪，一往无前”。

别出心裁的“贺礼”

“下一个节目……”报幕员话音未落，国务院侨务办公室主任廖晖站了起来，他建议国务院侨办副主任庄炎林表演一个节目，代表侨办向辛勤从事对华侨广播工作的同志们表示祝贺和感谢。

年过六十的庄炎林，不久前出席六届政协二次会议时，曾在人民大会堂为归侨人大代表和政协委员演唱过“刘三姐”的歌曲，一时传为佳话。这次，他被点将后，不慌不忙走到舞台中央用马来语唱起了马来亚民歌“月光曲”。庄炎林青少年时代，大部是在南洋度过。他的马来亚民歌，富有异国情趣，博得全场热烈的掌声。

书画名家喜作《劲节图》

在茶话会会场，书画名家纷纷摆出自带的“文房四宝”，为对华侨广播创办三十五周年即兴作画写字。

中央美术学院副教授、擅长画竹的国画家黄均提起大号画笔，浓泼淡描，画了一片在疾风中昂然挺立的竹林。然后，他恭请他的老朋友、西安美术学院教授、著名归侨画家罗铭补雀。罗铭半开玩笑地说：“你的竹子把画面都占满了，叫我的鸟往哪里躲？”黄均笑着说：“就往竹林外飞吧。”罗铭听罢拿起小号画笔，在一片竹林的空档，轻描淡泼，画了五只迎风飞翔的的小鸟，那神态，象是从竹林刚刚穿出来。黄均高兴地说：“活了，画活了。”

这时，著名中年书法家王莲芬闻声过来看画，黄均请她题词。王莲芬略为思索了一下，挥毫题了“劲节凌霜雪，迎风展翅飞”“庆祝国际广播电台对华侨广播三十五周年”两行草书。黄均对在场的电台华侨部工作人员说：“这幅画有两重意思：一是表示，电台的对华侨广播，三十五年来，经历了疾风寒霜，象这竹子一样，苍劲挺拔，二是希望所有从事广播工作的同志，象画中迎风展翅的鸟儿，不怕困难，把工作做得更加好！”

·高学玉　吕佩浩·

⇦王莲芬正在《劲节图》上题词。站在她身旁戴深色领带者为罗铭。图中前左一为黄均。

本报记者　余赤平摄

承德避暑山庄《九秋冷艳》词意　　1995年

September lotus brightly beautifying Chengde Summer Palace

雨霖铃

1984年秋

咏避暑山庄九月荷花①

祖国山河美丽多彩，承德避暑山庄荷花以耐寒著称塞外，深秋依然挺放，世谓“九秋冷艳”寄情咏之。

新荷方裂，正馨香远，气色飞越。九秋冷艳居此，经霜露后，倍呈清节。玉立亭亭上苑、更谁比高洁？坠粉去，留子莲蓬，岁岁芳心苦无歇。

霞衣映日红雲彻。舞西风，翠盖连天叠。凌波烟雨楼畔，光旖旎，锦湖秋月。倩影琼姿，万种风情描尽还缺。君不见，塞外名花，自古称奇绝。

注：①深秋“草木摇落露为霜”时，他处荷花已叶残花凋，唯独山庄的红荷依然娇艳。乾隆九月初三日曾有诗：“霞衣独耐九秋寒，故留冷艳待人看。”

望海潮

——于承德避暑山庄热河泉怀古

1984年秋

源头活水，清澄如许，热河涌翠呈华。层阁叠辉，瀛洲映碧，赏心名苑奇葩。芝径绕堤沙。更云容水态，烟雨明霞，万壑松风，四围崇岭郁清嘉。

人天胜境奇佳。有九秋冷艳，二月梨花。枝茂草肥，鹤吟鹿伫，宵筵羌管胡笳。百族共欢哗。念屏藩展觐，威及荒遐。信道康乾治世，鸿业史堪夸。

临江仙

——庆祝建国三十五周年献词

1984年10月

耆老相将挥彩笔，歌吟盛世春秋。河山一统望中收。百花舒锦绣，翰墨尽风流。
枫染当年英烈血，换来处处芳洲。金戈铁马忆同雠。晚霞红似火，馀热遍神州。

为黄河碑林题词

1984年9月20日

黄河之水天上来，万里源头慈母怀。
浩浩奔腾何所寄，涛生波涌毓英才。

萦洄九曲潼关隘，险泻三门石壁开。
千载金汤滋大地，熙熙人杰震天来。

太 湖

——于轻工部无锡太湖休养院与尚爱松教授论诗得句

1984年10月9日

历尽惊涛风雨过，青山碧水伴渔歌。
太湖一望见天大，逐浪心潮日日波。

万顷太湖鱼米乡，桂花十里满街香。
菱红橘绿秋方好，蟹熟鳜肥味更长。

卜算子
雪莲组词六首
——述怀

1963年10月

生本傲冰霜，开落何须护。寂寞天涯独不移，风雨双眉妩。
无意恨凄凉，好景由虚度。恁是韶光去不留，灿灿姿如故。

十二年后再咏雪莲兼赠西北边防战士

1975年12月

岁岁伴高寒，终日听呼啸。雪窖冰天总自如，含笑迎风暴。
风暴报军情，我站西天哨。世纪风云尽饱谙，一览环球小。

皑皑雪山娇，灿灿花枝俏。笑倚冰崖瞰宇中，风景这边好！
艳吐彩云间，香溢国门峭。无限情思寄远疆，誓守关山道。

又九年后，三咏雪莲

1984年10月

风可洁衣裳，雨可除汙淖。露缀珠冠霜润肤，风雨原无恼。
天外倚昆仑，日月晶莹照。但得澄清万里埃，一片冰心抱。

万古出昆仑，开在云峰处。生息长江滴水源，滴滴皆母乳。
愿效慈母心，无私含辛苦。万里西风瘦不支，偏对西风舞。

汝惠尽琼瑶，汝取皆辛扰。山的胸怀雪的魂，压顶摧无倒。
根植大河源，目极长城道。身在峰巅始见高，我是一株草。

雪山雪莲——赠西北边防战士　　2000年

Snow lotus of snow capped peaks-An ode in praise of soldiers at a border sentry post in snow covered mountains

敬谒韶山

1984年11月19日，中国韵文学会于长沙成立，24日于湘潭大学召开第一次理事会。午后余约华钟彦、霍松林、陈邦炎三位老诗人乘车急奔韶山。三时到达。双塘秋水，天蓝枫丹，雄深肃穆，四周寂阒。故居右侧立一树绿橘，扶之良久，持一叶以归，时已夕阳西下。

沿路三湘无意观，一心急驶到韶山。
清秋茅舍黄花地，芳草池塘碧玉天。
霜润枫丹环秀岭，露滋橘绿护名园。
岩阿肃穆禽声寂，离去依依别泪潸。

敬谒韶山　1984年

A poem to pay my respects to the former residence of Mao Zedong at Shaoshan

1984年11月24日与老诗人华钟彦(左二)、霍松林(左三)、陈邦炎(右一)敬谒毛主席韶山故居

中国韵文学会成立大会即兴

1984年11月20日于长沙湖南宾馆

韵文盛会集三湘，词苑诗坛树典章。
耀眼赫曦秋岳丽，醉人枫叶晚亭芳。
朝晖每忆芙蓉国，文采当怀屈子乡。
济济名家欣著句，长吟宏议意飞扬。

登威海市环翠楼眺望刘公岛

1985年3月26日

翠阁凌空环翠城，刘公甲午有威名。
百年雪耻承先哲，万代峥嵘赖后生。
吊古战场怀节烈，抚今盛世志精英。
炎黄儿女多豪俊，大好河山我辈撑！

远眺刘公岛　1985年

A poem about Liugongdao Island of Shandong province

登蓬莱阁

1985年3月27日于烟台

东方云霭水之涯，飞阁流丹醉紫霞。
蜃气浮天天接水，仙崖涌翠翠生花。
凌霄人共白云立，翻海龙随碧浪斜。
日出扶桑吾独厚，空明澄澈冠中华。

家乡好

1985年3月27日回到阔别46年的家乡掖县。当晚疾书于掖县县城莱州宾馆。翌日参观掖县苗家毛笔厂。试笔留字，喜题此诗。

梦中故里喜今还，一路春风逐笑颜。
盛世都夸家乡好，巨椽海墨写新天。

返故里途经掖县朱桥镇

——距我故里五华里

1985年3月27日

四十六载返家乡，车到朱桥喜若狂。
父老相迎皆不识，亲朋齐至问周详。
烟囱林立宏图举，集市繁荣大业张。
风物嫣然人亦好，田园十里换新装。

返掖县朱桥镇午城王家故宅

1985年3月28日，县领导偕返阔别四十六年的家乡故宅。既归，门庭难寻，家屋已被人为地毁于十年浩劫之后，儿时记忆已不复得。心绪万千，不胜怆然。犹对断垣残壁频频回首，不忍离去……

“少小离家老大回”，载奔载喜步如飞。
平原旷野颜仍旧，曲巷空庭貌已非。
三径荒园情缱绻，双清母校梦依稀①。
神牵故土难离去，回首频频泪暗挥。

注：①先祖父在本乡创办有午城小学，文彬女子小学，家父曾为两校校长。

水龙吟

故乡行——返烟台、威海、蓬莱、掖县、招远

1985年3月

迢迢千里归来，春风一路垂杨柳。丹崖赋句①，翠楼望远②，仙乡揽秀。甲午遗踪，刘公古戍③，不堪回首。洗百年国耻，沧桑巨变，金瓯好，今非旧。

更向莱州故里。谒丰碑，云峰山走④。巨椽喜试，状元笔厂⑤，倚声醉酒。旧居何在？如儿寻母，流连良久⑥。想门闾、烽火胶东父老，忆当年否？

注：①于蓬莱阁题“云飞故乡”。②威海市环翠楼远眺对面刘公岛。③甲午海战北洋水师遗迹在刘公岛。④掖县云峰山郑道昭书碑。⑤掖县毛笔厂荣获状元笔称号。⑥家乡故宅浩劫后被毁。

望故里掖县

——二次返烟台于芝罘宾馆未能回归故里有感

1985年7月28日于烟台

家住莱州掖北陲，乡思目送雁南飞。
茫茫心事深如海，有泪多为故土挥。

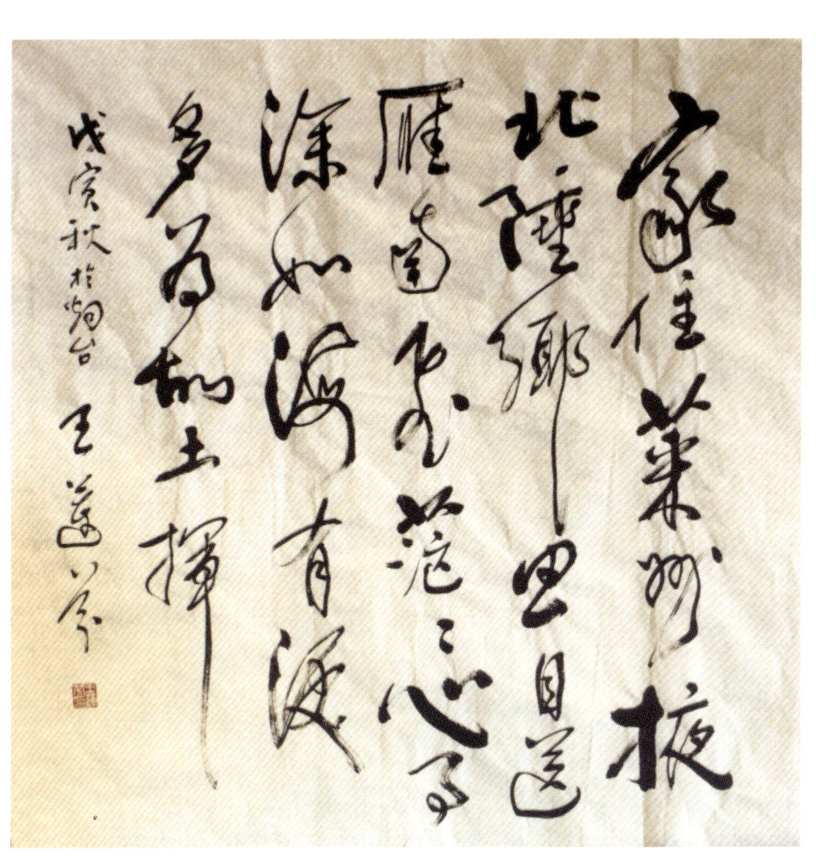

题蓬莱山水画

丹崖吐云霓，
日出缀紫霞。
会友临仙境，
蓬莱是我家。

蓬莱是我家　1999年
The wonderland of Penglai is my home

莺啼序

记1985年返故里之行

——掖县故宅、莱州云峰山、状元笔厂、蓬莱、威海刘公岛、济南、孔阜……

归兮故园劫后，剩残垣古树。黯神伤、独自徘徊，曲巷空庭斜暮。此曾是、胶东父老，金戈铁马驰骋处，尽精忠无敌，万里气吞如虎。

客馆莱州，夜静枕泪，湿清霜晓雾。童年事、鬓白难寻，情思纷乱如絮。谒雄碑、云峰道上①，更添得离愁无数。醉倚声、试笔“状元”②，始开心户。

蓬莱寻胜，人物风流，古今竞咏赋。凝远目、耳听天语：风鹏正举。浪激刘公③，几番风雨，怒涛洗耻。国门巍峙，海疆威镇三军驻。久流连、环翠楼头伫④。心潮滚涌，滔滔缅吊英魂，犹闻甲午金鼓。

方游历下⑤，又谒孔碑⑥，沐泰山日煦。最眷念、稼轩祠浦⑦，四面荷花，两岸垂杨，美芹悲黍。芙蕖秋月，舜井泉涌⑧，大明湖畔虹彩丽。梦萦回、名士济南府。欣哉诗礼之乡，爱我炎黄，放歌齐鲁！

注：①莱州市郊云峰山郑道昭魏碑名闻中外。
②掖县（今名莱州）笔厂生产毛笔被誉为状元笔。
③刘公岛甲午海战遗址。
④威海市环翠楼上眺望对岸刘公岛。
⑤济南古称历下。
⑥孔阜、孔林。
⑦济南大明湖公园辛稼轩祠。
⑧传说舜在历下耕作，有舜井等古迹。

1985年3月首次反故乡掖县（莱州）、烟台市文化局刘同光陪同（右一）与县宣传部长戴恩嵩（左一）、县文化局长王希明（后排左二）、县博物馆馆长张国铨（后排右一）参观掖县云峰山郑道昭书碑。前排右二李晓宁

1990年二次反故里会晤村支书刘志财（右一）及镇领导（左二）市博物馆馆长（左一）

1995年出席莱州月季花节与山东莱州市委张新起书记

1985年夏与烟台市文化局长刘德璞(左三)、李焕之(左一)、资华筠(左二)、李正一(右三)、王莲芬(左四)会见烟台文艺工作者

二登烟台山

1985年7月于烟台芝罘宾馆

一年二度烟台山①，碧海扬帆人若仙。
齐鲁英雄驱虎豹，胶东子弟换新天。
华屋幢幢渔民建②，盛事家家新貌传。
更上蓬莱观日出，牟平园里咏诗篇③。

注：①为安排文化部文艺工作者于烟台消夏活动，一年中春夏两次赴烟台。
②威海市远遥村渔民新居。
③牟平县经济改革后经济、文化生活巨变新貌。

1985年夏于烟台山炮台

1985年夏文化部书画家于烟台向玲珑黄金矿美术馆赠画为其中葡萄画题句

1985年7月于烟台

葡萄美酒出仙乡，名重烟台玫瑰香①。
欲拍浮邱渡碧海，玲珑共醉紫霞觞②。

注：①烟台张裕葡萄酒驰名中外。
②玲珑黄金矿为我国最大金矿，在山东招远。

与山东招远玲珑黄金矿副矿长于讷(右一)等

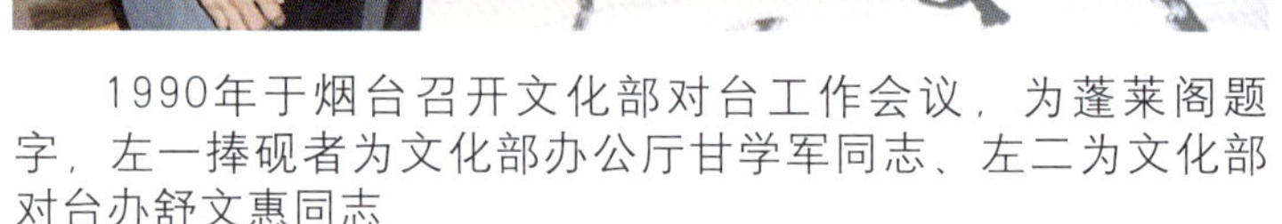

1990年于烟台召开文化部对台工作会议，为蓬莱阁题字，左一捧砚者为文化部办公厅甘学军同志、左二为文化部对台办舒文惠同志

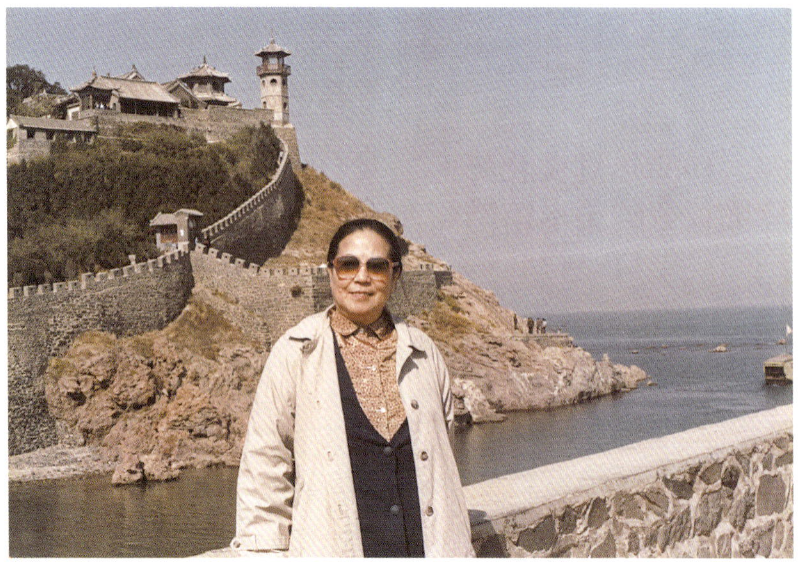

作者于蓬莱阁

出席中国书法家第二次代表大会

奉和周昭怡①方家

1985年4月24日

京华盛会望澎台，书苑春回笔阵开②。

情寄毫端天海近，飞舟驾浪故人来。

附：周昭怡方家诗：

春池洗砚竞文台，彩笔凌云百卉开。

最喜婆娑新凤舞，香流翰墨五湖来。

注：①周昭怡大姐为湖南省书协主席，著名女书法家。

②此诗同时有徐园园、林岫等数位女书家奉和，与会的广东省书协主席、老诗人、时年85高龄的秦萼生先生当日评曰：莲芬的和诗当首推“状元”……并赠诗“五年重见女词人，笔会都门更出新……”

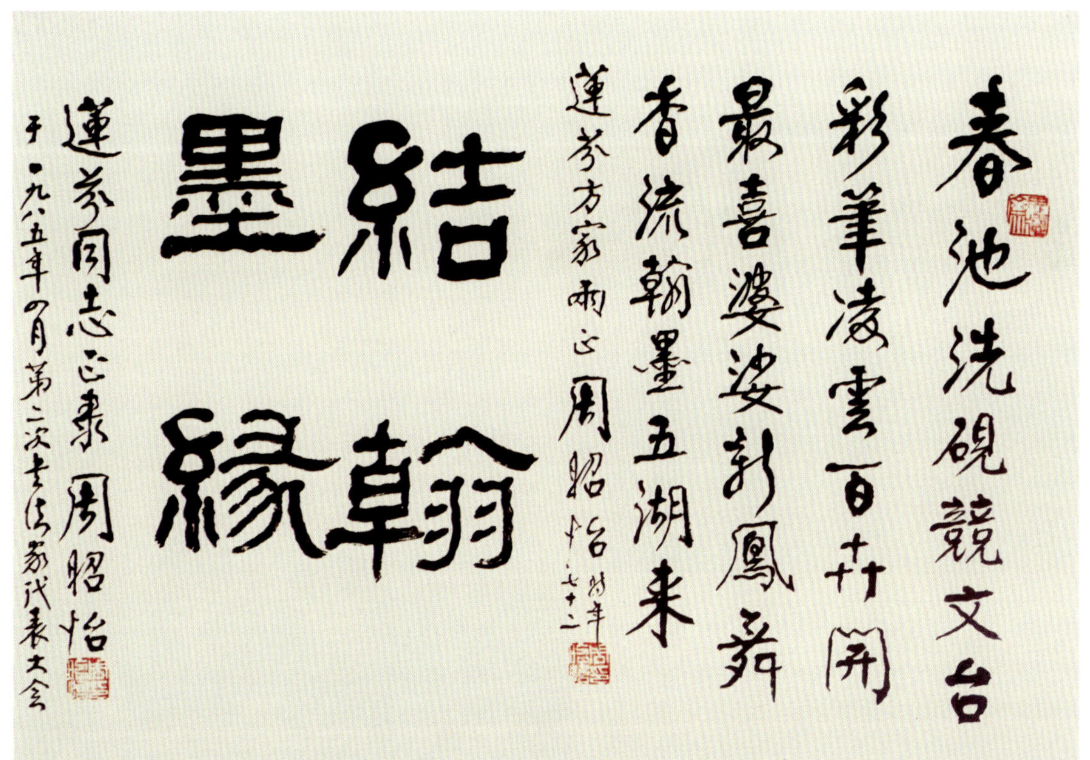

漫云女子非英物
——为安徽省首届妇女书法展题句

1985年4月

漫云女子非英物，翰墨师宗卫夫人。
今日簪花多妙格，鹳鹅笔阵信如神。

祝柳妈妈李淑一八十五寿辰

1985年农历4月16日

狂风横雨忆当年，铁骨冰魂志更坚。
湘水门墙艳桃李①，京华文史集英贤②。
芙蓉国好开新宇，杨柳诗高上碧天。
名播兰馨臻大寿，河清有酒庆华筵。

注：①李淑一早年于湖南从事教育。
②现为中央文史研究馆馆员。

1983年与李淑一柳妈妈于三里河南沙沟寓所

1990年5月13日与柳把群、柳晓昂为柳妈妈90华诞祝寿

诗赠潘素夫人

著名金碧重彩山水女画家、全国政协委员、已故张伯驹先生夫人潘素大姐，系吾之好友。素仰其才，更敬其爱国情操。1985年8月应其约为英国塔维斯托克侯爵作画题句，於北京后海张伯老故居丛碧轩书此以赠：

坚贞松柏节，山水出心裁。
玉洁比君子，冰清映素梅。
襄夫护瑰宝，华国叹奇才。
今日丹青手，挥毫锦绣开。

为麋鹿还家作画题诗

1985年10月26日

1985年5月英国乌邦寺公园主人塔维斯托克侯爵赠送麋鹿回我国定居北京大兴区南海子。周怀民、潘素、卢光照、程莉影、许麟庐等著名画家合作梅、石、天竺花、蝴蝶花长幅国画，嘱余配诗：

梅传云外信，天竺报平安。
飞蝶翩翩舞，欣迎麋鹿还。

1985年10月举办英国乌邦寺公园主人塔维斯托克侯爵送麋鹿回我国定居北京大兴区南海子活动赠塔维斯托克侯爵画。作者与潘素（中）、画家时君贞（左）绘画配诗

为一九八六年世界和平年书画展征集作品诗作

1985年12月18日

映雪红梅破冰寒，披霞桃李照前川。
五洲叠翠花正好，四海扬波月又圆。
光大声中歌大治，和平年里报平安。
天增岁月人长健，寰宇春风尽笑颜。

丙寅春节文化部老干部迎春会

——记老干部合唱团、翰墨笔会

1986年1月26日

戎马当年忘死生，文坛今日尽纵横。
挥毫耄耋颂四化，引吭老兵唱大风。
高节清标扶正气，忠心赤胆启中青。
匡时强国豪情在，馀热光辉照晚晴。

咏 梅

1986年2月

我爱梅精神，报春不争春。
冬寒傲冰雪，花放隐深林。

丙寅新春

——题自画兰花

1986年2月

皆言兰为王者香，我道兰之美亦昂。
刚健婀娜神骨异，华堂深谷俱清扬。

空谷幽兰　1986年

Orchids quietly growing in a secluded valley

题自画荷花

1986年春节

出泥不染独称君，粉坠寒塘情自真。
借问芳心何太苦？为留君子遍寰垠。

为留君子遍寰垠　1985年

Praise the lotus as a symbol of the goodness of humankind

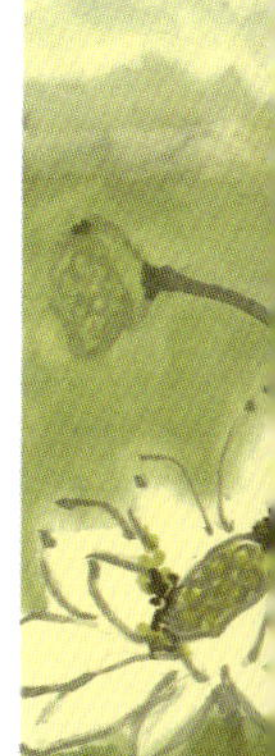

题自画水仙——丙寅新春试笔

1986年2月

一颗金子心，一身碧玉装。
生来为奉献，清水吐清香。

生来为奉献　1986年
The narcissus was born as a tribute to the character of respect

题自画牡丹

1986年2月

昔日帝王富贵花，如今富贵遍家家。百花齐放任争艳，国色天香气自华。

花开富贵　1986年

Peonies displaying their richness and honor

赠日本西园寺雪江夫人樱桃画诗

为花名重冠扶桑，朱实晶莹颗颗香。惯比美人唇色艳，匀园通体泛珠光。

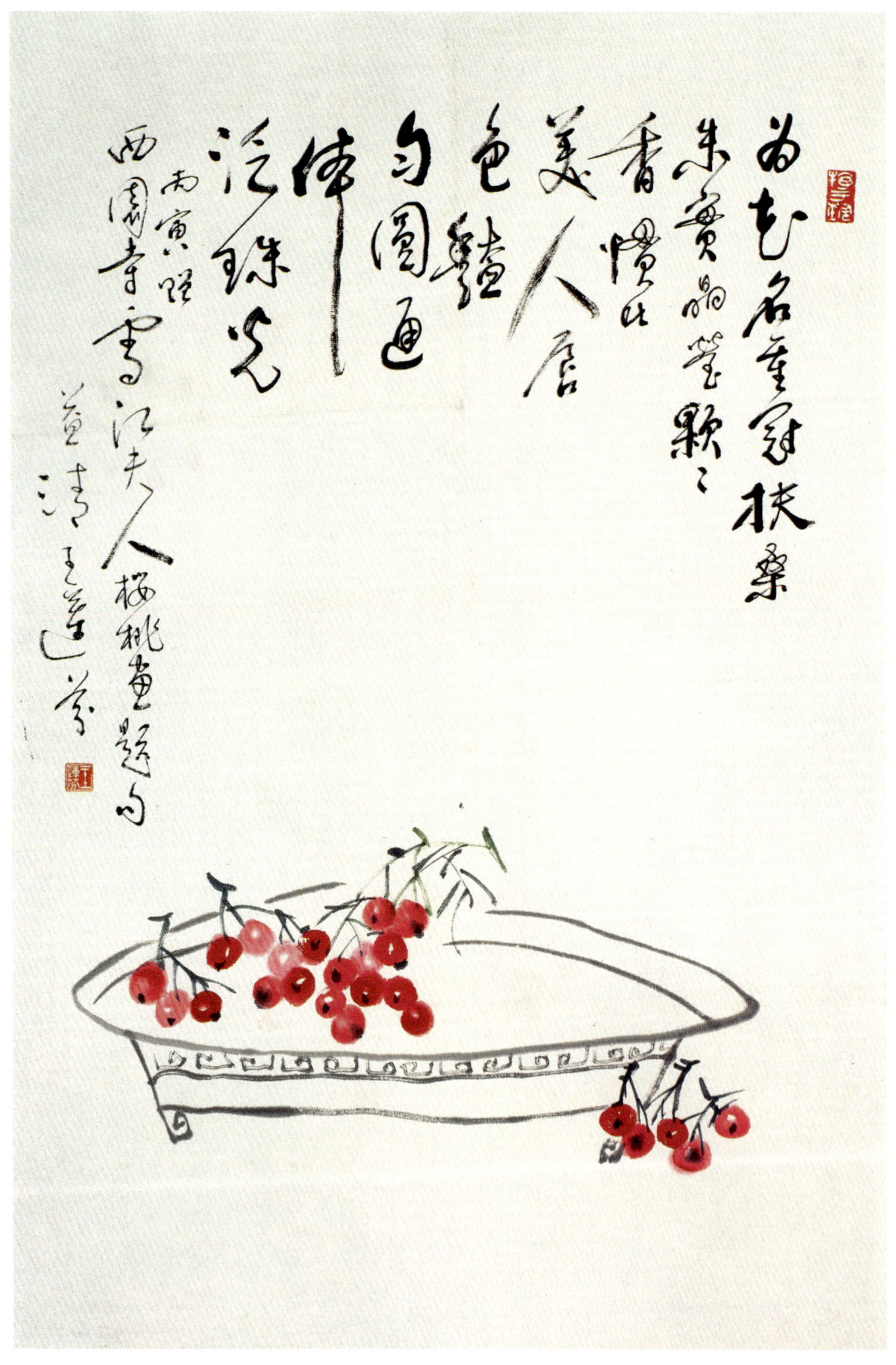

赠西园寺雪江夫人樱桃画　　1998年

For Madam Xue Jiang. In the painting, red Cherries were glittering like the lips of a beautiful woman

纪念三八国际劳动节七十六周年献词

1986年3月8日于人民大会堂宴会厅首都各界妇女庆祝三八妇女节联欢大会上宣读

平等同酬真解放，攀峰巾帼展雄风。
腾飞四化舒鹏翼，不让须眉气宇宏。

艰辛长忆长征时，巾帼平权见此时。
拼搏收功争四化，拷飞岂肯让须眉。

为山东菏泽地区牡丹题句

1986年3月31日

春风偏爱拂仙乡，姹紫嫣红撩眼狂。
吾土名花天下仰，方知菏泽不寻常。

万紫千红众口夸，谁教装点我中华？
撒花仙女广舒袖，十万天香灿彩霞。

与胞姐王莲馨

诗赠赵荣琛教授

一九八六年四月十三日看望赵老暨夫人培英，适其次女赵彤归国省亲。小彤嗓音宏亮，得赵老亲传……赵老展示族兄朴初老为其祝寿诗，中有“艺术人间重晚晴，……还待高梧听凤鸣”佳句，因步原玉：

艺德双高照晚晴，
绕梁三日壮秋声。
培英育得芝兰秀，
听取清新雏凤鸣。

题郑乃珖先生写意牡丹

雍容绝艳寄情深，吾土名花天下钦。
国色贵因姿典重，天香为有献芳心。
花魂韻会郑翁梦，妙笔神驰谢女吟。
意态谁云画不得？灵奇高致出雄襟。

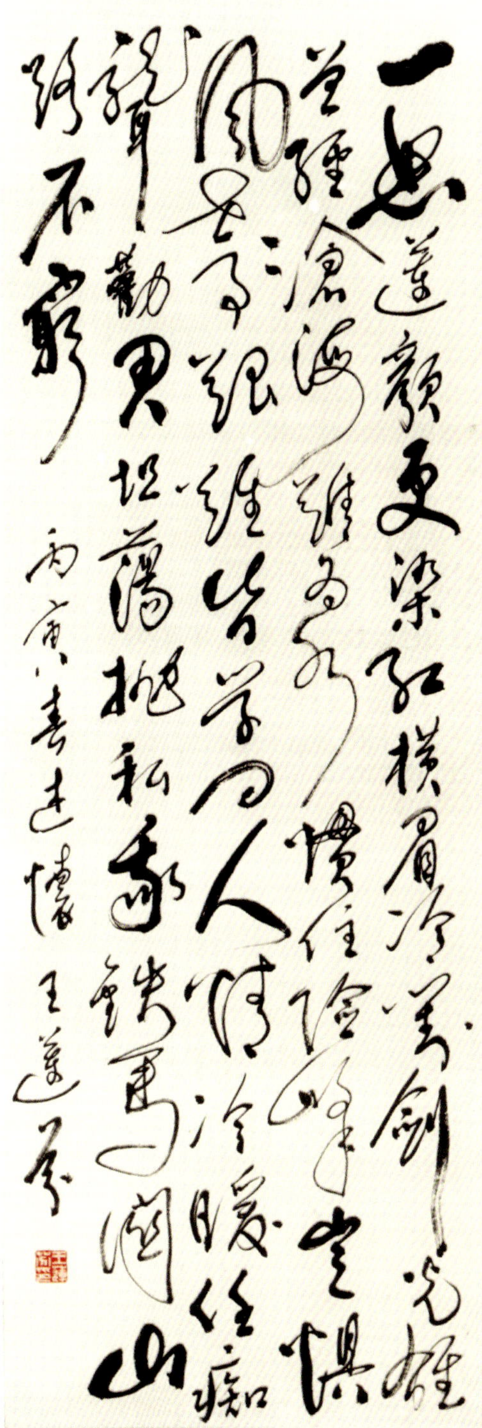

惯住险峰岂惧风

1986年4月2日

一怒莲颜更染红，横眉冷对剑光雄。『曾经沧海难为水』，惯住险峰岂惧风。
世事艰难皆学问，人情冷暖任痴聋。劝君坦荡抛私我，铁马关山路不穷！

奉题王昭君陵园

1986年4月7日

紫塞长门意不同，昭君卓见识雕弓。干戈气靖和亲去，鼙鼓声消信使通。
笳月雁惊汉阙梦，朔风马疾北庭雄。千秋佳话留青冢，芳草年年发旧丛。

中央文史馆欢迎萧劳老先生

1986年4月8日，春雨放霁，柳丝吐黄，桃红含苞，中央文史馆庭院一片初春景象。

晓烟庭树雨葱茏，柳吐新黄诗意浓。
闻道华堂迎大老，满园春色贺相逢。

镜泊湖组诗八首外二首

为加强知识分子工作，文化部每年都组织有文艺界人士、党外朋友去外地的消夏活动。1986年在镜泊湖，年初即赴该地筹备，4月16日北京赴牡丹江车中作。由南北上，路途中风光、气温各异，感怀吾国疆土之绵长也！

（一）

莺飞三月出都门，桃杏初开柳色新。北上花林抽蕾晚，南来旅客着衣频。
牡丹江水冰浮垒，镜泊湖山雪积银。疆域绵延长万里，四时草木不同春。

（二）

4月19日牡丹江市文化局同志偕往镜泊湖宾馆，下榻望湖楼。经理钱永久热情款待，就湖中捕名鱼鳌花、湖鲫、红尾佐餐，谢以诗：

镜泊风光好，鳌花湖鲫香。
主人情谊重，诗酒醉飞觞。

（三）

4月19日夜于望湖楼看镜泊湖录象。镜泊美景令人倾倒，枕上口占赠镜泊仙子。

天然粉黛自倾城，镜里牡丹射碧琼①。
为使平湖天下美，喷珠吐玉更多情。

（四）

4月19日镜泊湖即兴

镜泊风光天下奇，青螺碧黛美如诗。千姿百态何从写，最是乍晴乍雨时。

（五）

4月19日夜宿望湖楼。夜雪。晨起隔窗遥看，如鹅毛、柳絮，漫天飞扬。湖面冰镜百里，琼楼玉宇，银装素裹，惊为奇观。

晶莹世界皓如银，百里镜湖一望新。夜宿琼楼风撼树，晨醒玉宇雪澄尘。

方迷远雾失高鸟，倏见明霞映古津。山静气清四围寂，置身疑是广寒人。

（六）

题镜泊瀑布雷吼胜景

下界为听疾苦声，长留宝镜映升平②。
银河飞瀑雷涛吼，尽洗人间烦恼情。

尽洗人间烦恼情　2000年

The waterfall at Jing Bo Lake wash away the vexations of the world

（七）

4月22日返京车中再吟镜泊风姿

胭脂浓淡总相宜，绝世仙姿入画诗。
溅玉飞银开雪蕊，揽衣推枕见风枝。
平湖晴雨铺雲锦，远岫晨昏染黛眉。
抱月金波光滟滟③，望湖楼上立如痴。

注：①、②传说镜泊仙子飞天时，将她梳妆的镜子遗留下了，成为镜泊湖。
③镜泊胜景之一抱月湾，可观赏湖上月色。

（八）

4月23日拂晓返京。一日忙碌，游兴犹浓。北上前夕，山东曹州菏泽地区曾邀看牡丹，因去镜泊湖未成行。思及两地之“牡丹”，北国已亲游，中原未观赏，述诗以志：

曹州邀我简书至，为访镜泊首北疆。
菏泽牡丹不曾赏，宁知倏到牡丹江。
神州处处多佳境，禹甸乡乡有苏杭。
关外牡丹大似海，中原国色信天香。

1986年与李晓宁赴镜泊湖安排夏季消夏活动

诗意：牡丹江水冰浮垒，镜泊湖山雪积银。

牡丹江市文化局干部（左一）陪同到镜泊湖，钱永久经理（左二）热情接待
诗意：主人情谊重，诗酒醉飞觞。

诗意：镜泊风光天下奇，青螺碧黛美如诗。
千姿百态何从写，最是乍晴乍雨时。

诗意：镜里牡丹射碧琼，喷珠吐玉更多情。

诗意：晶莹世界皓如银，百里镜湖一望新。

诗意：银河飞瀑雷涛吼，尽洗人间烦恼情。

樱桃红了　　　秦岭云题记　1986年同游镜泊湖

Red ripening cherries

夏游镜泊湖

1986年7月

镜泊湖山枕翠流，时当盛暑气如秋。
有缘千里会仙子，美目柔波梦莫愁。

荡舟镜泊湖上

1986年7月30日

我与天山共白头，我同长白话春秋。
我心愿似镜湖净，坦荡直如飞瀑流。

1986年夏文化部英若诚副部长带队于镜泊湖。左一：赵榆，左三起：王莲芬、汪全菊、秦岭云、英若诚、沙博理、孙瑛、凤子、吴世良、李晓宁

松花江上

1986年夏于哈尔滨

松江滚滚历沧桑，愤忆当年倭寇狂。黑水白山留碧血，国仇家恨杀豺狼。
涛声似哭流亡曲，浪涌如闻呼爹娘①。长记警钟“九一八”，兴邦先自奋图强！

注：①当年抗日救亡歌曲《我的家在松花江上》歌词。

1986年夏于松花江上

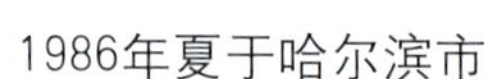

1986年夏于哈尔滨市

贺李苦禅先生纪念馆于济南万竹园开幕

1986年6月于济南

泉城增胜迹，瞻谒趁芳时。
万竹参天碧，临风仰大师。

1986年夏于济南万竹园出席李苦禅先生纪念馆开幕盛典（左一、二为尚爱松教授暨夫人）

1986年6月与李苦禅夫人李慧文于济南万竹园

题兴城

——辽宁省山海关关外第一城

1986年夏于兴城

（一）

宁远名城踞海东，惊涛千载啸雄风。
河清鱼跃翻银浪，政美霞飞舞彩虹。
古道重关依绿柳，钟楼石洞绕青松。
温泉漾碧凝芳意，菊岛清游访旧踪①。

（二）

历尽沧桑屹古城，风和日丽海天清。
首山每忆燃烽火②，奋起今朝破浪情。

注：①钟楼、石洞、温泉、菊岛皆兴城名胜。
②辽宁兴城为山海关关外第一个重要古城，首山为当年烽火台要塞之一。

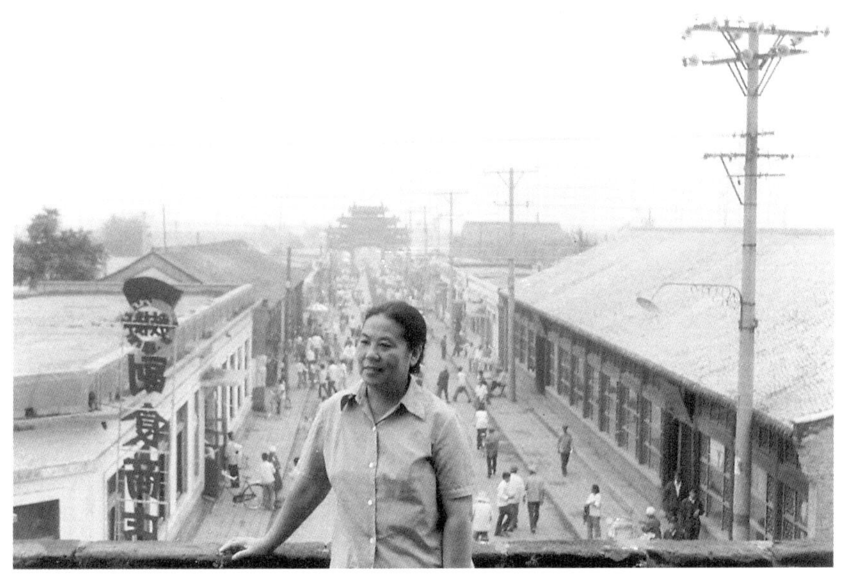

1986年夏于兴城古城旧貌

贺中央文史馆35周年

1986年7月

文史群英会，欢歌动四海。
卅五共芳辰，太平新世界。

秋游北京怀柔县慕田峪

1986年10月2日，文化部侨联组织秋游去慕田峪。是日秋高气爽，万里无云。碧水青天相映，四周秀岭绕驰，令人心旷神怡。怀柔果好山好水好地方。当地主人更是好客，以本地土产核桃、甘枣、山楂、甜梨、矿泉水……热情款待。谢以诗：

秋水明如镜，蓝天朗我怀。
怀柔山水好，赤子望归来。

祝西园寺公一先生八秩大寿、赠雪江夫人画并诗

1986年11月

雪江堂上识夫人①，美若樱花暖若春。
架起彩虹收硕果，喜看青鸟往来频。

注：①1983年秋应邀出席东京雪江堂创建廿周年，会雪江夫人。

1991年于中国对外友好协会会晤日本西园寺雪江夫人

1991年于中国对外友好协会会晤日本西园寺公一先生

著名日中友好人士

西园寺公一先生逝世

本报东京4月22日电 记者**张国成**报道：中日友好事业的先驱者、中国人民的老朋友、原日本参议员、日本著名的社会活动家西园寺公一先生于今天凌晨1时10分在东京都目黑区的家中无疾而终，享年86岁。

西园寺公一先生1906年出生于东京的一个贵族家庭。他青年时代即投身于反战运动，并受到日本军部的迫害。40年代末和50年代初，西园寺先生作为世界和平理事会日本书记和亚太和平委员会副秘书长，为世界以及亚太地区的和平进行了不懈的努力。

西园寺先生对中国怀有深厚的感情。1950年和1956年他分别参与创立了日中友好协会和日中文化交流协会。1953年，他取道莫斯科访问了新中国。在中日关系一度处于低潮的时候，他冲破重重阻力于1958年率全家移居北京，直至1970年。12年间，西园寺先生成了尚无外交关系的中日两国间人员往来、经济交流的重要渠道。他被已故中国总理周恩来称为“民间大使”。在华居住期间，他和毛泽东、周恩来、邓颖超、陈毅、郭沫若、廖承志等中国老一辈领导人建立了十分深厚的友谊。

西园寺先生1970年回国后，仍然十分关心中国，经常访华。他最后一次访华是1991年5月，访华期间，被中国人民对外友好协会授予“人民友好使者”称号。去年，尽管他仍想访问中国，但已力不从心，当他从电视上看到日本天皇和皇后访华的情形时，对自己长期以来从事的日中友好事业发展到今天的水平“感慨无量”。

奉和沈毓珂同志①

1986年12月19日

共骧太液正芳春②，咫尺相闻未见君。
通话朝朝音可辨，披文日日墨犹温。
十年初会颜如玉，廿载重逢鬓似银。
太息世间多憾事，老来偏作断肠人。

注：①我与朱委员长秘书沈毓珂同志共办委员长信件。十余年中，电话、批文频繁，声音文字相熟，一如老友。但十年之后为四川仪陇来人事始初见一面，相为惊叹。又隔十年，毓珂同志编辑《朱德诗选集》又重唔于京华。互传为奇谈。沈有诗云：“互语十年未见君，人间竟有此奇闻……”②指中南海。起初办公地点同在中南海。

丙寅岁暮感怀

1986年12月20日

无端尘事镇相寻，过眼烟云古与今。
漱玉词章留绝唱，昭君胆识动高吟。
诗魂一脉寒梅血，湘泪千斑翠竹心。
多少才思多少恨，天涯谁为护春阴？

岁暮偶成

1986年12月20日

茫茫天地茫茫心，万里长空万里云。
非为功名悲贾傅，欲廻天地梦终军①。
鹓雏意远招鸮忌，精卫力微衔石勤。
望断燕山无限路，扁舟入海岂无闻？

注：①终军为汉朝人，要“乘长风破万里浪”。

思怀——独立寒秋

（1986年12月20日）

空庭惆怅更思君，情寄苍穹一缕云。独立寒秋人不识，荒江何处吊灵均。

悼故人

1986年12月 21日子夜

浮沉此日又思君，寥落情怀万绪纷。
历劫余生怜尔瘁，经霜百慨向谁云。
援琴痛惜子期去，举案恨悲梁庑分。
菡萏秋塘风雨黯，清诗捧读祭君文。

读《朱淑真诗词集》

1987年1月3日

断肠词出断肠人，寂寞梨花昼掩门。
枉说红颜非薄命，忍寻青塚更招魂。
春蚕蜡泪花无语，寒浸冰心玉有痕。
礼教何尝殊桎梏，千秋谁为叩重阍？

题朱淑真

1987年1月 8日凌晨

姿才清丽为谁持？人约黄昏事可思。
花落莺啼难入梦，风愁雨泣易成诗。
吟来好句无人省，织就回文只自知。
流涸五湖都是泪，可堪月冷断肠时。

题李清照

1987年1月9日清晨

一代词宗气宇宏，生为人杰语尤雄。
鲲鹏衔志志何许？舴艋载愁愁几重。
簾卷西风忧惨绿，窗涵细雨惜飞红。
销魂真比黄花瘦，觅觅寻寻意不穷！

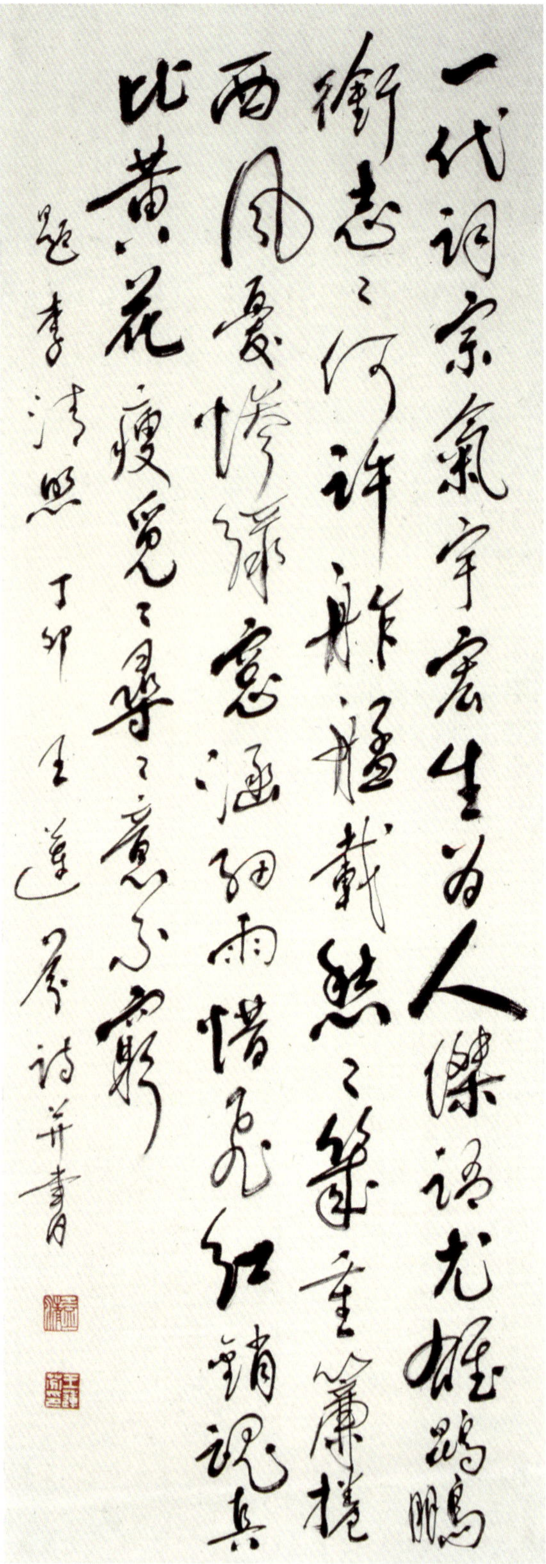

题李清照　1987年

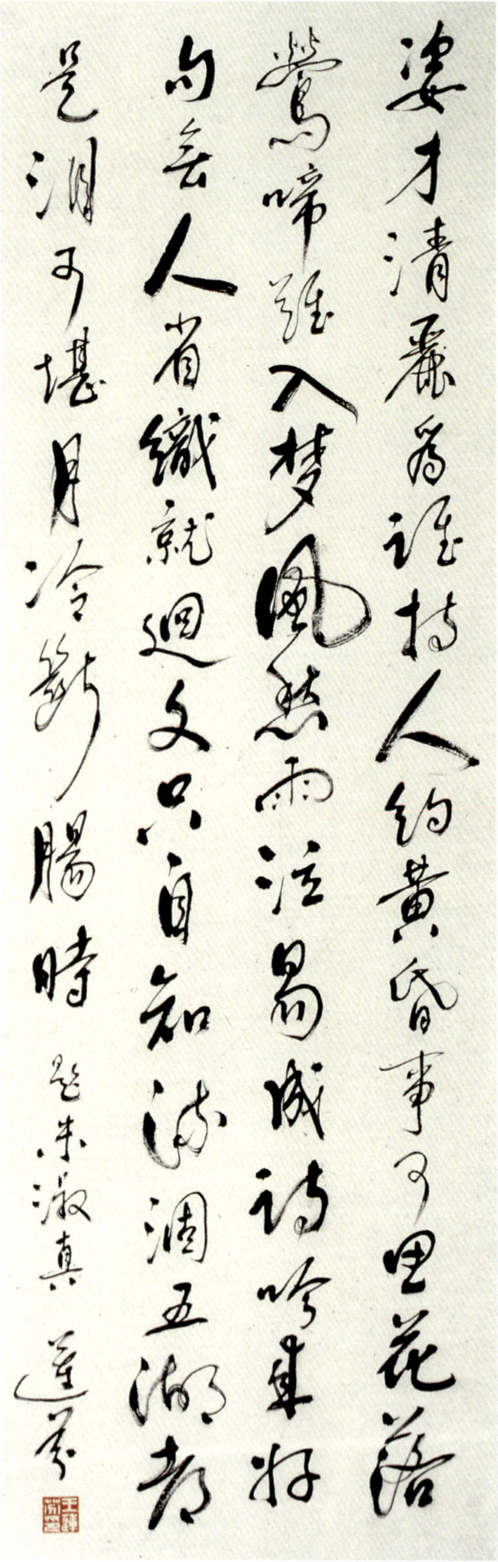

题朱淑真　1987年

题王昭君　　1987年

读《朱淑真诗词集》　　1995年

贺中日妇女书法交流展在中国美术馆开幕

1987年3月4日

1987年3月4日于人民大会堂上海厅欢迎日本女书道代表宴会上即席作汉俳句。席间启功教授为改句。

巾帼半边天，京华聚首奋争先，书艺共登攀。
柔翰结奇缘，同心姊妹相见欢，偕赏墨花妍。

丁卯清明龙潭湖诗会

1987年4月5日清明，中华诗词学会筹委会于北京龙潭湖举行诗会，订于五月端午节召开成立大会。

湖碧潭清出巨龙，吟坛分韵兴方浓。
醉魂慕饮杏花雨，牵梦萦思杨柳风。
草长莺飞春水绿，笔歌墨舞晚霞红。
清明喜赋承平世，诗会端阳望眼中。

题童小鹏同志摄影展

1987年4月

峥嵘岁月忆征程，往事传真倍有情。
五稔春秋勤且奋，百年业绩影留声。
镜头喜见群英志，墙上如闻万马鸣。
总理像前应笑慰，犹听四五风雷惊。

丁卯端午诗人节中华诗词学会成立于北京

1987年5月31日端午节

诗国开疆溯炎黄，
屠鲸刲虎擅词场。
江山代有才人出，
盛世新声涌汨江。

中华诗词学会成立大会于政协礼堂习仲勋同志出席开幕式

1995年夏于钓鱼台会见日本诗词界棚桥篁峰一行

1995年夏于钓鱼台会见日本诗词界成员

浪淘沙

——丁卯夏文化部知名人士于京郊密云白云潭消夏。
傅雪漪先生作词见示，原玉奉和：

1987年8月15日

云气绕群山，轻雾绵绵。柔情蜜意不知寒。雨调风顺降甘露，造福人间。
绿水镜映天，万顷新添①。玉潭落瀑响琴弦。瞻拜神龙庆功日，人似流川②。

注：①密云水库供北京人民用水，又奉献万亩良田；
②传“小白龙”造福人间，每年农历三月三瞻拜白龙潭的人川流不息。

与华裔老人刘廷芳赴湘西考察团诸君雨中遊张家界金鞭溪纪行

1987年10月

著名美籍华人刘廷芳老先生祖籍湖南，爱国爱乡，为开发家乡不遗余力。从八十年代初，多次回国观光考察。1987年秋组织了由旅美的华人作家、诗人和曾在美工作过的中国官员柴泽民大使等以及大陆文化界知名人士一行三十四人的“文化考察观光团”在湘西重点考察了张家界、索溪峪、猛洞河……目的要使张家界国家森林公园在世界上扬名，促进中国的国际交往和旅游开发。余与同行……

金鞭溪畔雨中行，行行走走雨不停。
苗族姑娘撑雨伞，土家歌手唱道情。
夹道跳起摆手舞，锣鼓唢呐喜相迎。
奇峯林立绕薄雾，流水潺潺浅且清。
幽泉间复嬉秋练，喷珠吐玉呈晶莹。
夹岸异花几曾见，水中白石隐若明。
古树荫重青苔厚，岩阿山果不知名。
群猿戏啼走绝壁，百鸟惊飞涧边鸣。
石磴云松通一径，修篁汀草掩孤亭。
最爱半空雨气湿，林香气新绿葱茏。
乾坤一洗尘无染，森林公园天然成②。
水芳岩秀心目净，舒眼云外覆碧琼。
杖藜牵籐仰面看，石笋剑峰立天庭。
神工鬼斧姿百态，嶙峋险峻势峥嵘。
“水绕四门”多雄伟③，力护金鞭有“神鹰”④。
“千里迢迢来相会”⑤，凯旋将军认贤荆。
“夫妻岩”上光旖旎⑥，“劈山救母”宝莲灯⑦。
峰峰形肖皆神话，笑听解说全汉英⑧。
武陵溪上历仙境，桃花源里忘归程。
山重水复不可数，路穷又见列翠屏。
白云深处千嶂失，小桥流水迷雾轻。
闻道归来有远客，廷芳刘翁八七龄⑨。
溪畔人家一茅舍，殷勤拂几煮茗羹。
香茶慢品沁心脾，言欢意恰酒频倾。
酒频倾，佳句生，我与松华对歌行⑩。
一歌刘翁倡盛举，爱国爱乡赤子情；
二歌溪岸十里景，放歌和诗伴杨青⑪。
青为导游土家女，好景导来好歌声。
好歌声，喜闻听，神驰梦想飞湘城。
题诗詠歌张家界，好山好水誉寰瀛。
祖国河山多壮丽，游子归来热泪盈。
祖国亲人情深挚，百川细流汇沧溟！

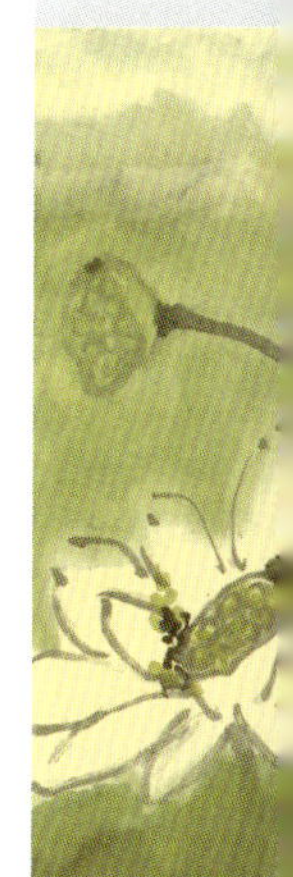

注：①土家族摆手舞。②张家界1982年被定为国家森林公园。③④⑤⑥⑦为诸峰神话命名。⑧导游青年全汉英，言其父为起此名，期以中外文全精，激图强发奋之意。⑨著名美籍华人刘廷芳老人以八十七岁高龄冒雨行程八个多小时。⑩余与著名歌唱家胡松华及姜昆等在金鞭溪雨中，边行边对歌和诗。⑪土家族女青年导游员杨青，沿路为游客唱山歌，得胡松华老师称赏。

1987年10月15日记于长沙蓉园20日改于北京

张家界金鞭溪行　1987年

A poem created while touring Zhang-Jia-Jie National World Forest Park

题张家界

1987年10月11日於大庸市张家界宾馆

抱幽空谷放何迟？待字闺中人不知①。
偶入桃源惊倩影，争相千里探芳姿。

注：①张家界位於湖南湘西，风景秀美。由于地处偏僻，交通不便，长期以来鲜为人知。被喻为“养在深闺人未识”的绝代佳丽。

雨中游张家界金鞭溪即兴

1987年10月11日

青岩丽景四时宜，云雾晴岚各自奇。
玉柱矗天穿石笋，山歌香茗系人思。

注：当日雨中溪畔行，土家族、苗族歌手为唱山歌，沿溪茅舍为煮香茶。

张家界揽胜

1987年10月12日

张家界上最堪观，异石奇雄插翠峦。
谁染林峰如画出，我听泉水作琴弹。
日晴灿灿心尤暖，雨细蒙蒙面不寒。
登高一览众山小，黄狮寨顶蹑云端。

注：登黄狮寨顶峰可鸟瞰全景。

游猛洞河舟中即兴

1987年10月13日游猛洞河舟中主人命题字，匆匆书此。

歌随流水远，船在雨中过。
何处风光好，新来话猛河。

注：是日苗、土家族歌唱家同于船上歌唱起舞。

题湘西不二门①

1987年10月14日

猛洞岩开门不二，凌霄正气浩如神。
溪州铜柱南天宝②，高出尘寰望后人。

注：①湘西永顺县猛洞河观音岩不二门；
②该县“溪州铜柱”为国家重点保护文物。

1987年10月11日晚抵达张家界联欢晚会题字。左四为王立平，左六为姜昆，右一为省文化厅周祥辉，右五为作者

于张家界黄龙洞，作者(左一)与柴泽民(左二)、美籍华人(左三)、柴夫人(右一)

1987年10月与著名美籍华裔老人刘廷芳先生（左四）、赴湘西考察团柴泽民大使等与文艺工作者于湘西猛洞河游艇上，左一湖南省委毛协成，右二为作者

于猛洞河上为土家族永顺县文化馆题字

于湘西猛洞河上与土家族姑娘(左一为对外文委张文颖)

1987年10月14日于
湖南湘西猛洞河不二门

蓉园识芙蓉

并序

1987年10月17日于长沙

1987年10月15日，由张家界返长沙，下榻蓉园。园幽而深，不知长几里，花木葱笼，满目青翠，中有大树，叶茂花红，灼灼灿烂欲燃。问之始知为芙蓉树。池榭之畔，数株高于倚亭而立，落英缤纷，红雨缀于池面绿苔之上，别又一番情致。秋雨初过，阳光倏生，独绕数匝，流连忘返……

蓉园初识芙蓉面，
灿若朝霞美且娟。
临水缤纷红雨落，
傍亭傲岸紫烟穿。
云裳疑是湘波染，
仪态端由岳麓连。
寥廓江天思渺渺，
长沙留得梦回旋。

作者于湖南长沙蓉园芙蓉树池榭之畔留影

咏荷

1987年11月13日

天然去饰溢清芬，醉艳明妆映碧浔①。冷露沁香诗入梦，素波留影月无心。但存残盖听风雨，不竞铅华斗浅深。解珮赠珠人在否？霓裳一舞夜沉沉。

注：①姚合诗：醉艳酣千朵。

霓裳一舞夜沉沉　1997年

The green lotus portrays the void of a missing lover until late night during the Ni-shang dance

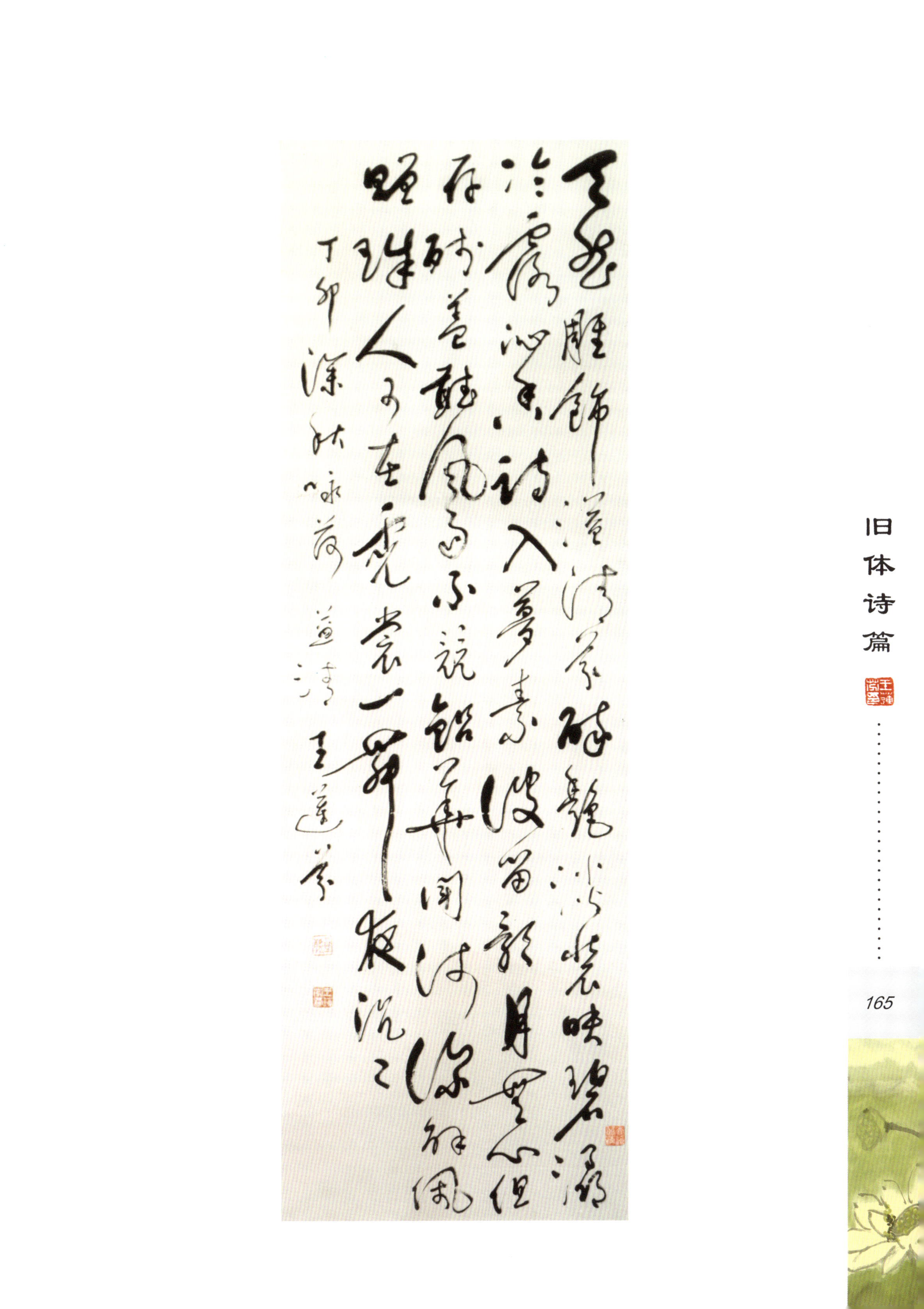

不竞铅华斗浅深　1995年

Without applying powder and paint,the louts in its natural beauty knows no competition

浪淘沙

——咏莲子

丁卯冬月，中央文史馆吴空馆长自长沙携莲子归，作浪淘沙咏之，余拜读奉和。

1987年12月20日

舞叶绿云凉，褪却红裳。迎风带露立秋塘。蒂结华楼临水望①，子满珠房。
纤笋绽丝囊，颖脱琼妆。冰肌玉骨日生香。一瓣芳心留自苦，慰母慈肠。

注：①余幼时，母亲教唱儿歌——莲子："青枝绿叶盖花楼，许多美人在里头。同窗睡，格子休，盖着被窝露着头……"诗意出自儿歌。

附：吴空同志《浪淘沙》莲子词：

"冷露入秋凉，残叶留芳。清癯翠骨傲寒塘。挺立多姿还顾影，绿掩新房。
绽玉破珠囊，褪却罗裳。莹然晶洁散馨香。肌白奈何心最苦，九转柔肠。"

子满珠房　　1987年

The lotus seedpod filled with seeds is a metaphor of all sons filling a mother's family room

三明市

戊戌四月出席福建尤溪县朱熹塑像揭幕盛典后，参观三明市。夜登麒麟阁观万家灯火；白日参观城市花园、学校、工厂。

1988年4月26日

青青山水绕三明，空翠林园暮霭生。灯火万家辉杰阁，花香十里暖春城。
树人树木新苗壮，经雨经霜老干清。最是丹心筹大业，振兴声里竞繁荣。

漳州

戊辰4月27日由三明市到达漳州，游百花村、百亩荔园等市中名胜。

1988年4月28日

三明一日到漳州，满目芳秾果木稠。蕉垅纵横金浪涌，荔园浩淼绛霞流。
百花园里存名址①，万户农家起凤楼。两岸今宵明月共，波平风静好同舟。

注：①朱德委员长曾赠书籍百花园并在园中植树。

游漳州　1988年

A peom about Zhang Zhou of Fujian Province

泉 州

戊辰五月一日到达泉州，游唐开元寺，参观神话桑莲旧地古桑、打捞宋船、东西双塔、清源山老君石雕像及鲤城名胜。

1988年5月1日

万里桑莲灵福地，人间萧鼓太平年。
山连鹫岭存唐塔，海退鲸涛见宋船。
名港刺桐通万国，闽都邹鲁集群贤。
老君堪证文明史，鲤跃清源涌百泉。

题北京市市花

1988年6月3日

月月长娇艳，朝朝披露生。
市花君是首，红紫动京城。

为桂林中国艺术家“桂林活动中心”成立盛会题诗

1989年

绿水飘罗带，青山碧玉簪。
丹桂香天外，莲蕊耸云端。
叠彩舒虹练，绮霞缭雨烟。
山河游子恋，浑若会群仙。

咏桂林

1988年12月25日出席广西漓江书画院成立盛会，于榕湖宾馆晚宴上口占。

人似青山秀，心如碧水清。
香飘天界外，叠彩结深情①。

注：①桂林风景之一叠彩山。

元旦南宁游记

1989年元旦由桂林抵南宁下榻明园。满目青翠，冬暖如春。当目游览了邕江桥头、博物馆、花山书展、青秀山、明园等胜地。晚宴于广西日报，主人命题即席赋句：

半城绿树半城楼，四季春风沐桂州。邕水桥头忆横渡，鹅江舟上泛中流。
花山艺苑探新境，青秀层峦揽胜幽。满目葱茏生意暖，明园荫下最堪留。

1988年12月与孙瑛先生（左五）出席桂林漓江书画院开幕庆典与谢天成院长（左一）等广西书画界人士

谢天成院长（右一）

1989年元旦由桂林赴南宁于下榻的南宁明园

读凡章孔老诗人有感二首

凡章孔老惠诗中云："……偶忆拙作有'涉世久安青白眼，入时愁画浅深眉'句，不禁惆怅，画眉深浅，岂吾意呼？……"读之，深触吾怀，作七律二首。

1989年

（一）

"涉世久安青白眼，入时愁画浅深眉。"①
高标自会斯人句，雅志空吟感事诗。
惆怅平生多作嫁，慨慷一世少相思。
蚕丝蜡泪知将尽，泣血惊心可悔痴？

（二）

"抱柱此心终不悔"②，铗歌但鄙慕车鱼。
十年素志存金鉴，一片丹忱托玉壶。
淡泊生涯霞绮晚，缤纷岁月旭辉初。
潇潇夜雨长安道，犹梦疆场百战馀。

注：①②孔老诗句。孔凡章老先生为中央文史研究馆馆员。

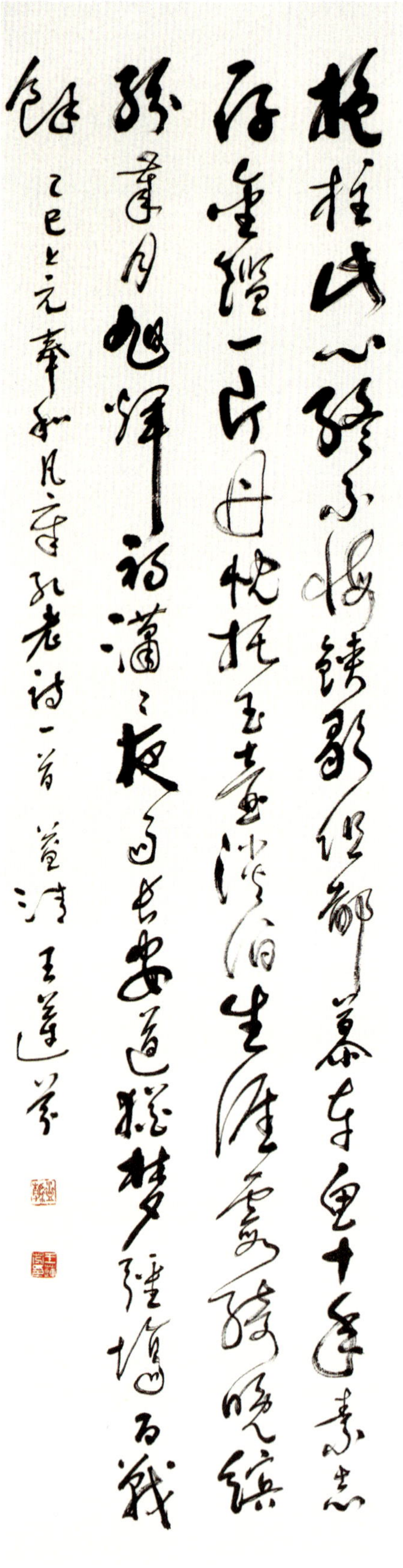

潇潇夜雨长安道　　1989年

Revealing what is felt in my heart

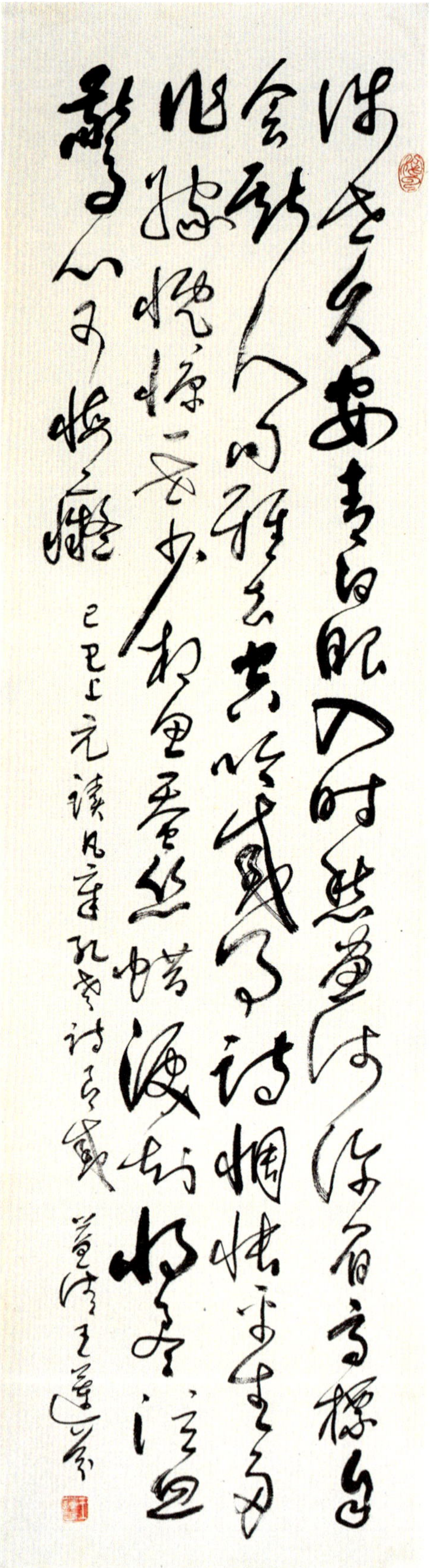

蚕丝蜡泪知将近　　1989年

The red lotus gives untiringly Its beauty and

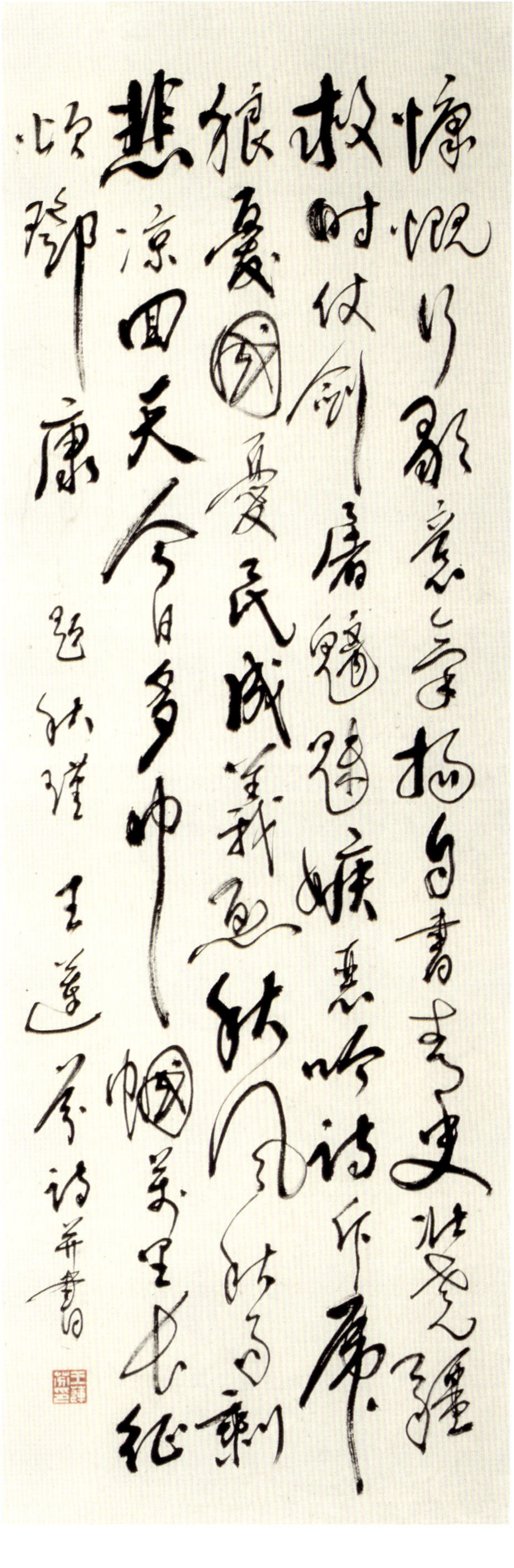

题秋瑾

1989年3月8日

慷慨行歌意气扬，自书青史壮尧疆。
救时仗剑屠魑魅，嫉恶吟诗斥虎狼。
忧国忧民成义烈，秋风秋雨剩悲凉。
回天今日多巾帼，万里长征颂邓、康㊀。

注：㊀指邓颖超、康克清老一代革命妇女领袖。

平等解放看今朝　1989年

Ode to the equality and liberation of women today

读《中国历代女诗人诗词选》

1989年3月8日

千年礼教锁闺门，女子无才世所尊。
每以清吟诬善感，讵知哀怨出宣言。
牢笼欲毁徒捐血，习俗难违更费论。
平等今朝真解放，同声一唱万雷奔！

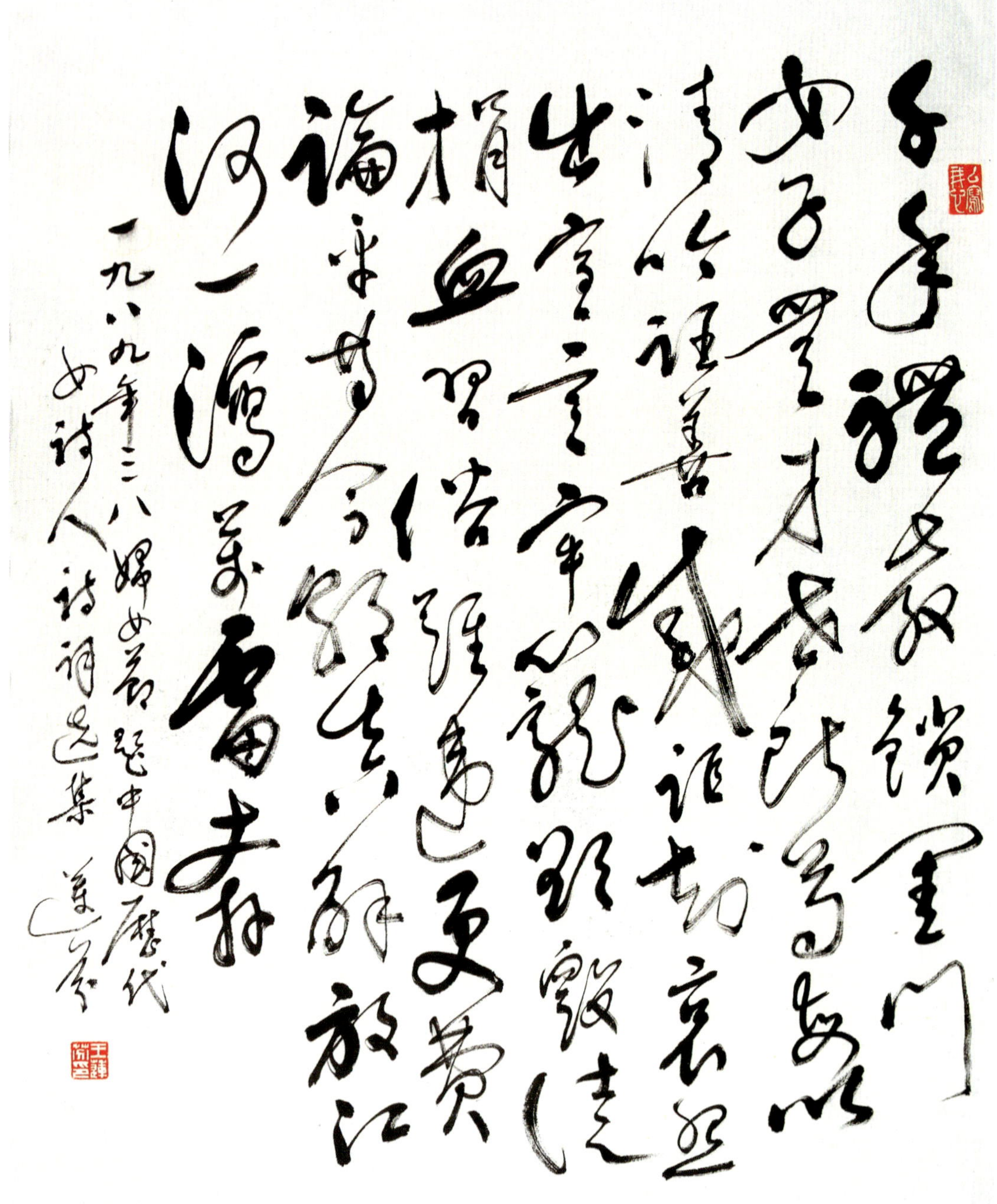

赠曾杏绯大姐

——曾杏绯大姐为宁夏画院著名画家，尤善画牡丹，喜赠诗

1989年11月

胸中春风万里，笔下国色天香。遍绘神州大地，贺兰山下名扬！

题吴青霞大姐芦雁图

1990年3月8日

乡思欲伴雁行归，半是芦花半翠微。梦破阵开千里路，天风吹处任高飞。

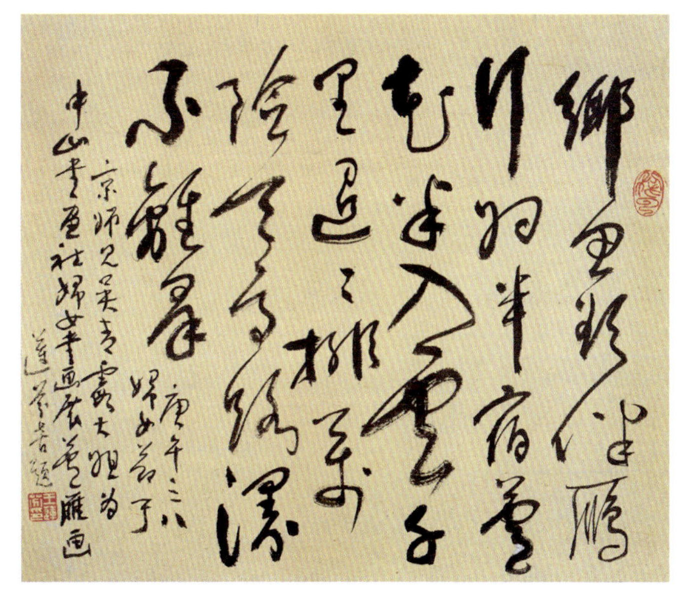

吴青霞（右二）、计燕荪（右三）

相见欢

——奉和慧中姊青岛崂山玉牡丹词

1990年4月6日

倾城人醉春酣，艳阳天。我主东风管领百花妍。
胭脂暗，蜀锦淡，不须添。装点河山偏爱晚霞丹。

附：慧中姊崂山玉牡丹词：

“心清妆淡情酣，对蓝天。不羡姚黄魏紫斗浓妍。
晴光浣，露华暖，香雪添。朵朵浪花堆就玉牡丹。”

倾城人醉　1999年

The town,filled with spring flowers is intoxicating to the peopie

相见欢

——咏牡丹赠洛阳首届吴道子学会

1990年4月6日

雍容华贵端庄，冠群芳。岁岁春风三月到洛阳。
太真艳，明妃怨，二乔妆。认取满城浮动是天香。

赠中央文史馆副馆长吴空同志

1990年3月初二日

如歌岁月寄情深，
太液同舟论古今。
每觅好诗承正谬，
感君应赋郢斤吟。

祝吴空六十花甲寿戏作

——吴空老友与余同年同月生，共庆花甲

庚午三月初二日

吴空更比悟空明，
论史谈文识杰英。
六十年来大梦觉，
莲花禅座忆前生。

浣溪沙

——爱如母

1990年4月6日

水面芳容映日红，田田潋滟碧无穷。绿房紫菂小玲珑。
坠粉长埋心底苦。沉云深护叶蓬丰。藕丝莲蕊自相通。

出水亭亭映日红　1990年

Emerging from beneath the water,the graceful,upright, red lotus reflects the brilliance of the sunlight

一剪梅

为孙女——东方、黎红之女王昱峤四周岁生日作（1990年5月29日）

日出江山分外娇。光耀千峤，彩舞重霄。东方既捧艳阳骄，惠我舜尧，育我儿曹。

万里神州雨露浇。花自妖娆，士自英豪。含芳吐秀看今朝，路也迢迢，乐也陶陶！

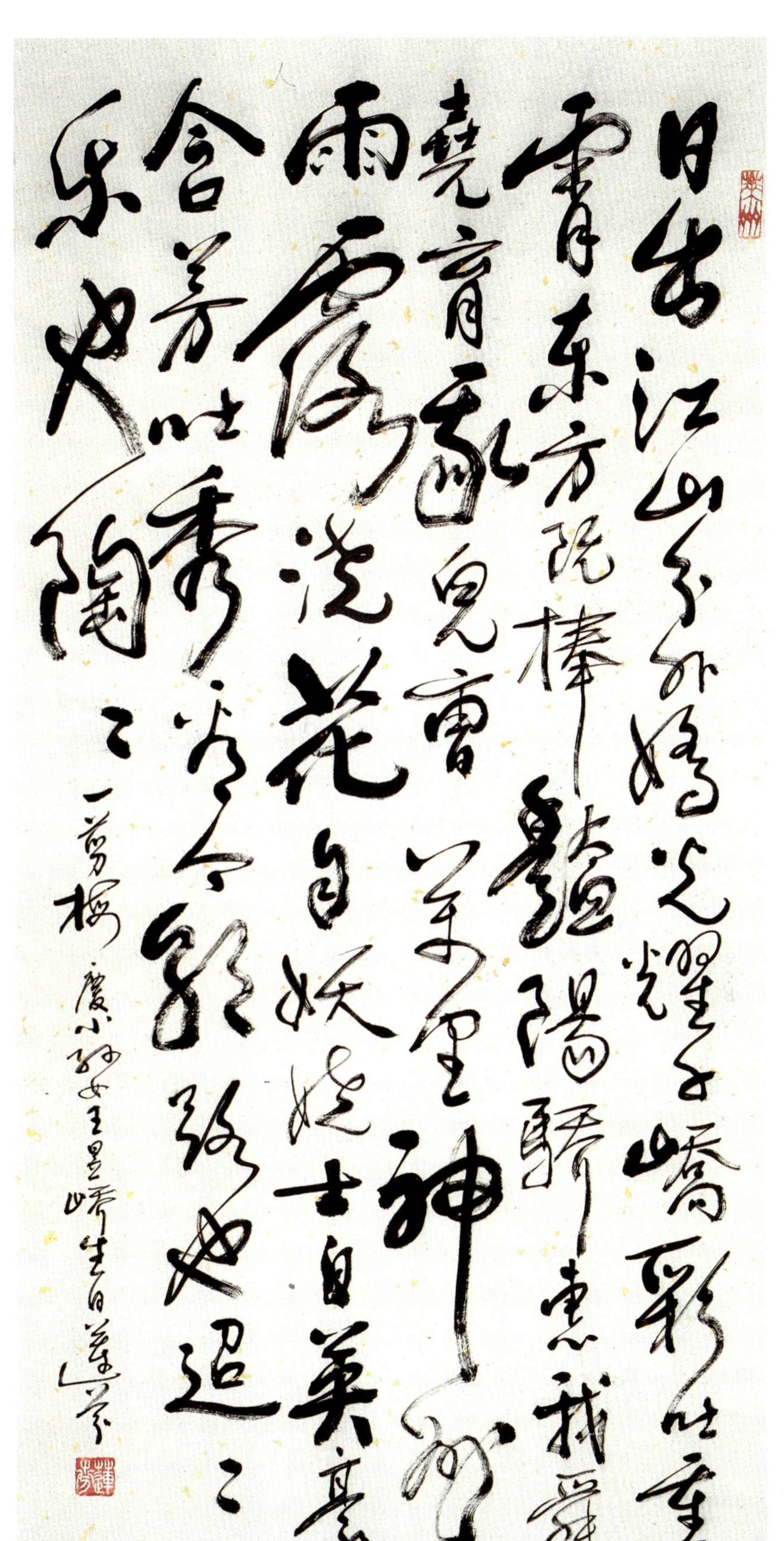

日出江山娇　1990年

As the morning sun rises,plcturesque rivers and mountains are showered in light

娇娇四岁生日于太爷爷书房（背后字画为著名书法家王遐举先生书承德张映西老诗人赠教育家王誉之太爷爷的联句。中堂画轴为著名京剧艺术家姜妙香、张君秋先生的绘画）

小娇娇于北京南沙沟寓所

四世同堂　小娇娇与曾祖父母

小娇娇与奶奶、爸爸、妈妈

1991年与莲馨奶奶——62岁奶奶喜听小孙女朗朗读书声（四月初五莲馨奶奶寿辰日）

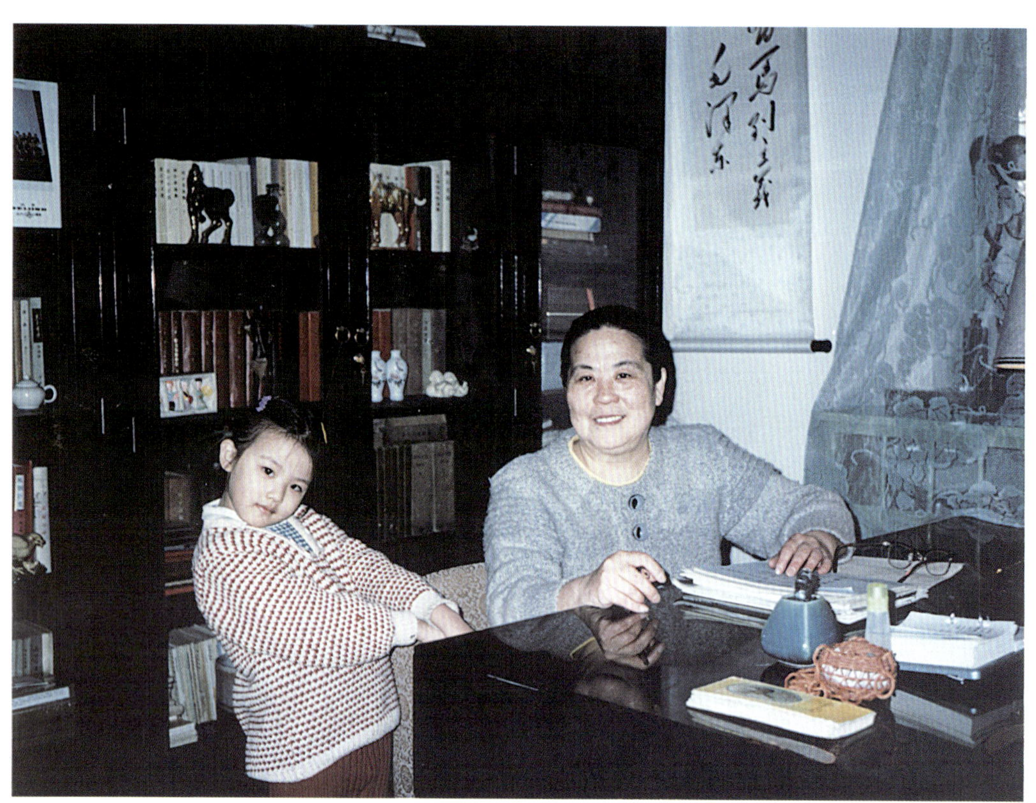

小娇娇与莲芬奶奶

高阳台

——咏徐州

1990年6月4日作并请徐州尚爱松教授斟订字句

山势摇空，云容结阵。凭栏看此龙行。地险天低，兵家自古常争。漫将成败论刘项，渡江东，怎对苍生。暗销凝，缅想当年，如见旗旌。

凤凰依旧飞来去。更吹箫散楚，放鹤留亭。坡老高怀，千年往事扬馨。一从淮海春雷发，彻天惊，百业峥嵘。喜今朝，光照神州，誉满名城。

蝶恋花

咏 梦

——梦境是美有，但醒来却已生死殊途

1990年6月5日

梦会潇湘云水地。一晌无言，却解相思意。惆怅当年离别事，梦中得诉千千次。

梦里招魂魂欲醉。片刻温馨，已抵平生志。梦醒犹将残梦织，空馀生死殊途泪。

浪淘沙

——梦好梦空总是梦

1990年6月7日

不寐到三更，风雨声声。小楼今夜梦难成。梦好梦空都是梦，梦伴人生。
无梦亦难平，有泪如倾。阴晴圆缺总关情。梦里相寻浑怕醒，醒更魂惊。

西江月——秋荷

1990年6月10日

阆苑瑶池泣露，横塘绿影凌波。珠房晶洁舞婆娑，向晚凉云欲堕。
忍待红芳脱尽，灵心菂菂多多。秋来无语候霜过，甘负人间重荷。

莲蓬　1993年

The lotus seedpod is a metaphor of the good character of humankind

贺新郎
——题黄鹤楼
1990年6月11日

看大江奔泄，浪滔滔、龟蛇争势，凌云归鹤。飞阁琼楼登临处，玉笛满城吹彻。溯千载、晴川历劫，鹦鹉芳洲多少树，漫沉吟、一任山河说。天堑路，固如铁。

今古文星光耀地，一曲崔公唱绝。常使伴、碧空明月。极目茫茫天水际，撞心扉，三楚雄风烈。思渺渺，壮心热！

观邓宛霞女士纪念徽班进京二百周年演出
1991年1月

宛若明珠出土灿，霞光倩影舞长安。
心高技绝翻新曲，盛事京昆誉艺坛。

观王海波女士纪念徽班进京二百周年演出
1991年1月

文坛艺苑展雄风，一峡海波两岸通。
巾帼却具须眉气，京华盛赞女包公！

1991年1月于北京贵宾楼宴请王海波女士

题张君秋先生老来红画

1991年2月27日

人为俗虑白了头，花本无愁晚更红。
粉墨丹青传韵笔，老夫仍是一顽童。

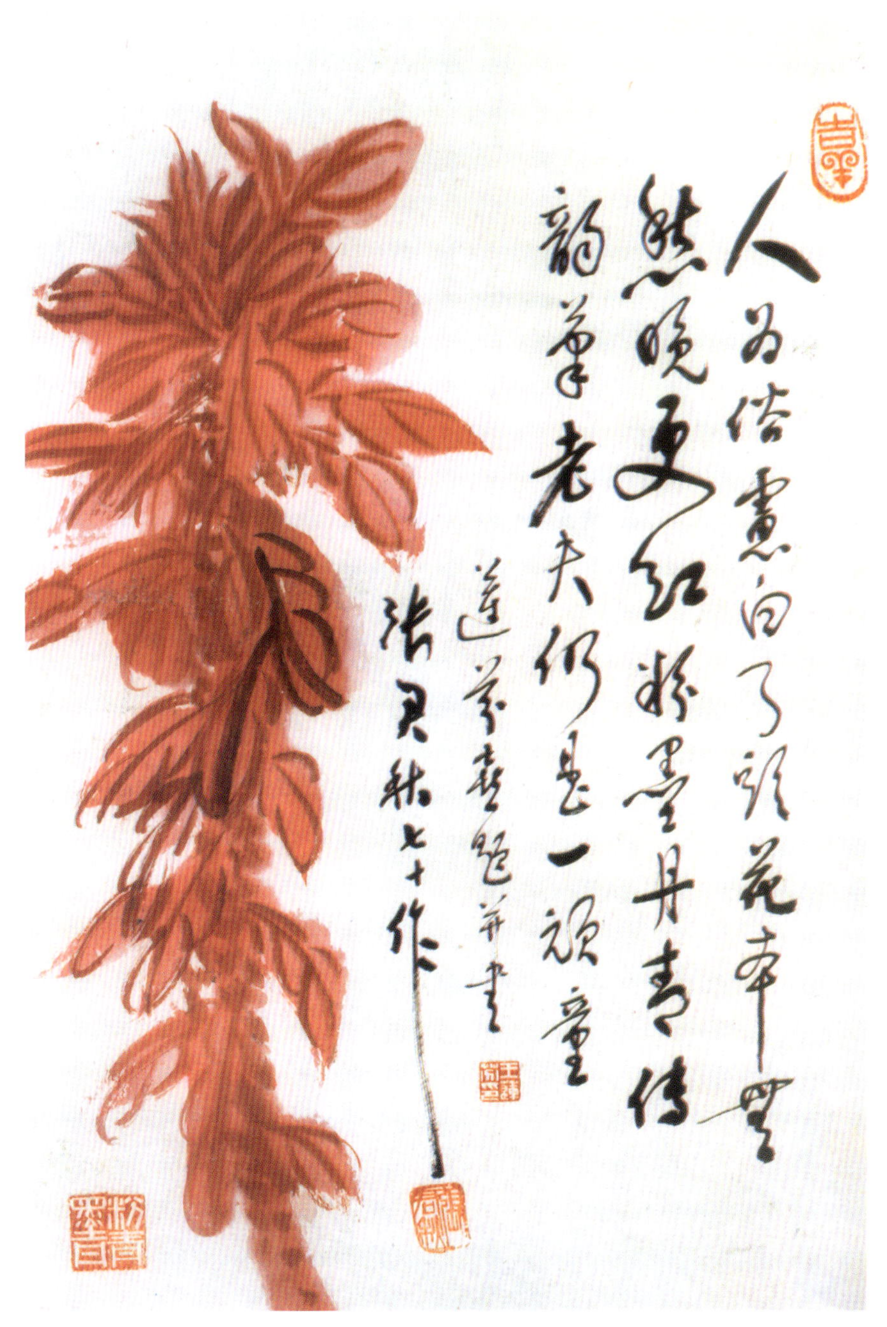

辛未春会见台湾海基会一行口占小诗一首

1991年5月2日

京师三月会嘉宾，万里长城入眼新。
谁念浮云游子意，当思风雪夜归人。

感事二首

1992年2月27日

（一）

世味从来薄似纱？人情未尽美如花。
此中奥秘知多少，请看官场你我他。

（二）

“宠辱不惊”心实惊，“为而不争”不面争。
不惊不争谁真悟，保身保命保安宁。
是非俱护眼前利，曲直只能他日评。
利害所趋信义薄，“不平则鸣”奈何鸣？

奉题木兰山

1992年11月5日

英雄百战济时艰，解甲归来理鬓鬟。
一十二年惊万世，木兰花发木兰山。

赠四川当年长征路上
巴中中学尊敬的山区教师

1992年11月5日

巴山蜀水为谁来？一片丹心育俊才。
桃李芬芳承伟业，长征路上百花开。

诗书画展在鹏城

1992年11月

——1992年11月余刚过60花甲之年，应邀赴深圳举办诗书画展。深圳市委李灏书记为题展名，王众孚市长主持开幕式致词，新华社香港分社周南社长特派文体部李晨部长赠送题辞，市长助理欧阳杏，军事科学院企业局驻深圳办事处李宜时局长及著名演员祝希娟女士、同事史大理等嘉宾云集……景况空前。感此盛情，诗以志：

花甲征途又一程，诗书画展到鹏城。
摩肩冠盖如云集，交臂嘤鸣传友声。
万里春风来粤海，百年岁月寄神京。
高歌改革千秋业，盛世欣圆梦想成！

与李灏书记（上图左二）王众孚市长（下图左一）

1992年11月25日于深圳举办书法展。王众孚市长主持开幕、致词

开幕式剪彩

来宾：(左起)李晨、王众孚、马成礼、欧阳杏、祝希娟、李国栋、周理

深圳市李灏书记题展名，周南、高占祥同志题字

新华社香港分社文体部部长李晨（左）出席开幕式

李灏书记与夫人陈惠珍大姐莅临参观

王众孚市长与夫人文朝晖莅临参观

参加主办单位：深圳物业（集团）发展有限公司总经理、董事长（右一、左一）

参加主办单位：深圳市计划局周理局长、市工人文化宫主席陈杰等

出席嘉宾：祝希娟（左）、史大里（中）

出席嘉宾李宜时（右一）、高登中（右三）、关明（右四）等

与包钢驻深圳办孙康士总经理（左一）、李宇凡助理（右二）

深圳包钢稀土有限公司孙康士总经理代表包钢赠送花篮

1992年11月18日书展开幕前深圳王众孚市长宴请即席题词

王众孚市长及夫人文朝晖

展厅之一

展厅全貌之一

1992年11月于深圳举办诗书画展与深圳妇女界朋友现场交流于展厅讲课演讲

癸酉上元与小孙女娇娇对坐水仙写生

1993年正月十五日

(一)

岁首明窗伴古琴，绿裙翠袖拂轻阴。
温馨情送家家暖，雅洁心添朵朵金。
倚几婷婷花解语，凌波袅袅谁知音？
甜甜馥馥成追忆，对坐晨昏自苦吟。

(二)

雪艳冰肌白玉身，碧云渌水净无尘。
芳心香蕊烘春暖，翠袖明珰耀眼新。
有道感君同淡泊，无闻惠我共精神。
凌波仙子添新意，小小乾坤可问津。

(三)

冰心翠骨玉生香，绝代只缘淡淡妆。
一碧华清情缕缕，家家岁首伴吉祥。

奉和吴空水仙诗步原玉

报春怜汝到天涯，共雪友梅有此花。
玉洁冰清疑解语，可知心事落谁家？

原玉奉和布尼阿林老友

癸酉93年正月初六日

神州自古尽雄英，人物今朝更擅名。
指点江山思泰岳，激扬文字话蓬瀛。
挑山担海工农奋，覆地翻天神鬼惊。
千里惠书皆旧雨，知交至老最关情。

附：壬申岁暮布尼阿林读《王莲芬诗书画》集赠诗：

莱州胜地毓豪英，文采风流负盛名。
辽海词章留北国，京华诗词渡东瀛。
淋漓翰墨龙蛇走，点染丹青风雨惊。
读罢宏编频掩卷，行行深蕴世间情。

布尼阿林老友诗祝余63生辰原韵答谢

93年春暮4月17日

生朝岁岁惠诗函，柔雨轻风春意酣。
甘苦历经廿纪九，拼劳已度六旬三。
沧桑变幻情无异，宦海浮沉味岂甘。
宠辱枯荣多所悟，惊心原是傍龙潭。

附：布尼阿林赠诗：

暮春翘首望燕南，楼外青青柳色酣。
道德文章韬冠六，诗词书画绝称三。
饱经风雨知寒暖，阅尽沧桑任苦甘。
喜值寿辰无所赠，心声遥寄玉渊潭①。

注：①莲芬居北京玉渊潭比邻。

草原行

（1993年10月9日载内蒙古日报）

癸酉立秋后二日，应呼和浩特市高延青市长邀赴内蒙。拜昭君墓，谒成吉思汗陵，访青城古迹，于清将军衙署旧址会书画界名流，翰墨留志。游召和草原、哈素海、响沙湾、大召、五塔寺……途经大青山下敕勒川、金川谷、黄河古道、钢城包头、鄂尔多斯高原，历时一周，车行千里，雄浑辽阔，无边无际，情怀草原，风景遒丽，赋《草原行》以志：

大青山下，草原千里，相偎相倚，世代生息。茫茫绿原，水草沁翠，牛羊遍野，万马驰疾。蒙古包前，宁静温煦，绿茵锦毯，铺向天际。

离离青冢，亲缘远寄，仰望高山，肃然顶礼，崔巍成陵，庄严屹立，史册永垂，追思伟绩。敕勒川畔，古歌顿起，金川开发，日新月异。

哈素海上，风光旖旎。苇长鹜飞，湖泊澄碧，黄河古道，沙丘壮美。鸣沙奇响，水流谷底。鄂尔多斯，高原日丽，蓝天白云，空澈无比。

远峰近柳，堑地逶迤。山骨嵯峨，雄浑一体。迢迢车行，心如云逸，遥闻牧歌，陶然欲醉。如沐晨曦。如骋快骑，穹宇洁净，气清如洗。

惨云愁雾，俱成往昔，蔽日尘沙，力植绝迹。莽莽苍苍，四野空寂，天高地阔，拓我胸臆。思与天齐，俗虑皆弃，悠悠白云，舒卷吾意。

主人情殷，乳香飘溢，盛筵迎送，极尽高谊。将军衙署，群贤雅集，文采风流，翰墨留志。浩歌祝酒，歌声长忆，山丹丹花，但勿忘矣。

相知相忆，以期后会。草原情深，诗以永记。

草原情　1993年

Affection for the grasslands

谒成吉思汗陵

谒王昭君陵园

大青山下，草原千里。茫茫绿原，水草沁翠。
牛羊遍野，万马驰疾。蒙古包前，宁静温煦。

草原情深

癸酉八月於内蒙

哈素海上，风光旖旎。苇长鹜飞，世代生息。
远山青翠，气清如洗。穹宇洁净，湖泊澄碧。

小孙女娇娇拉着祖母的手深沉地凝视远方

诗意：莽莽苍苍，四野空寂。
天高地阔，拓我胸臆。
思与天齐，俗虑皆弃。
悠悠白云，舒卷吾意。

1. 小孙女留下的足迹
2. 爸爸牵着小女儿的手在壮美的沙丘怀抱里聆听鸣沙奇响
3. 奇异的沙丘小草在为小娇娇起舞伴奏，欢迎远方的小客人手舞足蹈

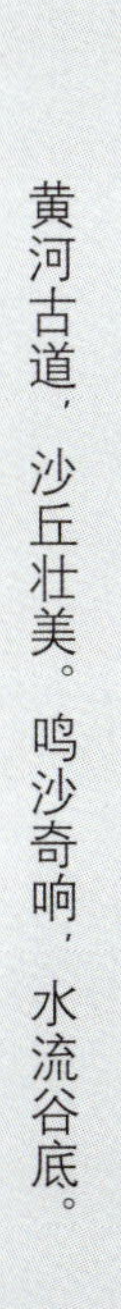

黄河古道，沙丘壮美。鸣沙奇响，水流谷底。

黄河古道　　2003年

Old ways of the Yellow River

诗意：主人情殷，乳香飘溢。盛筵迎送，极尽高谊。
将军衙署，群贤雅集。文采风流，翰墨留志。
浩歌祝酒，歌声长忆。山丹丹花，但勿忘矣。
相知相忆，以期后会。

与呼市高延青市长（左一）

与内蒙古呼和浩特市原将军衙署议事厅旧址与呼市书画院康新民院长（左二）
暨书画界朋友聚会

奉题郑乃珖先生写意牡丹

1993年10月15日于作者北京寓所

雍容华贵傲昭阳，绿绮红娇冠众芳。
调寄清平歌国色，曲翻新谱舞天香。
丹青魂托秋翁梦，妙笔诗敲谢女乡。
意态由来描不尽，春风嫋嫋拂云裳。

左一郑乃珖、右一郑夫人杨位琛与作者家人于北京南沙沟作者寓所

金缕曲

癸酉十月二十日首次赴杭出席西泠印社九十周年盛会
——游西湖、缅怀茅公钱塘大桥、谒岳武穆

1993年10月26日

盛地心仪久，恰应邀、西泠印社，九旬华寿。初睹西湖风光好，秋水断桥寒柳。塔影下、钱塘依旧。缅念茅公桥上立。尽留连、耳畔涛声吼。沉霭里、屡回首。

座中尽是书坛友。羡江南、文人荟萃，浪推新秀。学海无涯今尤悟，仰止苏堤泰斗。谒武穆、精忠谁救？许国虽坚酬无路。寄馀生、蕙带荷衣守。凝目处，泪盈袖。

菩萨蛮——西湖秋荷

癸酉十月首次来杭州。清秋的西湖荷花已『菡萏香销翠叶残』了…… （1993年10月27日）

清秋西子湖边立，衰荷一片伤心迹。残叶自无言，有人湖上怜。
香销今已寂，摧折缘何急？对坐到黄昏，归来空断魂！

西湖清秋

The lotus declaring its beauty in the clear autumn of West Lake

1993年10月出席西泠印社90周年盛会于西湖作《菩萨蛮》，此为词作背景

出席西泠印社90周年与篆刻家钱君匋先生(中)

踏莎行

——白莲——兼叹人际百味

1993年10月30日

洛水惊鸿，冰壶映露。铅华净洗严妆驻。
雪肌玉骨弄清莹，风裳绰约飞琼雨。
不损天真，空招世妒。多情却被无情误。
盈盈素靥苦相思，凄凉一叶凌波去！

洛水之神　1993年

The goddess of Luo Shui River

1994年8月3日于白洋淀

粉香滴露　　1995年

A profusion of fragrant lotus

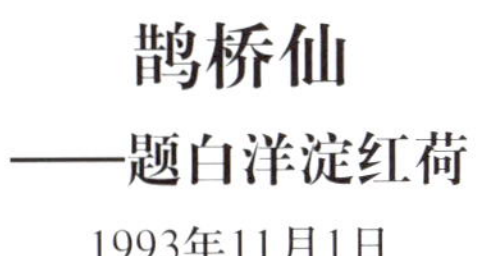

鹊桥仙

——题白洋淀红荷

1993年11月1日

粉香滴露，绿云浮影，道是群仙住处。水乡六月艳骄阳，微风漾，柔情无数。华清出浴，红怯娇面，冉冉霓裳起舞。瑶池宴罢醉星眸，清辉下，盈盈欲语。

痛悼父亲

1994年11月7日

生离死别实难挨，痛苦莫过此最哀。
老父不医辞世去，儿孙哭祭唤魂回。
万千遗憾留追悔，一瓣心香长缅怀。
但识生前多尽孝，何期晨省盼重来。

风雨人生尽入诗

——甲戌冬月读长白山诗社文中俊社长《雪意斋诗集》及惠诗："梦里清莲漱玉词，新添白发为相思。西山红叶白山雪，装点人间入画诗。"原韵奉和：

1994年11月21日

（一）

长白华章雪斋词，文中之俊展才思。
"无题"实作有题写，风雨人生尽入诗。

（二）

京门感事读君词，掩卷频频悒若思。
多少辛酸多少泪，樽前有待话新诗。

泪写人生血铸诗

1994年11月22

一自骚坛步赋词，雷奔胸臆电驰思。
惊心何事泣神鬼，泪写人生血铸诗！

乙亥暮春答谢
布尼阿林老友赠诗祝予六十五生日奉和

1995年4月17日

老友布尼阿林，满族人，对古典文学造诣较深，尤擅诗词书法。五十年代与予同事于全国人大常委会办公厅，对予初学诗词，格律音韵尚未娴熟，尝于公馀之暇相与切磋，诗艺始大进。君于六十年代下放河北围场，八十年代调任承德。数十年来，每逢暮春三月必吟诗为予祝寿，今天又承赠新作，感而赋此：

天下知交老更亲，年年今日祝生辰。
战云岂止八千里，心路已行六五春。
独仗精诚师益友，感吟清气净寰垠。
愿从晚岁开新境，再搏何须惜此身。

附：布尼阿林1995.4.11日于承德赠诗：

又过阳春三月半，欣逢六五寿维祺。
喜看桃李花开日，乐见芝萱叶茂时。
每向城南桑旧事，常从塞北寄新诗。
时和世盛身长健，再写人间绝妙辞。

暮春随感

1995年4月22日

风飘万点岂愁人，三月暮春物理深。
桃杏花飞枝结实，桑榆香歇绿成阴。
春归待有夏荷放，秋至争偕霜菊吟。
映雪梅花迎岁到，四时光景不须喑！

洒向人间都是爱

——悼崔大庆、孔繁森同志

1995年4月22日

清明凄雨若霜侵，何事悲深泪不禁？
痛悼英雄崔大庆，敬怀模楷孔繁森。
献身歌谱天山雪，溅血魂惊燕市心。
洒向人间都是爱，光昭日月万民钦！

应邀书写曹雪芹祠红楼梦诗碑

1995年5月

一纸荒唐谁解痴，京门今建此贤祠。
镌碑首录省亲匾，刻石旋挥问菊诗。
勘破宝琴怀古句，重书黛玉葬花词。
红楼题咏含情写，一世枯荣信可思。

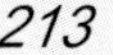

感读温庭筠《过陈琳墓》

——“词客有灵应识我，霸才无主始怜君”，读之慨然……陈琳遇到曹操这位豁达、惜才的主帅应该是霸才有主了……

1994年3月19日

建安文采代相钦，治世能臣见用心。
杀气无情岂孟德，霸才有主惜陈琳。
豁量大度礼贤士，伟略雄韬托重任。
安得襟怀皆若此，万千人杰不悲喑！

浪淘沙

——魂断蓝桥

1994年7月27日

（一）

窗外雨潇潇，灯影摇摇。听风听雨泪空抛。冷雨随风敲入梦，魂断蓝桥。
桥上有人招，风雨呼号。百年遗恨失琼瑶。此恨绵绵无尽处，梦在今宵！

（二）

相约在蓝桥，银汉迢迢。雷鸣风吼雨中浇。秋水望穿人不到，泪浥鲛绡。
凄绝梦魂遥，敢问天高。梧桐解意凤还巢。可惜流年人亦老，笔溅波涛！

（辛翁水龙吟：“可惜流年，忧愁风雨树犹如此”）

青岛观海

——出席青岛崔子范艺术馆开幕典礼，海滨观海

1994年8月

今来名岛果奇观，浩浩天波海量宽。
一快舒襟挥大笔，长风高浪注胸间！

1994年8月19日出席青岛崔子范艺术馆开幕式代表高占祥副部长致贺词

出席崔子范艺术馆开幕式与卢沉(左一)王超(右一)

贺承德避暑山庄布尼阿林老友七十四岁寿辰

1995年6月22日

人生万事不胜思，堪慰衰年有旧知。常忆围场风与雨，难忘京巷友和师①。
丹心灼暖热河水，碧血寒凝爱国诗。避暑宫前欣祝寿，丽霞辉映磬峰时②。

注：①六十年代布尼老友与余同在全国人大常委会工作后下放河北围场县，下放前与余在北京西交民巷同一办公地点。
②布尼夫人芳名丽霞。

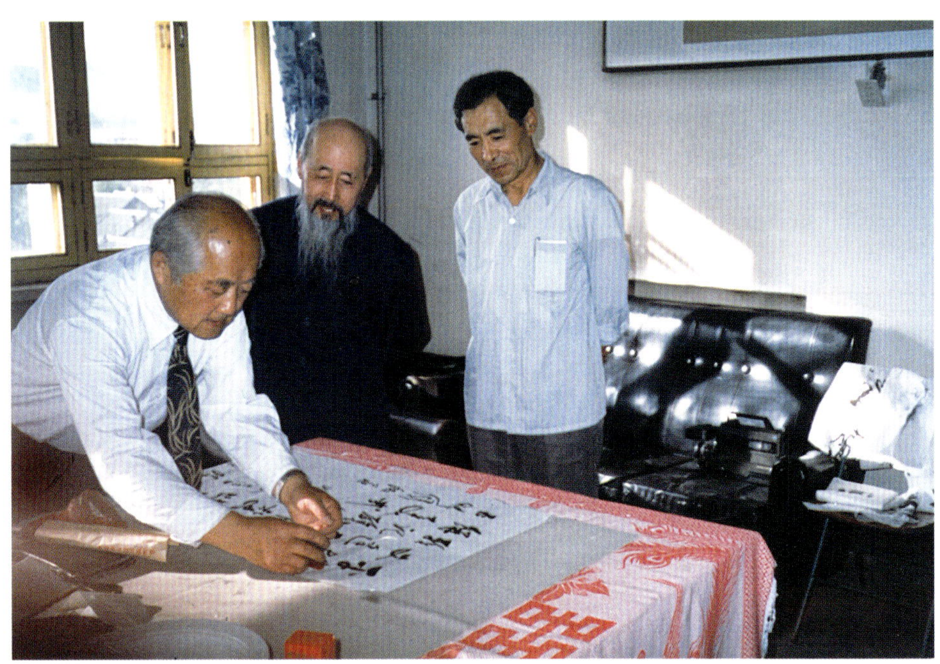

布尼阿林老友（左一）题诗

咏 秋

1995年10月17日

我道好个秋，美哉不胜收。
晴空尘不染，皓月正当头。
松翠寒烟碧，枫丹似火流。
桂花香四野，瓜果满田畴。
石径青苔净，东篱隐菊幽。
林芳新雨后，泉映白云悠。
秋水清盈目，江天忆倚楼。
一年光景好，攻读志堪酬。

一剪梅

——莫效悲秋

1995年10月19日

（一）

千里婵娟思未休。人倚高楼，月照高楼。天涯共此远凝眸。几许哀愁，几缕乡愁。
最是一年好景留。谷也丰收，果也丰收。丹枫似火暖心头。喜是金秋，莫效悲秋！

（二）

廖廓江天好个秋，碧水悠悠，红叶柔柔。黄花、桂子满田畴，香也同俦，诗也同俦。
正是攀登志可酬。学也"黄牛"、做也"黄牛"。拚搏何来凄冷苦？国是分忧，个事无忧。

贺新郎

拜读云南女诗人赵佳聪（嘤鸣）女士梦谒稼轩翁词感而奉和，其末句："恨怎补？似天裂"语出惊心，势如天裂……

1995年10月

感读嘤鸣说："叹从来、人杰命舛"。愤悲胶葛。遍体鳞伤千疮孔，依旧丹心映雪。忆征路、早生华发。铁马雄风存浩气，更几番犹梦关山月，灯下剑、抖萧瑟！

须眉巾帼无须别。怅人才、常凭机遇，善谀迎合。忿欲高声疾呼苦，谁惜铮铮傲骨？抒抉垒、《狂狷》诗绝。当信豪情心无碎，挟雷霆、巨炼人如铁。挥我手、补天裂！

1991年夏各地女诗词家于莱州出席李清照研讨会后排左一为赵家聪女士，前排右三为王莲芬、左二为戴向忱

金镂曲

——纪念先父逝世一周年

1995年10月27日

自去年今日，泪难禁、身心交瘁，思亲悲切。但问人间何最苦？最是生离死别。值慈父、西归方觉，骨肉离分情肆虐。几多回、抢地呼天迭，留父住、乞天阙！

年来不见哭声歇。父生前、历经坎坷，屡遭横劫。鲜少膝前听音悦，伤睹遗篇痛绝！聆频教诲：“清风明月”，报国无忘立身洁。谱丹心、桃李铭高节。光史帙，忠魂烈！

注：先父曾于1986年1月留字嘱余书条幅以教育子女，内容有“读赤壁赋有感：非吾之所有，虽一毫而莫取。惟江上之清风与山间之明月取之不尽，用之不竭。并云：正用当时，很有价值，谁都可用……

非吾之所有雖一毫而莫取惟江上之清風與山間之明月取之不盡用之不竭

读赤壁赋有感 誉之

一九八六年一月先父给我留字云：希望你在心情舒畅时，高兴时写一中幅，意思是挂在屋里以教育孩子和——正用在当时，很有价值，谁都可用。可惜当時对父親这番心意领会不够，未能遵命。今重睹遗示不胜感伤，书之以誌纪念 乙亥正月立春日 莲芬

咏 雪

1995年10月28日

（一）

银装披大地，玉宇莹澄沏。
仰止慕天公，人间留皓洁。

（二）

纷纷扬扬下，琼玉洒家家。
犹恐无衣暖，飘棉舞絮花。

渔家傲

——记小孙孙忱忱、娇娇堆雪人

1995年冬

晓起喜惊天下白，恍如一夜梨花发，一片银装冰透别。晴光耀、琼楼琪树疑仙阙。
最是儿童呼跃烈，粉妆玉琢相辉绝，堆就雪人歌而悦。欢声里、稚心玉宇同皎洁。

小孙女娇娇于北京三里河南沙沟五号楼寓所堆雪人

病中随感

1995年10月病住友谊医院

——大自然中的生命，在她息灭时，还要去肥沃、回报生养她的大地。“鞠躬尽瘁，死而后已”，我现时的感悟已不止于此了……

落叶肥根土，花残化沃泥。
死而不后已，犹恐报效微。

原韵奉和杨凤生先生
——以雪莲意境和之

1995年12月18日

雪山冰谷傲寒开，何异洪炉换骨胎。顶雨栖风明志节，浴霜餐露媲松梅。
西临王母瑶池涌，东望长安紫气来。坐倚昆仑观世界，苦难才是子孙财。

附：杨凤先诗：

蓬门羞对市廛开，面壁依然是俗胎。越苑艺传生旦丑，骚坛品效竹松梅。
青春强拽风流戏，华发平添浩气来。彻夜笔耕何惜老，诗文聊补子孙财。

枉说红颜非薄命

——1996年春正月27日与老友论蔡锷将军给小凤仙题句：“不信美人终薄命……”当夜感赋“枉说红颜非薄命”抗之。

1996年正月27日

“不信美人终薄命，古来侠女出风尘”。凤仙慧眼遇知己，蔡锷倾心动雅吟。
枉说红颜非薄命，鲜闻青鸟奏佳音。红颜薄命多无数，空付东流唱古今！

行香子

布尼阿林老友为余六十六岁生日赠六十六字行香子词为贺，原韵答谢。

1996年5月4日

六六华辰，似水流年。记犹新、风采清妍。一身荣辱，半纪尘烟。直淡如云，澄如月，洁如莲。

今日凭栏，万里江天。处都门、翰墨陶然。衔山填海，精卫乾乾。自诗抒志，心抒画，笔抒缘。

附：布尼阿林老友《行香子》祝词：

花甲重逢，晋六华年。正春深，百卉争妍。南沙沟畔，绿柳含烟。任闲观云，晴观月，静观莲。

寄迹都门，长乐尧天。对斜阳，不醉陶然。丹青翰墨，终日乾乾。喜心中画，诗中志，笔中缘。

（丙子农历）1996年3月19日、4月25日为凌风老友祝六旬晋六寿辰。

66岁生日感悟——淡如云，澄如月，洁如莲　1996年

A poem on the sixty-sixth birthday reflects with deep thought that one should not seek fame & wealth but seek the purity of life displayed in the drifting white clouds in a blue sky,the brightness of the moon & the purity of the lotus

旧金山即兴

记一九九六年出席在美国旧金山举行的23届国际文化艺术代表大会首席发言及作品展，获誉“世界大会受瞩目全才扬名”热烈盛况。

清言惊座旧金山，盛会亚欧百族冠。
学海探骊皆入席，宏篇立论独登坛。
堂堂大国媲英美，落落风仪仰宇寰。
非是自夸持傲气，中华不得等闲观。

1996年7月1日于美国旧金山国际文化艺术代表大会开幕式上发言

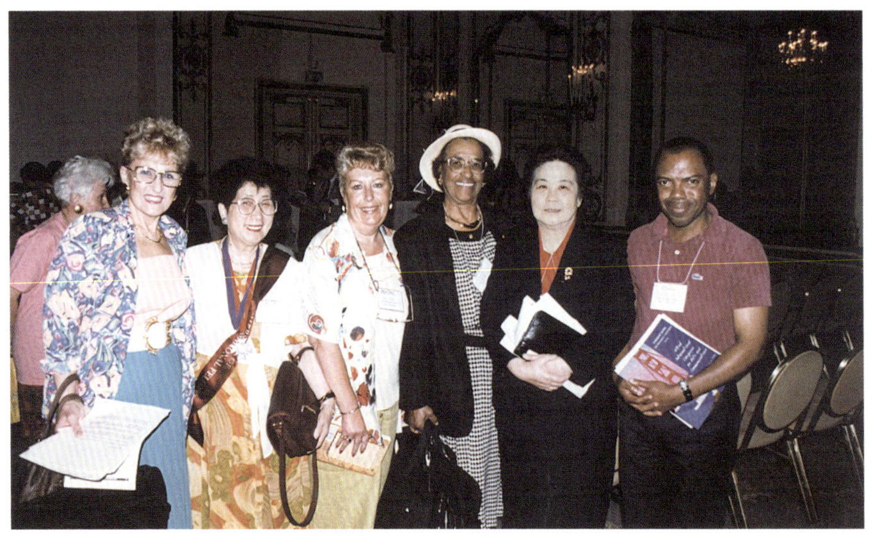

1996年7月
于美国旧金山
国际文化艺术
代表大会上与
各国代表合影

1996年7月于美国旧金山国际文化艺术代表大会主席台上

与大会主席尼古拉

1996年7月28日全家于华盛顿我驻美使馆

1996年7月于美国旧金山福尔芒饭店(出席大会会址)

1996年于美国纽约曼哈顿(左一胞姐王莲馨)

1996年7月于美国北卡夏洛特市家中

于纽约联合国会议大厅

奉和宁夏孔凡广诗并画

1996年12月21日

喜盼春风早，秋霜亦莫迟。
春兰秋菊质，笑慰我心知。

孔诗：不贪春风早，却笑秋霜迟。月冷倩影瘦，香艳苦谁知。

春兰秋菊　1996年
Spring orchid and autumn chrysanthemum

奉和孙老西岐前辈赠诗（步原韵）

1996年12月28日

雪飘飘，雨霏霏，京中喜读孙老信。
更可敬，又可亲，革命前辈知心人。
前辈关怀情意重，识人知人殷望深。
安得伯乐今重来，霸才有主俱笑吟①。

领导若皆似此老，万千人杰不悲喑②。
爱才怜才为国用，传统作风启后人。
平生慷慨解人难，自身之事怯登门③。
非是不遵叮嘱意，“主动登门”实违心。
您曾对其恩栽培，该却置之若罔闻。
群众眼亮有公论，公正邪恶泾渭分。
感谢孙老美祝愿，再创人生第二春④。

注：①②我曾有诗：“建安文采代相钦，治世能臣见用心。杀气无情岂孟德，霸才有主惜陈琳……”③④为孙老信中句“……建议你主动登门谈要解决的问题，可进一步发挥作用……开创你的灿烂的人生第二个春天。……”真知人者也。

附：孙老诗：祝贺你美国之行成功。真可谓“香飘万里香美邦。”

雪飘飘，雨纷纷，躺在病床读君信。
真可喜，真可钦，远赴美国结友人。
某人处我去信，君可径自去谈心。
能够万里勇东渡，焉何咫尺怯登门。
若能谈得称心意，定将有益建新春。

一九九七年“三八”节迎香港回归盛会即兴

人增福寿国增光，同庆回归喜若狂。
华夏巨龙今崛起，五洲祥瑞汇香江。

岁暮述怀三首

1997年12月15日

（一）

回首平生百事艰，风风雨雨六十年。
成仁取义君当记，留得寸心一片丹。

（二）

一路风尘半世文，几番凄惋几欢欣。
心头风雨浑忘却，惟忆蓝天一片云。

（三）

老去何须问苦辛，为伊憔悴为伊欣。
如花美眷长相忆，似水流年遥不闻。
奋向琴书歌岁月，拚将心血漫耕耘。
天涯春讯无从递，高义由来幻若云。

一路风尘半世文，几番凄惋几欢欣。
心头风雨浑忘却，惟忆蓝天一片云。

惟忆蓝天一片云　2003年

Only recalling shreds of clouds in a blue sky without vexation

梦天池

——长白山邀赴盛会答书

1997年12月23日

久住京华千里思，心萦长白梦天池。
当随王母临仙境，听雪听云铸好诗。

即事感怀

1997年12月23日

报国无门究可哀，几番风雨几番开。何期上苑赐琼露，惟盼青帝护瓦台。
宠辱惊心天不语，枯荣着意地谁栽？空庭惆怅学闲步，胸有昆仑时不来！

感事呈尚老

1998年3月28日

平生爱读稼轩词，铁马金戈入梦思。
老去非关才气尽，长沙痛哭古今知。

京门感时问苍穹，谁信老来万事空？
一种伤心难绘写，击壶且唱大江东。

投诉家乡几十年深冤不得彻查

1998年4月2日

沉冤天海诉难投，大德蒙尘何日休。
徒有爱心思故土，一襟涕泪大江流。

读史、观剧偶得

1997年1月—1998年

武则天

女皇亘古首称王，日月当空霸业昌。
臣子须眉皆俯首，白碑无字任评量。

吕 雉

功高佐汉罪何由？读史深憎此女流。
兔死狗烹诳诡计，负心应责自谋刘。

虞 姬

拔山盖世惜英雄，忍看别姬王业空。
月冷乌江堪一慰，美人终不负重瞳。

西 施

家亡国破责归谁？功罪扪心只自知。
惯把愆尤加弱女，错教千载说西施。

卓文君

邛崃佳遇羡文君，冲破藩篱德不群。
从此羁身不论命，当垆绝代任纷纭。

王昭君

义无反顾出长门，通好和亲世所尊。
马上琵琶沙洗面，绝胜老死汉宫魂。

文士千年笔不平，何教弱女息戈行？
和平早有巾帼志，长记昭君边塞情。

一代红妆坐北庭，生灵繁衍边关宁。
当年若使君王宠，那得千秋享盛名。

年年青冢百花炘，顶礼陵园朝拜殷。
汉室帝王皆朽土，今人只识有昭君。

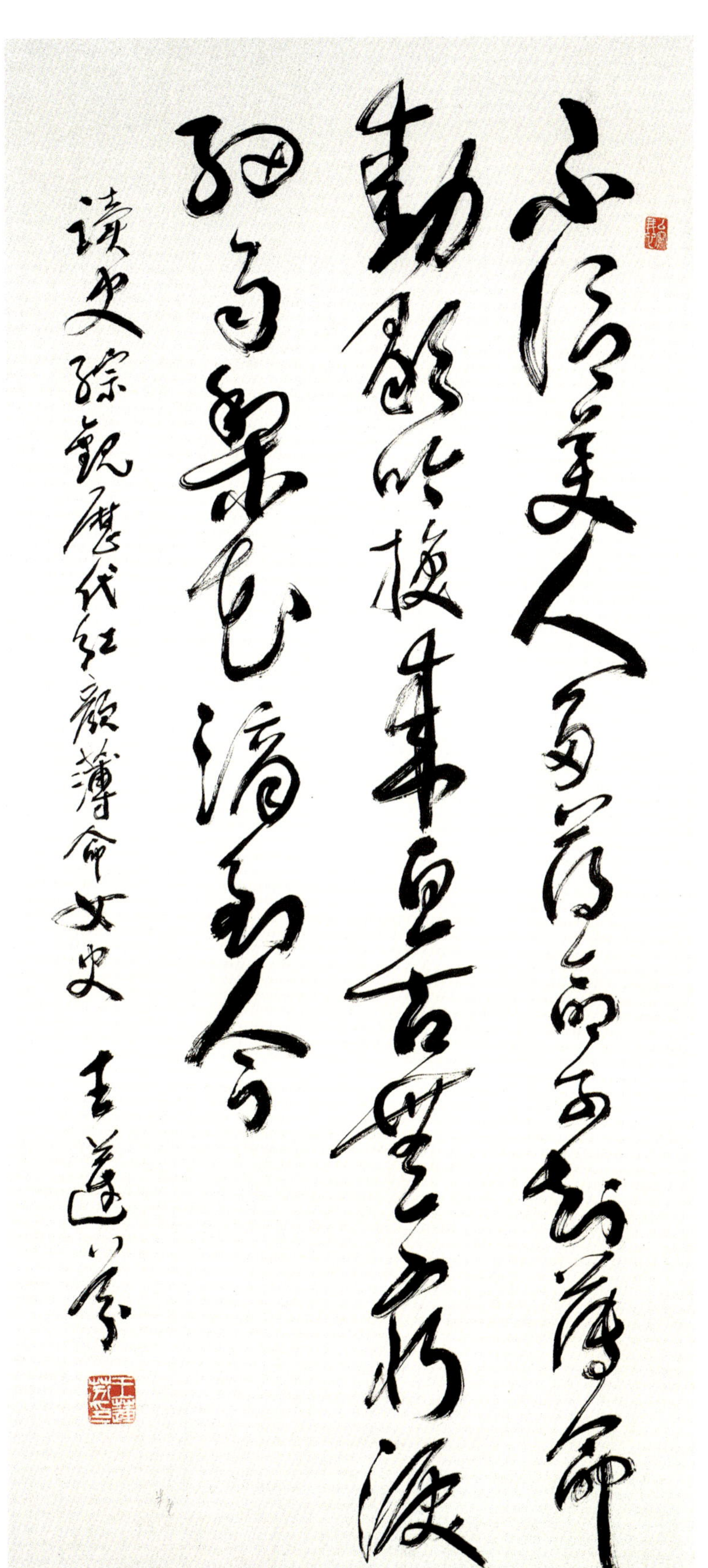

不信美人多薄命　2000年
Do not believe the beauty born under an unlucky fate

读史——综观历代『红颜薄命』女史

不信每人终薄命，可知『薄命』动歌吟。
换来亘古无穷泪，细雨梨花滴到今。

韩 信

奈何背信岂容多，成也萧何败也何。
嫉恶争如消块垒，阴曹怒目斥阎罗。

鸟尽弓藏谁与论？巩权保位有根源。
缘何史鉴惯重演，信义到头成谎言！

伯 乐

背无大树怎为官，纵有德才亦枉然。
“我劝天公重抖擞”，多多伯乐降人间。

升迁须得上司欢，伯乐无权空犯难。
天若有情驰骏马，先封伯乐做高官。

妒 贤

妒贤自有忌能方，惟已惟亲顺者昌。
报国无门谁制造？历来此手胜刀枪！

包 公

早年只识挽雕弓，未味世间佞与忠。
求告无门方切痛，青天何以盼包公。

谭嗣同

孰忍慈禧祸国延，鼎新变法欲回天。
横刀笑傲菜场血，浩气长如日月悬！

蔡锷、小凤仙

蔡锷将军智勇全，讨袁护国美名传。

有情乃见真豪杰，慧眼谁如小凤仙？

共和再造义旗新，韬晦燕京俟机申。
磨剑红楼酬侠女，英雄挥笔惜风尘①。

注：①传蔡赠小凤仙诗："不信美人终薄命，古来侠女出风尘。"

观《山鹰》

倾心但许丈夫志，生死疆场最羡人。
王霸蟠胸身百战，英雄有泪更堪亲。

胡雪岩

相恋不能长相伴，有情相爱却无缘。
红颜知己危难见，当羡江南胡雪岩。

弘一法师

红尘看破万皆空，锦绣文章付向东。
天降我才必有用，法师应去问天公。

众仰先生德艺深，高山留得万丛林。
奇才未遂真堪惜，哀我中华恸我心。

德艺双馨真善美，琴心剑胆铁成金。
春风绛帐忧乡国，一曲弦歌"送别"吟①。

注：①弘一大师李叔同创作的歌曲："长城外，古道边，芳草碧连天。晚风拂柳笛声残，夕阳山外山。"

观电视剧潘汉年

1998年

旷世杰英潘汉年，丹心如火映蓝天。

罪名本是莫须有，史案何堪黑白颠？
玩鬼戏妖功卓绝，出生入死勇无前。
深悲昭雪人天隔，二十三年泪岂乾？！

负屈英雄恨不公，为民为党建勋功。
深探虎穴人无恙，却陷自家囹圄中。

自古精忠多厄难，影屏观罢泪泫然。
龙潭履险勋功卓，虎穴周旋智勇全。
阶下沉冤惟抢地？堂前昭雪已归天。
盖棺论定明功过，何以英雄生死捐！

怀念胡耀邦同志

1995年

天将大任降斯人，拨乱安邦胆魄新。
不折不挠扶正气，求真求是启仁贤。
千秋功过敢评说，四字清宁付苦辛。
坦荡无私公大德，同歌恩泽见民亲。

纪念吉鸿昌将军诞辰一百周年

1995年10月

拚将热血洒神州，国破家亡岂惜头。
就义豪歌传后世，英雄碧血炳千秋。

叶帅百年诞辰

万里戎机夕照丹，运筹妙算计除奸。
九条大义昭台岛，兴国举贤天下安。

周总理百年诞辰

苍生夙夜系心头，尽瘁长年辅弼忧。

万代丰碑遗爱在，经天纬地誉全球！

陈 毅

1998年

雪后青松梅岭巅，诗家元帅写新天。
周旋万国传盛誉，儒将千秋耀史篇。

陶 铸

1998年

云水襟怀天地宽，无私心底对狂澜。
股肱襄国昭勋业，不让忠魂铁骨寒！

彭德怀元帅百岁诞辰

1998年1月12日

忧国拯民舍死生，万言直谏骨铮铮。
群黎痛泣元勋逝，青史长留不朽名。

万言忧国罪何多？铁骨铮铮正气歌。
一代将星胡遽殒，雄师可忆复山河？

横刀立马振雄风，彭大将军屡建功。
忧国诤言何罪有，万民挥泪哭元戎。

奉题彭德怀纪念馆

一代将星势若龙，横刀立马震寰中。
军声百团蜚中外，勋业千秋耀宇穹。
谔谔诤言怜百姓，喑喑无语恸元戎。
凌烟永绘丹心谱，遥拜巍巍乌石峰。

注：彭大将军故居湘潭乌石镇。

纪念毛主席诞辰一百周年

翻转乾坤鹏翅旋，雄文红旭照尘寰。
风云每忆芙蓉国，帷幄长怀陕北川。
爱晚枫林连广宇，横塘秋水映新天。
但望后世知艰巨，伟业千秋续史篇。

纪念邓小平同志逝世一周年

1998年2月8日

巴山蜀水舞蛟龙，帷幄良筹盖世雄。
百虑千思匡禹甸，一邦两制绘尧封。
名垂青史承毛老，泽被苍生忆邓公。
特色蓝图惊四海，全民敬仰颂丰功。

纪念刘少奇主席

1995年11月26日

哀歌动地泪千行，六字奇冤铸国殇。
青史功彪昭万世，花明楼里系心香。

刘少奇主席百年祭

“好在历史是人民写的”

1998年11月25日

风雨如磐魂魄惊，不堪回首儿吞声。
功高社稷书难尽，史赖人民写不平。
两袖清风心坦坦，一身正气骨铮铮。
馨香俎豆百年祭，殷鉴勿忘戒后生。

纪念聂荣臻元帅

1998年

斩蛟慈幼美名标，科技兴邦胆略豪。

两弹一星光宇宙，中华浩气耀云霄。

纪念贺龙元帅

1998年

菜刀一把辟鸿蒙，歌罢洪湖忆贺龙。
饮恨忠肝忧窃国，青山朗月起悲风。

罗荣桓元帅百年诞辰

2002年11月30日

不尽情怀不尽思，元勋征战忆当时。
忠心赤胆高韬略，一代雄风百代师。

老一代革命家

2002年冬

追怀先哲感无穷，百战山河唱大风。
开国元戎多武略，千秋伟业记勋功。

孔凡章老先生戊寅迎春曲原玉奉和

1998年2月21日吴空同志寄孔凡章老先生戊寅迎春曲十首命和。余在老母2月23日辞世前一日侍母病榻前草就一首，其余在老母逝世十余日后续和。余作诗向以有感而发，时值思母情切，多为此内容。原玉奉和十一首：

（一）

总理百年祭可知？光风霁月照丹墀。
犹闻盛会迎宾曲，常记华筵祝酒辞。
大会堂中一夕话，天安门外万民诗。
西花厅洒梨花雨，正是海棠待放时。

（1998年3月13日）

注：周总理住中南海西花厅院内有两株海棠树。

（二）

红树霜林独倚庐，笙歌觞咏久荒疏。
江山添色一枝笔，社稷重光万卷书。
沧海几经才气尽，壮怀长梦战云初。
育孙伴母声销寂，垂老长安一陋居。

（三）

幸得湖山好结庐，楼堂酬酢世情疏。
十年蹈海奋填石，万里归家思读书。
有泪山川犹似昨，无情岁月斥方初。
馀生销尽风云梦，何处湘江问卜居?!

（1998年3月15日重写）

（四）

霹雳裂天悲恸深，春词无力伴高吟。
母危那得回天手？母去难医不孝心。
子欲奉亲亲不在，儿思侍母母无临。
焚香忏悔失声哭，四野惟闻唤母音。

（1998年3月13日夜）

（五）

为名为利未忘形，莫道无求是正经。
淡泊相疏非实意，追求、拚搏到衰龄。
清高何作违心语，退隐自欺掩耳铃。
进取皆连名与利，勿须风雅入丹青。

（1998年3月13日）

（六）

雪加霜打又悲添，思母诲教自律严。
母示岁寒三友节，父坚淡泊一身廉。
心如莲洁净无染，骨似梅清贫不嫌。
独对双亲青烛影，潇潇夜雨泣珠帘。

（1998年3月14日凌晨）

（七）

四海为家处处家，少年豪气意无赊。
救危惯送雪中炭，趋福羞添锦上花。
林暗草惊驰夜月，雁飞鹤唳举荒遐。
风鹏万里闻天语，重上蓬莱餐紫霞。

（此首写于守护老母亲弥留时的病塌前，不料翌日雁飞鹤唳的夜月老母辞世，天意耶？）

（1998年2月22日夜）

（八）

老来最痛失双亲，月冷风清泪满尘。
亲在亲恩浑不觉，母亡母爱愈知珍。
魂归沧海波涛涌，骨洒青山草木新。
地远天高惊死别，那堪踉跄去求神。

（1998年3月14日午夜）

（九）

家无老母事全更，阴雨连绵不放晴。
往日见人皆喜气，今朝睹物尽伤情。
芸窗灯案母相伴，绮户燕巢我独营。
秋水碧天凝望眼，恍闻云里唤儿名。

（1998年3月15日—16日）

（十）

抢地呼天唤母回，招魂无计上灵台。
箭穿刀刺心肝裂，影独形孤霜剑摧。
梦里倚门期母望，堂前照烛盼娘来。
《昭关》一宿鬓皆白，合与梨花一处开！

（1998年 3 月17日清晨）

（十一）

虎岁春朝事不谐，忧伤悲别万般皆。
榻前恍惚隔尘世，灯下依稀偎母怀。
人去蓬莱归胜地，仙游齐鲁望清淮。
林泉白石好安息，羽化应如步御街。

（1998年3月17日）

1998年春节母亲病逝前几日马少波（左四）李慧中（左三）叔婶来看望

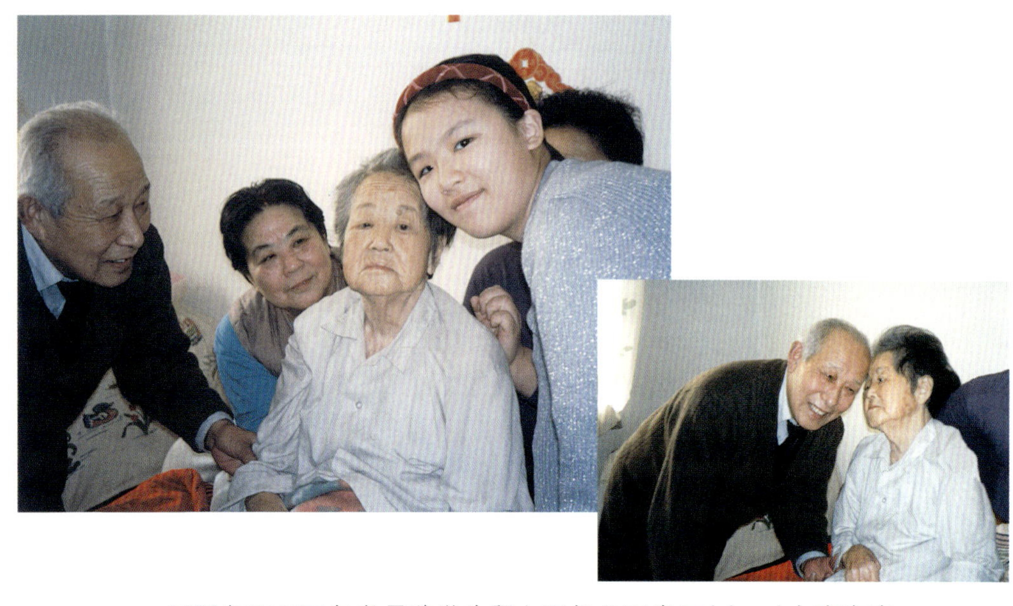

1998年正月下旬老母辞世弥留之际叔父王贵三（左一）自南京来北京探望老嫂

雨荷

（1998年农历3月19日思母）

大旱山岳焦，其气焚似烧。长夜忽来雨，开怀慰枯槁。
一洗苍生忧，更濯江山娇。风雨洒万里，霈泽施蓬蒿。
甘霖润物细，滂沱涤辛劳。流我思母泪，解我虑愁消。
安得呼雷公，悲苦皆洗抛。

雨荷——思母泪　1998年
Lotus showering in rain

戊寅秋四川之行诗抄

（一）
刘止庸老先生山水故乡展开幕献词：

1998年8月15日于四川泸州

琼海春风系客思，峨眉秋月未归时。茫茫今古开新脉，一碧无埃仰大师①。

注：①止庸翁生前诗句："今古茫茫自立足。"

（二）
八月十七日访泸州云溪车中口占

秋水夹明镜，晓风拂客衣。伊人何处去，千里访云溪。

注：止翁故居在云溪。

（三）
记泸州盛会

金秋八月赴天府，首站泸州老酒乡。
旧雨新知同盛会，高人雅士汇华章。
巴山不阻诗文谊，沱水长留翰墨香。
朝发岷江瞻大佛，呼船夜泊入平羌。

注：① 止翁画展、艺术研讨会，北京、天津、四川名家均有发言和著文。北京有孙美兰、杜哲森、杨池、龚产兴、张延禄、王工……诸先生。
② 自泸州沱江乘船经岷江夜达乐山朝拜乐山大佛、进驻峨眉山。

（四）
参观峨眉山
伏虎寺听演慈法师讲经

1998年 8 月19日

浮名苦被累相忘，白象青狮妙法长。翠削山山明目净，光摇树树立身香①。
"声闻"何用供莲座②，无我无为自佛场。云色空烟方外境，清凉世界悟清凉。

注：①寺前有几百年的楠木树高耸入云。
②"声闻"引"声闻何用静"，是佛教中"五乘教法"的第三乘(声闻阶段)。

（五）

峨眉山下留志①

乐水乐山梦逝川，峨眉秀色绕云烟。
无尘无染心潇洒，何虑何忧意坦然。
万树摇青澄净土，千峰滴翠碧连天。
停车步上清凉地，古寺钟声伴石泉。

注：①1998年8月18日到峨眉山。翌日参观山下报国寺、伏虎寺、博物馆。20日登峨眉山至二千五百公尺处，身体不支，未能看到金顶胜景，此二首只是至峨眉山下的景观，山上无诗，憾甚。

（六）

途经眉山拜谒三苏祠

1998年 8 月22日

途听眉山苏氏祠，停车快步恐犹迟①。
瑞莲亭畔览文迹，盘石池中谒像碑②。
父子声名弥宇宙，甘棠德政仰风仪③。
一门三杰谁堪比？人唱大江东去时！

注：①22日因登山身体不适，峨眉山管委会派车专程送成都诊治，途经眉山县，闻三苏祠在此，心喜，即恳请停车，急奔往观……。祠内有瑞莲亭，苏宅旧景。②《东坡盘陀像》北宋著名画家李伯时所画。面如满月，三绺短须，按藤杖坐于盘石上。石雕，下为池水，苏子由题赞："乐哉子瞻，在水中砥，野衣黄冠，非世所羁"……。③东坡不仅德、才闻名，他勤政爱民，处处为人民办好事，办实事，徐州治水，杭州治湖……，黄州、惠州、儋州……都有关于他政绩的传说。

（七）

武侯祠

丞相祠堂梦寐求，今来急拜武乡侯。
出师两表常挥泪，松柏森森草木秋。

（八）

成都访名士吴凡先生
意兼草堂①

从来巴蜀多名士，求访蓉城小巷西。
久慕秋风开广厦，草堂深处浣花溪。

注：①此行，为余首次入川。想望武侯祠、草堂久矣。文化厅同志陪同往观。因前登峨眉山患病未愈，未及全貌，二诗仅志心仪。

1998年8月出席四川泸州刘止庸艺术馆研讨会赠字

1998年秋与中央美院孙美兰教授会晤四川泸州市政协诗书画院院长
左起：张婉萍、王莲芬、魏闻声、孙美兰

听峨眉山伏虎寺演慈法师讲经

眉山县苏祠苏东坡石像

成都杜甫草堂

四川书法家梅冰女士(右一)陪同访成都画家吴凡先生(左一)

清明节祭母遇雨

1999年清明

漫道清明欲断魂，断魂偏爱雨纷纷。
纷纷疏雨含悲洒，默默心香合泪焚。
紫陌看花澄浊眼，上林植树浥轻氛。
会当一醉杏花雨，天自清新人自芬。

凤凰台上忆吹箫

1999年5月8日

时届古稀，方惊老矣！沧海思绪千端。昔少年豪气，荡扫狼烟，壮岁旌旗百万。都曾是、抵死关山。乾坤转，凌云健笔。世纪宏观。

同欢，百年耻雪。双制绽荆花，合浦珠还。但霸权玩火，正义危艰。廉颇临风犹念，增国力、御侮防患。今须知、思危自强，世代平安。

（当日朝起方填此词，夕观电视惊闻我驻南使馆遭以美国为首的北约轰炸。所虑“思危自强”果应验矣。）

悼邵云环烈士

1999年5月10日

红霞灿灿彩云环，光照寰球敌胆寒。
血雨满天慈母泪，腥风遍野家园残。
狡言误炸实明炸，标榜人权侵主权。
虚晃和平谁见证？骨灰哭捧唤娘还。

悼许杏虎、朱颖烈士

慷慨悲歌谱史篇，荧屏观罢愤膺填。
可怜佳侣风华茂，痛失英才泪不干。
喋血捐躯狮怒吼，狂轰乱炸罪滔天。
招魂举国同声哭，激励中华猛着鞭！

庆建国五十周年暨澳门回归

1999年10月1日

狮吼龙腾大业昌，中华今日更辉煌。百年痛史怀忠烈，万国衣冠仰古邦。

花绽香江金蕊放，珠还合浦玉芙芳。鸿猷两制迎新纪，碧海长风正远航。

珠还合浦玉芙芳——迎澳门回归　1999年

Celebrating Macao's return to the motherland

题99回归十月京城

1999年10月

花卉金色画

金色太阳金色梦，金光灿烂映金秋。
春华秋实年年好，十月京城花满畴。

迎澳门回归绘画

——为北京中山书画社女画家迎澳门回归合作玉兰翠竹飞燕图题诗

1999年11月13日

玉兰翠竹倚亭台，争艳繁花次第开。
合浦明珠还镜海，普天同庆燕归来。

古稀随笔

1999年12月30日

尔来也学傍云溪，不觉流年到古稀。
潮落潮生陈史迹，花开花谢付春泥。
抛琴空负三生石，伏枥梦驰千里嘶。
天际归舟何处去？风荷细雨夕阳西。

谢泉州文化局陈瑞统同志赠洛阳桥诗集

2000年1月18日

南望泉州万里遥，惠书喜读洛阳桥。
诗潮直涌千寻雪，绝唱声闻百丈涛。
闽海蓬莱云水渺，江城古渡彩虹桥。
会当一睹临仙境，翰墨丹青仔细描！

海南农村吴群老诗人八十华诞索句致贺

2000年正月25日

仰望南山不老松，天涯芳草一书生。
感君淡泊诗明志，且醉东篱杯共倾。

千禧年春节诗二首
呈尚爱松老先生赐教

2000年2月11日（正月初七）

（一）

尝念干城起蛰龙，岂甘破卷作雕虫。
漫嗟遭际说风雨，聊续遗篇唤彩虹。
勘笑浮名知淡泊，力肩道义辟鸿蒙。
闲庭亦步黄昏颂，仰望高山不老松。

（二）

七十人生梦几重？欲从双泪醒朦胧。
不教脂粉污颜色，许共灵犀通太空。
走笔荡胸抒剑胆，敲诗破浪驭长风。
天涯望断凭谁问？孤鹜落霞向碧穹。

行香子

2000年农历3月19日

暮对春山，忆昔当年。枉凝眸、谁负娇妍。日移影逝，俱付云烟。惟笔思花、诗思月、雨思莲。

霞曙东方，日丽中天。有骊珠、惠我怡然。亦悲亦壮，沧海桑田。更临芳苑、寻芳草、近芳缘。

七秩述怀

2000年4月

（一）

似曾戎马戍关山，太息流年夕照还。死死生生明敌我，风风雨雨辨忠奸。
境从识破痴方悟，事到求真不胜寒。岁月如歌嗟逝水，此身未老莫偷闲。

（二）

不知老至不知闲，犹有豪情度险关。
励志百年湔国耻，难忘八载抗倭艰。
国逢大衍怀前哲，世届新元扬远帆。
两制繁花开港澳，团圆翘首望台湾。

山居

2001年4月21日

（一）

京城十里有山庄，半亩田园种植忙。
插柳栽花瓜满架，翠湖晴雨溢荷香。

（二）

气新盛暑胜清秋，绿树红楼画境幽。
两岸荷香风送爽，稻香湖上泛轻舟。

（三）

寻得湖山枕翠流，时当盛暑气如秋。
果红瓜绿田园乐，十里荷花香满畴。

与儿媳摘自种瓜果

石榴熟了

红杏满枝，硕果累累

题海南省亚龙湾
七绝

2002年春节于海南

明沙碧海亚龙湾，万顷银波映翠峦。气净椰香风送爽，水天一色绿如蓝。

七 律

——奉题宁夏沙湖生态旅游区

2002年6月

塞上江南景色殊，银滩碧水出沙湖。游鱼世界绿芦苇，飞鸟乐园红玉芙。
西夏夕晖铺锦绣，贺兰晴雪绚明珠。自然胜迹美无比，云淡天高一望舒。

（载宁夏日报）

赠甘肃省高台县

《西部爱心书苑》及参展《情系西部书画摄影大展》

2002年6月18日

柳染阳关翠，天山晴雪醉。昆仑壮志飞，奋进大西北。

此幅书法作得《情系西部国际书画摄影大展》特邀荣誉奖。

奉题山东莱州云峰山
莱州云峰山中国书法公园刻碑林

2002年6月18日

云峰山上白云飞，千载书碑耸翠微。华夏文明传四海，登临一快对天挥。

注：北魏郑道昭书碑在莱州云峰山上。

诗二首赠刘淇书记
观北京防治非典新闻发布会蔡赴朝答记者

2003年5月3日

刘淇书记您好！我每日都从荧屏上看到您和各位领导日夜辛劳，很受感动，更为感谢，要说的很多。在您的领导下北京市人才辈出，为京城的人办事，每出现能为之士，百姓深喜，殊堪欣慰。今仅就新闻发布会蔡赴朝答记者，诗二首赠您：

（一）

赠刘淇书记

对答如流蔡赴朝，京城争道水平高。
人才难得心堪喜，为国分劳荐俊豪。

（二）

赠蔡赴朝同志

烽火当年忆赴朝，京华今日见英豪。
立林世界君须记，仍有长征万里遥。

警钟长鸣

——纪念抗日战争胜利60周年

2005年4月10日

黩武倭寇凶残性，觊觎邻国欲吞并。
疯狂掠夺蓄意久，侵我中华恶满盈。
东北沦陷“九一八”，寻衅强占北大营。
松花江水呜咽泣，遍地悲呼爹娘声。
卢沟夜月挑事端，“七七事变”震寰中。
淞沪惨战“八一三”，平顶山上万人坑。
竟将活人当枪靶，细菌试验骇闻听。
奸淫烧杀逞残暴，“三光政策”罪难容。
铁蹄踏破山河碎，血流成河白骨增。
惨绝人寰举世惊，雨花台下血屠城。
滔天罪行不胜数，灾难深重血泪倾。
亿万同胞同一哭，丧权辱国愤填膺。
黄河咆哮怒涛吼，全党抗日举旗旌。
挽救危亡齐奋战，万众一心誓死征。
军民老幼同上阵，大刀砍向鬼子兵。
浴血八年迫敌降，欢庆胜利海晏清。
居安思危须长记，兴国安邦促繁荣。
子子孙孙当自砺，奋发图强慰英灵。
华夏自古重道义，礼仪之邦有盛名。
人不犯我我不犯，不畏强权反战争。
军国主义蠢欲动，美化侵略掩罪行。
亚洲诸国群情愤，警钟在耳应长鸣。
国耻家仇民族恨，历史勿忘告后生。
自强不息承伟业，屹立世界卫和平。

勿忘历史

——纪念抗日战争胜利60周年

2005年4月10日

惨绝人寰举世惊，金陵当日血屠城。
兴邦世代须长记，历史勿忘告后生。

未名篇

并序

《未名篇》序

由中年到老年，几十个春秋，我用以战斗的这一“业余爱好”，逐渐地学习了作诗。尤其是对诗书画三者相融合的追求，得到了不少鼓励和肯定，让我倍觉温暖和充实。“簪花盛誉满长安”，不敢当，但有人说是人生道路，自身的生活、政治经历的磨砺造就了这些作品，有其道理。

“苦难是一笔宝贵的财富”。如果没有“十年浩劫”之痛，我写不出广为评传的长诗《秋夜心雨》的忧患之忧。没有宦海的沉浮、荣辱，也就写不出《金缕曲·谒西湖武穆祠》的“……精忠谁救的悲哀与怅惘？”《踏莎行·白莲》的“……不损天真，空招世妒。多情却被无情误。盈盈素靥苦相思，凄凉一叶凌波去。”这极度的悲痛也是面对有些权横谋私者屡施不公正的愤慨！

写弘一法师的“奇才未遂真堪惜，哀我中华恸我心”，“春风绛帐忧乡国，一曲弦歌‘送别’吟。”；写韩信的“鸟尽弓藏谁与论？巩权保位有根源”。借历史人物命运写家国兴衰之感，寄寓我的思考。其它如：“潇潇夜雨长安道，犹梦疆场百战馀”。“诗魂一脉寒梅血，湘泪千斑翠竹心。多少才思多少恨，天涯谁为护春阴？”及近乎呐喊的“非为功名悲贾傅，欲迴天地梦终军”……都是痛心之句。

还有写李清照、朱淑真、王昭君、秋瑾……《历代薄命女史》诸篇，应该说有自身体验、情感之哀恸。

有大悲大痛，才更加珍贵对光明、美好的期盼与热望。《卜算子·咏雪莲兼赠西北边防战士》、《雨霖铃·避暑山庄九月荷花》、《浪淘沙·咏莲子》、《浣溪沙·爱如母》、《西江月·秋来无语候霜过，甘负人间重荷》，以及长调《沁园春》、《满江红》、《念奴娇》、《满庭芳》、《贺新郎》、《高阳台》、《六州歌头》等等，歌颂盛世、历史、母爱、山川景物、伟大时代及对情操、理想的崇尚与追求，都是每个特定历史时期饱含激情之作。其中有些词被专家誉为“雄奇壮丽，开历代女词人未有之境，亦足以压倒须眉矣！”虽是过誉之词，但就发自内心真情实感所赋予作品的生命力这一点可当之无悔。

如果说上述那些大悲大痛之作，是从心底流出的血，这以下诸篇便是满腔热情喜悦的泪、浮想联翩的美好畅想。

晚年的“老来偏作断肠人”，“暮垂始敢话凄凉”之篇，是近来对我们这一代人“堪怜一代紧箍深”之感慨，胆敢书于文字的属于个人情感的“内心世界”。当然也不全是一个人的感受，有的是在沉浸于已享有的爱的幸福；有的平生未敢追求爱，老了，可以无顾忌地把曾经视为美好、珍贵的回忆，更加开心地臆想、美化出来的。人人皆享有的，天上人间之情之爱，未得享，可以编织。平生或许不敢去爱，追忆、畅想终该是允许的。凭借诗情、梦境的自由天地，用绮思畅想去编织旖旎、温馨的梦中世界和诗中的故事，比现实生活更圣洁美丽，更甜蜜、隽永。心灵的纯净，幸福的震撼，可抵平生志。“笑我无聊书浪漫”。是浪漫，也确是无聊的。应该说也是可悲的（当为一哭）！

但古往今来，多少人间悲剧付出的牺牲与痛苦代价所曾有过的美好记忆、珍贵的情谊，凝结、深藏心底的血泪史却是真实的，不应该让它们永远湮没在人们的“心底”而在日后跟随其人一起离开这个世界，当然往往留存下来的只能是只言片纸……

一个人享有过“高山流水”知音者的倾心爱慕与心灵的交流，刻骨铭心是幸福的。它们的失去，不免悲痛和忧伤。但也正是有了这种爱的记忆和思念，也才能够摆脱这种悲痛和忧伤。固守人生的信念与追求，耐守孤独，耐守寂寞，更多地体验美，创造美！

美到处都有，“只是缺少发现美的眼睛”。幸福无处不在，要看怎样去领悟。泪水是苦涩的，但有时也是快乐的。

用对纯真美好、幸福的憧憬，美化、编织一些内心情感的向往与追求，畅想它们的美丽与真实，当也是一种分享与快乐!

那么，此篇叫什么名字呢？一时想不起，姑且命名为《未名篇》吧。

是为序。

王莲芬

2005年3月5日写于北京万寿路

感读“七夕”

—— 一个编织的故事

2003年5月15日

（一）

银汉迢迢几度违，柔情似水梦依依。
飞星传恨悲今古，碧海青天伴泪挥。

（二）

执手相期未有期，风摇月影画堂西。
银河也似知人意，写入霓裳温旧题。

青玉案

仿宋·贺铸横塘路词韵

2004年3月8日又续“七夕”

年年银汉鹊桥路，空望眼、送鸿去。天上人间谁与度。金闺明烛，冷香芳渚，好梦知何处?

岁华销尽伤迟暮，偏作老来断肠句。为问悲凉深几许？一身孤寂，满篇思绪，中夜梧桐雨。

无 题

一、吊故人兼读“老来偏作断肠人”感怀

故人早年常诗书往来，真挚相问，高山流水，刻骨铭心。今重睹遗篇中：“蓝田觅杵盼真玉，沧海探珠飞澜银”“急追余年非憾事”，“会当促膝话诗文”“邛崃偶过羡文君”“来生化蝶是愚人”……等句，痛而和之。

2003年5月16日

（一）

重睹来书热泪纷，滋兰九畹忆耕耘。
惠诗太液催肠断，论道红楼促膝闻①。
采玉蓝田同觅杵，探珠沧海共拏云。
来生化蝶情何痛，哭捧遗篇当祭文。

（二）

不堪回首度餘年，流水高山不复弹。

刻骨铭心双泪尽，霜清露冷一身寒。
历经坷坎怀忧愤，力尽搏拼知苦欢。
坐对残霞思去日，黯然无语独凭栏！

（三）

绝代风流礼不拘，当垆一任众纷纭。
挣脱禁锢双飞翼，傲倨凡尘独不群。
多病茂陵情益笃，尚思至爱识文君。
琴台凭吊悲长夜，追凤求凰无复闻！

（四）

“老来偏作断肠人”，非是早年不断肠。
老说断肠情可宥，少谈肠断斥荒唐。
休嗟旧梦琴中意，奋写摅胸豪放章。
肠断长埋心底处，暮垂始敢话凄凉。

（五）

如花美眷负华年，流水无声信不传。
意气干云诗未尽，绮思裂石墨犹妍。
晓星回梦巫山冷，残照当楼玉笛怜。
笔底天风和泪问，伤心何以苦无缘？！

（六）

平生悔少慰相思，只为他人作嫁衣。
轻失佳期花暗淡，恨寻前事梦依稀。
义肝惯把自身误，儒冠徒劳过眼迷。
个个知交先我去，断鸿声里望天西。

（七）

血热心红济世艰，义肝侠胆解忧难②。
忘身许国轻生死，健笔凌云育蕙兰。
翰墨留铭闻日下③，“簪花盛誉满长安④”。
万千遗憾终无悔，且慰平生一寸丹。

（2004年2月18日凌晨修订稿）

注：①“太液”指在中南海的办公室。“红楼”指在京城皇城根旧居。
②十年浩劫后执行落实知识分子政策中，有：“古道热肠，义肝侠胆”之称。
③日下，指京都。
④中央文史馆馆员王益知老先生生前赠诗：“绿云常绕端溪砚，彤管光生翰墨坛。排比休夸图笔阵，簪花盛誉满长安”。

二、读“情伤最是重逢时”兼祭故人逝世三十周年

——老来闲坐家中，唯以观电视自娱。荧屏上这许许多多古今中外悲欢离合故事，常常激动心弦，震撼不已，随感以志。

2004年8月

（一）

情伤最是又逢时，相爱无缘爱愈痴。
爱到别时方是爱，情生恨处倍相思。
世间唯有情难说，今古情多泪铸诗。
自误自欺何若此？曾经沧海水难为！

（二）

为问多情谁追惜？忍教珠泪谱冰弦。
红颜敢死为知己，白首馀生独自怜。
地老天荒情不尽，魂牵梦绕意缠绵。
此生苦短未虚度，赢得相思补旧篇！

（三）

堪怜一代紧箍深，只把相思纸上吟。
每向辽乡寻旧梦，常从燕市悟前因。
违心曾负蓝桥约，重义忍抛流水琴。
讵料佳章无处递，茫茫人海失知音。

（四）

知音知己失难寻，常使终生痛不禁。
休问巴山窗夜雨，佳期无期见初心。

（五）

讵知短暂是永恒，只为多情误此生。
纵使鳞伤终不悔，知音知我价连城。

（六）

直教追忆入清词，吐尽春蚕万缕丝。
作茧苦吟甘自缚，挑灯舒卷忆当时。

（七）

每有好诗忆故人，思温举案切磋频。
佳章若得偕君赏，胜却人间百福臻。

（八）

望断关河万里云，每悲每喜每思君。
招魂未见魂归处，生死殊途空断魂！

（九）

相逢应憾未逢时，阔别徒增伤逝思。
梦里相寻总是梦，惟留终老断肠诗。

三、代文若姊答友人

——这是一个美丽的故事。文若表姊讲述：三十年前友人一句“时在念中”刻骨镂心；郁眸长忆，许以高义，铭感至深。惜违心未能托以高义……借电视剧《胡雪岩》主题歌词意代而答诗，以了却此感念之情。

2003年11月

（一）

相恋不能长相伴，有情相爱却无缘。
红颜知己红颜老，枉负当年胡雪岩。
苦以诗情存感激，恨无珠玉报魂牵。
相思未必朝朝聚，“时在念中”已泫然。

（二）

天意直教相遇迟，江南惊艳正佳期。
梦繁花烛空心戚，节冽冰霜强自持。
别后倏惊春色去，重逢已是落花时。
清眸传恨长相忆①，情景当年美若诗。

（三）

座中初识令惊怜，郁郁冰姿一丽媛②。
颜映梨花凝雪晕，眉开新月锁春痕。
风荷出水情无限，细雨含珠泪有言。
更觉魂销心震颤，回眸无语益凄然！

（四）

三十年来义重山，多情谁识梦魂间？
可怜一句音相问，未语双流泪已潸。
“时在念中”君不憾，“诗成珠玉”我犹难。
人生知己足堪慰，寂寞长安心不闲！

（五）

铁骨柔肠常使念，感君高义薄云天③。
重逢不复长相伴，恨别悔教形影单。
忍把思怀沉记忆，不期芳意仍频传。
洛堤回梦多遗憾，怅对诗笺年复年。

（六）

见时容易别时难，咫尺天涯如隔山④。
非是无情强不见，信知理智胜愚顽。
香寒洁藕丝无尽，粉坠红衣情不悭。
半世相知应未憾，馀生长忆亦怡颜！

（七）

终成眷属古长吟，美愿朦胧说到今。
羡有琴台通曲意，倾心但许是知音。
有情乃见真豪杰，相恋何须幸福临？
漫道有情成眷属，可怜多是梦中寻！

（八）

香凝冷月雾笼烟，望眼迢遥迷逝川。
多是人为甘自缚，从来世事古难全。
一楼风雨剩追忆，万里关山梦未还。
回首恍惚如隔世，此时相对已茫然！

（九）

韶华过眼万重山，秋雨春风两鬓斑。
已倦为情痴说梦，无聊且自静观澜。
雲回江海悬帆去，雾失楼台击棹还。
一叶扁舟天际远，心清唯觉此时闲！

（十）

岂意残年温好梦，为留记忆雾中看。
便思从此学闲步，太息老来悟苦酸。
笑我无聊书浪漫，嗟余清极不知寒。
瑶台旧事须当记，万寿园中人倚栏。

2003年11月25日写于万寿路
2004年2月16日重改于南沙沟
2005－2006年续作于翠湖

注：①相识当日，座中文若忧郁的双眸使之震撼，迄未忘怀。三十年来"时在念中"。

②此首实写文若之美、之情、之神。

③《柳毅传》钱塘君谓柳毅曰："泾阳之妻，则洞庭君之爱女也。淑性茂质，为九姻所重。不幸见辱于匪人。今则绝矣。将欲求托高义。世为亲戚。使受恩者知其所归，怀爱者知其所付，岂不为君子始终之道者？"

④此作当时同住一地。咫尺相隔，违心未相见。诗志旧事，悬感高义，始无憾矣。亦将以此非寻常获有之相知相忆，珍重伴随馀年。

沁园春

——终老燕京

2004年 2月28日凌晨梦中完稿

生于齐东，长于辽阳，终老燕京。昔少年豪气，请缨报国；同侪热血，誓死征程。潘水辽乡，枕戈倚剑，风掣旌旗战马鸣。值壮岁，处都门雅士，文苑群英。

词心诗意丹青。挥墨雨、笔扫纸千层。沐阳光雨露，丹心报效；义肝侠胆，意气纵横。胸荡风云，雄怀难足，憾误此生负盛名。会当慰、有梨花如雪，澄澈晶莹。

结束语：《未名篇》数稿，系病中随笔。既成稿，暂不弃。以此篇截止，不思再写。

2004年3月8日谨记

读未名篇《无题》

2006年

三十年来人已老，皤然回首读《无题》。
情钟映雪平生志，何惜同心几度违。
楚帐闻歌歌戚戚，灞桥折柳柳依依。
古今多少相思泪，未必哀伤皆苦凄。

又读《无题》

写于2007年7月2日

8月18日定稿

奈何重负压眉弯？徒费虚无梦幻间！
万里长空舒望眼，一屏苍翠送层峦。
优游上国人留迹，漫越关山胸自宽。
大浪淘沙吟啸处，敢从英杰接狂澜！

三读《无题》

——《未名篇》结束语

2010年新春正月初八日最后重阅时补记

（一）

“世间只有情难尽”，何以言之怕笑焉？
颂世欣挥生彩笔，写情敢写《未名篇》。
凭教心扉敞开看，岂畏人言足不前？
有泪人生频领悟，严冬过后是春天。

（二）

身居锦绣文衡地，气自恢弘诗更欢。
石破天惊开望眼，风迎浪搏幸观澜。
亦悲亦壮情操雪，写实写真心映丹。
快意平生寻旧事，悲欢苦乐尽斑斓！

黄 昏

2008年1月改2004年稿

海棠庭院近黄昏，寂寂珠帘半掩门。
扶案书挥千点墨，挑灯诗染几重痕。
情怀常似梨花雨，心曲频牵冰雪魂。
迟暮送春存一憾，白头去日共谁论？

这是一幅现实生活的写照：

年龄已是黄昏，垂垂老矣！

娇艳盛放的海棠花开过了，枝头的花蒂已渐渐结出青绿色的颗粒般的果实。庭院寂静无声，窗下独坐，翻阅诗篇，沉思往事，也是一桩乐事。

回顾一生，我有“千点墨”，“诗染志”的精神寄托，抒发我的胸怀，留下历史、生活、悲欢……足迹的痕记，岁月没有白白流逝，很充实，很满足。

我喜欢那梨花白如雪、清莹澄澈的情怀；更有那诉说广袤深邃的内心世界、亘古无穷之泪的梨花细雨，点点滴滴滴到今……

“早年游日下，乡国近蓬莱。喜在文衡地，长安锦绣堆”①。平生有幸“优居上国人留迹，漫越关山胸自宽”。江山多娇，操觚寻胜迹；凭高怀远，说史坚脊骨。文写忠贞，胸际风云。严守冰雪的情操、魂魄，坦对人生！

可是到了垂暮送走春天的时候，才猛悟到我竟然存有一个遗憾——我曾享有过“高山流水”知交的相知相忆，都已先我西去……，在我的晚年直到离开这个世界之前，有谁与我共语心曲？

……

美好的回忆也是一种解脱；
痛苦的经历也是一种收获；
甘与苦的生活现实，其实也都是一种享受。
人生在世，总会有许多遗憾，但总是要带着这些遗憾继续往前走的！

2009年春节正月初三日病中重阅此诗感志

注：①萧劳老先生生前1982年赠句。

晓 日

——前人句："熟读诗书气自华"、"下笔当存千古香"常咀嚼之。检阅旧稿《黄昏》偶成《晓日》对之，晨起口占：

2008年3月21日

（一）

"熟读诗书气自华"，
未臻其境实堪嗟。
但凭胆大勇于试，
赖有师朋兴倍加。
溢彩留香迎晓日，
乘风放眼走天涯。
歌吟消尽三槐笔，
心雨浇开心底花。

（二）

"下笔当存千古香"，
前人树典立宏纲。
写心写实写时代，
经雨经风经露霜。
指顾山川抒翰墨，
凭凌霄汉赋词章。
巍峨绝顶吟怀畅，
滚滚江河万里长。

附：厦门周旻教授回示：

王莲芬先生：

您好：

来信及大作均已拜读。感觉依然才气横溢，情绪饱满，而且诸多诗作写人情人性感悟令人动容。虽无法知晓其中的背景，但内心世界的揭示，细腻厚重的笔触以及巧妙融通的用典，化用意蕴，都能十分传神地传达诗心、诗眼。《未名篇》是一组饱含思想感情和个人感悟的佳作。

既然是个人诗文集，就应该是比较全面真实地反映内心世界的。所以我建议，可以悉数收入，包括《序》。

以人为本，乃科学发展观的要义之一。文学乃人学，更应该有个人真实的感情流露。看了烽火长枪，金戈铁马的豪迈，再品味广袤而绵密深邃的心事，战士和才女的一体，才更真实完整。这是我的初浅看法，仅供参考。

祝您

健康快乐！

周旻敬上

2008年10月24日

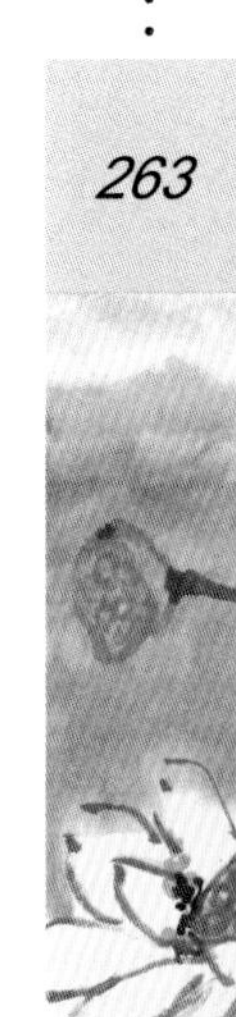

“文革”记事
——望家乡

（一）

2002年8月26日

今天在电视荧屏上看到这样一句话：
“让世界没有仇恨，没有悲伤，只有充满的爱心”。
这深深打动了我的心。
因为现时我正在悲伤，
因为此刻我正在对爱心渴望！

“十年浩劫”，我家蒙难。
横加罪名，肆虐疯狂。
曾破产兴学、造福家乡的
我的父母
惨遭迫害，双双悲亡。
诬陷、祸殃，来自我的家乡。
我用对家乡母亲的爱，
向她上书的倾诉，重重叠叠高几丈；
向她呼救的告急，铺天盖地如雪片飞扬；
向她恳切的陈词，情重千钧非可斗量。
讵料当时掌权的村干部欺上瞒下，
违法乱纪饱私囊，
掩盖罪行施伎俩，
拳拳赤心，
换来苦雨严霜：
无情的冷漠，心灵的重创，
求助的无望，泪水的流淌，
整整三十余载时光。
却原来：
查明了真相，
以权谋私者，
又维护私利，
不予结论，

将伤害无限期拖长。
日复一日，年复一年，
求告无门，
遥望我的家乡，
黯然神伤！
……
……

这种痛苦，
这种思念，
我像个孩子一样，
似乎感到：
我爱我的家乡，
家乡不爱我；
我眷念我的故土，
故土抛弃我；
我依恋家乡温暖的手，
可她的手一直在打我；
我期待家乡无私的爱心，
可她的心不容我；
我想投入家乡母亲的怀抱，
可她硬是往外推我！
……
我哭了，
我难过的流泪了，
这伤心的泪，
失望的泪，
思乡、爱乡的泪，
一直在流淌。

数十载，
几百遍，
我去靠拢她，
我去亲近她，
眼前却是：
一片迷茫，
满腔惆怅！

（二）

2006年正月初六日等待处理迄
无回音以古风续歌哀之

浩劫风雨过，历尽沧桑。犹顾私利，不智不良。
依然弄权，正义不张。萦念家乡，回归无望。
怅奈何，无计平伤创，寄忧思，作歌哀家乡：

望我家乡，何以断肠？
齐鲁古郡，礼义之邦。
岂可为小利，大义不思量？
自古礼贤士，百业兴永昌。
焉何寒透骨，冽冽北风凉！

望我家乡，何以断肠？
午城母校，何日再辉煌？①
大德蒙尘，传薪犹未忘。
昔同学少年，相语忆同窗。
今生不相见，痛若参与商。②

望我家乡，何以断肠？
家屋被毁、欲归无房。
故园无处觅，三径尽芜荒。
归鸟栖无巢，落叶根何方？
孤雁绕空鸣，盘旋独南翔。

望我家乡，何以断肠？
家族邻里，相聚无方。
亲朋倚门望，故人情谊长。
怜尔游子意，父老为忧伤。
绵绵思故乡，仰看明月光。

望我家乡，何以断肠？
向风长叹息，抱愤问穹苍。
伫立望故土，掩涕泪沾裳。
离心苦凄恻，怅惘别路长。
云峰黯无色，朱桥河无梁。③

望我家乡，何以断肠？
期盼无佳音，人情若冰霜。
善恶自分明，世事两茫茫。
非小人相戕，故乡安可忘？
非热爱家乡，怎会谋图强？

望我家乡，何以断肠？
爱乡赤子心，祖孙相与襄。
屡遭冷水浇，未息热衷肠。
常使飓风折，奉献情倍长。
久苦思乡痛，朝阳又夕阳。
三代空怀志，愤悲欲我狂！

望我家乡，何以断肠？
天道无私与，真理自昭彰。
公正与邪恶，争斗必较量。
文明与愚昧，泾渭分应详。
进步子孙福，落后剧堪伤。
千秋忠义在，古训莫遗忘。

望我家乡，何以断肠？
春回恨无计，直笔写史章。
重重复沉沉，忧思压心房。
哀哀益凄其，涕泗泪沱滂。
歌哭动天地，匡危枉恃强。
志在挽颓风，谁会此苍凉？

戚戚心忧，哀彼目盲。
号泣且行，悼彼德亡。
道义沦丧，人事无常。
子为失望，中怀激昂！
仰俯四顾，吾意彷徨。
人莫之知，余心悲怆。
临路徘徊，别我盛王。①
辗转凄切，嗟吁他乡！

历史长河，浩浩汤汤。
史实直书，父老莫忘。
取义成仁，报我炎黄。
英雄泪尽，热犹满腔。
岂无心慰，血有余香！
……
……

注：①家乡故里为山东莱州市朱桥镇午城乡盛王村。午城母校为我祖父、先父于30年代初普及农村教育兴办的学校。学校成绩斐然为全县之冠。

②杜甫诗：参、商二星，此出彼没、不得相见。

③故乡莱州市云峰山，又名文峰山，以南北朝郑道昭魏碑驰名中外。公元511年北朝郑道昭书碑，距今一千四百余年。朱桥，即故里朱桥镇。

关于《望家乡》我要说的话

——我原籍在山东莱州朱桥镇盛王村。祖父王彬卿早年“闯关东”去东北谋生挣下了一份家业，为补偿他这一代穷苦奔走无力求学的遗憾，上世纪二十年代末让他儿子，我父亲王誉之到城里读书，学成回乡帮他办了两所学校——午城小学、文彬女子学校，由我父亲出任两校校长。为普及农村教育，移风易俗，还动员乡里学龄女孩免费读书，组织“放足会”等反对封建迷信，改变家乡面貌。自学校创建，成绩斐然，为全县之冠。破产兴学，造福家乡，名闻乡里。当年的山东省教育厅长何思源及于右任曾书授匾联《乐育英才》表彰。抗日战争爆发，我父亲1938年参加革命离开家乡。十年浩劫中以刘相彬为首的掌权的村干部为私吞我家乡房产，借机与造反派诬陷我父亲为阶级敌人，将我家乡房屋拆卖私分。我父亲横遭劫难，含冤而逝。我向家乡政府申诉历时20余载，1998年始由莱州市委反复查证（由莱州市委组织部部长赵敏同志率领的复查工作组），明确纯属冤案并由当时的市委张新起书记亲自将此复查结果通知了我们，家乡的父老乡亲亦无不称快。但地方上个别人为维护私利，利用职权篡改已查清的真象作假汇报，不按原已口头通知的复查结果给书面结论平反，压制至今。我多次要求应尊重事实给我们一个庄重的书面结论，认真落实党的政策，却一直不理睬。已有八十年历史的有纪念意义的名校——午城小学，抗战前是发展掖县午城区中共党员的摇篮，又是抗日战争中师生投身革命的基地，为进行革命传统教育，原准备在校内设校史纪念室及赵朴初老先生书题的《午城文苑》，现在这个学校也被撤销了——这是继我的有抗日纪念意义的家屋被私拆变卖，又一个历史文化旧址遭到破坏——。文革以来，我从40岁向地方上写申诉，一直写到今天的80岁，历经数十载奋身投诉，心力交瘁，求告无门。这漫长的痛苦等待与积郁的悲愤不可遏止地写出了《望家乡》诗，倾诉我的无奈和渴望，呼唤正义战胜邪恶，文明战胜愚昧。今世不得解决，留待后世评说。

有人建议《望家乡》收入我即将出版的《诗文集》中。但我有着怕伤及我所热爱的“家乡”的痛苦与矛盾，曾多次向她试探我的“期盼”，传递我真诚的心灵倾诉，希冀有所改变，却依然迄无回音和公正结果。所表现出的冷漠不理，对此作的公开问世似不在乎，应视为是默许了。

等候到了今天，只好暂定收入文集。

尽管很为遗憾，但这篇《望家乡》，依然是我对家乡的炽热、殷切的期待！

2003年家乡的时任镇政府的父母官杨书君书记曾给我来信说了这样一段话：

“王誉之先生壮年兴学、急公好义、豪爽朴实、平易近人、待人真诚，是一位受人尊敬的前辈和师长。他破产兴学、德润乡里，献身为国，乐育英才的事迹至今在家乡广为流传。王誉之先生一生献身教育、献身革命，不愧为一位伟大的革命教育家，他高尚的品德，值得我们永远学习。

“关于建午城小学德育室(校史纪念室)的工作，我们觉得是一件好事，党委政府将全力支持。——“眼下我们将尽全力把德育室建好，完成誉之老先生未了的夙愿——”

这封来信虽与本案无关，而且此校于2008年已被撤销，但在2003年捧读此信的当时使我高兴地看到了“人心”，看到了希望。说明我们的人民政府多数同志和广大群众是明理的、是执行政策、尊重事实的。历史是公正的。相信群众，相信政府，个别掌权者的阻挠，迟早会服从真理，作出正确选择！现在此学校被撤销后，校舍被拆除，校址也被出售了。建《校史纪念室》等已无望……但是对我曾经怀有的这种期待，还是有所宽慰……

王莲芬　　2009年9月30日于北京

诗赠杨柄老诗人

——感读杨柄著《中华诗词的爱国主义传统》

2005年4月12日

烽火当年一老兵，而今诗国仰高名。
莱茵笔下风云涌①，汀泗桥头岁月峥②。
说史感君坚脊骨，著文欣我读忠贞。
兴邦世代须长记，正道传承大纛擎。

注：①莱茵为杨柄书屋。　②杨柄同志为新四军老兵。

庆祝深圳特区成立25周年

2005年

宏开国运一灯明，首创特区启远程。
泽被苍生思邓老，春天故事说鹏程！

与深圳瞻仰邓小平手植树

为深圳市《女人世界》题赠店牌（右为该公司孙力董事长）

赠陈开曾同志

2006年4月21日

1996年与陈开曾武官暨未名夫人相晤于华盛顿，其热诚为人铭感至深。近闻开曾同志病中，书诗慰问，春风送暖故人情，聊表寸心。

书剑当年未息枪，老来争斗更坚强。
身经百战忘生死，何惧病魔肆猖狂。
曾是英雄驱虎豹，敢擒二竖射天狼。
故人意重友情暖，化作春风护夕阳。

赠迟浩田同志

——2007年春

横槊赋诗气自华，挥戈跃马走天涯。
风云尽入如椽笔，花雨换来五彩霞！

与迟浩田（左一）、宋鸿文（右一）暨宋夫人牟向萍（左二）

与迟浩田暨夫人姜青萍

一片丹忱写至诚

——《我是怎样做统战工作的》送审完稿即事

2008年6月1日清晨记梦中句

一片丹忱写至诚，
书成心托一江情。
忠贞自古多遗憾，
青史无私笔底评。

感赠郝骏同志

——余著《我是怎样做统战工作的》一书出版事，得到中央统战部老领导的重视，叮嘱遇有困难找该部的郝骏，说这是一位很好的同志……一见果然“侠胆道同”热心相助。

2008年6月3日

识荆缘自慕芳名，一见倾心意更倾。
秀外慧中真好俊①，芝蘭蕙质映冰清。
忠于事业沥肝胆，勇驰征程托死生。
犹念宫墙府右柳②，春风深解绕禁城。

注：①一见郝骏女士不仅感其热诚并惊其天生丽质，美而慧……谐音“好俊”赞之。
②中央统战部位北京中南海西门外府右街。

简编诗稿记怀三首

——2008年拟出版余之《诗文集，重检、选编诗词旧作中实感苦辛，偶成三首记之为本集总结

2008年1月23日

（一）

腾凌千里事何奔？自负潜心学所尊。
终见存诗成一简，蓦惊花树几多繁。
胸中丘壑入神笔，眼底风云见墨痕。
大际莲开酣万朵，飞扬世界出都门。

（二）

2008年3月8日又续

吟笺检阅意重温，辛苦篇篇留梦痕。
万里行舟思报国，十年面壁广求门。

月生沧海珠还浦，日暖蓝田玉砌魂。
清澈空明心自净，山泉林下步晨昏。

（三）

修辞炼句几消魂，满纸云烟留苦痕。
敬慕良朋多博识，聆教佳士傍程门。
欲吟愧乏惊天句，洒墨难酬金石存。
灯火阑珊回首处，蓦然惊到百花村。

次韵奉和莲芬大姐

莲芬大姐：十三元韵一气呵成三篇，佩服。原韵奉和：

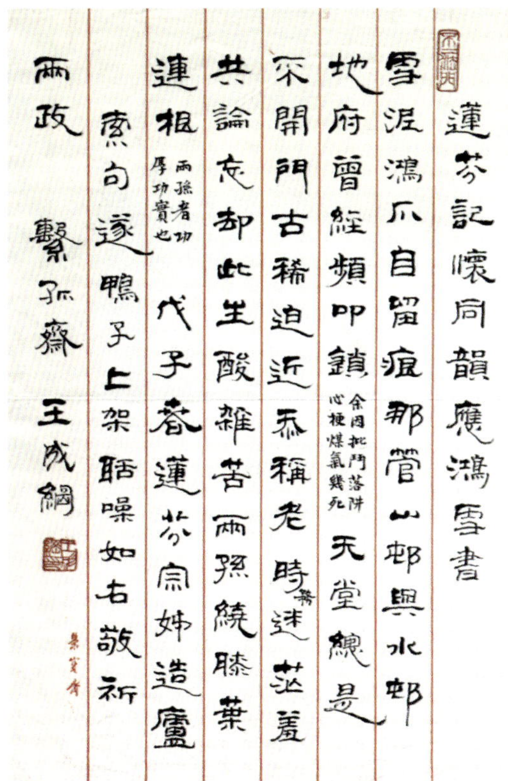

乡友　王成纲

点绛唇·《莲颂六首》

——大病一年初愈，不能下地活动。不甘心虚度光阴，卧病构思腹稿。病榻枕上偶拾，随手白话拈来。

2009年11月11日—16日

小 荷

憨笑婷婷，小荷出水娇娇舞。粉妆鲜露，香满莲塘路。
垂髫天真，未识深闺阻。欢相顾，美眸偷觑，也学凌波步。

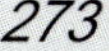

新荷

明艳清姿，冰肌玉骨凝华露。沁香芳渚，翠盖擎天舞。
脉脉情思，羡与谁人吐？凌波去，“洛神”同赋，梦会芙蓉浦。

秋荷

褪却红裳，秋来子实芳心苦。候霜将去，一任西风舞。
珠泪留痕，滴滴心头雨。同谁语？欲寻无处，望断天涯路。

雨荷

坚守终生，拼将矢志身心付。历辛吞楚，护得珠房驻！
晚岁凭高，已惯风霜苦。惊魂处，只身甘度、寂寞黄昏雨！

冬荷

倾盖枯茎，霜戈万队飞鸣镝。玉弓银戟，雪里行军急！
一片冰封，琼宇疑仙阙。银光射，漫天皆白，天地盈清节！

忆荷

所爱生平，功名事业生相顾。但求忠守，不被功名误！
学诗成痴，谩有惊人句。乘风去，漫嗟迟暮，唤得东方曙！

读史
——我欲因之同一哭

2009年岁尾（收入本集的旧体诗词最后一首）

我这个人离休前工作繁忙无暇去认真读书，离休后又忙于整理出版书稿。种种琐事缠身，坦白说要想用心读书也难。大概谁也不会相信我这个爱好写诗词的人，多年来竟连唐诗全集都未能去通览认真学习。今日，终于将几年的书稿完成了，才想闲下来读读书。当我真正有了时间刚刚去沉下心来重新读到李白的几首奔腾直泻的愤激之作，轰訇雷霆、惊心动魄，“凄怆摧心肝”郁愤泣鬼神……读之再读，心恸同哭！

李白浩歌赫宇宙，奔腾长啸越千年。
奇思狂放惊神鬼，忧愤激昂恸地天。
我欲因之同一哭，风号雨泣泪如泉。
清操当羡杨执戟①，闭户著书草《太玄》②。

注：①汉代的郎官执戟宿卫宫殿，杨雄曾为郎官，所以称他为扬执戟。《汉书.杨雄》传载：汉哀帝时，外戚用事，“诸附离之者，或起家至二千石，而杨雄则不肯趋附，闭门草《太玄》，有以自守，泊如也。”②《太玄》，杨雄鄙视决绝权贵揭露朝政黑暗《鲜嘲》诸作。

配画诗（共67首）

雏鸡《三吉图》　1986年　Baby chicks

题雏鸡图

（1986年）

人生最堪记，母育襁褓时。

阴凉有大树，风雨无寒饥。

题水仙

庚午(1990年)新春

柔花与嫩叶，似不耐冰霜。
岁岁冲寒发，迎春暖玉堂。
凌波轻曳步，展影静生芳。
默默沉无语，暗中自送香。

水仙只饮一杯清水，
但给予人们的是满室清香。

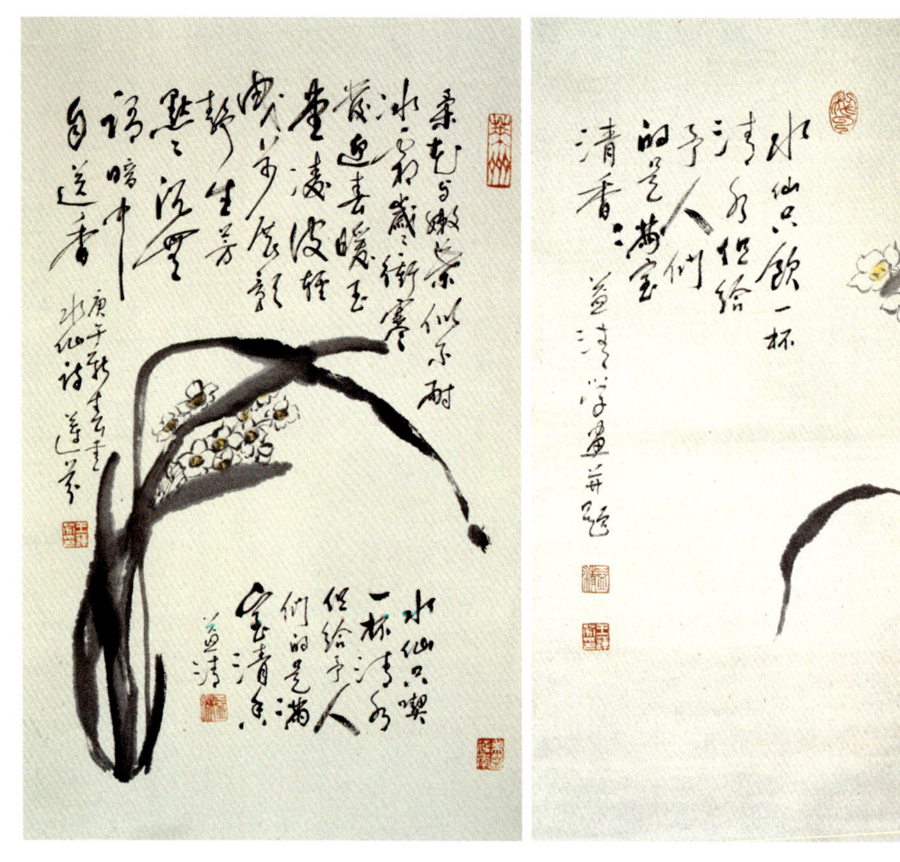

默默自送香　1990年

We grow daffodil in just a cup of water, but it rewards us with fragrance all over our room. Spring

天姿　1999年

The unrivaled beauty of the celestial female is inborn in the heavenly palace

题自画荷 （1995年夏）

（一）新荷方裂露红垂，娇面华清出水时。醉艳冷香鲜欲滴，半湖碧玉晓风吹。

（二）小荷出水长初成，憨笑婷婷波上行。髫发粉妆方学步，深闺未识世间情。

（三）美眸流盼碧波欢，蓬勃生机照眼鲜。豆蔻年华多亮丽，接天映日掬红莲。

（四）天姿只合在瑶池，王母堂前侍侧时。圣洁灵心唤圣洁，人间天上仰光仪。

（五）万方仪态露华浓，红日明霞广宇中。般若祥云光灿灿，天姿缘自在天宫。

天然无饰　1995年

Through nature the white lotus spills it delicate fragrance without ornamentation

风姿绰约　1993年

White lotus gracefully bearing its charm

淡荷姊妹图（1999年）

不教脂粉污颜色，许共灵犀通太空。堪笑浮名知淡泊，力肩道义辟鸿蒙。

憔悴终无悔（1997年）

候霜知将去，无语对西风。憔悴终无悔，朱房育子丰。

憔悴终无悔　1997年

Standing thin and haggard, the withering flower gives its seeds for new growth-a metaphor of a mother' s sacrifice for her children

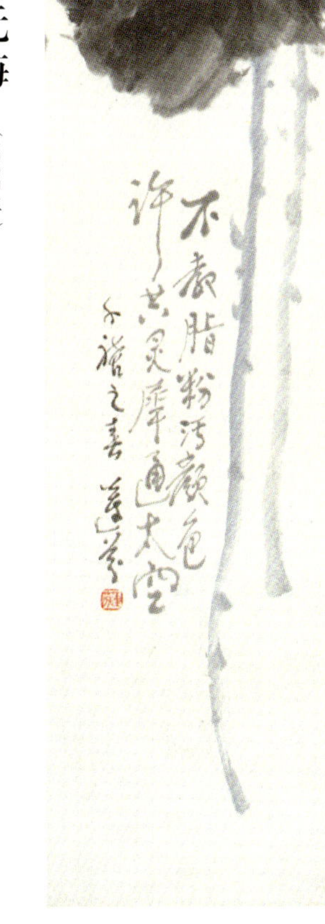

姊妹——灵犀一点通　2000年

Sister—Heart linked to heart is symbolized by twin lotus on one stalk

题菊

1999年秋

1、对菊话衷肠，东篱伴晚香。
长安秋正艳，佳气满诗囊。
2、淡泊心自静，清标品更芳。
何来君傲世，生本凛冰霜。
3、帘卷西风人不瘦，未闻今日有悲秋。
东篱欲讯桃源路，归去来兮可有俦？

淡泊凛霜　2000年

braving snow and frost,the chrysanthemum seeks neither fame or wealth

山海图

（1999年）

挥笔排山海，舒笺心户开。

诗思何所寄？画上涌奔来。

挥笔排山海　1999年

A wave of the brush to paper can topple the mountains and overturn the seas

鱼荷图

（1999年10月）

心清临碧水，笑望尔逍遥。

游向涛边去，闲愁一并抛。

鱼荷——游向涛边去　1999年

Fish and lotus together riding great billows and waves

题画燕子

1999年3月

桃红柳绿舞檐底，翠尾分开贴地飞。软语梁间巢羽暖，斜风细雨啄香泥。

呼唤蓝天不染尘

1999年10月

（一）

意趣高华气象新，朦胧云水漾澜银。心灵此处迎圣洁，呼唤蓝天不染尘。

（二）

雍容高洁护天真，云影碧波一片新。花有清心情有泪，风环水佩忆伊人。

呼唤蓝天不染尘　1999年

The lotus in its crystalline beauty shouts "let the blue sky be pure and unpolluted"

落日有馀晖

2000年春

（一）

太息流年夕照还，梦犹戎马戍关山。停车坐看松林晚，日落馀晖心不闲。

（二）

黄昏无限好，落日有馀晖。寂寞东篱下，犹闻战马飞。

落日有余辉，犹闻战马鸣　2002年

Agedness is just like the light of the sunset , solitude heart seeing the battle steed in the battlefield

减字木兰花

——题临摹潘素大家画作东方重彩春晓图

千禧正月25日

东方春晓，踏遍青山人不老。霞披千峤，日丽中天分外娇。
晴峦叠翠，瑞彩金辉描欲醉。芳草萋萋，流水飞花香满堤。

春晓图　2000年　Beautiful Spring

题鱼戏莲叶

2000年2月

田田莲叶鲜，鱼戏莲叶间。
此水清且碧，劝君护自然。

劝君护自然　2000年

Fish playing between the lotus leaves remind us to protect our environment

2000年题画诗

诗心四季皆风景　2000年

To a poet,the flowers of each season inspire the heart

四季花图

霜醉黄花分外香，严寒酷暑不思量。诗心四季皆风景，彩笔挥来喜欲狂。

秋练嬉 幽泉图

潺潺恋石涧，秋练嬉幽泉。青翠沁心脾，林香气自鲜。
峰峦浮薄雾，云树绕轻烟。何去寻仙境？好山护自然。

淡香一树秋

2000年

朗月动清愁，淡香一树秋。多情应解意，无语上西楼。

淡香一树秋　2000年

A single tree can herald the charm of an autumn scenery

大漠山行图

千禧4月3日

大漠迢迢万里行，峰回路转豁然明。
此心欲系高山意，淡泊生涯一梦清。

忘归
——远山奇峰晴峦图

千禧年3月

千古江山丽，奇峰别有天。乾坤尘不染，空翠气清鲜。
舒眼琼霄碧，荡胸意自安。忘归心坦淡，到此不知还。

忘归　2000年

The eternal picturesque rivers and mountains make us forget to return home

人醉杏花村

千禧3月9日

草绿柳垂烟，清明雨纷纷。桃红春水涨，人醉杏花村。

清明节山水

漫道清明欲断魂，上林植树浥轻氛。会当一醉杏花雨，天自清新人自芬。

清明时节　2000年

Red apricot and green willows clothe a mountain village in early spring

西上莲花山

千禧4月16日

西上莲花山，迢迢蹑太清。恍惚如之去，素手把芙蓉。
虚步倚天立，驾鸿凌紫冥。扬帆碧岩里，夹岸闻猿鸣。

（集太白诗句题记）

西上莲花山　　2000年

Head west to Lotus Flower Mountain in an emerald

水 乡

2001年

水乡此景最堪恋，日出清波扬白帆。空翠山青舒远目，依依垂柳绕田园。桃红春水涨，草绿润苔痕。野凫惊飞处，林间百鸟喧。

“望断天涯路”

——以水复山重写三个境界

2000年

相思望断天涯路，水复山重又几重。
衣带渐宽浑不觉，蓦然回首郁葱茏。

望断天涯路　2000年

Chasing knowledge to the remotest corner of the earth

双崖山水图

——抒辛弃疾《永遇乐·京口北固亭怀古》词意——千古江山，英雄无觅，孙仲谋处

曾闻开辟多天险，造化双崖壮此门。
今日英雄有觅处，仲谋就在急流源。

又：开辟多天险，双崖壮此门。
　　英雄有觅处，就在急流源。

英雄就在急流源　王世元补人物　2000年
Survivors who compete in agitated and torrent waters are heroes

2001年配画诗

藏寺佛灯

曼殊侍侧掌灯明，莲座灵光日月行。
藏汉一家天地改，泱泱大国共升平。

藏寺佛灯　2001年
The lamp of Buddha in a Tibetan Temple

生命之火

煌煌生命火之炬，厚地昊天万物聚。
真理长河传正道，生生息息代相与。

生命之火　2000年　Fire of life

紫荆花

香港回归始识之，
常思一睹尔风仪。
南来亲对抒椽笔，
为写从今不受欺。

紫荆花　2001年

The Chinese Redbud represents Hong Kong and celebrates its return to China

2001年春节与胞姐王莲馨、孟连昆夫妇于深圳银湖八号园流霞别墅（刘海粟题园名）喜见紫荆花树，临摹此画

于深圳银湖流霞别墅临摹紫荆花

2010年春节所见深圳银湖八号园流霞别墅园中紫荆树倚亭而立，喜而临摹之

向西藏自治区公保扎西同志持赠此画

给深圳银湖流霞别墅赠字

红艳

不识花名自费猜，统称红艳一排排。
写来一朵留春住，携回北国伴梅开。

杏花村

清明雨纷纷，人醉杏花村。忧乐自恬淡，牧归日色昏。
小桥流水人家，秋水伊人天涯。堪羡驾舟归去，无牵无挂无华。

咏深圳流霞别墅小牡丹

世纪新元第一春，新春贺岁到深圳。
流霞别墅最堪记，绿树成荫花似锦。

耳边细语

拜读《高占祥摄影集》中一帧依偎莲叶的出水新荷情景如同耳语，莲心鲜蕊犹如少女秋波，喜得此意境，摹写之，配以诗。

耳边细语闪秋波，脉脉含情说什么？
昨夜蛙声惊好梦，未曾赴约到天河。

耳边细语　　2000年

A love's words whisper like honey

荷塘月色

荷塘寂寂露凝香，幽草修篁送晚凉。
廖廓江天思渺渺，一轮素魄入诗行。

荷塘月色　2000年
A lotus pond in evening moonlight

浣 雪

铅华散尽守高洁，缟袂翠衿如浣雪。
柳外轻雷雨听荷，濛濛雾锁溶溶月。

浣雪　2001年
The lotus, pure white like snow

凌波浣茜纱

凌波宛若浣茜纱，湖面芙蓉曳彩霞。
映日艳阳红似火，点燃花信到天涯。

敬写杨绛大姐

与世无争不屑争，超脱名利一身轻。
隐随岁月悄然去，高节无声胜有声。

高节无声——读女作家、翻译家钱钟书夫人杨绛女士散文集所译兰德诗写意　2001年
Painting realistically for Chinese writer Ms.Yang Jiang who translates English Poet Lande's Poem

墨荷图

装点河山居僻乡，落红子实慰衷肠。
一身清气盈天地，格自高奇品自芳。

（此作与同时期十余幅画委托琉璃厂陈先生代为送裱，据称在路上丢失，有拾者请告之）

清 径

心随诗意到天涯，绿水青山铺锦霞。
风暖雨柔清径净，白云深处是吾家。

并蒂连枝

占得江天水一湾，晶莹珠露缀云鬟。
仙娥久羡人间美，姊妹连枝下碧潭。

2002年配画诗

云水皓月楼外江湾图

云霭濛濛罩翠峦，天高渺渺月如盘。
轻烟薄雾凭谁问，楼外青山水一湾。

“门外野风开白莲”图

水边旷野伴华年，寂寞天心立白莲。
清气两间何事了，生来原本净尘寰。

望江天

望江亭上望江天，唯忆亭亭出水莲。
相见倩谁凝望眼，欲寻君子到君前。

雨中花

如烟如雾雨中花，翡翠晶莹映碧霞。
画出性灵冰透剔，淡妆照水净无瑕。

凤凰山

凤凰山上望东方，日出满天红太阳。
北倚长城南面水，龙岗花树万年长。

绿杨 堤畔问荷花

绿萍深处白荷香，无限情思入梦乡。垂柳丝丝何所系？清风高节送芬芳。

淡 菊

秋容老圃展幽芳，金蕊黄花寒御霜。淡极更知清倍艳，品高当悟立身香。

秋水明镜图

秋水夹明镜，峰迴别有天。空山新雨后，晴翠醉忘还。

秋水明镜　2002年临摹画配以诗
Reflection of autumn scenes in the calm water

绿色的梦——绿洲

绿水绿洲照眼鲜，谁将新雨洗尘寰。
清心悦目流连处，一片蓝天一片山。

绿色的梦　2002年　Dreams of green

忘却孤山亦画中

断桥未断心如断，
山水悠闲人不闲。
遥看西湖连翠嶂，
孤山原本不孤单。

忘却孤山亦画中　2002年画
Isolated Mountain of West Lake

2003年题画诗

题牡丹

雍容华贵冠群芳，
岁岁春风到洛阳。
凭借彩云十万朵，
满城浮动是天香。

天香　　2009年绘
Elegant & luxurious peony

感题“狂飚为我从天落”画作

风雨迢迢万里行，人间险道富生平。我心欲系狂飚去，踏遍崎岖不计程！

狂飚为我从天落　　2002年

Wild whirlwind from the sky

荷美四季

2003年11月

盛夏映日红，秋塘育子丰。
寒冬冰雪盖，素裹银装封。
披靡如盔甲，支离似执弓。
四时俱尽美，风骨夺天工。

冰雪枯荷图

冰雪华池满，枯荷挺劲姿。
银光照飒爽，岂畏大寒时！

冰雪枯荷图　2003年

Lotus valiantly & bravely facing ice & snow

题月夜梨花

水殿流云绕碧华，清漪玉鑑照梨花。
漱冰濯雪俱澄彻，艳溢香融透茜纱。

葫芦画配诗

依样画葫芦，画成亦榜样。积薪与人梯，后者多居上。
也可遣消闲，种植自观赏。田园增乐趣，合家俱欢畅。

故园观海棠花

——先父生前留下的海棠花一直繁衍盛放

临窗喜绘海棠花，艳若枫丹缀紫霞。
粉蕊披离如细语，赏心应赞美无华。

黄昏亦辉煌　2000年于古稀之年

Glorious dusk

王蓮芬詩文選

九三老人 苗子

应邀题赠书法联句（部分）

题赠各地书法联句

1983年春节笔会题句

春光似海　盛世如花

题梅竹画

一树梅花伴翠竹　双清高节凌冰霜

日本西园寺雪江夫人于东京嘱赠书法题句相赠

1983年9月25日于东京

雪中寒梅放　江上云帆开

日中书法家笔会题赠日本书法名家宇野雪村先生

1983年9月23日于东京

宇野天际远　东国翰墨香

1984年春节笔会题句

翠竹冲寒立　红梅报春来

甲子年新春
为冶金部上元节书画笔会题句

1984年2月上元节

钢花溢彩山河秀　金涛扬波四海春

为赵世咸荔枝蝴蝶画题句

1984年上元节

花繁果硕，一代老将建伟业；蝶舞莺歌，无数新秀绽新蕾。

为灵宝县题字

深谷雄关

灵宝扼天险，紫气出崤山。雄风振潼隘，深谷第一关。

奉题岳阳楼

1984年11月16日赴长沙出席中国韵文学会成立大会途中往游君山、岳阳楼奉题联句

湘水烟波远　君山翠色深

为湖南长沙岳麓山书院题句

1984年11月

霜枫栖爱晚　云树拂赫曦

1985年元旦笔会

松柏滴翠人寿　牡丹吐艳国安　　红梅花千树　东风暖万家

奉题威海环翠楼

1985年3月26日

气吞山河　霞飞环翠

环翠楼头眺望刘公岛甲午海战古迹

1985年3月26日

烟霞浮翠阁　浩气贯刘公　　怒涛洗国耻　威海振雄风

为福建夹漈中小学落成典礼题辞

1985年4月1日

骨肉情深心向祖国　桃李增华香满故园

奉题中国环境报

1985年5月3日

日丽山河美　气清环境新

（此作环境报书画展于中国美术馆展出获作品优秀奖）

贺海关总署成立　为中国海关学会题辞

1985年6月14日

大海生明月　雄关立远风

为福州画院院长、著名画家郑乃珖先生蓬莱阁山水画题句

1985年7月于烟台芝罘宾馆

蓬莱海若浮云水　仙崖飞舟醉紫霞

题蓬莱阁

1985年7月

人间神仙地　蓬壶云海天

为宋步云先生画竹题句

1985年7月

拂云梢欲舞　倚石节弥坚

贺新疆维吾尔自治区成立三十周年

1985年8月28日

春风绿戈壁　飞雪舞天山

为宁夏著名女画家曾杏绯大姐牡丹画题句

1985年9月

胸中春风浩荡　笔下国色天香

为江苏省戏剧学校校长、著名程派京剧表演艺术家新艳秋先生舞台生活60周年贺辞

1985年9月

艺继梅程，曲翻新乐府；
材育桃李，艳吐雏凤声。

为四川彭家珍大将军祠堂题辞

1985年秋

玉碎光华在，将军不死。
躯折浩气存，英风长忆。

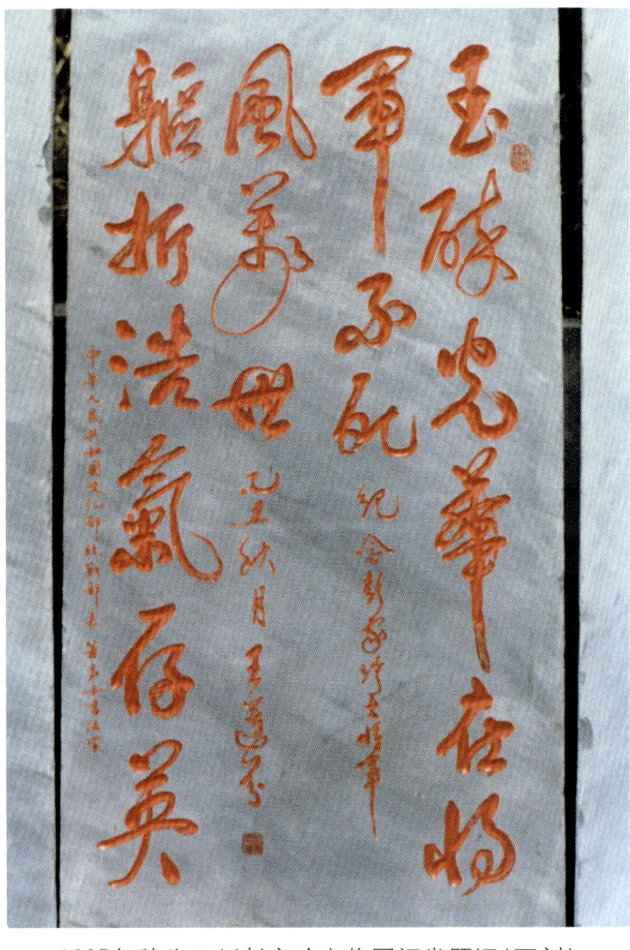

1985年秋为四川彭家珍大将军祠堂题词（石刻）

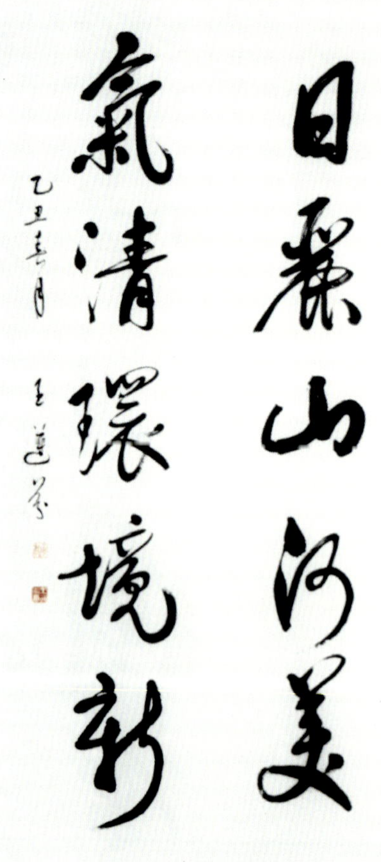

1985年题赠环境报

奉题续范亭烈士纪念馆

1985年9月16日

云水襟怀芳德永志　松柏气节规范长存

与施议对同贺南京师范大学院长
唐圭璋老先生八十五诞辰暨教育工作六十周年

1985年11月23日

鳣堂传圣业　词苑是宗师

纪念人民教育家陶行知先生九十诞辰、逝世四十周年题辞

1985年12月6日

春风桃李满天下　万世师表重行知

奉题国家体委《体育金杯展览》

1986年3月12日

虎跃龙腾大显身手　扬眉吐气威震寰球

奉题昭君墓

1986年4月

芳草留青冢　丰碑枕黑河

题赠成都中医学院校庆30周年

1986年5月25日

春风桃李香满天下　祖国医学光耀神州

奉题福建尤溪县文庙　朱熹塑像落成典礼

1988年4月

理通幽显　学究天人

题福建漳州市百花村百亩荔园

1988年4月

百花吐艳　荔园飘香
丹霞映彩　荔海扬帆

奉题福建泉州市开元寺

1988年5月1日

桑莲地灵杰　双塔踞海东

奉题福建泉州 宋·老子石像

1988年5月

闽海蓬莱

为福建泉州老子石像石阶前题字《闽海蓬莱》　1988年5月

奉题湖南酃县
炎帝陵文史馆炎帝陵碑林

1988年月11月

德涵寰宇　陵镇南天

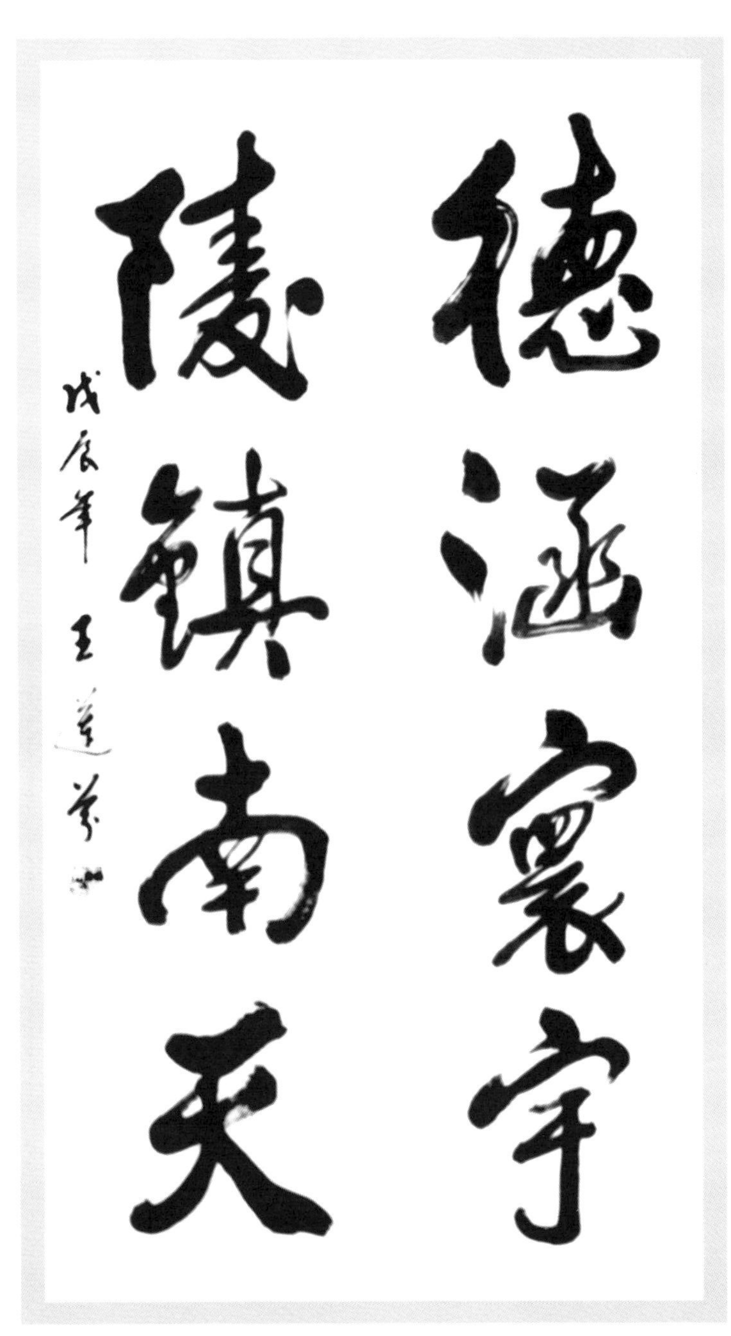

奉题湖南湘西怀化博物馆（沈从文先生故乡）

1989年11月5月

南天一柱　广厦千间

贺周汝谦山水画展

1989年12月23日

笔下山河美　心中爱国情

题赠洛阳吴道子画会成立

1990年4月14日

画圣花王光祖国　诗风笔雨会中州

贺福建省三明市建市30周年

麒麟焕彩　新市增辉

贺北京14中学85周年

1990年

耕耘桃李　润泽中华

贺香港京剧表演艺术家邓宛霞香港京剧团成立

1990年

京剧双昆传百代
后继有人足千秋

贺成都草堂酒家开幕

1991年

草堂春暖　天府酒香

奉题木兰山

1992年11月5日

表木兰奇志
壮荆楚大观

贺丁燕良、朱雪芳婚联

1992年

东风送暖燕剪柳
白雪迎春蝶恋花

贺舒文惠、徐仁杰珠婚誌喜
——贤伉俪赴澳大利亚工作

1992年12月10日

鸾凤和鸣喜舒文惠
莺燕双飞情钟仁杰

赠曹州牡丹园诗碑（地处梁山）

1993年

国色天香艳冠群芳
蜚声四海花中大王

湖南宁乡刘少奇主席95岁诞辰征联

1993年6月7日

奇冤泪满天下
盛业誉腾云霄

贺平顶山楹联诗社成立

1993年6月

鹰城日丽　林海春新

为北京西郊百望山书法碑林题字

1995年

苍松百里绿　丹枫万山红

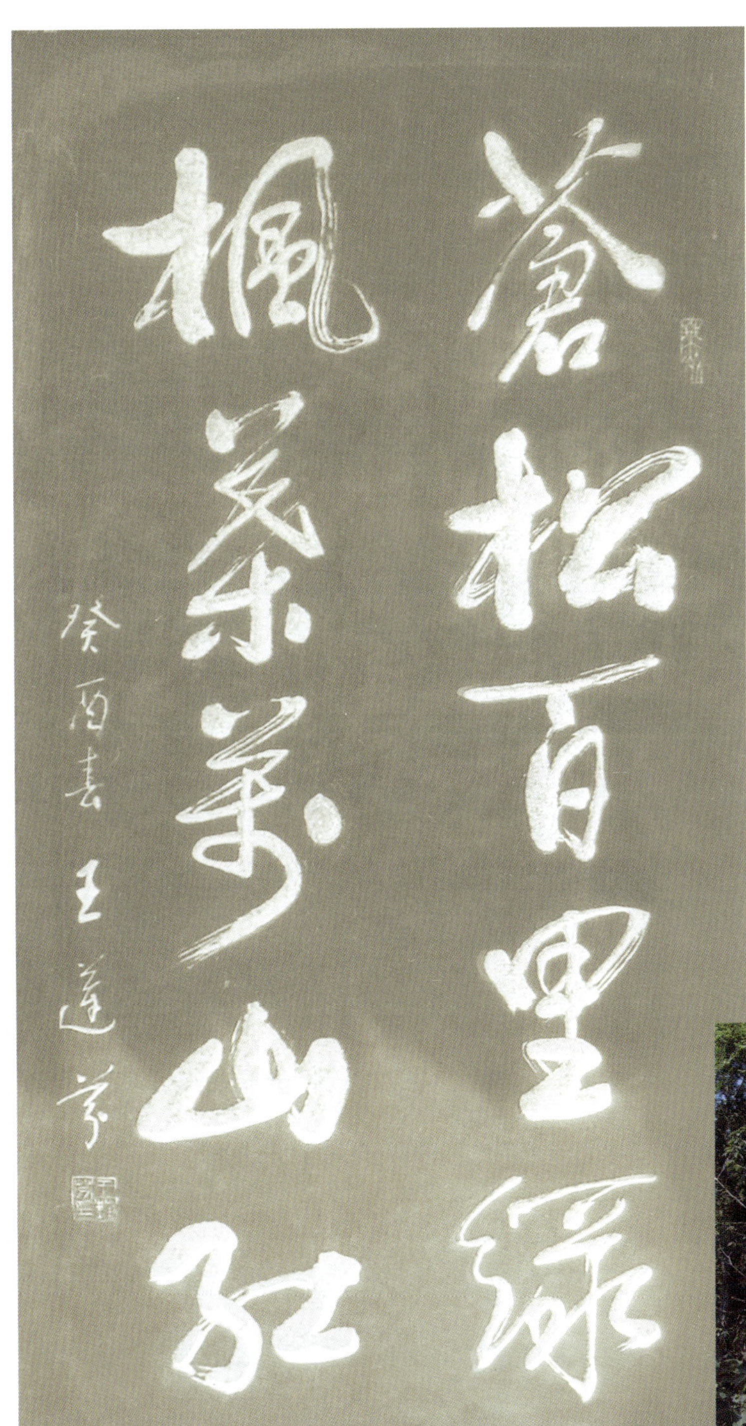

为北京西郊百望山书法诗碑题字　1995年秋

应邀与胡絜青、廖静文、萧琼先生等为北京西郊百望山书法诗碑题字聚会　1995年秋

萧琼　胡絜青　王莲芬

与北京西郊百望山书法碑林负责人

贺第四届世界妇女大会（1995年）

女中豪俊　胸际风云

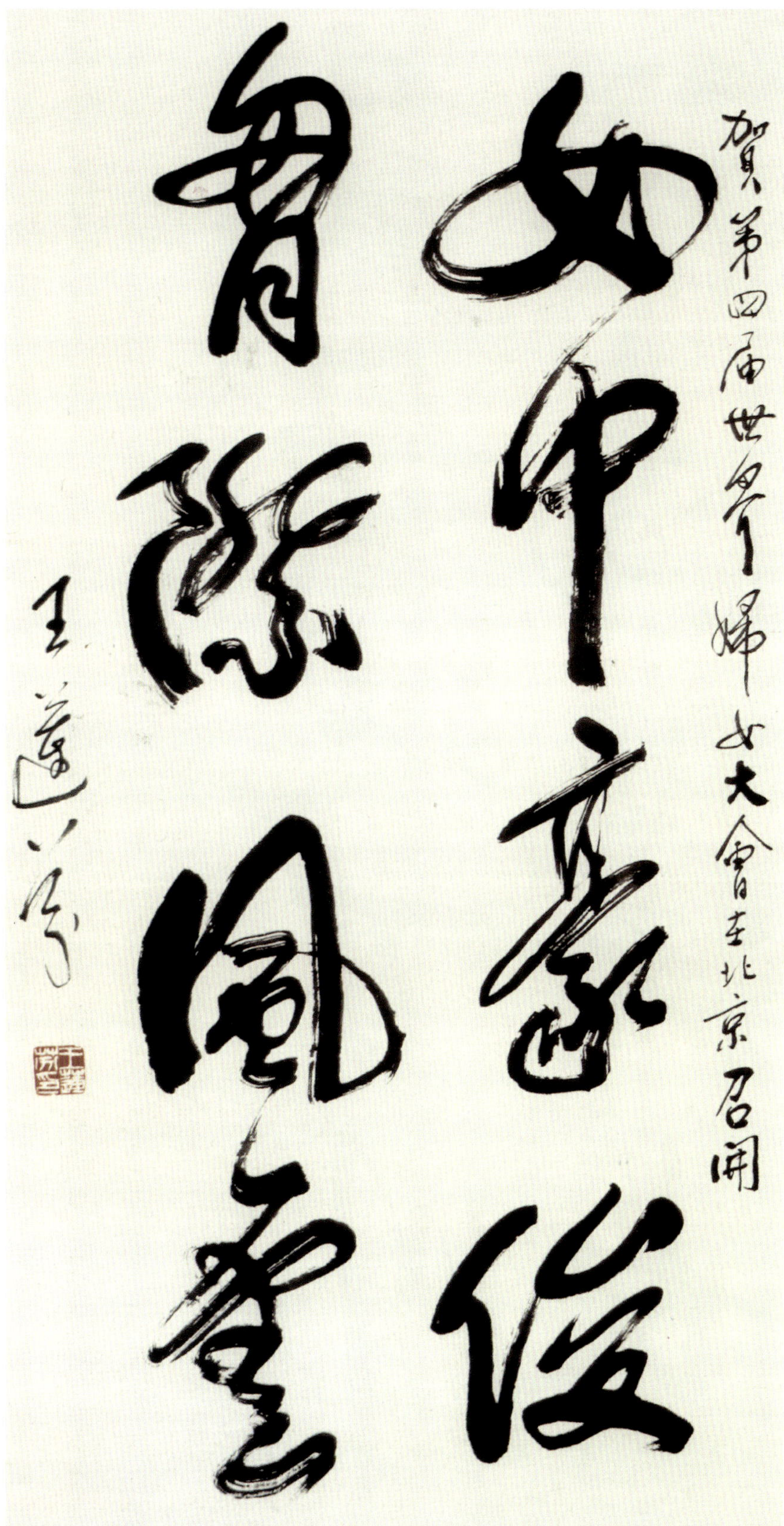

贺1995年夏第四届世界妇女大会在北京召开

Rewriting Speech of Congratulation of the Tenth Anniversary of the Fourth World Conference on Women in Beijing

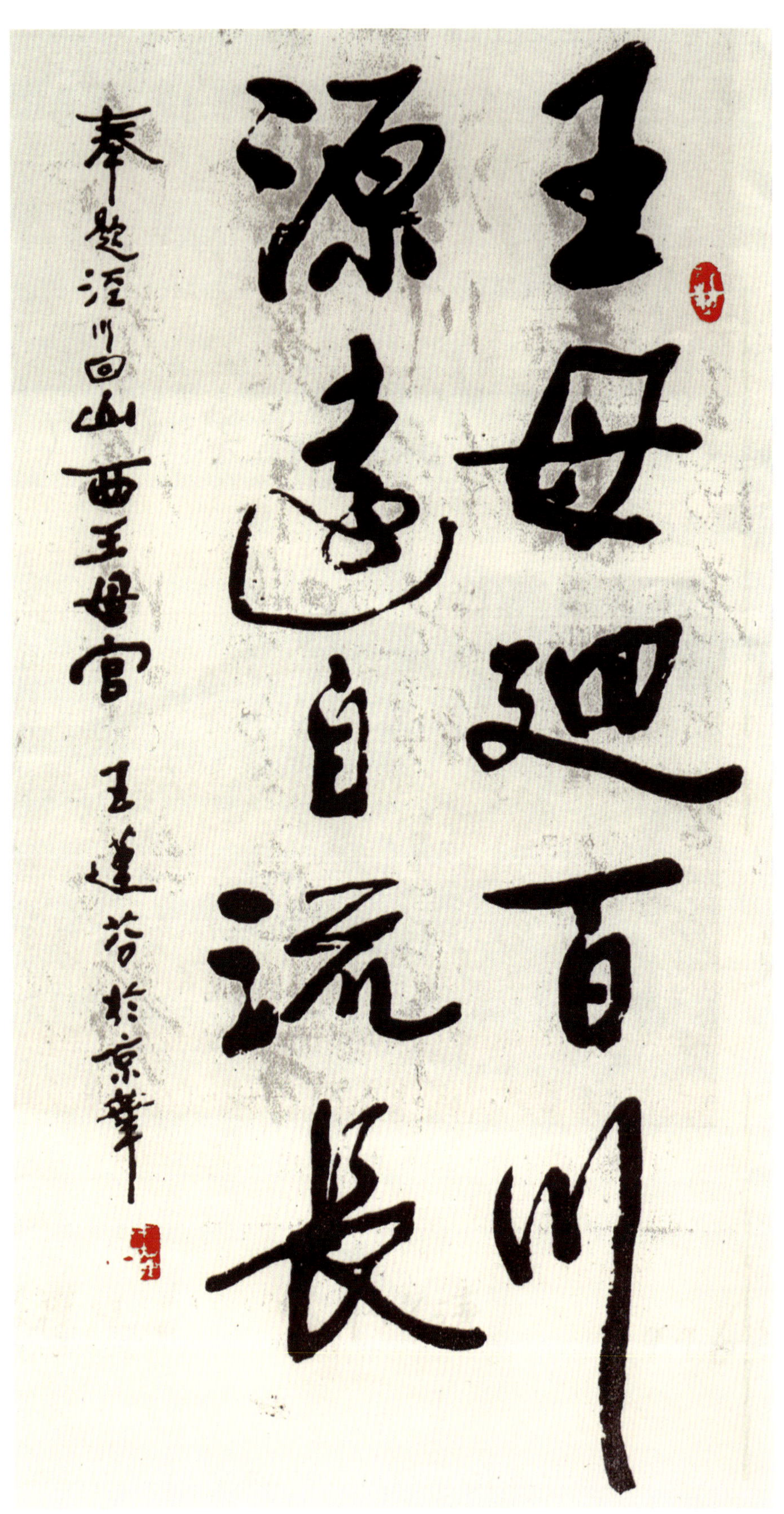

奉题甘肃泾川西王母宫（1996年）

王母廻百川　源远自流长

奉题广东南澳岛

1996年

披襟观海　喝月聽涛

披襟观海　喝月听涛

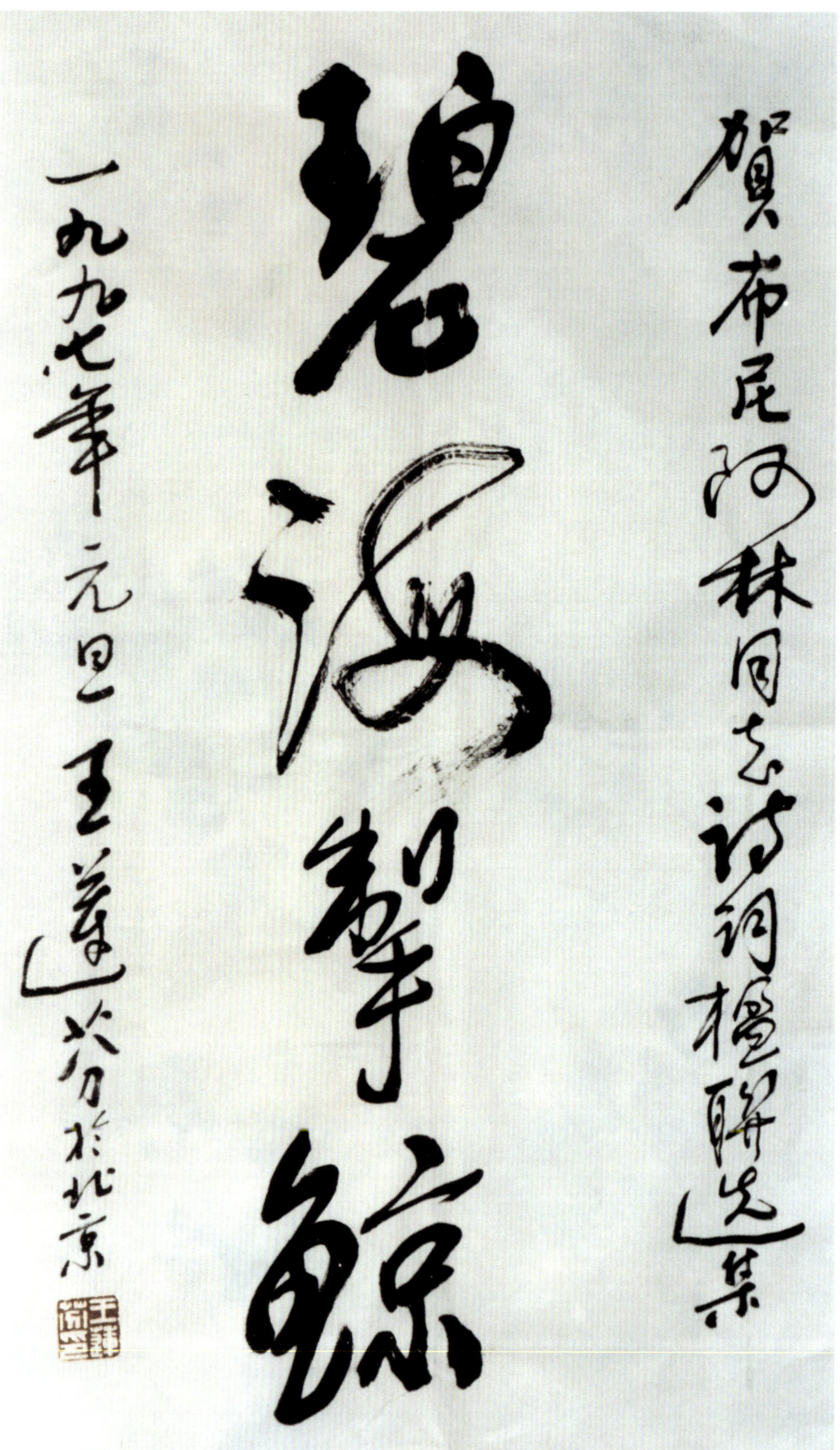

贺布民阿林诗书楹联选集出版

（1997年元旦）

碧海掣鲸

题赠蒲松龄纪念馆　　1998年夏

（此幅字于烟台遗失，有知者请送回该纪念馆）

奉题蒲松龄故居

（1998年）

翠柳池边映　清泉石上流

威县义和团起义一百周年纪念

（1998年）

威武不屈

奉题施耐庵纪念馆

1998年

奇文成水浒　妙笔写梁山

奉题浙江吴一峰山水画家纪念馆

1998年夏

风云气概　山水胸怀

与吴空同志敬贺尚爱松先生八十华诞

1998年12月12日

抱璞本学人，文章富等身。筹添海屋日，今世有经纶。

（吴空撰句）

为安徽蚌埠市淮河涂山氏女大禹之母碑刻书文

1999年7月1日

相夫兴夏　千古流芳　　治水兴农怀大禹　相夫理国仰涂山

纪念浙江平湖陆维钊书画院
陆维钊先生诞辰一百周年

1999年

才擅文苑三绝艺　名重杏坛一代宗

题山东烟台市王荣甲骨文一百周年

醉墨

纪念中国共产党成立八十周年书画展作品题

2001年7月

拔三山，靖四海，庆八十华诞，奠千秋伟业；
辉九域，行两制，历百年风雨，迎万里征程。

为威海鸿佳文化传播有限公司题辞

2001年9月3日

鸿图开文运　佳艺播芳馨

题世纪坛集体婚礼

2001年9月21日

相约世纪，情定今生。集体婚礼，佳偶天成。

奉题海南省兴隆明珠温泉

2002年春节

溅玉飞银开雪蕊　喷珠涌翠漾金波

题海南省兴隆明珠温泉大酒店

椰岛明珠兴隆胜地　温泉仙境天上人间

题山东莱州云峰山

2002年6月18日

云峰叠翠　古郡增辉

奉题北大荒

2002年

亦悲亦壮，巨炼成钢，忆北大荒，青春无悔；
自立自强，奠基创业，拓黑土地，福祉永长。

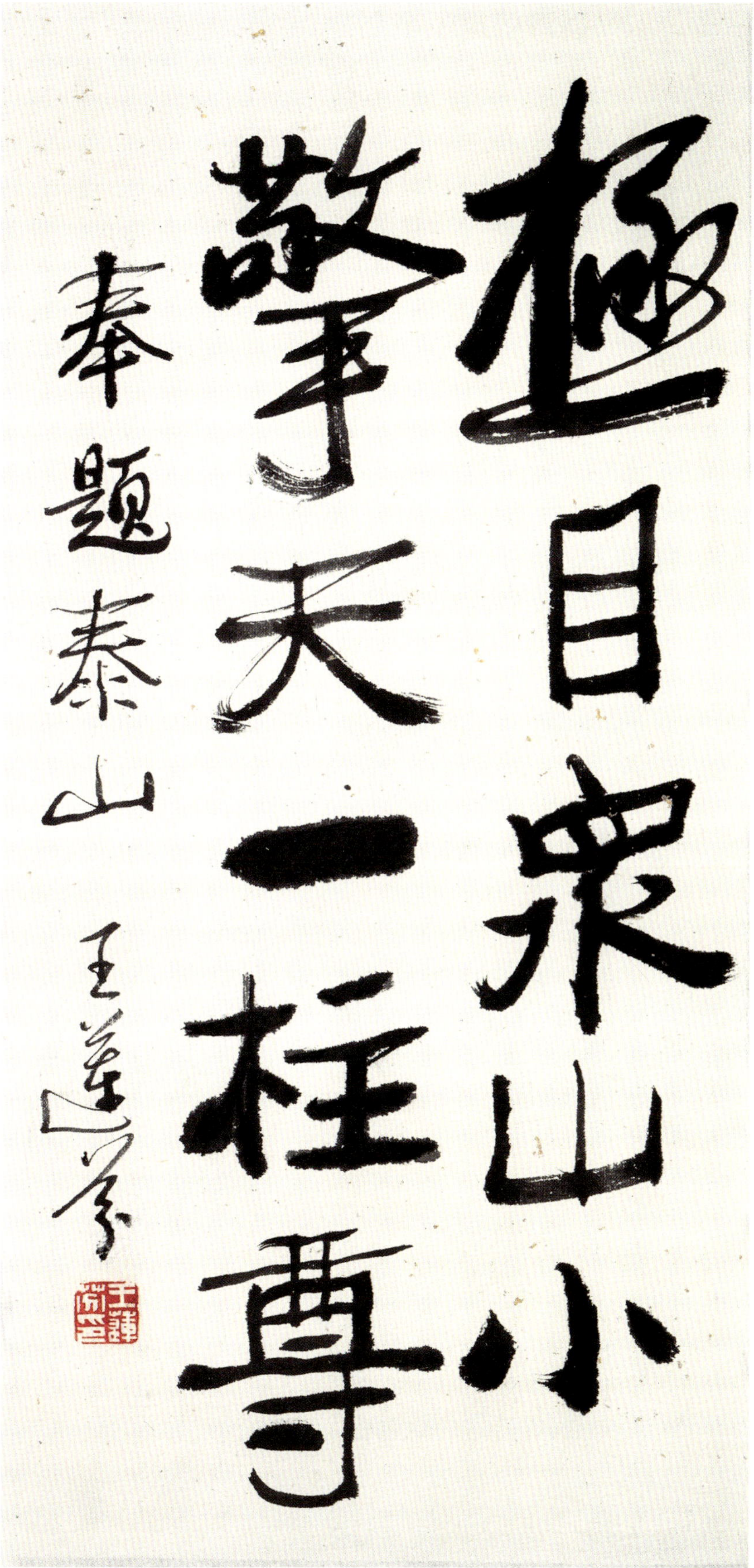

题泰山摩崖刻石（2002年秋）

极目众山小　擎天一柱尊

奉题泰山　2004年

题济南禹王亭

2002年

（一）

大禹治水，三过家门而不入；
华夏腾龙，一统大业皆望归。

（此书法获该展一等奖）

（二）

济世活民

济民拯世 海晏河清

题湖南汨罗青镜山

2002年

（一）

青山铭史鉴 镜海通古今

（二）

青山同仰 镜鉴齐天

赠汨罗市诗联学会

2002年

诗坛焕彩 汨水长流

题包公

2002年

（一）

丹心照日月 刚正仰高风
百姓盼青天 至今思包公

（二）

功德彪千秋 执法无私爱百姓
丹心昭万世 秉公刚正望包公

海尔集团惠存（2004年）

海纳百川

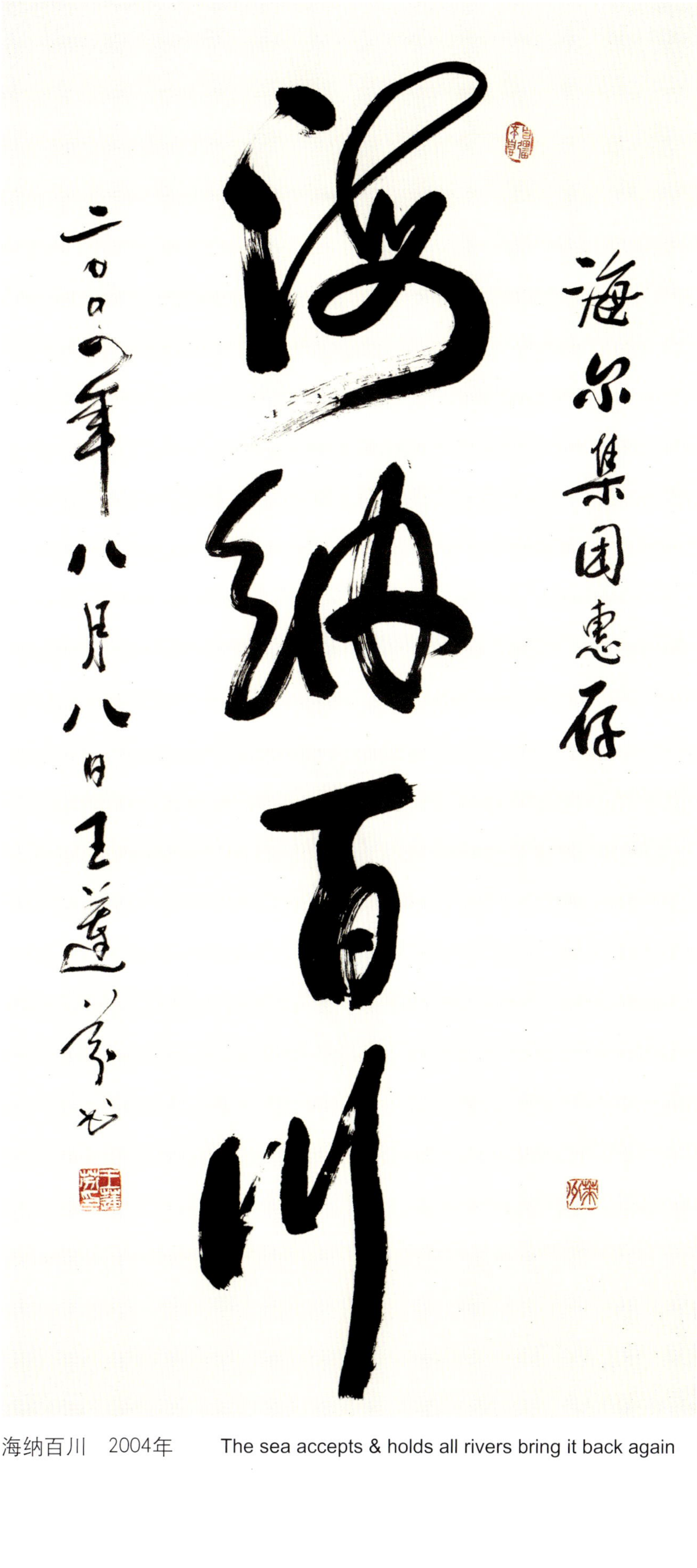

海纳百川　2004年　　The sea accepts & holds all rivers bring it back again

奉题中国现代文学馆（2005年5月）

博大精深

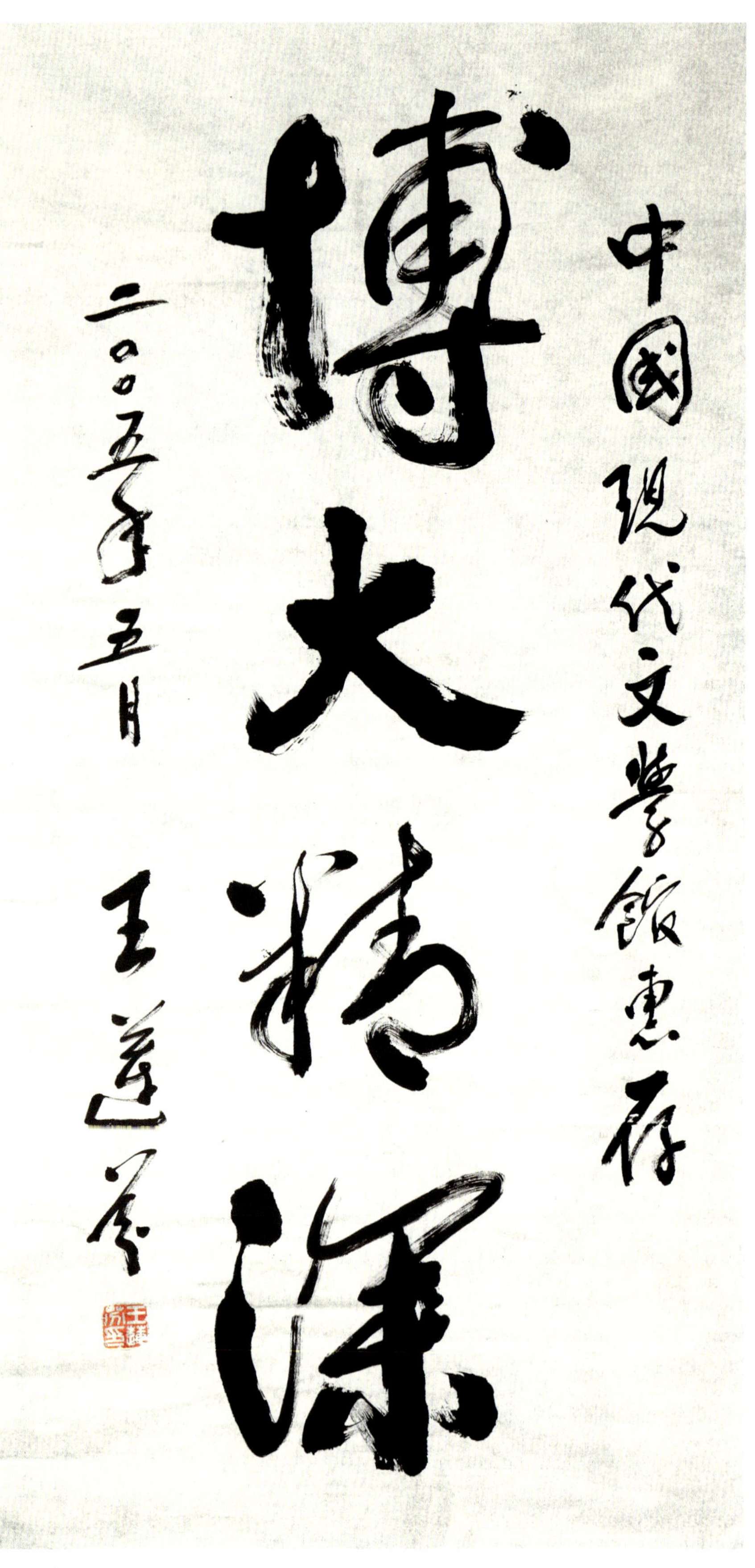

博大精深　2005年　　Having wide and expert knowledge

王蓮芬詩文選

九三老人 苗子

新诗篇

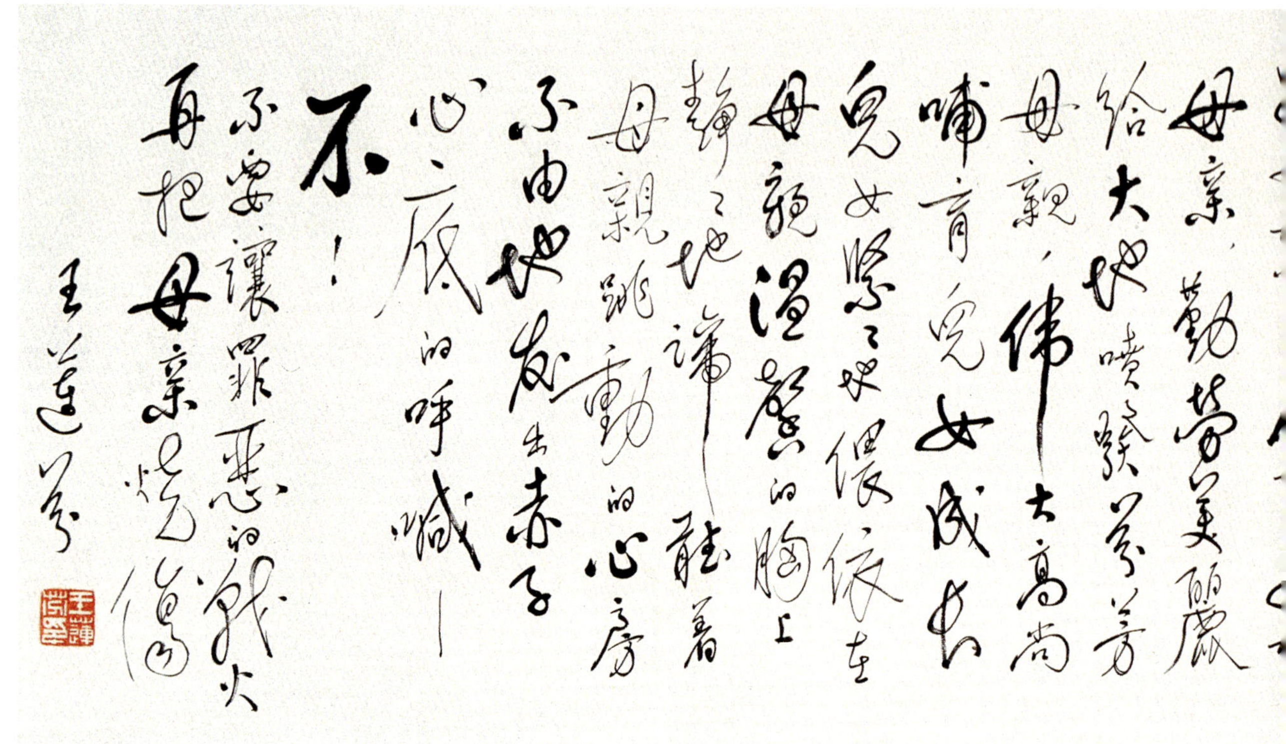

赠日本妇女书法诗两首

1982年9月3日，中日合拍影片《一盘没有下完的棋》在北京举行首映式，我与我的儿子观看后，心情久久不能平静，写出了《儿女的呼喊》、《天下父母心》诗两首。我是以一个母亲的心，写出了当时的心声，用以献给日本的妇女和母亲。

一个中国孩子的母亲于北京

儿女的呼喊

富士山，白雪晶莹，
象征着日本人民的纯真善良；
扬子江，波澜壮阔，
象征着中日人民的友谊源远流长。

樱花，流丹灿烂，
如母亲的笑靥风裳；
牡丹，国色天香，
如母亲的庄重安详；

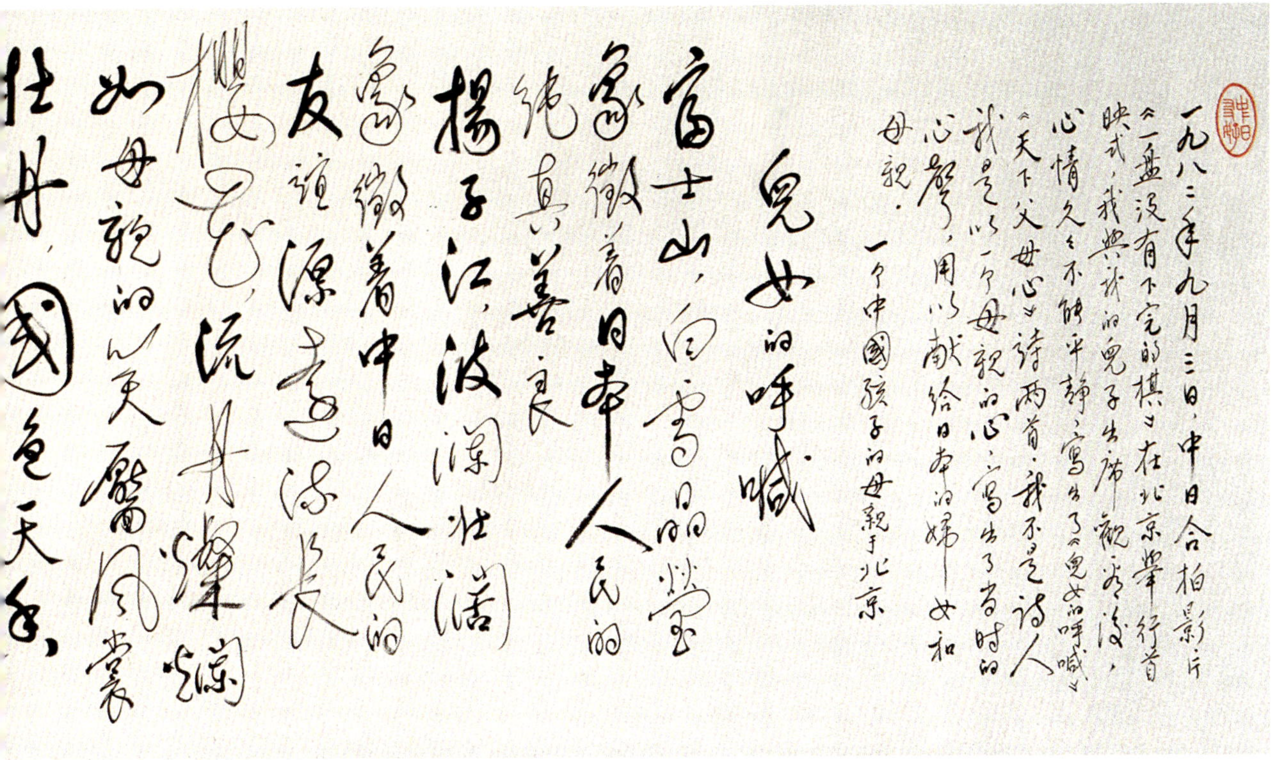

儿女的呼喊　1982年

Calling out of all sons and daughters for peace,not war

母亲，勤劳美丽，
给大地喷发芬芳；
母亲，伟大高尚，
哺育儿女成长；

儿女紧紧地偎依在母亲温馨的胸上，
静静地谛听着母亲跳动的心房，
不由地发出赤子心底的呼喊——
不！
不要让罪恶的战火，再把母亲烧伤！

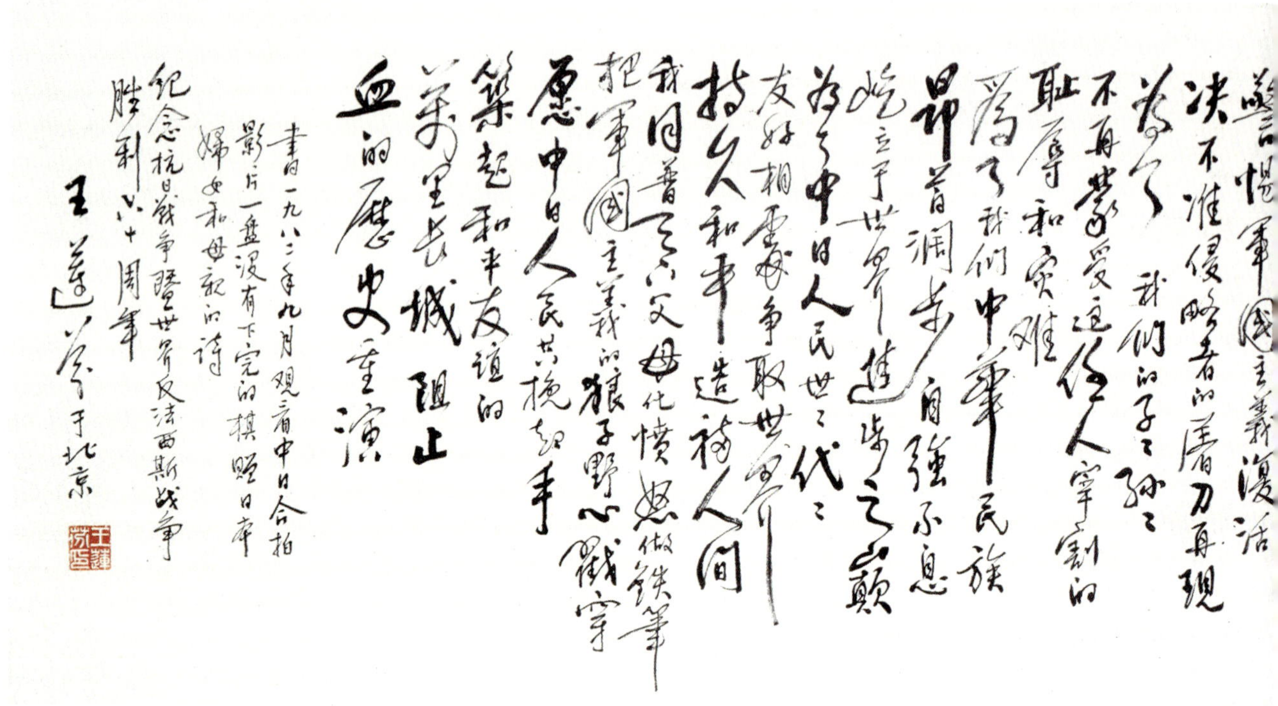

天下父母心

我紧紧拉着儿子的手，
观看银幕上阿明和巴的血在流，
不，
这是现实生活中，
战争狂残杀可爱的中日儿女们，
……
眼泪把我的衣襟湿透。

我紧紧拉着儿子的手，
观看易山和松波这对悲伤的棋友，
不，
这是血的史实，
写下灾难深重的中日父老们，
……
怒火燃烧在我的胸口。

我紧紧拉着儿子的手，
欢庆《一盘没有下完的棋》首映在首都
啊，
我看到了——
中日友好使者心血结出的友谊硕果丰收。
……
回忆撞击我的心头，

我，
一个普通中国孩子的母亲，
永远记着：
祖国的苦难，民族的尊严，
烈士的白骨，先驱的誓言。
侵华战争，
给中国人民，
留下的血泪斑斑……

我更加紧紧拉着儿子的手，

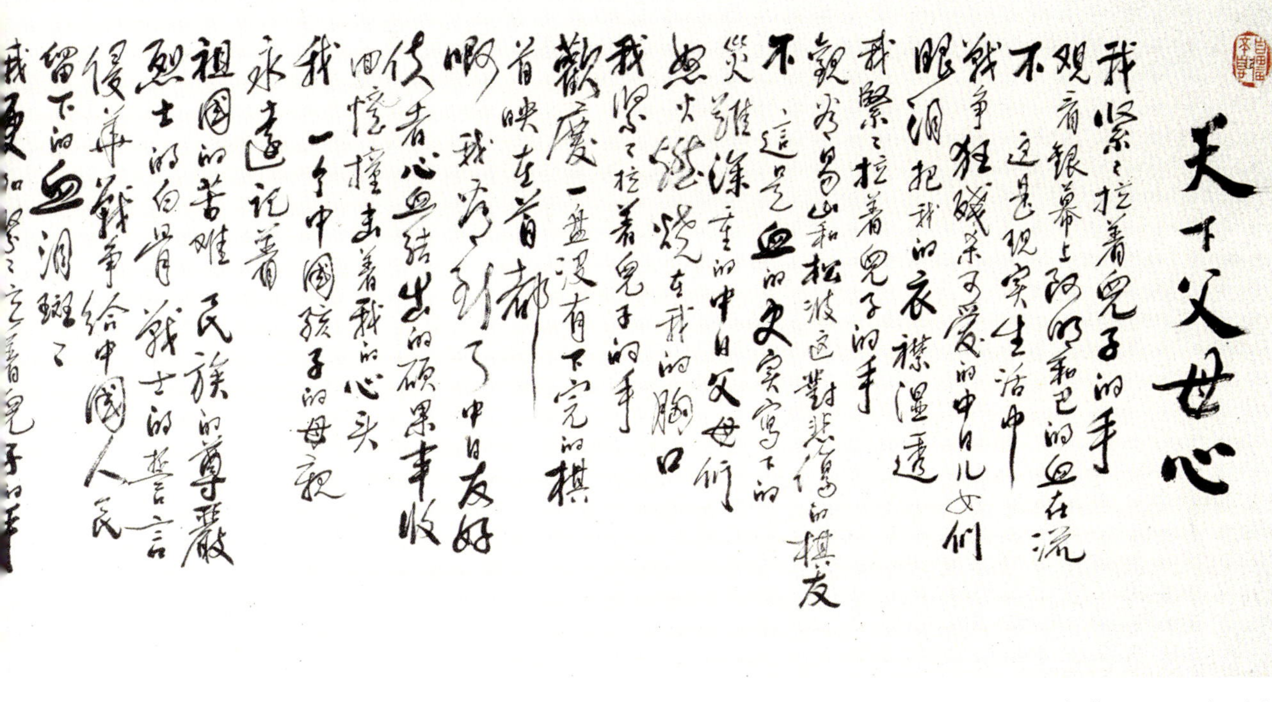

天下父母心　1982年作　2005年重书

The hearts of parents all over the world call for peace not war.Be on guard against the revival of militarism.Chinese & Japanese people can live in friendliness and pass the peace from generation to generation.Do not allow our children & grandchildren to suffer war again

发出普天下父母心底的呼喊：
警惕军国主义的复活，
决不准侵略者的屠刀再现。

为了，
我们的子子孙孙，
不再蒙受这任人宰割的
耻辱和灾难；
为了，
我们的中华民族，
昂首阔步，
自强不息，
屹立于世界进步之巅；
为了，
中日人民世世代代友好相处，
争取世界持久和平，造福人间。

我，
同普天下父母，
化愤怒做铁笔，
把军国主义的狼子野心戳穿。
愿中日人民，
共挽起手，
筑起和平友谊的万里长城，
阻止，
血的历史重演。
……
我，
一个中国孩子的母亲，
紧紧拉着儿子的手，
发出普天下父母的呼喊！

1982年9月3日于北京

关于我所作《儿女的呼喊》、《天下父母心》诗二首书赠日本妇女和母亲及展出情况的经过和说明

1982年9月3日下午两点三十分，中日合拍影片《一盘没有下完的棋》在北京举行首映式。在北京展览馆首映式大会上，我国文化界、电影界的领导及率领日本代表团的日中友好协会会长宇都宫德马先生等都在会上讲话，首映式相当隆重。当日我携儿子前往观看（我的入场券现仍保存，座位是10排28号、30号）。影片演出后，我与我的儿子正待走出剧场，遇到日本东京一女记者拿着话筒向我采访。由于刚看完影片，心情激动（眼睛里还含着泪水），一时说不出什么，寥寥说了几句便离开了。回到家里，儿子说："妈妈，你平时很会讲话，今天对采访的记者说的很'零乱'，好像没表达出你的想法。"是啊，我也很后悔，回答的很不得体。我们要和平，不要战争，为什么没有从母亲和孩子的角度上去谈谈我们的感受呢？！很懊恼，叫悔不迭……一夜无寐，赶写出此二首诗，并连夜请我80岁的老母为我抻纸(每次书写大一些的作品都是老母亲帮助我抻宣纸)，用书法写在两帧横幅的宣纸上。翌日上班后，即请示我文化部主管外事的丁谷局长批示同意赠送给日方代表团。为郑重起见，作为礼品须进行裱装才好，可时间紧迫，怕来不及了，怎么办？故宫博物院专事裱画的老同志闻知是赠送日本友人的，很为重视，特做为紧急任务很快地给裱出来，于9月6日由中国电影公司胡健经理赠送给日本代表团团长、日中友协宇都宫德马会长及此影片的导演佐藤先生带回日本国。

其中《儿女的呼喊》，当年9月27日纪念中日建交正常化10周年，日本国铃木首相访华时，登载于中国《人民日报》。

此两帧书法诗原件上的作者的姓名，未署我的名字，是署名"一个中国孩子的母亲"，现由日本国电影东京株式会社东光德间留存。

据说，当年由日本代表团带回日本国后，通过电影、电视、报刊、广播等向日本各界广为宣传，引起轰动，受到热烈欢迎和广泛好评，尤其在日本的妇女和孩子的母亲中反响强烈，称此诗为"中国母亲的心声"。

1983年9月我参加由中国对外友协组织的出席东京西园寺公一先生、雪江夫人的雪江堂成立20周年盛典，及在东京进行书法交流活动时，在几次宴会和会晤的交谈中，偶然听到一些日本朋友向我谈到此二首诗在日本受欢迎的情况。有的日本朋友还引用中国人丈夫对妻子的习惯称谓："我老婆在电视上看到这两首诗可喜欢啦……。"朝日新闻记者，西园寺公一的大公子西园寺一晃也向我提及此事。

当对方得知署名"一个中国孩子的母亲"，就是现在我这个访日的作者时，惊喜地相互奔告。可是这时我即要回国了。

在我乘机返国的这一天，我驻日使馆的宋之光大使也才闻知此事，遗憾地说："如果早知道，当为作者在东京同日本的妇女界组织一次活动该多好啊……"。

我东渡归来，由于此作原件为日本电影界收藏，便又以我的书法重书此二首诗，在国内进行展览，观众纷纷留言："不仅字写得好，诗亦非常感人，催人泪下……"有许多妇女观众写道："此两首诗激动人心，因为我也是母亲，而且经历过战争……"要求作者书赠此诗等等。1995年8月纪念世界反法西斯战争和抗日战争胜利五十周年活动中，又重展览此作，再次引起呼唤世界和平的强烈反响，给人们以教育和启迪……。

海之歌

——为了他们而献身我心中无限欢畅

1983年夏文化部邀请文艺界知名人士暨文化界党外朋友赴大连消夏，写于大连棒槌岛，年轻的儿子告诉我："妈妈，您写的大海中的浪花，推动它前进的是后面的'涌浪'……"启发我重改于翌年之夏。

我最美好的享受，
是在海上瞭望。
那启迪我希望与力量的，
是海的胸襟，
海的博大容量。
我仿佛就仰俯在
母亲宽厚无私的胸上，
吸吮着
甘美不竭的乳浆。

我最亲切的依恋，
是在海上瞭望。
那唤起我坚贞信念的，
是海的深沉，
海的辽阔、浩茫。
我仿佛征战在
千军万马的疆场
映写出一幕幕
惊心动魄的画卷——
波澜壮阔，
威武雄壮。

我最幸福的遐想，
是在海上瞭望。
那激励我不息地拼搏的，
是海在暴风雨中的呼啸，
海的拍岸惊涛，
海的裂天骇浪！
啊——
我看到了，
那推进浪花的
竟是默默负重的
蕴藏着无比威力的
坚韧直往的涌浪！
……

啊，大海，
我爱向大海瞭望。
海是这样无私
给予生命冀求和力量。
当我望着她，
我的胸怀
如海洋宽厚、坦荡；
我的心壁
如海洋奔腾、呼啸；
我思绪万千，汹涌澎湃
犹如大海的
深邃、渺茫……
我似乎觉得，
我的胸际
如同大海的波涛
在翻涌、倾泻……
我要告诉大海：
我爱我
可爱的祖国
伟大的党，
亲爱的同志。
我爱他们是那样深沉，
那样执着，
可为之生，
可为之死。
假如有这么一天，
面临了生死关头，
须要我与他们诀别的时刻，
心中不免悲伤！

可是，此际
当我久久地凝视着涌动着的海面，
望着这默默负重推动着
浪花前赴后继的涌浪，
给我的启示和震撼，
我不再为诀别他们而悲伤；
假如真有那么一天，
遇到了生死关头
我的离去，
是为了她们而献身，
我心中将是无限欢畅……

想到这儿，
我的耳边也仿佛听到了
那排空的涌浪笑了，
裂石的惊涛唱了，
英特纳雄耐尔……
伴随着汹涌的大海
流向——
母亲的心房，
孩子的课堂，
爱人的战场。
流向——
那整个寰宇，
光明与希望的
四面八方。
去迎接，
世界大同的曙光。

献给空中小姐

1992年11月赴深圳举办诗书画展，于15日乘2466波音747北京飞深圳的CA1303航班，为我乘坐的头等舱里乘务员金铃、顾蕾小姐而作。

你有一颗金子般的心，
使你的服务如此良好；
你有一颗金子般的心，
使你的美丽风采如同展翅的凤凰。
蓝缎似的蓝天为你做衣裳；
灿烂众星映着你的美眸
格外妩媚明亮；
白云梳笼你轻柔的秀发，
带着你的微笑在空中潇洒飘扬；
云层中的阳光更加灼热你的心房，
使你的给予是如此温暖周详。
……
当我从机舱向外瞭望，
这广袤无垠的天外天，
这梦幻般的世外仙境，
这天上世界是如此美妙，
“玉宇澄清万里埃”：
蓝天——
充满神秘、圣洁，
净彻、浩茫；
白云——
一尘不染
洁白、流畅；
太阳——
似烧红的火球，
喷发出万丈光芒，
映出地面上
田园绿野，如诗如画，
锦绣中华，江山多娇，
无限风光。

长城、黄河、长江
是腾飞的玉带巨龙、
展翅的金色凤凰①，
天上人间
壮丽辉煌！

谁持彩练当空舞？
朝晖、红霞、夕照……
交织出五色缤纷的
锦缎、彩带、长虹。
云层的大海洋，
滔天白浪。
时如一片无声的惊涛
汹涌澎湃、
卷巨澜，倒海翻江；
时又狂飙天落
鏖战关山，
犹如威武雄壮千军万马的战场；
时又风平浪静
江天寥廓白云飞，
犹如一块块情意绵绵的白絮
在蓝天的怀抱里
像一对对情人
脉脉含情，低低细语
安闲地漫步、八方徜徉。
悠悠白云游子意，
在这纯净、湛蓝的碧穹，
诉说着多少离恨别愁，
寄托着多少情思柔肠。
她多情地，
化为美人肩上的蝉羽薄纱，
轻柔地拂吻着
亲人的面庞。

神奇的碧海苍穹瞬即万变：
方才还是彩霞满天，
倏又千里冰封，万里雪飘，
周天寒彻
镶刻出一座座

晶莹、玲珑透剔的冰山冰洋，
壮丽奇观的银蛇蜡象。
让我想起
漫天皆白，雪里行军
冰雹呼啸
雪莲婷立的风雪边疆；
想起诗人笔下的
仙宫阆苑，玉宇琼阁，
也许就是童话里的乐园、天堂。

啊！空中世界这么美丽，
你们就是在这梦幻般的
奇特天宇中
搭起联络环球的空中桥梁，
将海外游子送回母亲的梦乡；
将天下的朋友迎送于
我伟大祖国的四面八方；
让炎黄子孙往返于
五湖四海
去开拓远大宏伟的抱负与理想。

啊，我倾羡你们，
你们应为负有的使命而自豪；
我祝福你们，
为服务在这美妙的空中世界而无比幸福、欢畅！
我更赞美你们，
因为你们有一颗金子般的心，
肩负这光荣的使命。
啊，看哪！
蓝天、白云、星空与金色的太阳，
永远畅开她们的怀抱
任你们在这广阔无垠的
宇宙中遨游、飞翔！
把你们金子般的心
照耀得
更加闪闪发光！

注：①当日下午三时飞至安徽六安县上空阳光照射地面上，映出一幅展翅欲飞的金色凤凰奇景。

翌日 1992年11月16日写于深圳市迎宾馆翠湖楼

1992年11月15日乘民航波音747—400型，2466号CA1303航班飞深圳头等舱(中国国际航空公司乘务一分部)空中小姐齐金玲女士(左一)

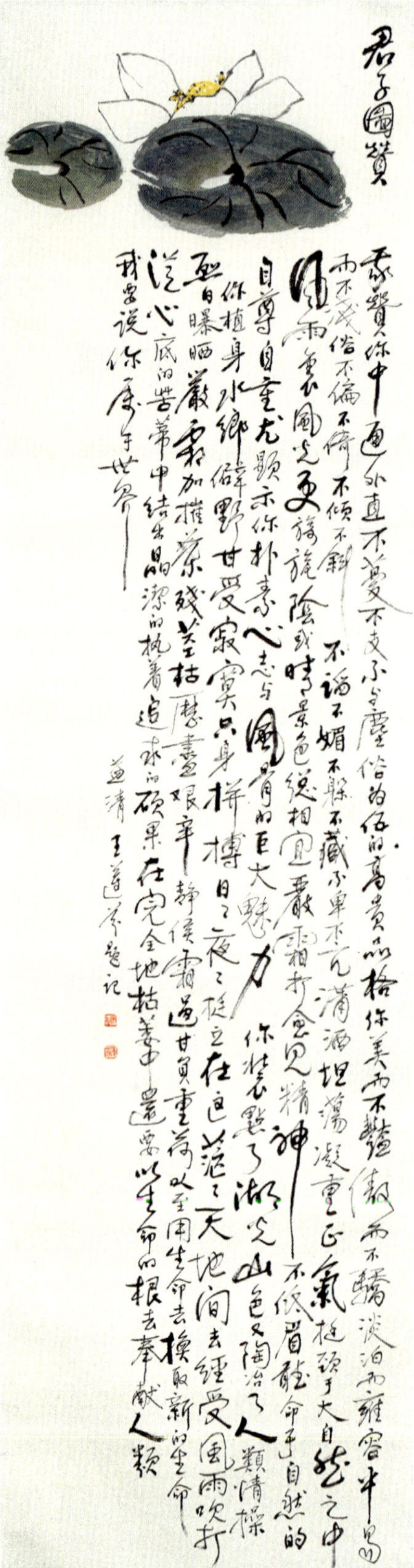

君子图赞　1994年

Praise the lotus for its nobility and purity

莲

（散文诗）

益清写于1993年12月9日夜

世人皆称你
“出淤泥而不染”
比喻为人正直，品德高尚
不为世俗所累
尊你为“君子”

为人之母者钦敬你
为繁衍后代和理想的追求
褪却红裳，坠粉去，留子莲蓬
岁岁芳心苦不歇；
饮霜餐露
甘负人间重荷
自我牺牲，无私奉献……

佛家视你为
纯净之躯，圣洁之花
王母侍侧，神龛禅座
菩提树下，观音掌上
阆苑仙境，琼台瑶池
皆有汝之玉影
世人以你的圣洁灵魂
高贵品质
去感悟真善美的真谛
向往梦中的天堂
……

诗人吟咏你
“清水出芙蓉，天然去雕饰”
一语道出了
你的自然美的天生丽质
玉骨冰肌
高洁、清纯之魂

画家的笔下浑脱出
你的端庄、明丽

绝代神韵
描不尽的诗情画意

在情人梦中
犹闻环佩风裳
洛水惊鸿
万种风情
无尽惆怅

在大众眼里
你永恒的自然形象是
亭亭玉立
凌波于“接天莲叶无穷碧”
映日别样红的
光彩照人

历代文人墨客无不被你倾倒
赞美你的永恒主题
是你的
“出淤泥而不染，
　濯清涟而不妖，
中通外直，不蔓不支，
可远观而不可亵玩焉”
不与世俗为伍的
高贵品质——
这就是：你美而不妖冶
傲而不骄，典雅而高华
淡泊而雍容，平易而不浅俗
不偏不倚，不倾不斜
不媚不谄，不卑不亢
落落大方
凝重坦荡
不管你听到的是赞美
抑或施加于你的不公正
你都是
挺颈于大自然之中
风雨里风光更旖旎
阴或晴景色总相宜
严霜打愈见精神
……
而你不低眉、听命于自然的
自尊自重
尤显示你朴素心志与风骨的
巨大魅力
……
……
你，
装点了湖光山色
又陶冶了人类情操
那么，
你自己的命运又当是怎样的？
你植身于穷乡僻野
湖山水泊
登不上
接近显要赏识的
亭台楼阁
进不了
幽廊温室华丽的殿堂
你，
“生本原无主，开落何须护”
更不会被摆设在
几案的花瓶里
安享照拂供人独赏……
你
甘受寂寞，耐守孤独
只身拼搏，恬淡宁静
日日夜夜挺立在这茫茫天地间
去亲身经受
风雨的吹打
烈日的暴晒
严霜的加摧……
叶残茎枯
历尽艰辛
无怨无悔
静候伤逝
……
这于别人
也许是无法忍受的
于你
却都是默默承受了

而你为留下后代和拼搏的
理想目标
又必须用你的生命去换取
新的生命—
从你心底的苦蒂中
含辛茹苦结出
晶洁馨香的莲子
执着追求的硕果……

最后
在你完全地枯凋中
还要以你生命的根——
甜美清品的藕
去奉献给人类
……
你
把你的全部
都给了这个世界！

1993年12月9日于北京玉渊潭

佛莲——贺西藏自治区成立30周年　1995年

Buddhist lotus-Commemorating the 30th anniversary of the Foundation of Tibet's Autonomous Region

1995年8月为西藏自治区成立30周年
画五尺整幅30朵莲花题词

佛家视汝为纯净之躯，圣洁之花。菩提树下、观音掌上，阆苑瑶池，琼台仙境，曼殊侍侧、圣堂寺院，皆有汝之玉影。世人以汝之圣洁灵魂与高贵品性去感悟真善美的真谛、向往梦中的天堂。

我爱看“凤凰”

——赠凤凰卫视

我爱看“凤凰”，“凤凰”多巾帼。
小莉看世界，陈鲁豫“有约”。
海若重伤历险艰，静漪、晓楠播报天天见。
一批女记者，刚勇娘子军。
露薇上火线，隗静披硝烟。
更多女将遍及五洲，
条条战线重任在肩；
巾帼英雄，无愧中坚。
荧屏上，
胸荡风云，神思灼灼。
纵横捭阖，胆识侃侃。
人人有才干，个个谱新篇。
长我巾帼志，
扬眉在今天！

我爱看“凤凰”，“凤凰”多强将。
山中高士阮次山，时事评论曹景行。
精采读报杨锦麟，宁思、嘉耀、何亮亮，
郑浩、二马开讲坛，拍岸惊奇“逗”文涛。
萨文“飞”一虎，力耕“建”福疆。
人才济济，
运筹帷幄，群策一心。
背后更有多少无名英雄。
凤凰卫视，
古今中外任评说，
谋略雄韬筑论坛。
洞察神速，力握千钧。
真理长河传正道，
蜚声四海驰全球。
壮我民族正气，
扬我中华声威。
自强不息，
功莫大焉！

2003年5月27日
书赠凤凰卫视于北京

赞凤凰卫视有报天天读

——2003年5月27日看凤凰卫视

2003年5月27日于北京

“有报天天读”杨锦麟先生开场白说，一海外华人致函称其为“唐衫”赞该读报节目。余亦有同感诗赠杨先生：

当日欲知天下事，勿须出户便详闻。
“凤凰”有报天天读，且听“唐衫”杨锦麟。

附录：

凤凰卫视台鉴：

凤凰卫视女将们的风采和才干，给我留下美好而深刻的印象。尤其她们勇于牺牲、不畏艰险、敢上敢拼的敬业精神，使我感动，无任钦佩！为表达我的敬意和感谢之情，写了这篇《我爱看‘凤凰’》，奉上我的一份真诚。

很抱歉，我对她们有的人的名字未能一一记清，只好统以“更多女将”概之，而所引述的人和事，亦恐有不够全面和欠妥之处，请予郢政、赐教！

我也喜欢看贵台的“有报天天读”，赠杨锦麟先生的诗请转呈。并请向贵台的女士们、先生们，代致我最诚挚的问候和敬意。

谢谢。此致

敬礼

王莲芬

2003年5月31日于北京

题赠凤凰卫视

书法赠凤凰卫视吕思宁先生

题赠凤凰卫视闾丘露薇女士

题赠凤凰卫视许戈辉女士(右一)，孟红英(左一)

与凤凰卫视“有报天天读”杨锦麟先生

应邀出席凤凰卫视2004年元旦盛会

赠凤凰卫视“有报天天读”诗

博鳌赞

2002壬午马年新春自首都来海南欢度春节，游博鳌、兴隆、三亚。惊其美，悟其博、深，流连忘返，诗三首以志并书赠海南。

博鳌美，三山三岛三江伟。九曲龙滚万泉水，汇合入海景色辉。海上波涛涌，河面风浪静。夜泊舟自横，唱晚幽思廻。温泉漾馨，喷珠吐玉梦瑶池；椰风送爽，天蓝气清白云飞。琼台楼阁，极呈高华；精舍园林，天然雅成。夜阑通明，流光溢彩；华灯初上，恍若仙境。友情连四海，天涯若比邻，亚洲论坛展雄姿，蜚声中外海南荣。美哉博鳌，大哉不负盛名！

赞海南岛博鳌　2002年

Exalting Boao of Hainan Island,China

附录：

今年春节与孟连昆、王莲馨胞姐一家来到海南，在省委组织部洪峰同志陪同下参观了博鳌。一到这块美丽的土地上，闻说博鳌，便为这个气派的名字所吸引。当我亲眼见到了她，她的美，她的气质，深深打动了我，在南下飞机即奔赴博鳌参观的当晚是我最快乐的。我爱我的祖国，爱祖国的每一片美丽的土地。作为她的儿女，赞美她，述说与奉献对她的爱，并且也藉此向开拓与创建这块灵性的土地——闪光的新的“名片”的海内外有识之士，表达我最诚挚的感谢和敬意！于是我写了几幅书法作品。

艺术来源于人民，来源于生活和大自然。艺术既然因人类出现而产生，因而艺术是不能脱离人民而存在，艺术是为人民服务的。

正由于我来到博鳌，才有的这源于博鳌的作品，应该将这份炽热的爱奉献与她。现奉赠给博鳌：

（一）题博鳌（两个大字，四尺宣纸整幅）；

（二）赞博鳌（书法散文诗四尺、五尺宣纸横幅，任选。此作已于2002年3月18日登载海南日报）

敬希笑纳　此致

海南省委组织部并转琼海市委

文化部 王莲芬

2002年3月于海南省海口市返京前夕

秋 韵

1993年11月

秋叶终将离枝去，离去时依然将美留给大地，直至将最后一片落叶深情地，轻轻地飘落在大地怀里，为大自然增添秋的美丽，让人们再一次从她身上领悟秋韵的魅力、隽永的回忆。然后，她紧紧地去拥抱亲吻大地，在彻底的枯萎中去肥沃、回报生长她的土地。

中古小学 任荣满老师：

您好！

我从家里楼上的窗户望外面观看，庭院里一排白杨树，从初秋到深秋，到初冬，到最近，树叶一天天地往下飘落，直到最后一片树叶，在树枝上抖动了几下，轻轻地飘落了下来……地下厚厚的一层黄色的，深红色的，褐色的落叶，映出了斑斓、绚丽的颜色——告诉人们，这就是秋天的景色了。

秋叶毕竟要离枝而去，但她离去时，还要把美留给人间，然后再用她的身体去覆盖养育她的土地……

而且，自始至终，她都是默默无言地寄予大自然这种美，给予人间这么多的爱。

我即兴画出了当日看到的庭院中的景色，并在画面上题记了这样一段话："秋叶终将离枝去，离去时依然将美留给大地，直至将最后一片落叶深情地，轻轻地飘落在大地怀里，为大自然增添秋的美丽，让人们再一次从她身上领悟秋韵的魅力、隽永的回忆。然后，她紧紧地去拥抱亲吻大地，在彻底的枯萎中去肥沃、回报生长她的土地。"

我通过这一观察，更理解了罗丹的名言：生活中从不缺美，而是缺少发现美的眼睛。

联系到孩子们，小学生们（我家的小孙女小娇娇），我以为我们的语文课、美术课以及音乐课……应该培养孩子去观察生活中、大自然中的美和事物，让他们去观察、联想、写生、描绘……。美术课不一定光是本本上的，也不一定光是小白兔、小宠物……比如这秋天（或者春天、夏天、冬天……），这秋叶，如何从美的感受及感情中去画它，写他，朗诵它……

好了，这张信纸只能写到这儿了，这只是我现时的一些想法，不揣冒昧，写给您并将我写意的这幅画请您看看和指教。谢谢！

小娇娇的奶奶

1993年11月25日晚

于三里河南沙沟寓所

秋葉終將離枝去，離去時依然將美留給大地，直至將最后一片落葉
深情地、輕輕地飄落在大地的怀里，為大自然增添秋的美麗，讓人們再一次
地從她的身上領悟秋韻的魅力、隽永的回忆。然后，她緊緊地去擁
抱、親吻大地，直至徹底的枯萎中，去回報生長她的土地
一九九三年十一月庭院中所見

莲芬二姨：

您好！

看到了您的诗画以后，很是喜爱，每年的秋天，我都要看看秋色，特别是钓鱼台的一左一右的便道上，秋风一吹，金黄色的树叶纷纷扬扬飘落下来，一片金黄，美丽极了。赶上好的天气，那阳光，那落叶构成了一副美丽的图画。

我们的教室从楼道的西头搬到了楼的东头，坐在教室里，正好能看到东小院的几棵杨树和墙外的几棵枫树，到了秋天更使人感到生活的红火。今年我倒是很想带孩子们到外面看看秋色。只因突然的一场大风，吹得树叶几乎一下子全掉了，所以也没抽出时间带学生们观赏很是遗憾。

您的诗画做的特别好，无论是从句子上还是从寓意上都十分深刻，富于哲理。"秋叶终将离枝去，在她完全离去时，依然把美留在人间"。我体会到，一个人总是要离开他的岗位，或者告别旧的生活走向新的生活，以及告别人生。但他还应该象落叶一样，把最后美好的东西留下来，以至于到最后，变成肥料也要滋润着大地，来回报大地对她的养育。这其中也体现了物质不灭的定律。我们也应该象秋天的落叶一样去为祖国，为大地增添美好的东西吧！

我们是应该学会生活，学会观察和捕捉生活中美好的东西，特别是结合课文教给孩子如何去观察大自然，这些都是我们努力的方向，今后教学中要多联系实际。现在我们的老师们都觉得负担特别的重，即教书，又要育人。即使有了会发现美的眼睛，教条主义的东西都压得我们喘不过气来。所以也很难。

本想马上给您回信，只因小孟出差，接了孩子回家做饭就没时间了，所以拖延了时间，有何不妥请批评。

任荣满

1993年12月7日

注：1、小孙女娇娇的奶奶在家中排行老二，人们习惯呼为二姨。老师对该家长也如此称呼。

2、任荣满，女，北京市中古小学教师。

3、中古小学位于北京西城区二里河月坛南街钓鱼台国宾馆附近。

海南好，最忆是博鳌

2002年我首次见到博鳌
写下了《博鳌赞》留下了美好的记忆
八年后的今天
重游博鳌
住进了博鳌玉带湾
领略了更多的美和爱……
我要说：
美丽的博鳌
美丽的玉带湾
我爱你
我尽情地享受了你的给予——
清新的空气
恬静翠绿的园林
洁净无染的自然
旖旎壮阔的海上风光……
更伴随着
你这玉带传递友情的欢畅

在这里
观海上日出
是我每日最快乐、最满足的期盼与畅想
当黎明破晓
就伫立窗前
虔诚地静候
喷薄欲出的太阳

看哪！
东方云层缝隙里渐渐映出
浅黄、桔黄、金红色的
五光十色的斑斓彩霞
天空、云层瞬倏变化出
各种绚丽奇特的画面……
我欣喜若狂
目不转睛
屏息凝望……

终于
云层里露出一抹格外瑰丽艳红的火球
慢慢地
不
她瞬间跳出海面
一轮红日冉冉升起在东方
顿时
海面上洒下一道
由窄而宽的金黄的粼粼波光
……
这彩霞、这朝阳、这红日、这金光闪闪的波浪
冲破黑暗的曙光
唤醒了世界
照亮了人间
降福祉于人类和平吉祥
装点锦绣大地
江山更加辉煌

楼堂花园的丛碧中
海风湿润的堤岸上
一排排椰子树
像守护的卫士
昂首云霄
挺直的胸膛
耸立的坚硬脊梁
记述着创业者的功绩理想
激发着自强不息的情思与展望

北方的春天
有道是“吹面不寒杨柳风”
博鳌的四季
椰风拂面春风浩荡
款款招手
送上温暖的微笑
轻舒广袖
迎送宾朋来自四面八方

我到过许多海滨
阅历了不少海上风浪
博鳌玉带湾的海
却另是一种景象
没有白浪滔天

没有惊涛拍岸
经常是风平浪静、意态安详

我曾酷爱那拍岸裂石的惊涛骇浪
震撼我的胸臆雄风万里
我更喜欢汹涌澎湃白浪滔天的壮观
激发我浮想联翩诗思飞翔
可是这里海的淡然宁静
又让我尝试了
“此时无声胜有声”的广袤与深邃
品高之无求
淡泊之清虚
寂寞之恬淡
无争的坦荡
以及那海的容人之量……

“给我一片天，给我一片海”
无边的天际
无限的风光
润我心房

距海岸只50米的
博鳌玉带湾大酒店
这样流传着：
“坐在房间里可看到海
躺在被窝里观日出”
我每日在房间
在海边
都能细细品阅这海的深沉
它仿佛在向我诉说着历尽的沧桑
随着阳光、晴雨、时间的瞬息万变
这里的海面变幻无常
云起时
披上湛蓝的、碧玉的、灰黄的……
不同色彩的灿烂盛装
白色的浪花在这些不同彩色的海面上
轻柔地涌动翻滚
演绎出各种故事和花样：
有的如一群群仙女在海宫中嬉戏玩耍
有的像一簇簇小银鱼快活地上下跳跃——
如同奥运会上女子游泳花样比赛学着展翅凤凰
又犹似村姑们深闺、灶边的低声细语、
情侣们挽手在海边漫步倘徉……

天蓝水碧 水天一色
海的宽广 沙的细软
……
拥抱这一路的椰风海韵
陶醉在行走水云间

太阳西沉的夕照中
银色皎洁的月光下
秀美的万泉河、龙滚河、九曲江
三江河流的相融、相守、相晖映的人间仙境
更是诗意盎然

我小住金海岸亚洲论坛会议的酒店
又细细欣赏这河岸上的奇观
一片蔚蓝蔚蓝的天
一片碧绿碧绿的地
一道道清澈的河流
一群群洁白的飞鸟
一湾湾湛蓝的温泉
一幢幢白色的别墅、精舍
星罗棋布在绿毯的草地上
来往于蓝天白云下的河面
远处的打渔船，靠岸的小舟
更绘出更好更美的图画
合奏出这大自然恬静柔情的交响乐章
……
朝雨浥轻尘
清风送晚凉
干干净净的天地
轻轻松松的心绪
甜甜美美的梦想
尽在这大自然里分享
新鲜的空气，负离子的保健供氧
更是“世界少有，海南无双”

我走在这片云水间
清风徐来
思绪随心
遍地霞光
满目青翠

祥云飞动香火缭绕处
莲花墩上的观世音
东方文化苑佛家宝刹
傍山面水
祈福礼佛
在这块博鳌明净之土
至善至诚
其实就是博鳌人
心中的救世观音、菩提之树

渔舟唱晚
宁静的田园风情
一个质朴的古镇进入我的眼帘
获有美称“博鳌的天堂小镇”
这里没有人潮的纷扰
没有闹市的拥挤嘈杂
不闻人声喧哗
少有车马尘嚣
整日静悄悄

简朴干净的街道
古老旧式的店铺
孩子玩耍归来的田间小路
鸡鸣鸭叫的小巷
郁郁葱葱的槟榔和芭蕉树
环绕在老屋旁
母亲脸上的幸福笑容
父亲堂屋里的出海鱼网
“村里的炊烟伴着海上的渔歌”
“闪烁着博鳌这颗明珠的光芒”
晓风晨曦里
暮色苍茫中
家家户户
散发着温馨的炊烟、饭香……
质朴的人文情趣
交织出
人与自然和谐的天堂
……

这海上，这岸边
都是你的平和、朴素、敦厚、善良
这就是你独特的美
独具的魅力与宝藏

美丽的博鳌
原本是沉默的村镇
有了亚洲论坛的博鳌
世人瞩目
声名远扬
中国的博鳌
独占鳌头
缘结四海情融万邦

博鳌的街头写着：
“世界在这里呼吸”
“聆听世界，润养东方”
大自然给予博鳌的偏爱
好客的主人
欢迎五洲四海的朋友共享
热情地敞开怀抱——
论坛驻地的博鳌索菲特大酒店
典雅高贵
博鳌金海岸温泉大酒店
华丽凝重
博鳌的玉带湾大酒店
仙姿绰约
新兴的宝莲城
国际红十字健康中心
更是“高屋建瓴、未雨绸缪”
……
热情的博鳌
宾至如归

“有朋自远方来，不亦乐乎”
欢迎啊，朋友
质朴的博鳌
不仅美丽、多情
还肩负着
广结海内外宾朋的光荣使命
为人类的进步
为世界的和平
友好往来
共同发展
在这片美丽的土地上

共挽起手
绽放出更多绚丽的
友谊之花……
——啊，博鳌
“世界在这里呼吸”
“聆听世界，润养东方”

海南好
最忆是博鳌——
博鳌的海让我更多感悟
博鳌的三江水
让我回归自然
博鳌的古镇
让我魂牵梦绕
博鳌的玉带滩
让我神清气爽
……
博鳌大美无言

毋忘博鳌——
我深情的将你怀念
毋忘博鳌——
我衷心的祝福你
青春永驻
情意绵长

王莲芬
2009年4月80岁生日写于博鳌玉带湾

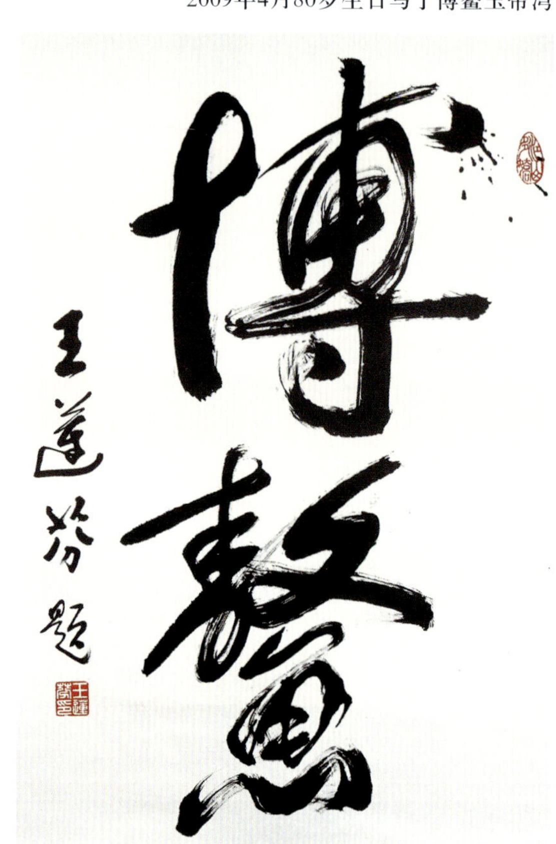

2002年春节与胞姐莲馨、孟连昆一家于海南

励志学子

2010年5月1日山东临沂市临沭县第一中学李志铮同学来电话要我赠其一幅激励奋进的书法之作，青年学子有此要求欣然应之，书此以慰殷望。

好好学习，天天向上。如火青春，茁壮成长。
服务人民，丹心向党。胸怀祖国，奋发图强。
立林世界，情跃五洋。振兴中华，重任担当。
自强不息，科技兴邦。广阔天地，驰骋翱翔。
继先烈志，历史莫忘。做接班人，国之栋梁。
坚持真理，追求理想。勇攀高峰，知识力量。
科学尖端，勇创辉煌。天道酬勤，百业盛昌。
不怕困难，迎难而上。不畏艰险，蹈火赴汤。
百折不屈，巨炼成刚。铁骨铮铮，斗志昂扬。
诚信做人，品德高尚。倡廉律己，反腐为纲。
一身正气，尊严勿丧。发扬民主，和谐永康。
明辨是非，坚定立场。无私奉献，赤胆热肠。
舍己为人，饮露浴霜。尊师敬老，大爱无疆。
炎黄子孙，世代忠良。华夏儿女，自立堂堂。
保家卫国，狠击豺狼。建功立业，跻列富强。
造福人类，福祉绵长。中华民族，巍立东方。

2010年5月16日

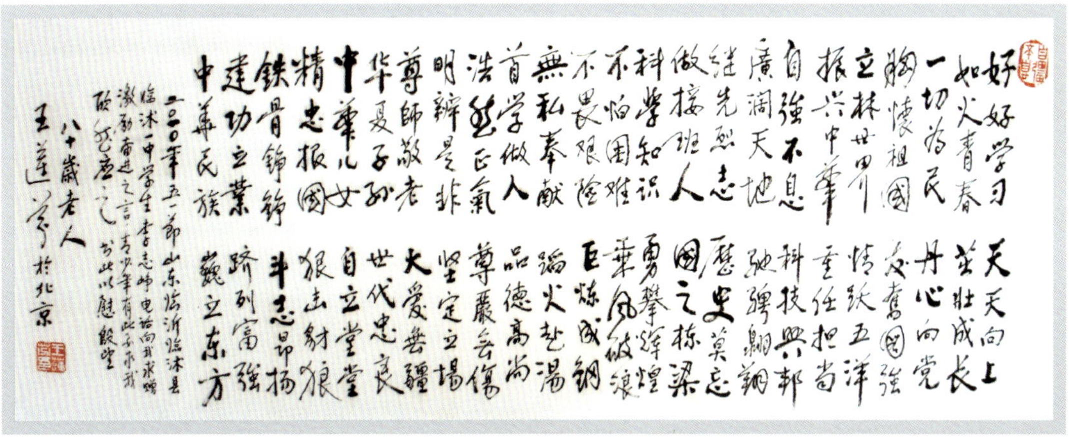

可珍贵的年龄段（散文诗）

——2010年9月我患病住进了北京友谊医院医疗保健中心。其间，接触到一些中年医职人员，他们的辛勤工作、热情服务，印象深刻。耳闻目睹及10月15日与张健主任几分钟的交谈，有所感慨……
致张健主任：

你们现在50岁以下的医护人员
与60岁年龄的一样
可以说是与新中国同时诞生
20世纪50年代——
你们生养于当时正喜悦地沉浸于
“中国人民站起来了”
举国欢庆的父母的怀抱里
你们都曾拥有过
不寻常的金色童年
从孩提到长大
倾听过父母讲述的
灾难深重的旧中国
外侮的耻辱
人民的苦难
战火纷飞岁月中叔叔阿姨们英勇杀敌的战斗故事……
你们分享过
父母对新中国平安幸福新生活的快乐
你们就是歌唱“荡起双桨”的“祖国花朵”
“共产主义接班人”未来的革命中坚

60年代——
你们在“一穷二白”自力更生、奋发图强的新中国建设中
接受爱国主义、艰苦奋斗、老一代革命传统的熏陶
受到党的良好教育
沐浴阳光雨露健康学习成长

70年代——
你们与父母同尝了“十年浩劫”的伤痛
多数是从“上山下乡”过来的
亦悲亦壮
在溽热的西双版纳南疆
在冰天雪地的北大荒
不管是“吃苦”还是“锻炼”
你们经历了历史大熔炉的“锤炼”
考验了意志
坚硬了脊梁
你们是很棒的，是好样的……

80年代之后——
你们在各自岗位上
亲眼看到了共和国的伟大历史转折
亲身经历了伟大的改革开放
一直工作到今天……

你们这些经历了
自新中国诞生、建设
体验过历史上正反两面经验教训的同龄人
是我们各项工作中极其宝贵的财富
……
60岁以上的已经退了
只有你们这50岁上下的还在工作岗位上
你们要以你们特有的这些不平凡历程中的丰富经验
所继承的老一代良好传统
去辅佐上级领导
去培植新生力量
做好传帮带
承上启下
任重道远
你们是一批重要的骨干、栋梁

病人在病房里只能看到大夫、护士
所接触的护士队伍
如同一个大花园里的花蕾

从他们身上我已经看到了你们的辛勤耕耘精心培养
我去到病房外其他的会诊医疗现场
也看到了一些50岁上下年龄段的医护人员
他们的工作环境和条件有的远不如这里优越、宽敞
穿的白大褂也不如这里小护士的洁白光亮
有的仍然是十几年前我见过的老大夫、
老护士……
他们显得苍老了
他们可能没有什么官职和更高的职称……
但他们依然辛勤地
任劳任怨贡献力量
他们有的可能只是极为平凡的岗位
不太重要的附属部门
但他们同样是不可忽视的
本部门的栋梁
……
他们的精神，我想用孔子家语中的一句话去这样赞美：

芝兰生于深谷，
不以无人而不芳！

这个“可珍贵的年龄段”
遍及各条战线不同的工作岗位有千千万万
我都愿以此奉献上这一真诚的敬意和赞扬

王莲芬
2010年10月16日重阳节写于友谊医院医疗保健中心七区病房

王蓮芬詩文選

散文篇

夜雨中的隔离室

1967年秋夜

我的心情可以有着千样万样的变化，但变到最后都是寒慄、痛楚。

有回忆过去的，现实的，和想到未来的。

当认真地去正视到在这不公正的角落里，这充满着耻辱的、痛彻心骨的巨大忧患……是悲哀；

当无力打开这沉冤的“囚室”，恸诉这尚为少数以整人上纲为快者的倒行逆施……是悲哀；

当不安地、悲愤地，环顾倒在这些“打人英雄们”淫威下的战友们……是悲哀；

当不能坚所爱，憎所憎，识所识，勇猛去冲破人为的灾难……是悲哀！

……

……这悲哀，哀转久绝，肝胆如摧！常涌现的情景是：“彷徨低廻走，击柱长叹息；悽怆对壁呼，一语一酸辛——

想起了，友人曾有过的题赠：“白玉生中国，清辉凝雪脂，蚊蝇嗡秽浊，皎皎虑何思？”于是此际也想伏案写上几段文字一泻胸臆，却适得其反，心情仍然坏得可怕。眼泪像决了堤的长河终止不住……。到了下半夜，又是凌晨两点了，便知已不能入睡，索性让这苦涩的泪水流吧，流吧！浸湿了笔下的纸片，浸透了枕巾，也湿透了睡在枕上的髮髻、我的心！……

不知什么时候，外面下起了雨，雨声淅淅沥沥，时缓时急……老天有情，它降下雨来，陪伴我的眼泪流到黎明。

这长夜秋雨，这秋雨夜长！

长夜秋雨，焉抵我一夕枕泪？！

秋雨夜长，更不抵我心头雨之苦之长……！

忧愁风雨转自哀，抵死歌哭知何似？

倾长江之水，难诉我之怨怒；溶长白山麓之雪，难洗我之仇辱；集天下之忧，无我忧苦之深重；汇天地之雨云，无我泪珠之滂沱。

这风雨再骤，也毕竟一时一夕，而我的心头之雨，却朝朝夕夕，时时刻刻相随心头。

淅沥雨声可不闻，心头之雨却难禁。这忧伤，这悲愤，沉如铅重，痛若鞭挞，慄慄不可言状。尽管如此，我还是喜欢这风，喜欢这雨。这陪伴着心声的淅沥细雨也好，抑或势如山倾地裂的狂风暴雨也好，它毕竟可以洗涤我的忧尘，震激我的胸臆，同我的泪水一起荡涤着这蒙受的耻辱与苦痛的垢迹！

读《论雷峰塔之倒掉》

1969年寒冬

和尚本应该只管自己念经。白蛇自迷许仙，许仙自娶妖怪，和别人有什么相干呢？他偏要放下经卷，横来招是搬非，大约是怀着嫉妒罢——那简直是一定的。

——鲁迅：《论雷峰塔之倒掉》

……突然爆发了的一朵艳丽的火花，烧毁了一切旧的藩篱，冲破了世俗的桎梏，向恶势旧习投以轻蔑和挑战，去寻求人间的崇高的爱；向一切豺狼虎豹以及大大小小的活阎王打手，包括一向荼毒生灵的法海和尚之类的宣战和决死斗争中，去享受战斗的胜利和欢快！

看战士，容光焕发，骄悍明丽，驰骋疆场，越战越猛。与挨打挨整的战友们携手并肩，相视投枪举戈，跃马挥刀，好不威武！

忽喇喇，曾几何时，显赫一时的阎王殿像雷峰塔之倒掉一样，倒在受残害的人的脚下。

塔倒了，法海贼可能会受到正法；仇雪了，白娘子也许会重见天日。“普天下的人们，其欣喜为何如？”

阎王殿倾裂了，法海和尚倒地了，但黑判官（一贯整人的打手！打人英雄、趁火打劫以整人上纲为快者）仍然掌管着生灵的“生死簿”，主掌着生杀大权。穆仁智、黑奴才、巴儿狗……之徒还继续逞狂。阎王、法海贼大有复活之势，荼毒生灵之灾眼看又要来临。回顾战士，却已倒下。是死于敌人的锋刃还是死于“战友和爱人误进的毒酒”？现时尚不大明白，但确是死了，死的是这么悲苦，这么不值得……。可是，在某些阴暗角落里，邪恶与欺压……，依然在煊赫着它的威力，豺狼虎豹依然在张着吃人的血口。看来，将会有多少个可爱的男女被它们吃掉，当然也必然会有多少个勇猛的战士无畏地站起来，而走在最前边的，就应当有这位误进毒酒的人——假设就是由于误进毒酒的这种原因的话。现在不是，将来也或许发生。总之，多预料到一些原因还是有好处的。但不管事情究竟是怎样的，他都应该是一位勇猛的战士，无畏地走到前边，最前边！我就是这样的认为的。

怀念张伯驹先生

王莲芬

著名诗词家、书画家、收藏家张伯驹先生逝世了。

保护和发展祖国的传统文化是张先生一生的宿愿。他曾不惜倾家荡产买下即将流出国外的“平复帖”、“游春图”等稀世瑰宝，这是今日所保存的中国最早的字画。解放后，他把所珍藏的陆机、李白、杜牧、范仲淹、黄庭坚、赵孟頫等晋代、唐宋名人墨宝真迹献给了国家，而每件都是价值连城的无价之宝。张先生把这些捐献给新中国政府，足证老人爱祖国、忠于党的赤诚之心。

解放初始，张先生即曾创办古琴会、京剧基本艺术研究社、中国书法研究社、诗词研究社，目的是使即将失传湮没的祖国文化艺术传统得到继承和发展。直至晚年，对于保护和发展祖国的传统文化，仍然毫不松懈，临终之前对于中国韵文学会的筹备事宜，仍然念念不忘。

早在1957年，张先生就曾和章士钊、叶恭绰两位先生致书周恩来总理，对古典诗歌的创作和研究，提出了看法，希望成立这方面的研究组织，得到了周总理的关注和肯定。正当诗词研究社将告成立之时，“反右”运动开始，遂告中止。事隔二十余年，当年倡导者章、叶二老先后谢世，张先生有感于“四人帮”被粉碎以后，古典诗歌创作及研究，虽然有了复苏和发展，但比起其他门类仍为落后，决心再次约集同志筹组韵文学会，张伯老亲自草拟倡议书，即时得到知名学者、教授们的赞助。

正是由于中国韵文学会筹备工作的机缘，使我得以和这位老人接触。原来他是位清瘦的八旬老人，侃侃而谈，毫无倦容。他讲述了诗歌的发展和诗歌对于中国人民道德、情操的影响作用。谈到十年动乱中文化事业遭受到摧残时，老先生十分激动，他说：“祖国的文学传统不能在我们这一代断流。”我理解老先生这番话里所包涵的感慨和辛酸。在十年动乱中，张老已七十高龄，被分配到吉林山乡“插队落户”。他出于对“四人帮”祸国殃民罪行的极度愤慨，竟不顾个人安危写了痛斥江青、林彪的两首诗，又被打成现行反革命。他在反右运动和十年动乱中，两次被冲击，受迫害，所经历的波折和苦难是可想而知的。但即使这样，也没有使老人灰心，他仍能以这种锲而不舍的精神从事恢复祖国的文化事业工作，不能不使我钦佩和感动。

在多次和老先生的交往接谈中，深感老先生对文学艺术有很深的修养，尤其是对传统文化具有精湛的见解和卓识。而他对祖国、对共产党忠心不渝的表现，也给我留下了极深刻的印象。老先生积极拥护党的十一届三中全会以来的方针政策，对祖国的前程和四化建设的远景，非常乐观，充满了坚定的必胜信心。对党的教导，忠心耿耿，对人民的事业，勇于肩挑，爱国、爱党的热情溢于言表。特别是对台湾回归祖国，完成统一大业问题，始终尽心尽力，念念不忘。他经常说，我虽已年逾八旬，但我多么希望在我的有生之年，争取为加速海峡两岸同胞的团聚多尽些力量和做出我的一点贡献。

记得去年元宵节时，在民革和中山书画社举办的一次集会上，老先生对没有台湾代表深感惋惜，即席填词，表示对台湾回归祖国的渴望。老先生切盼有那么一天能和台湾的学者、同行们，共聚一堂，切磋学问，共同为发扬祖国的文化传统而努力奋斗。恰好当时的盛会上，邀请的有刚从美国回大陆探亲、访问的黄花岗烈士方声洞的胞妹、著名画家方君璧女士，他们同席吟诗作画，同时又由我书写了老先生的这首词，当场赠送了方君璧女士，带去国外。对此，老先生非常欣慰。词是这样写的：

玉镜高悬照大千，今宵始见一年圆，银花火树夜喧阗；
隔海河山同皎洁，阋墙兄弟早团圆，升平歌舞咏群仙。

——调寄浣溪沙

张伯老希望台湾早日回归祖国的愿望一定会实现。我们也要为实现这个愿望而努力工作，这是对张伯驹先生最好的纪念。

（原载1982年4月6日《人民日报》）

回忆与纪念

王莲芬

中华诗词学会成立转眼已十年了。往事萦回，令人倍感欣慰。植根于广大群众中的诗词艺术，随着改革开放的汹涌大潮，十年来得到了空前的繁荣与发展。最近举办的“迎回归”中华诗词大赛，征稿百天，来诗五万，地域远及海外二十一个国家和地区。传统诗词的确已成为当代文艺中十分活跃、深受群众喜爱的一道风景。

抚今追昔，使我格外怀念那些为创建学会作出了巨大贡献的诗界前辈，也使我想起了那一段艰难的路程……

对于诗词我只是一名业余爱好者。由于创建我国第一个古典诗歌研究组织的机缘，使我有幸结识了一代诗翁与词宗张伯驹、夏承焘二位老先生。十一届三中全会以后，为落实知识分子政策，加强知识分子工作，文化部设置党委统战部，由我出任部长。我着手进行的第一次活动，就是组织首部文化名流去承德避暑山庄消夏。当时名家云集，吟诗作画，烟雨楼中，其乐洋洋。我也乘兴写了一首《沁园春》：

北国江南，塞上名园，避暑山庄。看奇峰拱峙，雄深雅健。画堂掩映，金碧辉煌。胜趣天成，水芳岩秀，十里澄湖荷溢香。寻芝径，问文津月冷，烟雨波凉。

林峦玉宇晴光，豁千障，紫霞浮翠岗。最磬锤东立，鹰扬天际；蔚松西偃，蛇走宫墙。背控烽烟，内坚古戍，嘉会名藩朝众王。今来者，又五洲宾客，共道沧桑。

同行的周汝昌先生看到拙作后，奖掖有加，并提了宝贵的意见。返京不久，汝昌先生送来一封由他与张伯老、夏翁老三人联名写给黄镇部长及中宣部副部长贺敬之的信，让我转呈。内容是：在57年张伯驹和章士钊、叶恭绰三位老先生曾致书周总理，希望加强对诗词的创作和研究，建议成立韵文学会。这件事，得到了周总理的关注和肯定。后因反右运动，未能进行。事隔二十余年，章、叶二老已谢世，伯驹先生又重倡此议，决定约集同志之士筹组韵文学会，并亲拟了倡议书。为了弄清情况，以便向领导汇报，我与李晓宁同志去后海走访了张伯老。在一个古香古色的庭院里，我见到了伯老与潘素夫人。当时他正在伏案作书。说名来意之后，他很兴奋。认为诗词是文学中的瑰宝，国家一定要重视，要组织队伍，进行抢救。当我谈到烟雨楼笔会时，他听得津津有味，十分专注。我当场把在承德所填的《沁园春》词挥毫写就，送呈指正。他看了之后，对我凝视很久，那半是惊讶，半是喜悦的目光，令我终生难忘。也许他没有想到一个共产党的女干部也能写点诗，也会写写字吧。但从他一再叮嘱祖国的文学传统不能在我们这一代断流了的嘱托中，我渐渐悟出了这期待的目光的含意。

没想到那么快，第二天他就打发周笃文、冯统一同志来文化部找我。原来，在我告辞之后，他立即把周、冯叫来，出示了我的词作，并说明我走访的来意。张老请他们与夏老等商议，开了一大批诗词界名家学者的名单及有关资料，火速找我联系，并提出如何进行的具体要求。此后，周、冯二人三天两头来文化部找我催办。部里同志一见他们就说“张伯老”又来了（他们成了张伯老的代称）。原则上同意以后，为了落实挂靠单位与开办经费，又经过长达几年的艰苦努力，在贺敬之同志的直接关怀下，中国韵文学会终于在1984年于湖南宣告成立。可是这时张伯驹先生已经作古，夏承焘先生也已重病住院，只能由周汝昌先生作为发起人代表讲话了。

就在这次会上我认识了周一萍同志。他作为贵宾出席了韵文学会成立大会。由于这个原因，86年周一萍同志才邀我参与筹建中华诗词学会。记得出席筹委会的领导同志还有姜椿芳、张报、汪普庆、张璋、江树峰、毕朔望、缪海棱、高野夫、杨柄、李野等。王澍、王禹时、施议对、鞠盛、李白麟等也参加了筹备工作。当时我心想由这些驰骋疆场、戎马半生的老将军与党政文教部门的领导同志来搞诗词学会，能成吗？张璋、施议对同志认为，像这类学术社团，光靠专家学者不一定搞得起来。只有让老同志挑头，才容易成其大事。何况这些老同志中有的诗也写得不错。这些话，当时给我留下了深刻印象。但我知道，他们邀我参与筹备，除了说我热心文化事业，熟人多，有干劲，还能即兴赋诗、当场挥毫之外，主要的目的，是要我办文化部报批的事。对这个使命，我是有苦难言。因为申报社团，难度很大。过去，我受一些老前辈的嘱托，去“联络”，去“奔走”，常常是想方设法，操尽心思。于今，这个难题又摆在我面前，接不接呢？接吧，肯定很难，自己身体又不好，事情又多。不接吧，想到已作古的诗词界老人，看到这些身经百战的老同志如此热爱诗词事业，如此关注它的继承与发展，有的甚至倾囊相助，提供活动经费……我为之感动，决心促成这件事情。经过一段筹备以后，在87年清明节龙潭湖诗会上，周一萍同志代表筹委会向与会的各界人士宣布订于本年端午诗人节召开中华诗词学会成立大会。大家群情激奋，即席赋诗。我也口占七律一首：

湖碧潭清出巨龙，吟坛分韵兴方浓。醉魂慕饮杏花雨，牵梦萦思杨柳风。
草长莺飞春水绿，笔歌墨舞晚霞红。清明喜赋承平世，诗会端阳望眼中。

并向在座的萧劳老师请教。他笑吟吟地说：不错，不错，音律可以交卷了。此情此景，犹历历如在目前。

周一萍宣布了会期，我可“坐蜡”了。因为申报工作尚未完成。话说出去了，怎么办？汪普庆同志几乎天天催问。而主管审批工作的文化部办公厅通知我：国务院体改委刚下通知：社团审批暂时冻结，一律停办。这下可难住我了。左思右想，只好向主管领导陈情，请他们特别照顾一下。趁体改委文件尚未送呈部领导以前把成立诗词学会的事批了。办公厅一查，在我们的报件之前，还有20位，按次序也无法提前。可是当时各地都已动起来，筹备工作也已就绪，距端午节不到一个月了。如不办好批准工作，会议不能开，改动会期，不仅失信于人，而且一旦“冻结”，又不知要等到何年？左思右想，不能拖，一定要争取成功。在压力面前，在危急的情况下，我反而镇静了。我去找办公厅领导，反复宣传，反复请求。说明成立学会对弘扬传统文化的巨大意义；诗词大老与各方面老同志的热切心情；各方面广大群众的强烈呼吁以及海外华侨华裔的殷切关注……等等。经过不断地努力，凭着愚公移山的精神，终于感动了“上帝”。办公厅的领导同志给予了极大的同情和支持，把中华诗词学会的报件提前安排，趁“冻结”通知尚未报送之前，在党组会上获准通过。大会终于如期召开了。在政协礼堂的开幕式上，习仲勋同志代表党中央到会祝贺，并发表了热情洋溢的讲话。这次会议一致推举赵朴初、楚图南、周谷城、叶圣陶、唐圭璋为名誉会长，钱昌照为会长，海内外诗友400余人出席了这次具有历史意义的盛会。看到这蓬勃兴旺的景象，想起这一段的辛勤奔走，喜悦的眼泪夺眶而出，我当天写了一首七绝书赠新加坡诗人梁建才先生：

诗国开疆溯炎黄，屠鲸刺虎擅词场。
江山代有才人出，盛世新声涌汨江。

其中“屠鲸”句经萧劳老师改定，现在重加抄录，以作为对他老人家的纪念和对我会十周年的祝贺吧！

在筹备学会前后，我有幸与许多老前辈接触。他们的人品、诗品都给我很大的教益。尤其使我感激和感动的是周谷城老。他这样一位德高望重、年事已高的国家领导人，却两次审阅了我的《诗书画》集稿本。并且从头到尾一一通读，还写下批语说：“一一看了一遍，不胜敬佩”等的鼓励话语。这位老人的平易近人，提携后辈的可亲可敬的风范，令我终生难忘。与这些前辈的过从，给我最大的教益是，我从他们身上感悟到要做一个真正的诗人，大写的诗人。什么是真正的诗人？即不光是诗要写得好，还要人品、人格、为人的崇高与值得尊敬！他们不仅具有真才实学和锲而不舍的敬业精神，还有高尚的人格，宽广的胸怀，海一样的容量，山一样的正气，与人为善的帮助与团结，提携后进的教诲与扶持。他们淡泊名利，无私奉献，不亢不卑，不俗不媚，甘为人梯，甘于寂寞。这些高风亮节，值得我们永远学习。

以上是我从这些老前辈的身上，感悟到的人格的魅力与真善美的真谛。在纪念中华诗词学会成立十周年之际，在纪念他们的同时，我时刻告诫自己，作诗先学做人！

两次手术纪实

1991年10月我在海军总医院做了两次手术：第一次是在10月11日下午1点半钟，手术室的护士小姐来到了我所在的单人干部病房302房间，带我去门诊大楼手术室去做手术。我一生劳顿，年届花甲，这是第一次住院进手术室，到了手术室门口，亲属被拒门外，让我单独进去，先让我换了一双拖鞋，我的心情开始有点紧张，一抬头看见外科张航法主任，已经在那里等候着我。我用一种感激的目光看着他，心里稍微踏实了点。然后他们让我进到一个绿色的、上面写着‘无菌区’的大通道，这个大通道的两侧有好几间大小手术室，我被领进了东边的一间。这时我夹杂着紧张和新奇的心情审视着周围。里面有两位护士小姐正在忙着准备工作，让我躺上了手术台。这是只有电影中才能看到的那种手术台，仰面就是无影手术灯，我好奇地数了数，共有12盏，四周桌台上布满了大包小包的手术器械，这个时候已是1点40分了，在等协和医院乳腺外科黄汉源主任的到来，我一侧左乳房患乳头溢液，无硬块，只需切除部分乳管，协和医院黄汉源主任作此手术很有经验，故请他来。这时我见到张航法主任已经换上了手术服,使我感到有点像“全身披挂亲临把场”，的亲切感。我几月前曾慕

名来挂过张主任的专家号，未见到，这次住院才认识的，但却一见如故。他给我的印象是，人很干练，谦逊……我不了解他，但几次接触使我对他很敬重。此即，我似乎没有了紧张感，也似乎相信不会有手术的痛苦。信任和信赖使我把手术的注意力，转向去观察这新奇的周围。我见到了一位年龄不小的主管护士，她忙来忙去，一边熟练地操作，一边亲切地和我交谈。看来她想转移我术前的紧张情绪。她说的是一口上海话，声音是那么温和、那么体贴。她让我不要怕，还不断地抚摩我的脚面，同时在上面为我挂上吊针，又把我的右胳膊捆在手术台上，可我没有一丝恐惧。事后我总想：这可能是医护人员，与病人之间理解和信任的默契吧？当一个人躺在手术台上，她已不感到生命的可贵和可惜，好像浑浑噩噩地任凭大夫和手术去处置，一切已经不重要了。墙上的钟表指针指向了1点46分，黄汉源主任来了。这时我的周围又增加了几位年龄大小不同的、身着手术衣的男大夫。我心里明白：手术就要开始了。这次手术，对我施行局麻。因为手术在左侧，所以他们把我的头部歪向右边，虽然我什么也看不见，但手术的全过程我都听到了。先是听到黄主任在讲如何才能让病人在手术的全过程中无疼痛，如何向胸壁深处注射麻药等。我还插了一句："原来麻醉也是有学问的呀？"之后大夫问我痛吗？一经我的回答，手术马上开始了。整个手术过程我全都清楚地听着，而且还谈笑自若，经常答话（事后有些后悔，不应该多讲话，从而也可见我当时的确没有痛感）。先前提到的那位护士小姐，在我身边来回走着，一会抚摩我脚面上的吊针，一会抚摩我的头部。这时我才发现她好像有三、四十岁的样子，在她的大口罩上面有一双大而美丽的眼睛。我不由地脱口而出："你的眼睛真美呀"！她听了好像有点羞涩地走开了。杨主任也风趣地接我的话说："她是我们手术室的美人嘛！"我的手术很顺利，只用了半个多小时。在把我向手术室大门推出的时候，这位女护士拿来手术切除的病灶，是装在一个药瓶子里，我和姐姐都看了，然后送我到电梯口，还把手术时给我戴的帽子，仍然给我戴在头上，怕我受凉。这时我赶忙问了一句："同志，你叫什么名字？"她回答说："杨敏"。

前后不到一个小时，我就回到了302病房，其间我一直都是清醒的、坦然的。手术后不到两小时，我开始感到刀口疼痛，接着我度过了几天几夜的苦熬。尽管疼痛不适，但我总是有一种乐观的力量在支撑着。因为我深信病是良性的，又高兴手术进行得这样顺利，大家对我是如此地关心和爱护，精神很好。期待着能早日出院，而且在病床上就筹划着已经开始的工作，还约了同志和朋友来研究规划一件有雷洁琼大姐参加的即将筹建的华夏妇女文化促进会的工作，好像出院后就要"大展宏图"了。而且在我入院时，带来的一堆"交接"的工作文件，也都赶写完毕。可是在首次手术后的第七天（10月17日），一个"不幸"的现实降临了，主治大夫杨兴东突然来到我的病床前，告诉我病理化验有点增生变化不排除恶性发展，为防万一，考虑二次手术。他说："因为您很达观，我才想跟您商量，您老才这个年纪，还能做很多事情呢……"当时尽管我表面很镇静，但对我确如晴天霹雳，这个消息应该说是意料以外的也是意料之中的。内心在痛苦地想：我原来最怕的一件事情终于发生了。当我把这一事实告诉我姐姐时，我才知道，她在头一天已提前得知了，已经痛苦了一天一夜。这时我远在国外的儿子也打来了电话，不同意作第二次手术，亲友当中也有两种意见。记得六月份，我曾请教过北京医院吴蔚然院长。过去久闻他的大名，一见面感到他对人是那么平易近人，他在一次看到我的几副作品时特别称赞鼓励。在研究我的治疗方案时，吴老非常认真和关心，特意给我的合同医院——友谊医院王宇主任亲笔写了一封信，**信中说："前曾提及文化部知名女文人（诗书画均特佳）患乳头溢液（并可摸到索条）。曾在您院杜主任看过，考虑做"预防性"乳腺切除，但王莲芬同志，对去除乳腺感到'可惜'。请您高诊（或与杜主任商量），究竟如何处理为佳。王莲芬同志是您院的保健对象。吴蔚然　一九九一年六月十六日。"**几天后，王宇主任通知我住院，因为当时处理海峡两岸文化交流的对台工作正是非常繁忙之际，工作离不开，王宇同志不久又去莫斯科出访去了。如果那时我能住上院，只是一个小手术，时隔数月，的确是耽搁了。现在看来，一是手术动晚了，二是近几个月来我的工作过于紧张劳累，以及人事上一些复杂原因，如中医说的"气郁致疾"，促使了病情的发展。大夫敦促作第二次手术切除，我和大家的思想上总认为是发生了"恶变"，此际我是有所后悔，也很难过。经过几天的考虑研究。听了大夫和组织的意见，我最后还是做出了同意进行二次手术的决定。手术前一天（10月30日）晚10时，我给文化部贺敬之部长的信上说了两点："一是，一定与大夫很好配合，服从治疗；二是，我之所以同意作第二次手术是为了我的坚定的信仰，我还要为共产主义事业更好作奉献。我正在着手筹划一件工作上的'大事'。请组织相信。"

第二次手术是10月31日上午8点进行的。这次手术与第一次手术大为不同。头几天就对我进行了各种检查。手术当天不吃早饭，房门口推进了一张手推病床，手术室护士亲自来接我去手术室，临行前病房护士给我注射了一针镇静剂。在亲人的护送下，经过电梯及几个弯弯曲曲的通道，我二次被送进了手术室。这仍是那个"无菌区"通道中的另一间手术室。我已经有了第一次手术经验了，我毫不紧张，坦然地躺上了手术台。两位不熟识的年轻护士作着一切准备工作。这一次是全麻，手术头一天，手术室一位女麻醉师主治大夫叫张学文的曾到过我的床边，询问过我的病情。手术醒过来后，她又来到我的床边，问手术的反应。张大夫可能已近40岁了，看来很瘦弱。但仪态端庄、举止稳重、形象很像个"观世音"。在我躺在手术台全麻前，我先是看到张航法主任，主治医杨大夫，他们作好了各种准备，站在我的左侧，麻醉师张大夫站在我的右侧。该院仍请协和医院的黄汉源主任作第二次手术。我只听黄主任换好衣服进来在我的左胸部画弧线，并说："今天不会让你疼的。"然后我就什么也不知道了。等我醒来时，已经是当天下午，我躺在病床上，旁边吊着输液瓶。烦躁和呕吐伴随着巨痛，这时我才从麻醉中醒过来，胸部绑着又紧又厚的绷带，接着在亲人们的日夜轮流精心护理下，又度过了难熬的几个昼夜，但我始终拒绝服用解痛药及高级止痛针。我这人是闲不住的，每日只好静卧在病床上，将这两次手术的一些印象和过程"过电影"。我脑里经常浮现出，我所经历的两次手术中，给我印象很深的杨敏、张学文这两位"女神"——我愿奉献给她们这个名字："手术室的两位"女神"。我想称她们为女神，并不为过。因为她们在我的眼里，形神都是那么美、那么亲切。我感受的这种美和亲切是一种神圣的化身。用老百姓的习惯用语可能是什么'女观音'，用我的亲身感受则是从她们身上亲身体验到了做为一个平凡的医务人员所具备的救死扶伤的使命和天职。由于她们所处的手术室的"特殊"工作岗位，她们是把温暖和爱给予正在手术台上、生死线上求生的人们……

还有，因为她们是妇女，是我们妇女的骄傲。我充满着对她们的尊敬和诚挚的爱，赠给她们两首小诗：

（一）

你的美目，洞悉心理的紧张，
你的温语，消除精神的恐慌。
你，用你的理解，
迸发生命的火花，
让我安然进入“求生”的梦乡。
当我平安离开手术室，
至今，
仍然记着你那美丽的目光。

——赠海军总医院“手术室美人”杨敏女士

（二）

恍若云端一尊观音，
手拂柳枝甘露，
点点滴滴洒向心田。
您肃静地
让在沉睡和无痛中，
闯过生命的难关；
您无声地，
让在清醒和愈合中，
去品尝拼博的苦甜。

——所见海军总医院手术室麻醉 主治师张学文女士形象

一九九一年十一月五日—六日口述
于海军总医院干部病房302室
甥女孟红英记录

附：不是多余的话

十五年过去了，关于当年手术，我还有话要说。我的脑力思路一向很好，能在手术后六天的病床上写出一个在手术台的生死线上的求生者的感受和对医务人员的崇敬与感怀。如今，我仍然活着——我本来得的就不是会死亡的病。当时手术后，曾向大夫询问为何不给做化疗？答复是：“将切片送协和医院化验未见癌变，是增生，为了“放心”作了“预防切除”。记得在手术前，家人对此手术拿不定主意，曾去找北京医院吴蔚然院长，请教可否做此手术，不巧吴院长去了外地，吴院长返京后，闻说此事，生气地说：“难道为了‘放心’大家都要去作切除吗？”事已至此，只能是“命该如此了”。但由此我尝试了人生之中又一种不幸的体验——我的健康、体形及原有的美……都发生了不愿接受的变化，面对这种现实，热爱与追求生命美好的妇女，要付出更大的承受力与坚强，这且不去说它。我只想将我的亲身体验，向医学界的学者朋友们进一言，希望医学进步，不断求索，还要关注尊重世间的美。众所周知，凡手术都须持以慎重，而对于妇女乳腺病变的切除，则更应慎之又慎。上苍赐给女性的这一特有的完整的躯体，不仅是她的美丽，也赋予一种伟大女性母爱的神圣象征。女性固有的完美形体与心灵心理的圣洁与美好，最好不要轻易去损害与毁坏。须引起加倍爱护，严格保护。当然真正的病变，挽救生命，果断切除这是例外。我不懂医学，讲不出什么道理，只是出于要求保护生活中的美好、幸福，发出对爱护完美生命的呼唤……

王莲芬

2006年3月8日

关于抒发胸怀的诗作

1993年

我特意请朋友刻制了一块闲章："我写我心"。我是用我的心去写，去画的。

人生的经历是复杂的，虽各有不同，总会是有顺境也有逆境。尤其我们这一代人所处过的战争年代和随着政治经历的各种主客观环境的影响，对人生的磨难、体验更多一些。所以我的诗词多出于此。

所谓我是怎样"创作"的？我从来就没想过要搞什么创作，而我原本就不是专门搞写作的什么家。那么"作品"是怎么出来的？好像是"偶然"流出来的。这种"偶然"是当我面对了一项事物（不管是欢喜的还是悲伤的），那种突发的情思，激发的感情，这颗心有时是千百块碎片般撕裂地痛！一片片，一滴滴地穿透！

心在流血，心在流泪！——从而得出我的诗，才使我得到解脱，才尝试了喷发出的这心底的甘与苦，欢与悲，所带来的痛快淋漓与欢畅，仿佛参加了一场战斗，我胜利了！从而也感受到我是幸福的，是快乐的！

报刊上多次评论我于1987年所作的**《七律·咏荷》："天然去饰溢清芬，醉艳明妆映碧浔。冷露沁香诗入梦，素波留影月无心。但存残盖听风雨，不竞铅华斗浅深。解珮赠珠人可在？霓裳一舞夜沉沉"**。这首诗有诗有画，又有故事情节。

前四句，着重写她的美。写莲的姿态，莲的神韵，莲的格调。

莲，"清水出芙蓉，天然去雕饰。"亭亭玉立于水中，冰壶凝露，鲜蕊涌翠，光彩照人，极尽清丽之美；

淡粉醉颜，美目流盼，神采飘逸，明艳华清；

香远益清，冰肌玉骨，出尘不染，如此典雅高洁……

接着用对仗，铺开画面，写出"从肝肺流出"的痛彻之句："诗入梦"、"月无心"，听命自然的心志和朴实自尊的风骨（评家语）及"不竞铅华斗浅深"的倔强不低眉的品格。尾句以问句"知音何在？"引出她梦中故事，缠绵的情思，无尽的惆怅。

我的诗画中以"莲"字喻物、写意的具多，有人以为与我的名字有关，其实无关。我这名字是按我家乡那个时代的传统习俗，同辈的女孩中最长者名"莲英"乃依次取馨、芳等字排下去，排到我便是"芬"字。"莲""芬"单字都很雅，连接到一起，则看来俗气，亦脂粉气，我不太喜欢。这首诗是我怀有对"莲"的君子品格的崇敬和自身的生活体验，恬淡而平静地用细腻炽热的爱极写她的“美”，诉说她的心境。

对写于1969年秋隔离室的《秋夜心雨》是在当时特定的历史环境中，将我心中的极度幽怨苦痛，近乎呐喊地倾诉我的问天呼地的悲愤和心忧。

这两首诗，得到了许多名家的鼓励。但他们那些细微的评价和理论，都不是我当时所能领悟的。

例如对《秋夜心雨》这首诗，周旻教授这样说：“仿佛读杜子美沉郁顿挫的吟咏，又兼具蔡文姬《悲愤诗》的倾诉，更隐约窥见屈原行吟江畔的身影。”“痛切心骨的巨大深广忧患，道出了时代的不幸和人民的呼声。至今读来依然深受感染。”

1992年7月9日，《人民日报》刊登周笃文、王成钢对此的评语：“在那特定的历史年头，作为一个刚强的女性，蒙冤受屈而哭诉无门，于是，便‘诗言志’倾泻心中积郁的悲愤。这首古风凡四章，二十三韵。其中，‘雨’字二十二见，不仅绝无做作重复之嫌，反而极致哀怨缠绵……”此评语中对有关技巧结构运用的效果也非我写作时所深谙而有意构思的，当时只是“江河一泻万雷奔”直流而下，一口气写了下去……是从此评语中也才领悟到“技巧”的重要。

我许多无意识的作品，反而从这些大家的评语中得到了更多养分。

写于1990年的《蝶恋花·咏梦》借录林从龙的评语：“一往情深，堪与义山‘梦为远别啼难唤’比美。尾句写梦醒之后情怀，令人不忍卒读。词题下原注为：梦境是美的，但醒来却早已生死殊途。殆人人心中所有笔下所无之境界乎！”

另如1990年所作《浪淘沙·梦好梦空都是梦》、《西江月·秋荷》及《读凡章孔老诗有感二首》，如“惆怅平生多作嫁，慨慷一世少相思。潇潇夜雨长安道，忧梦疆场百战馀。”七律《奉和沈毓珂同志》“太息世间多憾事，老来偏作断肠人”、《丙寅岁暮感怀》、《岁暮偶成》、《思怀》、《悼娥妹》、《读朱淑真诗词集》、《题朱淑真》、《题李清照》以及《雨霖铃》等皆是我心底的呼唤和泪水抒发的个人的胸怀与情思……

1965年的词《鹧鸪天·谒上饶茅家岭烈士陵园》，不是写个人，也是泣血恸语：“九千将士冤魂绕，一叶丹心义魄飘。”“哀往烈，愤难消，江南从此雨潇潇。”“茅家岭上悲忠骨，汀泗桥头祭战袍”等等，以及《酹江月》、《诉衷情》，缅怀周总理、敬悼朱德委员长、谒西柏坡诸作，也都是我的泪水泣作。

偶感与随笔
——关于“小草”

1993年

说到小草，我常常觉得我是一棵小草。而这棵小草尚不是一般正常生长的小草，是从石崖缝中生出的一棵小草，她于曲折、压抑中伸长、生存……

虽然有人说，这样的小草更具有倔强的生命力，开出更鲜丽的花朵，锤炼出更富于真善美的品格，在风雨吹打中摧不折，在曝日坚冰下犹能萌发……

但别人哪里知道，这棵石岩缝中延伸出来的小草深感生长之艰，攀登之苦。……恳望得到帮助，寻求指教、吸收养分，犹如对阳光、雨露之渴望。

历代有些潜心治学，甘受寂寞，不逐名利，不善人事者，也犹如这石缝中的小草，不易为人们所见，所重视。因为石缝中延伸出来的小草，只能在深山祟岭，荒郊僻野，登不得显赫殿堂，摆不上亭台楼阁……不为所识，埋没终生。

有时也许会被爬山者，登岭者，好事者真正“视为草介”践踏之，而使其无辜夭折……我深知之。

关于我写雪莲的诗作

我写母爱情怀的诗，是我写作中最快乐的篇章，散见于多处作品。《卜算子·雪莲》六首，是基于母爱情怀之一。说起这六首词的写作、构思过程，可记录当时的心志：

我自1963年10月写到1984年，前后21年三咏雪莲。这不是有意筑造了这个过程，完全是随着每一时期心境的不同变化和对生活的认识逐渐形成的。

1963年秋，先是从比较狭窄的境界写雪莲**“生本傲冰霜，开落何须护。寂寞天涯独不移，风雨双眉妩。**

无意恨凄凉，好景由虚度。恁是韶光去不留，灿灿姿如故。”说她的甘于寂寞，不寻保护，不怕凄凉、孤独，风雨袭来更加璀灿媚妩。

十二年以后（1975年），我写诗的心境大为开拓了。

“岁岁伴高寒，终日听呼啸，雪窖冰天总自如，含笑迎风暴。

风暴报军情，我站西天哨，世纪风云尽饱谙，一览寰球小！”虽然年年“伴高寒”“终日听呼啸”，但却处之泰然，每日每时“含笑迎风暴”。因为“我站西天哨”是唯一能够骄傲地站在西天，雄视天下的。是负有坚守国门的伟大边防战士。

“皑皑雪山娇，灿灿花枝俏。笑倚冰崖瞰宇中，风景这边好！

艳吐彩云间，香溢国门峭。无限情思寄远疆，誓守边关道。”这里是如此之壮美，如此之广袤……引发了无限情思和更炽热的爱……

“世纪风云尽饱谙，一览寰球小。”站的高，看的远，俯仰天下事。在这大半天际中，阅尽宇宙间、尘世间的风云变幻，电闪雷鸣……世上万事万物，大大小小，真真假假，善善恶恶，好好坏坏……尽收眼底，看到的太多了……已经拓大的眼界，宽广的胸襟，觉得连脚下踩的寰球都很小很小了……

时过九年，1984年又三咏雪莲：

“风可洁衣裳，雨可除汙淖，露缀珠冠霜润肤，风雨原无恼”。风有什么可怕，雨有什么可恼？霜露又有什么讨厌？这些都可以为我所用。

“天外倚昆仑，日月晶莹照，但得澄清万里埃，一片冰心抱”。

“昆仑山供我倚坐，日月星辰与我拥抱”，这是多么崇高、净洁，难以身临其境的天外天哪！我的心在与日月相互辉映着，澄清这尘世万里……。**“万古出昆仑，开**

在云峰处。生息长江滴水源，滴滴皆母乳。愿效慈母心，无私含辛苦。万里西风瘦不支，偏对西风舞”。

我出生于昆仑云来云往的亘古之峰，生息于黄河、长江的发源地。这一滴滴的水珠像母亲的乳水直接喂养着我啊，我愿仿效慈母的心，无私地含辛茹苦，以我这瘦小的肢体，在这狂暴地西风里搏斗。

于是我要崇敬地赞美雪莲：**“汝惠尽琼瑶，汝取皆辛扰。山的胸怀雪的魂，压頂摧不倒。根植大河源，目极长城道。身在峰巅始见高，我是一株草！”**

如鲁迅讲的：吃的是草，挤出的是奶……

她给予的是“万里西风瘦不支，偏对西风舞”，以这瘦小的身体，守卫在西天国门防哨，每日听的是风雨呼啸，住的是冰天雪窖，吃的是严霜冰雹！……尽是人间的苦辛烦扰！因为她有山的胸怀，雪的魂魄。这是永恒的，不能泯灭的。她生根在中华民族、炎黄子孙赖以生存的长江、黄河源头，生长在万里长城的鰲头。她是圣洁的，高大的，坚强的，但雪莲自谦地说，我是生长在这样的高巅之上才显得我的高、我的大，其实，我本身只是一棵小草而已。

……

这组词，**我快乐地赠给了我尊敬的、我们可爱的边防战士们！**

1993年10月

我的艺术实践之我见

我长期在中央国家机关工作，深深爱戴毛主席、朱德委员长、董老、叶帅、陈毅等老一代革命家崇高的革命精神和品德。我开始学写诗词时，便是酷爱前辈革命家的伟大胸襟和他们艺如其人的诗词、书法，便学着用诗词、书画来陶冶情操。我的诗来自于我的生活，抒发的是我的真实思想和感情。打开我的诗集，按时间看下去，就可以发现，它们是我的生活纪实。由起初的自娱自励，到反映现实生活，抒发爱国热忱，视野逐渐开阔。歌颂祖国的山川人物和伟大时代，以及生活的片段，社会交际，访古览胜等等都可以从诗篇墨迹间感应到我的思想脉搏，寻觅到我在艺术道路上不断求索的真实足迹。所以我的诗，是一篇篇生活纪实，工作纪实，思想和感情纪实。

早在1964年我下乡“四清”和劳动锻炼的两年中，就曾尝试用群众通俗口语填词，我试着写了“江西女民兵”《水调歌头》最后一句是“换取新世界，（取国际歌“砸碎旧世界”之意。），也有女农娃。”同调“夏收双抢”，“……连叫北京同志，把咱话儿捎上：家富国须强。回头唤娃子，快去送馀粮。”《望海潮》亲人（解放军）来到俺家：“……明霞烟雨村洼，看桑麻绿遍，红枣苦瓜。金谷屯仓，猪肥牛壮，渔舟满载鱼虾。老伯乐哈哈：是咱毛主席，派的好娃。争给亲人佩上，一朵大红花”（这都是严格按格律平仄写成的）。把古典传统诗词格律，古为今用，推陈出新，是我们今天继承和发展的历史使命。这种写法是否符合规矩，对我这功力不足、半路出家者，尚待继续“实践”。

我常常想，为什么写古典诗词非要咏花写月，非要“引经据典”，“高雅的”深涩难懂，打不破旧框框？就像书法展，为什么一进展厅，书写的内容除了李白就是杜甫，多是前人的……（当然我不排除古人，而我对李白、杜甫是崇敬的，对他们的诗是热爱的。）我是说可以去抄写古人，而更应展现我们现在的时代。我用书法去写自己的古典诗词作品，也写自己作的新诗，如《儿女的呼喊》等。我还用中国的书法去写外国名人的诗句和格言，如我写过：歌德的“如果你是玫瑰，它总是要开花的”、海涅的“如果严冬掠去了你的一切，新春会还给你的”、雨果的“女人固是脆弱，但母亲是坚强的”及“人生是花，而爱便是花的蜜”等。我认为书法、诗词要写古人，更重要的是反映时代精神，而写古人是为了弘扬传统文化。

所以我的诗，我的画，用我的书法作品去展现给人们时，就别开生面，收到预想不到的效果。1992年11月在深圳举办我个人的诗书画展览，大家感到有新意，认为我的这些“作品”展示了美。如罗丹的名言“美”，就是性格的表现；“有性格的作品，才算是美的。”观众留言说：“看了这个诗书画展，受到了一次‘美的享受和启迪！’”观众对作者诗词所抒发之心际境界的高度，不仅喜爱，而且还发出内心的共鸣。如“咏荷”诗：**“但存残盖听风雨，不竞铅华斗浅深。”“借问芳心何太苦，为留君子遍环垠。”“水仙只吃一杯清水，但给予人们的是满室清香。”“一颗金子心，一身碧玉装，生来为奉献，清水吐清香。”**以及放歌祖国山川、人物、历史纪实、名胜古迹，《周总理的丰碑》、《儿女的呼喊》、《秋瑾》、《卜算子·雪莲》等所表现的炽烈、深沉感情和豪迈，感染了无数观众的情绪。深圳市王众孚市长参观后即题辞云：**“诗书传真谛，品格堪楷模。”**

1990年1月4日我曾给启功先生写信谈了上述观点并呼吁：我国古代的班昭、蔡琰、李清照……给我中华民族的传统文化史上增添了绚丽的光彩，她们的光辉篇章是中华民族，中国妇女的骄傲。你们是学术界的长者，精通和研究中华民族文化的学者专家，我多么希望你们能肩负这方面的历史使命——把我们妇女自己的文化成果——今日妇女的诗篇——她们所热爱和在继承发展传统文化艺术方面作的努力，哪怕是极微小的成果，也应给予帮助、指点，积极扶植介绍给国人，宣传给社会，展示给世界。

我国现代著名女诗人、女英译家柏丽（刘柏丽）在她所著《红妆自有诗中我》一文中曾这样呼吁过：“中国女诗人中的佼佼者还大有人在。问题是世界是否能看见？看见了，又能否将她们发现、交流，首先依赖翻译，现在国内外还只有唐诗宋词的翻译，外国人译总比中国本土译者对文化背景的熟知要逊色些，谁来关心当代中国诗词的翻译和出版呢？中国女子诗词怎样才能走向世界呢？”

“希望我们能加强各国文化的深层交流，多多发掘美，为新的世纪文化发扬而尽我们最大努力。”

我国素称诗国，不但有源远流长的诗史长河，而且人才辈出。单论女子诗词，以往的不说，现在我看到一本民间女子诗集，有众多中青年及老龄女诗人，还有年幼的16岁少女。众星灿烂，其中不少是“佼佼者”。

有资料说日本国内有百分之六十的妇女为书道会员，一千多万格律诗的爱好者，三百多万人能吟唐诗……我国做为书法的故乡、诗词的大国，对自己传统文化诗词艺术爱好者的培养、提高关心得如何？对女子诗词的扶植成才有哪些具体的关注和重视？谁来或如何“多多发掘美”认真发现她们啊？社会更应认识她们，宣传她们，充分展现她们的才华和成果，使之走向社会。借用柏丽女士的呼吁：“世界是否能看见？中国女子诗词怎样走向世界？”

以上不仅仅是女子的问题，我们的整个民族怎样使我们的文化传承呢？

我在1989年“三八”妇女节写道：

千年礼教锁闺门，女子无才世所尊。
每以清吟诬善感，讵知哀怨出宣言。
牢笼欲毁徒捐血，习俗难违更费论。
平等今朝真解放，江河一泻万雷奔。

今天是中国现代妇女“同声一唱万雷奔”的时代。当年秋瑾“忧国忧民成义烈，秋风秋雨剩悲凉。”而如今则是“回天有力多巾帼”。今日回天有力，有许多巾帼英雄，“万里长征颂邓康”如我们的革命前辈妇女领袖邓颖超、康克清大姐等。我们新中国的妇女在经济、政治、文化等诸多领域都将通过自己的努力，与男人比肩，做出前无古人的贡献！

启功先生当年2月8日回了信（详见附件）

附：一九九零年二月八日启功先生给王莲芬同志的信

莲芬同志：大札捧读，不胜惭悚！拙作哪能配称诗，谬蒙奖誉，何敢当也！然所论对诗作的要求，确实无讹，只是施于拙作为不恰耳！

尊作极饶淋漓痛快之胜，实与禀赋相关，无论诗、书、画具有同调，读之使人心胸豁然。今人似有一共同现象，都想打破框框，自然无可非议，且是应该走的方向惟不知何故，每先从放弃传统起步。按传统如属于方法、风格方面者，入手即放弃，固无可议，但将文字或物形之基本条件亦归入艺术传统中，如写“人”字，读者具认识“人”字，而不致认识为“犬”字；画花，人都看出是花，而不致看成是烧饼。此不使人误会处，即其基本条件，如先打破此部分，则成了泼洗澡水连洗澡的小孩一齐泼了的比喻一样，甚至先扔小孩，却留洗澡水，岂不可惜。大作打破框框之处，不客气说，当然有手不应心处（此任何艺术家创作中无一例外者），而无丝毫有意扔小孩处，能不令人佩服！

谈到妇女作诗词问题等，俱出自肺腑，亦为诚者相商者，敢不勉掬一得之愚，以供采则。而求垂印可。窃谓居今日妇女在政治、艺术上已无任何仍被歧视处，社会上可能还有隐含或变相的歧视，可不管它。所欲贡其愚见者，首在自己站起自己。您说了许多，在文学艺术上自己心中仍不免存有“妇女”二字，如想我是一样的文艺家，你们、他们、男子、女子、君子、小人、人子、鬼子所能写的，我怎么就不能写。所写出的，我能懂，你们、他们……也必能懂。凡读者不懂的，不是作者的成功、骄傲，而是作者自己也不懂得的。老虎唬人，人都能把它放在动物园的栅栏里。人假装老虎，即使真披上虎皮，也没有任何人看了象怕真老虎那样怕他，又有什么了不起！

鄙人觉得艺术创作，不难在怎样创作，而难在创作什么和有什么可创作的。不知是不是，拙作（上次的错字多，现在改了，重印）《启功韵语》最近书到了，呈教，请勿吝斧削！大作何时展出，甚盼赐告！即致敬礼！

莲芬同志：

大札捧读，不胜惭悚！拙作哪配称诗，谬蒙奖誉，何敢当也！然所论对诗作的要求，确实无讹，只是施于拙作为不恰耳！

尊作极饶淋漓痛快之胜，实无[illegible]相赞，无论诗、书、画，俱有同调，读之使人心胸豁然，令人似有一些同现象，都想打破框框。自然无可非议，且是应该走的方向。惟不知何故，在先从放弃传统起步。按传统如属于方法、风格方面者，入手即放弃，固无可议。但将文字（或书形）（笔划）基本条件（亦归入传统中）也如写了人字，读者俱认识为人字，而不致认识为犬字；画花，人都看出是花，而不致看成烧饼。此不使人误会处，即其基本条件，如先打破此部分，则成了泼洗澡水连洗澡的小孩一齐泼了的比喻一样，甚至先扔小孩，却留洗澡水，实太可惜。大作打破框框处，不客气说，本然有手不应心处（此任何艺术家创作中无一例外者），而无丝毫有意扔小孩处，能不令人佩服！

谈到妇女作诗内题等等，俱出自肺腑，亦为诚意相商者，故不忽拘一得之愚，以供采择，而或求即可：窃谓在今日妇女（在政治、艺术上）已无任何仍被歧视处，社会上可能还有隐含或变象的歧视，可不管它。所该反思者，首在自己站起自己。便说了许多，（在文学艺术上）自己心中仍不免存有「妇女」二字。如想我是一样的文艺家，你们他们男子、女子、君子、小子、丈人所能写的，我怎么就不能写。所写出的，我能懂，你们他们……也必能懂。凡读者不懂的，不是作者的成功、骄傲，而是作者自己也不懂得的。老实说人，人都能把它（放）在动物园的栅栏里，人（们）装老虎，即使真披上虎皮，也没有任何人看了像个真老虎那样怕他，又有什么了不起！前人觉得艺术创作，不论在怎样创作，而论在创作什么和有什么可创作的。不知是否是？拙作（上次的楷字多，现在改了，变了）《启功韵语》最近要到了，呈教，请勿吝斧削！大作何时展出，甚盼预告！即致

（选展或选可，最好自己选，「得失寸心知」，别人所选必然隔靴搔痒，不如自选！）

敬礼！

启功上言 二月八日

启功先生惠函手迹

散文篇

感事随笔

1993年

水仙只吃一杯清水，但给予人们的是满室清香。

为留君子遍寰垠，岁岁芳心苦不歇。莲子是甜的，莲心却是苦的，为什么苦？为“留君子遍寰垠”让世界上多有好人。

莲，人们多知其“出淤泥而不染”还应知其为培育后代——莲子，红芳脱尽，留子莲蓬，长埋心底苦的牺牲精神及其对执着追求的事业，明知其苦，年年不改其志，苦不停歇地坚毅韧性。

长年搏斗在风雪天山上，俯仰天下的雪莲，自谦地说：“不是我本身高，是因为身在高山，始显出我的高，我只是一棵小草”。

雪莲——我是一棵小草　2000年

I am a small blade of grass on the top of a high mountain

幽兰生于山谷和薄丛之中，花形虽小，其香竟谷，被誉为乾坤清气。她身处深山，“不以无人而不芳”的献身精神、“慎独”品性，受到人们的爱重。

清香远逸　1985年

Delicate fragrances of the orchid travels far

兰，“不以雪霜凌厉而见杀，来岁不改其性”高洁情操，是为君子；世人多谓兰为王者香，亦当知其美；其挺劲而婀娜，多姿而脱俗，花素而气清，叶繁而不紊，香浓而不艳，劲健又刚曲。葩萼飘逸，俯仰自如，是她的美与寄托对美好事物的向往……是为知己。

女人常常是被视为弱者的象征，但母亲却永远是强者！

痛苦固然是不幸，但从痛苦中认识了人生的真谛，换来了生活的勇气和力量，才会意味到真正的快乐和幸福!

什么是幸福？每人各有不同的幸福观。只有对整个人类的幸福做出贡献，才是我的幸福。因此我什么痛苦都能抵挡。因为我有追求幸福的动力。

只有对生活怀有炽热的爱，在所致力的事业与爱好中，才能迸发出智慧的火花。

苦难，是人生的一笔重要财富。

要想征服困难，首先战胜自己。

拼搏才能享受到人生的乐趣。

具有崇高的理想和追求，生活才会感到充实，在人生的道路上，遇到坎坷和困难才能有克服的勇气。

人生就是拼搏。如逆水行舟，不进则退，不拼搏就会被生活的浪花淹没。

我最大的快乐，是不断地拼搏与追求。我的诗句“愿从晚岁开新境，再搏何须惜此身”；最美好的享受是反复审视我创作的自己认为是满意的作品；最憎恶的是伪善，我的座右铭是“嫉恶如仇”！

要不停地使自己的作品有创新和提高，生命才会有意义。这必须不断地超越自己，许多次地打倒自己。

与世不争，默默无闻地生活与工作，才活得轻松……有人说“名利尽管诱人，它可能成为个人发展的一定动力，但最终会成为自己的才智向最高阶段发展的羁绊”。愿去提示自己。

我很欣赏这句话：“山是静默的，但它是永恒的，水是无声的，但它是长流的，一切默默无闻的创业者，才是人中之豪杰。”

美到处都在，只是缺少会发现美的眼睛；人才到处都有，只是不易碰到识人的伯乐；伯乐虽有，只是难以获得机遇与人际关系的通畅……

“人以才名重，泉同诗酒清”官以追逐、媚上为能者，虽可身腾凌云，心却日下矣！

不同桃李百花闹繁花，“但伴岁寒三友德不孤”。

“善良要与坚强结合，善良的好心和愿望不一定会使你得到顺利的实施，往往会遇到“恶”报偿，在“恶”的摧残下，“善”受到严重的创伤，常常要付出与“恶”作抗争的艰辛与承受磨难，因此，要做一个善者，必须同时又是一个强者”！这是一位沪剧演员说过的话，我很赞赏这一同样的体验与感受。愿去提示人们。

不管你是在逆境或顺境，是在快乐和烦恼的时候……都要冷静地观察别人和对待自己；增强你的判断能力，必须警告你的热情。

面对严峻的人生，要学会保护自己的本能，不要轻易相信人，包括你认为亲近你的人。

世上有些高尚的东西，到后来成为某种情况下的“替罪羊”。

世上有些高尚的东西，往往毁于卑劣者之手。

历史上一些伟大的人物——一个致力于崇高目标，担负和完成人类历史的崇高责任的伟大而崇高的人，在后来也许是后几代，终究被罪恶的背叛者毁掉，这是历史的悲剧。

有些具有高尚心地、忠诚老实，无私无畏，不顾个人利害，甘冒风险、义无反顾为真理而奋斗的人，有时往往做了“伪善者”和权势斗争中的替罪羊、牺牲品。

“成也萧何，败也萧何”，已不仅仅是过去的历史，而是现实生活中的特别需要和某种事物发展的必然结局。

我的母亲

——献给国际母亲节征文《母恩难忘》之一

我的母亲张素云，1904年农历正月十二日出生于山东莱州市朱桥镇鞠埃张家村的一个农民家庭。家境贫寒，外祖父是木匠，只靠几亩薄田度日。外祖父母有两个儿子，只有母亲一个女儿。母亲在十岁前后就要承担家中几个下农田的男人的针线活，纳鞋底，做衣裳，整日坐在炕头上缝缝补补。不久她二哥的妻子病故，撇下两个侄儿，也都是由她照看。母亲生得非常美丽，两只杏核般的大眼睛，人们形容如两湾秋水，尤其是具有沿海地区胶东姑娘鲜丽、白皙的皮肤和硕长、苗条的健康身体，又有一双灵巧的手。她聪慧、能干，乡间求亲者拥门。我母亲21岁与我父亲王誉之结婚。山东地区土地少，生活贫困，许多人闯关东谋生、创业，我的祖父便是其中之一。祖父王彬卿在东北经商挣了一份家业，为补偿他这一代有心上进无力求学的遗憾，便让儿子进城读书，学成回乡后帮他在我乡兴办了男女两所学校，让家乡的穷孩子都能上学读书。我父亲出任这两所学校的校长兼教员。自学校创建，成绩斐然，引起各界重视。当时的省教育厅长何思源特赠匾“乐育英才”，于右任也书联“江湖见天大，丝竹感人深”为贺。这是母亲嫁到王家几年后的事了。她刚嫁到王家时，祖父老一辈的弟兄三人尚未分家。父亲这一辈堂兄弟八人，堂姊妹六人，一大家几十口人，我父亲是祖父的次子，大排行是老七，母亲在八个妯娌中是娘家最穷的，陪嫁又少，加以日后又连生了两个女儿，没有儿子，与其它妯娌相比，在这个大家庭中的地位、处境和待遇便可想而知了。

乡间的酷暑是最忙、最炎热、流汗受累的季节。她的妯娌可以扔下婆家的活回娘家小住或者跟自己的男人去城里，我母亲则不能。正如乡亲议论的：别的媳妇是以“有个好娘家做媳妇”，我母亲是用她铁人般的体魄和劳动做媳妇。母亲以她的刚强、智慧才干和惊人的承受力，以及她那坚强的毅力和吃苦耐劳的善良美德，赢得了家人和乡亲们的尊重，改变了她在家庭中的地位。我父亲兄弟三人，两个妹妹。母亲结婚时，小叔子才八岁，也是母亲呵护。祖父与他的同辈兄弟分家单过后，祖母体弱多病，家中的事情全靠母亲。盖房、种地、持家理事、邻里相处、亲友往来、小姑子、小叔子婚嫁迎娶……等等，都是母亲操持，对整个家倾注了她全部心力与劳动，包括我家的一砖一瓦无一不浇灌了她的汗水。从我记事起，我看见的就是母亲的一双粗糙冻裂的手和一身汗、一身泥。

1931年“九·一八”事变，日寇侵占了我东北领土，祖父在东北的商业倒闭，我家的境况日渐窘困，学校也没有了经济来源。我母亲毅然支持我父亲把她刚分家分到的仅有的四亩七分地，陆续变卖，维持学校开支。听说父母当时曾有过这样一番对话：母亲说“把田地都卖了，日后咱们怎么生活”，父亲说：“将来学生们长大了，每个学生给我们一块玉米饼子（窝窝头），就够咱老俩口活的了……”。他们的心地是如此博大善良，乡亲们引为美谈，称道我父母是“破产兴学”。这对于当时一个没读过书的旧式家庭农村妇女来说有如此广阔的胸襟和开通的思想是多么难能可贵！特别是在抗日战争、解放战争中，母亲的事迹更是为人称道。她显示了千千万万个伟大母亲的良知和爱国之心。1937年抗日战争爆发，八路军山东纵队第五支队司令部任命我父亲为统战顾问，在掖北开展抗日民族统一战线工作，并以我家为秘密据点，接待和掩护我军政人员及积极开展瓦解敌伪的工作，我母亲便为他们做饭、烧水、洗衣……照顾得无微不至。堂屋里火灶不够用，便在院子里搭起棚子当厨房，忙碌得汗流浃背、日夜不息。大家尊敬地称呼她为“贤惠的嫂夫人，二嫂”。当时，父亲的学校遵从我军的指令，化整为零并动员部分师生奔赴抗日前线，我父亲先后将大龄同学送往胶东的抗日军政大学和我抗日政府开办的训练班受训。这时便是母亲一人在家中承担接待和掩护任务。以后，日寇在胶东大肆扫荡，一些抗战的叔叔从前方写给母亲的“战地通信”经常由儿童团的姐姐念给她听。在我幼小的心灵里常为信中所揭露的日本鬼子到处奸淫烧杀的暴行和发出的抗击侵略者的正义呼声所震撼，我母亲往往眼含热泪，叫我们莫忘国仇！

就在这年夏天，日本鬼子的汉奸队来抓我父亲。母亲为掩护父亲，把敌人引到自己身边。当敌人把她从家中拉到村口，要往日本据点送时，母亲从容地面对这些伪军，毫无惧色。我哭着追上前去拖住母亲不放，伪军便下令连这个孩子一块带走，捉来一匹马让我和母亲一起上马，我故意拖延时间，在地上连滚带喊引来不少过路的人围观。此时村长来了，把伪军头子叫到一边，先塞了钞票，然后再三说情：一个妇道人家，什么也不知道，抓她去没用，保证三日内交出她丈夫……伪军这才放手而去。那年母亲35岁。她那严峻地临危不惧，大义凛然的面容一直深深镌刻在我的心里。

由于日本鬼子的大肆搜捕，我全家离开家乡。父亲没有公开的职业，当然不会有经济收入，母亲便挑起家庭的重担。先是在北平时，因交不起昂贵的房租，母亲毅然决定在天桥四面钟一带的贫民窟里租房住。母亲给人做针线活，缝一件长衫三、四角钱，可维持一天的棒子面。她又叫我和姐姐在附近的屠宰场捡猪鬃，每日也能换几角钱。以后根据工作需要去了东北辽阳市（当时已是伪“满洲国”，中国人是亡国奴）。是母亲带领姐姐和我为木工厂剥树皮，给油房缠麻袋线绳并自种蔬菜，推磨、打草喂养猪鸭和上百只鸡……挣出一点点微薄收入买高粱米、橡子面糊口。我敬爱的母亲以她的坚强和辛勤劳动，在那个暗无天日的日子里，总算没有使一家人饿死。

抗日战争胜利，进入解放战争。我军进驻辽阳，将我和姐姐王莲馨送入辽阳市联合中学读书并在学生中开展工作，我俩在学校中，人称“王氏二姐妹”。辽阳市在全国解放前经历了国民党的三进三出，斗争十分残酷。母亲常受到国民党的谍报人员来我家搜查，用枪对准母亲的胸口盘问：“你两个女儿哪里去了？”也有人举报我家有通共之嫌。母亲都是从容对之，保护了党在我家地下联络站的组织。在最困难的时候母亲竟然自己扮成挖野菜的农妇去辽阳市郊南门外八里庄递送情报。这期间，我母亲又如在胶东一样，用这个联络站照顾来往地下工作人员。人们称她为革命的老妈妈、好亲人。我就是在这种生活环境里长到15岁，参加了革命，17岁加入中国共产党。1946年春的一天拂晓，国民党突然围攻了辽阳，我军临时决定撤离。父亲命我赶快去当时驻辽阳市二道街市委民运部找彭官华同志请示工作，在我回家的路上，街上已是枪林弹雨，敌人已从辽阳市的北大门进城，我军政人员正在往南门撤离，情况十分危急。城内一片枪声。子弹呼啸着从我头上飞过。母亲站在院子里张望着大门，盼着我平安回来，姐姐一旁啼哭，担心妹妹出危险，父亲坐立不安生怕母亲抱怨他不该在这个时候让我出去。可母亲一点也没有埋怨，异常的镇静。待到我出现在大门口时，母亲急忙跑上前一把把我揽在她的怀里流泪了……。事后，我曾问过母亲当时怎么想，害怕了吗？母亲说参加革命时不是说不怕掉脑袋吗？为了让人民过好日子，消灭敌人，解放全中国，就得有这个精神准备。多么好的母亲呀！

全国解放了，当母亲第一次从电影中看到毛主席、朱德元帅、周恩来总理等革命领袖，她哭了，流下了热泪。她说没有共产党，没有毛主席就没有她和我们全家的今天。

1994年冬我父亲病逝。其单位中国戏曲学院为他举行的缅怀座谈会，著名戏曲作家、原胶东的抗日干部八路军山东纵队第五旅司令部秘书长马少波同志发言中对我的父母说了这样一段话：“抗战时期我住过他家，王誉之同志为人忠诚，爱国，热情……，他是一位为国育才的教育家、热爱祖国的革命者、全心全意为人民服务的无私无愧的、不计个人名利的优秀的革命干部，埋头苦干、默默无闻地为大家服务、模范的人民公仆……王誉之的夫人是红嫂式的人物。那时很年轻，也很漂亮。虽然是旧式家庭妇女，但却是非常爱国的，待人真诚，我们都叫她二嫂……这个二嫂是典型的我国传统的妇女形象，是非常贤惠的，维持家计，辅佐丈夫，培养儿女，是尽了很大力量的。就拿她在支持王誉之参加革命，参加抗战这一点上就太不容易了。不用说别的，就说我去她家，带一个骑兵班，十数人都在她家吃住，都是她一个人做呀，何况还有其它地方的、军队的很多同志，忙活的都是这个二嫂。她自奉很俭，把好吃的都留给八路军吃……在那个年代，象二嫂这样的家庭妇女有这样的爱国热情，特别是爱党、爱国、爱八路军，这种感情是非常感人的……。”

现在老母已93岁的高龄了，过着幸福的生活。1989年全国妇联还为我父母颁发了金婚纪念奖状。母亲把我们的子女抚养长大，并对这些子孙辈谆谆教诲，莫忘党和国家的恩情，要好好学习，好好工作，报效国家。她如此高龄还要看新闻联播，并敦促孩子们要关心国家大事。对出国的孩子，也反复叮嘱出去学好了本事，要回来给国家做贡献。我儿子常与她开玩笑说：“姥姥，您都是清光绪时候的人啦，思想还这么进步！”她说：“吃水不忘掘井人，没有党没有新中国，哪会有你们的今天。只有国家好了，大家才能好！”

王莲芬

一九九六年元旦

（注：在此文的第二年之后1998年正月27日母亲于北京病逝，享年95岁）

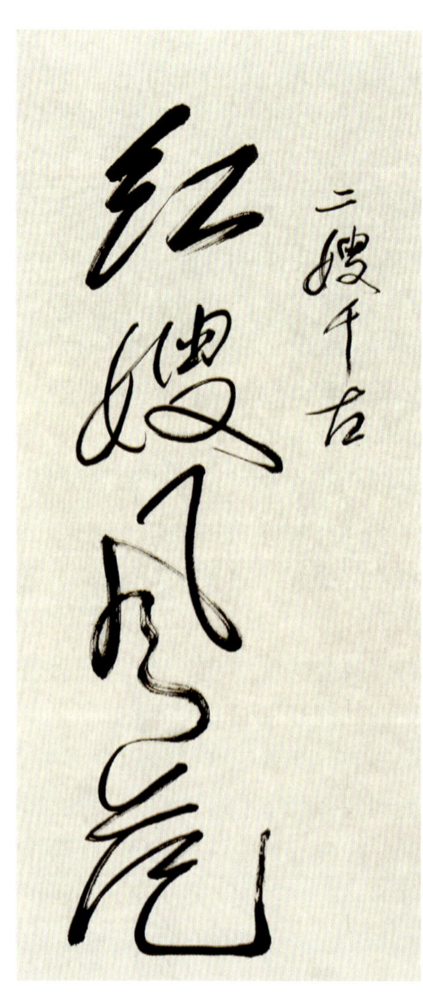

马少波、李慧中叔婶给我母亲的挽联

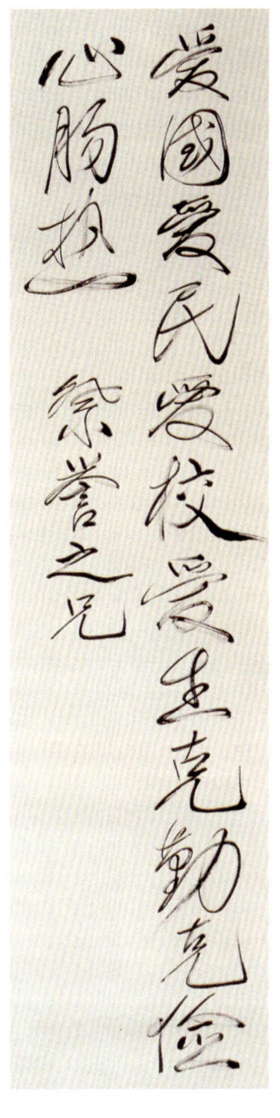

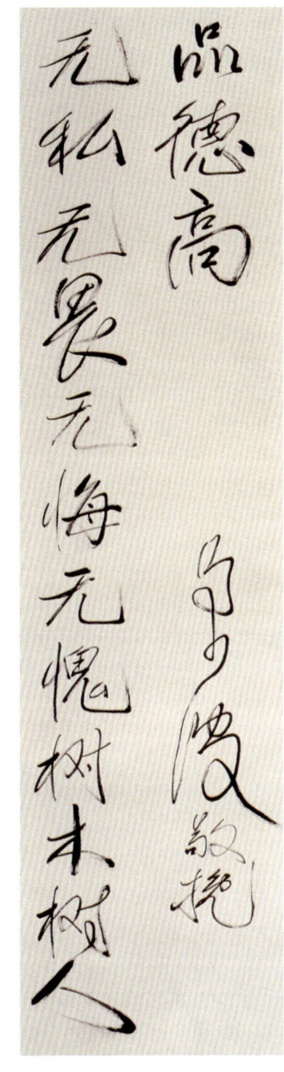

马少波给我父亲的挽联

附：叔父王贵三1984年给我母亲的来信、湖南读者侗族关一教师的来信

亲爱的二嫂：

您好!

自接到二哥来信，提到你近来身体，比去年十一月份我在北京时还差，又听莲馨说：你走路也不行了，手也不听使用了，洗脸都成问题，精神更不如以前。我们全家听后都很难过，我们的心都要飞到你的面前看看，才得安慰。尤其是我回忆几十年的往事，更比他们难过：我七八岁时你刚到老王家，我母亲就身体不好，我一切生活（洗缝补）都有你来承担，甚至睡觉都睡在你的炕上，我是好破裤裆的，都有你来补。我们家的一切劳动，亦都有你承担，特别农忙时，大嫂不能劳动，你一个人顶二个人干活，咱家老李都佩服你。咱家盖房子几十人吃饭也有你与二姐承担，你还怀着莲芬，以后生了莲芬没有满月又劳动。所以你的身体从那时已亏下来了。以后到烟台到东北，生活更加困难，全是以双手（养鸡）维持生活，有时吃了上顿，没有下顿，莲馨、莲芬姐妹俩到街上去担水，抬着水嗅到大街上卖食品的香味，两个孩子馋着没有钱买。一九四九年解放了，你们到北京，生活有了保证，但当时莲馨生病不能走路，又有你来扶持她，那时经济还是困难的。一九五四年你看到柳敏身体不好又将苏溪由你抚养，（从三岁到现在）云香也在你处扶养，你为我们王家一代一代的功劳非笔所能写尽的，真是劳苦功高，受之无愧。

现在你的身体到如此地步，我们听到能不难过吗？能不心酸吗？能忘了过去吗？不能的，绝对不能的。二嫂：你是受人最尊敬的人，你是个刚强人，有志气的人，是一个聪明人（一学即会、一听即懂），我们常说：你要在新社会（青年时代）是个了不起人才，比莲馨比莲芬还要高大，这个估价并不高。

听说你对我有意见：说我不如以前对你亲热了。这个批评是对的，每次去北京与你谈心太少了，这是事实，要作检讨的。怎样弥补呢？一是：今后再去北京和你谈心、谈个够。二是特差柳敏同志代表我们全家去探望你，你们俩好好谈谈心，估计节前家中人多你不会感觉寂寞，节后人都走了，正需要柳敏陪你谈谈，苏生说：他平时很想北京二位老人，也看不几次了，这次决心随他妈妈同去……我估计他们去，你们是能高兴的，虽然添些麻烦也能高兴，借此机会还能看到方方，不然又不知何年何月才能见面。恰好莲芬还没有离京，都能看到。这是难得的良机，意义很深。

我最恳切的请求二嫂一个要求：就是要听大家的劝说，多吃东西，你想吃什么？就说，就买给你吃。只有这样大家才得到安慰。

二哥：听说你对二嫂非常关心照顾，我们为此都高兴。希望你也要注意身体。此致

敬礼

贵三
一九八四年九月二十六日

作者的叔父王贵三于南京
(1949年南下干部)

注：这是我叔父王贵三给我母亲张素云的一封信。叔父1938年参加革命，全国解放时为胶东赴沪、宁的南下干部。生前为江苏省外贸工艺品总公司总经理。1998年我母亲辞世弥留之际特从南京奔来北京看望老嫂。当年8月26日于南京病故，享年84岁。

尊敬的王莲芬诗书画家台前：

最近，学生从门岿先生编的《母恩难忘》巨编中330−332面再三拜读了，您撰写的《我的母亲》。诗家出身书香门第，革命家庭，奔波革命，浪迹天涯，金石之作，玉清之音，高尚的爱，真挚的情，感人肺腑，催人泪下。现涂鸦几句以表心意，请玉笔郢正，不吝赐教：

奔波革命走天垠，掩护“交通”好母亲。

“乐育英才”椿并茂，一堂新秀满经纶。

请雅正。学生也写了《春晖情》刊同书234−236面，一并请赐教。诗家乃当代硕彦，女中英杰，诗

书画并茂，德高望重，恳乞时赐教言，以开茅塞是幸。
赐教处：[419200] 湖南省新晃第一中学

学生　关一　敬上　1996年
关一（1931－）湖南新晃人。侗族。湖南新晃民族中学高级教师

第二十三届国际文化艺术交流代表大会
邀请函

亲爱的王莲芬女士：

很荣幸地邀请您出席第二十三届国际文化艺术交流代表大会。此次大会是由美国名人传记学会（ABI）和英国剑桥国际名人传记中心联合主办。开会时间订于1996年6月30日至7月7日，开会地点在美国加利福尼亚州旧金山。鉴于您对世界文化艺术的杰出成就和将为此次大会所做的贡献，我们诚挚地邀请您出席此次代表大会。无疑您是独一无二的，理所当然的接受此邀请的贵宾。

此次国际文化艺术交流代表大会的宗旨是为来自世界各国的代表们提供一个使他们能够交流艺术天才和思想的世界性讲坛。根据大会的议程，代表们将出席各种研讨会、授课讲座和各种文化艺术交流活动，这种相互交流活动将贯穿大会始终。

大会期间，将有一些世界著名人士致词全体会议，最重要、最有启发、令人鼓舞的是代表们将亲身参加的各种研讨会和座谈会。使世界文化艺术成果进入新的领域。

我们认为您将会对此次大会的各项议程和活动满意。我们在过去的几年中已组织过多次这种大会。所以我们也积累了许多宝贵经验，这些宝贵经验就是要把这次大会中的各种严肃的会议与必要的文化参观项目相结合起来。因为这些文化学习项目也将会给与会代表们在紧张的会议中提供一个放松和结交您的同行代表和朋友的机会。

您下榻的饭店曾住过许多美国前总统和许多世界著名领导人，还有一个意义是当年世界著名的联合国宪章的起草书就是在这所饭店里诞生的，在这所饭店的怡春厅，当年美国总统杜鲁门和来自40多个国家的代表们签署了这个具有世界历史意义的草案。我们将会在会议期间的7月4日，就是美国的独立节这天，在怡春厅为代表们举行一次纪念活动。

我们确信：最重要的是您亲自出席这次国际性大会本身将会促进世界各国人民之间的相互了解和友好交往，您的到来所带给这次大会的深厚感情定将为世界各国人民的友谊和进步做出贡献。

您诚挚的：

美国名人传记学会主席　　英国剑桥名人传记中心
詹尼特·M·伊文斯　　兼代表大会主席
尼古拉斯·S·拉奥

1995年10月20日

23rd International Congress

ON ARTS AND COMMUNICATIONS

THE FAIRMONT HOTEL
SAN FRANCISCO, CALIFORNIA, USA
JUNE 30 THROUGH JULY 7, 1996

Mr Wang Lianfen
Room No 5-2-2
Nan-Sha-Gou
San-Li-He Street
Beijing 100045
People's Republic of China

Ref:CONG23/GEN/1

20th October 1995

Dear Mr. Wang

It is our pleasure to invite you to the 23rd International Congress on Arts and Communications to be presented by the American Biographical Institute (USA) and the International Biographical Centre (UK) during the dates of 30th June through 7th July, 1996. The venue for this important occasion is San Francisco, California, USA, truly one of the most beloved cities in all the world. The ABI and IBC, leaders in recognizing who's who around the globe, ask that you attend due to your distinguished achievements and the contributions you will no doubt offer to this unique assemblage.

The intent of the International Congress on Arts and Communications is to provide a forum where individuals can share talents and ideals....where self-expression is extremely important. It is through this sharing that delegates acquire to participate in the Congress programme by chairing a seminar or perhaps giving a lecture. There will be well-known speakers from the area to address plenary sessions but it is the discussion seminars led by delegates that prove to be the most enlightening for all.

For the first time ever, we have negotiated an all inclusive registration package for Congress delegates to include not only your hotel accommodation and Congress facilities but for the first time to also include all sightseeing tours and festive celebrations. The enclosed brochure outlines in detail what is included in the fee. We think you will be pleased with all that the Congresses programme offers. Having organized many Congresses over the years we have drawn upon our experiences to combine serious meetings with cultural tours. These tours allow for relaxing opportunities to get to know your fellow delegates while having a good time exploring the area and its treasures.

The host accommodation for the Congress week is the renowned Fairmont Hotel

over...

ORGANIZED BY:

American Biographical Institute
5126 Bur Oak Circle • P.O. Box 31226
Raleigh, NC 27622 USA
Telephone: (919) 781-8710 • Fax (919) 781-8712

International Biographical Centre
Cambridge, CB2 3QP
England
Telephone: (01353) 721091 • Fax: (01353) 721839

A87

Ref:CONG23/GEN/1

situated in the prestigious Nob Hill section of San Francisco. The Fairmont has been host to U.S. Presidents as well as other world leaders, and celebrities; therefore it is the appropriate setting to receive an elaborate international gathering of accomplished men and women who seek intellectual and social stimulation and expression. Perhaps one of the most formidable history-making events that took place at the Fairmont was the drafting of the United Nations Charter in the Garden Room which brought U.S. President Truman and delegates from 40 nations for its signing. The ABI and IBC have secured the historic Gardens Room for an evening of dining and entertainment on the night of America's Independence Day commemoration.

San Francisco sits on a peninsular between the Pacific Ocean and the San Francisco Bay - one of the major tourist attractions in all of the United States resplendent with its year-round sailboats, beautiful water and warm winds, and, of course, Fisherman's Wharf where everyday is a celebration. The focal point of the Bay is the Golden Gate Bridge, the world's longest suspension bridge and one of the modern miracles of engineering. The Bay area is one of the country's largest ports and a major center of trade with East Asia, Hawaii and Alaska. An unusually compact city with most attractions within a ten to twenty minute walk of one another, San Francisco's streets beckon exploration defined by beautiful architecture and sights and scents of different cultures and lifestyles. Diversity is its trademark and regardless of how often one visits San Francisco there is always more to discover. We plan to show you its most charming traits!

We hope you will register early for the 23rd Congress since we have reserved a limited number of rooms at the grand hotel where Tony Bennett first introduced the song, "I Left My Heart in San Francisco". Perhaps you too will leave your heart there like thousands of others...but most of all we are certain that you will take with you a profound feeling of having contributed to the international understanding and friendship among nations.

Sincerely

J. M. Evans

Janet M Evans
ABI Congress Director

Nicholas S Law
IBC Congress Director

P.S. A deposit for the Congress is fully refundable before 1st January 1996. Also, if you elect to pay the registration fee by credit card, you will not be charged installments until early 1996.

在美国旧金山第23届国际文化艺术交流代表大会开幕式上的发言

尊敬的主席先生，

尊敬的来自各国各民族的朋友们：

我今天站在这个友谊与艺术的讲坛上，感到十分荣幸。请允许我表示对大会主办者的感激之情，有了他们对大会的卓越组织和对我的盛情邀请，我才得以来到这里，与如此众多的各国各民族的艺术家彼此结识，交流友谊和情感，交流艺术和文化。

正如大家所了解的那样，我的祖国——中国，是一个有着极其悠久、丰厚的历史文化传统的国度。自古以来，在那片神奇的文化土壤上，产生了许许多多成就卓著、名传青史的艺术家。今天，中国的优秀文化传统正在通过中华各民族之手，继续发扬光大。我本人有幸生活在二十世纪的中国，接受到东方文化的充分陶冶和时代风雨的真切馈赠，从而在艺术的道路上展示出才力和贡献。我国的诗词、书法和绘画，从来就是中华的传统文化瑰宝，是中国艺术中不可缺少的组成部分。我是中华人民共和国文化部的一名工作人员。由于工作关系，我对这方面的艺术产生了浓厚的兴趣，并在工作之余，做了长久的艺术探索，最终形成了属于我个人的诗、书、画三位一体的艺术风格。我个人的艺术成就，可以说，完全是中国文化的一种具体体现，我将永远为自己隶属于伟大的中国文化而自豪。

主席先生，朋友们，今天，在我们面对二十一世纪召唤的时刻，更加深切地感受着人类文明的伟力，更加深切地感受着全球众多民族之间文化交流的必要性。我们在为各自从属的文化传统而骄傲的同时，也由衷地向一切其他民族的文化表示敬佩与尊重。全人类的聪明才智，只有通过各民族的互相交流，才能展示出它的全部能量。在艺术方面，我们也应当完成这一神圣使命。

我来到这里的时候，为大家带来了中国的一个具有社会影响的团体——“中国世界民族文化交流促进会”的问候与期待。中国世界民族文化交流促进会，是于1994年5月成立于北京的一个全国性的社会团体，其中接纳有中国各民族各界人士热心于中外民族文化交流事业的文学家、艺术家、社会活动家、企业家数百人为会员，并以推进中国与世界各民族的文化交流为宗旨。我个人担任着中国世界民族文化交流促进会的副会长兼该会文学委员会主席的职务。目前，中国世界民族文化交流促进会及其下属的文学委员会、艺术委员会、影视委员会、合作开发委员会等部门，已全部展开了各自的工作。我们相信，经过努力，中国世界民族文化交流促进会将会为中外文化交流做出一系列积极的有成效的贡献。我谨代表中国世界民族文化交流促进会，向在座的各国各民族艺术家致敬，并希望大家与我们建立经常性的广泛的联系与合作关系。我们欢迎大家来中国做客和考察，欢迎大家通过一切可行的方式与中国艺术界的同行们开展各种艺术交流活动，增强相互了解和友好往来，为促进世界各民族人民的友谊和进步做出贡献。

再次请朋友们接受我们的诚意。

预祝大会圆满成功!

谢谢主席先生。

王莲芬

一九九六年六月三十日于美国旧金山

（王莲芬，女，中华人民共和国文化部原台湾事务办公室主任、中华文化联谊会副会长，教授级文化专员，中国世界民族文化交流促进会副会长兼该会文学委员会主席。）

文化部港澳台司尹志良司长、外联局孙维学局长并报
刘部长：（临行前曾向部长报告）

我出席了第23届国际文化艺术交流代表大会，现将情况特此报告。我于6月29日到达旧金山，住在福尔芒饭店（这个饭店是当年罗斯福、杜鲁门等总统在此起草联合国宪章的地方，故闻名）。6月30日下午参加鸡尾酒会、晚宴。美国时间（旧金山）7月1日上午大会开幕式。原来安排开幕式上的发言只有二位：先是大会主席作大会开幕报告，第二位是旧金山市长发言（介绍旧金山的历史与胜迹）。然后大会开幕式即结束。我临时主动要求作大会发言，他们当时觉得意外，但也破例依允了。于是我在上午11时在开幕式上作了大会发言。我的发言用了20分钟，引起全场震动，反响强烈……

可能是一，与会者事先不知在开幕式大会上会有参加会议的代表发言，所以感到意外。因为我是出席大会的37个国家、200余名代表中，唯一的一位要求发言的出席会议代表……二，我是一位中国女性，而且发言内容用他们的话讲："精彩"、"好极了"，"阐述的主题内容水平高……翻译的也好"。他们感到惊奇、兴奋。发言后许多外国代表拥到主席台与我握手、递名片，递送他们的代表作，和我拥抱、作自我介绍等等。一时间我成了大家注意的中心人物。这几天无论走到哪儿，都有人指着我说这就是开幕式会上发言的那个人。有时我换了穿着（大会发言时着西装）便有人问我：你就是那天发言的吗?

7月2日上午诗歌的研讨会上，我与翻译（东方担任）又朗读了我的论文《我以我情歌母爱》，再次受到热烈欢迎。一位以色列的女士谢瑞芙CHERIFP走到我的座前说：你写得太好了，与我的经历相同……一位法国老太太（画家）急切地到我座位前索要我的文稿，说要拿回法国刊登。一位黑人（印地安妇女诗人）说她要为我写一首诗……一位保加利亚先生携来他的两个15岁、11岁的小女儿到我座位前与我相见，说太受感动了，并要一首《爱如母》的小词要为它谱曲（他是音乐家，两个小女儿的母亲是日本人〈已故〉）。他说我的作品震撼人的心灵……。《爱如母》此作，1996年于这次美国旧金山举行的23届国际文化艺术代表大会上，我国著名女诗人、英译家柏丽女士译文提交大会：

《浣溪沙》（莲——为母亲作）

王莲芬

水面芳容映日红，田田潋滟碧无穷。
绿房紫菂小玲珑，坠粉长埋心底苦。
清芬甘付水中风，藕丝莲蕊自相通。

（作者）王莲芬（1930–）山东莱州人，幼承家教，苦学书法，卓然为大家，兼擅诗画。少女时代即投身抗日，现为文化部文化专员、中华文化联谊会副会长、中国世界民族文化交流促进会副会长、民族文学委员会主席等。著有《王莲芬诗书画集》等。

Mother

(Tune:Washing-Gauze Brook)

(By Wang Lian-fen)

My Beautiful complexion out of the crystal water,
Being crimson in the sunshine,
My leaves appear to merge into boundless
Lush green e' en reaching the skyline.
My green seed-pod and within, my purple beads sweet,
Such lotus seeds so dainty and petite.
While gaping petals shed undone, I bury
My bitterness deep in my seed' s pure heart.
My fragrance pure is willingly by winds o' er water to e'erywhere impart' d
The joined fibres in my root sedate
And my pirtils are for aye closely pelat' d.

(Note) The author Wang Lian-fen (bo.1930),born in Laizhou,Shandong,famous calligrapher,painter,and potess, she is a high-level officer of Culture Department in the State Council, she had Calligraphy,Painting and Poems of Wang Lian-fen and the others.
(fr.Beri)

这些人在上午会议结束后不去餐厅午餐，又一次到展厅去看我的书画作品……

午餐时，同桌的一位来自莫斯科女士说你的诗好极了，又对东方说你的英文水平也高……下午到大森林参观时，路上许多与会者与我握手、称赞。有一位女士（不通语言）只好用手比划，用她认为亲切的表示与我贴贴脸。几对日本夫妇向我要书……等等。几天后，我以为对于7月1日的大会发言人们已差不多淡忘了，可是在电梯上遇见一位黑人妇女对我说："你简直让我惊奇，你的发言是那样精彩，讲的好极了……"她说（她是从事基督教工作的，去过台湾，说以后要去北京），边说边喜形于色，特别高兴、亲切……。7月3日下午在展厅一位日本东京大学教授萩原 力先生看了我的作品，与我交谈起来，让翻译谈他对我的敬意，他说：自从开幕式大会上听了我的精彩发言，就对我非常钦佩和敬重……第二日又听了我在诗的研讨会上关于母爱的诗和论文，更受感动，他要回国向日本的孩子讲这方面的教育内容。他说因为现在日本的孩子对父母的爱和观念太淡薄了，他所属学校的学生约有一万五千余名，他要让他们阅读这篇文章，并要译成日文在他们的刊物上发表……还希望与我保持联系。他说他认识的日本的一些商界、文化界人士要介绍给我等等。一位芬兰女士拿着我展厅中的展品《诗书画集》不放，向我索要，说喜欢其中的一幅画。几位日本妇女也拿着我这本书画集不放，要拿走，我带的不多（怕行李沉重）表示等会议结束后再给。她们只好恋恋不舍地放在原地。可到了当日下午5时许，我去展厅时，这本画册不见了，不知让谁“拿”走了……

出国前曾听一位我国访美的学者对我说：中国的传统文化（文学）要让西方人明白（比如古典诗词太不容易了……）。可这次我的体会是：通过谈“母爱”“友好”这个“辞”容易沟通，达到感情上的交融……。

7月2日晚，世界日报记者向我采访——他闻知我在开幕式会上发言引起的效果（广泛好评，影响很大），当晚写报导，题目是：“王莲芬诗书画全才扬名——国际文艺大会受瞩目”，近日并准备写我的专访。记者问我来此出席这个会的目的，我答了三点：⑴中国有着五千年历史的文明，丰厚灿烂的文化遗产博大精深……这个会的名称为“国际文化艺术代表大会”，既然邀请我，我就要为弘扬我们的传统文化而来……⑵借此讲坛展示我国妇女的地位、成就、聪明和才智。我中国妇女实现了真正的平等解放（我们妇女与男人同工同酬）。经济上自立，政治经济、文化与男人享有同样的地位，自尊自强和自立；⑶中国有56个民族，世界上有3000多个民族，各自有着自己的优秀文化和历史。我担负中国世界民族文化交流促进会的工作，借此机会可为中外文化交流、合作与增进友谊友好交往做些工作。

开幕式大会我发言的当日，我国湖南一位妇女代表高兴地说：你不仅为中国妇女争了气，也为中国争了光……

今天（7月4日）是美国的国庆日，下午去海上游览，在游艇上遇到的与会者的美国教师，还有黑人、印第安人（南美洲）音乐方面的艺术家们与我坐在对面，又说到对我发言的赞美的话，并称赞我们中国的妇女“真了不起”。他们在会上的发言主题大多是家务、美化生活、服装、装饰等方面的。一位犹太人说“你的发言非常严谨，提到了重要问题……”。

由于会议紧张，先汇报到这里。7月7日大会结束。

王莲芬于旧金山福尔芒饭店
1996年7月4日 下午

附：我出席此次大会有感的一首诗“非是自夸持傲气，中华不得等闲观”。

清言惊座旧金山，盛会亚欧百族冠。
学海探骊皆入席，宏篇立论独登坛。
堂堂大国媲英美，落落风仪仰宇环。
非是自夸持傲气，中华不得等闲观。

我以我情歌母爱

——献给国际母亲节

我很欣赏雨果这句名言："女人固是脆弱，但母亲是坚强的。"

在古今中外历史上，尽管母亲的国度、肤色不同，所处的阶层、环境、生活、文化水准各有差异，但只要她是母亲，就都具有保护子女生存的本能和经受各种艰难困苦的毅力，甚至不惜付出牺牲和生命。

由于她是母亲，她可以在袭击她子女的猛兽面前，以一个弱者，毫不犹豫地赤手空拳与之搏斗，置生死于度外；可以以一个弱者、不幸者或者发出撼山醒狮般的怒吼，以死相拼；或以惊人的坚强意志，高尚情操，坚韧地含辛茹苦，忍辱负重，默默地承受着各种苦难……最后，即使她倒下了，被吞噬了，但她也是一个强者，一个仁者，一个伟大的母亲，一个崇高的女性。

母爱，是人类最博大、最崇高的爱和无私的爱，是最值得尊敬的，最能给予子女以力量的爱。

我和所有的子女一样，非常爱我的母亲，也和别的子女一样，认为我的母亲是世界上最好的母亲。

1993年，我的母亲已逾九十高龄，我家是四世同堂。上有高堂父母，下有儿孙绕膝，倍尝天伦之乐。老母亲一生艰辛，她的伟大母爱，无私奉献的高尚人格，刚毅坚强及博大容量的品德，给我以丰富的营养。

我在1963年国际三八妇女节曾写过我的母亲，我写道：谁都爱自己的母亲，谁都会认为自己的母亲是世界上最好的母亲。但我却认为我比别人更爱我的母亲，而我的母亲也是世界上最好的母亲。有人说，力量的源泉，是祖国、母亲和忠贞的爱情。当然，还不应当光是这些。在我们的国家里，"祖国"二字就已经包含了我们特有的骄傲和幸福——这就是我们伟大的党、伟大的民族。我们的美好山河、英雄儿女以及我们的许多数不尽、歌不完的新人物、新事物，新品质风貌所谱写出的那许许多多壮丽的诗篇。这些力量的源泉，我是幸福的得到了，我的母亲也正是使我能够获得这些力量源泉的一个重要的源泉。

母亲，亲爱的母亲！这个崇高的字眼是这么美好和亲切。唤上一声，就觉得是一种满足，就觉得心里充满了温暖和幸福，就感到有着无穷无尽的力量，就觉得有一种不可名状的喜悦与恬静浸润着整个身心，而愿去登高远望、展翅飞翔；愿去振奋图强，策己向上……我在今年元旦献给国际母亲节征文《母恩难忘》一文中，第一部分写了《我的母亲》，这里我想谈谈母亲与我的艺术创作。应该说我的成长及我的诗书画创作都源于母亲的精神怀抱。

我出生于1930年，成长期，正是国家灾难深重的战争年代。战火纷飞，颠沛流离，我没有享受自小学到高等学校的正规教育。在那些艰难的岁月里，我在生活上、政治上没走入歧途，而是在父母的哺育和潜移默化的影响下，成长为一个革命者。而且又像母亲那样在工作与学习中，奋力拼搏，执着追求，成为今天的一名国家工作人员，并获有教授级的文化部文化专员高级职称。热爱、钻研我国的传统文化艺术，业余创作诗词、书法、绘画，出版了《王莲芬诗书画》集，得到了各界的鼓励与支持。

最近英、美两国的名人传记中心和学会，写来对我成就的赞赏，热情邀请我出席国际文化艺术代表大会；早在几年前我出访日本并书赠日本妇女的《儿女的呼喊》、《天下父母心》诗二首，呼唤和平，不要战争，在日本引起强烈反响，被称为“中国母亲的心声”，所有这些都来自我的祖国、我的母亲的给予。母亲的博大胸怀，刚强性格，善良美德，爱国情操和她的热爱劳动、无私奉献的崇高精神，点点滴滴给予了我丰富的营养。我的工作、我的学习、我的诗、书、画……等等，无不包含着我对伟大祖国和母亲的这种崇敬的爱和感激！

打开我的诗书画集，许多作品都是基于我爱母亲的这种感情写出来的。这里着重谈谈我的诗词。在我写战争与和平的《儿女的呼喊》中，我将日本妇女比喻为流丹灿烂的樱花，“笑靥风裳”，美丽而温柔；把中国母亲比喻为国色天香的牡丹，“庄重安详”雍容而凝重。用我对神圣的母爱的崇敬之情写出：“儿女紧紧偎依在母亲温馨的胸上，静静地谛听着母亲跳动的心房，不由地发出赤子心底的呼喊：不，不要让罪恶的战火，再把母亲烧伤！”我写大海也油然想到了母爱，我在《海之歌》中写道：“我最美好的享受/是在海上眺望/那启迪我希望与力量的/是海的胸襟/海的博大容量/我仿佛就仰俯在/母亲宽厚无私的胸上/吮吸着/那甘美不竭的乳浆”——这正是母亲博大厚重胸怀的象征。

我国的古典诗词、书法、绘画，总称诗书画三绝。它们是中国传统文化的瑰宝。古典诗词声律严格，以其多采多姿的语言美，声韵美和奇妙的想象铸就了独特的诗词艺术。几千年来，这些诗词反映了历史面貌，表达了人的心声，为人们所喜闻乐见。写它的思想境界，看似简约的一枝一叶，却蕴含着无穷的情思与妙想。我酷爱这一传统诗词艺术，多年来以此形式进行创作，并经常把它写在画面上，使诗书画情景意三位一体，相得益彰，以求在更大程度上发挥诗词的魅力。例如我的词**《雨霖铃·塞外九秋荷花》：“坠粉去，留子莲蓬，岁岁芳心苦无歇。”**莲心是苦的，为什么苦？**“为留君子遍寰垠”**。这里，就是写母亲的，明知其苦，苦也不停歇的爱！为繁衍后代，为培育子女，依然要岁岁不停歇地去付出艰辛；喻志一个人执着地追求热爱的事业和奋斗目标，不折不挠地一往无前的精神与坚强斗志，明知其苦也依然不停歇地努力拼搏，无私奉献。

我的词**《浪淘沙·咏莲子》**写道：深秋了，荷花褪却了红装，**“迎风带露立秋塘。蒂结华楼临水望，子满珠房。”**每句归到莲子即由子及母写出：**“一瓣芳心留自苦，慰母慈肠。”**这是相依为命的母与子的写照。我在孩提时，临睡前，母亲守在我身旁边做针线边哼哼民歌：**“清姿绿叶盖华(花)楼，许多美人在里头，同窗睡，格子休，盖着被窝露着头。”**这是谜语莲蓬子上的莲籽，让我们孩子们猜。我由这首民间谜语化出这首词意。在填写这首词时，既让我从实践中体验了我国诗歌与丰富的民歌间的渊源关系，又让我想起了我的童年，母亲给我的哺育滋润——那一幅幅温馨慈爱的往事。

我的词**《浣溪沙·爱如母》**是写世上任何一种爱，莫过于母爱。先是在词的上阕写出：**“水面芳容映日红，田田潋滟碧无穷。绿房紫菂小玲珑。”**描绘出“接天莲叶无穷碧，映日荷花别样红”与“小荷才露尖尖角”，莲蓬新绿初长成的生机盎然的一片喜人景象，这是母亲的创造和给予。下阕便点出：母亲为了儿女，**“坠粉长埋心底**

苦，清芬甘付水中风，藕丝莲蕊自相通。"歌颂母亲一片红心向太阳，包孕着苦心的莲实，慷慨地把自己的清香交付薰风远为传播。花瓣落了，"苦心"结出了莲子。藕断丝连，**"藕丝莲蕊自相通"**母子情深，心——母亲的心，永远是剪不断的牵念。

一项事业的成功也是如此。以这种"爱如母"的爱心，才能锲而不舍，执着地追求，如醉如痴，上下求索。剪不断的思绪，永无止境地攀登……末句点明我们的种种成果都与我们的"根"扯拗不断，息息相通。其实，祖国更是母亲，是全民族的每一份子共同爱戴的母亲。

接下来，我又从《西江月》一词中进一步描述秋荷，以秋荷为题喻母亲无私的爱和伟大牺牲精神。其词为：**"阆苑瑶池泣露，横塘绿影凌波。珠房璀璨舞婆娑，向晚凉云欲堕。**

忍待红芳脱尽，莲心菂菂多多，秋来无语候霜过，甘负人间重荷！"词的大意是：红芳脱尽，(花瓣凋落了)莲心中央育出的莲子"菂菂多多"。她明知秋天来了，为母的她，存活的"大限"将要到来，但她不怨不恨，不惊不悲，不乞求也不逃避，不挣扎也不反抗，不期待也不抱幻想……一任严霜肆虐，安之若素地、静静地，沉默无语地等待着致她于死地的命运来临！因为她在以她的生命去换取新的生命，因为她的**"甘负人间重荷"**的情怀决定了她的宏博，宽容，无私。什么谗言，中伤，欺凌，愚弄，打击……对于一个有远大理想，为国为民的人来说，付出任何牺牲都是义无反顾的！

我写的《卜算子·雪莲》六首，北京大学王力教授生前颇加称赏，因为这些词进一步写出母亲崇高精神境界。如其中一首：**"万古出昆仑，开在云峰处。生息长江滴水源，滴滴皆母乳。愿效慈母心，无私含辛苦。万里西风瘦不支，偏对西风舞。"**生息于亘古昆仑之峰，黄河、长江源头的雪莲，不忘这源头之水一滴滴如母乳的哺育，她虽瘦小，却要像母亲那样含辛茹苦守卫西天国门，愿仿效慈母的心无私无畏的以自己瘦小的肢体，在这狂暴的风雨里搏斗……于是我深情地赞美她：**"汝惠尽琼瑶，汝取皆辛扰。山的胸怀雪的魂，压顶摧无倒。**

根植大河源，目极长城道。身在峰巅始见高，我是一株草！"即鲁迅所比喻的"孺子牛"精神：吃的是草，挤出的是奶。她终生驻守在祖国的边疆，住的是冰窟雪崖，吃的是霜露雨雹……尽是人间苦辛。正如我另一首所写的：**"岁岁伴高寒，终日听呼啸。"**但却**"雪窖冰天总自如，含笑迎风暴。风暴报军情，我站西天哨。世纪风云尽饱谙，一览寰球小！"**

"世纪风云尽饱谙，一览寰球小。"她站得高，看得远，俯仰天下事。在这大半天际中，阅尽宇宙间、尘世间的风云变幻，电闪雷鸣……。世上万事万物，真假善恶尽收眼底，……已经拓宽的眼界，广阔的胸襟，觉得连脚下踩的寰球都很小了……所以虽然年年"伴高寒"，"终日听呼啸"，一片"雪窖冰天"，却处之泰然，每日每时"含笑迎风暴"。因为"风暴报军情，我站西天哨"，她是唯一能够骄傲地站在西天——这世界之巅的昆仑冰崖，俯瞰寰宇，雄视天下的。她是坚守国门的伟大边防战士。出现在眼前的是一片多么光明美好的心境啊！于是我快乐地写道：**"皑皑雪山娇，灿灿花枝俏。笑依冰崖瞰宇中，风景这边好！**

艳吐彩云间，香溢国门哨。无限情思寄远疆，誓守边关道。"

“风可洁衣裳，雨可除污淖，露缀珠冠霜润肤，风雨原无恼。”风有什么可怕?雨有什么可恼?霜露又有什么讨厌?这些都可以为我所用。

“天外倚昆仑，日月晶莹照，但得澄清万里埃，一片冰心抱。”

“昆仑山麓供我倚坐，日月星辰与我拥抱。”我的心在与日月相互辉映澄清这尘世万里……这是多么崇高、净洁、难以身临其境的天外天哪!这种境界正是具有了母亲的山的胸怀，雪的魂魄。这是永恒的，不能泯灭的。她根植于中华民族、炎黄子孙赖以生存的黄河、长江源头，屹立于万里长城尽头，她又是圣洁的、高大的、坚强的。但雪莲自谦地说：我是生长在这样高高的山巅之上才显示我的高……其实我只是一棵小草。这种自谦当也是母亲崇高精神的熏陶。

我们尊敬的世界知名的作家谢冰心老妈妈及诗词界老前辈李淑一老妈妈，她们均是年近百岁高龄的老人，对我这些我国传统文化诗书画作品，欣然命笔题词鼓励：“古韵新意”、“像王莲芬这样的全才现在少有”。充分显示了她们惜才爱才的满腔热忱。日前陕西师范大学霍松林教授也给我来信说：“您的诗爽朗、灵秀，优点不一而足；我以为最可贵的优点则是充满爱心。您抒写母亲情怀的诗词诚挚感人。那些直接写母爱的作品且不说，难得的是写大海也会想到母爱……爱父母是做人的根本，也是作诗的根本。不难设想，一个连父母都不爱的人，怎能期望他爱人民、爱祖国、爱全人类？而对人民、对祖国、对全人类都毫无爱心的人又怎么能作出感人的好诗？您的诗词，从博大的母爱中扎根、发芽、开花，从而叶艳飘香。所有作品都由于充满爱心而富有特殊的艺术感染力。有了崇高的爱，自然就有保护、扶持一切可爱的美好的人和事的历史使命感和现实责任感，从而迸发出对于损害美好事物的人和事的强烈憎恨。不是泄私恨，而是抒公愤。例如您的《鹧鸪天·谒上饶茅家岭烈士陵园》中的**“九千将士冤魂绕，一叶丹心义魄飘”，“哀往烈，愤难消。江南从此雨潇潇”**，便是这方面的例证。我以为这一类的诗词，也是充满爱心的，爱人民、爱祖国、爱全部人类的进步事业。以崇高的爱心唤起读者的爱心，这是您诗词的最大优点……”

前辈们、朋友们的这些鼓励与评价，不仅是寄予我的期望，更是对母亲对祖国的爱所给予人们各项事业的伟大动力的深刻理解。我想我们每个人都会在深切地体会着这种爱中，汲取极为宝贵的启迪与力量!

1996年元旦于北京

（此文在1996年7月于美国旧金山23届国际文化艺术代表大会上，中、英文宣读）

六十年的“小读者”告别您
冰心老妈妈

几十年来，就想见到我们崇敬的冰心老妈妈，但一直不得机会。1993年11月13日，山东烟台和菏泽地区作家魏玉传等同志来京，我请他们同我一起去见见她老人家。于是我们去了北京西郊民族学院宿舍。先是老人的姑爷北京外国语大学的陈恕教授在客厅接见了我们，当了解到我们的来意，面露难色，说老人近来身体欠佳，医生让她休息，说着便让看贴在门上的告示：如果接见，医嘱只能会见二分钟。这二分钟虽然少得可怜，我们已经喜出望外，连连应声一定遵守时间。陈恕教授先去老人房间通报并将我带来不久前出版的《王莲芬诗书画》集送了进去。一会儿，当我们走进房间，老人正安详地坐在写字台前的靠椅上，写字台桌面上有鲜花、笔砚、书稿和一些书籍，一只小猫也伏在这个桌子上，座椅的背后是一排书橱……这时，老人正在翻阅着我这本书，见我进来，高兴地与我说话，问我，写这么好的书法是什么时候开始练的？当她称赞我的诗配画几幅作品时，我说我不是专业画家，我在文化部工作，诗书画是业余爱好，诗配画是为了用画更好地表达自作诗词的内涵，才学着画的。她很欣喜，连连点头。她说，写诗填词写好了不易，这很难得……这种诗书画融为一体的作品很好，她还鼓励我继续作下去……同来的几位同志在一旁忙着拍照，老人和祥地一一应承着，同时仍不释手地一边翻看我这本书，一边向我谆谆地问话。当说到我正准备出第二册诗书画集想请老人为书名题签时，老人高兴地答应了，她是那样的可亲、和蔼，那样的平易近人，不厌其烦。……我简直木呆了，原来想讲的一肚子倾慕的话，却干干巴巴地怎么也说不完整，只是高兴地看着她。当老人问到了随我前来的我儿子的名字叫东方时，她笑了，说这个名字好，要给东方人争气。我儿子告知老人他是北京外国语学院的毕业生，吴青是他的老师，老人竟幽默地说："噢，原来吴青还会教学生呢？"说着自己也开心地笑了，大家也大笑着，气氛好极了，顿时忘却了这是在老人的家里做客。由于老人高兴或许亦对我们很喜欢，原定的二分钟接见却延长到20分钟。陈恕教授进来望着我们，他的目光在暗示：时间超过了，别累了老人。我们便自觉地向老人告辞，我刚要跨出房门，老人招手唤我回去走到她的身边，她拉近了我向我的面颊上亲了一下……呵，亲爱的老妈妈，此情此景至今让我难以忘怀，这感人的一幕使同去的几位同志也惊呆了，在依依不舍地离开老人家后，还久久地停在这个庭院里回想着，议论着，感叹着，述说着今天各自的感受和幸运……我回到家里，一夜未眠，写了一首诗："我们看望了冰心老妈妈"。第二天一早，就恭恭敬敬书写在宣纸上，送请陈恕教授面呈冰心老人，这首诗是：

恍若云端一尊女神，
手执柳枝，
将甘露洒向人间。
倍使我感受到，
她爱心的温馨……
但总认为她是在
缥缈的仙境，
无法去见到她。

像夜空灿烂众星中
一颗明亮的星星。
她闪烁着隽永的智慧

讲述着美妙的故事，
启迪我去憧憬与遐想……
但总以为她高不可及，
不可能见到她。

她很美，
文如其人，情如其人：
如莲清纯雅致，
如牡丹雍容端庄，
如水仙宁静淡泊，
玉洁冰清，晶莹凝重
一派大家之风……
但我依然未见到她——
因为这只是在书刊的扉页上
所见的她一帧早年的玉照。

今天，这可珍贵的一天，
一位她的“小读者”
企盼了五十余载的宿愿
终于实现了——
感谢她的亲切接见，
我真的见到了她。
她，惊人的美，
她就是美！
她的慈祥，
她的可亲，
她的爱心，
她的智慧，
都令人不由地想到了老人曾畅想的那思念中的大海，
那海的一望无际的湛蓝海面，
那海的宽广辽阔容量，
那海的浩茫博大胸襟，
那海上喷薄日出的壮观，
以及那深沉负重的涌浪，
幽默跳跃的浪花……
都应是她的美！
都在显示她的美！
我们同去的人，
完全为她的这些美而呆住了。

我的儿子东方
趋向前去，
喊了一声“奶奶”，
我一旁不由自主地从心底
喊出：
敬爱的冰心老妈妈！

几天以后，陈恕教授电话说老人题好了书签，让我去取，还说又另外给我再版的书题了字，我问题了什么内容？陈恕教授说：“夸你呢”，我接过来看时，老人亲笔的题字是：“像王莲芬这样的全才，现在少有”。我一时不知说什么好，是感激也是惶恐。老人确实是在“夸”我，这“夸”是有意地拔高地“夸”，是老人苦心提携之“夸”，是她的爱心，爱惜、期待之“夸”。正如王蒙同志在“想念冰心”一文中所说的：“她更关心少年儿童，更关心女作家的成长”。妇女成才不易，她在竭尽心力关心和扶植妇女的成长。她对我给予了慈母般的一片爱心、鼓励和期望。

1996年7月我出席在美国旧金山举行的23届国际文化艺术代表大会，在大会开幕式上我作了发言，引起了轰动，收到了意想不到的效果。海外报纸报导说：“王莲芬是大会开幕式上发言的唯一的外国代表，介绍中华文化，展示中国妇女的地位和水准，表达和世界各民族文化交流的意愿，获得极为热烈的回响，大会主席及许多国家代表纷纷上前和她握手、拥抱、要资料……”，“反映强烈”等。我的大会论文也是以母亲为主题，题目是：“我以我情歌母爱”并同时展出了我的书画作品。旧金山报刊用醒目大标题作了报导。

对于这些评价和所受到的热烈欢迎，当时与会的一位来自湖南省的中国妇女（湖南省文联主席的夫人）说：“你给中国人争了光，也给我们中国妇女争了气。”这时我自然想到了冰心老妈妈，是她的鼓励和期望支持了我。这不仅是对我，而是她对世界拥有的博大爱心。她的热爱祖国、热爱人民、热爱生活，在她的生命里充满了真情与勇敢，她是我们做人、做事的榜样。她的风范和懿德将永远激励我们去实现自己对祖国对人民的承诺和责任。

冰心老妈妈走了，但并没有离开我们，她将大量的精神财富和爱心留给了我们，我们永远怀念她。我在她的灵堂前献上一幅我六十九岁的“小读者”的挽联：“六十年《小读者》送别您”冰心老妈妈安息吧。

1999年3月6日于北京南沙沟

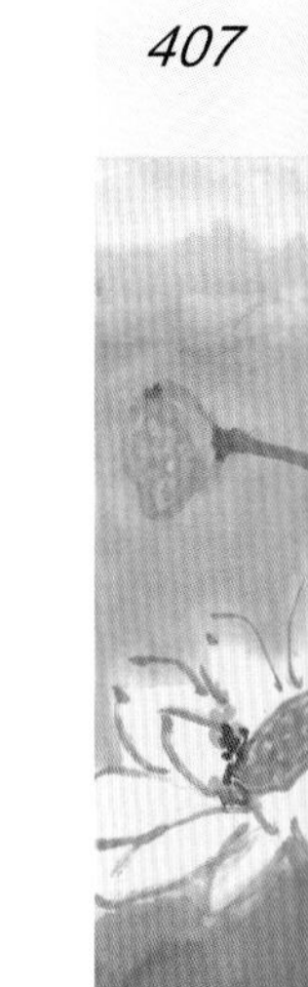

1993年11月13日吾子东方（吴青的学生）与冰心老奶奶

婆母的黄瓜和西红柿

我儿媳黎红长年在美国工作，每次回国，家里为她特意准备的食品，是她最爱吃的黄瓜和西红柿。饭桌上往往摆上一大盆洗涤好的鲜黄瓜和西红柿，这几乎成了她的主食。她可以视鸡鸭鱼肉于不顾，一见有黄瓜便欢喜地大口大口地吃起来，还要赞不绝口，样子是那么惬意，当老人的一旁看了别提有多高兴。有时她在国内去外地出差，也给她带上几根……但，把它们由我亲自送到接她回国的机场，这回还是首次。

儿子，小孙女从美国打来电话，说黎红9月12日下午17时30分到达北京，不出机场，当即于20点20分转机去上海，不要家里人去机场接，因为有公司的工作人员去机场……我计算了一下，她在机场停留两个多小时，家里人怎能不去看看她呢？我决定去。我刚赴新疆开会的姐姐（儿子的大姨母）也打来电话："一定要去机场看看黎红，她的二女儿燕英也去，并嘱咐要带上黎红爱吃的黄瓜和西红柿……"

于是我们忙碌起来。一大早就让服务员去采购，再三叮嘱：西红柿要挑选生吃的、个大的；黄瓜不要塑料棚里的，要陆地上太阳直接晒的，要选大而粗实的、嫩的……买回家后首先精心洗涤干净，用清水整整泡了大半天（把洗涤液泡净）我仍不放心，又一次次地亲自去厨房放在揉面粉的（无油污）白瓷盆里，放开自来水冲，临去机场前又用事前我亲自凉好的白开水再次冲洗消毒……最后用我头一天就备好的一次性的（儿子从美国带回的THANK YOU）的食用袋装好，数了数整整十二根黄瓜，用手提起来沉甸甸的。西红柿个很大，一个保鲜袋只能装一个（我对家里人说这保鲜袋现在不要怕浪费，"养兵千日，用兵一时"嘛，正好用在关键地方，为儿媳妇，用什么都不疼惜……）。是我亲手一个个装入每个袋里（我怕他们的手没洗干净），又装了一袋餐巾纸（好让儿媳在两个小时的候机室内用餐纸垫着吃西红柿和擦手用……）。一切打併停当，等候去机场。下午四时儿媳驻京办事处的小井同志来电话说：飞机晚点，原定17点改为19点10分到达。于是在16时大姨母的二姑爷也就是燕英的老公范达下班急急开车赶来，接上我和刚下班的燕英直奔机场。在车上，我本能地将这一袋子黄瓜紧紧抱在怀里，后来一想不对，身上的体温会把黄瓜热坏的，这才又小心地放在空着的座位上。到了机场下车，燕英说袋子太沉，让范达在车上吃完东西（未来得及吃晚饭，燕英给他买了两个汉堡包）再让他提入机场不迟。在我与燕英进入机场国际出口等候的十几分钟里，我两眼直勾勾地望着出机口，可心里却一直焦灼地惦记着我的黄瓜："万一黎红到了，范达还在他的车上呢？"心里直犯嘀咕。这本来是多余的，可怜天下父母心，做母亲的简直就是神经病。

19点30分多了，好不容易把黎红给盼出来，远处就见到她那颀长的身影，人很精神地走来了，拖着行李，还有她带给公司的一个很大的纸箱子……我忙朝她喊："黎红给你黄瓜……"可她一走出机场出口便忙着与公司的小井交待着事情及办理转机、托运的手续，边说话，边行走，根本没功夫听我的招呼。原来想的在机场两个小时的会面现在却只有十几分钟，这如何是好，准备的黄瓜什么时候吃呢？……我和燕英、范达紧紧地跟随在她身后，她仍然边走边与小井说话，这时就要上机场的二楼国内入口处了，马上就要登上二楼的滑梯，我紧紧地跟着她："黎红，我带来黄瓜了，你现在就吃一根好吗？"黎红好像根本没时间听，只是摇头说不。燕英一旁说："二姨，

黎红现在是不会吃的。”我的心焦急万分，我想黎红一边走着，一边吃完全是可以的嘛，她现在一定是口干舌燥，吃一口黄瓜润润嗓子也好嘛！于是我一面紧赶上她，一面往手提袋子里摸黄瓜，可是一时解不开袋口，便索性用指头把塑料袋戳穿一个洞，抓出一条黄瓜，伸向黎红面前“黎红，我拿着，赶快咬一口，”黎红向前直视（不看我）只是摇头，快步往前走，我紧追不舍地伸出黄瓜往前跑……燕英一旁又喊：“二姨，这个时候黎红是不会吃的，你看，你这样用手抓来抓去会 把黄瓜弄脏了……”啊？这句话提醒了我，什么？是啊！把黄瓜用手弄脏了，这可是我在乎的！这是绝对不行的。不能再把这条黄瓜弄回袋子里了，黎红吃了会拉肚子的……这时，我们跟随黎红已经到了机场二楼的国内进出口，黎红依然在比划着与小井们谈工作上的事情，我连忙把手中的这条黄瓜自己吃起来——我要把它吃完，以免儿媳妇吃了不好……，然后将剩下的这一大包黄瓜和西红柿，趁黎红谈话之际，忙着放入她手提的挎包里，又怕她“马大哈”行走时把黄瓜掉出来，再三仔细地把挎包口拉好。当黎红步入登机口时，我向她喊：“黎红，这些黄瓜你可千万不要扔掉呀！”

这整个过程，使我感觉到，儿媳妇不像往次那样对吃黄瓜感兴趣了，我很有失落。事后燕英批评我说：“二姨是你犯主观，在机场只十几分钟，那么紧张，黎红怎能吃呢？是你不该那样着急……”唉，你们哪知老人的心啊？……

从机场回家的路上，我的心里还牵挂着我那些黄瓜。

当晚，夜已很深了，大姨妈从新疆又打来电话：“见了黎红了吗？”“黄瓜给她了吗？”这是每次都要履行的“如实汇报”。不过，那些细节我没有讲。

翌日清晨，我尚未起床，电话响了，传来儿媳高兴的声音：“妈，我到了上海当晚就把西红柿吃光了，黄瓜本来要留着与王研一块吃，却被老外也分吃了。到上海当晚11点与老外谈判，他们也喜欢吃，真可惜……妈，你是最知道我了，我最爱吃咱们中国的黄瓜。”在电话里我几乎大声喊起来：“这好呀，他们吃了也好嘛，哎呀黎红，早知道给你多带点就好了。”

这真使我喜出望外，心里非常宽慰。

四、五天之后，北京时间1999年9月17日傍晚19时左右，儿媳从上海又来了电话，告知我19日返京的时间，又说到了黄瓜的事。大谈黄瓜如何地好吃，如何地受欢迎，以及与她们谈判的老外也爱吃等等。儿媳有个习惯，用生吃黄瓜代茶、饭，老外闻到她正在吃的黄瓜新鲜气味很香，也要吃。看到黎红手拿着整根黄瓜吃，很奇怪，问：“为什么不用刀切着吃？”“刀切着吃就不是这个味道了。”当他们也仿效着吃后，说：“中国的黄瓜真好吃！”便都给抢着吃了。我儿媳对老外说这本来是我婆婆给我的……你们想吃到路边上给你们买，老外说：“有那么珍贵吗？”儿媳对他们开玩笑地说：“是婆婆精心给我准备的，这些黄瓜整整洗了一天呢，可珍贵了，一百万美元一根……”逗得老外哈哈大笑，也风趣地说：“这还让我睡得着吗？”他们不仅感到“中国的黄瓜好吃”，还了解到中国家庭的传统美德，尊老爱幼，长、幼、亲情间的相互关切和关爱，中国的家庭，婆媳间这样的感情和相处，令他们羡慕不已。儿媳妇在电话中说的是那么开心，我这面一边高兴地听，一边惋惜地说，带少了，带少了，儿媳妇可能没吃够……哎哟，忘了问，她到底吃到了没有？

黎红刚放下电话，儿子和小孙女从美国也来了电话，他们也接到黎红的电话了。

儿子说："妈，黎红吃了黄瓜西红柿很高兴，和她们会见的老外也吃了，都说好吃，都爱吃，你给带去了多少？"我后悔自责地说："妈妈好糊涂，不该在机场吃掉一根黄瓜，让她多带上这一根多好……"

儿子连忙安慰我："妈妈，不要紧，没关系……"我回答儿子说："共买了黄瓜12根，是两个六六顺。"

儿子高兴地说："两个六六顺，这话你跟黎红说了吗？"

"啊？我记不清了，可能说了吧。"

恰好燕英也来了电话，我连忙问她："'两个六六顺'这话我跟黎红说了吗？"

"二姨，是你在往机场的路上对我说的，在机场你没跟黎红说，根本没机会说。"

哎哟，真对不起我这傻儿子，这句话怎么就没跟她媳妇说呢？！

儿子又来电话问："妈妈，你说给黎红买的黄瓜、西红柿，你亲手洗，亲手装……整个全过程，那么细心……你都跟黎红说了吗？你说了她会很高兴的。""哎呀，我可能没像对你说的这么详细……"

唉，看我这个傻妈妈，哎哟，我的傻儿子！妈妈真是的，怎么就不跟儿媳妇讲仔细些呢？！让儿子着急了……唉，唉，哈哈，我快乐地笑了……

整个晚上，我都沉浸在这愉悦的儿女对话中。深夜，躺在床上，还久久不能入睡，在枕上想着机场上的那一幕幕我这个婆婆的傻气，回味着这快乐的黄瓜的故事和这些电话中的对话，自己不由地笑出声来。

小小的黄瓜，平平常常的故事，却带来了这么多花絮，带给我欢悦和欣慰。那种人们常说的天伦之乐，儿女情长和亲情的温馨。如果说有心户的感动和震撼，这是康乐的震撼，亲情的震撼！这震撼让我忘却了曾有过的一丝淡愁，扫去了一些常有的忧虑，呼唤心灵的平和、甘甜与更美好的企盼！

我又在思索：这快乐，这企盼，其原动力在哪里？是什么力量在推动着我？呵，我找到了，是我最最亲爱的小孙女，是我的孩子们，是一代又一代延续下来的对儿孙的爱，亲情的爱，……是他们——我们的儿孙们，维系着这一切的一切！

因为有爱，才有了这快乐的源泉，追求的力量！

窗外下着今年酷暑后的第一场秋雨。这秋雨正在细细地、柔缓地，一滴滴地落着，落在窗外的松柏、冬青、石榴树上。把灰尘洗刷掉使空气分外洁净、格外清新湿润，今夏炎热的北京顿时凉爽了，人们从几个月的暑溽中解放出来。这气清林香，心旷神怡，伴随着我家中这些快乐的小故事与祥和气氛，我尽情地呼吸着，享受着这亲情的甜蜜与幸福！

时值我的黎红爱媳37岁生日——国庆五十周年前夕

1999年9月18日写于北京南沙沟五号楼

2004年与儿子、儿媳、孙女于美国

写在前面的话

——2000年拟举办我的《诗书画展》，作品送审附言

我的业余爱好是书法、绘画和诗歌创作。写诗歌，主要是写传统的旧体诗词，自由诗、散文诗也写。这些创作往往是“由感而发”，不管是写什么，写自己，写他人，写任何事物，都必须有生活中、现实中那些我看到的、体验到的，特别是触及心灵的震撼和感受……不写不行的那些东西。这里有对祖国、人民和壮丽山河、英雄人物的歌颂，也有个人爱、恨、悲、欢的记录，尤其是那些刻骨铭心的人生感悟……几十年来我在工作中，生活中写作了许多这样的作品。

至于书画，以上讲了，我不是专业人士，尽管非常“爱好”，但长期繁忙的工作，时间和精力都不可能允许我去认真地临摹碑帖，读诗学画。起初，由于工作关系，“以文会友”，在一些活动场所，文化界的名人集会即兴作画，让我题字题诗，得到一些学习机会……在工作中我常写些诗词，为表达自作诗词的内涵和爱好，工作之余，便逼使自己也试着涂抹几笔，逐渐地画起了画。但没有人教我画画，也从来没有学过画画，既无传统又不谙技巧，唯一的一大“优点”是我的胆子大，不怕露丑和遭非议，只是以我的想像和要表达的主题意境去画。有时“废纸三千”画不好，可有时突然能画出一张“好画”（至于它好在哪儿，不好在哪儿，自己并不太清楚），而我自己认为“满意”的，想再照样画第二幅，却往往又画不出。我与专业画家无法比拟，也无此水平……所以我没有任何想当画家的念头，当时也没有想过我的画是让人看的。只想用我的“心”去写，去画，反映时代、反映现实生活，反映我的思想、我的感情。“托物言志”，通过“画”寄寓我关于人生的理想、意愿与追求，寄托我略知的一点可以对人对事物有所启迪，有所感悟的哲理与情操，这样就会画出我认为“较好”的作品。这种“诗情画意”来得很快，有时我先有了想写想画的诗句，然后去画出这诗句中的意境；有时是偶然画出了某一幅画面，再去构思切合此画特色的内容，而这些配诗和题记，不光是格律严格的旧体诗词，也有新诗、散文、格言、俚句……不拘限于一种形式。在国画上题散文、新诗不是我有意在“独辟蹊径”，而是在作画的思路过程中自然涌现的意念和内容，当时甚至是不可抵挡地不知不觉地融汇到我的作品里。我的诗词是我的创作灵感。古云“熟读诗书气自华”，可以说我的书法、绘画所有的作品，多来自于我的“诗词”的源泉。如我画荷，可以画出各式各样的不同境界、不同姿态、不同色彩、不同意趣的荷；而所画荷的主题内容，吟咏的不仅是她的风姿、她的品格，还借喻人和事物的悲欢爱憎，甚至喻其情歌母爱，以至延伸爱祖国母亲，爱人民战士和壮丽山河的那些诗词作品。我给自己开拓了一个画荷的广阔天地。我作画时，脑海里没有任何框框和规矩，也无任何思想上的负担，用对生活、对事物的认识和理解去画我的感情，我的畅想……这常常使我很快乐，很充实。我从而尝试了一种美的享受，美的乐趣和志趣的满足……

对于书法和绘画，我始终以为不必仅仅去抄录李白、杜甫、八大山人、齐白石等前人的诗句和画作。也应该有自己的、时代的、现实生活中的、特别是发自内心世界和圣洁心灵的呼唤！

对于我的一些诗书和画，厚爱我的同志都说很美。虽是溢美之辞，却启发了我深深酷爱着、想象着的这个“美”字。“有性格的作品，才算是美的”，我在追求它们内容和形式的艺术完美，努力使作品体现它的真实和生命力。

我甚至不自谦地认为，我每日不能白白地吃人民的饭，要做点事情，为我所执著、热爱的传统文化的瑰宝“诗书画”作出一点尝试，走出我的路。如果我的拙作，能使人产生一点美的感受和精神上的启迪，我将努力走下去……

今年，中国世界民族文化交流促进会，文化部老干部局、中国书协、中华诗词学会、中国老年书画研究会等单位，拟联合为我举办我个人的诗书画展，也想出一部画册。为慎重起见，在作品的整理与准备中须请专家、名家及我书画界的友好，对我的作品帮助审选和赐教。为供审阅，现将这些画的部分配诗送请参阅。在送阅的同时，借此说说我创作中的这些想法，敬请给予指导。

在此，我深深地致以感谢！

附：王莲芬配画诗部分摘录

2000年4月18日于北京

给小孙女娇娇的信

2000年4月2日

娇娇你好!

昨天（4月1日）电话中交流了奶奶的诗画译文，我很高兴，这是一次不比寻常的电话内容。是因为我感到我的14岁的孙女长大了，我能够向她交流我的作品内涵，能够向她请教奶奶不懂的译文……总之我们这次电话使我很高兴，意义不同寻常，让我感到生活有趣味，充实，快乐！人活着总要有作为，有思想、心灵上的交流，才是人生的一大享受，你说是吧？

今天将奶奶的简介译文传给你，目的不仅是让孙女了解奶奶，了解外界对奶奶作品的评价，也是请你阅此译文作为你的外语实习“核实”一下，如果你来翻译，当如何译？你试试看，但不要影响你学校的作业和功课。有了空闲，你不妨研读研读。

另一份字数多的，有空也看看，不必译，不要多占你的学习时间。以上两份简、繁简介，国内许多出版家、出版物都来索要，没办法，只好以此提供。奶奶每日很忙，创作诗书画，应酬各方面的征稿、信件……（这是每天不断的）太繁忙了，很累很累。还要请人到街上去“复印”、跑邮局等等。

目前，还有几件大事要办的，也跟你说说：

（一）、出版你太爷的纪念文集。马少波爷爷已题了书名。何鲁丽副委员长、中国戏曲学院杜长胜院长为纪念文集题辞。学院的几位教授和领导协助、指导并担任主编。原学院前身的中国戏曲学校的老毕业生（现都是著名表演艺术家及教授）写来纪念文章。我要写稿、阅稿、整理、搜集资料，编辑等等。还要摘抄太爷的日记（十多年的，工作量很大）以及出版事宜。这些正在进行（我好忙，好累）。

（二）、奶奶十年前（1991年）由北京文化艺术出版社出版的第一部《诗书画》集，你看过了。现在拟出第二部。这次的开本大，画也较前者多。对于诗书画（你要知道这是我国传统文化的瑰宝）奶奶只是业余爱好，而原本不会画画，是85年文化部组织文艺界知名人士赴烟台市的消夏活动中（这里有些是著名画家），我才开始想学画，试画了一幅荷花与莲子《母与子》，这是我55岁才试学画，画的第一幅画。学画山水，是今年(70岁)3月份才开始的。当时编选作品时，咏山水的诗却无画配。为体现这些诗词的内涵，借助配画可更凸现它的意境，达到“诗情画意”，“情景交融”的抒情意趣。这是自然萌发出的一种朦胧的朴素的想法和追求。但我画花卉，自85年以来可以涂抹几笔；以书法入画，在画上题诗，对奶奶也不难，画山水则从未画过，也无师从（现在找老师学也来不及了），只好揣摹诗意和内心的意想逼使自己去画，却出现了奇迹——竟然画出来了。有奶奶86年（你出生的那年）写镜泊湖瀑布的“尽洗人间烦恼情”；有写雪山赠西北边防战士的《咏雪莲》……奶奶必须画出飞瀑雷吼、雪山雪莲的意境……如此等等。没人教画，是以奶奶的诗词含意去画的……。这是奶奶可能有别于专业画家的特殊画法，内行人看了会挑出若干不合章法的毛病（这是自然的）。但我毕竟不是专业画家，也许会取得谅解。非专业画家有劣势，也有“优势”，我可以不宥于“规矩”，自由地去画（其实我根本未学过，不懂什么章法，只能如此）。只是想使我的画有立意，言之有物，托物言志，以书画寄寓人生的理想、意愿与追求。喻物，写人，写事，有哲理，有启迪，开拓高尚的情操、境界去影响观者的精神世界……，这是我的创作目的。而且我更强调它的文化观念，士气，书卷气及心灵、心境的真实感悟。……这就自然形成了我创作艺术的独特面目。上边谈到了，我不是专业画家，虽然爱好，但公务繁杂，平时无暇，无条件去拜师访友、读碑临帖、学习专业知识。不懂传统，不谙技巧，也未研读过美术理论……。这些都是我深深引为遗憾和不足的。但唯一的优点是我的胆子大，敢于去想象，去探索，去实践。可能“可贵者胆”在我身上应验了。尽管如此，我国传统的诗歌，书法，绘画特殊的抒情本质，让我幸运地得到了陶冶与享受，赐与了我极大的勇气与胆量。将这三者进行有意识的综合（所谓三绝）是我倾心的艺术梦想与追求，它是在创作过程中自然产生与形成的，不是刻意、强求来的。

我不懂美术理论（平时也没有重视阅读这方面的书）。只凭自己的感悟、意念去写去画。最近看到周旻教授一文，他把诗情与画意的内含及相互间的关系作了高度概括与描述，让我能从美学理论上理会了我笔下诗书画的交融，三者融为一体的艺术效果。他说：**“画上题诗，画与诗相得益彰”；通过题诗，书法入画；通过配画，“画中有诗，诗中有画，诗以画存，画以诗活，书画并美。”**形容的太美了，太生动了，说到了我的心坎上，让我兴奋不已……

说这些，可能向你说的过于多了。这是奶奶说到高兴的地方便止不住了。但这对于你翻译这些作品的命题会有帮助的。

有件事对我打击很大，顺便告诉你，以上所说的。为准备出版作品，急于赶制一些配山水诗的画，我乘兴画了10幅（我满意的处女作）委托琉璃厂一位陈先生拿去托裱，他说丢失在出租车上了，又说丢在公交车上了（是否真丢了）……，令我痛惜不已（这对我太“残忍”了）。无处寻觅。想再照样重画已不能够。“拾金不昧”者有之，“拾画不昧”至今未见，我多么希望“拾画不昧”者有之。“人心不古”不应对待像我这样来之不易的作品。我时刻在梦想着有知之者“体恤”我的情况送回来。“物质不灭”，我盼望有朝一日（可以等上十年、二十年……）在我的有生之年会看到它们。世上还是好人多。

(三)、准备办个人诗书画展。1992年应邀到深圳办过一次，很有收获。这次想安排在你暑假返京期间。让我小孙女亲自为奶奶“把场”参加服务，尝试“成功”与失败的体验，当也是一大快事。

办书画展是不容易的。对个人来说是一生中的一件大事，对外来讲，作为妇女的角度，我想它的目的应包含向世人展示我们中国妇女所获取的努力和成果。特别是经过战争年代的妇女。记得“十年浩劫”刚结束，对内地情况不太了解的一位人士来访，曾向我发问：“你们共产党的女干部还会写诗（古典诗词），还会写字（书法）”？我回答他：“我们这样的老大姐有的是”。他又问我是哪个大学毕业的？我毫不迟疑地回答他：“我纯粹是革命大学毕业的”……他可能认为我们都是“土包子”，光会打仗，搞运动……

1996年我出席在美国旧金山召开的国际文化艺术代表大会，开幕式大会上，我是唯一上台发言的外国代表，受到热烈欢迎。旧金山《世界日报》的记者戴铭康采访我之后报导说："王莲芬强调：中国有五千年灿烂的文化，诗书画是中国传统文化精华。她学习、发扬这些文化的光辉，一是弘扬中华文化；二是展示当今中国妇女的地位和水平；三是促进和世界各族人民的交流。这种交流包括中国国内56个民族的交流和世界上三千多个民族的文化交流，以增进各族裔的相互了解和世界和平。她会继续以一位诗人、书画和母亲的身份来推动世界性的交流。"

报导的题目是："王莲芬　诗书画全才扬名……国际文艺大会受瞩目"当年你才10岁。今天，奶奶不自谦地向你引述这些，是让你知道（你也是妇女），妇女的真正平等解放，是我们新中国的妇女（首先是经济上的同工同酬，政治上的平等……）让世人，让世界了解新中国妇女，展示我们今天妇女的地位和水平，才智与奉献……当也是我举办展览和出版作品的宗旨。

你在美国学习，应勿忘祖国的文化与历史。这是奶奶深切的嘱托与期望。如果你能参加这个书画展的工作，亲自体验一下，是奶奶极大慰藉。但能否举办，尚视筹备情况。家中持有不同意见，认为这纯系业余爱好者的习作，不宜公开张扬，办展不如藏拙。所以办不成也无妨，也会有收获——可以通过整理展品，检编出出版的作品。

（四）、你太爷家乡落实政策的事。"文革"中沉冤三十余载已调查清楚却不处理，要继续申诉……（略）

（五）、住房等待遇问题。我一向是为他人排忧解难，对自己的事却无能为力……（下略）以上说的这些，不是让你惦念。是奶奶应该平等地与你交流听取你的想法和新见解（奶奶相信你的能力），再是你长大了，让你知道什么是生活。也应当知道一下家中的事，国事家事。但不要影响你的学习和引为负担。"人生就是一种沉重的负担"。奶奶的事情再多，再繁重，也不觉得烦，反而使我感到生活的充实，它们不允许我去想别的——比如我甚至没有时间去更多想念你们，你们不在家中更无时间和条件去感到孤独或"闹情绪"，制造那些无谓的烦恼。

虽然感到人活着太累，但也享受了我的成果快乐。有多少次我也想同一般老人一样闲度晚年，却做不到。很吝惜自己的时间。我几乎是分秒必争地"抢时间"全身心投入我这些倾心的艺术追求，也许会在我生前或死后能成为对人类、世界文化遗产的一份真诚奉献？我每天没有白活，如果能做成一件事，我都在大大小小创造价值，为文化，为历史献上一份力量……我无愧于每天升起的金色的太阳……

你的父母，你的学习成长，不也是要付出辛劳和拼搏吗？希望你珍惜你的生活条件和环境，不要辜负父母为你付出的劳动。在我们的家族里，与你同龄的孩子中，你的生活、学习环境和条件是最优越的，来之不易。你也比他们多长了见识，"周游了列国"，去了那么多的国家，扩充了眼界和知识，要认真地、有意识地积累起来为你所用。万勿把已得到的值得宝贵的东西无意中丢掉！

最近我无意中看到前几年你在国内时，你妈妈出国时给你留写的一封信，很感人。你妈妈为了工作，不能在家陪伴你，不要再埋怨她。"可怜天下父母心"。也寄你看看。

爱你的奶奶

千禧之年4月2日于北京

（注：孙女娇娇，12岁赴美学习，为美国全国优秀高中生之一，现已于波斯顿大学毕业）

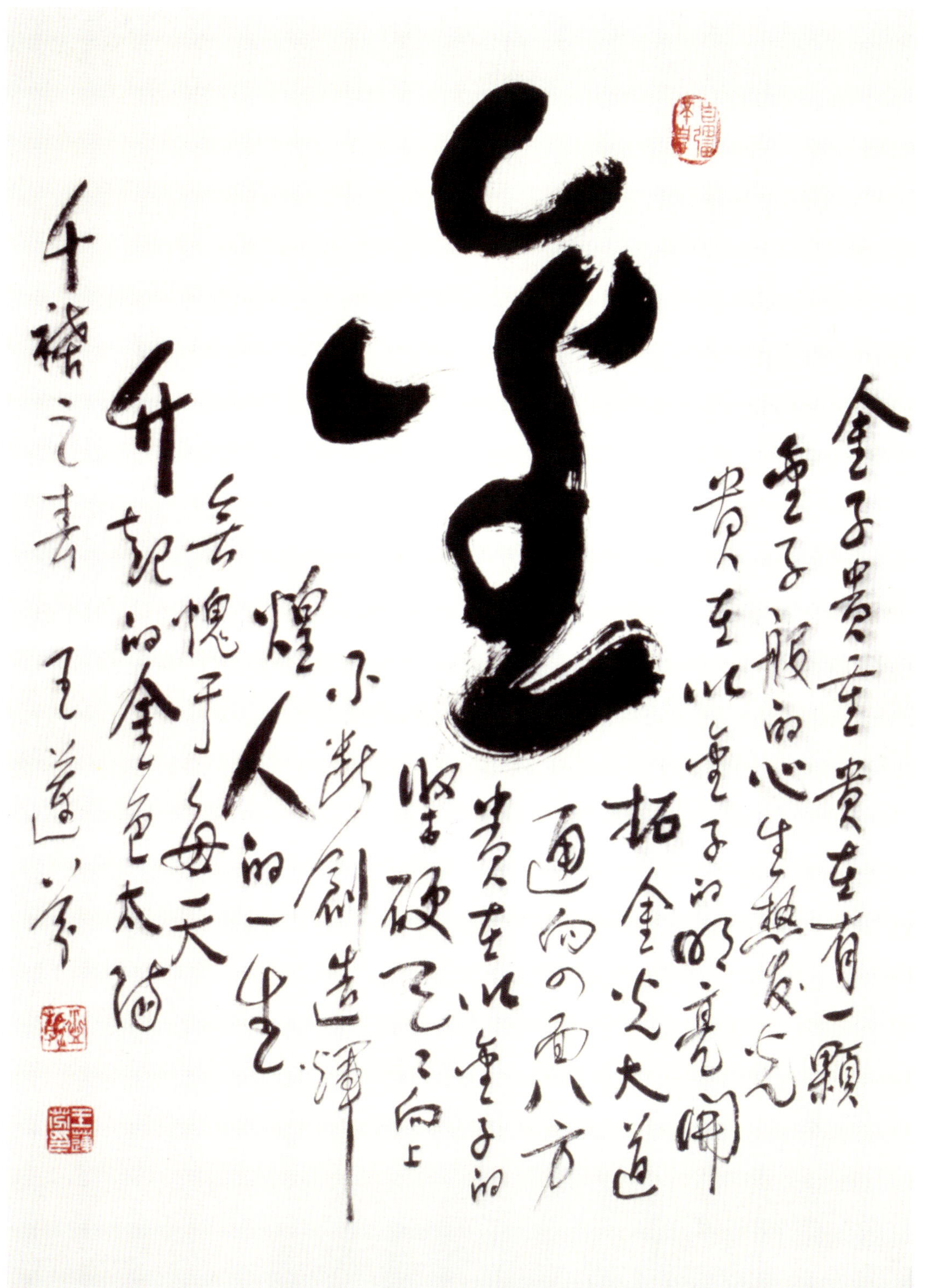

金——金子

金子贵重，贵在有一颗金子般的心，生热发光；贵在金子的明亮开拓金光大道，通向四面八方；贵在以金子的坚硬，天天向上不断创造辉煌。

人的一生无愧于每天升起的金色太阳！

亲爱的娇儿：

你好！

妈妈匆匆地走了，又没能在你最需要的时候留在你身边，妈咪实在心中不是滋味！

今早上在你的额头上轻轻地吻了一下，带着沉重的心情，含着眼泪，妈咪踏上了回美、赴南美的行程……

娇儿，you are right " Mom always not be there when you need me ,although I tried hard!"是的，女儿，妈咪因身负重任；对公司，对职员，对国家的责任感；为中国人争气，为国家创汇，同时也能使自己比别人过得好些，妈咪总在不断地拼搏、不折不挠地奋斗！

妈咪不能像其他许许多多的母亲那样给你那种爱：守在你身边，时常陪伴你！但是，妈妈用的是另一种爱（妈咪的心永远系着你和你爸爸，不管我走到哪里就有你和你爸爸）！妈妈给你创造的出国留学深造的机会，走出国门看世界，开眼界的机会，及妈妈教你怎样学会独立，自立，自尊，做个坚强的女孩子；让你看到妈妈身上那种毅力，拼搏精神……想必等你长大后，你会慢慢体会到妈妈给予你的另一种爱的价值的！

娇儿，妈妈对不起你，又离你而出远门。但请你理解妈妈（任何成功都是要付出的，你的学习成绩不也与你的付出成正比吗？）你永远是妈妈的最爱！！！望听爸爸、奶奶的话，趁暑假休息期间多看点书好吗？（回美后等待妈妈的将是高中的挑战！）好好养伤！

吻你！

日夜思念你的Mom

6.29机上匆匆

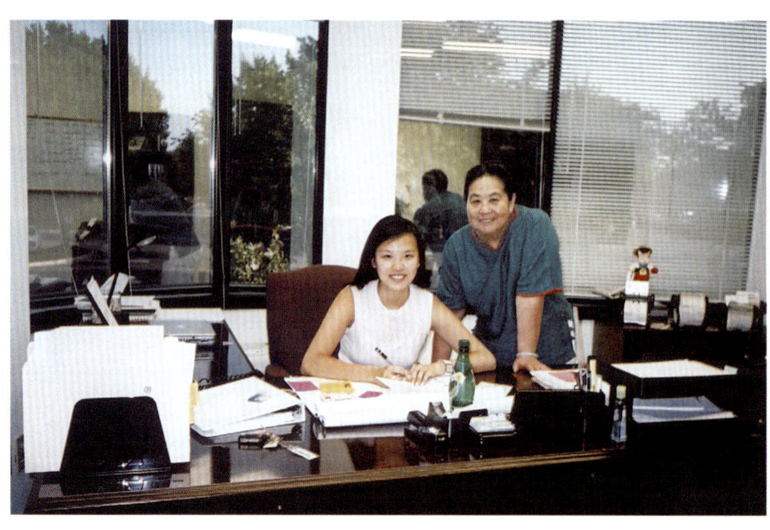

2004年与孙女娇娇于美国

读《给娇娇的信》有感

李 杨

当我有幸读到王莲芬给她的孙女娇娇的信时，我被感动得热泪盈眶，往事一一漫出脑海，逼得我非要写点什么不可。

五十多年前的一个下午，在沈阳，我第一次见到父亲的同事王阿姨，便被她出众的美丽、革命青年的豪放与清妍的书卷气所吸引。那时我不满十岁，想不明白，为什么那么多优点都给了这位阿姨？从那以后，美丽阿姨含情脉脉的眼神再也没有从我的记忆中消失。

后来，随父亲工作调动，我们全家搬到长春，再后来重逢时，我已经是北京大学的学生，而阿姨已在北京人民大会堂工作。那时正值三年困难时期，有一次王阿姨下班后特地带我到西单某饭店足吃了一顿美味佳肴，还给我买了一条淡粉色的长条毛围巾，不仅解了馋，还给了我温暖。王阿姨的儿子东方正上小学，我翻看她指导东方练书法亲手书写的样字，苍劲大气，笔力刚健，再看看她创作的古体诗词，意蕴深远，情感炽烈，令我感慨颇多，一个名校中文系的学生真是自叹不如，这些又增添了我对她的崇敬。文革受难后再见面，王阿姨已到文化部工作，东方考上了大学，我成了大学教师。人生随着时代大起大落，而我的王阿姨对艺术的渴望始终未变，并且与日俱增。

可能是她的孙女娇娇出生之后的事了。有一次我和先生去她家，她特地拿出自己的书法、绘画作品来款待我们，令我们受宠若惊、目不暇接。我见过她的字，见过她的诗，但却不知阿姨还会画画！一幅幅充满灵性、诗意的荷、莲、兰、水仙，一张张大手笔的山川河流，让我们叹为观止。为了使我的女儿也受到感染和教育，有时我们是三个人去她那里，专门去欣赏那些美文、美字、美画。每次去都有新收获、新冲击、新惊喜。

一晃几十年过去，不仅王阿姨作了奶奶，我也作了奶奶。

尝尽人间悲苦喜乐，洗尽世上铅华浮燥的老人，往往会将一切看得很淡很淡，就像冬季结冻的冰面，平静得再也难以掀起波澜，只剩下回忆往事和享受天伦之乐了。然而，王阿姨却与众不同，她退休生活的全部内容都放到追求艺术的大美、大爱的更高境界了。她对时间更加苛刻，恨不得每时每刻浸泡在创作上。这些年来，我与她的往来没有“吃喝玩乐儿女情长”，甚至哪怕是一句客套的话都被视为多余了，她完完全全被诗文书画占据。她紧锣密鼓，废寝忘食将自己的作品整理、修改、结集，一一出版，她是一位极为认真的人，追求至美至善至真，宁可牺牲自己的一切，也要为后人留下宝贵的精神财富。“给娇娇的信”就是在我与她的这种往来中看到的，让我浮想联翩。

我所接触的王阿姨，原本是一个国家干部身份，她有许多共产党人热爱祖国、执着信仰、忠诚职守的共性；但她更有许多别人所不具备的个性：她情感细腻婉约、多愁善感，思绪聪慧灵秀，性格豪迈敞亮，态度执迷坚毅，大和小在她的身上发展到了极致，这是芸芸众生远远所不及的。命运并不偏爱她，没有给她机会读书，没有给她条件深造，更没有给她时间从事文学和艺术创作，岁月给她留下更多的是创伤、委曲

和被伤害。如果不是她自己的奋斗，她现在顶多也只是一个在太阳底下散步聊天的幸福的革命老太太。但她冲破了宿命，成为被世人瞩目的诗人、画家、书法家，她拥有那么多著名人士毫不吝啬的赞誉，她给人们带来更多的感动、更多的思考、更多的教育、更多的惊喜。

我过去迷信“技巧”，认为写诗要有技巧，写字要有技巧，绘画更要有技巧，而我自己不如，是在技巧上不如，王阿姨用事实颠覆了我，她在给孙女的信中道出了天机；我对目前艺术市场上堆积的中国画搞不懂，总觉得千篇一律、程式化、概念化，平庸无味，以至于反感。可是王阿姨的国画摆在眼前，我会为之一亮，受到冲击，这到底是为什么？还是她给孙女的信道出了实情和秘密：“画山水则从未画过，也无师从（现在找老师学也来不及了），只好揣摸诗意和内心的意象逼使自己去画……。”一个未学过山水画的人画出的山水却令人震撼，这一事实，道出一个美学真谛——艺术创作与数学、理学、法学、哲学、史学等的最大不同点在于“情感”二字，在于“揣摩诗意、内心意象”。研究与创作是两种思维方式，王阿姨在创作上取得如此成就，与一般的作家、画家、书法家有所不同，我认为决定因素是她丰富的人生历练、细腻炽烈的情愫和超人的悟性，这些高于技巧的因素是更为宝贵的，也最能启发我们。我说这些不是认为技巧不重要，王阿姨的文字与绘画中随处可见囿于技巧，而得不到充分发挥的地方，也就是说，如果她的技巧更圆熟，会发挥得更好。但我还是要强调比技巧之类更为重要的东西，它们是艺术创作的灵魂。

我们应当认认真真地读王莲芬的字、诗、文、画，那里有许多人生宝典、真谛，不仅给人以启迪，也给人以艺术的享受与快乐。

2008年10月26日

（作者系北京语言大学教授，其作品曾获宋庆龄、冰心文学奖）

爱的赞歌

——德英拜读母亲文稿有感

浩瀚无边的宇宙中镶嵌着一颗无比灿烂而有生机勃勃的蓝色星球，她就是承载着几千年人类文明并养育着六十余亿现代人类的共同家园——地球。

在这个地球村里生活着众多民族和繁杂人种，他们都用各自文字纪录着本族繁衍生息与文明发展的历史进程。但在不懂得对方语言文字的情况下，无论如何也是不可能真正了解对方，更无法与之进行正常的双方情感沟通与交流的。可是唯有一个词汇全球通用，那就是——妈妈！

妈妈，融入了所有母亲对子女最无私最深沉的爱，更涵盖了一切子女对母亲的无限敬仰与依恋！作为这个世界上最温馨、最伟大、最统一的称谓，两次与我结缘，更令我感到莫大幸福与无比欣慰！

我，姓李名德英，一个在普通不过的农民女儿。五十年代初出生在山东招远。

作为礼仪之邦的齐鲁儿女，我从小接受的就是仁义礼智孝的传统教育。尤其是母亲毕生的言传身教对我影响至深。她虽然自幼受穷，没有文化，一生都为生计奔波。但勤劳贤良，非常开明，宽容大度。为了圆我求学之梦，不惜增加自己双重负担，放我这个家中唯一的劳动力！临行前，我郑重地向父母承诺：学成之后，要用一生来报答二老的养育之恩和开明之举。待我毕业放弃省城回家乡招远气象局工作，好便于分担父母的艰辛，以尽长女之责，兑现当年的诺言时，母亲却未等真正享受到女儿尽孝的欣慰，就在我刚结婚怀孕仍需她老人家爱抚之时不幸去世，那一年小弟才十岁！

作为准妈妈的我，虽没体会做母亲的幸福，先经历了失去妈妈那撕心裂肺、痛不欲生的凄苦。但腹中胎儿告诉我：必须正视命运的安排，振作精神并承受这炼狱般的残酷，别无选择地提前进入母亲的角色，一边忍受孕育生命的艰辛，一边在工作之余，接替妈妈尽力帮助腿残八路老父照顾弟妹们并遵循母亲"做人要贤德，为人需宽厚的教导"。始终不忘在婆家的长媳身份处处身先士卒极尽孝道，体贴丈夫，关爱弟妹。另外，不论走到哪儿我都把自己的家，作为亲戚朋友们临时落脚的中转站和招待所。屈指三十余年，其间的酸甜苦辣只有自己清楚。但我始终秉承女儿唤醒的爱心去忍耐和承受，用母亲教育我的信念去宽容和排解。因此在我们这个大家庭里，上从奶婆婆、公公婆婆、姑婆婆、婶婆婆、姨婆婆、大姑子、小姑子、小叔子、妯娌们，下到侄子、外甥，甚至表姊妹、表外甥，我都因人而异因家庭状况而异，尽心去做我认为应该做的一切。如今，我虽然退休，精力、心力、能力、体力都大不如前，但我用半生的努力博取的不仅仅是单位领导同事对我工作的较高评价，更有来自全家对我人格品德的一致认可：长辈满意、平辈佩服、晚辈敬重。我心足矣！

诚然，这心灵满足的背后，义母王莲芬功不可没。当年正是在我心力憔悴、疲惫不堪，险于人生旅途谷底无力自拔之时，感谢上苍让我偶遇容貌娇艳、性情豁达、气度非凡的社会知名的、人称我们山东第二个李清照、诗书画三绝的巾帼女强人——王莲芬女士，意外获得了天地之怜——来自这位伟大母亲的爱。从此我的心灵有了新的依靠和力量源泉，精神为之一振，身心重新注入正视现实、克服困难、积极向上的动力！

记得那是一九八五年的金秋时节，公爹的小学同学，时任文化部党委统战部部长的诗人、书画家王莲芬受邀到山东进行工作调研和书画交流来到金都招远。我奉公爹之命，提前跟单位协商、与同事调班，腾出几天时间随行王阿姨身边研磨、理纸，陪同左右。我生平第一次近距离接触到中国的传统文化——书画，更有幸目睹了王阿姨娇美靓丽的容颜、儒雅高贵的气质、气势恢弘的诗词、龙飞凤舞的书法和超凡脱俗的画卷！让我震撼的是阿姨的诗词，尤其是古体诗词，结构严谨、词汇华丽，阿姨的书法刚劲隽秀、自成一体，阿姨的绘画气势磅礴、寓意深刻。这不仅让我受益匪浅，也让我萌生了有朝一日要了解学习传统书画的愿望。纵观字里行间所彰显的聪颖睿智和满腹经纶，感悟诗内画外所弘扬的坚贞不屈与爱国热枕，若不是亲眼所见、亲耳聆听，简直难以想象这是出自一个自幼参加革命、历经艰难，从旧社会走出来的女流之辈，不禁令人感叹．确实"巾帼不让须眉"，"诗书画三绝的远播海内外的名人"名副其实！

短暂几天的服务观摩，我们相处不但十分融洽，而且心有灵犀配合默契。一种发自内心的相互欣赏、亲近之情油然而生，彼此顿生相见恨晚之感。正在这时，到温泉宾馆拜见王阿姨向她讨教观赏其字画的大厅里不时有人问我："你妈如此才华横溢，怎么从来没听说过？""你不是当地农村的吗？是你姨妈吗？"每每听到我回答"没有那个福分"时，无不感叹上帝物事弄人的造化之妙。"你们俩可真有缘分，长得简直太像了。要说是母女，绝不会有人怀疑！"可谓一语惊醒梦中人。王阿姨立刻找到老同学提出要认他的儿媳为义女。公爹征求我的意见，我只怕自己身份低、学识浅，有辱王阿姨家门，加之北京招远相隔千里，难尽为女孝道，不敢贸然应承。公爹对我说："王阿姨没有女儿，认女心切，正巧你没有妈，我看挺好。"结果在王阿姨准备离招的答谢宴会上，由宾馆经理出面主持，举行了一个简短的拜母仪式。让我在失去母亲多年以后，再次领受上天的恩赐，得到一位才貌双全、坚贞要强的妈妈！再次拥有了心灵依靠和精神寄托！时至今日几十年，每每想起都像是昨天刚发生的事，当时的温馨场面犹如影视画面历历在目，总有一股爱的暖流由心底生发涌遍全身。我曾不时在想生母王春花，义母王莲芬，一位报春不争春，一位出污而不染，单从名字就似有玄机存在，或许真是上苍给我的补偿良机。我发誓加倍珍惜这天赐情缘，做一个称职的女儿。虽然我们天南地北，我不能常侍绕膝前，可我要尽其所能让母亲时时感受到女儿的亲情，让老人家获得精神的宽慰与满足。可是随着时间的推移和年龄的增长，我越发体会到一种不可名状的愧疚与痛苦始终折磨着我，那就是这么多年来，由于工作忙碌、距离遥远，作为女儿的我一直未在母亲榻前尽孝、膝下撒欢，让妈妈享受天伦之乐，也没能在妈妈耄耋之年为给晚辈留下精神财富，而连续出书最需要我的时候帮上一点忙，搭上一把手。这几乎成了我的一快心病，一直以为妄作您的女儿，对此深感内疚。请接受女儿对您真诚的致歉，并恳求您的原谅和怜爱！

这次我的女儿生病，来京照顾，特前去探母，并有幸作为第一位读者通篇拜读了母亲尚未出版的书稿。从诗词、散文，到随笔、札记，无不透出老人家丰富的人生阅历和深厚的文化功底。不仅为您的拼搏进取与不屈不挠而折服；为您的多才多艺和尽善尽美而喝彩；更为我未能帮您整理只言片语，让您因此累倒而懊悔不已！

妈妈，亲爱的妈妈，认真阅读您的书稿，自始至终充满了无边的大爱，仿佛聆听一首从心里流淌出来爱的赞歌，简直就是一种精神享受。从您自幼跟随父母投身革命，掩护并参加党的地下交通工作中表现的机智勇敢到活跃在硝烟弥漫的抗倭除匪战场上迸发的英勇顽强；从为新中国成立与建设，热火朝天的奋斗中投入的满腔热情，到十年浩劫特殊历史时期，始终维护中国共产党坚定信念的忍辱负重；从拨乱反正、励精图治，为党为国竭力保护文教科技人才卓绝工作中展示的睿智坚强，到改革开放后发奋图强、自觉与时间赛跑，加倍努力为党的统战工作和与世界文化交流做出的巨大贡献。让我在你的墨香中跟随您从头到尾亲身感受和游历了您丰富多彩的人生旅程。通过您六首咏荷的诗词，我仿佛看到您冰清玉洁的倩影，耿直坚毅的性格，体会到人如其名的涵义，似乎闻到了一股沁人心脾的清淡芬芳；从您对高山雪莲的吟诵中，我又看到你对保家卫国人民子弟兵的深情厚谊和无比敬仰，对祖国大好河山的欣赏眷恋和由衷热爱；在您自喻"山上一棵草"的诗句中，又似乎看到您生命中的那份内敛与谦逊；您在对伟大母爱的深情回忆与褒奖中，同样处处流露出您母性的慈祥和温柔，更体现了对祖国母亲的无限挚爱和赞美。从你的散文随笔中，我深切感受到您发自心底对党的忠诚与对祖国的爱戴，分享着您看到祖国建设日新月异，中华民族再次崛起，社会主义迅速复兴的喜悦心情和由衷欣慰！当您作为唯一外国代表在第二十三届国际艺术大会上发言时，不仅责无旁贷的大力宣传中华五千年的灿烂文化，以中国世界民族文化交流促进会副会长和文学委员会主席的名义，向全球三千多民族表达了促进文化交流的意愿；以书赠中日友好代表团“儿女的呼唤”、“天下父母心”两首诗作，热情洋溢地颂扬了中国人民为维护正义与世界和平所作出的杰出贡献；讴歌了中华民族的宽广胸襟和博爱精神；向全世界表明了渴望和平的心声，并发出了爱的呼唤！更以“诗才豪放韵纵横，李卫还输八法精”的诗书画作品形象具体、声情并茂地诠释了中华民族的传统文化精华；以“骨似梅清，诗如莲洁”的人格魅力征服了所有参观者的心！

母亲自幼参加革命，在工作之余自学写诗作词练书法，后为更加贴切地表达胸襟，以意抒情而学绘画。一生坚持笔耕不辍，兼收百家之长，终成大器，集诗书画于一身“不让须眉气宇宏”的女中豪杰、巾帼英雄。尤其是母亲在耄耋之年仍为传承中华传统文化精华不遗余力整理书稿，大有生命不息战斗不止的鸿鹄之志。为我们树立起永远学习的榜样！

总之，我拜读母亲文稿的心情真是难以用语言表达！除了震撼、感叹、感动、激动、懊悔、惭愧，剩下的唯有崇拜和敬佩，充斥着我的整个心灵！好在经过再三请求，母亲总算让我在医院病榻前略尽孝道，才让我心里稍有安慰！我多年来一直想学习传统书画的愿望，也在退休后参加老年大学的学习中得以实现。请母亲放心，我定以您为镜，加倍努力，以取得一知半解，来丰富自己人生。

在此，谨祝亲爱的妈妈能尽快战胜病魔，早日康复！更祝福母亲青春不老，健康长寿！

不孝女　德英敬上

2009年1月

1985年秋于山东招远市为玲珑金矿题字。左一为于讷副矿长，右一、二为义女李德英、于志刚夫妇

于山东招远市为玲珑金矿题字（与义女李德英夫妇）

告别过去

2006年5月30日

2005年，凝聚我半生心血的《王莲芬诗书画集》圆满出版了，然而由于近几年，我劳累过度，健康状况日益不佳，终于病倒了，急需住院。回顾过去，认真思考未来——认识到我的生活方式亟待改变，需作重新调整和安排，不能再继续这样“拼搏”下去。

有几件放不下的事，写在下面，算是留言。

“你不要命了？”以家姊为首的亲人“谴责”越来越高，说我一天到晚忙个没完，“不会生活”。确切说应该是“不懂料理生活”不会照顾自己……我想鱼与熊掌不可兼得，精力不放在此，有得也有失。到了如此高龄忽然意识到人的生命危机，要活得健康，活得好，活下去，越来越体味到我垂垂老矣，晚年生活需要有人照顾，健康每况愈下，自然规律不可抗拒，而依赖有人照顾又是如此之不易，暴露了我的困境。但我不后悔不自责，几十年来，出于对传统文化诗书画的酷爱，以此爱好作为心灵深处的感情寄托和精神支柱，用以表达我的理想与追求，激励斗志与勇气，让我倾注了全部心力，忘却了其它。这种专心致志、全身心投入地“实践”与探索，开出的尽管是一朵小花，却使我摆脱、摒弃了生活、工作中的一切困扰，幸运地让它们陪伴我度过了这个不平常的人生，无怨无悔。现在年事已高，该休息了，也想试着学常人的“休闲”，与普通老人一样安享晚年。所以从2006年开头的近几个月就忙碌整理、处理我尚未完成的一些未了事宜：

一、《王莲芬诗文集》——封面黄苗子题签。这是继《王莲芬诗书画集》又一部我的主要著作。已出版的《诗书画集》中的诗词只是一小部分。我的许多诗词作品，社会上一些出版物选编入其书籍，有的未经我校稿，错误百出。所以多年前我就想专门出版我的诗词选集，早年就有冰心、李淑一、唐圭璋、萧劳等前辈已题签的《王莲芬诗词选》，经北京语言大学阎纯德教授审稿建议改名为《诗文集》。文集内容包括：古典旧体诗词、新诗、散文、论文、友人赠言，以及外界报刊评论……这些原稿都已具备，待编选定稿后付梓出版。目前我尚无此精力。将来如我不在，只好仰赖友人完成。

有些作品弃之可惜，目前只能是先整理出自存，以志我们思想禁锢的这一代人，自慰自娱而已……

明朝一文士说：“男儿有泪有三点：国事不能为（报国无门）；文章无知音；才子不遇佳人。”当也是我深有体会的人生三大憾事！

二、关于《王莲芬诗书画集》出版后的处理问题。此书印刷两千本，除赠送外已余下约二分之一。多方面建议再版，但我已无精力，目前只好暂不考虑。此书出版之前，只知出书之艰难，出版后才知出版后的工作亦不易。赠送、发行、用途以及如何使之扩大它的文化效果和社会效果……也要花大心思，更要付出很大心力和人力。像我们这样的老同志，无此精力，也无此活动能力。只好暂放缓，先搁置起来。俟有了策划，有了有效的途径再动用它们。我的初步设想留下这些书，将来有机会时能交流到日本、韩国、新加坡……等国家去。更希望能有机会和渠道赠送一些国家的图书馆、文化艺术部门，以弘扬中华传统文化、加强中外文化交流。并且使我们妇女的作品也“走出国门”，以扩大它的影响——展示我新中国妇女的地位和水平。自古以来，妇女成才不易，妇女出成品更难。她们的聪明才智和在各项事业上作出的努力和成就哪怕是极微小的成果，希望能得到各方面的帮助、支持，积极扶植介绍给国人、宣传给社会、展示给世界。

此事，有待有乐于相助者之协助。

三、1991–1993年所著工作回忆录《我是怎样做统战工作的》——素材1–11，目录为：

1、八十年代初出任文化部党委统战部部长开头办的三件事

2、认真进行调查研究，敢于提出问题，敢于向上反映，勇于承担责任

3、以高度的革命热情和政治责任感，为广大党外知识分子排忧解难，让他们感到党的温暖和组织的关怀

4、工作做到百分之二百

5、洞察细微，以周总理的风范和教诲处理问题

6、解决知识分子入党难

7、做知识分子的贴心人，多渠道、多形式地团结更多的知识分子和党外朋友

8、广泛运用古今历史、传统文化、诗词、书画等方面的爱好与素养，结交、团结文艺界朋友和工作对象

9、现实生活中的是非观

10、一片丹忱写至诚

这是“十年浩劫”后通过我在文化部任职统战工作的一个小小的工作侧面，反映党的十一届三中全会后执行党的知识分子政策，对文化界人士的部分工作纪实。其中有胡耀邦、刘澜涛等中央领导同志的批示及文化界知名人士的直接感受和反映（他们的言谈生动事例），应视为在那个特定历史时期一个工作阶段的珍贵史料，有责任把它们记录留存下来。此材料当时已呈请部领导审阅。1993年原中共中央统战部副部长、时任中央组织副部长武连元同志也看了，他来电话高兴地说：“看了很受感动，你在统战工作第一线工作，作了这么多工作，做得这么好，做出这样出色的成绩非常感人……感谢你！我们党如果多有你这样的干部，可以广交多少党内外朋友啊！这几个素材的题目也选用的好……这些经验、作法应当很好重视和总结……。”他附上建议当即转送文化部领导，转去后的情况不得而知。这份材料多年来一直“束之高阁”。现时我把它们复印几份留存。当听到有人说“别搞了，没人看你这些东西”，“即使出版了，市场上这种书也卖不出去，没人看。”似有一种猛遭一击的“受辱”感，但他却道出了真话，实际情况据闻确是如此。我已出版的《诗书画集》赠送一些朋友和诗家得到欢迎和好评，而那些爱好这种书的不相识的读者却无处购得此书，因为书店不愿承售这种书籍的发行业务，说什么“担心卖不出去堆在库房里被老鼠咬了成为废品……”作者辛辛苦苦出版的书只能赠送亲友，达不到预期的社会效果，文化

效果，实是可悲……尽管如此，不管是否有人看，无关紧要，当初我只是尽我的职责作了如实记述。这毕竟是历史。束之高阁也好，弃置也好，是我忠诚地为党的工作殊堪怀念的一段历史。

话写到此，本已决心从此也学偷闲，事业、爱好统统“洗手不干了”。原本想写此文立此为据，向亲人表决心。孰料“树欲静而风不止”。奉派的任务又接踵而来：宋庆龄基金会来电，为纪念宋庆龄逝世25周年举办妇女书画作品展，向我征集作品，我拔下病床上的输液针，写了五尺整宣纸的八个大字：“国之瑰宝，女界旗帜”，于政协礼堂参加展出博得好评。“国之瑰宝”是毛主席、周总理称赞宋庆龄的。我在人大常委会20年的工作中，为国家主席、副主席、委员长处理信件其中就有宋庆龄国家副主席。借此我也对这位伟大卓越的女性献上一瓣心香。

不日，又接到甘肃省图书馆来函征集建馆90周年书画作品，这是支援大西北，乐为出力。该馆收藏有宋元明清历代作品甚丰，历史久远，为西北图书中心。我书赠《天禄琳琅》（汉武帝时的图书馆命名的天禄阁，八十年代初我曾以此题赠宁波《包玉刚图书馆》），及书赠宋·朱熹的《观书有感》诗：“半亩方塘一鉴开，天光云影共徘徊。问渠哪得清如许？为有源头活水来”。为支援大西北建设，我挥大笔书赠：“柳染阳关翠，天山晴雪醉。昆仑壮志飞，奋进大西北。”此作还获《情系西北国际书画摄影大展》特邀荣誉奖。继之，纪念红军长征胜利70周年要作品，我写了：“井岗凝翠，铁索生光，雪山映彩，草地留芳，万里铁流举世扬。”刚寄走，迎奥运千字龙展，又限期快递。这些我认为是应该做的，当视为应奉献、该出力的社会义务。村野老叟、边远小学生来函要字，也都欣然予之，有求必应。这些应该不属于“偷闲”范围。昨日又接到人民日报纪念毛泽东同志逝世30周年寄来《东方之子》人物集，入选人员校审稿，来函云：**“经有关部门推荐或查询，经编委们认真甄选，您作为在我国现代化建设事业中，作出一定贡献的人士，您的嘉言懿行，奉献精神，在纪念毛泽东同志逝世30周年的征文活动中，拟收入大型纪念文献《东方之子》……”**

本想不理，但其所寄来的拟收入我人物集的文字校稿，有些过誉之辞，不得不修改和校正……还有一些单位出版各种诗词书籍，不知从何处收编了我的作品，送来校样，错字多，必须要改，又不得不理……。

类似这些来函和征文每日太多。如之奈何！决心“告别过去”“洗手不干了”，难矣……！

王莲芬2006年5月30日写于万寿路

注：《我是怎样做统战工作的》一书于2008年在中央统战部的关怀下交付华文出版社出版。

六十年代初我的一段工作回忆

2006年5月

我15岁参加革命，只有十年时间在地方上，以后一直在中央国家机关工作。五十年代中期到七十年代末的20年在全国人大常委会办公厅；1978年调文化部直到1994年离休，这两个单位记录了我一生的主要工作历程。

当年人大常委会为准备成立“八大委员会”调来我们一批县团级干部（起初是准备分配我到其中的文教委员会），我的资历及行政级别在新老同级干部中最高，可年龄又比他们小，我便成了“众矢之的”，要受各种为难和“考验”。加上当时我得了一场大病，机关搞大跃进，大炼钢铁，我又因病未能参加，别人拿了红旗，我被插了白旗，从此，我必须经受与别人不同的各种劳动锻炼的长期考验。他们明知我大病未愈，下农村劳动搞“四清”，别人只去一次，我则被派两次，每次都是带病参加，我坚持了下来，做出了让人感到意外的成绩。我拿回来的“鉴定”都是最好的。当然我也付出了健康的代价，心脏部位扩大、肺部感染的病根、骨关节病，刚过30岁就膑骨软化，大夫都为之惋惜……

那场大病是在50年代末，为急于医治我的风湿病，乱投医，误找了一位庸医（他可以给人下药二百条蜈蚣，外号余疯子。与我同样的病人被他医治致死，被判刑），给我开了大量中药“乌头”中毒，又用大量凉药解毒，落下病根：多年大汗不止，虚脱、怕风怕冷，虚弱不堪。体温一直35度，感冒、患肺炎从不发烧（体温升不上去），直至作胸透检查，发现心肺部位病变，才能证实我真正在生病，大夫才能开休假的诊断我才能休息，每次都是如此。

我一直被误解是怕苦怕累的思想落后分子。可想而知，怕风怕冷，“弱不禁风”恰与当时的意气风发、热火朝天的大炼钢铁、大跃进针锋相对，是令人讨厌、最应该“口诛笔伐”的对象，被批判为“娇气”、“娇骄二气”的代表，是“社会主义的林黛玉”……。而作为一个部门的领导，对刚调来不久的干部三日两头请假跑医院，占一个编制却不能照常上班，其恼火、不满是自然的。他们对我的偏见、误解、不能消除，总在“整治”我，而我也就长期在这样的压力下艰苦拼搏、奋斗……。

在北方农村时，为了经受考验，加强“锻炼”，我曾带着肺炎的病体在村口腊月的大北风中推碾子，胳膊推不动硬是用肚子推着走。在南方上饶农村血压已低到可怕程度，走路都很吃力，胸透才发现长期风湿引发了心脏扩大……，至今还经常反复……可见当时我要付出多大毅力。

1964年在北方的下乡“四清”刚结束，1965年又第二次派我去江西上饶农村搞“四清”。出发前，领导念我有风湿病，怕南方潮湿和阴雨天，加以大病之后尚未复元，对我还是关心的，说不去也可以，叫我考虑。我想既然组织上分派了我，这也是锻炼意志的机会，还是毅然去了。但到了上饶八都公社八都大队，气候比想象的还坏。当地1－4月是最冷的天气，初春3月黄梅季节，连日阴雨绵绵，我住在贫农家，一个狭窄得只能容下小竹榻床的小房间里，潮湿阴冷，砖缝里长满了绿苔。四壁，一面墙是席子，一面是破木板，靠街的一面墙是临时用碎砖石堆起的。当地的习俗不设窗口，房盖屋檐底下与墙壁之间，是2－3尺的露天（代替窗户透光），睡在床上正好看到天上的星星月亮，寒风从上面吹来，雨点也随风吹到脸上……如同睡在露天地里，真是下铺大地，上盖青天。有时只好将军棉袄蒙在头上，通过棉衣的袖口呼吸。对我这个刚病后特别怕风怕潮湿怕寒冷的人恰好是一场针锋相对的尖锐斗争，真正是严峻考验。在八都大队三个月，我就得了三个月的感冒，气管炎、关节疼，全身虚汗淋淋怕风怕寒的各种毛病变本加厉。但我一天也没躺下，着重抓了妇女工作，开会、作报告、访问，组织妇女生产，查干部的“四不清”，评审阶级……等等，全力以赴。当我看到解放都16年了，当地生活、生产还如此落后，我对贫下中农真是心疼至极。我们工作组的人都穿着棉裤，每人还发了一件旧军棉袄（见所附照片），当地老乡只穿一条青布单裤，肩上挑着扁担，赤着脚，在阴雨天的青石板路上走……他们抓生产、忙生活，长年累月如此，无怨无痛。我看在眼里，很有感触，心里总觉得有点什么愧对，顿时觉得我在他们面前那么渺小……我的工作劲头比第一期在北方还猛，忘掉了自身的病痛，不放过任何一个与他们接近的机会，向他们宣传党的政策和那些能体现党与政府对他们的关心的工作；也不放过任何一个锻炼自己的机会，诚心诚意向党向毛主席表忠心。当年5月离开八都到上饶地委集训时，到医院作胸透检查我的心脏扩大了，这是过去没有的病，但我一点也没有怕，根本就没有把它放在心上，思想上一点顾虑也没有，我又投入县里的“社教”运动。这回又让我碰上了一个炎热的酷暑。我是喜欢天热的，可是南方的夏天湿热，我得住特别特别干燥的房子，整日汗流如雨，身体更加虚弱。这次工作是写材料，常常熬夜，血压低得厉害，发晕发昏，每当夜深上楼休息时，双腿都是抖嗦着爬上去的……，但第二天又能照常工作，生命力真是无穷，果真是“思想武器”使人坚如钢铁。我一直坚持到工作结束，与大家一起返回北京。我们总带队的领导是国务院秘书长童小鹏，一起工作的还有杨荫东、吴空、王维澄等同志。大家对我的身体状况很理解，对我很关心，……使我能坚持下来。

这次下乡，虽然增添了疾病，却尝试了“顽强”的甜头，意志的考验。在这些实际生活的实践中，还写了我喜欢的诗。如《谒上饶茅家岭烈士纪念馆》纪念叶挺将军、新四军将士的**“茅家岭上悲忠骨，汀泗桥头祭战袍”“九千将士冤魂绕，一叶丹心义魄飘。哀往烈，愤难消，江南从此雨潇潇……”**及《女民兵》等“下乡诗抄”诸篇。没有这些难得的生活体验不会有这些诗。

我从26岁调到人大常委会工作这20年间，是我一生革命历程中受党的教育、成长提高的重要时期。由于工作关系，老一辈革命家的革命精神和品德、党和国家领导同志的言传身教，潜移默化使我终身受益。但同时在这一期间，要和疾病作斗争、又要在各种“运动”中受压、挨整、经受考验、接受锻炼，这也让我终生受益！

我以学习诗词创作自慰自励，发奋图强，激励斗志，写诗由此而始。1962年第二届第三次全国人民代表大会闭幕，工作人员春游香山，我写的《春望》诗，借反击帝、修分子对我之“封锁”“扼杀”之句，实际也是抒发我自己的“铁骨出沛颠”“愤发壮思飞”“畏途岂怆然”的胸怀，帮助我度过逆境的就是这些早年的诗篇。

早期作品中，那些“伟大祖国、敬爱的党、壮丽山河、美好生活……”被专家称之为“政治口号”式的诗句，虽然水平不高，但它所表达的对党和国家的忠诚与真实的炽热的爱，却使我坚强地度过了艰难险阻、风雨历程。所谓 “痛苦出诗人”概出于此吧！

几年后，仍如上述原因，领导为加强对我的“锻炼”，曾一度叫我去接谈人民群众来访工作。我是被派去的唯一一个女同志。当时领导与我谈话，强调如不服从决定就开我的会（进行批判）。其实所谓受压、挨整并不在于这个工作。过去在地方上工作时我下过矿井与老工人谈话，下乡串村与农民老乡一家，同吃同住睡在一个炕头……，我还是很爱这一与人民群众直接接触的工作。我这个人只要是和群众接近，直接为他们服务，为人民办事，就有一股忘我的使不完的劲和赤诚热心自愿奉献的动力。就连以后这些年，读者来信要我的作品，只要是边远地区、工矿、村镇的群众、乡野寒士，我都有信必复，有求必应。有的成了我的朋友。这都是自幼参加革命后党的老传统带出来的。

人大常委会机关办公室在1959年人民大会堂建成后，自中南海迁此。我的办公室对面是就是朱德委员长办公室，在大会堂南楼的二层，我办公室的对外朝向对面正对着天安门。环境优越，工作条件都非其它地方可比。领导以为我是不会愿意下去谈来访的，没想到我面无难色，爽快地接受了这个任务。当年人大常委会设在人民大会堂南门外的西郊民巷的一处“人民来访接待室”，条件较差，只有几间小屋，人群拥杂，空气污浊，哭喊吵闹……工作环境既恶劣又艰苦。当时我很年轻（如唱词中所说的不能上阵的“柔弱”女子）。一个有精神病的来访者可以对我无礼说一见到年轻的女人就犯病，甚至非礼动手，打砸吵骂……年轻的女同志在这种环境下接谈这样的一些上访者确实不太适宜。要接谈各式各样来访者——这里有真正有困难的基本群众，有合理要求的各界人士，也有无理取闹的、往返遣送多次者。还有患有肝炎、肺病各种疾病者，甚至个别的麻风病人、精神病人……。

来访者多是中央各部委解决不了的，来找“国家最高权力机关”的群众。从各地来的上访者四面八方，每天要接触各式各样的人和问题，直接做人的工作。一个“大活人”你想把他“谈走”，既要解决他的实际问题，又要解决思想问题，光靠两片嘴是不行的，还得注意立场、观点、方法。耳朵听着，手里记着，眼睛观察着，心里盘算着，脑子思考着，倾听询问着，耐心说服着……总之，五官之思同时启动，一丝不容松懈。既要明察政策，又要懂得实际。有观点、方法，又要分清是非界限，正确区分两类不同性质的矛盾。来访人反映的问题不可不听，也不可全信，推情度理，分析判断须要头脑高度集中，机智、准确地处理各类复杂的问题。

上访的人多了，特别是遇到难缠的，会整天弄得精疲力尽、口干舌燥，甚至还要吵上几句，招架几个闹事者。当初这个人民来访接待室，条件简陋，人多室小，来访人有各种传染病、黄疸肝炎、开放性肺结核，个别的麻风病人……与他们面对面谈话总觉得喘气都难受。精神病人更是多种多样：“武疯子”、“文呆子”，间歇性的，偶发性的、癫痫型的……五花八门。记得和一个精神病人说话，他朝着我一门傻笑，我心里毛乎乎的，说不害怕是假的。有时遇到坏分子、反动家伙，还须警惕他干坏事。有的张口骂人、操家伙打人、卡接谈人的脖子……。

我到来访室的第一天，接谈的第一个来访人就是出了名的、老资格的无理纠缠分子，是长春市一个被开除的姓温的小学女教师。来京数次，拦过领导的车、服过毒，名堂多的很。我接谈后，一连数日，她就是不走，我便不耐心了，要以停止她的食宿逼她走。我的直接领导带领我去向分管这个工作的全国人大常委会机关的连贯副秘书长请示汇报时，连贯同志制止了我这种想法，说饿饭不是办法，既要坚持按政策办事不能迁就她的无理要求，又要坚持说服教育，切忌简单从事。当时我虽然不十分明确为什么要这么做，却照着做了。她这次竟破天荒，没叫公安局送，自己回去了。

还有一次，一个不服开除的技术员，一接谈就问我：“你们这里解决问题不？解决问题就谈，不解决问题我就走”，我看他这副知识分子架子就感到不顺眼，接谈后，听起来也不耐心，便急于去说服他听从处分决定，他便说我主观主义、官僚主义同我吵起来，说要到领导上告我，问我叫什么名字，我也没好气地说没必要告诉你，这是工作纪律，我姓王，是这里唯一的女同志，你告去吧……。

这件事我一直引为“教训”是工作中的失误。

我们来访室的同志有时自我解嘲：“在大会堂的办公室里工作的同志，接触的是‘外宾’、中央领导，见多识广……；咱们来访室接待的是‘内宾’——六亿人民，耳目也不闭塞。”还有的同志认为：来访工作接触阴暗面多，搞不好容易犯错误，担风险，影响进步等等。诸如此类，不能不在我脑海里有所动荡。况且我清楚，领导上非要安排我这个唯一的年轻女同志来此，一方面可能是工作需要，也有“整治”我的用意。可想而知我所处的困难处境。

我的直接领导对我极尽“考验”之能事。哪里艰苦就叫我到哪里去。有时在召开代表大会期间在大会堂 外面拦截闹事者、精神病患者……也派我去。有一次一个从河南来的反动分子在天安门广场闹事，被收容，叫我去收容所接谈，此人咆哮、吼骂了我两个多小时……我好容易才把他制服。

面对这一切，精神上所遭受的挫折与伤害对我这久病不愈的人无疑是雪上加霜。带着病身体坚持工作、应付“考验”……是残酷的。

我有过困惑、委屈、苦恼，很痛苦。曾偷偷哭泣过，也在“开我的会”上昏厥过。

但为什么不怨恨，不反抗，听从“批判”，服从决定，经受各种“为难”，不逃避，不消沉，忍辱负重，逆境中始终迎着困难而上呢?

这是时代留给人类的“奇迹”。20世纪五十、六十年代，可以说是个公仆的年代、纯真的年代、理想的年代、信仰的年代，我们这一代干部的思想、行为对于现在的人可能认为是不可理喻的。

概括四个字：**信仰、忠诚**。

当年我们这些干部的思想的确是非常单纯的，在任何问题上，决不允许有“个人主义”。对共产主义的崇高信仰、坚定信念，对党和毛主席的崇敬、忠诚，对社会主义人民共和国的热爱和自豪简直是神圣不可侵犯……这在当时决不是政治口号，是真实的，真正是与我们生命融为一体的行为准则。是我们共产党人可为其生，可为其死的最高信念。它让我正确对待这一切，相信组织，相信群众，也相信自己的力量。对党对毛主席的热爱和崇敬感情胜过一切，让我忘掉了痛苦，勇敢地面对生活。我本能地努力工作，克服各种困难，并且做出了成绩。我勇于接受这一切，那是因为我认为这就是向党和毛主席表忠心、听党的话。

在此以后，接待大批人民群众来访中，经常要碰到难以应付的各种人物、各种棘手问题，一般我都能处理得很好，而且也像日后在文化部统战工作时期一样，做了很多好事。这使我非常宽慰。当时那些上访者每天排队主动要求我接谈的也越来越多。我的直接领导遇到来访者的纠缠，我还能为其解围，他逐渐不再难为我，从我的工作中，他认识到不能让我离开，这个工作他需要我，一些老大难的案件必交付给我办。坦率说，对这个“恶劣”的工作环境，我也有私心并不愿意久留于此，可是一想到我在这里可以为众多来访的人民群众做许多好事，又安心下来。比如对千里迢迢来京找中央领导解决各种困难的，我总是认真遵照毛主席“不要掉以轻心”的教导，关心他们的疾苦，认真解决他们的问题。即使遣送多次的，或被认为无理取闹者，我也负责任找出他要求的哪怕是一点点的合理部分向中央有关归口的部委商量解决。有时见到在大冬天只穿着单衣在寒风中抖索的来访者，我要赶紧安排其住宿、衣着，提供路费，尽快处理他们的问题使之早日回家。又例如几十年我未能忘却的一个年轻人的故事，他是齐齐哈尔一个因公致死老铁路工人的儿子。因对工资不如女工多，不满地写了一首打油诗“昼夜不停是列车，叮叮当当检车哥，双脚踏平石子路，挣钱不如大辫（指女列车员）多……，”这小伙子恶作剧地写在列车车厢的外边，火车拉着车皮上的这首打油诗跑遍了大半中国……，这惹怒了领导受到严厉处理，他不服又闹事，送劳教五年出来后不被安置工作。没有生活出路，来京找铁道部13次被遣返。求生无望，来到我们这“最高权力机关”发泄愤恨，砸了我们办公室，险些做出更大触犯法律的事。我没有让公安局把他带走，而是以人民内部矛盾会激化的道理再次向应归口处理的铁道部恳商，并喻之以理：此青年工人是铁路工人的子弟，纯系血统工人。念其为因公殉职的老工人后代，家中又有老祖母及患癌症的母亲，唯此独子，不解决他的生活出路，不仅断了他一家的生计，也造成社会的不安定……，请其按政策合理、妥善地解决他的问题。最终铁道部接纳了这个建议，当即通知下属单位安置其工作。这青年临行前特来表示感谢，保证回去好好工作。我们挽救了一个青年，也使这个两代寡妇的家庭避免了更大不幸。

毛主席在1951年对人民来信来访工作的指示：“必须重视人民的通信，要给人民来信以恰当的处理，满足人民的正当要求，要把这件事情看成是共产党和人民政府加强人民联系的一种方法，不要采取掉以轻心置之不理的官僚主义态度。”

我们人大常委机关处理人民来信来访的方针是“一般转办，重点查处。”全国各地人民群众的来信来访都是奔着这个“最高权力机关”向党和国家领导人申诉他们的问题。实际第一步是我们具体承办人决定这些来信来访的命运。在大量繁琐的信件和上访的问题中，是否应该是“查处”的“重点”，这个“命运”就首先把握在我们承办人手中，这必须做到“不掉以轻心”认真负责，有坚定的立场观点和政策水平及全心全意为人民服务的工作态度。确定是必须解决的“重点”和“要案”。由于要向有关省市或中央有关部委协同查处，要向分管此工作的人大常委机关副秘书长连贯同志请示汇报、批准，这一套工作程序是非常严格的，是负责任的。

1963年3月，我接待了一个叫赵维先的来访人，是北京平安医院的看门老工人。其子赵培融，55年初中毕业后，参加二机部驻郑州的一个地质勘探队担任野外修理仪器修配员，58年得了精神病，60年5月被退职回家。病人一直住在精神病医院，药费、生活费成了问题。他每月的收入少，难以维持，两年以来跑了中央许多机关，不下几十次，得不到解决。我与他谈了三次，并叫他把他儿子的所有证明、单位来的信件等等拿来研究。发现该单位处理精神病人退职是带有强制性的，并有一定的欺骗做法。而按政策规定凡在职的精神病人是不应做退职处理的，因此我们应予支持。使用电话婉转地向二机部提出我们的意见请他们处理。但是过了很久，来访人跑来跑去仍解决不了。经请示我的领导同意向连贯副秘书长汇报，连贯同志指示一定坚持办好，叫我给二机部办公厅的负责同志直接联系（一般的问题只是向应归口部委的信访室联系）必要时可以把我们机关处理精神病人的做法告诉他们（我机关就有一位精神病干部，公家一直养着），并说明我们国家是一个整体，一个精神病人不能劳动……单方面作离职处理会造成社会问题，给地方增添了麻烦……。我给二机部办公厅何克希主任电话（这种电话内容、记录事前事后都需呈领导审阅）将这些精神说明了以后，他的态度很好，表示要亲自过问。同时为了帮助该部全面了解、研究来访人的问题，和促使其重视，将来访人的谈话记录及十一份证明、凭据开列目录打印给该部参考。他们很为重视，答应处理。可是过了许久，仍无结果，我依然电话催问，他们又提出了一个问题，说原勘探单位据查已撤销，找不到原办单位和承办人了，无法解决。经过多次耐心商榷、做工作之后，他们又说："再想想办法。"我想到毛主席说的："如果抓对了就一抓到底抓住不放，不管什么东西，只有抓得很紧，毫不放松，才能抓住。"那一时期，我一方面每天忙于接谈着其它的来访，一方面经常把这件事放在心上，不断电话催请处理。从3月开始到7月份才有了处理结果。该部终于按劳保条例实施细则等第五章的精神做了复职处理。退职期间的医药、住院费也予全部报销。

过了几日，这个老人又来了，我正在接谈来访，一见他来了，便私下狐疑，自忖：问题不是解决了吗？怎么又来了？是否又节外生枝了？心里沉了一下。这时，他已走到我的跟前，颤颤巍巍地好久说不出话来，我的心更向下沉了。我想，可能真的又出事了。接着听他说："同志，你能见到毛主席吗？"我愣了一下，迟疑地问他："又出了什么事了？有话可以跟我们说嘛？"他说："你见了他老人家，请替我谢谢他，感谢共产党，感谢毛主席啊，感谢党和政府为人民办事啊，这会的社会跟过去可真的不同了……同志，我今天就是特意为这事来的……"。他说到这里，热泪盈眶，非常激动，我也才领悟了他的来意，也为他的话所感动。等我把他送走之后，久久地一连好几天心里不能平静。回到家里，这一幕幕情景也连续在我的脑海里涌现。我们有这样好的党和人民政府，有这样伟大的人民领袖毛主席，而我们就是遵照毛主席的指示在这样的党和国家里工作着，是这么幸福……

我在这里题外穿插了这段经历，是想说明，几十年来——主要是在全国人大常委会和文化部这两个单位的工作，曾给我了充分的养分，培育了我。在党的教育下，不管我做的工作大小，我为党为人民的工作忠于职责，没有忘记党所教导的全心全意为人民服务。

我在这里重墨叙述了接待人民群众来访工作的这段情况，是怀有对过去和现在接待人民来信来访第一线工作的同志们的敬意，写他们的辛苦，写他们默默无闻地忠诚贯彻毛主席指示的"把这件事看成是共产党和人民政府加强人民联系"，"满足人民的正当要求"，关心人民疾苦，全心全意为人民服务，所付出的无私奉献。

杜甫诗："安得广厦千万间，大庇天下寒士尽欢颜"。我也想要说：安得"求告有门"皆欢颜。人民的疾苦，"求告有门"方慰其苦……这就是我们信访工作者应有的职责。

所以：世人盼有"包青天"，安得"求告有门"胜"青天"。

愿我们的人民政府都敞开这片"求告有门"的大门，使天下人亦皆欢颜！

说到这里，想到我的家乡对我家"文革"中诬陷的冤案迄今未予落实政策。我的申诉信高达几丈，痛苦等待的时间长达30余载。我这个曾经在"国家最高权力机关"做过接待人民来信来访的工作者如今却也深感"求告无门"之苦，真是一个极大的讽刺！无奈的天大遗憾！感慨不已……

这也是我的一件未了之事。

八十年代初，我们一大批干部从干校回京，不能进人民大会堂（全国人大常委会机关在人民大会堂），我被调到文化部工作，老领导武新宇（原人大常委机关的常务领导），感到我在文化部的安排不太合理让我回人大常委，很有感慨地说，过去你受苦了，委屈你了，现在回来一定好好安排你的工作，不再回信访室……（其实所谓受苦、委屈并不在于这个工作）。文化部的领导以当时的统战工作需要未准调离。1980年我受命于文化部党的统战工作之际，正是“十年浩劫”刚刚结束后，问题成堆、积重难返的特定历史时期。文化部系统的大批知识分子、学者专家、艺术家、演职人员、侨务对象、党外人士等，亟待落实各项政策（包括大量的冤假错案）以及改善、解决他们的生活和工作条件，还有许多老大难问题，任务繁重而艰巨，所以工作中，遵循周总理的教诲，广交朋友，尊重知识，重视人才，殚精竭虑为他们排忧解难，热心为他们服务，有时要把工作做到了“百分之二百”，做到使他们感激零涕，感谢十一届三中全会以来的党的政策。我在这个岗位上整整坚持了十年之久，博得了被称许的这是“文化部统战工作的黄金年代”，为文化部的统战工作赢得了荣誉，我的政治青春都献给了这个岗位，离开这个岗位时已59岁。可以告慰的是它真实地反映了我平生工作的又一个侧面，一段难以忘怀的美好回忆与纪念。

几十年来，我在这两个单位工作，对党的事业的拳拳忠心，对我服务的对象竭心尽力，对党的工作的执着热爱，从这些艰辛努力全心全意无私奉献中，我享受了一生最大的快乐和满足……

同时，我也遇有不公正的对待和以上所说的要求平反冤案政策不得落实的伤痛，并也曾为此经历了“文革”前及“文革”以来几十年的苦熬。体验了公正与邪恶，文明与愚昧较量的残酷。

何必用别人的错误惩罚自己呢？不必再用悲愤的痛苦和眼泪——对于那些无理的、不公正的对待也可以用快乐的方法淋漓尽致地把事实真相写出来，当也是真理战胜谬误，正义战胜邪恶的一种战斗。

19世纪一位英国女作家夏洛蒂·勃朗台在她的著作中写的一个女主人公“心地纯正，善于思考，有独立的人格。”敢于驳斥、敢于表达对那些伪善、丑恶的人物的极端憎恶。“敢于表达她自己强烈的爱憎。”“不能容忍压迫、屈辱和一切卑鄙、不正义的行为。”我很欣赏她说过这样一句话：“如果我们无理被打击，我们就应该狠狠回击。这是没有问题的——要狠，要教训那个打击我们的人，使他们从此再不敢这么做（注：引之赵萝蕤《我的读书生涯》一文）。”

崇尚文明和进步，摒弃愚昧与落后，是我们的使命。

附录：1964年《下乡日记摘要》

1965年在江西上饶四清（身着发给每人的军棉袄）

1965年5月18日于上饶八都公社八都大队与工作组同志。我的住处就在此浮桥畔一个贫农家里

1965年5月18日于江西上饶八都公社八都大队与妇女们惜别留影(前排右一是我所住贫农家的房东)

1965年夏自江西上饶八都公社转移上饶地委工作组与中直机关、国务院及地委的同志合影于上饶信江河

1964年参加北京海淀区清河朱房大队社教运动工作组成员：杨琴（清河中学政治教师），后排右后武装部中尉，后排中方成志（区法院书记员），林宁（区教育局干部），王莲芬（全国人大常委会干部）

后排右三徐诚（贫协主席）、王保正（生产队长）、杨富、王国瑞、王淑英、（小巍子）中排左一小胖子（王惠英）、左二武玉静、左三王桂清，右一徐淑英，前排左二周淑兰，左三、左四工作组方成志、王莲芬

1964年于北京清河公社朱房大队参加社教运动

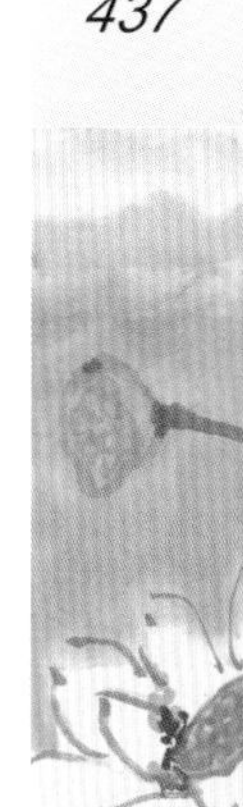

附录：二十世纪六十年代初一段工作回忆

下乡日记摘录

——这是1964年的“四清”运动，我被派往北京郊区清河公社朱房大队、朱房二队时的工作日记。

最近在清理旧纸堆中无意发现了这本日记。打开一看，为其中栩栩如生的人物吸引住了，赶大车的王树、看场院的王永海老大爷……这些农民的言谈形象，今天读来依然亲切感人。

当年我34岁，现在已是年近80的老人了。45年前日记中描写的这些可爱、生动的年轻人可能也五、六十岁了，她们的情况怎样呢？都很幸福吧？爱哭的“小胖子”也当“奶奶”了吧。

日记中这些看来是为集体派活、争工分等等的琐碎小事，却反映了当年农村“吃大锅饭”的生产、生活的一段情景……。过去的清河、小营地区大片农村乡野，现在已变成了北京城市的繁华一角，高楼林立，当年旧址已无从寻觅。

岁月沧桑，史迹犹存。为纪念这段历史和怀念当年可爱的这些青年们，来不及征求她们的意见，仍用他们的真实姓名，把原日记中的故事，一字不差地在我这部《诗文集》中奉献给读者。

限于篇幅，只选登其中三篇：

王莲芬 2008年秋于北京三里河寓所

3月10日

帮助四队搞了几天工作。今天正式到二队工作，我分配在这个队。33户人家，246人，58个劳力（出勤46人），21个青年。

上午刨了一会白菜地，（种白菜种子的）贾队长（贾桂琴：妇女队长、党员，38岁）说叫搞点轻活，去补毡子。这是二队的阳畦地，旁边是电井，有个看电井的老头名徐永瑞，住在这里，在这儿盖了三间小瓦房。一到了中间休息或者开会，姑娘们、女社员们便挤满了一炕，抢扑克的、看小说的、唱歌本的、还有做针线活的、打毛衣的，又喊又骂乱的一塌糊涂。

有一个男孩子打扮的女孩子，穿一件夹克，留分头，人叫他“小豁子”，在炕上闹的更欢，不知谁碰了她一下，上去便是一拳，扭打起来，滚下炕去，屋里尖声喊叫、笑、呵斥、骂混成一片。

“有种的，你过来，不教训你是孙子……”

“废话，脱了裤子放屁，冲什么人？”

“唱的好啊，小胖子，再来个‘阿里郎’……”

“你们这些个丫头片子造反呢，还不给我滚出去……”

“看哪，二丫头输了……，没劲啦……”

“打呀，打的好呀，好呀……”

“小胖子，你别乐早啦，一会儿又挤尿啦……”

好容易吆喝着静了下来，才开了生产会议，讲到各项制度，由一个人逐项公布：

“骂人罚分，一次罚十分，二次罚20分……，同不同意？”

“同意！”一群姑娘们喊了起来。

炕角上一个胖姑娘，20来岁，脸是圆的，整个身体也是圆的，长的憨直傻气，身体结实、肥壮，看来活像个“傻丫头”。会开了半天，她只低着头捧着一本小说看，这时却发言了：“我可得说说，这分应当罚，可得说明啦，为谁订的。我可不好骂人，有骂人的。可是谁看到啦，别又赖在我身上，敢情当我不知道这制度是为我立的。哼！谁要这么看我，决不客气。说‘公平合理’，没那回事，去年我骂人罚我两分，可是以后别人骂呢？罚了吗？干什么不一样对待？骂人还有两种骂法怎的，我骂人不好听，他骂人就好听怎的，罚分也要挑挑拣拣，看人下菜碟。哼！见了皇上就趴下，当我不知道怎的，要订啊，就订！可有一件，不执行——我就要骂他的祖宗三辈了，别他妈的在我眼前装孙子……”。

“对，骂人罚分！同意！再他妈的骂，嘴里带脏字就枪毙！……”另一个姑娘也搭腔了。据说是刚结婚的媳妇，眼睛微斜，白胖脸蛋，大眼睛，高个子，又结实，又匀称，长的不难看，穿一件花棉袄，两条长辫子，打扮的像个城市姑娘，她就是会计王凤月的妹妹，叫王桂清。刚20岁，去年和一个保密工厂的工人小赵结婚了。

“别理她，他妈的，眼斜心不正，她骂人最凶啦，是骂人头，现在他妈的来这装孙子啦……”一个梳短发的姑娘小声说，她叫武玉静，人家都叫她老武家二丫头，是初中二年级学生，今年刚参加农业劳动，才17岁。身体壮实，浑身上下一碰都是硬的，爱说爱笑，最为顽皮，闹起来没完。不太过问正事，不用脑子，对什么事看来也不用心，人们说她没心没肺，疯疯颠颠，说她妈就是这种人。她妈骂她也是说“我是大疯子，你是小疯子。”

她家里只是她一人出勤，她母亲陈淑芳生了8个孩子，现在家看孩子，父亲是一个党员，在工厂当工人。她谁都不怕，谁的管教也不受，什么也不在乎，有些事理也不通。有一次和一个贫农打架，骂贫下中农的祖宗。徐淑英的妈妈说，可别这么骂啊，你问问你爸爸是不是贫下中农，这不等于骂你自己呀……”有时问她：“二丫头，你站哪边啊？她会说，我也不站在积极的这边，也不站在落后的这边，我站在中间。思想极为糊涂，工作组如果向社员问一点事，记在本子上，她会没头没脑冲你问：“问这干什么，记这干什么？”说她糊涂也不是，而是有些清高的味道，轻蔑的态度，故意和你为难。有时在地里干活，看到工作组的干部来了，故意说，老王，来和我一块干，拿家伙递到你手里，你得干起来。别的社员还有些客气、拘束、羞涩……，她不。

“在这充的什么人，你他妈的骂的最厉害了，罚分先罚你，那一次骂人你不骂在别人的前边，他妈的，眼斜心不正的货，你哥哥当会计，你当监委，起什么作用了，谁选的你？当福利队长，卖菜撕帐本，今年没选上你当干部心里不痛快了。缺德鬼，到头了，还想好事哪，别他妈的迷心窍啦……”刚才第一个发言的那个胖丫头支持二丫头的话，也低声咕嘟着，她叫徐淑英，小名“小妞子”，是贫协组长徐诚的妹妹，劳动、为人倒不错，就是人缘不好，爱骂人。老的、小的，她都能骂上，对骂起来可以没完没了。徐诚下放回来，群众看法不太好，原因之一也是他受了她妹妹的一份影响，妹妹爱骂人，对他的看法也不大好了。徐诚说我让我妹妹给带下去了。我倒喜欢她有点傻气、憨直，蠢中有细，有斗争性，说话不让人， 坚持到底。她最爱看小说，爱唱歌，有一副好低音嗓子，还会唱一些蒙古歌。她58年跟她哥哥到内蒙呆过，长的也有些像蒙古人，大圆盘脸，小细眼睛，一乐一道缝，嘴唇不大，厚厚的，辫子一天得梳好几次，一会盘在脑袋上，一会梳下来，我见了就逗她：“小妞子，今天梳了几遍头啊？”她会说“老王啊，你这家伙真坏，我不理你啦……”

前天，“三八”妇女节座谈会上发言，她滔滔不绝，引古论今，说过去女子无才便是德啦，满有点学问，加上又爱看小说，好文学，我说了一句“像个文学家”，第二天看到我便喊：“老王啊！我得找你算账，你那么说，他们今个都叫我文学家啦……”言下也有些满意之意，表示乐于接受，但也表示反抗，提出抗议。

“我看，谁也甭说谁，没个好玩意儿，也别光说我们青年，老年哪？老年比我们骂的更凶！哼！干什么不吭气哪……”那个男孩打扮的‘小豁子’王淑英发话了，19岁，她说话就是冲，没有深浅，没有心计，去年刚参加劳动，刚念完高小就不愿上学了。从小家中娇惯，惯了这么个脾气，是个不太有心的人，没有主见，一会倒向这边，一会倒向那边。但好心肠，热情、直爽、干脆，像个猛张飞，没有心计，人家当炮筒子使她，她也不知道，人们给她说两句好话，便倒向那边，所以，有些心细有谋的姑娘，不大愿意理她，看她不起。但她接受事物较快，靠近工作组，没什么私心，容易发动。她讨厌那些斤斤计较个人小便宜，扭扭捏捏的姑娘们的作风。如她的表姐周淑兰，19岁，同年参加劳动，爱闹小性，个人利益争先，挣分，爱小便宜，满脑子干活争分，赚了钱买东西存着结婚找对象等等。去年周淑兰决算了300多元，就买了皮鞋、料子外套、 呢子裤子，谁给介绍对象，就跟谁好。王桂清现在结婚的爱人小赵，就是她第一次谈的对象，两人谈了好几个月，吹了。小赵又跟王桂清好了，结了婚，可是她却还到王桂清家去玩，托小赵和王桂清给她介绍爱人，小赵真的把他们工厂的一个工人介绍给她，没几天又吹了，姑娘们都议论周淑兰没志气，干什么非要死气白列的找爱人，求人也不应当求王桂清两口子啊。

周淑兰有一个长处爱劳动，干活好，有些活茬都能够拿得起来，心较细，不爱请假。去年一年是出勤最好的，拿分最高的，发着高烧也坚持出勤，从不歇工。人家说她“狠”，姑娘们说她为挣工分，但主要是她家是一个勤俭人家，都有爱劳动的习惯。家是贫农兼工人，父亲周少林在清河制呢厂18年工龄，哥哥周景海20年工龄，12岁日本鬼子在的时候就当童工了。周淑兰天生不爱学习，不爱念书，就愿去干活，读书老蹲班，念了十来年书还是高小。她爸爸说她要脑子好早供她上高中了，这个孩子念书不用心，没出息，就爱干活，让她干去吧，反正是姑娘家，自己能混点吃将来一结婚饿不着就行啦。她母亲周王氏，56岁，劳动好，样样能干，住在娘家马棚里生了五个孩子，生活艰难，由于勤俭能操持，现在前后盖了六间瓦房了（和她当工人的儿子的工资收入）。从入合作社以来就当干部，组长、队委、副队长都干过，手一份，嘴一份，样样活茬很少人比得过她。斗争性强，心细有谋，说话不让人，遇事不吃亏，非要争个理非。也好骂人，人称“骂人王”，也有点“自私自利”。现在不出勤了，在家给儿媳妇看三个小孩，给两个工人做饭，喂了两口猪，整日忙个不闲。对孩子们吃、穿注意，可以给吃的好，吃的舒服，但都得干活。大小孩子谁闲着也不让，她眼中没闲人，早晨一到五点钟，就听她叫起床了，周淑兰有时闹病了，也要叫她出工干活。心真“狠”，要求严格，因此他们家的日子，井然有序，蒸蒸有生气，有一种向上的蓬勃气象，不是那种颓废不振，乱七八糟的没出息、没生气的样子。他们家很少花钱买东西，如每天早晨都要从体育学院马路上捡来一筐筐煤核，够上几千斤了，很少去买过煤球，喂猪的野菜整麻袋地往家里捡，趁着春季野菜多，拣了许多放在院里晾干，以后用来喂猪。人家都说周王氏家的猪肥，但是没喂过好东西，粉渣、甘水买的并不多，喂的猪却肥肥的。

周淑兰此际看了王淑英一眼，放下了手中织的袜子（她从来开会不闲着，要做自己的活。）人家说，开会还搞副业，分秒必争。她不善词令，语句出来又硬又撅，干干巴巴，说不利索：

“什么老的、小的，我看都骂啦，还说得什么劲，管好你自己得啦……”

“什么？你这中间派，好人都叫你当啦，干什么哪，也不害臊……”小豁子冲她反了起来。

“你说我……，我，我说了，你怎么着吧？”周淑兰嗑嗑巴巴急得说不出话来。

“我说，我说，老年就指我不是。”

“我没骂好人，骂就骂坏人，她不骂我我就骂她啦，得有个原因哪不是，你就拿去年那次来说……”40多岁的王梁氏沉不住气顶上来了。

“得啦，得啦，青年吵得已经够受的了，你这么大岁数，也来赶行市，就不好一边歇着，老这么倚老卖老，没完没了啦。瞅，这份乱劲，我说会还开不开啦，说！说！……”女队长贾桂琴发话了，可是手中仍然做着针线活，低着头，一边缝着一边说。她从早就找好了炕头坐下，边主持会议边做活计，她从来开会都要干点啥，不是小孩的衣服、就是织毛衣、或者纳鞋底、搓麻线……。社员说，我们队长别看队上的活不关心，不会精打细算，不会管理，但对自己的活可有个算盘，开会社员给她拿工分，她都不闲着，家中的活也做啦，你说她没有计划性，真冤枉了她。

人们根本不听她的，青年们仍然哄哄地像一群蜜蜂似的。老年们，几个老太太嘴里仍旧咕囔着，几个老头蹲在地上靠在锅台边上叭嗒叭嗒地抽烟，什么也不吭。几个男青年已经在门边上打起扑克来了，读制度的人，也不公布了，手里揣着那个本子，张望着。队长仍旧低着头做活，好像已经发言了，安定过秩序，尽了义务了，完成职责了，不需要再管了。

最后一个40多岁的男社员，把烟袋往腰里一揣，气呼呼地问“嘿，这会还开不开啦，不开干活去，该放苦了，这是怎么说的……”说着门一摔就走了。背后引起一个尖嗓子中年妇女的喊叫：“这小老，闹的什么别扭，又到这来撒气啦，对谁都看不上眼，成天拿着个烟袋睡大觉，我看也得罚分。制度，制度派活也得公平啊，不能偏心眼，干什么老给我们派苦活，人家别的组都摊上甜活，要不俺那组就讲了，‘国乱民遭殃’。小老和我有意见，我这组的组员也倒了血霉啦，得，不是吗，今个队长批准吧，我这组长不当啦，这份气我也受够啦，我一个人可以，别叫大家都跟我受这份洋罪……”

“我不从工作出发？我要不从工作出发，我前个不叫他‘老哥’啦。成年价不和我说话，前天不是为了派活，不还是我主动地去问他，我们连‘老哥’都叫了，还叫我们怎的，谁不从工作出发，评评理。”

“老是活苦，我们天天去抓粪，搞大粪池，兴元子组老在阳畦干甜活，挣高分，大伙评评，这谁没见到……”

这个女的名杨国清，中农，长方脸，大眼睛，翻厚嘴唇，镶着一个金牙。出言锋利，能讲善辩，争工分，抢甜活，拉拢人，排挤人，打架动讼，她也是个能手，是付队长杨国珍的妹妹。嫁给本村下坡王家，和刚才摔门出去的那个男社员王金是本家，堂兄弟媳妇，因闹家务不和，长期不讲话，仇结的很深，住对门，但是冤家。王金是园田技术员，派活由他决定，所以她在讲技术员偏心眼，以公报私。

洪兴元是另一个妇女组长，贫农，40岁，听说此言也搭腔了：

“干什么说我们组老分甜活，我们苦活没干过怎的？你就干了才几天苦活就急了，俺们过去呢？……”

“得，得啦，青年们刚吵完啦，你们又来劲啦，成天的价苦活、甜活，苦活每组轮着干不就结了，又争起来没完啦。”

公布制度的人趁着队长发言这机会，拿起本子来又接着念：“队委会制度，每月召开1-2次……”

“噢……，这该谈队委会的事啦，没咱们的事啦，走啊，走啊。”不知是哪个青年一喊，炕里的、地下的青年连拥带喊叫着奔出去了。会就这么完了，人走净了，队长还是没有抬头还在炕里低着头做她的活计……

5月16日

今天派到王树家吃饭，王树是个赶车的出身，家九口人，六个孩子（淑英、惠英、春英、德全、德财、秋英）。淑英年19岁，男孩子打扮，外号“小豁子（少一个门牙）”；二女惠英才16岁，因为长的胖，从没有人叫过她名字，都叫她“小胖子”，留着两个小辫子，两人均已参加队里劳动。惠英有个毛病，一天傻乎乎的，谁都爱逗她，说叫她哭，准保一逗就哭，眼泪来的快去的也快，泪水还没擦就干，一扭脸又笑了，人家都说她有点傻气，她长的也确实有点憨气，每次评分，一给少了非哭不可，今天评分哭了，明天准保还哭，人们已司空见惯了，谁也不爱理她。

今天到她家吃晚饭，她妈妈扭着一对小脚，正在向她嚷嚷地说，“呵，大姐来了，还不快起来。”我回头一看，炕里边王惠英正蒙着头躺着呢，可能又在哭了。

“我们这个丫头，一天就是个哭，也不知从哪来那么多眼泪，我不是说，往后可得少哭，把眼睛哭坏了，找对象都没人要，我还能养你一辈子？”

“我说她大姐，您可得好好帮助俺们这个丫头，心眼傻着呢，不知道好歹，说也不明白我不是跟淑英说，往后别理她，越搭理她越不知道好歹，可是淑英这丫头可要非跟她要劲，要不我那天早晨骂淑英，当姐姐的，没个担待，用着你说，还打她哪，那不惹她更拧……”

……

“惠英这孩子，可也不听话，我成天嘱咐：别争分，给多少要多少，别一天干着活不赚好，叫人笑话……”

淑英的妈今年45岁，生了九个孩子，剩下了六个，穿着一条黑布裤子，小脚，用脚跟跷着走路，所以走起路来一扭一恍，看来很吃力，穿一件紫红色的镶宽边的绸衣服，看我望她这件衣服便连忙解释说：“她大姐 ，这年头布票紧，把箱底的衣服都拿出来穿了……，我十七岁到他家，没过一天好日子……这一堆孩子可劳神哪。

她穿的衣服很少，看她未系扣子，敞着怀，一个三岁的小女孩随时随地都在扯着她那双又长又大的奶子吃。她一边拍着这个孩子，一边数落着：“不看这个老丫头，我也出勤了。这样，分挣不着不说，受累可不少……”我常跟孩子他爸说，我是你们的后勤，给你们做饭看孩子，还养两口肥猪，这样能换回二百斤粮食，顶补我的口粮，不是？我不占他们的口粮，我吃我自个的。”

话音刚落，竹帘一动，王树回来了。高个子，红脸膛，穿着一件补丁黑布褂子，敞着怀，露出的胸膛又红又紫，看来是个健壮的庄稼人。手里拿着一个酒瓶，一束小水萝卜，向小桌上拿了一个小白盅斟了一盅，喝了一口，咬了一口小萝卜，才转向我：“她大姐，您到我家可千万别当客人，可吃饱啦……，好，别等明个您搞完了运动回去，饿瘦了可了不得……”

三盅下肚后，话更多了：“我说，她大姐，常了您就知道我的为人啦，说干活，没有私心。就说赶这个车，我从小就是爱这一行。就喜欢牲口，您不信不是？我这个人到家里有脾气，骂老婆孩子，可我对待牲口说也怪事，一点脾气也没了，从心眼里疼它们。出门，牲口饿了，把怀里的大饼子掏出来喂牲口，买个油饼舍不得吃，也得给牲口吃。不能叫牲口饿着，您说是不是？

“您可以访听一下，全公社第一，王树摆弄牲口拿手，不数第一也差不多。五队一个黑骡子，谁都使不得，叫我一使，好啦。小营的马，谁也不敢使，送到我们这，我一连三个月跟在地上走，把牲口使顺手了……”

哈，您问用什么办法？嘿，我就有办法，我用这两只手一“吗扎”它，它就听使。您得经心它，什么事都一样，像人似的，您对他好，他对您也好，您说是不是……”说着，一盅酒又落了肚。

“我说，你别喝了好不好，老灌这口‘累’，你不好少说点吗？话匣子打开了又没完没了啦……”

王树的老婆掀着帘子走进来说：“少说点嚒，她大姐到这时候啦，也该吃饭啦，光陪你唠啦。”

“你老娘们懂得啥，就爱多嘴，她大姐也不是外人呀。我说，有缘分咱们才能碰到一块是不？说着又呷了一口酒。注视了一下酒瓶的酒不多了，拿起瓶子晃了晃，摇摇头说，干部‘洗澡’，真得洗洗。村队长现在是正事不抓，过些时候，地里活少了，多出一辆车，给社员奔点钱，我们也可以赚个提成钱，孩子老婆一家九口要花呀。我们是以社为家，纯农户不搭这个搭啥……，有点现钱，我还能喝点。”

“现在队里卖菜700多元了，得给大家分分……”忽然又换了话头：“我说她大姐，我还给您讲事，我侍弄牲口有办法，走多少路，做多累的活，牲口不出汗，别人使牲口活20年，我使的可以多活十年。出车得会选道，马腿和轱辘都叫它走上平道，坑坑洼洼都能躲过才成，不这样，不叫会赶车。还得注意牲口的毛病：

“敢抬不敢撩，必定在下稍；敢撩不敢抬，必定在胸怀。”

6月15日 下午

在场院棚底下，麦收将到，社员收拾场院。

“我是磨房的驴，听喝：”

谁听我的，人家说不指这个。

贾桂琴的老公公王永海，73岁，是个经验丰富的老农，平时不出工，每次麦收，大秋都要请他出来到场院工作，是打场、管理场院的老手，这次又请他出来了。此时，坐在场院的棚架下，抽着烟袋，发着牢骚，他是什么都看不惯，特别是青年人的一言一动，是眼看不上，一搭话就抬杠，年轻人都离他远远的，几个中年人正围在他的跟前拉着家常。几个孩子在洋井边压水玩，弄了一地水。牲口槽里饲养员刚换上了一池子干净水，一会便被几个小男孩搅混了，老头子（王永海）气极，拿起烟袋来追了去，吆喝着，骂着，孩子们跑远了，他还在骂，余怒未息，坐到了棚架下发起话来了。

“这年头，大人不听说，孩子也难弄，一天不知多生多少气……”

“老大爷，这回出来啦，老将出马，一个顶两……”有人奉承了他一句。

“大爷，您培养徒弟吧，把您的经验教一教，叫年轻人跟你学学……”我说了一句。

“什么？跟我学？”

“我说老王同志，年头变啦，人家说啦，不指这个。”

“前年，我教“大猪”（王风伸外号，因为吃饭特多，故叫此名）打场，我说不是这种打法，他把家伙一扔，说什么，我们不指这个，往后用机器；还有的说，我们学不学都挣工分，都吃饭。你看还教什么，谁听我的。”敲了敲烟锅，又接着说：“就拿今个，清华大学的大学生来干活，一百多人，不算少吧，好劳动力。我向杨国珍（副队长）说高粱地的草可得榜了，草和高粱一边高啦，不榜得荒啦，少打粮食，叫草耗着，高粱不长，白薯地可晚几天，高粱地得赶紧去弄，可谁听我的？去了没有？不还是没有去！我还说什么，没用。人老啦，就该死，就是白吃人家的饭……”

“你不好跟您儿媳妇去说，贾桂琴是队长，您说了，她准听……”

“她?别提她还好点。我们爷们不说话，一说话就抬扛。”

“我这是磨房的驴，听喝。”

狠狠地，更使劲地往地上敲着烟袋锅。

“要说我的技术，这点农活，闭着眼睛干的都比他们强，拿早头我们捆秫秸，老王同志，你可以去问问，没有第二份，没有。我一天可以捆600捆，棒子秸1200捆，不用数根、数捆，不多不少每捆都是40根。嘿，不信你数数，没错。还从来不用整根的秫秸捆，都是用半根捆，‘提拎’起来走三遭，不带散的，可是现在的人一提就散，还用的整根秸，我那晚两天的活一天捆完啦，这时的人，稀少，难找。我们那晚做出活来干净利索，不能七长八短，只要不折，就不散，‘提拎’三遭还不散。现在教谁啊，老王？没人学这个！”

“过去都是黑更夜里捆干草（穀草），白天没工夫。捆的大小都一样，不带差的穀。穀草用手‘卡’着，有‘劲骨’的、‘汗实’的就捆小点，软不囊的就没份量，捆大点。过后用秤一‘约’份量准差不离。就得有这种本事。”

“我那晚棒子地每亩能出多少份量，一亩地捞多少苗，一估就估出来了。一步三棵苗，一亩地1800棵，只要牲口、人不‘拔、踏’，打去200棵伤耗，平均四两一棵，一亩地1600棵算（去200棵伤口）就400斤粮食。

“七寸的老玉米，14趟，粒700挂零，分量就10两一个，这还是晾干了的。搁到过年也能捞10两。”

老人越说越高兴，擦火又点了一袋烟，神采焕发地又接着说：

“过去，区上派来了一个‘杨罗锅子’来领导，裤子插兜里老放着折尺，每给他就用折尺量，横一尺五，竖一尺五。我说你就会插兜里带折尺，实际你做做，你要差不了，向你学习，拜你为师；你要做不了，谁也做不了，你要做出来准不差的话，拜你为师，不用多算，六、七棵准了你那个尺码，就算你好手艺。你说的容易，你如做到了，算你能耐。你不学了你不敢卖，你是今个西村‘买’了，明个东村去‘卖’。西村准了东村卖，抛出那个你敢哪。我说我也冬瓜茄子一齐卖（这价钱我全知道了），你是‘卖不了秫稭充大个’。大伙社员说别说了，他急了怎办，我说急了也有办法。第二年上级还派他来朱房当领导，他不来了，说他领导不了，他说人家说的话啊比我高。”

说到这里，情不自禁的笑了，好像说的很开心，看了我一眼，笑了声说：“老王，你干什么还记哪？这些小事还记。”话虽然这样说，但表示很满意，越说越有劲了，向地上磕了磕烟灰又按了一锅烟袋，继续说：

“说这点庄稼地活，那样也不篱笆（外行），我们老爷子那会，可不容情，你耕地那得笔杆撒直，稍微耕弯一点，或者耕不出沟来（地硬上浅）他也不撒种子，非等着你耕直了，才撒。不直，非叫你重回头耕一遍才撒子。我们那会，嗨，一天得挨好多‘刺打’没挨打就是好的。手艺，不这样咋会学出来啦，现在青年人，说还不听哪……”

“我说二舅，你歇会再说吧，你去折点树枝子，叫牲口把场院拉拉……。副队长杨国珍跑过来满脸堆笑的跟他说。”“成！”“老王同志，没人愿听我的话，你还爱听我说，我才跟你说。年轻人这些事，真没法说……，”他边说边站起来，拍了拍身上的土，将烟袋向地上磕了磕，插在腰上向院外走去。

牲口棚里传出一阵笑声，几个年轻人跳了出来，咯咯地笑，连哏带说：

“又是那一套，1600棵秫稭捆，700粒老玉米……哈哈……我们听了多少年啦……”

一阵哄笑，连拥带推，一群年轻人一溜烟从场院里跑出去了。

我的童年往事

可爱的家乡 亲爱的母校

我的家乡在山东省掖县（今莱州市）朱桥镇午城乡前王家村（今盛王村）。在我幼小时，我村共有百户人家，周围有前杨家村、后杨家村、滕冯村、陈家、英上、刘家、彭家、任胡村等十三村。都是几十户的小村。前王家村以王姓为主，人口约占三分之二。相传我们的祖先是从四川过来的。每到年节祭祖叩头时，都向西南叩拜。王姓最早先来到这里，在王姓的家庙里，供着历代祖先的传承家谱，按家谱记载共分三个分支，我家属于第一支。二十世纪三十年代以前还保持着这个氏族体系，四十年代以后，由于时局的变迁，这种氏族关系逐步消失。

我家在掖县的北部（掖北），往北与黄县、蓬莱相连，俗称“蓬黄掖”，掖县地处山东莱州湾的东海岸，地势为东高西低，东山上的水向西流入大海。东山叫金黄山，属招远县。全国特大金矿“寺庄金矿”就在金黄山下，距我村十余公里。我村往西十余里就是大海。

我家乡的民风淳朴，保持着古老的民俗，以农耕为主。由于村庄稠密，人多地少，很多男人到关外东北去学艺谋生，挣钱养家糊口，叫“闯关东”。由于我们乡亲有很多人在那里，都能相互照应。有的人在外边发了财，就回家盖房置地，成了村里富户。

我曾祖父王德中有三子一女。长子王学周，字勲臣，生有四子四女，次子王学文，字彬卿，生有三子二女，三子王学武，字耀庭，生有一子。我祖父王学文的长子王芳春字兰坡，次子王树春，字誉之，即我的父亲，三子王富春，字贵三；长女名珍，次女名淑。这个大家庭在我祖父哥仨没分家之前全家人口三十六口人（不算他们的儿孙），主要靠我祖父王彬卿在东北经商挣钱养家。据老人讲早年我家贫寒，祖父是挑着担子去了关东，在一家店铺当伙计，由于经营有方发了财，并当了这家的掌柜，商号逐渐扩大。后来在东北的辽阳市与同乡人合伙开办了“春发永”粮行、“春发栈”油坊、“春发合”耙子铺等数家商号，还当选为辽阳市三十二行公务会会长，一连干了十年。当会长期间每年可得到一笔“车马费”。祖父幼年家贫失学，经商中深受无文化之苦，为补偿他这一代人穷苦奔走无力求学的遗憾，立志在力所能及之时，回乡兴办义务学校，让他儿子——我的父亲——到城里去读书，学成回乡后帮他办学校。祖父将每年的车马费、“奉票”都储蓄起来，积足了办学基金告老回家时，兑换银元万余，除家里盖房用去部分外，大都用在了办学上。为此，辽阳公会送我祖父一块“三十二行恭颂”的大匾：“缔造功深”。

我父亲自幼师从午城后杨家杨殿弼读私塾10年，1924年结婚后赴辽阳第一民立中学读书，继之进东北大学交通系学习。1929年因父病辍学返里。父亲待人和善，急公好义，素有“小孟尝”之称。在东北求学期间，受新文化影响，追求民主，向往科学，决心履行其父兴学育才之志，但几经筹划，总无结果。是年冬，掖县打偶队将午城村东延寿寺（前寺）和东岳庙（后寺）的一些神像拉倒。（延寿寺的大殿没拉，其中的如来佛铜像及殿宇上严嵩题字“正大光明”一直保留着。）

午城延寿寺为午城十三个村公有。拉庙的当天，我父亲即与当地知名人士滕来安（鲁有言）、王民三等人谋议，请当时的区长王毓川（朱桥任胡村人）出面召开十三村村长会议，商讨办学事宜。与会者除各村村长外，我父亲及祖父王彬卿、寺僧智信等同时参加了会议。会议对王彬卿、王誉之父子出资办学的义举非常赞许。大家商定在延寿寺（前寺）建区立午城小学。在东岳庙（后寺）创办民立女校。校名以我祖父的名和字中的“文彬”命之。学校修建及其他一切费用皆由我祖父彬卿老人支付；午城小学经费不足部分，我祖父也自动提出“由我负责”。

从此，父亲全身心地投入了家乡的兴学事业。

午城小学和文彬女校同时于1931年春开学。1933年我父亲王誉之正式出任两校校长。校训定为“勤朴毅勇”四个字。

我记得午城小学在村东头延寿寺旧址。一座向南的高台阶上的高大门，门左边挂着一块蓝底白字的校名木牌，门内是座大照壁，上书校训“勤朴毅勇”四个醒目的大字。门外前面有一个大水湾，俺村里管它叫“湾”，一早一晚都有老人、小孩在此湾的树荫下乘凉、玩耍讲故事（这个大湾和学校的大门、高台阶的石阶现在都没有了，面目皆非）。当年的午城小学，我父亲将这寺庙的殿房改建的相当“可观”——有整齐明亮的教室、有大礼堂、大操场、图书馆、音乐室、美术室……和“强大”的教师队伍。教师从当地聘请了杨殿弼、张日昌、滕来安、王民三等人。后逐年增聘更替，有杨右臣、张炽忱、杨民生（训育主任）、杨瑞五、王滋庭（事务主任）、滕来安（教务主任）、杨政文、杨云庆。后来又高薪聘请了迟馨圃。此人多才多艺，来校后成为体育、音乐、美术组负责人。学生来自前杨、后杨、滕冯、盛王、任胡等村。

初期学制为4年，后改为6年，仍用原来的四个教室，实行复式教学。课程以语文为主之外，还设有算术、常识、音乐、图画、体育；高小班增设自然、卫生、社会、历史、地理等课程。这在仍然教授四书五经的当时，实在是一大进步。

一位大哥哥杨巨川同学高兴地说：在这上学和在私塾里相比，学习环境真是天壤之别。宽敞整洁的教室，统一规格的课桌，明亮的玻璃窗户，多种学科的课程，统一的作息制度，不像在私塾里一天到晚一味地读和写，什么活动也没有。

文彬女校，开辟后寺正殿和西厢两个教室，东厢为教师办公室，有初小班和高小班，也实行复式教学。教员有滕祝三、戴美英、王雪峰、张善亭，后又聘请了迟馨圃的爱人吕雅君。姜桂兰、薛文凤、宋庆山等也在女校教过课。女校课程，与午城小学基本相同。

我出生的第二年，逢“九一八”事变，日寇占领东三省，祖父在东北的商业倒闭，不久他老人家与世长辞。家境日渐困难，父亲兄弟之间也因办学花销过大而分家。分家后，父亲仍苛求自己继续坚持支付两校经费，后来竟然把自己分到的四亩七分地也先后卖掉了。父亲在回忆当时的情况说：“我办学是为了继承父志，也是因为秉公众推选我为校长。我想把家乡落后的教育改变成像东北城市教育那样的发达。为移风易俗，才成立了放足会。文彬女校缠足者不收，放足的学生免费上学，并供给书、笔、纸、砚和课本等，以示鼓励。”在经济最困难时，两校向学生收费也没超过每生每年1元的标准；对家境贫困的学生，仍然给以减免。因此，学生一般都能坚持学习，成绩良好。与此同时，对教师，该高薪聘请的，仍坚持高薪聘请；学校设施，该添置的仍然添置。两校建立的图书阅览室藏书丰富，仅一部“万有文库”，即为全县各中小学仅有；学校的音乐室、钢琴、风琴和笙、管、笛、箫等样样俱全；学校成立有各种体育运动队，购置了篮球、网球、乒乓球等体育设备。1934年掖县举办春季小学运动会，午城两校挑选男女运动员及乐队队员120名与会。与会的120名学生皆穿白鞋、蓝裤、白衬衣。当时，裤子、上衣家家一努力就可以办到，但白运动鞋不易解决，多数学生也无力购买。父亲虽然当时手头非常拮据，但为了支持师生开好运动会，毅然到朱桥聚兴泰赊购了120双白运动鞋。当运动员进入城区时，迟馨圃指导的乐队在前面奏乐，笙管笛箫齐鸣，铜鼓洋号齐响；穿着整齐的运动员在后面迈着矫健的步伐，缓缓行进，轰动了全城。比赛时，团体操做得整齐、有力，举县无双，会后去九中为师生表演，备受称赞；田径夺得奖牌12块，全县第一。从此，午城小学、文彬女校，在全县出了名。是年秋季，山东省教育厅长何思源来胶东视察，在掖县听了我父亲办学的事迹介绍后，非常高兴，当即亲笔写了“**乐育英才**”四个大字，盖章后，让县长刘国斌做成巨匾敬送誉之先生。南京监察院长于右任也赠对联曰：“**江湖见天大，丝竹感人深**”（引自《王誉之纪念文集》杨振东著文）。

从而省教育厅和县政府在本校举行了一次赠匾嘉奖会，给了我父亲“兴办教育”的崇高荣誉。掖县县长刘国斌题词：“**为国树人**”。县教育局送的匾是：“**敬教劝学**”。长山岛行政长官张骧伍送匾：“**惠及青年**”。还有十三村送的匾等（署款均为“誉之王校长纪念”）。这些匾在1950年以后下落不明。

有记载说：“午城小学和文彬女校的斐然成绩，引起了省内外各界的重视，先后收到来自省、县、区等方面赠送的匾额各十馀挂。来校参观者更是络绎不绝。西由四小、朱桥五小的孙校长参观后感慨地对誉之先生说：“……像你校的图书，仅阅览室的这部《万有文库》，我们一年的经费也买不来。”参观音乐室，更是令人羡慕不已，当时小学的设备齐全，钢琴、风琴、笙、管、箫、笛、鼓、号……凡教学所需乐器，这里应有尽有为全县之冠”。

在我的记忆里，童年的家乡是那么美丽、温馨。我家是午城前王家村，村东头是前杨家村、后杨家村，西头是刘、胡家村……等都是几十户小村环绕相连。村的北头有一条东西向的街是集市，五天一赶集，叫小集，大集市十天一次，在相隔五华里的朱桥镇。午城小集这条街很繁荣，街东头有杂货铺，西头的路口有一家饭馆，生意很红火，掌柜的叫孙云九（孙云霄）是我大班同学孙占元的父亲、我父亲的挚友，曾任我村党支部书记。此街的东头是我的母校文彬女子学校，原为东岳庙旧址，再往东便是后杨村，街南边紧靠午城小学的北墙。就在此北墙的西口往南走，路西一条东西走向的街，路北边一片青砖大瓦房便是我的祖居——大祖父、三祖父两家相连的住宅，他们两家的住房都有前后院，临街的前院有客厅（俺家乡称客屋家）院子也很大。这条街是我村的主要街道，两旁的房舍整齐洁净，鸡犬相闻，邻里和睦，人气兴旺，一片升平景象。我祖父的住宅是早年的老房，也在这条街上，面积很小，只有三间北房、两小间东厢房，一小间南房，我们称之为“老住宅”。人口多住不下，后来我爷爷告老回家时，选择了村西南一块靠河沟沿的地盖新房。我就是在盖此新房的上梁之日降生在这个 “老住宅”里。新房共建有三十余间，一个大门里分建东西两处院落。大门坐西朝东，进了大门的北侧是通往东院内宅的二道门，进了二道门迎面是雕花照壁，过了照壁是一个四合院，这是全家人的住所——北房五间，祖父母、伯父母住；南房三间我父母、叔婶住。另有东西厢房各三间。此东院的二道门外是外院，靠大门的南侧有一棵梧桐树，树下筑一鸡窝，寓凤凰来栖之意。外院中有一口吃水的井，井台上有一棵苹果树。外院南墙有一排南屋五间，分别为东库、磨坊、牲口房等。

西院不设二门，院子很大，早年院子里有一棵林檎树、一架很高的“秋千”。抗战时胶东的八路军马少波率领的马队曾驻扎此院。部队地方的抗日人员也曾被掩护在这里（有历史意义，原拟在此建抗日事迹的纪念室）。这西院只有南屋五间（存放粮谷、杂物）及北房五间，这北房五间大瓦房，中间不打隔断，是通敞的大客厅（“客屋家”）用于接待客人和书房(抗战时，八路军干部曾住此养伤)。中堂上悬挂有“辽阳市三十二行”赠送的“缔造功深”、何思源题赠的“乐育英才”……等三块大匾（第三块的名字不记得了）以及于右任题赠的“江湖见天大，丝竹感人深”对联，还有当时的齐白石、吴昌硕等名人的字画。桌椅全是上等的红木家具，陈设有书籍、古玩、文物、文房四宝、纪念品等。真是含英咀华，书香满屋，是读书、学习的好地方。父亲启蒙我的第一篇古文，教我的孔子说的“己所不欲勿施于人”的第一句话，手把手教我学会看钟表几分几秒……就是在这里教的，这常常使我思念不已。

这个西院1937年父亲弟兄三人分家时分给了我父亲。1939年我们离开家乡后，以上家中这些陈设、匾联、字画、文物……均已下落不明，被当时的村干部弄走或毁掉。此房曾被用作小学课堂，后又改用作木工坊。1977年十年浩劫后个别掌权的村干部刘相彬等人对我家的房产及这些房屋的木梁（一根木梁可用于现时的房梁3–4根）早就觊觎拆卖私分为他嫁女娶媳和盖房用。听说“四人帮”倒台了，要在全国落实党的政策，便急不可待地急忙拆掉。当年祖父因“老住宅”房子拥挤，将他挣的钱除办了两所学校，便盖了此房，没有去置买土地（我家的土地很少，父亲分家时才分了四亩七分地，为支付学校开支“破产兴学”，1939年前已全部卖光）。祖父建此房，为的是拼搏一生，告老还家安居乐度晚年，房子盖得好一些是可以理解、无可非议的，用的砖瓦、石料、木料都是上好的。除了施工人员，我们是全家动手，我母亲和未出嫁的二姑母为施工人员做饭、帮工，连搬运砖瓦也亲自动手。母亲的双手都磨成了泡，二姑烧饭时由于疲劳过度竟烧着火倒卧在灶间地上睡着了……盖这房的一砖一瓦，一粥一饭都极尽了她们的劳动和辛苦，渗透了她们的血汗，没想到竟毁于歹人之手。由于房屋造的质量太坚固，拆起来很困难，历时很久才被野蛮地、狠毒地拆掉，真是罪大恶极！这是人民的财产，历史的文化，不私拆它本还可以用于公益事业，这种为饱私囊，不惜进行破坏，目无法纪、愚昧、罪恶的行为令人愤慨、发指！我为包庇这种犯罪分子，使之逍遥法外而痛心，更为我亲爱的家乡而悲哀！

1985年，我是46年后首次返回家乡，家屋没有了，如儿寻母，儿时记忆已不复在。连拆后的房基都残忍地未给留下批给别人盖了房。我们爱家乡，却无家可归！

这是发生在“文革”以后的事。违法乱纪的掌权者，毁掉的不是几座房屋、几块砖瓦、木料，毁掉的是历史、是文化、是文明、是尊严！是中华民族传统的美德和道义！

伤害的不只是我们这一代人的拳拳赤心，是艰苦创业、勤劳善良、造福家乡的祖先，是继往开来热爱家乡的子孙后代！

更可惜的是，曾经载入史册为我掖县（莱州）挣得荣誉、教学为全县之冠的母校、抗战中有革命摇篮之称的已有八十余载历史的午城小学2008年被撤销了。校址也被毁，要在此盖楼房出售谋利。母校早年的师生原已筹划的建“校史纪念室”（德育室）亦落空。我多次紧急呼吁保护历史文化，抢救这块遭受破坏的仅剩下的遗址建校史室，不被理睬。文明与愚昧、进步与落后、真理与谬误的较量与斗争，竭尽心力却回天无力，只能有待家乡的子孙后代，去公正的评判！自有千秋公论！

时间会证明这一切！

多姿多彩的小学生活

我出生于1930年农历3月，这一天正赶上我家盖新房上梁之日，按当时习俗要选黄道吉日、吉时，恰好我就在此时降生了。当天我祖父宴请的一些亲朋好友听说他儿媳要生孩子了，齐口庆贺如生了男孩就是双喜临门，不料却是女孩，很是失望，尤其是我年轻好胜的父亲，要面子，觉得对不住爷爷和老一辈们，心里难过，我的祖母出来排解，说给这孩子起个名字叫转娥吧。我家和我同辈的女孩乳名“凡”娥字，大堂姐叫聚娥，比我大两岁的胞姐叫馨娥，给我取此名的意思是期待转变，以后生男不再生女，可是一直也没有“转”过来，我母亲一生只生我和胞姐这两个女儿。

仔细琢磨起来，这名字是有点意思：符合坎坷人生辩证、矛盾发展规律。穷则思变，变不利因素为有利，就要变，就要“转化”；或虚拟在广寒宫的“转娥”年年月月不停止地转，尽管清冷，但“转动”的能动力是极热的，酷如人的一生。

在我长大期间，家里人特别是那些堂哥哥们都喊我“转转”或“小转娥”。我的学名也是按我家乡的传统排下来的，男孩大堂哥叫王连山，下面便是连海、连元、连壁、连科、连杰等等，女孩是“莲”字，大堂姐王莲英，下面便是莲馨，莲香……排到我便是芬字。当我懂事后并不太喜欢这个名字，这个学名是参加工作后才正式用上的。

我母亲的娘家很穷，嫁给我王家不是门当户对，其它妯娌娘家富有，可以被她娘家用轿车接回娘家去住。我娘回娘家是我舅父步行赶着小毛驴接送。拴在大门前的小毛驴与她的妯娌们的轿车并排在一起太“寒碜”，祖母便好意地吩咐我娘：“老七（我娘在大家庭儿媳中排行老七），你放下手中的活提前回娘家吧。”不叫小毛驴在门前久留。我娘很少回娘家，一年到头在婆家干活，一大家口子的做饭、缝衣、盖房、里里外外的劳动、活计主要是她和我二姑母。连她喂奶时都要捂着我的眼睛，怕怀里孩子看着娘的脸玩耍耽误她干活。喂完奶便把我放在院子里让我自己爬，等到晚上才能见到娘，手掌、膝盖都磨成了茧子。夏天我只穿一小红兜兜把我放在庭院的草席上。有一天发现不见了，爷爷、奶奶到处找，满院子都找遍了，最后发现歪倒在地上的一个大瓦缸的口上露出我娘给我扎的小辫红绒绳才发现了我，好容易把我弄出来，爷爷心疼地把我抱在怀里，全家一片欢笑。从此我的“待遇”有了改善。

小时候父母一直把我当成男孩抚养，别的女孩都梳小辫，我则同男孩的发式一样。性格也与女孩不一样，愿与小哥哥们玩。父亲一日三省早晚给祖母问安也抱上我，还教我说“Good Morning……”，父亲外出办事，探亲访友多半要带着我，胞姐莲馨很守规矩也不大愿见外人，不像我的胆子大，不怕生人。我的叔叔王贵三是爷爷最小的儿子，我母亲嫁来时，他才八岁，祖母身体不好，是我母亲把他照顾大的。叔父年轻时很英俊，仪表堂堂，许多年轻的女孩都喜欢他，他有时去会这些人也带我同去玩。我伯父在家里很严厉，可是对我却很喜爱，看到我就欢喜地说：“咱家这个二闺妮穿什么衣服都可爱”。我有两个姑姑，她们回婆家、看亲戚，常常带上我，母亲的手很巧，给我做了城里女孩穿的新式连衣裙，我还比姐姐多一双红皮鞋，去姑姑家做客，她村里人见到都艳羡不已。特别是大姑母很爱我，她生下第一个女孩（我的大表妹秀梅）由于我娘的奶水不够，便用她的奶喂我。稍长大，她也常把我带在身边。大姑母冰雪聪明，具有惊人的口才和记忆力，有时逢年过节，村里镇上搭台唱大戏，她看了回家后可以从头到尾惟妙惟肖地全部表演出来……我娘说我可能是吃大姑母的奶，很像我的大姑。可惜，大姑母29岁就过世了，我很想念她。

我家的姐姐们都在我父亲的文彬女校读书，我五岁就和姐姐们背上书包一块上学。我个子小排座位时在第一排最前头。我的老师滕祝三当时就五六十岁，他是教育世家，他儿子滕来安是午城小学教导主任，儿媳杨来仪（杨占凤）是我姐姐们上大班的同学。当年我爷爷创办的这个文彬女校是掖县第一所女子学校，首批就招收了三十多个女孩子入学，不仅不收学费，连贫苦学生的书本费也由我家承担。杨来仪就是我父亲的第一批女弟子，她家境贫寒，买不起书本，几次想中途辍学，每次都是父亲亲自派人把书本送到她家，鼓励她一定要坚持学下去，终于完成了学业，毕业后留校任教，并由我父亲主婚与滕来安老师幸福的结为伴侣。这在当时对于一个贫苦农民的女儿简直是不可思议的，所以滕老先生家在我校是两代人三位教师，而滕来安夫妇也是在这个学校走上了革命道路，全国解放后都是胶东烟台地区从事党的宣教工作的领导干部。

大班高年级中，也有大户人家的子弟。如后杨村的杨淑芬、杨淑芳姐妹，我印象最深的是她们很美丽，还记得她们戴的手织的配粉色花边的蓝毛线帽子很漂亮，衣著也与众不同。彭家村的彭维芳同学（现在台湾），父辈是张宗昌的旧部，她很怀念老校长，“文革”后，她第一次从台湾回家乡时，特意奔赴北京看望我父亲。

胖胖的滕祝三老先生很慈祥，可是他经常拿着上课用的藤条教鞭敲我的脑袋，因为我坐在第一排紧靠他的讲桌，我长大以后有时头疼，就开玩笑地说这都是滕老先生给打的。可是看来他还是有偏心，只敲我的小脑袋，不打我手板，对别的女生有时打手板，那是很疼的。

我邻座的同学叫滕平稳，其实她并不“平稳”，和我一样顽皮爱闹，滕老师敲我的脑袋多半是由于她。我俩亲密无间，是好朋友，我一直怀念她。我9岁离开家乡，到了16岁在辽阳组织上送我上学补课有一篇作文，命题是“我最亲密的同学”我就写了她，可惜至今也未能找到她。

还有一位杨闺秀同学，她比我大，品学兼优，功课特别好，人很沉稳、文静，是我崇拜的偶像，冬天连她手上自己编织的旧毛线半截手套（手指露在外边，便于写字）我都“羡慕”。至今令我难以忘怀的是，一个初春天气，春游回来，打扫教室，窗明几净，突然发现她课桌上有一个玻璃小瓶插了几枝丁香花，我跑到她座位上观看，那沁人肺腑的淡淡清香，这是那时我长这么大第一次闻到的这种花香，好像整个教室都被净化得明洁、宁静……那早春天气的生意盎然，那淡淡的清香、洁净，到现在我年老了还一直浮现在脑海里。每年的春天，只要我看到丁香树，都会去树下尽情地去闻那淡淡的清香，都会回忆起儿时杨闺秀同学课桌上的丁香花……那根植在儿时幼小心灵上的新鲜、甜美的感受和情景，每到春天都要在我心中绽放，那美好的回忆和留恋……每每涌上心头。

几十年过去了，我们没有音信。1994年我父亲去世后，她看到《讣告》才取得联系。她来信悼念老校长，信上说：“我和老校长及莲馨、莲芬姐妹自小分别已六十年未见面了。今天看到莲芬同学的信……好像又看到了儿童时的她。想起了儿时我们一起的情景，心里涌起了无限甜蜜的感情……同学中莲芬学妹在我的脑海里印象特别深。她在同学中年龄最小，当时才五、六岁，个子较矮，在最前一排桌。她胆子大，活泼、聪明、爱说爱笑，她的模样直到现在仍清晰地浮现在眼前。每想到她，也同时会浮现出老校长那和蔼、慈祥的面容。自接到老校长去世的噩耗，我心里非常悲痛，老校长为家乡教育事业贡献了自己的一切！我们上学的书免费、不收学费，冬天怕我们学习时冷，还给我们生起了炉子，怕我们生病还免费按时给我们种牛痘，我清楚记得第一次种牛痘的情景，莲芬师妹的胆子大，第一个带头种，我胆小，吓得直哭，是老校长拿着糖块叫我吃，哄着我种了痘。自己的父母也不过如此。……老校长对我们从来不发火，从不打骂，循循善诱教育我们……他教育出来的学生，日本鬼子投降后，能坚持毕业的，都成为新中国的第一代教师，继续着老校长的事业……”

闺秀同学写来此信时已60余岁了，她已瘫痪卧床多年。丈夫已故，生有一子五女，均已成家，都很孝顺，轮流看护她，农村中的生活条件还是很艰苦的。为宽慰她，并弥补我对她的思念之情，请人给她在床头按上了电话以解她长年卧床的寂寞和病痛。我们也时常通通电话。2009年她离开了人世。我一直想念着她，却未能在她生前见上一面。只能抄录她这封信以志我的怀念。

还有一位我想念的同学刘雅堂，我们分别的几十年里她继承老校长的心愿一直从事教学工作。2002年我得知她瘫痪不能行动，便写了”观海”两个大字请莱州市博物馆林光旭馆长找人裱了送给她挂在墙上让她看了开心。2009年她去世了。也是生前未能见上一面。

在我五、六岁小学的生活中，除了这些美好的记忆和怀念，也还记得发生过的一些幼稚可笑的事，每想起来觉得也很开心。那时我在小学一年级年龄最小对同班的大姐姐们非常羡慕，她们的一举一动都要好奇地去模仿，比如我们放学排队回家的路上，走在我前面的是带队的大姐姐刘雅堂，她长得很好看，头上戴着一顶红绒帽子，上面缀了“闪光片”和彩色的璎络装饰（我至今仍记得很清楚）有一次她边走边擤鼻涕，然后用手往地上一甩，那姿势我认为“很帅”，便跟在后面模仿着学，特别是每天必须经过的一个集市的路口，赶集的人很多，我想显示一下，可是偏巧当天我没有鼻涕，硬是将鼻子捏来捏去，然后用手使劲地甩来甩去，果然引起了人们的注意，说这孩子怎么啦？招来了批评，大姐姐们责备我：不要什么都模仿，不好的习惯你也学哪？！

还有一件稚气的事，我父亲为提高两校的教学质量，用重金聘请了青岛著名的教师美术家、艺术家迟馨圃老师和他的夫人吕雅君来学校任教，他夫人负责教文彬女校的女生。吕老师是大城市来的新女性，和乡间人不一样，烫着发，身着旗袍，气质高雅，她很美。有时她穿的是质地柔软的丝绸旗袍，上课时她走到我身旁贴近我时，我总想摸摸她，竟伸出手让她抱，像个淘气的孩子，她没有怪我，像妈妈一样，搂抱了我……我欢喜极了。

紧接着我又犯了一个大错误，文彬女校的教室原来是个庙宇，父亲把它改建得非常漂亮，原来的正殿是高年级女生教室，东西厢房改建成现代化的教室，都是新式的白蓝两色的玻璃门窗，青砖铺地，室内阳光明媚，几案明洁，学习环境相当优越。父亲喜爱花草，校园里、校门台阶和两侧都摆满了杨桃、菊花等四季不同的花木。父亲的校长办公室就在东厢房的一间，记得室内有一盆很大的桂花，满室馥香。有时下课后，负责上下课打铃的和护理花草的老校役孙凤堂便悄悄领我到校长室，室内桌上有一个放糖块的很漂亮的玻璃罐，每次他都拿一块糖给我吃，渐渐地吃光了。终于有一天被父亲发现了，勃然大怒，把我叫到校长室，狠狠地教训我没规矩，除打了我手板，还罚我跪在地上，并训斥老校役不该搞特殊随便领我到校长室……然后让他看着我跪着不许动……

老校役孙凤堂，原是我村一贫困无依的老头，年纪六十上下。年轻时不务正业，游手好闲，吃穿无着便去偷人家东西，村民深受其害。父亲为改掉其恶习，为村民除害便将其收养在我家里，供其吃穿并安排在学校里做校役，村民们都说我父亲为大家做了一件好事。他生活有了着落，对学校的工作也尽职尽责，对我也很好。见我跪在地上很是难过，说校长出去了，你别跪了，先坐在地上，等校长回来再跪不迟。我说爹爹不让说谎。他说那就让我陪你一起跪。我说为什么呢？他说："我要做京戏里《三娘教子》中的老薛保，为了保护小主人，老薛保苦苦哀求三娘不要再打小主人了。一会校长回来你就说打在儿身，疼在娘心，高高举起，轻轻放下，不要再打了……。"父亲回来了，我是怎么讲的已记不清了，只记得当天晚饭时分把我送回家时，饭桌上大哥哥们正在议论："哈哈，小转转今天也挨手板啦，是老薛保救了她……""哈哈……"我也跟着他们傻乎乎的笑，不难为情了。因为我注意了他们说我"也挨手板了"他们先挨过，说明我和他们一样是大学生了……大家对孙凤堂这个老薛保的"侠义"和忠诚，在家中一时传为美谈。因祸得福，孙凤堂受到"广泛"赞扬，而我也被《三娘教子》这个故事深深吸引了，从此便常常主动去请孙凤堂这些老人家给我讲了许多民间和戏剧故事。其中一个"水咕嘟（布谷鸟）"故事，讲述的是一个小孩子过河去看望姑姑，不慎落水，变成小鸟到处呼唤姑姑。还有"黑瞎子罴虎精"，"孟丽君"等故事，而我由此也渐渐学会了讲故事，可以展开我自由飞翔的想象翅膀，把听来的故事随意编织、增添许多动人情节，绘声绘色地讲给人们听，连大哥哥们都听得入了迷，称我为："瞎掰划"，意思是胡诌瞎编的。

我的五岁小学生活，在大家的宠爱下就是这样多彩多姿的度过了。到了六七岁逐渐懂事了，才体会到我竟然还有"痛苦"——这就是因为我是女孩子，父母没有儿子，替父母难过和遗憾，对未来也充满了忧虑。深感我的压力和担子之重，怕辜负了父母对我的期望，时常为此发愁。再是我爱讲故事出了"名"，走到哪儿老人、孩子就围着叫我给他们讲；还有，他们都认为我"有学问"，是"小先生"，写东西的事就找我。如我在烟台的一个亲朋的大家庭里做客期间，那些婶子、大娘们经常求我写信（写家书），这是很累人的，我要抱着一本写信的《尺牍》照上面的"敬禀者”“膝下安好”之类去写，太劳心。我本来是个孩子，却要像“小大人”一样去费脑筋学习，不能自由自在的闲着和玩耍，很羡慕那些邻居的女孩，学学针线、拍拍皮球、跳跳绳……那种轻松的、没有压力的普通人家孩子的生活。

抗日战争爆发，父亲、叔叔投身革命。叔叔王贵三奔赴抗日前线，父亲1938年被八路军山东五纵队三支队聘为外交顾问。中共掖县县委也在我家设了交通站，母亲也投入掩护工作。我们文彬、午城两校合并为“午城小学”，师生抗日激情高涨，学校成立了少年抗日先锋队、儿童团，莲馨姐姐为儿童团团长，莲英大姐姐们由父亲送到八路军山东三支队做宣传教育工作，大多数学生参加了革命。家乡组织的宣传抗日的演出要找一个扮演小女孩的演员，大家认为我胆子大，不怯场，“非我莫属”。在台上演出只有一句台词，当问道：“你爹哪去了？”我回答：“爹爹上前线打鬼子去了。”我果然表演得很成功。当我看到台下的观众，我的二姑母抱着云香小表妹也在欢喜地观看着我的表演，我在台上自豪地朝她暗示我勇敢，上台不怯场的那种自信和骄傲，台下的二姑母会意地向我点头微笑。当年的此情此景，历历在目，如在眼前。

在此期间，对我的思想成长，前途命运产生深远影响的是当时特定的历史环境。抗战伊始，在山东的八路军以及地方上从事抗日救亡活动的叔叔阿姨们，为开展工作，经常来往于我家，有时单个，有时几个人乃至十数骑的马队等等，便由我们家负责承担起保护他们安全，掩护其开展工作的责任。因为当时日军就在距我村五华里外的朱桥镇设了据点。每当看到自己的威武雄壮的队伍，我们这些孩子便欣喜若狂，前后围观，视他们为了不起的英雄……我母亲时常为他们做饭，堂屋里火灶不够用，便在院子里搭起棚子当厨房，忙碌的汗流浃背，日夜不息。母亲非常美丽，贤惠干练，名闻乡里，大家尊敬的称她为贤惠的嫂夫人。不久，日寇在胶东大肆扫荡，马少波叔叔及其他战友从前方给我母亲写来的〈战地通信〉，经常由在儿童团的姐姐和我念给她听。在我幼小的心灵里，深为《通信》中揭露的日本鬼子到处奸淫烧杀的暴行和字里行间迸发的抗击侵略者的正义呼声所震撼，联想起读过的民族英雄岳飞《精忠报国》及其他一些《巾帼英雄》的故事，我觉得自己虽是刚刚七八岁的孩子却已经长大了。

我第一次见到的最美丽的城市——山东烟台

童年幼时，由乡村去到东北城市，在我记事之前只模模糊糊，记得好象跟随祖母、父母们去过东北的辽阳。因为从山东龙口乘船，那三等舱内的闷热、呕吐之情及到辽阳后在祖父的商号春发永粮栈院内我们孩子们围绕囤粮的又高又粗的粮仓捉迷藏玩耍的情景脑海里隐隐约约有点印象，别的记不住了。到我记事的六、七岁跟母亲到烟台的这一次，才记得较为清晰。

我父亲的好友吕海琏（字少丹），是我家乡乌盆吕家人。其老辈与我爷爷是世交，也在辽阳经商，有“大顺成”绸布店、“东顺成”油坊等商号。他邀请我母亲到烟台毓璜顶医院治病，我跟随母亲住在他烟台的家里。我总觉得这是我第一次从乡村来到大城市，在我幼小的心灵中，这是最美最大的城市了，我非常爱它。

他们家是个大家族。他家的老奶奶是一个非常和善的人，到现在我还记得她那慈祥的面容和她率领这一大家口人的领导能力。

我印象很深的是这奶奶除了有一大堆儿子、儿媳、孙男孙女而外，还有一女儿，我叫姑姑。这个姑姑三、四十岁，常年与姑爷住在娘家，体弱多病，一天病恹恹的，却生有很多孩子，当时她已有5个女儿，两个儿子，生的女儿个个美丽出众，我都非常喜欢她们。二女儿叫“勉”，嫁给我家乡胶东一个外号叫“铁勺子”（意指财产之坚固）的富商家，有几次，这个勉姐姐和她的妯娌们来这家里，她们每个人穿的旗袍都是锦罗绸缎，打扮非凡，她们那花团锦簇的情景，真是“昨日入城廓，归来泪满襟。遍身绮罗者，不是养蚕人”。和我一般大小的那几个女儿，有一个叫“贞”，比我小的叫“根”，还有与我同名的转姐姐，都成了我的要伴，我在这个大家庭里作客过了约两、三个月的快乐生活。但有时也很累，要给这家的大娘婶子们写书信。我从小就深感这方面的负担之重。

少丹叔叔还特意给我和母亲制作了新衣，领我娘俩到照相馆留了影。还带我们游览了烟台市的一些景点，给我讲了烟台的历史、看了大海。记得有一处叫东山的地方不能去，日本鬼子在这里设有岗哨，中国人不准靠近，样子很可怕……。

在临离开烟台之前，又在我同乡王鸿义家住了几天。这家是做毛皮的小作坊，满院子都是泡毛皮的水缸，刺鼻的硝酸气味特别难闻。在他家的饮食每天都是大白馒头、炒洋葱；住处虽然简陋，但是我在他家小平房屋顶楼阁的窗户上可以看到毓璜顶。他特别自豪的解嘲说，这是他家的望眼镜能看到半个烟台。这环境、条件极不相同的两家待我们都非常亲切。总之，这是我一生中在幼年所到所见的最好的城市，给我的甜美感受和感情很深很深，是我童年的一段美好记忆。

但我从烟台回家不久去另外一个城市，情况就不同了。

作者七、八岁与母亲于山东烟台

在北平的贫民区

1939年一个麦收季节的炎热中午，农民们在我家门前的一条沟沿的柳荫树下歇晌乘凉，我也在那里玩要，见到几个农民打扮的人也坐在柳荫树下，一边乘凉一边哼哼抗日歌曲。这几天我贵三叔叔从前方回家探亲，这天中午正在地里遛牲口，我跑去高兴地告诉他有几个不认识的人在我们沟沿唱我们的歌，叔叔连忙说：“快去问问是哪个部队的？”等我回沟沿时，惊呆了，这些人正从我家大门口把我娘押出来，原来他们是汉奸队，来抓我父亲没抓成便抓了我娘，要押送到朱桥镇日本鬼子的踞点去。我上前抓住娘不放，汉奸队长说把这孩子也带上，我为了拖延时间便在地上打滚连哭带喊，这时村长来了给队长塞了钞票，向他求情说：“她一个妇道人家抓去了没用，等他男人回来保证给你们送去。”这才放了我们。幸亏叔叔听到我的哭声，牵着牲口赶快往远处去了。几天后，我父亲便离开了家乡，辗转东北，后在辽阳市辽南城工部从事地下工作。为逃避日伪的追捕，1939年冬，我娘便带领我和姐姐到北平和东北去寻找父亲，当时的北平是汪伪政府。我家乡的传统习惯，只要村里有人在外面做买卖谋生，村里十五岁以上的男孩都可以去投奔、学徒或找工作，乡亲们去了，也会受到照顾。我们就投奔了我村父亲的朋友杨锡山伯伯，他在北平前门外珠市口西柳树井广泰兴麻刀铺当掌柜的。这是个比较破旧的木板小二层楼，父亲来北平就住在二楼杨伯伯的房间。我们娘仨被临时安顿在隔壁的一家裕泰小旅馆里，要到街上去买饭吃。杨伯伯的儿子杨钦比我大两岁，有时将店里工人吃的玉米窝头和咸萝卜拿来给我们吃。住旅馆不是长久之计，需租房住，好的一些房租太贵，便在天桥一带，当年此处友谊医院附近有个“四面钟”（是一个十几米高塔形的四面有钟表的建筑物，据说每年冬天都有人过不了年在此“冻死”）的西北部寿长街辛七号租房住下，此处房租比市内城区便宜，也得向二房东预先交付三袋洋面的房租，杨伯伯给付了。这里既不是北京的四合院又不是“传统”的大杂院，是贫民窟。院子不大却住有七八户，房间只有七八平米，最大的也约有十平米的里外屋。居住的人有一家是附近屠宰场的屠夫，有的是家中设赌局，有的是不务正业、游手好闲的痞子、小市侩，有的是暗娼……不管他们是做什么的，都是挣扎谋生在旧社会最底层的穷苦人。五六岁小栓子他娘，男人失业，依靠这个女人生活。女人接客时，男人领着小栓子躲在外面……，这可怜的女人、男人、孩子，就生活在这最底层的黑暗里。

还有一家有一五六十岁的胖老太太，女儿在张家口也做这种营生，留在家里一小男孩叫小嘎子。老太太是老北京人，每天早起便在院子里摆上小饭桌喝茶，一直吆喝到中午。他有个儿子叫张德义，20岁左右，油头粉面，赋闲在家。另一家是一位胶东中年妇女，男人不在家，看似良家妇女，可能和家乡的一些生意人有交往……。她家中收拾的很整洁，墙上挂满了年画。我第一次见到的年画和父亲过去给我讲过的“鞭打芦花”闵子骞向其父为继母求情说的“母在一子寒，母去三子单”的二十四孝故事的年画就是在她家看到的。

住户中较体面的有正当工作的是这家屠宰场工人，但也是每天疲惫的回到家满身油渍不换衣服倒头就睡。她家也是山东人，到北平谋生，男人宰猪，女人“缝穷”（给人缝补衣服），家里孩子一大群，七八岁的女孩子背上要背着一、二、三岁的弟弟、妹妹们。这家的女人很勤劳，揽些针线活养家，她还将揽的活介绍给我母亲，做一件长衫可赚三四角钱。屠宰场就在我们住处不远，有个早市卖猪鬃，我和姐姐天不亮就到早市上去捡猪鬃，捡一小把（一拇指粗的）就可卖两三毛钱能补家用。当时吃饭问题常常使我们担心害怕，不知哪一天就断炊，没粮做饭了。

有一次我父亲不在北京，家里断粮一天没有吃饭，我家乡母校杨老先生的姑爷叫袁麟阁，在珠市口做生意，常到我家来看我们。他过去到我家串门时，曾教我京戏汾河湾“儿的父去投军”的一段唱词，那时杨伯伯的儿子杨钦小哥哥带我去珠市口北边的开明剧院、华北大戏院和天桥看过白玉霜、喜彩莲的“蹭戏”（不买票，小孩子趁人不注意钻进去）。乡亲们逢年过节也请我们看过尚小云荣春社的小戏和谭富英、马连良、张君秋的戏以及在街上能听到的电匣子里播送的当时那些名角奚啸伯、言菊朋、李少春、言慧珠、吴素秋、童芷苓……的戏，我还听过说书唱大鼓的曲艺，这些都是在家乡的农村看不到的，不仅认识了他们的艺术，这里面还有好多历史故事，以至对这些艺人身世的见闻，让我在失学的情况下，了解了不少文化知识和社会情况，包括所住的那个贫民窟院子里邻家的“年画”都积淀在我这幼小的心里。

这天袁叔叔来了，看到我们还没吃饭给了三毛钱，姐姐赶紧到油盐店买了玉米面做了一锅窝窝头。那时母亲要忙着赶制揽来的针线活，是姐姐做饭，因为姐姐当时也只是十一二岁的孩子。个子小，要踩着小板凳拿煤球炉上蒸窝窝头的笼屉，不慎将笼屈倒翻在地，母亲心疼地狠狠打了她……到现在姐姐还委屈地抱怨母亲那样无情地打了她，就为了这一锅窝窝头。

有一次我父亲到东北去了，只有我娘仨在家，我娘得了痢疾，没钱治疗，就将砖头放在煤球炉上烤热，坐在上面用这土办法治，当时又犯了胃病，有时要喝一杯白糖水会减轻一些，没有钱买，同时家里也揭不开锅了，就拿出我爷爷留下的一件皮袄和一条狗皮褥子让我去当铺换些钱，母亲便委托本院的张德义带我去找当铺。走在路上我就暗自盘算：这个张德义不可靠，千万不要叫他骗了，一定要把当票亲自拿到手，像我这么聪明不会上当受骗的。张德义把我领到前门外煤市街八大胡同内的一家当铺，我没想到当铺的柜台特别高，我翘着脚也看不到，我开始很紧张的伸着手等着开当票给我，当我拿到后，心里很高兴，回家对我娘说，我终于办好了没出差错，让娘把当票收好。然后我莲馨姐姐用这钱买了白糖给妈妈冲水喝。可是父亲从东北回来拿着当票去赎时，结果只是一张狗皮褥子的当票。原来张德义在当铺的柜台上搞了鬼，叫当铺开了两张当票，那件价值高的皮袄，他拿去将皮袄取走了。还是上当受骗了！

我从九岁来北平到十一二岁的二三年间，由于父亲不愿我们受奴化教育和生活困难没有钱上学，他怕耽误我们学习，给我买了《九成宫》字帖，给姐姐的是柳公权《玄秘塔》。让我们天天在家练字，一天要写两张大楷和一张小楷，父亲找到一本《古文观止》，让我们作为小楷的样本，每天晚上我和姐姐都要写到深夜，冬天时手都冻僵了拿不住笔，腿脚也冻得疼。我和姐姐听到胡同口外小贩吆喝着：“萝卜赛梨”、“硬面饽饽”，我们俩馋的不得了，多么想吃到这两样东西……

父亲在这方面对我们管教非常严厉，怕女孩因为贪吃而出现问题。有一天我和姐姐到街上去，在胡同的不远处有一个水果摊，这个水果摊有各种水果，但这里的水果都不是很好的，有的水果坏了一半切掉了还继续摆着卖。姐姐上前看了两眼，等回家后父亲把我们痛斥了半天（没想到父亲跟随我们看到了），女孩子如果眼馋贪吃会出事的……

在北平的那些日子，不管父亲在北平还是在东北，只要生活遇到困难，借钱的事都让我去（他不去）。我父亲在老家的学生、朋友有好多都在前门外的商店学徒或做生意。有许多次，我从家里经过“四面钟”、万明路、走到王府井百货商场找我父亲的学生杨巨川、前门大蒋家胡同毛皮铺掌柜的王宝玉、大栅栏华东百货商店经理杨魁先等处去借钱。那时北平没有公交车，是有轨电车，我们没钱买票，来回都得靠步行，母亲早年给我买的一双黑色礼服尼小圆口鞋这是过年过节出门时才能穿的，所以这双鞋一直都是很新的。出门借钱必须要穿上这双唯一的新鞋，可是我的脚是每年都要长大的，鞋很挤，又要来回走那么长的路，特别是炎热的夏天，柏油马路烫的脚很疼，但我还要坚持走回家，疼痛难忍。

最后这几年，在北平实在是过不下去，连房租钱都付不起，二房东是个狠毒的胖老太太，在我家地上打滚、吵闹，威胁、恐吓我们要去喊警察来，并把我家睡的木铺板（没有床，是用两条木板凳搭上的木板）给掀掉，很是可怕。此时我不由得想起了我的故乡，那美好的家园，真是天上地下，我们为什么要来到这里？

父亲决定带我们一起去东北。出山海关需要劳工证，父亲带我到北平宪兵队办这种出关的手续，我记得那里有很多人排队，父亲头几天就脱掉上衣，让太阳晒黑通过检查拿到此证。事后我才想当时父亲为什么要带上我去那儿呢？宪兵队那凶恶的狼狗和豺狼般的宪兵，想起了真是后怕。我们全家离开北平到东北的火车上，也是令人胆战心惊，在我们乘坐的拥挤的车厢里，宪兵上来挨个检查，母亲搂着我和姐姐，害怕极了。我看到一个留着短发，穿着蓝士林布大褂的女学生，站在那。宪兵检查完她的东西又搜身，一个一个的宪兵轮流着东摸西摸，最后给带走了，后面的情况可想而知了。

作者十一岁与父亲、胞姐于北平

辽阳，我的革命摇篮

出了山海关，我们经过沈阳在辽阳下车。辽阳市是辽宁省一个著名的文化古城，我祖父就是在这创业的，与我家乡的人合股经营的几处商号，“九一八”事变后这些商号逐渐关闭，有一处粮行的房产，其中有一囤存粮仓的非常大的院子被日本人强行征用做了木工场，制造打我们中国人的子弹箱子，只剩下另外一个小侧院子未被强占，我们就把家安置在这里。我们很高兴，在这里可不用交房租了。母亲专门腾出了一间大房子，买了几十只莱哼鸡养来维持生活。从几十只一直养到二百只。并在院子里专门买一小磨推饲料。姐姐推磨的衣服，前襟补的补丁，补了又补，到日寇投降后拿出来看，看到这件衣服前襟上一层层像铜钱一样厚的补丁，母亲都心疼的哭了。

作者十三岁与莲馨胞姐于辽阳饲养鸡鸭房的一角

那时我和姐姐穿的鞋都很节俭，仿日本木板鞋，用烧红的铁钳钻三个孔眼系上绳可以从夏天一直穿到九十月份，天冷了不能再穿了，才能穿双正常鞋。有一次母亲让我到早市上挎个篮子卖鸡蛋，我害羞张不了口，到早市散了，鸡蛋被我原封不动拿回来，一进门我就哭了。母亲没有批评我，再也不让我去街上卖鸡蛋了。以后便让我到邻居东顺成油坊当小工。在一个大厂房的长条土炕上，我和一群小姑娘并排盘腿坐在这炕上，在一个监工的老头的指导下，用麻线绳缠编织麻袋的穗子，一天可挣几角钱。姐姐和母亲除养鸡外，还到木工场扒树皮——日本鬼子从我东北大兴安岭运来砍伐的树木，在送去电锯车间前要把这些新鲜的树皮扒掉，母亲和姐姐也和其他人一起用铁通条每天可扒下很多，有时堆成房顶那么高，能卖许多钱。

当时东三省是“满洲国”，我们仍然不愿去受日本鬼子的奴化教育，不去上日寇统治下的学校，在家里除自学、练字，便是做这些劳动维持生计。

有一天我去菜店买豆芽菜，店员用拆下的旧书页包给我，回到家里一看是蔡东藩所著的《民国通俗演义》。我又去要了一些回来读，知道了列强强加的许多不平等条约。看不明白的，父亲便给我讲解。父亲给我讲述了自1840年鸦片战争以来列强对我们“弱肉强食”的欺辱，国难当头的奋斗……这些都深深埋在我的心里。

从北平到辽阳所经历的危难和艰苦生活让我联想到我家乡里那温馨的家，美丽的校园，幸福的生活……与颠沛流离在北平的断炊、受欺凌、为生活奔波的穷苦日子，真是天壤之别，这都是日本帝国主义造成的，国仇家恨，愤扎心间！

在当时的东北“满洲国”，我们是亡国奴，不能公开说是中国人，这种耻辱不能活，要活就要革命！誓把日本强盗赶出去！

我有一位远方姨父彭官华，1937年参加革命，抗战时，他驰骋胶东，杀敌锄奸，以后赴东北负责我党的辽南城工部工作。我家便是掩护地下工作的联络站，他是引导我投身革命的启蒙老师，我深受他的钟爱和教诲。在他身边时，我虽然还只有十四五岁，就见习、执行他交付我的神秘而又危险的地下工作，成长了一个革命者，一个国家的革命干部。

二十世纪五十年代末，我在北京全国人大常委会工作时，1961年冬，他来北京参加中共中央扩大会议返沈阳后因辛劳过度，无疾遽逝。我痛奔关外，悼于沈阳北陵烈士陵园。当时泣作了一首诗祭奠他：

霹雳惊噩耗，良师逝远乡。哀痛奔关外，使我泪沾裳。
忆昔旧疆域，满目尽痍疮。抗日起胶东，伏虎赴辽阳。
笑谈布奇阵，斗争筹策长。辽南遍星火，儿辈皆武装。
红紫迎朝日，桃李呈芬芳。地工建功勋，劳瘁躯体伤。
一生明敌我，爱憎坚立场。刚正复平易，遐迩美名扬。
忠诚为人民，勤恳众志望。出生贫寒家，誓在工农行。
终生为革命，意气何轩昂。惜乎有遗恨，大业未竟亡。
我更增悲戚，教诲聆未详。永念尊亲长，痛哭忠烈堂。

我现已八十一岁了。可巧现在我就卧病在当年我住过的贫民区旧址上建起的这座友谊医院里，想起了我这个当年贫民区里十岁的小女孩，今天却能住在条件这么好的干部病房。就在那个寒冷的“四面钟”旧址，就在那条曾经多次步行的万明路旁……触景生情，感慨万千！

几年来我操劳过度，亲人们一再警告我让我好好活着，不让我再劳累地写东西，我自己也曾多次下过决心“从此洗手不干”，可是还是情不自禁地要写，要把这些沧桑往事记录下来，让孩子们了解我们这一代人是怎样从那个万恶的旧社会过来的。

2011年元旦王莲芬口述于友谊医院，李晓倩记录
2011年辛卯春节正月初一到初六日亲自整理完稿
打字张朝颜

王蓮芬詩文選

九三老人 苗子

友人、诗家赠言及惠函

友人、诗家赠言及惠函（31位）

——这部诗文集，是凝聚了我平生的心血记录。按我以创作的年月排列的顺序看下去，它记录了时代的变化，记录了我的革命生涯，记录了我与同志、朋友、学者前辈们……的交谊，这后者尤为我所珍贵。下面这些惠示有文化界的著名学者、诗词大家、老前辈、老同事、老乡友……都是我的良师挚友。收入此文集是衷心感激他们所给予的热情鼓励、真诚指导，是宝贵的历史纪念，不能忘怀。再是他们惠示中的学养卓识、绚丽华章、不应仅是对我个人的启迪，也应奉献出来与广大读者分享。

莲芬同志：

您好！向您祝贺春节。真对不住，迟至今日才写信给您。原因是一次你寄来的书法以及几首诗，不知精心放在哪里，后来竟找不到了。我家有四个书房，我三个，祖芬一个，房子住得是相当宽的，但仍然是书山书海，插足无地。放东西找不到成了我们生活中的一大难题。您的诗全然出自至诚，信任我们才寄给我们看的。我想俟手边的事清一清再好好写一封信向您致谢。谁知再也找不到你的信了，只好不写致谢写致歉了。我知道您是一位有骨鲠、有特操的女性，一如您的字和画，不肯随俗。而今天整体文化都在俗世化，“临文以敬”、“修辞立其诚”这些古训，许多文化人都置诸脑后了（也许根本不知有此古训），“学术乃天下之公器”，有些学人也忘记了。鄙俗油滑代替了庄严诚敬（我发个牢骚：电视上看到参加复关谈判的代表团登机前接受记者采访，居然面带嬉笑之色，后来看到在与美代表谈判时，为首一位脸上仍不住地在嘻笑——我认为这是不能容许的。国之庄严在这些人身上都消逝了）。我主编的一本刊物《中国文化》，意在反当前的俗世化而行之，希望有意于世道人心。此刊物创意于一九八八年，大陆、香港、台湾三地同时出版，国内外学术界反应尚佳。兹将第十期一册寄请哂正。您的字和诗肯定在我书房中，总有一天会重新被发现的。那时再写信报告，馀不?虔候

春节吉祥！

祖芬问候

刘梦溪 拜上

一九九五年元月二十四日

（刘梦溪先生为中国艺术研究中心中国文化研究所所长）

许宝骙老先生（民革中央委员、诗词大家、老文人）1984年11月于长沙中国韵文学会成立大会上阅王莲芬诗作赠言（附：边谈话边笔述其意的手迹）：

大作风骨好，格调高，具见清才。
字句不厌推敲，务求自然精练。

湘水共评文 诗人
倾心喜遇君
清才同咏絮 革命家
壮志更凌云
笔走龙蛇势 书法家
词传玉雪精 词人
诗天半边霸 半边天
巾帼有斯人
全面大才
诗坛此霸天
许宝骙手迹

上海老诗人陈邦炎先生惠函

莲芬女士文席：

湘江一别，忽已廿余载。日前奉读华翰，并承赐大作《诗书画集》一册及《八十生日感志》诗，喜见笔健人康，至为快慰。

谨答寄《西江月》词一阕为寿。草草成篇，尚祈哂正。

祝

竹苞松茂，美意延年

陈邦炎 上（时年89岁）

2007年12月18日

（上海古籍出版社编审 老诗人）

西江月

一九八四年秋，与莲芬女史初识于在长沙举行之韵文学会成立会上。曾驱车共访韶山。距今忽已廿三载。久别后喜奉华翰，并承赐《王莲芬诗书画集》及《八十生日感志》诗。因忆当年曾为长沙之会作《西江月》词，乃仍用前调、前韵再赋一阕以续此翰墨缘，并为莲芬女史寿。

书画诗才兼美，艺林秀出群芳。那年初识在湖湘，长记韶山道上。

今喜华缄重展，依然凤翥鸾翔。人逢盛世寿而康，合享椿龄无量。

附：

西江月
为中国韵文学会成立大会作

1984年11月

方憾菊残荷尽，欣逢桔绿橙黄。新知旧雨集三湘，且喜斯文未丧。

旧曲还须重谱，新声尚费平章。开来继往共思量，后浪看推前浪。

陈邦炎

2007年12月18日于上海

莲芬同志：

您好！您的诗书画集出版，印刷，装帧皆精美，可喜可贺。我到四川转了一大圈；大集也非霍凤仁同志直接送来，而是托人辗转送到的，时间已晚了许久，故未能及早复信，务希谅解。

书法，绘画，皆有大家风度，造诣极高；无任钦佩。诗、词皆工。词，长调如《沁园春》、《满庭芳》、《念奴娇》等，雄奇壮丽，开历代女词人未有之境，亦足以压倒须眉矣！

中华诗词大奖赛在广东清远终评，在京颁奖，亦通知必须参加，良晤当不在远。拙集台北本《唐音阁新词集》拟见面时呈政。馀容面叙，顺颂

顺安

霍松林

1992年10月20日

（陕西师范大学文学研究所教授、中华诗词学会顾问）

莲芬诗家吟席：

数载未晤面，忽奉华函及诗书画佳作集，喜可知也。

您诗书画兼擅，正向“三绝”奋进，从目前情况看，三者中似以书法成就最高。这里称您为诗家，是想谈谈您的诗词特色，与您交换意见。您的诗词，爽朗、灵秀，优点不一而足；我以为最可贵的优点，则是充满爱心。

您早年的诗词，皆抒写母爱情怀，诚挚感人。那些直接写母爱的作品且不说，难得的是写大海，也会想起母爱，如新诗《海之歌》：“我最美好的享受/是在海上眺望/那启迪我希望与力量的/是海的胸襟/海的博大容量/我仿佛就俯仰在/母亲宽厚无私的胸上/吸吮着/那甘美不竭的乳浆”。咏物也会想起母爱，如《浪淘沙·咏莲子》“迎风带露立秋塘，蒂结华楼临水望，子满珠房”每句归到“莲子”，即由子及母，写出了“一瓣芳心留自苦，慰母慈肠”。写抗战也联系到母爱，如新诗“不，不要让罪恶的战火，再把母亲烧伤。”

我早年也有写母爱的词，录一首以见凡作子女的，都有在母爱的感召下思念慈母之深情：

玉烛新·梦归

霜风吹客袖，越万水千山，里门才叩。短垣矮屋，摇疏影，一树寒梅初秀。抠衣欲进，怕慈母怜儿消瘦。拈破帽、轻扑征尘，翻惊了荒村狗。唐皇持杖遮拦，却握了床棱，布衾掀皱。烛光似豆，依旧是，数卷残书相守。更深雪厚，听折竹声声穿牖。寻坠梦、愁到明朝，难消短昼。

苏渊雷（仲翔）先生评云：“至性深情，天真流露。遣词质朴，自运机杼，清析、幽咽，兼而有之。真写得出！”端木蕻良先生评云：“写梦归者可以停笔矣！”

我以为：爱父母是做人的根本，也是作诗的根本。不难设想，一个连父母都不爱的人，怎能期望他爱人民、爱祖国、爱全人类！而对人民、对祖国、对全人类毫无爱心的人，又怎能作出感人的诗词？

您的诗词，从博大的母爱中扎根、发芽、开花，从而吐艳飘香，扩展为抒发对人民、对祖国、对全人类的爱。所有作品都由于充满爱心而富有特殊的艺术感染力。

有了崇高的爱，自然就有保护、扶持一切可爱的美好的人和事的历史使命感和现实责任感，从而迸发出对于损害美好事物的人和事的强烈憎恨。不是泄私恨，而是抒公愤。例如您的《鹧鸪天·谒上饶茅家岭烈士陵园》中的“九千将士冤魂绕，一叶丹心义魄飘”，“哀往烈，愤难消。江南从此雨潇潇”，便是这方面的例证。我以为这一类的诗词，也是充满爱心的，爱人民，爱祖国，爱全人类的进步事业。

以崇高的爱心唤起读者的爱心，我以为这是您的诗词的最大优点，希望进一步精谙声律，磨练艺术技巧，提高艺术表现力，使这一优点发扬光大。

诗、书、画是三种独立的艺术，但有相通之处。诗人不一定都工书善画，但画家书法家如不工诗，其画其书，便缺乏诗情而难臻完美之境。您兼擅诗、书、画，自可交融互补，相得益彰。祝愿您在诗、书、画的创作中取得日益光辉的成就。即颂

吟安

霍松林

1995年12月9日

莲芬同志：

请接受我的衷心感谢——感谢你将我列入你的作品的第一批读者。我一共看了两遍，它们给我留下的深刻难忘的印象是——情感真挚，诗风豪迈，深得“大江东去”之慨。蒙嘱提出修改意见，兹不揣冒昧略陈如次。

（一）、编辑体例。最好是按写作年月依次排列，其次是按内容分类排列。将诗词分开没有必要，因为不是研究诗与词的形式问题。建议诗与词合起来以时间为序。

（二）、精选。抽去若干。例如返回故里及游镜泊湖、张家界等作品，可抽者抽，可迸者迸。其他作品，你认为可抽者也可抽一些。

少——多——少，写诗写文同此规律。第二个少不是第一个少，而是代表了、包含了多的少。

（三）、字句要锤炼。舞剧《白毛女》开头，“年年月月，重重沉沉，声声咽咽烈烈”佳极。明知脱胎于“凄凄惨惨戚戚”，但起了质的变化，十分切合《白》剧。像这样最好。可是以下诸句，意思重复，锤炼之功亦不如首句。

（四）、标题要规范化。

《声声慢· 观舞剧〈白毛女〉》

《五绝·春望》。余类推

（五）、个别诗的推敲意见。

《无题》中三、四句——曾经沧海难为水，惯住险峰岂惧风。好极！

但五、六两句较弱，意思也重复。七、八句可定。一、二句太直，似须再斟酌一下。

拉拉杂杂，不一定对，仅供参考而已。

敬祝

诗思泉涌！

杨 柄

一九八七年十二月二十一日

（中国社会科学院文学杂志社主编、诗人、原新四军老干部）

读莲芬同志《仲夏清宵百句》感题

昔文姬有胡笳十八拍，是一唱三叹。哀转九绝，之作。今读是篇，如击肝胆，一语一辛酸，则倍徙前人。然往事若梦，何须此悲？愚因之有所感矣：

白玉生中国，清辉凝雪脂，蚊蝇嗡秽浊，皎皎虑何思？

郭 桢

1967年10月

(60年代老同事)

著名女诗人、英译家柏丽（刘伯利）先生

在《红妆自有诗中我》一文中对王莲芬词作的评价：

Through Mists and cloude,
I whisk off bright Beads of Dew,
Supesk view!
Infiniet Stas-Stream Showers around slew!
Suepicioue Taurus calls Orion:
" Watch out!"
Spinning Girl stops Hes Shuttle
In raptuses and doubt;
Fay Margu with long nails dances and hails;
…… " I won' t stay!"
Toward Heaven' s End my satellite would fly away!

词是讲究言外意内、比兴寄托的。所谓"言在此而意在彼"，这与美国诗人罗伯特·弗斯特对诗歌所下的定义："说的是一件事，指的是另一件事"几乎毫无二致。通常女诗人更喜欢这种象喻象征符码式的写法。我举女书法家王莲芬女士（b.1930）一首小诗《浣溪沙》为例，它题目是莲花，实质上是献给我们有着莲的标格的慈母：

"水面芳容映日红，田田潋滟碧无穷；绿房紫菂小玲珑。
坠粉长埋心底苦，清芬甘付水中风。藕丝莲蕊自相通！"

Water-lily
(Writen for My Mother)
(Ture: " Sand of Silk-Washing Stream ")
My beautiful complexion out of the
crysfal water,being crimson in the sunshine,
My leaves appear to merge into boundless
lush green e' en reaching the skyline.
My green seed-pod and within.my purple beads sweet,
Such Lofus seeds so dainty and petite.
While gaping petals shed undone,I bury
my bitterness deep in my seed' s puse heart.
My fragrance pure is willingly by winds
o' er water to e' erwhere impart' d.
The joines fibres in my root sedate
and my pistils are for aye closely relat' d

她歌颂母亲一片红心向太阳，包孕着苦心的莲实，慷慨地把自己的清香交付薰

风，远为传播；末句点明我们的种种成果都与我们的“根”扯拗不断，息息相通。其实，祖国更是母亲。

以上我拉拉杂杂介绍了二十世纪十一位中国女诗人的诗词，不够全面与系统，只算点滴心得而已。至于中国女诗人的整体成就，只有等专家们仔细品评了。但有一点值得注意：1751年生于杭州的清代女作家陈端生，18–19岁二年中写成60万字、一韵到底的长诗（弹词）传奇《再生缘》16卷，12年后又续写一卷，共成17卷未完成之杰作。1954年我国文史及佛学大师陈寅恪教授著五万馀言长文《论再生缘》，高度评价此书意欲摧毁君、父、夫三纲而获女子之自尊及自由，惊世骇俗，堪与印度、希腊及西洋之长篇史诗媲美。这说明：中国女诗人中的佼佼者还大有人在。问题是世界是否能看见？看见了，又能否将她们发现？发现、交流、首先依赖翻译，现在国内外还只有唐诗宋词的翻译，外国人译总比中国本土译者对文化背景的熟知要逊色些，谁来关心当代中国诗词的翻译和出版呢？中国女子诗词怎样才能走向世界呢？

希望在此跨世纪的前夕，我们能加强各国文化的深层交流，多多发掘美，为新的世纪文化发扬而尽我们最大的努力。

谢谢诸位！

柏 丽
1996年6月
（原名刘伯利，著名女诗人、英译家、水利部天津研究院教授）

莲芬同志：

大作携归粗读一下，堪称三绝。无论诗词、书画、皆有丈夫风度，不作忸怩女儿态。三者诗词最佳，书法次之，画又次之。鄙意以为再出版时，诗词应放在前，次为书法，画置于末，如此则成绩井然，否则，人们将误认诗词为附录。

林 锴
1994年2月18日
（诗书画大家、中央文史馆馆员）

莲芬同志：

您的材料《我是怎样做统战工作的》读罢，十分激动。您的热忱对人，宽大的胸怀，以及认真负责的工作作风，值得所有人学习。您真是位党的好干部。“义肝侠胆，古道热肠”八字足以当之，我书了一联奉赠。昨日中央文史馆开会，我把材料带去，想转给尚老，不巧尚老有事没来，我又带了回来。我爱人亚芬也看了，也很钦佩您，我又给我孩子看，我们多希望您能当文化部……才好，一定有更大的建树。可惜已退了下来。

您的诗书画也都显示了你们山东人的性格，热情，豪放。希望您把馀热都注入诗书画里头来。

材料最后有一首诗也写得好，头两句“世味从来薄似纱，人情未必美如花……”第四字“未”字是仄声，（此处应平），“未”“味”同音，与下句“未”字也重复，不如改作“世味何曾薄似纱”（“何曾”也可作“谁云”）人情未尽美如花……，比较含蓄些，尊意如何？

一张贺卡不知收到否？是香港约我画的。

祝新年快乐！

林 锴

1995年12月29日夜

莲芬同志：

您好！

大作自由诗八首一一拜读。我更喜欢《听妈妈讲故事》及《赠日本妇女的诗》它博大、真诚、纯洁、一如其人。

柯、黎的评介文字也写得很活，有新意、有文彩、确能展示作者的襟怀与灵性。是否作为附录载于书后？个别不准确处，已加旁注。如朱彊村非广西人，不宜笼统地归临桂派之类。萧老的五律，书卷气扑鼻。大家手段，的确不同凡响。读之佩服。

即候

春祺

周笃文

1988年4月5日清晨

（原中华诗词学会副会长、新闻学院教授）

浣溪沙

敬贺莲芬词长六十诞辰

曾是蓬莱学士家，双清心迹溢英华，少年杖剑寄天涯。

造就平生三绝技，铸成捧日九光霞，征程仰仗骥中骅！

施议对

1990年庚午春三月于北京

（诗词家、澳门大学教授）

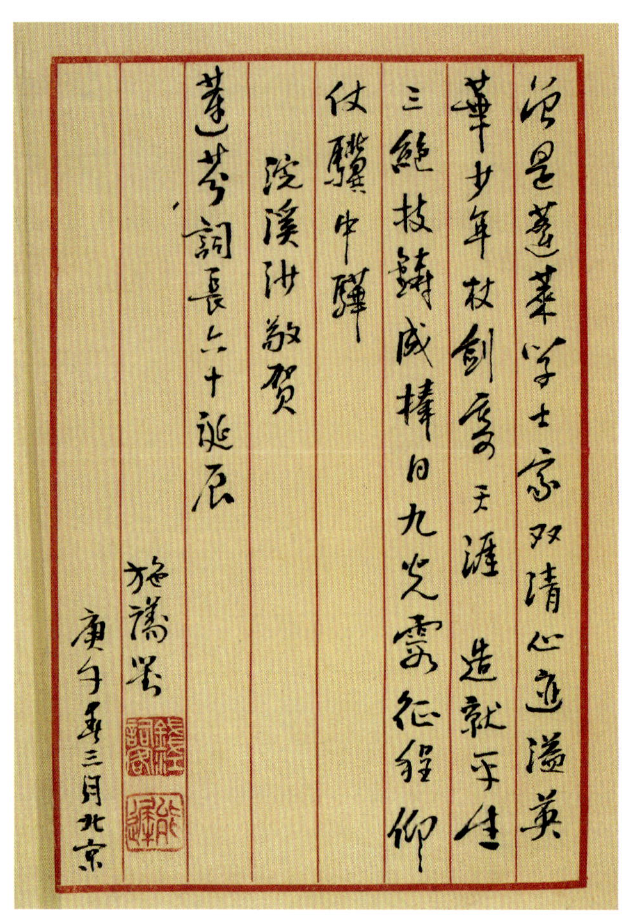

曾是蓬萊學士家，双清心迹溢英華，少年杖劍客天涯。造就平生三絕技，鑄成椽筆九光霞，征程仰仗驥中驊。

浣溪沙敬賀

蓮芬詞長六十誕辰

施議對

庚午年三月北京

莲芬同志：

大作已由省委组织部送给我。印得十分精美，无怪乎迟迟不肯给我送来。

我一定妥为珍藏，特致谢意。

……

从大作中看到尊照，十年不见，大大发福，这有助于你手术后康复，祝愿你健康长寿。专此致

敬礼

李　荒

1992年8月18日

（原中共辽宁省委书记）

黑龙江省委孙西岐老领导赠诗

病中识莲芬，知是女才人。拜读佳作后，才华甚感人。君若继努力，定可成名人。敬献数句话，聊表一片心。

（一）

幸识女才子，齐鲁王莲芬。方吟佳作集，荷花香袭人。

（二）

能诗会画书法好，现代妇女实寥寥。珠玑联语华章句，装点江山更妖娆。

1995年11月31日于北京友谊医院

程玉菁老伯回示

誉之兄嫂：

您们好！

昨接莲芬贤侄惠赠诗书画一本，令人大开眼界，耳目一新！

莲芬二姑娘真是个才女！我虽不懂诗书画，我看三门俱佳！尤其书法既佳又美！与兄对她的严格教诲分不开的，才有今天的成果与大名，谁说不能自学成才呀。请兄代我向二姑娘道谢！我就不另外给她去函道谢了。

我口述的“古瑁轩忆旧”是由刘松岩笔录的，断断续续的写了九万字左右，也将近花了一年时间，现由香港大成杂志出版社发表，分十个月登完，待下月登完后我即复印一份奉赠。闻兄近期身体健康如常，甚为欣慰！

此复　敬祝

双福！

弟 伯俊 拜上

1992年8月21日

（中国戏曲学校名师著名京剧艺术大师王瑶卿先生大弟子、京剧表演艺术家、教育家程玉菁老先生）

莲芬同志：

您的大作（指1991年出版的第一部《王莲芬诗书画》集）我正在学习中。实在是大开眼界，大饱眼福。诗书画集一册极不多见，尤其为女士者我至今尚未见过有第二册。集画成册、集书为册者有之，集诗成册亦见过。而您集大成为册实在难得，可谓大才女了。这都是大实话，绝无半句奉承。

见书如见人。画不多，但从您所喜欢画的花草就可知您的人格了。荷花、兰花、水仙花、墨梅、樱桃……可见作者是一身清气，晶莹透明的人品。书法作品甚多，可称大家了。我很喜欢您的小楷行书（如51页、52页两幅实在难得的佳作），如流水行云一般，令人心旷神怡、应接不暇、边看边感，心情舒坦、遥遥欲仙，实在是一番极好的享受。而且您的书法纯朴自然，决无做作，更无惟体惟笔、哗众取宠之意。小时上学先生说写字不能学歪的，要“正派”，让人见了如见本人一般。看了您的大作使我想起启蒙老师的话了。不过我更欣赏您的诗词，尤其词。她反映了您的性格：不让须眉的巾帼女钗的风貌。“惯住险峰岂惧风”可能最为反映您的性格。您的词甚多，我还正在学习中……

我是诗书画的外行人，都不入门。所以以上这些话都是外行人说的外行话。（不过，纯说行话我也不喜欢。）最后还要再谢谢莲馨大姐。

敬礼

宋鸿文

1991年6月15日

（青岛北海舰队政治部主任，诗人，书法家、儒将）

迎面春风拂彩云

初识王莲芬同志，是在1982年的“八一”建军节。当时，我在海军旅顺基地工作（注：海军旅顺基地政委），接待了由王莲芬同志带队的国家文化部直属文艺团体和书画界的名家，并参加了这些名家和部队官兵的联欢会。在整个活动期间，王莲芬同志的为人朴实热情、做事周密严谨和对部队官兵的关心与热爱，使我和旅顺基地的同志很受感动。在欢度“八一”节的热烈气氛中，王莲芬同志即兴作《棒槌岛诗》一首：“浩渺接天涌，沧波照此行。惊涛如捣海，日夜棒槌声。”这首诗借景抒情，讲究平仄，对仗工整，信手拈来，令我十分敬佩。作为“主人”，我也冒昧地原韵奉和王莲芬同志一首小诗：“海上筑长城，乘风四海行。踏平千里浪，日夜伴涛声。”以文“识”友，自此，就有了与王莲芬同志的交往和友谊。

王莲芬同志15岁参加党的地下工作，解放后一直在地方党政机关和国家文化部任职，虽然与部队接触不多，但她对军队却有着很深的感情，对部队文化工作更是十分关心和支持。我在旅顺基地和北海舰队任职期间，她曾多次推荐和介绍文化艺术界的名家叶浅予、周怀民、田世光、刘长瑜、吴素秋、许麟庐、宋步云、卢光照、秦岭云、郑乃珖等到部队来或慰问演出，或赋诗作画，营造军营的文化艺术氛围，对提高干部战士素质产生了积极的促进作用。莲芬同志来到部队与官兵相处，极为谦和朴素亲切，有求必应，为部队和官兵留下许多墨宝，她所到处给大家留下了极为难忘的良好印象。她还介绍《中国文化报》的记者采访我，谈文化艺术在军队政治工作中的重要地位和对提高部队战斗力的重要作用。后来，我看到她1981年“八一”建军节所作的《念奴娇》诗中的“雄师横渡长江”，“决战还中国。长城巍峙，金瓯从此无缺”；为戍守边陲官兵写就的六首《卜算子·雪莲》；为沈阳军区官兵扑灭大兴安岭森林大火所题“钢铁长城”的书法作品，不仅诗词与书法极为精道，而且字里行间，也无一不渗透着王莲芬同志对人民军队和部队官兵的尊敬、热爱与讴歌。

王莲芬同志一身而三擅诗、书、画，堪称全才。她的艺术造诣，得到了国内艺术和学术大师的高度赞誉，就连德高望重、声赫中外的冰心老人也为她写下了“像王莲芬这样的全才现在少有”热烈评语。我自幼喜爱诗书画，无奈几十年戎马倥偬，无暇顾及，离休以后虽然得以安坐书室，但不免有陌生之感。有幸遇到王莲芬同志这位热心人，或书信交流，或聚会请教，给予我很多的鼓励、指导和帮助。2001年的夏秋，我在北京住院期间，打算整理多年来的散作，准备出版诗书集。这个想法得到了王莲芬同志的肯定和支持，并欣然接受了帮助我审稿的请求。她不顾酷暑炎热，对书稿字斟句酌，认真推敲，并多次与我一起研究探讨。在修改的过程中，有过许多“百思不得其解”的苦脑，也有过“偶得佳句心自畅”的喜悦。记得在修改《有幸青山依旧在》一诗中，为了表达我与两位抗日战争时期的战友50多年杳无音信，1997年在广州相见的经历，写了上句“琴岛传书情切切”，下句就难求与“情切切”相对仗的句子了，于是向莲芬同志求教。她不厌其烦地与我反复探讨，最后在她的指导下，这一句定稿为“琴岛传书情切切，羊城相见语迟迟”。一个“情切切”，一个“语迟迟”，精确地表达了生死与共、劫后余生的老战友得知音讯后急切相见的心情和见面悲喜交加、泪眼哽咽的情景。至今重读和回味这首诗，仍深深地为王莲芬同志为我这本诗书集付出的心血所感动，十分感激她的不吝赐教和精益求精。

就是在这次修改诗书集期间，王莲芬同志赠我诗一首：“一路风尘半世文，几番凄惋几欢欣。心头风雨浑忘却，惟忆蓝天一片云。”这首诗既是王莲芬同志对自己几十年艰苦奋斗革命生涯的概括，也展示了她以文为伴、不畏风雨的情怀。读后，我颇受感动，即步其韵和拙诗一首：“半世奔波苦习文，丹青翰墨寓欢欣。登高望远新天地，迎面春风拂彩云。”古人云：与有道之君子相处，如沐春风。“迎面春风拂彩云”，表达的是我结识王莲芬同志的欣喜和对她的感谢之情。不仅敬佩她的才华——诗书画全才，而她的高尚人品更是值得尊敬的。最后我衷心祝愿王莲芬同志在诗书画艺术创造的天地里尽展才华，鹏程万里。

八十三岁老翁　宋鸿文 于青岛

莲芬同志：

卅多年不见了。你还认识我，可谓记忆是崇高的。

你的字写得好，诗词也作得好。字清秀而雄浑；诗，飘逸而豪放。字如其人，文如其人，堪称才女。

我已离休，虽垂垂老矣，但仍坚持学习，也颇爱书法，不过我的态度是：我书意造本无法，点画信手烦推求……顺颂

安吉！向二老拜年

孙 铁

1986年1月27日

（部队老战友，诗人、书法家原中国航空工业部政治部主任，神剑文学艺术学会副主席）

莲芬同志：

拜读大作，光昌流丽，气势磅礴，真乃大手笔也……

我真敬佩您诗思泉涌，好句子好像跳出来。能慰心者，其为诗也。

建议：是否将你的大作再版，分为两册？书画册，可突出笔走龙蛇的特点，再充实一点画；体现中国传统文化——“三绝”。

诗词可另出一册。你的诗、词，超过你的同乡——李易安。你的诗词“豪放与婉约兼备，以豪放为主。而李的词，总是读之有凄惨的压抑感。把你称之为“才女”当之无愧。

笔走龙蛇张长史，诗词媲美李易安。封面、封底的设计应突出名人效应，把他们的题诗题辞加以装潢、设计，不为别的，主要是宣扬中华民族的传统文化。

一孔之见，望参考。

孙 铁

1998年3月30日

王先生：

您好！

非常高兴地得知您将出版新的作品，向您表示祝贺！

作为晚辈，向前辈艺术家请教是理所当然的事，您在信中说了那么多客气的话，让我实不敢当。

读了您的《前言》，我十分感动，因为这是一篇真情实感的佳作，对您的 创作缘由、状态和对中国传统艺术的理解都能表达的十分贴切到位。能从诗书画这种形式表现当代人的情感，并有如此美妙的效果，我以为已经是非常成功的了。

《前言》中我建议删去“但没有师承、既无传统也不谙技巧”的自谦词，因为在您的作品中恰恰从神韵上继承发扬了传统，而技巧的成熟与独特又是您的作品呈现出相当高的水平。所以说，还是删去为好。

周 旻

2002年1月21日

（厦门周旻教授）

西江月·读《王莲芬诗书画集》

笔底群芳竞秀，砚边积墨龙腾。莲芬菂菂益清馨，药用何伤苦更。

木秀慵较风妒，松青不计霜凌。识荆观著见生平，寸楮聊申慕敬。

张禾雨

2006年3月8日

（女诗人、文化部同事）

捻断青丝织神韵

——《王莲芬诗书画》初赏燃情赋

莲芬君与我是山东同乡，自幼在其严父王誉之先生指点下练得一手好字；后至青年时期又酷爱诗词，并深得其情艺修养，据莲芬君云，五十年代末因获我之“启发”（过誉难当，奈我至今未悟），从此她即以大时代风云为核，逐渐形成传统与时代同步，继承与创新结合，之创作思维，“五洲四海进格律，豪情壮志入乐拍”，“太白醉赏惊后秀，清照愧叹欠刚怀”之诗词境界。据我所晓，她的诗书成果得来非易，可谓“捻断青丝觅平仄，磨秃绣笔扫飞白”，甚至“春蚕红烛多丝泪，白莲独洁拨污开”。我在初赏《王莲芬诗书画》赠书中，曾应莲芬君为其录感，故边赏边以韵录。急就之赋，不及琢陋，一辙俗韵，聊充雅贺。诗六首（节录三首）：

（一）

泰山捧日耀渤海，齐鲁自古多英才；文圣武雄惊天地，尤有神韵盖尘埃。
红梅芬自苦寒放，白莲独洁拨污开；不添不减分寸字，二喻恰拥此君来。

（二）

胸容千帆韵波滚，意蕴万彩笔花栽。文心雕龙腾潭碧，艺怀绘凤翔九陔。
五洲四海进格律，豪情壮志入乐拍。太白醉赏惊后秀，清照愧叹欠刚怀。

（三）

老夫燃情录此赋，贺君盛世珍卷开。恕我一韵嫌辙僻，因韵屈雅掺俗白。
猴年祝君攀登勇，再追夕阳捧霞来！

蔡孑人

一九九二年六月初赏速赋于文化部孑民堂

（诗人、文化部同事）

莲芬同志：

您好！王莲芬诗书画的问世（注：1992年出版的第一部诗书画集），此为盛举。您的喜悦心情是完全可以理解的。大作的问世，如婴儿落地的第一声啼声，震憾着母亲的每一根神经，是喜悦、是轻松、也是无限的慰藉……。

这是辛勤劳动的佐证，这是不眠之夜的延伸，这是智慧的结晶，这是丰收的喜悦，也是无数个春秋不息耕耘结出的硕果。

请允许我向故乡——掖县的才女表示最诚挚、最热烈的祝贺！

当我拜读大作之后（读了诗的一部分，尚无暇全读），敬佩至极。我对绘画艺术没有研究，不敢妄加评论。您对古典诗词的研究，功底很深，这决非一日之功，这是日积月累的结果，每一首诗都是倾泻了琼浆玉液绘制的绚丽多彩的画卷，寓意深邃。

书法实在是美，有的像汹涌的波涛，有的则似亭亭玉立的莲花；有的像高山流水一泻千丈，有的则似山涧小溪缓缓流淌，有的似动，有的似静，使人赏心悦目。这是真正的书法。您知道我是一个不善恭维和奉承人的人，请相信这是真心话。

请接受老乡——我的至诚的祝贺！耑此　即颂
大安！

任秉欣
1992年7月21日
（原文化部对台办主任）

卜算子

——欣赏王莲芬同志书画集有感

齐鲁多才女，独秀王莲芬。诗词书画集一体，全才当属君。画尚大挥洒，写意又写情。笑、欢、合、离、叹、烦、恨，尽在图画中。

言志有心语，文墨通古今。古典浪漫现代法，融于一笔中。梅香苦寒来，松直挺险峰。实践本来无难事，只要肯攀登！

获王莲芬同志赠我和沛兰书画集一册，谨题词一首，以示祝贺。

刘森民
2006年元月19日
（中国唱片总公司总经理）

王莲芬大姐：

为人仗义，不畏风险，在她任职中央文化部党委统战部部长期间，正是十年浩劫之后的积重难返，百废待举的特定历史时期。为文化界人士认真落实党的政策，加强知识分子工作，成绩卓绝，文化界有口皆碑，深受老一辈知识分子的敬仰。八十年代中期我读过她的诗词，气宇不凡，有风云之气，是罕见的！

近日我受母校之邀在中央美院举办诗书画展时，学兄李燕带来大姐赠给我的由冰心老人题签《王莲芬诗书画集》，展阅后使我大吃一惊："江山今有才人出，一洗画坛躁乱风"。一派大家风范，气象万千，格高而意丰，前贤都已品评，不多说了。

现只就画册中画作略谈几句，王莲芬先生他画的是真正的文人画，她画的是她的人生修养和襟怀，她的画是无师自通，胸无成府，以意为形，以意造境，一片天籁，一片神行，直指心源，而得其真。

她画的雪山，墨色独道，在山上开着一朵雪莲，独具匠心。山与雪莲是如何大胆的夸张却又和谐地统一。不由想起，十年前，我曾给她寄去过雪莲的资料，与之天地之别，这是神功鬼斧的大手笔，诗人气质的再创造。件件都是神奇的，幅幅都是呼之欲出的真诚诗境；色彩更是天真烂漫，有淡雅的莲韵，也有震撼心灵的京剧之夸张……

她画的兰草，用笔飘逸，超凡脱俗，王者之香也，沁人肺腑。太好了！太好了！天成！天成也！

王 超

2006年5月1日于观奕阁

（著名书画家、诗人、人民大学特聘教授）

莲芬大姐：

收到了由我外甥带来的两袋书。我感觉，这不是普通读物，它承载了太多！

长诗《哀家乡》，读了几遍，深受感动，觉得像是《诗书画集》的一个注脚或灵魂——家乡人所特有的：豪、义、真、直、诚、善……。这是我的一点真实感受，恕我信口开河。

虽然未曾见到大姐，但您的为人我从作品中似乎感受到了许多。如果早认识您，我会得到更多教益。

我们的父辈曾同志共事。相隔了六十多年，我们又取得联系，很幸运。

大约在1974年或1975年，我刚从山西省调到天津不久，为一同事入党事被派到北京戏校外调。记得进戏校要由北向南走一个较长的胡同，右侧有一传达室，我向在室内的一位老者问话，听出对方操浓重的掖县口音。因有公务，未及攀谈。后来想起来，觉得很遗憾。因为我早就听乡人谈到令尊的一些情况，不知该老者是不是就是令尊大人。

……

《文集》中出现的杨建赤（原名滕建赤）、王连铎（乳名二嫚）都是我小学同学，不知他们现在情况如何。敬祝

健康

杨国庆

2006年6月24日

（天津工业学校校长、乡友）

莲芬大姐：

挂上电话后，心情不平静，希望大姐多多珍重！盼您早日康复！

既然大姐屈尊征求小弟意见，我就不揣冒昧谈一下我的粗浅看法：

“望家乡”诗，如要收入，则需改得含蓄一点。

前些日子，有央视青年歌手大赛。人们普遍责怪歌手们的文化素质低，有的叫人难以容忍。其实细想起来，这是我们历史的特殊阶段，因为我们曾历经“文化革命”的严重破坏，在许多方面都能看到其遗患。

午城小学校史整理和收藏事，我看意义极大，理想的办法是把午城小学作为历史名校保留，校内建校史馆（或陈列室）。如若不能，则以书面印刷品将校史收藏，大姐所编《王誉之纪念文集》已经起到了这个作用。可考虑在此基础上再出个专著，不知是否可行。我想其作用不可低估。

……

敬祝

健康！快乐！

杨国庆

2006年6月24日夜

（原家乡午城小学学生）

莲芬同志：

您好！

蒙您深切关怀，寄来《诗书画集》有关材料，实在感激不尽，几思动笔复函，均因琐事延误，颇感内疚和不安，请敬见谅！

记得去年的一次会上您的横溢才华，充分展示了中国妇女的聪明睿智，并赢得了中外各界的广泛赞誉，而今的国际文艺大会，您又在“超级大国”的讲坛上蜚声扬名。您的辉煌业绩，又为我们有五千多年的灿烂文化的祖国，增添了新辉，也为我们这个近百年来饱受屈辱的中华民族大长了志气。我为您的光辉成就深感自豪，并致以诚挚的祝贺！毫无疑问，这是您长期砥砺的见证，也是党和人民培育的结晶，更是先辈——老校长的远见卓识，舍己奉公的办学义举结出的累累硕果中最多璀璨的一颗明珠！您作为世界级的文化名人当之无愧！

您寄来的几帧合影均已收见，这是我们同学友谊的象征，也是您赠予的珍贵礼物，我将永久珍藏，并愿这棵友谊之树常春！

祝您

工作顺利！

杨振东

1996年11月20日

（山东莱州市一中原教导主任、乡友、母校同学）

莲芬大姐：

收到您的大作非常高兴，每次阅读之后，心灵多有感触，很受教益。

在您的诗、书、画作品中，让我感受到这一切都来源于您的真实生活！诗、书、画是您向外表达内心思想感情的艺术形式，这三者完美的结合，让我从中体会其意，理解其情，感受其神。

您的诗书画——纯真而丰富；自然而潇洒；正义而高尚，是不唯艺术的艺术展现，具有大家风范。

您的诗书画抒发着激荡的情怀，给予了我们文化艺术之美，精神上的启迪，在这多重的享受中让我感受到您为追求美好理想所付出的艰辛努力，我不仅要为大姐的才华所敬佩，我真心祝福您的艺术青春常在！

再次感谢您赠给我的珍贵礼物您的大作“诗书画集”！

孙之常

2006年4月8日

（国家文物局文物出版社）

王莲芬老师：

您好！

您的“诗书画集”我已认真拜读，感触良多。一以贯之“革命的情怀”、“母亲的情怀”字里行间流淌着真诚善美。您1982年的诗作“儿女的呼唤”、“天下父母心”，会让无数读者体味到您对后代、对人生的大爱、对和平的渴望。读后，心灵会有极大的震撼。今天是三.八妇女节给您拜节！

您将革命经历和传统文化结合到了一起，创作出了您的独特的有个性的作品。富有承前启后的作用……

您的画作，尤以莲荷题材为多，书法多以行草，足见您对中国传统文化情有独钟。已故毛泽东主席讲过：“革命的浪漫主义和现实主义相结合。” 我以为以此总结您的创作实践不为过。我真诚的祝愿您宝刀不老，在八十岁继续焕发创作青春。

祝您康安！

学生　林竹云　林竹雪　敬呈

2009年3月8日于北京

（胡絜青先生的学生）

几位来自美国和欧洲的访问友人赞扬王莲芬《诗书画集》在信中写道：

“谢谢王老您赠送的诗书画集，这是我们一生中所收到的最珍贵的礼物。您的书太精美漂亮了，它的内涵丰富、博学、全新美学艺术给人以深刻印象。观赏

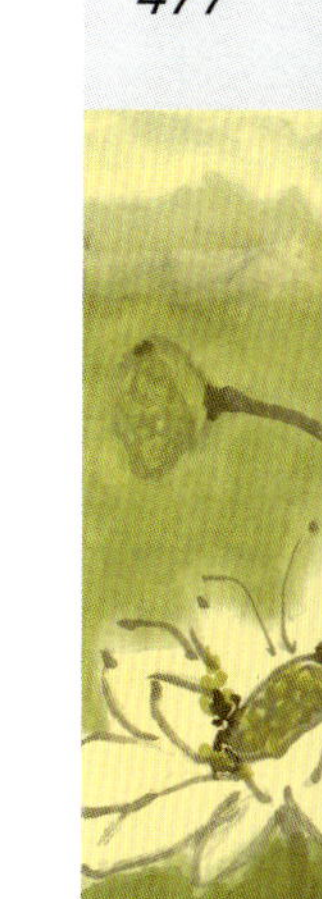

您的作品使我们及全家感受到了伟大中国传统文化的深厚底蕴。第一次访问中国感受颇多，与我们从小在美国受教育所听到的中国不同，中国的历史文化及精湛的书画诗词艺术博大精深，真是百闻不如一见！您的诗书画使我们深刻的感受到您不仅是一位非常了不起的女性和伟大母亲，您的祖国也是伟大文化的民族！您的书真实地反映并衬托出伟大中国传统文化艺术的精神魔力！

我们将永远珍存并介绍您的作品，它也应该是对全人类文化艺术的贡献，传承给我们的后人和朋友，让美国人了解中国，热爱、学习中国文化传统的诗书画及其伟大的民族精神！

让我们的友谊长存！让您的艺术灵感长存！

祝您身体健康长寿！

迈克尔　戴伯娜　亚得　琳达

2008年9月28日

致中国世界民族文化交流促进会副会长、文学委员会主席、王莲芬女士：

亲爱的王莲芬女士：

首先，让我祝愿您新年快乐！我期望为促进世界民族文化交流，您有更幸福有意义的生活，与美好的中华人民共和国同在！

正值今年初我想念您之际，我收到了您最精美的礼物，在此我想表达我衷心的感谢之情。谢谢您为我做的这一切……

您非常慷慨地赠予我这最漂亮最精美的大作，这是您许多年来取得的伟大成就之作。我一生中从未见过这样一件稀世罕见、美奂绝伦的艺术珍品。每一个字和每一作品都充满着激情、力量和生命力，正如您人格的伟大魅力，它们象征着您所具有的伟大力量和活力。再者，我深深地感觉到您的大作真正体现出像每一位世界著名艺术大师所追求的那种最佳理想的崇高境界！

我不知道怎样用语言表达我对您的感激之情，我妻子茂子想请裱画师制作一个画框，将它装饰我们的客厅。

我十分荣幸地说，我们的友情定会成为促进伟大的中国和日本之间的文化交流的基石。如您所知：几乎所有的文化都来自于您伟大的国家，而后我们日本人一直在努力吸收并融汇你们的文化到我们的国家。

我非常高兴能有这样一个特别棒的机会表达我的心声，这一切应当归功于您对我的赐予和恩惠。

作为日本大学的一名英文教授，我将为增进日本与中华人民共和国之间的兄弟友好关系而努力奋斗、做出贡献！

我衷心地祝愿您：为实现您的伟大理想，多多保重！

您诚挚的朋友　萩原 力

1997年1月10日

（日本东京大学萩原 力教授）

《王莲芬诗书画集》2005年深圳海天出版社出版后，于2005年11月1日运京。当月（11月）赠送友人电话回示部分摘录

05.11.3　杨敏如：

书印的好，诗书画都好……
序，周汝昌的最好。
不仅是为妇女争了光……
你是党培养的革命干部……
应该说你给党争了光……

05.11.4　杨　绛：

你的书非常好，
你的三绝很了不起，
感谢你，
我耳聋，电话中只能你听我说。
我特别给你电话，
谢谢你，……

05.11.4　吴蔚然：

画册太好了……
你怎么会有这么多名人题字呀？
太珍贵了。

05.11.4　逄先知：

非常精美。
画的好，诗也好……

05.11　金冲及：

看了很吃惊，
原来只知你书法写的好，
不知还会作诗书画融为一体的作品……

秦岭云：

莲芬画的荷“感情浓厚”。
莲芬画荷自成一家。她画的荷花前无古人，独出心裁“……
画的天真烂漫，有童趣。有的画有装饰性（现时外国人很喜欢这种风格的画）”

05.11.3　王　工：

我这几天看了好几遍，过去我认为对你很熟悉，而且有那么多次的切磋……可是看了这本书，仔细通读了以后，我觉得才认识了你。通过这部书，你这个人又让我进一步了解，不仅仅是有才气，还贯穿一种大气，豪气，伟大之气……

还有倔强之气，你要做的事一定要做下去，
走你自己的成功之路……

非常非常的好，
非常非常的有意义……
这不是赞美一下这本书所能代表的。
从它的总体来说太成功了……
我们虽然在一起琢磨、研究了很多技术上的问题，我对这些东西（本集中的每件作品）再熟悉不过了，但怎么才能更加了解你……
这书编了以后，通看了以后，才真正了解……
还是被深深地感动了……
所以我认为是非常非常地成功。
……
通过这部书，还有……（没记下来）

我这里有许多书，我拿来比较了一下，
比他们的好得多，
更庆幸得多。
需要从更深的文化角度去看王莲芬。

05.11.10上午（应该是早晨早餐后吧），苗子先生，郁风先生来电话，他二位在电话中争抢着说（非常兴奋地）：

“昨晚收到后，今早我们拿出来看，非常高兴，给你打电话不知你的电话，多年未联系了，你的电话找了一个小时才找到，高兴地给你打电话，这本书太好了……

郁风大姐抢着说：“原来只知道王莲芬是党的好干部，不知道还会有这么好的‘三绝’……”

苗子先生又抢着说：“我先注意看了诗词，是很工的。现在外面一些人平仄韵律都不行，随便胡凑乱写……却谓之曰诗……

……
你的诗写的很好……
诗、书、画都好，
真的没有想到……
我们还没看完……

先急着给你打电话……

……

我电话中说好多年不见了，想去看望您又怕打扰您……

郁风大姐说：我们是很忙……，我们现在都90岁了，最近不在家去杭州等地多处……参加韩美林美术馆开幕刚回来。

当说到这部画册后面的照片，我电话中对她说赴日本穿的蓝色旗袍，就是郁风大姐借给我的。

我说当时1983年秋应邀赴日出席西园寺公一先生、西园寺雪江夫人、雪江堂成立20周年盛典。我们国家工作人员出国服装不像现在的条件，当时为节俭经费，我的旗袍向郁风大姐借的。郁风大姐的这件旗袍非常漂亮、大方，可能正由于郁风大姐是美术家，设计的很具气质，典雅、高贵。淡蓝毛质料、镶黑丝绒花边，修长、适度，我穿上很合身，很漂亮。1983年我出席东京雪江堂20周年盛典的开幕会上，有日本各界名流，中国驻日使馆大使宋之光、文化参赞文迟，日中友协会长宇都宫德马……日本国书道代表人士等等……我就是着此服装，很受瞩目……

我从东京到大阪、宝塚参观时，在日本友人野阪一房先生家，其夫人野阪澄子夫人对我说：当日她不在东京，听她女儿回大阪说中国来的那位女宾很漂亮，很美……，也指的是包括这件美丽、高雅的旗袍……

郁风大姐电话中哈哈笑了……

我们也都回忆了80年代初的情况，当时的出国人员和当时的经济条件、传统观念，思想状况……是这般正统、朴素、可爱……

交谈中不胜感慨。

孰料，郁风大姐不久就辞世了，这是我与她的最后一次通电话。想去看望苗子先生，家中电话没人接，据说住院了……

05.11.10　陈琪林、汪存一夫妇：

也是惊奇——王大姐你这本书太好了，真让我惊喜……

05.11.19　尚爱松：

又多次看了这部书，
对莲芬同志又进一步了解。
非常气派。
字、气派，诗书画气派，都好！
看一个人，看他几句诗，
看他一、二几个字，
就看出一个人。
有一种风格，有一种气派
内心的精神，外在的风格，气派，
精神，灵魂，都可以看出。
阁下有气派，有灵魂，有内在的东西。

赠诗一首：

“心红血热一奇人，
笔走龙蛇信有神；（杜甫诗：文章有神交有道）
今日飞（蜚）声翰墨苑，（飞、蜚同用）
更须珍重净明身。”

此末句是告诫，不要贪名利、骄傲，
不要张扬……
一方面称内在含蓄不够，
珍重净明身。
中国和印度佛教的话，最高的交汇点，
大学之道在明公德，
孔子对孙子子思说的。

郊外可寻住所叫“净明居”，
净，把莲，莲藕，清净、美妙的植物，
和……偈结合……（电话中说的快，没记下来）
……
有些作品表面看像是一块泥，或一块石头，但人的涵养、抱负,风云变化无穷，
却都在里面，
里面有东西……
有眼光的人能看出来里面的东西，
有最高的境界……

冰心的封面题字，也好的很，秀拔！
书法里有东西，
书法里有别人没有的东西（她是福建人，有郑孝胥的影响）
里面的思想高，境界高，
中间冒出东西了。
……

05.11.23 22点30分 宋鸿文：

看了非常激动，喜出望外，
确实是女才人，而且是奇才，全才！
像你这样的没有第二份，
女词人李清照写的伤感的多，
你的是伤感的少，
多是鼓舞人心的，

而且不像是女人写的，
大气磅礴。
过去看过你画的花卉，没想到还会画山水，
诗书画确实是全才，我看了一遍，
全让我惊奇的很呀……
与国际上交流的女同志，能有几个……
冰心也是女的，写小说，没有诗书画。
你把它们推到国际上，到日本、到美国……

05.12　　周鸿祺：
看了很激动，掉泪了……
书中怀念老一代革命前辈的书法、诗，诸篇很感人……

05.12.　　孙 铁：
不仅是全才，是奇才。

06年元旦　　刘华秋：
收到了您的诗书画册，很好！
很高兴，诗书画都非常精美……

06年元旦　　张廉云（张自忠烈士的女儿）：
你真是"才女"奇女子……

06.1.13.14　　马沛兰、刘森民夫妇：
如果"当官"就不会有这样的作品，
如果"官运好"就产生不出这样的作品，
此书值得收藏。

06.1.18　　王仿子：
书收到了，太好了，
冰心题"全才"，不是夸奖，的确是真功夫，在这摆着，
难得，难得！

06.1.23　　钮 骠：
看了太使我感动了。太好，是高档次的。
此书太珍贵了。

06.1.25　　王树本：
在我们家乡母校的同学中你是最小的，今天有这样的成果是恩师老校长的培养……

06.1.24晨　余 放:

太精美了，我全家都看了，

连你所附来的短信的字也大气磅礴……

06.1.23　何鲁丽:

您的精美的画册，收到了，谢谢。

06.2.24　韩启德:

莲芬同志；所赠画册收到。为您的诗书画折服，也钦佩您的经历与品行……

05.95　孙之常:

王莲芬大姐的作品不仅仅是单纯的诗歌、绘画和书法，它是一个真正的文学艺术的创新和创作。

通过我的摄影工作及接触到的很多人的书法爱好者乃至许多书法家，我深深地感到王大姐的书法和绘画与他们相比最大的不同点是：她能把生活中真实的感受用诗歌和绘画的艺术形式充分地表现出来了。能把自己的情怀抒发出来。

我认为她的作品才是当今真正的文化艺术创作与创新。

以上是部分电话记录当时的原话，可惜没记全，有的当时未记，也未追记，现在已忘记了。

王蓮芬詩文選

九三老人 苗子

报刊评论

芳心吟成意韵深

黎 阳

五四时期新文化运动，其失之偏颇处，是对古典诗歌的内容形式持彻底的否定态度。然而事实上，许多新文化运动的先锋往往是优秀传统的真正承传者。如俞平伯、郭绍虞、朱自清、闻一多诸位先生，他们即使在采用当时最新的创作方式时，其作品内涵也是深深浸透了古典的汁液的。而后来他们的由创作走向学术研究和以传统的方式来写作，更说明了诗词传统难以抗拒的魅力和灵魂。但是五四以后的新诗诗坛，却对传统有一种误解，以为凡属传统的必然是腐朽的，所以传统的失落，也就成了数十年来不可讳言的事实。

小说家刘绍棠在为青年旧休诗家朱小平先生诗词集所作的序言中，深为优秀传统的失落感到悲凉。他感慨诗坛以信笔涂鸦自诩或以打油混充律体的滑稽状况；同时也对朱小平诗词的文采情韵、规范的考究而叫好，所言颇切中肯綮。

在这样的境况下，读到真正堪称旧体诗——而不是赝品的创作，我就不禁要为之拍案叫绝。最近承革命前辈王莲芬老人赐来她即将付之剞劂的旧体诗未刊稿本，读后正有这样的感觉。莲芬前辈的诗，论内容（并题材）不外乎纪游、酬唱、抒怀、咏物诸大类；然这二百余首诗词又决不仅仅停留在旧瓶装新酒的意义上。那些堪称真正意义上的清词丽句所传达给我们的，是葱郁而葳蕤的诗情；其意境，又是古典的雅致融入了现代爱国知识分子心态和现代社会生活因子的铸造物。用古就真不愧于古，表情达意，却又是正宗现代人的笔致，追怀逝境，百转千折，有如活现；神逸理想，百折不挠，豁人心目。但她的诗词贯穿全书的主旋律，却是流离迁徙、身经百苦而志不稍移的爱国主义情志，如《鹧鸪天》“谒上饶茅家岭烈士纪念馆二首”即是。其观大型音乐舞蹈史诗《东方红》而作的组词《沁园春》系列，包括长征、抗日战争、爱国志士、抗美援朝等著名历史时期，构思宏阔、结构谨严，情感遥深，寄托弥远。笔致是地道的沉郁顿挫，词章是浓郁的焕彩奇情。象“带镣长街，血染旌旗，永载史篇。看大江南北，风生云涌；中华儿女，俊杰万千。挽浪回澜，星移月换，多少英雄史册传……”我们读了，心绪是久久不能平静的。在忧天将坠，避地无之的旧社会，她不仅对自己的骨肉牵肠挂腹的忆念着，更推已及人，对于一般苦难的人民、无告的弱者，表现出充分的同情来。作为一个女性，这是何等高尚的精神！释迦、仲尼、耶酥还不是从这等伟大的精神出发的么？

在读她的《秋夜心雨》和《为树声画白梅配诗三首》这类诗，我更是为之怦然心动。尤其是前者，于排律中偶杂以乐府句法，淋漓尽致，而又含蓄紧凑，那是诗人在十年浩劫的年月里身处困厄之境时对人生境遇，人生意义的重新思考和估衡，夜雨淅沥，词气萧森，“雨声可勿闻，心头雨难禁，声声若鞭挞，滴滴穿吾心。点点如铅垂，串串泪粘襟。非关天夜雨，心雨恸心音。”缭绕往复、回肠荡气，比喻切警，描摹入骨，郁之怀抱之块垒，一泻而至于无极。可谓最有份量的关于人生的绝唱！莲芬前辈是一位真正的诗人，不惟心胸的高尚，笔力强健异乎寻常，即在诗的艺术方面，也是最为精工周密，隽妙深邃的。这类诗中，其揽辔之志，菀而莫宣；河清之期，邈焉难俟；兴怀家国，眷念灵修，一诗中而数致意，真风雅骚辨之遗音。《咏荷》，古来咏荷诗不知凡几，然莲芬前辈无论在描摹、写生、寄意、传神诸方面均能高出一筹。首联以古人诗化用而定基调，颔联是对荷花格调的刻骨体验，而尾联又陡然升华为一种知音难觅，或梦醒了无处可走的不尽惆怅，霓裳羽衣舞的壮丽和长夜难明的对比加深了这种疑问，真是言词效技、窈窕冥冥，化实为幻、意旨愈转愈深。《与华裔老人刘廷芳先生……》则揉写景、叙事、抒情、掌故为一体，颇有举重若轻，浩翰流走，长于驾驭语言艺术的高妙。而《书朱淑真诗词集》可谓进入这位宋代女诗人寂寞灵魂的最深处，倘若朱淑真地下有知，当会与她在历史这本大书的两端相视而频频致意矣。在脱胎与点化古人佳句意境方面，莲芬前辈也有诸多出众之处，达到了如盐入水的深化地步。如《思怀》“独立寒秋人不识”化用黄景仁“独立市桥悄无语，一星如月看多时”的情状，和《题朱淑真》“流涸五湖都是泪”化为朱淑真“妇人虽软眼，泪不等闲流，我亦无好况，挥断五湖秋。”都是对古诗人善感而寂寞到无以复加的心态的深刻体现而又能别造新境，自出机抒可谓大不易。

莲芬前辈虽是女性，自然也多少打上传统女性心态的烙印，但其诗并非小女子绣帘窗下低眉吟弄、惆怅无地的境界。而是胸臆渊然充溢慷慨难酬的逸怀浩气，初看像意气纵横的男子诗，细读方才见出字里行间的清丽与柔婉，深情和痴绝，毫无深狭的绮罗香泽之态。而这一切又是建立在对真理和理想的执着追求上。故其诗造成一种极富于内在张力的效果，是既婉约幽秀，又慷慨凛然；既色彩浓丽，又简练斩截；既袅娜入骨，又超逸出世；既沉郁顿挫，又清新捷当，诸种艺术魅力，并非冰炭不相容，而是通过情感的回旋撞击，使对立统一的因素在张与驰之间构成其诗词的袅袅不尽的意韵。

莲芬前辈自十五岁参加革命，于今已四十五年，花甲之年仍劳碌不辍，吟诗言志。萧劳先生有诗赞曰：“书重簪花格，诗惊咏絮才。”启功教授赠句云：“诗才豪放韵纵横，李卫还输八法精。”若说到对自己的前半生的总结，她自作词《雨霖铃》（新荷方裂）有“坠粉去，留子莲蓬，岁岁芳心苦无歇。”可谓精练独到的传神之笔。从这里看开去，约略可见其对国家和大众的无私奉献。莲子是一个意味无穷的象征，与审美主体的心态正好揉而为一。莲心之苦素为众苦之首，然明知其苦，还不停地耕耘、劳作，劳心劳力，写莲写荷也是写人。而荷的意象也正是母亲一样的喻体，留得残荷听雨声么？不，虽然写九秋荷花，时序已寒，我们却很容易想到龚自珍“落红不是无情物，化作春泥更护花”的诗句。荷花的清丽出尘，如明眸流盼之美与平常花大异其趣，所以读者更易见出奉献的崇高。

（此文作者为人民日报、市场报 主编 伍立扬）

（1990年5月15日发表于华声报 第四版）

骨似梅清　诗如莲洁

——读《王莲芬诗词选》

周笃文　王成纲

齐鲁多忠义，更富女词人。大明湖畔遗响，千载振清文。帘卷西风吹透，人比黄花消瘦，绝唱醉花氛。漱玉应无恨，笑眼看莲芬。

一团火，五色笔，画乾坤。更持行草为剑，慷慨自沉吟。描绘斗移星换，抒写豪情宏愿，心血铸诗魂。一卷诗词选，挥手叩重阍。

这首《水调歌头》是笔者对莲芬先生诗词作品及其人品的总体印象，或能表达对她敬仰感情之万一。但若谈论更具体的内容，还必须沿着这个思绪再往下写。

王莲芬先生，山东掖县(今莱州市)人，她像是“一团火”。莲芬先生十五岁时，像一粒火种被革命之火点燃，便投身于革命的烈火之中。四十多年以来，她以火一样的热情对待工作，以火一样的热情对待朋友，以火一样的热情从事诗词和书法创作。这热情一直燃烧，至今不减！

笔者同莲芬先生交游十余年，亲身体验到她燃烧的心火的热情。尽管她过去长时期并未从事文化工作，却极热爱文化，极热爱炎黄文化，极热爱构成炎黄文化核心之一的诗词的创作。经她的多方努力，老一辈诗词大家张伯驹、章士钊、叶恭绰等先生的宿愿得以实现——一九八四年秋，中国第一个古典诗歌研究组织——中国韵文学会在长沙诞生了。参与此举的朋友，无不感谢莲芬先生的古道热肠。兹后中华诗词学会的创建，也曾得力于莲芬先生。

如今，莲芬先生又捧出了用她的热情和心血铸就的诗词选来，这表明她不仅是振兴传统文化的参与者，而且是振兴传统文化的实践者。

这部《王莲芬诗词选》起自一九六二年，止于一九九一年，共收诗词（含新诗）一百五十一首。其中词五十六首，律诗四十七首，绝句四十一首，古风（含古诗）六首。这数字表明莲芬先生偏爱格律甚严的词和近体诗的创作，这无异等于说，莲芬先生喜欢“戴着脚镣跳舞”（闻一多语）。令人惊异的是，她居然舞得情声兼俱，气象万千！

莲芬先生的诗词与其说是用声韵创作的，莫如说是从肺肝流出的，因而浑然自然，妙趣天成。请看这首《咏荷》：

天然去饰溢清芬，醉艳明妆映碧浔。
冷露沁香诗入梦，素波留影月无心。
但存残盖听风雨，不竞铅华斗浅深。
解珮赠珠人在否？霓裳一舞夜沉沉。

古来咏荷者多甚，最有名的当推宋人杨万里的“接天莲叶无穷碧，映日荷花别样红”（《晓出净慈寺送林子方》）。莲芬先生偏能不囿古人籬範，匠心独运，另觅机杼。首联出句化用李太白诗句“清水出芙蓉，天然去雕饰”（《经乱离后天恩流夜郎忆旧游书怀赠江夏韦太守良宰》），却不见榫接胶粘之痕；对句平心静气地描画荷花明艳照人，立水之姿容。颔联以工稳灵妙的对仗，极写荷花的格调神韵，为前人所不曾道。颈联同样精巧，再现荷花听命自然的心志和朴素自尊的风骨。到此为止，莲芬先生笔下的荷花简直出神入化了。尾联从问语景语作结，轻点荷花知音难觅，使诗趣带上了少许的怅惘。

这首《咏荷》不独在《王莲芬诗词选》中堪称上品，即使放在林林总总的历代咏物诗中，也必定"亭亭净植"、"香远益清"！

莲芬先生感情的潮水诉诸声韵且最为酣畅的当推一九六九年秋写于隔离室的《秋夜心雨》。在那个特定的历史年头，作为一个刚强的女性，蒙冤受屈而哭诉无门，于是便"诗言志"，倾泻心中积郁的悲愤。这首古风凡四章，二十三韵。其中"雨"字二十二见，不仅绝无做作重复之嫌，反而极致哀怨缠绵。例如其末章："秋夜风雨人，秋雨秋夜吟。心雨伴夜雨，夜气何萧森。夜雨伴心雨，夜沉心雨深。心雨深无涯，夜雨夜深沉。"读来令人酸鼻涌泪。值得注意的是，这首五言古风的第二章中，参用了六言散句："集天下之苦痛，莫如我之怨深。汇百川之积雨，莫如我之悲沉。"颇有太白的神韵。

莲芬先生诗写得好，词写得更胜一筹，尤其小令，最为精道。例如，颇为王力教授称誉的《卜算子·咏雪莲兼致西北边防战士》：

岁岁伴高寒，终日听呼啸。雪窖冰天总自如，含笑迎风暴。
风暴报军情，我站西天哨。世纪风雪尽饱谙，一览寰球小。
皑皑雪山娇，灿灿花枝俏。笑倚冰崖瞰宇中，风景这边好！
艳吐彩云间，香溢国门哨。无限情思寄远疆，誓守关山道。

这两首"雪莲词"，荡尽了历代边塞文学赓续千年的苍凉和悲壮，洗净了代代相因的怨愤和哀伤，而代之以属于祖国、属于时代、属于战士，也属于莲芬先生的壮丽、昂扬、坚贞和骄傲。在对雪莲饱浸深情的现实主义描画中，闪烁着浪漫主义的光华。莲芬先生披露的不仅是自己的情怀，而且是"雪莲"，即那些不畏艰苦严寒，矢忠报效祖国的战士的豪情。如果戍守在西天国门岗哨的战士，读到"雪莲词"，是会感谢莲芬先生的。

莲芬先生的中调《沁园春·避暑山庄烟雨楼即兴》，"雄深雅健"；《贺新郎·题黄鹤楼》，纵横潇洒；《水调歌头·下乡诗抄》更以纯口语入律，轻松活泼，妙语连珠，还长短句的原始面貌。

不能说《王莲芬诗词选》满堂珠玑，但展卷诵咏，确实令人时见锦绣，目不暇接。

当代大师对莲芬先生的书法诗词多有盛赞，萧劳先生云："书重簪花格，诗惊咏絮才。"启功（元白）先生云："诗才豪放韵纵横，李卫还输八法精。"刘海粟先生"骨似梅清，诗如莲洁"的评论，更括出了莲芬先生人品和艺品的精髓。

作为莲芬先生的朋友，很高兴把《王莲芬诗词选》绍介给相识和未曾相识的朋友们。

（此文载人民日报1992年7月9日）

诗书画展到鹏城

——一九九二年十一月于深圳举办王莲芬诗书画展纪实

丁忆云

1992年11月26日—12月2日，应深圳市领导邀请於深圳艺术中心举办了“王莲芬诗书画展”。深圳市委书记李灏亲笔书写展名，新华社香港分社周南社长特派专人送来他的题词：“笔走龙蛇”，文化部常务副部长高占祥题词为：“珠辉月映，大气磅礴。”深圳市王众孚市长、市长助理欧阳杏、市计划局周理局长及新华社香港分社文体部部长李晨等出席开幕式并剪彩。主办单位为深圳市文化局、深圳市计划局、深圳市妇女联合会、深圳市工人文化宫、深圳市物业（集团）发展有限公司、中国人民解放军军事科学院企业局驻深圳办事处。

11月26日上午九时在深圳艺术中心举行开幕仪式，鲜花锦簇，宾朋如云。市政机关、市群众团体、有关文化团体、新华社香港分社以及深圳、香港的一些企业集团公司与包头钢铁稀土公司都送了花篮祝贺。深圳艺术中心临街的大门上方和艺术中心的一楼大厅中分别悬挂了红布横幅标语：“热烈祝贺王莲芬书画展开幕”，气氛相当热烈。据中心的负责同志讲，过去举办过许多书画展，很少有这么隆重的，可以说盛况空前。楼上展厅分六个小展厅，共展出80余件作品。裱轴及装镜框的展品各占大小三个展厅。各展厅的布置，体现了展品的风格和内容，独具匠心，美观大方。观众反映：琳琅满目，美不胜收，总的是“美”的感觉。许多观众说：我们对碑、帖无更多研究，总感到看了这个展览，得到了一种美的享受。王莲芬的作品，她的字，她的画，她的诗，就是美。有一位老者边看边叹息：真美啊！太美了……。有的观众还引了罗丹的一句名言作比喻：“美，就是性格的表现”，“有性格的作品，才算是美的”。王莲芬的诗好，字好，果真是字如其人，诗如其人……。王莲芬的书法遒劲雄浑，大家惊叹“不像是妇女写的”；她的自作诗词更吸引了很多观众对作者诗词内容所抒发之心际境界的高度不仅喜爱，而且往往发出内心的共鸣与共识。如咏荷诗“但存残盖听风雨，不竞铅华斗浅深”、“借问芳心何太苦，为留君子遍寰垠”、“水仙只吃一杯清水，但给予人们的是满室清香”、“生来为奉献，清水吐清香”。以及放歌祖国山川、人物、历史纪实、《周总理的丰碑》、《儿女的呼喊》等诸方面所表现的炽烈感情和豪迈的、深沉的爱国激情，感染了无数观众的情绪，留有许多观后语。该市市长王众孚参观后，即席挥毫题词云：“诗书传真谛，品格堪楷模”。一位70余岁的张云生老先生参观后，特通知他的学生深圳大学的王玉娟（又名王涵）去看。又步行两、三个小时打听王莲芬所住的宾馆，一定要见见王莲芬，可不巧作者外出，当她回到宾馆，听说他们刚走半小时，这使王莲芬深受感动和不安。由于她刚手术后不久，连日劳累，这天身体不支，大夫嘱卧床不要再会见客人，翌晨就要起程返京。但时近午夜，这位学生王玉娟又代表她的老师来电话要求见面。莲芬同志不顾家人的阻拦，坚持允许她来，卧在床上与她见了面，看了她的书法习作，赠送了“诗书画”集……。新年，王玉娟给王莲芬老师写来了热情洋溢的信，在贺年卡上写道：“您在学生的心目中是：

真的种子，善的信使，美的旗帜。”

她在信中说："虽然我们只见过一面，而且是短暂的二十几分钟谈话，但您的教诲如春风沐浴着我的心田，谢谢您送给我的诗书画册，我不知欣赏了多少遍，为您高水准的艺术作品而陶醉，也为您的艺术经历而感动。我真幸运为结识您这位良师益友而感到自豪……。"

在展出期间，王莲芬还应邀在现场举行了一次晚间专场报告会。向书画业余学校和妇女家政培训班的学员们作了演讲，受到极为热烈的欢迎，收到意想不到的效果。这些青年和妇女纷纷留言："听了王老师的讲话，我们非常激动，她说出了我们深圳妇女的心声（张鹤）。""祝王老师为事业鞠躬尽瘁，春蚕到死丝方尽（陈旭书）。""祝王老师老年事业有成，奉献余热，再创晚年新业绩（深圳天仙云）。""祝王莲芬老师艺术长存，健康长寿。愿您的伟大的妇女计划成功。但愿我能有机会参予您的计划，实现妇女的理想（深圳教育学院马中燕）。"阳子家政特聘请王莲芬为高级顾问并写来信说："莲芬大姐：请您接受阳子家政全体学员的亲切问候！首先，非常感谢您卓越的时代女性的精彩演讲。您那富有哲理性和思辩力的话语令我们震动和感奋。您对真理和艺术执着的追求是我们的表率和榜样，我们乐意追随您为东方女性的崛起做一切努力，学习您做坚强的母亲和真善美的高尚女性！"

王莲芬返京后对周围的同志们说：这次应邀赴深圳举办个人诗书画展，对于我来说（我不是专门搞这一行的）的确是个大胆的尝试。1990年我的诗词、书法作品，北京文化艺术出版社为我出版时，中央美术学院院长吴作人先生为我题书名却题了《王莲芬诗书画》，把"画"字也题上了。我对吴先生说，我未专门学过画画，画画仅是为表达我诗词的内涵才涂抹几笔，不能往外拿。吴老说：你的诗词配画，作为文人画的一种尝试很有特色，应当提倡……。莲芬同志又向我们介绍了田世光先生的有关这方面的建议，她说前年文化界我的一位老友、著名画家、中央美术学院田世光教授曾建议我举办我个人的诗书画同展和诗书画三位一体的作品同出一集，其意曰：当前一些中青年画家，有的画的很不错了，但文学素养尚须下工夫，因此本来画了一幅好画，不能题款——字（书法）写出来不好看，针对画的内容题上几句诗，也是东抄一点西录一点，甚至有的照古画上乱搬用，闹出笑话……所以要继承发展"诗书画"之同源，诗书画融为一体的传统风格至关重要，需要引导一下当前一些年轻人对我国宝贵的丰富的民族传统文化遗产的应有重视。办这样一个诗书画展或出版这样的集子使之有所启示，开拓一下这种风气很有好处……。他又说："我去日本看到的日本的妇女界的女书道的比例，占该国书道家的数字百分之六十以上，书法艺术的故乡是我们中国，可是他们的女书道却比我国的女书协会员所占的比例多。日本的女书道她们多数居家，除家务，还要学茶道和插花艺术等，但她们把学书法列为最高雅的、陶冶情操的以及以此作为熏陶、教育子女的一种艺术追求……这是很难得的。可尽管如此，对我国古典诗词和传统文化所具有的修养到底不如我国的女书法家，这是她们所不及的……。所以建议莲芬同志能举办这样一个诗书画三位一体的作品展和出这样一个集子……。"这是在1990年我国著名画家、中央美术学院老教授李可染先生去世的第二天，田世光先生当时在钓鱼台国宾馆创作作品，给王莲芬来电话告知这一消息时说的一番话的大意。莲芬同志说我至今一直感谢着田先生的这番见解和鼓励。启功先生同年也赠诗支持王莲芬举办"三绝展"，赠诗曰："心红血热女诗人，透纸霜锋剑戟新，重见龙蛇张长史，不须豪兴藉裴旻（落款特书：一九九零年春题王莲芬诗人三绝展览　启功）。”王莲芬说，对于画画，也从未去专门请人教过。那几年，我的工作非常之忙，我分管的行政事务、社会活动，加上我爱管“闲事”的那些文化界我的工作对象老也解决不完的排忧解难问题……而且我自己的生活，我家是四世同堂，上有老人下有小孙孙等等都需要照顾……，都不可能让我腾出时间、拿出精力去学画画……。甚至连我的书法也没有时间像其他书法家那样去专心致志临摹碑帖。这次在深圳展的开幕式会上，我曾讲：对于诗词、书法我极热爱，但我不是专门搞这个的，我仅仅是个业余爱好者，所以顾名思义我的这些作品按理说应是我的业余习作了。但事实却又不全是，因为老实说，我根本就没有我自己的“业余时间”。“十年浩劫”后，为贯彻党的十一届三中全会精神，落实党的知识分子政策，加强知识分子工作，1980年文化部专门成立了党委统战部，我出任这个部门的领导工作，任务繁重，历时十载。我的这些作品，就是在此期间大多是由于我的工作关系，在我从事为文化界人士服务的工作中，和与他们的长期交往以及社会活动中的交流、即兴之作。“实践出真知”、“实践、实践、再实践”，真正的艺术，来源于生活，这一真理，是我从事创作实践的最宝贵的印证和体验。我感激党和我的工作实践提供给我的机会和条件。记得前十年，“四人帮”刚倒台之时，有位港澳人士来访，由于当时不十分了解内地的情况，曾向我作过这样的提问：“你们共产党的女干部还会写字（书法）？还会作诗？你是哪个大学毕业的？”（他可能以为我们都是“土包子”，不懂文化，光会搞运动……）。我15岁参加革命，当然上不了大学的，确是个“土包子”。但我对他的发问没有过于谦逊，毫不含糊地回答：“我们这样的老大姐多得是，而比起她们来我这还差得远呢！要问我是哪个大学毕业的？我纯粹是是革命大学毕业的……”。最近，厦门大学周旻教授看到1991年由北京文化艺术出版社出版的《王莲芬诗书画》这样写道：“这本精美的诗书画集，集诗书画于一身，即传统文化十分重视的“三绝”，阅读过程中，十分感动，特别对于其不平凡的经历和对艺术传统的继承及其成就。我的父亲也是1948年的地下党员，已离休在家。看到上辈人为打江山而付出的艰辛和努力，我为他们的健康长寿和取得的成就而高兴。”日本国日中友好协会会长宇都宫德马先生看到这部《王莲芬诗书画》后，于1992年10月2日特发来信祝贺，信上说：“拜读了贵卷末的自叙，得知：先生从幼年即无论抗日斗争、中国革命运动还是艰苦生活环境，都潜心于中国书法艺术和古典文学研究，深受感动。……当年日本给中国带来的不幸的黑暗时代终于成为过去，今天迎来了美好的日中友好时代。先生对日本母亲发出的和平呼唤，正是先生通过艺术告诫日本人不忘过去的不幸历史的崇高诗篇，实在令人叹服。一定会有众多的日本人铭感至深，像先生的这一志向一样，致力于日中友好。”

王莲芬同志说：“我这一点点成果，是党组织的培养，是我从事的工作环境和同志们、及文化界的前辈、朋友们教给我的……。这一切应该说是他们给予我的。我所能做到的，只是象一块海绵如饥如渴地吸收着他们给我的营养。我热爱我的工作，热爱我的这些朋友，他们也爱我并给予我难得的厚谊和鼓励，他们都成为了我的良师挚友。”严格说来，我的作品距要求还相差很远。从这次展出的效果看，观众很体谅我，没太挑剔，说“人家不是专业书画家，这女同志不容易。”

观众对诗书画和自作诗词书法很感兴趣，感到这种展览很有新意。而且原来以为这种传统的诗书画的展览，青年人不会太喜欢，可他们不仅喜欢看，有的还很懂，鉴别能力、欣赏水平并不低，观后留言也多为年轻人。一位叫邹晖的青年参观后题字："方便风闻智慧花"，他说，艺术来源于人民，来源于生活。他在留言中写道："艺术既然因人类出现而产生，因而艺术是不能脱离人民而存在，艺术是为人民服务的。王老的艺术来源于生活、大自然，来源于生活中的人民。她老艺术之花是有生命的。"李振飞、张双荣等几位青年联名诙谐的写道："孙中山致力于革命几十年，妇女同志书画艺术展在几个月就办成了。""王莲芬老师的书画艺术给予我们以启示，她老人家的书画艺术给我们留下深刻的印象……""王老的书画艺术，见其人知其行，使我们年轻人深受感动。王老年龄已六十有多，她老人家的精神，真是年轻人的朝气。参观展览后，我们会有所精神，干出点事业来。埋头于事业，抬头见红杏（指展厅中的一幅书法展品'一枝红杏出墙来'）"……所以从田世光先生这个建议看来，举办这种展览是符合了时代的要求，在某种程度上达到了田老此一倡议的目的。为了有助于说明这一倡议的客观效果，下面顺便援引一下王莲芬一九八五年一月参加一次联展的观众反映。

一九八五年一月在北京曾举办过王遐举、李长路、谢冰岩、陈乔、王莲芬五人书法联展。当时，她说过这样的话："我非常热爱我国的伟大诗人杜甫和李白……，这是毫无疑问的。但今天我们举办书法展，观众一进展厅，展品内容除了李白就是杜甫，全是古人，就有所欠缺了。现在是八十年代，要有我们自己的作品，要有反映时代的展品。书法，虽然是古典的传统艺术，但也可以用来书写新诗，书写格言，书写白话文、散文……，反映时代精神，反映现实生活。也应作为动员、鼓舞、教育人们，陶冶人们情操品德的艺术形式……"。所以她当时展出的书法作品中，除有自作的格律诗词，还有新诗赠日本妇女的《儿女的呼喊》、《天下父母心》，还有用她的书法所书写世界名人海涅、歌德、雨果的诗（如雨果的："女人固是脆弱但母亲是坚强的"；歌德的："只要是玫瑰，它总是要开花的"；海涅的："严冬掠去的一切，新春会给你还来"……等等），得到观众的热爱和好评。有的观众对这个展览连看三次，有的误餐废食的赶抄这些诗句。现在让我们将那次观众们的留言抄录几段如下：

"喜闻五人书法展开幕，特意赶来学习，受益匪浅，其中特别是王莲芬同志的《儿女的呼喊》不仅字好，而且诗意亦感人，催人欲泪……。"

"书法写得很好，我应认真学习，请王莲芬同志指导。"

"这个书（法）展太好了，王莲芬不但书法好，诗也好，我曾来看过三次了，并抄写了一些诗，真有百看不厌之感……。"

"莲芬同志的字写得好诗词也作得好。字，清秀而雄丽；诗，飘逸而豪放。字如其人，文如其人，堪称才女。"

"莲芬同志的字特别秀丽，飞白也用得好。今天我在展厅中看到她本人了，她很美。字也好，诗也好，人也好。字、诗都如其人。"

"……莲芬同志，特来看展览，真是一饱眼福。你的两首诗（《儿女的呼喊》、《天下父母心》），激动人心。因为我也是母亲，而且经历过战争。想看到你，请有暇给我写一幅《儿女的呼喊》……。"

“莲芬同志，您好！我是年逾花甲的老叟。看了您们五人书画展览，使我受益不浅，特别是诗词作品更为感人，您的诗我已抄录一些，由于时间所限未能全抄下来，实为可惜。听说您的诗已有专集，我渴望拜读学习……感赋拙句留念：龙飞凤舞笔传神，书画诗词颂当今。愚叟三来看不厌，只缘佳作太迷人。　老叟赵一平。”

这次在深圳举办的她个人的诗书画展，应当说较七年前更上了一层楼。她所说的大胆尝试，应当说还是成功的。我们期待她再有提高，几年后，以她的大胆、气魄和毅力再上一层楼！

1992年12月6日
（1992年11月于深圳举办王莲芬书画展纪实）

王莲芬的诗书画

卢光照

诗书画印，是组成中国画面的四元素。它并非缺一不可，是缺则不完美。凡奢言画就是画，不必赘它者，具实是对中国“传统”绘画的否定。从治国画者本身言，最好是诗书画印四者兼而长之，才是具有高造诣的画家，如齐白石、吴昌硕是。今王莲芬女士，解擅诗书画三者，即此一端，就了不起。而其造诣，又能令人称尝，更是不易。可喜可喜！

去岁，莲芬将其创作成果，汇辑成集出版，命名《王莲芬诗书画》，惠寄一本给我，附言还要请我写点文字，予以评论。愧不敢辞。但我人实笔拙，又不善称许人，说出怕不一定悦耳：旨在平实，不务哗宠。先谈相识，兼及为人为艺。

回忆10年前，一日，莲芬到寒舍，邀我夫妇参加文化部组织的专家学者烟台避暑消夏活动。这一活动，由该部统战部安排。是时，莲芬是统战部领导，她又具体负责这次活动。此前，我虽曾到烟台玩过，而今承组织关怀，再说又是风光事，我就乐于被统而战之，随大伙一齐行动。

一路不论火车上、汽车上和到达上的地，她都事必躬亲，跑前跑后，把一帮人照顾、安排得顺心顺意，惟恐这些“大人”、“先生”、“夫人”们受委屈。而她自己，看似硕壮，实则虚弱，也是需要照顾的人。况这次远游，不少是赫赫知名人士，如《孔雀舞》名家资华筠、《宝贝》拿手的歌唱家刘淑芳、《荒山泪》著称的程派京剧表演家赵荣琛、叶派著名须生叶盛长，周总理著名扮演家王铁成等。最次的如我，称不上什么，但也不是没见过市面、经过大阵势之辈。像这样阶层、一般要求较高的20多人的乌合之众，返京后，大家能无闲言，还愿与之交往，没有两下子，恐怕很难办到。从这里我们可以看到莲芬的组织能力、办事能力、处人接物和宽广胸怀，算得是女强人。

莲芬山东掖县人，女流也。又因其籍及善诗词，使我想起济南宋代女词人李清照。这里我不是想为她俩论等第，我是想借她俩的创作，证明古人所说“言为心声”

的正确性，说明不同的心情，会产生不同的文艺。李清照为什么连篇累犊，都是些冷冷、清清、凄凄、惨惨带血和泪的词句，不用说是和她、特别中年以后的遭遇相联系的。身逢亡国之乱，况最痛心的，亲密的志同道合的丈夫，先是变乱分离，继之又成永远诀别，她哪还能有一丝欢笑的心情呢？她简直成一个泪美人了。莲芬从小参加革命，吃了不少苦，遇了不少乱，苦也好，乱也好，可身受的不是“亡国”之痛，而是人民的节节胜利，而是喜悦，而是打出了一个共和国，山美水美，前景辉煌光明。因之自她学会作诗填词这一门道始，便无论书斋述旧，现场舒怀，一落笔便总是些按捺不住心头喜悦词章，催人激奋，使人向上，气势恢宏，情调激昂，可以想象，她是以生花之笔，在一曲一曲的歌唱美丽的祖国，她是在雀跃，她是在诉说幸福！

看了莲芬的书和画，油然的使我想起这样一个问题，即书画互补。也可以说是互相关连，相得益彰。本来，书画是同源的，同什么源？同源于“线”，同源于“一划”开始。书画的优劣，其实就是用线的优劣。书法好的人，就容易画好画。会画画的人，字写得往往比一般人有韵味。这样的例子，远说如苏东坡，米襄阳，近的如前说到的吴昌硕。吴更为特出，50岁后方始学画，然后来竟成创派立宗的一代宗师。这完全是得力于他能写一手好石鼓文的字缘故。

莲芬习画，好像是起步在书法之后，只有十数年的工夫。但她因有书法功力作基础，线的表现力，使指运腕，都会比不习字者占便宜，一出手便不凡。首先是脱俗，再者是无小家子气，三是笔墨有味道。有此三者，就能站得住脚，就能向高档次发展。至于风格之形成，是千磨万炼的结果，不是一蹴而就。但必须要有自己风格，否则最终必被历史淘汰掉。

书与画相较，书难于画。因为书一落墨便不容改动。学习好写字，就能养成胸有成竹、斩钉截铁、惜墨如金、笔笔准确的能力和习惯。这也正是画画所要求的。所以说书画是互相补益的。

莲芬习书先于画画。画受书法之益已如前述。但画又反作用于书法，充实了书法营养。试看她的书法，从部字列行，到龙飞凤舞的笔势，莫不与画异趣同功。古人云：“书到极则为画”，简直和欣赏一幅画一样。她的字，不像老古板的字，只是讲功力，只是讲法度，只能当工具来识别所写的意思，就是一点味道没有。她的字雄浑、磅礴，纵情挥洒，气势飞扬，很不像一个女人所写。这一点正是她的书法可贵处，看了使人气壮。

强人必具强心。莲芬从不向人示弱，就凭她那锲而不舍精神，肯定来日成果，不让须眉！

1993年2月25日 北京

（1993年5月20日 载人民日报海外版）

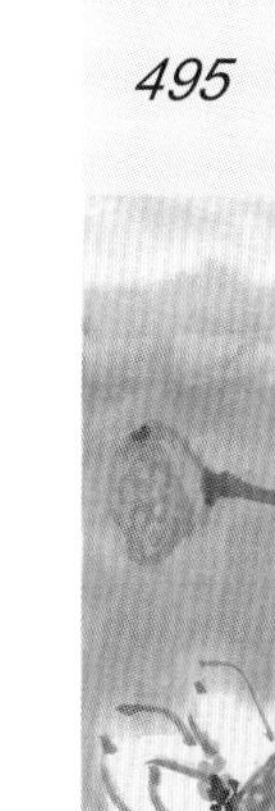

甘负人间重荷

——女诗人、书画家王莲芬素描

王培洁

题记：素描是一种绘法，不着色彩。而没有色彩恰又是一种绝色和异彩。于是，我就把它理解成是赤橙黄绿青蓝紫的综合。

我是一棵草

在北海公园那个由启功教授题写横匾的“北海植物园”庭院西侧的宝积楼，我头一回见到王莲芬同志。那是中华诗词学会成立5周年时一个小小的志庆聚会。我知道她是位书法家，又是诗人。我们有机会谈了些话，时间不长，她却谈了许多。其中不少内容，我一时都淡忘了，而她说的她就象棵小草从石缝里往外长的这句话却留给我挺深的印象。聚会之后，我读了她的一部正待出版的诗稿。在一首《调寄卜算子·咏雪莲》的词作中，又出现了小草，她说“汝惠尽琼瑶，汝取皆辛扰，山是胸怀雪是魂，压顶摧无倒。根植大河源，目极长城道。身在峰巅始见高，我是一棵草。”

文汇意，诗言志，这道词我是看得懂的，况且，词的题目和作者的名字暗结了一个莲字。我想这不是游戏，应该是作者的机智。

南国有种叫做剑麻的植物，能拱着石头往上长。而从石缝中挤出的小草，则是另一种独立与顽强。一听一读，我初领了“我是一棵草”的风韵。初领是不够的，我决定去采访她。

在沙滩文化部西门里面的一块空地上，有一所别致的小院。白色的护栏围定了一片白色的平面建筑，静悄悄的。这里就是文化部台湾事务办公室所在地，这里的负责人就是王莲芬。

还是初见时的样子，一交谈就能让人感到圆满和亲切。

统战部长的前三脚

她谈得挺随和，像朋友在给你讲个故事，她把故事又讲得十分地恢宏，能让人直想到“飞流直下三千尺”的壮观。我挂一漏万地记着，在捕捉着她的小草的性格。

文化部集中着我国一大批作家、学者、诗人以及各门类的艺术家。为了落实这些知识分子的政策，文化部党委于1980年设立了统战部门，王莲芬被任命为负责人。

王莲芬负责的这个统战部实际是知识分子联络部。但是这个事情怎么干，王莲芬两手空空。她开动脑筋，先从联络感情入手，亲自筹划设计、组织实施，踢出了统战部长的前三脚。

首先，她组织了一场电影招待会，专门邀请了文化部系统有海外关系和台湾关系的知识分子。看电影，这本是极为平常的事情，但王莲芬的这场电影却超出了这个意义。那些有着“外”字关系的文化界人士，多少年来都有着沉重的外在压力和思想负担。王莲芬的一场电影招待会，使他们感受到了难得的温暖与诚意，开始挣脱了多少年间心灵的煎熬。

1980年7月公布了党章修正草案，明示要征求党外人士意见。王莲芬不失时机地踢出了开展统战工作的又一脚。她请来了文化部系统民主党派和无党派人士座谈党章草案，听取意见。会开得很好。除了座谈会本身值得称好外，更值得称好的是它所造成的影响效应。

把党外知识分子、文艺家们的心拢到一起，需要有一定的形式。王莲芬上任后在当年盛夏之际又邀请文化界人士在承德避暑山庄组办了一次消夏活动。在同承德当地文化界的联谊会上，各路艺术家都通过己之所长一表情怀。书坛大家、画苑巨匠也都是兴之所至，临席泼墨。王莲芬是这次文艺家盛会的设计者和组织者，作为书法家与诗人，当然也是激情难捺，便也及时挥毫，书写《沁园春》一词，以咏心志。参加这次聚会的有阳翰笙、周而复、张君秋、周汝昌、葛一虹、陈慧、项堃、王遐举、徐之谦及黄均、田世光、陆鸿年、祝肇年、黄源礼、黄飞立、易开基、孙明经等艺术院校诸教授和文艺界知名人士。这样的活动效果很好，艺术家们交流了技艺，联络了感情。从那以后，她结识了文化艺术界众多的朋友，大家也开始慢慢地熟悉了她。

报春不争春

统战部负责人不是企业经理，如果用量化管理方法来评说统战工作，难避可笑之嫌。联络知识分子的工作，没有产量和指标，多做工作多受累，少做了自己可以清闲点。但是王莲芬自有她的标准。她说我要和知识分子交朋友，我要把工作做到百分之二百。百分之二百，不只是满负荷，而是超负荷。

李洪春是著名艺术家，是中国京剧舞台上第一个活关公。唐山大地震以后，李洪春所住平房被列为危房。李老年近90，多年申请住房，由于各种原因却一直未能解决。一日晚间，大雨如注，卧病在家的王莲芬立即想到了李老，遂打电话派人到李老家去看望，并嘱说不是受王莲芬所差，而要以部领导的名义。王莲芬手里没有房子，只能做到这种程度。李老看到文化部领导专门派人连夜冒雨赶来看望，房子虽一时未解决，却仍深受感动。关怀是实际具体的，不仅仅是物质条件方面的。

王金如从50年代就受聘于中央音乐学院等艺术院校担任古筝教师。但是直到退休，她所受到的竟一直是临时工待遇。原因很简单，因其胞兄是台湾国民党官员。

忽然有一天，情况有了点变化，台胞台属渐渐地不再被视做妖孽和怪异。于是，1986年，王金如30余年的临时工转正事情就被提了出来。但是王金如转正一案在文化部教育局，部对台办、党委统战部、人事主管等部门周游一周后又回归原处，仍是不予处理。此时王莲芬正在党委统战部任职，王金如转正案也曾“到此一游”。既然是“到此一游”，按王莲芬性格，她是坐不住的，她要管这个事情，不就是各部门有分工，她不便插手吗?但这并非绝对的。统战部怎么就不能管?王金如几十年如一日地坚持在三个高等艺术院校兼职任教，不论古筝教学还是演奏实践都是上乘，仅仅因为哥哥在台湾，就让人受了差不多一辈子的委屈，这说得过去吗?王莲芬不避嫌不怕难，她出马了，怀着一片苦心，一厢善意地向有关部门和负责人述理陈情。碰了钉子，还是往前走。她亲自动笔造书，向主管部长提出报告，力主“有错必纠”。王莲芬一腔热血没有白费，半年之后，王金如30年临时工转正案终获解决。

我想，在王金如不知该向谁表示感谢的时刻，王莲芬大概早就又把自己看成是局外人了。

叶盛长1986年落实政策，政治上纠正了错划了30年的右派，而经济上只一次性地发给了400元人民币的补偿。叶老先生是中国京剧界的老前辈，在4年的劳改期间，夫人没有工作，子女8人也正在念书，因此家中积累了不少债务，400元钱于事何补。这不干统战部长什么事。但王莲芬说“我想法子”，此路不通走那路。于是她就开始算帐，按北京最低生活水平计，再算上叶老劳改4年的生活费，做了个加减乘除，足足经过一年多的奔波，为叶家争得了经济补助3000元。转过年末，叶老夫人谭秀英因血癌住院，需要大换血，还是钱的难处。儿媳跪在地上请求医生先行医治。这是艺术家之家危难时刻的光景。又是王莲芬上下求索，为叶夫人医病求来如雨中伞雪中炭的费用。家属感谢王莲芬，王莲芬却说，你们要感谢京剧院和艺术局。

这种为人解难，不图报答的事情，王莲芬到底做了多少，没有人去统计，而她自己也只是埋头地去做，做了这个再去做那个。项堃和陈慧老大姐的入党问题，李谷一的生活待遇问题，张伯驹先生平反后遗症和遗属安置问题，刘海粟赴港办画展问题，多了，都是通过王莲芬的手，使不可能变成了现实。

1982年，王莲芬向中央统战部汇报工作，一谈就是4个钟头。后来，工作汇报形成文件，刘澜涛同志看完报告后，写信给胡耀邦同志，感慨万千。胡耀邦批转了刘澜涛的信件。文化部开始还以为统战部的王莲芬捅了什么漏子，读完文件才知是肯定统战部政绩的，可是在向全国推广统战部工作经验的材料中，却没有一处提到王莲芬的名字。原来原稿在经王莲芬核阅时，她早把自己的名字全部抹掉了。写到这儿，我想起了王莲芬的两句诗“我爱梅精神，报春不争春”。

我想，这就是她。

闯关东者的后裔

王莲芬曾对我说：她从小就“嫉恶如仇”。

那一年，王莲芬不到10岁。日本人的飞机趁着中国乡村老百姓赶集的时候来轰炸屠杀我们的同胞，他们欺负我们没有足以制服他们的武器，把飞机飞得很低，追逐着四散奔命的中国百姓，用来开心取乐。飞机飞得那么低，从地面都能看得见日本飞行员狞笑的脸。王莲芬说“我永远也忘不了那一幕。”半个世纪以前的事情历历在目。她说得很沉重，能与之共鸣者定会感到撼动人心。

本世纪初，中国腐败到了家，也穷到了家。争生存是人的本性，于是中国的老百姓舍生忘死地漂洋过海。山东人也要找自己的活路。30多岁的王彬卿，光棍一条，挑着个挑子离开了老家山东掖县，下了关东。这个山东大汉王彬卿，就是王莲芬的祖父。

关东界内地上肥地下也肥，中国人闯关东谋生，外国人也觊觎着我国东北这块宝地。穷人不怕天塌地陷，富人却是连个大点的响动也害怕。看到日本人和俄国人都在磨刀霍霍准备大干，那些富豪之家就慌慌张张地拍卖家私，祖父王彬卿便在此时收买了大批器物。一年以后，日本和俄国结束战争，王彬卿所购所藏之物翻然成了一笔巨资，于是便有资格给东家当了大伙计，后来竟在东北创下了一份产业。王彬卿荣归故里，造房置地，于是王家便成了远近知名的大户。为了补偿他这一代有心上进无力求学的遗憾，王彬卿有了钱便打发儿子进城读书。

王莲芬不到两岁的时候，日本人便占领了东北，王彬卿在东北的产业被日本人所霸占，老人家也就在这一年离开了人世，死前还是念念不忘叮嘱儿子王誉之在乡办学的事。王誉之不辱父命，全力维持先父所办的一男一女两校，他自己亲任校长并亲自授课。王誉之所生两女，也在女校读书。长女王莲馨，次女便是王莲芬。王誉之办学，颇有建树，当时的教育厅长何思源特赠匾额，上书“乐育英才”，以志赞誉。于右任先生也书赠“江湖见天大、丝竹感人深”联为贺。

但是王莲芬刚念到小学三年，家乡朱桥镇就让日本人设了据点，王誉之一家被迫出走。从那以后，王莲芬便和姐姐帮助父母做活维持生计，同时开始被父亲规定，每天必须要写两张大楷、一张小楷。为写大楷，王莲芬从9岁起就开始临摹《九成宫》。小楷用的是一本残页的宋体《古文观止》，于是在开始学书的同时，王莲芬也对古文产生了兴趣。

日本人的入侵，破坏了王誉之预想的办学秩序。抗战以后，他便把一些大龄学生输送到了胶东抗日军政大学，王莲芬自然也没有能再按部就班地读书上学。历史强行地把她投进了一个特殊的环境，王莲芬进入了一个无墙的校园、无门的教室。活跃在胶东地区的八路军和地方抗日救亡组织，经常集散于王家。王莲芬看见这些人就高兴、就羡慕，仿佛铁梅看见了那些“表叔”，她要学他们。姨父彭官华是王莲芬投身革命的启蒙老师。不满15岁的时候，她就开始接受和完成彭官华交代的任务，协助姨父杀敌除奸。当儿童团长的姐姐常给她读马少波叔叔他们从前方给妈妈寄来的“战地通信”。这就是她的教材，于是她知道了日本鬼子的无恶不作，知道了原来熟悉的许多叔叔阿姨们的流血牺牲。小草这样地从石缝中挤出来，长起来，能不嫉恶如仇吗？这里需要赘述一笔的是，在这个过程中以至到后来，王莲芬对书法和古典诗文的钻研与磨练始终没有懈怠过。

甘负人间重荷

抗战胜利那年，王莲芬在辽阳古城参加了共产党的地下工作，1947年，不到18岁上就入了党。她做过市委宣传部的工作，24岁的时候，被提拔为宣传处长。

50年代中，王莲芬上调北京，在全国人大常委会机关，一干就是20年。党和国家领导人的品德和作风给她很深影响，使她更加懂得要勤勤恳恳忘我工作。在王莲芬的诗稿中，连词带解地有这样一个小故事，可以见出王莲芬当初公务繁忙、时不暇给之一斑。

有首七律，题作《奉和沈毓珂同志》，王莲芬在题解中说“我与朱委员长秘书沈毓珂同志共办委员长信件，10余年中，电话批文频繁，声音文字相熟，一如老友。但10年之后为四川仪陇来人事，始初见一面，相为惊叹。又隔10年，毓珂同志编辑《朱德诗选集》，又重晤于京华。互传为奇谈。沈有诗云：“互语10年未见君，人间竟有此奇闻……”

王莲芬要强奋进，不甘人后。她干起活来，有的是招数，都是在干中学成。小学3年就让日本人给断了学路。抗战胜利后，小小的辽阳城，国民党三进三出，斗争相当残酷。王莲芬就是在这个时候入党的。从那个时候起，王莲芬就没有停闲过，年复一年，她没有怠慢和敷衍过工作。她可以盘着腿坐在土炕上跟乡村的老大娘唠嗑到半夜，然后在一个被窝里睡到天明。她也可以下矿井、钻巷道、跟“煤黑子”们在一起，不怕难、不避险地宣讲新风尚新时代。王莲芬的鉴定里有这样四个字，叫“特别泼辣”。她是丰富的，她的经历可以写出许许多多的故事。

我想起她作于1990年夏日的专咏秋荷的《西江月》词：

阆苑瑶池泣露，横塘绿影凌波。珠房晶洁舞婆娑，向晚凉云欲堕。
飘零红芳落尽，莲心菂菂多多。秋来无语候霜过，甘负人间重荷。

这正是她自己的写照。

“写来清气满乾坤”

在文化部统战部工作的10年，是王莲芬诗词书画技艺大进大展的时期。这个时期她已经有了较深造诣和成就。其中又多有机会与诗词大家、书画巨匠们临席答对、同案挥毫、切磋经验、接受点拨，致使王莲芬的诗书技艺更加精进。她说她不喜欢“寻寻觅觅冷冷清清”，我想，这符合她的成长性格。闯关东者的后人，能执红牙板唱“杨柳岸晓风残月”吗，必定是执铁板唱“大江东去”的。所以，王莲芬，不论是她的书法还是诗作，多是飘逸潇洒、笔墨酣畅、雄深雅健、气派恢宏。启功教授赞誉她的成就说“诗才豪放韵纵横，李卫还输八法精”

王莲芬字写得好。有一回她的诗稿拿去请教王力教授，王教授却首先赞日“一笔好字，难得难得”。

在书法艺术上，王莲芬既广泛涉猎，博取古今诸家之长融于自己的特点之中，又不墨守旧法。她的书法作品在日本、法国、美国以及台湾的港澳同胞中都赢得了喜爱者。

书法本身脱离不开文字的内容，而文字的内容恰又能表现出作者的志趣爱好和思想情操，甚至可以从旁窥出作者的人生观。王莲芬的书法作品多是书写自己创作的诗词，把自己在书法和诗词这两方面的天赋融合一体。王莲芬的女人的刚强和母亲的爱心也在她的书法与诗词中表现得光昌流利。

在美丽的镜泊湖畔，她听说一对多年的恋人因一时的烦恼要准备分手。她不愿意看到发生这样的悲剧，便写下四句诗，书赠给他们：“下界为听疾苦声，长留宝镜映升平，银河飞瀑雷涛吼，尽洗人间烦恼情。”王莲芬在他们面前捧起的仍然是祝福的玫瑰。我想，这对终成眷属的恋人，他们的孩子如果知道了曾发生过这样的事情，那他一定会首先感谢王奶奶，一辈子为王奶奶祝福。

1982年9月，中日合拍的影片《一盘没有下完的棋》首映式在北京结束，日中友协宇都宫德马会长率团归国之际，中国向日本朋友赠送了两幅书法作品，内容是两首现代诗作《儿女的呼唤》和《天下父母心》：

“……儿女紧紧地偎依在母亲温馨的胸上/静静地谛听着母亲跳动的心房/不由地发出赤子心底的呼喊/不，不要让罪恶的战火/再把母亲烧伤……”

这幅署名为“一个中国孩子的母亲”的作品，在日本一时引起了不小的震动。它的作者就是王莲芬。

后来，王莲芬的这两个书法作品在国内展出，从留言簿上可以看出，同样打动了许多为人母亲者的心。

王莲芬的诗词书画选集已经由文化艺术出版社出版发行。对王莲芬的作品，无论是她的纪游酬唱，还是咏物抒怀，如果你感到波澜壮阔，那就是做事的道理。如果你感到深刻凝重，那便是做人的规矩。如果你觉出了清丽柔婉，那准是女性和母亲的情怀。如果你全都有所体会了，你就跟上了作者的心迹。

一个花甲，小草变成大树

王莲芬1990年出任文化部对台办主任，同时又是文化联谊会副会长。她是中国书法家协会会员，又在中国韵文学会和中华诗词学会担任理事。或许，她还有一些文化团体的头衔和社会兼职。她坎坷颠簸地走完了一个花甲，天干地支又重新开始排列组合，王莲芬她还是没有能喘过气来。几年以前，她有了个机会，返回了朱桥镇午城的王宅故里，但家屋却被人为地拆毁。“平原旷野颜仍旧，曲巷空庭貌已非。三径荒园情缱绻，双清母校梦依稀。”她感慨时光的流逝，社会的更迁。她说她没有过一个快活和无忧虑的童年，就连拍皮球也曾是种奢望。她是一棵小草，但不是苗圃和花屋里的小草。国家的苦难，工作的重担，生活的磨炼，风霜雨雪60年，早把她催长成了一棵大树。她说，我遇到的挫折和坎坷是我的另一种乐趣。正因我苦，我才更爱我的生活。“茹苦生不易，愈爱生命延”，“忧患起节士，铁骨出沛颠”，这是她的诗，是她的心志。这已经不是小草的微鸣，而是大树的呐喊。

如今，王莲芬已经退休了，但她仍然是如她诗中昕写：“路也迢迢，乐也陶陶”。

作者简介：王培洁，男，中国银行干部、《国际金融》副总编，1968年毕业于北京经贸大学。1981年开始文学创作，已发表和出版报告文学、散文、小说及小说选集等计六十万字。现为北京作协会员。

（载1994年5期《传记文学》）

“三绝”不让须眉

——读《王莲芬诗书画》

周旻

在中国历史上，集诗书画于一身被认为是才气横溢的主要标志。因此，追求诗书画的兼擅成为中国历史上无数文化人毕生努力的目标。这种“三绝”或“双绝”至少组成一条“文化链”，绵延有绪，至今影响深远。以女子而言，有此“三绝”者则更寥寥。因此，《王莲芬诗书画》的出版（北京文化艺术出版社1992年2月），就特别值得重视和介绍。

在新时期，传统中国画一度出现创作“危机”论调，而书法领域也在论争书法是不是艺术之类的问题，古典诗词则由于大型辞书的大量出版而偏向某种主观解读趋势。至于创作，则更见陌生。传统意义上的诗书画艺术似乎面临新的困惑。我们不必以绝对超然或激烈哀恸传统行将丧失的心态来看诗书画所处的地位。

王莲芬先生诗书画集的出版，首先让我们看到优秀传统文化独具历史穿透力，它可以在现代人的情感之间，显示出勃勃生机。作为一位早年投身革命，后来长期在文化部任职的官员，先是在革命队伍中自学写作古典诗词和书法，后来又在工作中向许多著名诗书画家请教、切磋，终于形成自己的面目。《王莲芬诗书画》的出版，表明优秀传统文化仍然成为当代人艺术人格塑造力的一种因素。

以一位40多年投身革命的女子，却偏好创作格律谨严的词和近体诗，这本身就是对内容与形式和谐统一问题的深刻体认。王莲芬先生在“自叙”里说：“企羡写一些，‘声情壮阔、境界恢宏’的诗句和气势雄浑，一荡胸襟的书法”，“不大喜欢‘纤娇闺秀音’，偏好‘诗家情似海’的文艺观”。在她的笔下，叹罢“忧国忧民成义烈，秋风秋雨剩悲凉”的秋瑾后，便放歌“回天今日多巾帼”（《题秋瑾》）；在“世事”和“人情”困扰时，诗人“劝君坦荡抛私我，铁马关山路不穷”。其长调《沁园春》、《满庭芳》、《念奴娇》等，霍松林教授以为“雄奇壮丽，开历代女词人未有之境，亦足以压倒须眉矣！”如观《东方红》音乐舞蹈史诗而作《沁园春》组词，包括《长征》、《抗日战争》、《爱国志士》、《抗美援朝》等，揉进诗人对打江山几代人所付艰辛的体会，寄慨遥深。读“生于忧患，死于安乐”感赋的《六州歌头》，“看乾坤已握，风掣战旗鸣”，“直欲挥鞭千里”，“快马疾风腾，方称生平”。这种“羞安逸，藐忧患，激愤成、壮怀凌”的心志，使诗人以新的视角阐释了辛幼安“少年不知愁滋味”，指出“少年悲苦实荒唐”（《江城子》），“难得人生，几度历风霜。行尽崎岖诚可贵，知拼搏，力图强。”诗人的壮怀，更多表现在对歌颂祖国的山川人物和伟大时代方面，而具体的纪游、酬唱、抒怀等题材，却无一不表现出那种百折不挠，积极进取的主题。“三八妇女节”的感慨是“担海挑山，攀峰揽月，不让须眉气宇宏”；书法家聚首京华，“笔阵横挥五岳，词源倒泻千洪”；与前辈诗人同席，说“待有才人伟业承。重聚首，换大杯如斗，一引长虹！”如此豪兴，似排斥了李清照“天接云涛连晓雾”那份孤苦寻觅的偶发奇想。而融入了现代人的笔致和情思。

如果说放言高歌、抒怀述志只是某种既定的模式，而以王莲芬先生的职业而言就更容易走向空泛的一端，然而最为可贵的是，王先生却以另外一种表里俱澄澈的情感涟漪，呈接住狂涛巨澜过后的宁静，唱出了柔婉深情的歌。使人领略到那一路婉约深沉，更易切入读者心路的神韵。写了一九六九年秋隔离室的《秋夜心雨》，仿佛读杜子美沉郁顿挫的吟咏，又兼具蔡文姬《悲愤诗》的倾诉，更隐约窥见屈原行吟江畔的身影：“秋夜听雨声，声声系新愁。淅沥如人泣，低回何怨幽。怨幽诚雨声，感此增怅惆。最是心头雨，恸若江海流。……非是悲秋人，忧患使心忧”；“天雨伴心雨，若何慰吾苦？泻若长江水，诉我之怨怒！溶若长白雪，洗我之雠辱。崩若天地裂，震激我肺腑。何日见霹雳，开天拨迷雾！”痛切心骨的巨大深广忧患，道出了时代的不幸和人民的呼声，至今读来依然深受感染。至于《咏荷》一诗，历来受到好评，诗云：“天然去饰溢清芬，醉艳明妆映碧浔。冷露沁香诗入梦，素波留影月无心。但存残盖听风雨，不竞铅华斗浅深。解珮赠珠人在否？霓裳一舞夜沉沉。”诗中李白、李商隐等遗韵依约如现，而贯之以诗人自身的体物心情和状物技法，的确道出前人未曾道出的荷花格调与神韵。再如为友人题画白梅：“莫误梨花欺雪艳”，“横斜自领高寒趣”；自题画梅：“借得长毫抒正气，报春天下第一枝”，也都清新可诵。诗人对高山上的雪莲情有独钟，从1963年至1984年曾作《卜算子》组词六首，专咏雪莲。唐代诗人岑参曾以“忽如一夜春风来，千树万树梨花开”而使边塞诗大为生色，王莲芬先生的雪莲词开拓了新时期边塞文学新的境界：“岁岁伴高寒，终日听呼啸。雪窑冰天总自如，含笑迎风暴。”“风暴报军情，我站西天哨。世纪风云尽饱谙，一览环球小。”如果说岑参的《白雪歌送武判官归京》写出边地的奇寒和旅人的乡愁，那么在王莲芬先生的笔下，新时期戍守边陲的军人则以雪莲那种“笑倚冰崖瞰宇中，风景这边好”的情怀，谱写了一曲壮丽、昂扬的时代赞歌。

诗歌与书法的关系历来受到门类艺术通融意识的制约和重视。王莲芬先生的书法多出于自题或他题。在这本诗书画集里，比重最大的是其自题自书自作诗词。诗词的内容和情感起伏脉络，通过自己的书法来加以表现，是传统诗人擅长的艺术。因为书法线条疾涩、顿挫、流畅；布局谋篇的疏密、浓淡处理，以及笔法的露与藏等等，都可以对文字内容产生某种“如其人”的作用。综观全集书法，基本上以行草为主，如内容为“豪放”者，书法风格则随之奔放潇洒，所书“雄风”、“云海”、“云涛”、“奋飞”、“梅”，以及《惯住险峰岂惧风》、《读凡章孔老诗有感二首》、《沁园春·清明夏承焘老先生招饮》等，紧劲连绵，墨沛淋漓，间有飞白丝丝，十分飘逸洒脱。而《雪莲》组词行楷，蕴藉含蓄，与词所表达的那种高逸、纯洁、崇敬的情感融为一炉。在王莲芬先生笔走龙蛇的优美兼雄强的书法形象里，我们可以感受到二王的流美、米芾的峻急、倪元路与黄道周的联绵、祝枝山的横冲直撑，以及近人郭沫若的影响。而这种博取诸家之长又能自成面目的特点，又十分吻合于她丰富的阅历和“诗家情似海”的创作观，使之达到诗如其人、书亦如其人。

不仅如此。莲芬先生还说：“我本来不会作画，也没人教我画画，可为了要以画表达我自己的诗词内涵，竟逼使自己努力去画出诗中的意境。”中国历代著名的文艺全才无不以诗书画兼擅著称。苏轼就曾经说文同“诗不能尽，溢而为书，变而为画”。就是说通过不同门类的艺术创作，同时表达某种创作冲动。相对诗歌与书法侧重在意趣和节奏上的趋同，书法与绘画则更多在于笔法的相同。王莲芬先生笔下的墨牡丹、墨梅、墨荷、水仙、樱桃、兰花等颇具大家风度。一方面由于她能作与能评，为大量的名家绘画题诗阐明画意，如田世光、张君秋、周怀民、俞致贞、刘力上、秦岭云、孙瑛、许麟庐等所作题诗，由此便能从画意中观摩出诗情，这与王莲芬先生大量与众多名人即席挥毫所作一样，需要诗情与诗胆，更须由己及人，了解并准确评析各种绘画流派的特征，这就提高了鉴赏力。另一方面由于她喜好行草及狂草艺术，书法上达到很高的造诣，用这种成熟的行草书线条及用墨技巧作写意画，加之以诗情辅佐引发，因此其所作写意花卉极有韵致，八大山人的简洁、李苦禅的天趣自然，都在她的笔底演化为富于个性特征的情趣点染，给诗书画集平添不少清逸与英气。

当代大师对王莲芬先生的艺术给予盛赞，萧劳先生云："书重簪花格，诗惊咏絮才。"启功先生云："诗才豪放韵纵横，李卫还输八法精。"刘海粟先生云："骨似梅清，诗如莲洁。"这些诗书画集于一身的当代艺术全才对王莲芬先生的评价，概括了这位"不让须眉气宇宏"的女诗人，在诗书画兼擅的"三绝"文化链上新的创获。

（1994年载《博览群书》12期）

王莲芬一身而三擅诗、书、画

杨 柄

诗、书、画——中国特有的三种艺术。一人各擅一种，这就分别成为诗人、书家、画家。也有一人擅两种的，甚至还有擅三种的，不过很少。诗人、书家、画家，依总量而言，都是女性少于男性；三种艺术集于一身的女性尤其罕见，今天有一位，这便是王莲芬同志。

先请看她的一件书法作品"钢铁长城"（见附件），这是一九八七年七月七日即七七事变五十周年这个具有重大历史意义的日子，为沈阳军区官兵在扑灭大兴安岭林区森林大火立了大功而书赠他们的。

这件书法作品的书法基本功是坚实的，这是作者从儿童时代起天天练字从不间断的结果。要想使写字成为艺术，苦练基本功是决不可少的；这里没有便宜可讨，一丝半毫投机取巧的念头都应该打消。然而有了基本功不等于艺术。要想成为艺术，第二步必须脱俗。再进一步，才能成为艺术品。"钢铁长城"就是这样产生出来的。

首先请看，"钢"、"铁"、"长"、"城"——重、轻、小、大，互相呼应，跌宕成章，构成一个艺术总体。如此合理的布局是由于创作之前有了充分的绸缪，可以创作进行中奋笔畅书，一气呵成。头一个"钢"字所处的位置必须凝重，正好写得也凝重。第二个"铁"字提笔运锋，若舞红绸，它那灵动的线条之美，正好与"钢"字的凝重相得而益彰。第三个"长"字处于两大之间，现在这个写法完全符合它的"身份"。关键是压轴的"城"字，不但必须写好，并且应该是格外地好，否则这个条幅就立不起来了。令人非常高兴的是，恰恰是这个"城"字写得格外地好——结体严谨，笔力沉雄，走势威武。压轴戏唱得如此精彩，这就把"钢铁长城"的气魄唱出来了。长城——中华民族智慧的象征，钢铁长城——中国人民力量的象征，这件风格刚健的艺术作品有利于从书面艺术这个方面扬我国威。

这件书法作品体现了王莲芬同志书法风格的主要特征；这也是她的诗词风格的主要特征，也是她的绘画风格的主要特征。所以她的八十余件诗、书、画作品一九九二年在深圳展出的时候，踊跃的观众认为"笔走龙蛇"，"大气磅礴"，"不像是妇女写的"。

这种主要风格特征在诗词中的体现，首先请看一九八一年八一建军节王莲芬同志在北戴河写的《念奴娇》——

水天空阔，天连水，又接幽燕东壁，阅尽兴亡千载事，多少风流人物。魏武挥鞭，秦皇铭石，今日飞鸣镝，关山故垒，缅思辽沈神策。

雄师横渡长江，金陵气尽，直把苍龙执，流水落花八百万，百代人神惊绝。四海归心，春回大地，决战还中国。长城巍峙，金瓯从此无缺。

这首词，诗思遐远，绘景辽阔，而又完完全全立足于现实的基础之上——立足于共产党、毛主席领导全国愚公推翻三座大山、埋葬蒋家王朝这一翻天覆地胜利的基础之上。倘若不是立足于如此坚实的生活基础，要想产生如此遐远的诗思，如此辽阔的绘景，那是很困难的。虽然基础雄厚，句句实在，又不是生活原始状态的表面描写，而是将生活的实质予以升华，再予以艺术的再现，这样一来，艺术中的生活反而更真实了。不立足于现实是不对的。不升华，不浮想联翩也是不行的，必须将二者结合起来。这首词好就好在这里。

再者，还得力于作者文学根底深厚，很善于用典，尤其是毛泽东诗词之典。

金陵（南京）这个地方，“钟山龙盘，石头虎踞，此帝王之宅”（诸葛亮语），但从孙权建都到蒋介石建都，长命的朝代一个也没有出现过。东吴只存在了四十二年就被西晋消灭，所以刘禹锡写道，“西晋楼船下益州；金陵王气黯然收”。蒋介石王朝军被比西晋水军不知多多少、不知雄伟多少的我人民解放军消灭的。我“百万雄师过大江”了，“钟山风雨（就）起苍黄”了，蒋家王朝只存在了二十二年就结束了。这是一九四九年的事情。回顾一九三五年十月，毛泽东同志在甘肃六盘山上曾用诗句表达了这样的目标：“今日长缨在手，何时缚住苍龙？”苍龙指的就是蒋介石。所以现在，王莲芬同志写道，“金陵气尽，直把苍龙执”。

“落花流水”——建都金陵、亡给宋太祖的南唐李后主有“流水落花春去也”的感叹，今天的口语中有“打他个落花流水”的豪言，“八百万”——则是我们消灭蒋军的总数，豪言变成了事实。这些就是王莲芬同志的笔下的“流水落花八百万，百代人神惊绝”。

“金瓯”——国家的象征。一九四九年建立的空前统一的国家是从当年一片一片的苏区、解放区发展起来的，不是一个早晨实现的。在中央苏区的时候，毛泽东同志就吟道“收拾金瓯一片，分田分地真忙”，这正是以金瓯完整为目标的。目标实现了，这才使得王莲芬同志在山海关前吟道，“长城巍峙，金瓯从此无缺”。无论是这一个诗句，还是整个这一首词，它的气韵与书法“钢铁长城”是贯通着的。

这首词用典很多，既有古与今的交织，又有诗与史的交织。作者的手法可融合典故而不是生吞典故，是将典故汇入诗词中而不是嵌入诗词中，所以诗情流贯，读之爽神，读之振奋，读之自豪。不但体现了风格，也说明了造诣。

毛泽东同志在讲到他自己对词的欣赏的时候说，“我的兴趣偏于豪放，不废婉约”。为什么呢？因为，“人的心情是复杂的，有所偏但仍是复杂的。所谓复杂，就是对立统一。人的心情，经常有对立的成份，不是单一的，是可以分析的。”这是一个很好的概括，具有一般的意义，不但欣赏如此，创作也是如此。王莲芬同志的创作即是实例。前面我们讨论了她在山海关前创作的《念奴娇》，下面再请看她在一九六九年秋，在隔离室创作的《秋夜心雨》——

秋夜听雨声，声声系新愁。淅沥如人泣，低回何怨幽。怨幽诚雨声，感此增怅惆。最是心头雨，恸若江海流。心雨心头雨，寸心已伤揉。非是悲秋人，忧患使心忧……

雨声可勿闻，心头雨难禁。声声若鞭挞，滴滴穿吾心。点点如铅重，串串泪沾襟。非关天夜雨，心雨恸心音。夜雨一夕休，心雨竟长侵。集天下之苦痛，莫如我之怨深。汇百川之积雨，莫如我之悲沉。苍天若有情，天雨每相临。

天雨伴心雨，若何慰吾苦？泻若长江水，诉我之怨怒！溶若长白雪，洗我之雠辱。崩若天地裂，震激我肺腑。何日见霹雳，开天拨迷雾！

秋夜风雨人，秋雨秋夜吟。心雨伴夜雨，夜气何萧森。夜雨伴心雨，夜沉心雨深。心雨深无涯，夜雨夜深沉。

这首长歌写的是作者心中的幽怨苦痛，这是很自然的。因为，此时此地她处的具体情景是，文化大革命期间，隔离室，秋雨之夜。而这位被隔离审查的女共产党员年龄三十九岁，党龄已经有二十二年了。她是在解放区长大的，是在革命队伍中长大的，是一直跟着党干革命的，现在被隔离起来了，她的心情中的幽怨苦痛这一面因此突出出来了。

“敞开心肺给人看”——谢觉哉同志这个诗句用在王莲芬同志这首诗上是完全切合的。这首诗告诉读者，我王莲芬在这种具体情景中内心里本来就是这样苦痛着的，所以我照实写出，决不像曹丕那样“矫情自饰”。作者这样写，就使读者能够洞察作者的心肺，与作者情感交流。这是诗的优点，也是诗的成功。

在这里，需要进一步看清幽怨苦痛与刚健豪放的关系，这就需要通观全人，不能将这一首诗从作者的全部作品、从她的整个为人中孤立出来，独夸一点，不及其余。我们应该看到，在王莲芬同志身上，刚健豪放是基本的，幽怨苦痛不是基本的；她的幽怨苦痛是在刚健豪放的前提下的幽怨苦痛，不是孤零零的幽怨苦痛。就是在抒发幽怨苦痛的这首诗中，她也讲得很明白：她“非是悲秋人”。她的这个论断与她的全部作品、与她的整个为人的实际情况是完全相符的。正因为她“非是悲秋人”，所以才“忧患使心忧”。退一步说，即令作者在诗中，不写上这两句话，请你依次将全诗读下去，你便可以发现，它的神韵不是滞寂，而是流动；在那流动着的神韵里面依然存在着一种力量，尽管这力量似若游丝，但决不是没有。因此，这里的幽怨苦痛的合乎逻辑的发展不是消沉，而是相反——而是与刚健豪放相通。所以，王莲芬的《秋夜心雨》不是李清照的“凄凄惨惨戚戚”，更不是林黛玉的《秋窗风雨夕》，与杜甫的《同谷七歌》也有很大的不同。这是一名共产主义战士在特定情境中为时短暂的一种复杂心情，虽然这时候不是“偏于豪放”，也没有放弃豪放。

我们在这里提到了李清照的诗句，王莲芬同志在专论李清照的一首七律中所强调的也不是“凄凄惨惨戚戚”这一面，而是相反的一面。原来，李清照国破家亡，从北国流亡到江东，针对南宋的偏安，借项羽抒发自己的愤慨：“生当为人杰，死亦为鬼雄。至今思项羽，不肯过江东”。王莲芬同志于是高赞李清照“一代词宗气宇宏，生为人杰语尤雄”。从对古人的这个很高的评价中看出了王莲芬同志自己的主要风格特征。

由于同样的原因，王莲芬同志涉及妇女的诗词创作总是极力批驳女子“无才便是德”、女子“非英物”的封建思想，极力赞美巾帼英雄，除赞美李清照外，还赞美王昭君“胆识动高吟”，卫夫人是“翰墨师宗”，杨门女将“闺阁擅千城”，秋瑾“自书青史壮尧疆”，等等。特别是，极力赞美“迴天今日多巾帼，万里长征颂邓、康”（邓颖超、康克清），赞美李淑一同志当年是“铁骨冰魂”，祝贺她八十五岁寿辰是“名播兰馨臻大寿，河清有酒庆华诞”，赞美新中国的女民兵体现了“冰河解冻，千载锁链打碎，铁树喜开花”，“换取新世界也有女农娃”等等。总的说，王莲芬同志认为，尽管往昔的封建势力叱曰，“女，无才是德”，“国不予政”！今朝的情况则是，“女，扶天擎地，国之精英”！她的诗词就是对这半边天的颂歌。

然而，对女性的颂歌可以是豪放的，也可以是婉约的。

王莲芬同志有一首咏莲蓬的《浪淘沙》，将莲蓬比作楼房：“蒂结华楼临水望，子满珠房”。这样的造句脱胎于儿歌：“青枝绿叶盖花楼，许多美人在里头。同窗睡，格子休，盖着被窝露着头……”这首儿歌正是她在孩提时代从母亲口里听来的，所以她在这首词中一边描绘莲蓬“迎风带露立秋塘”，“冰肌晶骨玉生香”，一边披沥她“一瓣芳心留自苦，慰母慈肠”。她在另一首词又说，“坠粉去，留子莲蓬，岁岁芳心苦无歇”。她还在一首词中说，“坠粉长埋心底苦”。这些诗句，全都是借用莲蓬来赞美“甘负人间重荷”的伟大母爱的。

在这个反复吟咏的主题中，有一件作品王莲芬同志实行了诗、书、画的统一。她画了一幅莲花，画面突出的是泼墨而成的秋后下垂的荷叶，叶与曲茎相连。在这个茎曲之处，是另一茎顶着的一个成熟了的莲蓬朝下看。在这两根茎之间，又有一短茎，顶着一朵红色消褪着的、淡泊的荷花。这幅画的画风，颇类齐白石；诗韵，又上溯杜甫的“露冷莲房坠粉红”。作者自题一绝云，“出泥不染独称君，粉坠寒塘情自真。借问芳心何太苦？为留君子遍寰垠。”请注意：“为留君子遍寰垠”。这就不只是对自己的母亲之爱，也不只是自己作为母亲对下一代之爱，而且作为共产主义战士对“环球同此凉热”之爱，是自己既作为母亲、又作为共产主义战士对如潮似浪的“君子”之爱。

这种爱在观看了中日合拍的以反对日本军国主义势力进行侵华战争为主题的电影《一盘没有下完的棋》以及所写的《儿女的呼喊》和《天下父母心》这两首诗作出了进一步的表达。在《儿女的呼喊》这首诗中，她将“流丹灿烂”的日本樱花比作“母亲的笑靥风裳”，将“国色天香”的中国牡丹比作“母亲的庄重安祥”，然后激情呼喊——

母亲，勤劳美丽，
给大地喷发芬芳；
母亲，伟大高尚，
哺育儿女成长。

儿女紧紧偎依在，
母亲温馨的胸上，
静静地谛听着
母亲跳动的心房，
不由地发出
赤子心底的呼喊——
不！
不要让罪恶的战火，
再把母亲烧伤！

这首诗在日本妇女界乃至其他各界都引起了强烈的反响，被称为“中国母亲的心声”。王莲芬同志还赴日参加过中日书法艺术交流活动，载誉而归。著名的日中友好人士宇都宫德马先生对《王莲芬诗书画》一书给予很高的评价。其中说：“当年日本给中国带来的不幸的黑暗时代终于成为过去，今天迎来了美好的日中友好时代。先生对日本母亲发出的和平呼唤，正是先生通过艺术告诫日本人不忘过去不幸历史的崇高诗篇，实在令人叹服”。“我相信先生的这一志向，定会使众多的日本人铭感至深。”

这三件涉及母亲问题的作品，前两件不妨认为属于婉约，或者说近于婉约，后一件就不能不肯定属于豪放。不这样也是不可能的。在具有了共产主义世界观的艺术家（乃至一切革命战士）的性格里，侠骨与柔肠是不可能一刀切断的。

王莲芬同志一身而三擅诗、书、画，这是难能可贵的。从学历来说，她正规的学习只在农村读过几年小学，这就尤为可贵。探其原因，主要是自己的苦学，加上从事教育事业的父亲的督导，更重要的则是“三生有幸”，碰上了伟大的抗日民族解放战争，生活在解放区。“解放区的天是明朗的天”，是发挥群众固有天才的天，是造就人才的天，她就是其中的一个。用她自己的话说，她能有今天，“完全是革命队伍对我培育、陶冶的结果”。

王莲芬同志已经有了第三代了，她现在是一种什么样的心情呢？是怎样回顾自己的青年时代呢？她说，“淡泊生涯霞绮晚，缤纷岁月旭辉初。潇潇夜雨长安道，犹梦疆场百战余”。就是说，自己的晚年生活是“淡泊”的，又是充满了“霞绮”的。而现在的“霞绮”正是来自青年时代的“缤纷岁月”即革命战争岁月，亦即依然萦绕于自己的梦魂中的岁月。当年的战斗年华鼓舞着今天的自己笔不停挥，创造更多的艺术成果，共产主义文艺战士岂可坠青云之志乎！

一九九五年春
于京华莱茵书屋
（载1995.10.13 中国文化报）

从书法“钢铁长城”说开去

杨 柄

条幅“钢铁长城”四字在这里虽然是摄影复印而不是原件，但书法家的坚厚的基本功还是看得很清楚的。这一点今天应该强调。因为将字写成书法艺术是以书法基本功作为立足点的，这跟当钳工必须首先苦练使锉刀、使鎯头基本功的道理相同。可是现在报刊上标明为“书法”的那些字，有很多都缺乏基本功，甚至是不要基本功。不要基本功而又要当书法家，那就采用什么办法呢？一味求怪。似乎脚乱蹬，腰乱扭，臂乱摆，头乱歪，这就是舞蹈艺术。世界上没有那么容易的事，此风不可长。

从基本功发展到书法艺术，中间要经过脱俗阶段。脱不了俗，基本功再好，也不可能给人以任何美的神韵。北京故宫和颐和园牌匾楹联上的那些字，基本功都可以，但一个个呆若木鸡，俗物而已。“钢铁长城”这个条幅就越过了脱俗阶段而进入艺术领域。

首先请看，“钢”、“铁”、“长”、“城”——重、轻、小、大，互相呼应，跌宕成章，构成一个艺术整体。如此合理的章法是任何一件书法作品，尤其是行书和草书作品不可不在创作之前就充分绸缪、作好部署的。四个字当中，相对于后三字而言，头一个“钢”字的艺术性似感稍逊，但总的说依然相称，不妨碍艺术整体的形成。这头一个字的美中不足的产生，可能是由于这样一种常见的原因：乍一提笔，情绪还没有完全散开，所以对笔的驾驭力还没有充分发挥出来。蔡邕认为，“书者，散也，散怀抱也”；“欲书”，要“先散怀抱”。这是讲得很对的。这个条幅的创作过程中，如果说写头一个字的时候在一点上有些不足，待写到第二个字“铁”字的时候怀抱就完全散开了，就在行草基本功的基础上自如地运笔了，就把字写活了，并且提笔运锋疾书所表现出来的线条之美，正好与“钢”字的凝重相得而益彰。只是感到运笔的沉着又有点不足，明显地表现在右边的那一长笔上，左、右两半也不够紧凑。但这些都无碍于整个字写得好，须知将繁体的“铁”字草写出来，并且草得这样好，并不是一件很容易的事情。第三个字“长”字处于两大之间，现在这个写法完全符合它的“身份”，这个“配角”当得不错。关键是压轴的“城”字必须写好，并且应该是格外地好，否则这个条幅就立不起来了。令人非常高兴的是，恰恰是这个字写得格外地好——结体严谨，笔力沉雄，走势威武。压轴戏唱得如此精彩，这就是把“钢铁长城”的气魄唱出来了。惜乎最后一点没有点好；这一点应该点得举重若轻，以示力之不尽，现在这个点法收不到这样的艺术效果。这件作品，不管我们怎样吹毛求疵，它作为一个艺术整体，更准确地说，作为一个风格刚健的艺术整体，是书法艺术园地中的一项可喜的成果。它的艺术风格所体现的内容是什么呢？是钢铁长城。长城——中华民族智慧的象征，钢铁长城——中国人民力量的象征，风格刚健的书法艺术作品有助于从书法艺术这个方面扬我国威。

这件作品得以创作出来，当然不是孤立的事情。一九六二年“飒飒木叶落”的季节，作者偕友人登香山谒双清别墅——毛主席进城之初住过的地方，为那里的松竹所感，以五言古风抒发自己的景仰。其中说，“效尔风格珠，刚质兼毅魄”。拿这样的诗篇同“钢铁长城”条幅相映照，作者的刚健风格就是完全可以理解的事情。

具有这种风格的这位书法家兼诗人是一位女同志，名叫王莲芬。

正因为如此，王莲芬同志的诗词创作也以这种风格为主导。即以吟咏妇女的诗词而言，她总是极力批驳女子“无才便是德”、女子“非英物”的封建思想，极力赞美王昭君“胆识动高吟”，卫夫人是“翰墨师宗”，《杨门女将》“闺阁擅千秋”，李清照“一代词宗气宇宏”，秋瑾“自书青史壮尧疆”，等等。特别是，极力赞美“迴天今日多巾帼，万里长征颂邓、康”（邓颖超、康克清）。昔日的封建势力叱曰：“女，无才是德”，“国不予政”！“今道矣：女，扶地擎天，国之精英”！即令是在一个寒夜里仿女史诗所写的五绝，王莲芬同志也是“倚楼非不泣，珠泪不轻弹”，毫无凄凄惨惨之容。

有一首词在王莲芬同志的诗词中占有突出地位，这便是一九八一年八一建军节她游北戴河的时候写的一首念奴娇，这件作品我们引证全文——

水天空阔，天连水，又接幽燕东壁。阅尽兴亡千载事，多少风流人物。魏武挥鞭，秦皇铭石，今日飞鸣镝。关山故垒，缅思辽沈神策。

雄师横渡长江，金陵气尽，直把苍龙执。流水落花八百万，百代人神惊绝。四海归心，春回大地，决战还中国。长城巍峙，金瓯从此无缺。

这首词，诗思遐远，绘景辽阔，而又完完全全立足于现实的基础之上——立足于共产党、毛主席领导全国愚公推翻三座大山、埋葬蒋介石王朝这一翻天覆地胜利的基础之上。倘若不是牢牢地立足于这种现实生活基础之上，要想产生如此遐远的诗思，如此宏阔的绘景，恐怕是很困难的。当然，从中外文艺书本中摘抄一些大话拼凑成章，这样的作品也不是没有，要它感人不但是困难的，甚至是不可能的。……无半语空浮。虽然实在，又不是生活原始状态的琐碎描写，而是给予升华，使生活的本质真实艺术地再现出来。不立足于现实是不对的，不升华、不浮想联翩也是不行的，必须将二者结合起来。这首词好就好在这里。

再者，还得力于作者文学根底深厚，很善于用典，尤其是毛泽东同志的诗词之典。

金陵（南京）从孙权建都到蒋介石建都，长命的朝代一个也没有出现过，刘禹锡写到西晋灭东吴一事的时候说，“西晋楼船下益州，金陵王气黯然收”毛泽东同志一九三五年十月在六盘山上向往，“今日长缨在手，何时缚住苍龙”？一九四九年四月，比西晋楼船不知多多少、不知雄伟多少的我中国人民解放军的“百万雄师过大江”了，“钟山风雨（就）起苍黄”了。所以王莲芬同志写道，“金陵气尽，直把苍龙执”。

“落花流水”——亡给宋太祖的南唐李后主有“流水落花春去也”之叹，今天的口语中也有“打他个落花流水”的豪言，而我们消灭蒋军八百万之众，豪言变成了事实——这些都汇溶到王莲芬同志的笔下，变成了“流水落花八百万，百代人神惊绝”。

土地革命时期，毛泽东同志在中央苏区写道，“收拾金瓯一片，分田分地真忙”，而一九四九年建立的金国政权正是从当年的苏区、解放区一片一片发展而来的，于是王莲芬同志在雄伟的山海关前吟道，“长城巍峙，金瓯从此无缺”！这首词与书法作品“钢铁长城”的气韵是贯通的，风格是一致的。

从写作手法来说，这首词用典虽多，作者都将它们熔化了，是将它们汇入、而不是嵌入自己的诗句中，所以古与今、诗与史相交融而成水乳，一气呵成，诗情流贯，读之爽神、振奋、自豪，不但体现了风格，也表明了造诣。

王莲芬同志既是书法家，又是诗人，还是画家——擅长中国画。她画有一幅莲花，画面突出的是泼墨而成的秋后下垂的荷叶，叶与曲茎相连。在茎曲之处，是一个成熟了的莲蓬。下面，在荷叶茎与莲蓬茎的中间，有一短茎，茎端存在着一朵淡泊的红色荷花。这幅画风，颇类齐白石，诗韵，则是杜甫的“露冷莲房坠粉红”。作者自题一绝云，“出泥不染自称君，粉坠寒塘情自深。借问芳心何太苦？为留君子遍寰垠。”不难看出，这是画自己，写自己。可是画自己，写自己，不等于为自己。此画、此诗的好处正在于不是为了自己，而是为了“寰垠”。即令“粉坠寒塘”，“芳心”，“太苦”，也还是为了“寰垠”。正因为是为了“寰垠”，所以甘愿，“粉坠寒塘”，“芳心”“太苦”。这里表达的是一名共产主义战士的情怀，精神实质是积极的。此画、此诗与前面讲的彼书、彼词，乍一看似为二致，其实精神实质是一致的。在统一的刚健风格中应该并且必须有不同的表现手法。因为，对每一种特定的具体情境中的具体事物进行艺术再现的时候，表现手法是应该互异的，统一不应该是划一。

王莲芬同志一身而三擅诗、书、画，是很不容易的。她在《王莲芬诗书画》一书（1991年文化艺术出版社出版）后面的《自叙》中叙述了自己的身世，她只读过几年小学，完全是自学成才。但她生也逢辰，碰上了一个伟大的时代——抗日民族解放运动高潮。九一八事变前一年她出生于胶东农村，十来岁，八路军来了，成了解放区了。“解放区的天是明朗的天”，造成人才千千万，她就是其中的一个；用她自己的话说，她能有今天，“完全是革命队伍对我培育、陶冶的结果”。她在另一首诗中说她“淡泊生涯霞绮晚，缤纷岁月旭辉初”，今天的“霞绮”正是从当初“旭辉”照耀下的“缤纷岁月”中来的。尽管今天的生活是“淡泊”的，依然创作不辍，这岂不正是“淡泊以明志”么？

一九九五年三月一日
于京华莱茵书屋
（载1995.9.6 中国妇女报四版）

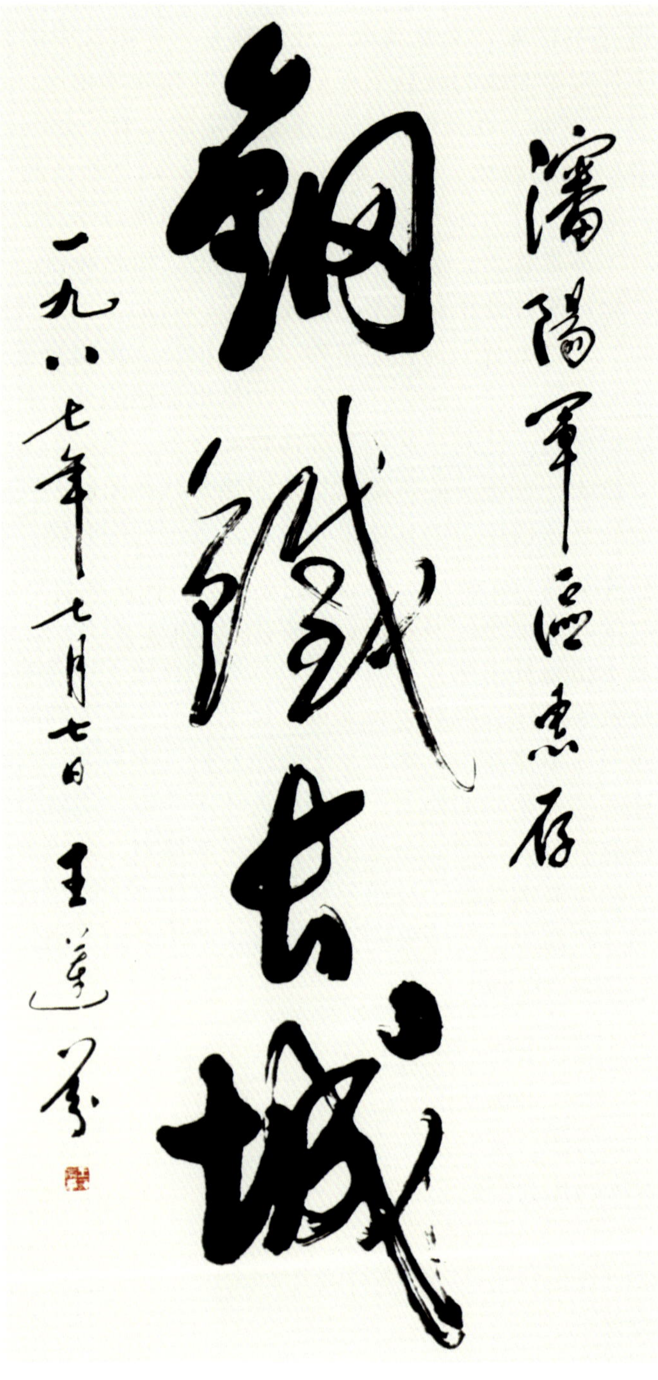
瀋陽軍區惠存
鋼鐵長城
一九八七年七月七日
王蓮芬書

三届国际艺术代表大会旧金山举行

[记者戴铭康旧金山报导] 第廿三届国际文化艺术代表大会专题讨论会，自七月二日起在旧金山的菲尔蒙大酒店举行。第一天举行诗歌讨论会，接着举行小说、文学、教育、科学、音乐等讨论会。卅七个国际两百多位代表，出席这个由英国剑桥名人传记中心和美国名人传记协会举办的会议。中国大陆有十多位人士参加，是人数最多的外国代表团，仅次于东道主美国。

参加会议的代表都是被收录在英国剑桥“世界名人录”的名人。出席这次大会的中国大陆代表包括：中国世界民族文化交流促进会副会长、中国世界民族文化交流促进会文学委员会主席、诗人及书画家王莲芬；中国麻风协会副理事长“中国麻风学”杂志主编李桓英研究员、被誉为巾帼神医的顾娟；湖南省文联执行主席、湖南省作家协会名誉主席任光椿；中国文联全国委员会委员、吉林省文联主席、吉林作家协会副主席鄂华；吉林省作家协会副主席张笑天；中国著名指画家龚乃昌；云南艺术学院教授、著名书法家樊端然；广州市法学会常务理事、高级律师胡永森等人。

王莲芬是在大会开幕式上发言的唯一的外国代表，介绍中华文化，展示中国妇女的地位和水准，表达和世界各民族交流文化的意愿，获得极为热烈的回响，大会主席尼古拉及许多代表纷纷上前和她拥抱。

作家鄂华曾在澳大利亚和英国出席上几届的大会，这次是第三次应邀参加，是代表中出席次数最多的。总体来说，中国大陆代表的水准很高。中国书画家的作品在大会展出，也受到充分的好评。

王莲芬　诗书画全才扬名

“笔走龙蛇，大气磅礴”国际文艺大会受瞩目

[本报记者戴铭康专访] 第廿三届国际文学艺术代表大会正在旧金山举行，来自中国大陆的王莲芬是最受瞩目的代表之一。走在代表下榻的酒店，不时会有来自各国的代表和她招呼、交谈。开幕式上，她是唯一上台发言的外国代表。她的发言受到热烈欢迎，握手的、拥抱的、索取资料的人，把她团团包围。她的书画、诗词展品，在大会展厅中吸引许多出席大会的代表，也有来自各地的旅客，包括澳大利亚的各媒体记者现场采访她。

王莲芬是中国世界民族文化交流促进会副会长，也是该会文学委员会主席。她原来是大陆文化部的官员，任文化部台湾事务办公室主任，教授级的文化专员。可是，她最擅长的是中国古典的诗词和书画。大陆曾有（王莲芬：一身而三擅诗、书、画）“‘三绝’不让须眉”、“女诗人、书画家王莲芬素描”等许多传记和报道介绍这位才女。

她自己作的诗词，自己书写。她书写的诗词被人民大会堂等多个重要的会场和纪念堂收藏。一九九二年，她在深圳举办展览，展出八十多件诗、书、画的作品。观众

对她的书法的评价是“笔走龙蛇，大气磅礴”，不像妇女手笔。她的诗词“水天空阔，天连水，又接幽燕东壁。阅尽兴亡千载事，多少风流人物。”也有大丈夫的气概。

她在海外的名声最早是传到日本。一九八二年秋，中日合拍电影《一盘没有下完的棋》的北京首映，大陆方面向日中友协代表团赠送两幅书法作品，内容是王莲芬创作的两首现代诗《儿女的呼喊》、《天下父母心》，署名一个中国孩子的母亲，一时在日本引起不小的轰动。后来，她作为中国女书法家，应邀赴日本交流，载誉而归。

她经常应邀参加各种书画展。不少中国顶尖的书画家、学者、诗人都给了她的作品很高评价。像大书法家启功教授题诗相赠：“诗才豪放韵纵横，李卫还输八法精。”大画家刘海粟称她“骨似梅清，诗如莲洁”著名诗人冰心为她一版再版的“诗书画作品集”题书“像王莲芬这样的全才现在少有。”

谈到参加这次大会的目的，王莲芬强调，中国有五千多年灿烂的文化，诗书画是中国传统文化精华。她学习、发扬这些文化的光辉，一是弘扬中华文化；二是展示当今中国妇女的地位和水平；三是促进和各族人民的交流。这种交流包括中国国内五十六个民族的交流和世界三千民族的文化交流，以增进各族裔的相互了解和世界和平。她会继续以一位诗人、书画家和母亲的身份来推动世界性的交流。

（载1996.7.5 美国旧金山世界日报）

世界日報 星期五 七月五日

王蓮芬 詩書畫全才揚名

「筆走龍蛇，大氣磅礴」國際文藝大會受矚目

【本報記者戴銘康專訪】第廿三屆國際文學藝術代表大會正在舊金山舉行，來自中國大陸的王蓮芬（見圖，戴銘康攝）是最受矚目的代表之一。走在代表下榻的酒店，不時會有來自各國的代表和她招呼、交談。開幕式上，她是唯一上台發言的外國代表。她的發言受到熱烈歡迎，握手的、擁抱的、索取資料的人，把她團團「包圍」。她的書畫、詩詞展品，在大會展廳中吸引許多出席大會的代表，也有來自各地的旅客，包括澳大利亞的各媒體記者現場採訪她。

王蓮芬是中國世界中國民族文化交流促進會副會長，也是該會文學委員會主席。她原來是大陸文化部的官員，任文化部台灣事務辦公室主任，教授級的文化專員。可是，她最擅長的是中國古典的詩詞和書畫。大陸曾有「王蓮芬：一身而三擅詩、書、畫」、「『三絕』不讓鬚眉」、「女詩人、書畫家王蓮芬素描」等許多傳記和報導介紹這位才女。

她自己作的詩詞，自己書寫。她書寫的詩詞被人民大會堂等多個重要的會場和紀念堂收藏。一九九二年，她在深圳舉辦展覽，展出八十多件詩、書、畫的作品。觀眾對她的書法的評價是「筆走龍蛇、大氣磅礴」，不像婦女手筆。她的詩詞「水天空闊，天連水，又接幽燕東壁。閱盡興亡千載事，多少風流人物。」也有大丈夫的氣概。

她在海外的名聲最早是傳到日本。一九八二年秋，中日合拍電影「一盤沒有下完的棋」的北京首映，大陸方面向日中友協代表團贈送兩幅書法作品，內容是王蓮芬創作的兩首現代詩「兒女的呼喚」、「天下父母心」，署名一個中國孩子的母親，一時在日本引起不小的轟動。後來，她作為中國女書法家，應邀赴日本交流，載譽而歸。

她經常應邀參加各種書畫展。不少中國頂尖的書畫家、學者、詩人都給了她的作品很高評價。像大書法家啟功教授題詩相贈：「詩才豪放韻縱橫，李衛還輸八法精」。大畫家劉海粟稱她「骨似梅清，詩如蓮潔」。著名詩人冰心為她一版再版的「詩書畫作品集」題書「像王蓮芬這樣的全才現在少有」。

談到參加這次大會的目的，王蓮芬強調，中國有五千多年燦爛的文化，詩書畫是中國傳統文化精華。她學習、發揚這些文化的光輝，一是弘揚中華文化；二是展示當今中國婦女的地位和水平；三是促進和各族人民的交流。這種交流包括中國國內五十六個民族的交流和世界三千民族的文化交流，以增進各族裔的相互了解和世界和平。她會繼續以一位詩人、書畫和母親的身分來推動世界性的交流。

中国文化報

中华人民共和国文化部主办 ZHONGGUO WENHUA BAO

1996年7月14日 星期日 第82期(总第1216期) 每星期三、五、日出版 邮发代号1—115 国外代号D1037

文博天地

王莲芬出席国际文化艺术代表大会

本报讯 （记者**赵忱**）由美国名人传记学会(ABI)和英国剑桥国际名人传记中心联合主办的第23届国际文化艺术交流代表大会6月30日至7月7日在美国旧金山举行，我国原文化部台湾事务办公室主任、教授级文化专员王莲芬应邀出席，并成为会上唯一登台发言的外国代表。

以深厚的中国诗书画学养广受大会代表关注的王莲芬在发言中说：我本人有幸生活在20世纪的中国，受到东方文化的充分陶冶和时代风雨的真切馈赠，最终形成了诗、书、画三位一体的艺术风格。我个人的艺术成就，完全是中国文化的具体体现，我将永远为自己隶属于伟大的中国文化而自豪。

王莲芬向大会表示，希望来自世界各地的朋友通过一切可行的方式与中国艺术界的朋友广泛开展各项交流，共同促进世界人民的友谊和文化繁荣。

王莲芬在美受瞩目

由英国剑桥名人传记中心和美国名人传记协会举办的"第廿三届国际文学艺术代表大会"前不久在美国旧金山举行。来自世界37个国家的200多位代表中，有十多位中国代表，而其中的王莲芬女士是这次大会最受瞩目的代表之一。

王莲芬女士是中国世界民族文化交流促进会副会长暨该会文学委员会主席，因擅长中国古典诗、书，故有才女之誉。她自己作诗词，自己书写，经常应邀参加各种书展，观众赞其书法是"笔走龙蛇，大气磅礴"。许多著名的人物也都给予很高评价。她的作品曾被人民大会堂等处收藏，也曾作为中国女书法家应邀赴日本交流。

参加这次会议的代表都是被收录在英国剑桥"世界名人录"上的名人。在开幕式上，王莲芬作为唯一的外国代表上台发言，她介绍中华文化，展示中国妇女的地位和水准，表达和世界各民族交流文化的意愿。她的发言受到热烈欢迎，许多人纷纷上前握手、拥抱、采访，把她团团围住。她的书法作品也被安排在大会展厅中展出，吸引了众多观众。对此，王莲芬感动地说："中国有五千多年灿烂文化，而诗书画是中国传统文化精华。参加这次大会，一是弘扬中华文化，二是展示当今中国妇女的地位和水平，三是促进中国和世界各族人民的交流。"

（侯 文）

嚶鸣友声

王蓮芬詩文選

九三老人 苗子

嘤鸣友声

1991年出版的第一部《王莲芬诗书画》及展品
各地读者、诗家来函摘录

我的第一部《诗书画》，1991年北京文化艺术出版社出版。首版2000册，由新华书店发行。出乎意料竟一销而空，是该社当年效益最好的书籍之一。第二年又接连再版、三版，第四版因已不能制版而止。

以下就是当年一些读者、诗家的惠示，特摘录志谢！

从这些热情洋溢的来函中，他们的朴实、热忱、真诚，让我倍受感动。他们有的是从事文教工作，有的是"乡野寒士"、工矿企业职工、学校教师、乡镇居民，还有离休的新四军老战士……从海南到北京，有八旬老翁，也有小学少年。十几年过去了，2005年8月深圳海天出版社出版了我的第二部《诗书画集》，开本、印张及作品的数量较第一部都大大增多了，应该说它的诞生也包含了这些未谋面的朋友们曾给予的鼓励与支持。今天在这里摘登这些来信，意在馈赠这第二部作品，作为向他们的汇报与答谢。信址无从投递，希望能得到回音，再请赐教！

各地诗人读者对1991年第一部《王莲芬诗书画》部分来函摘登以表谢忱

莲芬方家：

大作《诗书画》集，及内附华札，剪报等件拜悉。《梦旦集》已蒙垂览，谢了。谬奖不敢当。仆虽幼学诗，愧老而无成。拙著自知浅陋，敢于冒昧上陈者，盖欲就正于高明，藉结诗缘，拜师学艺，千祈多多赐教。

昔在华夏吟友拜读大作，不胜钦佩，但只认为是当今杰出诗词家而已。今接华集，始惊三绝奇才，样样精妙。仆于书画乃门外汉，然酷爱之不下于诗词，得此珍卷，终日品赏爱不释手，又不得不遵嘱特赠乐东县图书馆。意欲汇款购买一册，不知有余书否？

诗家造诣高超，屡获诸多名家盛赞，仆陋巷庸才，岂容置喙，细揣君诗，韵律天成，无强扭对榫之迹，诗境宏阔，声情感人。《英雄树蝴蝶兰》，寄慨遥深，意在言外。《水仙》，诗如其人，风骨不凡。许多杰作，都是"泪写人生血铸诗"，豪迈激越，直逼须眉，谁信为闺中语，真吾辈学习楷模也。

仆想请求方家赠诗，并用宣纸书成条幅惠赐，以增辉陋室，旦夕沐浴馨香，若蒙俯先，则此生幸甚铭感不忘。

近作数首，另笺乞正，幸勿吝玉。耑此谨颂
春绥

吴群 拜上 1996年2月14日

拜读《王莲芬诗书画》集感赋以谢

——偷用"泪写人生韵"

真诗入画画融诗，一花一叶总相思。
龙飞海岳谁家笔？道是莲芬血泪词。

海南乐东县九所镇中灶村古稀老人 吴 群 拜上
1996年2月14日

莲芬老师您好：

自收您画册后，拜读了三天两夜，反复领会这才复信于您。

对您的大作有相见恨晚之感，您写的字是血，画的画是泪，每一件作品都是用血汗换来的。有那么多前辈名家为您题辞、赠诗，真是当之无愧。

为您题拙诗二首以表敬意：

妙笔生花诗画赋，齐风李韵心自物。
刻苦勤学数十载，今朝豪杰注史库。

画像姑娘美梳妆，字似猛虎下山岗。
古今多少奇人物，为有莲芬女中强。

我真是有点班门弄斧，请您指正，赐教！

祝您身体健康！

北京 胡同栋
1995年11月23日

咏荷

赠王莲芬大姊

九五年七月，吾返山东滕州故里在书店偶见《王莲芬诗书画》令人赏心悦目。诗如言，句句皆大丈夫语；书如画，字字如龙飞凤舞，画若诗，幅幅天然盎趣无饰。莲芬大姊以诗、书、画三绝堪称当代中国文坛豪杰者也！余不认识莲芬大姊，亦不懂辞章，然学作咏荷诗一首寄赠莲芬大姊，以表敬仰之意。敬请大姊雅正：

笑却秋风舞衣裳，一引长虹惊池塘。乍晴乍雨诗入画，若云若雾书称狂。
才清堪比李清照，气轩更比稼轩昂。莫道芳心留自苦，当代风流数红妆。

宁夏石嘴山矿务局二矿劳动公司职工 孔凡广 敬赠
1995年8月12日

咏荷

——敬祝莲芬大姊六十六岁诞辰

独听风雨立晚塘，不竞铅华斗红妆。
敢向霜刀挺残盖，冰侵晶骨玉生香。
芳心一瓣知谁苦，琼丝千缕慰母肠。
待到丙子年再周，莲芬大婶看花忙！

学生　孔凡广　拜上
丙子年春（1996年）

王老师：您好！

从《华夏吟友》集中读了您的诗词，让人觉得是那么自然、清新。真所谓诗如其人，诗如其名。

《题朱淑真》“流涸五湖都是泪，可堪月冷断肠时。”不见其人，如见其人；《秋夜心雨》如泣如诉的“心雨伴夜雨，夜雨伴心雨……”让人心沉；《白莲》“玉肌雪艳弄清莹，风裳绰约飞琼雨”好一幅白莲图；《咏梦》倾诉了相恋而不能相爱，“空余生死殊途泪”的梦境，这种典型的离别之情让人产生共鸣。《雨霖铃……荷花》，“坠粉去，留子莲蓬，岁岁芳心苦无歇。”形象生动，更是韵味无穷……

王老师，您的诗让人耐读，品味。在此，冒昧的问一下，能否寄售一本《王莲芬诗书画》？

另外，我近来学写的几首诗词稿，不知像不像诗词？今寄上，能否请老师抽空看看，多加指点。为盼！

祝老师身体健康，心想事成！春节愉快！

江苏响水县汽车公司职工　王祚林 敬上
1996年2月6日

谢王莲芬老师赠书

诗书偶得乐陶然，意切情真竟忘年。
愧叹囊空无所寄，凝思向晚倚窗前。

题莲芬老师

《王莲芬诗书画》封面荷花图

清高气爽自然姿，坦荡胸怀似碧池。
翘望凌风新净意，含辛茹苦曲情思。

莲芬老师，最近我几乎都在欣赏您的诗书画。《春望》犹如电闪雷鸣，让人激越、劲发、向上；《夏梦偶成》让人愁牵而感叹；《寒夜》又使人想到了不屈不挠的梅，《夜读》又让人看到了您“忘睡、诵诗”追求未来的不懈努力；《六州歌头》更展示了您的男子汉般的壮阔胸怀……而您诗书画中所有的“莲”作更给人一种纯真、洁远而意深，让人回味……虽然您大多的诗词是赋和之作：颂高山大海之雄伟、壮丽；歌祖国“神州处处多佳境，禹甸乡乡有苏杭”，但我更觉得象《望故里掖县》、《丙寅岁暮感怀》、《岁暮偶成》、《思怀》和《华夏吟友》中的诗词尤让人感动，牵人情怀……

好，限于时间关系，今天暂谈到这里，权作我学习您诗作的一点感受和心得吧。

学生　王祚林 敬上

1996年4月28日 中午

最最尊敬的王莲芬诗家、词家、画家：

您好！

您的宝书，玉句金章，奇葩斗妍，拜读欣赏，陶醉、入迷，爱不释手。您是当代的李清照、朱淑真、王摩诘之后，您把我带进一个玄妙的诗歌王国，带进一个画苑琼林之中。您对我这样的草民一视同仁，真个是：“状元头上堪走马，宰相肚里可撑船。”我是个抛砖引玉，望开茅塞，如愿以偿，不亦乐乎。您是值得我和天涯海角的吟友们最最尊敬的人，您是最最可爱的人。

一小撮《天涯吟草》，却惹得五湖四海的吟友们跟我们鱼来雁往，频频呼应，其中有您，有您那：“接天莲叶无穷碧，映日荷花别样红。”在入选的《华夏吟友》的女吟友有四川省的曾静涵、湖南的刘布诚、广州市的刘蕴英、海南的王镇宁等骚坛女将加入《吟草》来了，可贵、可嘉、可喜。俾《吟草》放出异彩、芬芳、四季飘香。

大作诗情画意，激荡着我的心扉脑海，《赠王莲芬骚坛女将》二首：

北京千里苦追寻，虽是初春雁阵临。
凤舞龙腾盈瑞气，莺歌燕语报佳音。
莲池碧水波光映，画阁琼林翰墨深。
幸遇三生文会友，天涯海角沐甘霖。

玉音频至赖传鸿，自此天涯振骚风。
巾帼班中超拔萃，红楼梦里勇争雄。
力排万马堪擒虎，笔扫千军独降龙。
何幸不嫌联袂日，高歌猛进气如虹。

《天涯吟草》主编：江湖老马、天涯老驴　曾壮经

1996年2月11日

拜读《王莲芬诗书画》集

对祖国、对人民的爱心。我幸获女诗人、词家、画家诗书画集，如获至宝，大饱眼福，得以熏陶、鼓励、获得丰富的精神食粮和知识营养。此书是开拓、弘扬中华民

族文化的瑰宝，是当代文学艺术的结晶。诵着，令我入迷、陶醉；此书是当代中国妇女的骄傲！她把你带进玄妙的诗歌王国，带进一个画苑琼林，渡进一个奇异的世界。欣赏、喜诵她，俾你如闻其声，如见其人，如临其境。碧莲红荷、牡丹、水仙、梅花、樱花、蝴蝶兰……奇花瑞草跳然纸上，栩栩如生，画中有诗，诗中有画，情景交融，融为一体。最是动人、动性、动情。出泥不染的荷是女作者的象征健美和纯洁，诸多的诗词书法画真个是笔走蛇龙，银勾铁画，健笔书香，刚柔结合，韵味无穷、情趣无限，你瞅："田田"、"墨菊"、"雄风"、"云海"、"云涛"……自作诗词书法妙画引人入胜。举一、二首诗词品尝之。

《题北京市市花——月季》云：

月月长娇艳，朝朝披露生。市花君是首，红紫动京城。
咏物抒怀，饶有风趣，言简意赅，吟味无穷。

又《西江月》——中国书画第一次代表大会：

烟柳京城春色，兴豪满座东风。好山好水画图中，泼墨龙蛇飞动。
笔阵横挥五岳，词源倒泻千洪。眼前仰止羡诸翁，待看长江浪涌。

一气贯通，气势磅礴，后浪推前浪，新人胜旧人。在《华夏吟友》入选的一百多位骚坛女将中，王莲芬是其中姣姣者之一，她的诗词，她的慈祥可亲的风采，吸引千千万万的作者和读者。我跟她"以文会友"，一纸往来，遥隔千山万水，从未谋面。但，我的心时时飞向北京，飞向王女将和吟友们的身边。在边远的海南岛的我是上不了北京的，因无"百朋"之助力，遗憾！只愿有生之日能喜登龙门，拜会在京的王女将和吟友们。此生此世可以满意足矣！

我反复学习王女将的诗书画，给了我新的知识，新的力量，鼓起勇气，以王女将为楷模，将中华民族优秀的文化传统继承、发扬下去，是当代活着的人的责任，我也自告奋勇，作最后的努力！

《荟心诗集》主编；《天涯吟草》主编；外号：江湖老马、天涯老驴 曾壮经
1996年2月13日

欣赏王莲芬女画家画《红荷》

挥笔构图活现中，引来真蝶与飞蜂。
一尘不染堪高洁，纸上荷花格外红。

欣瞻王莲芬丹青妙手专著《诗书画》

纸上犹留三结合，有声有色告功成。
豪然挥笔诗书画，有幸观摩雅兴生。

喜诵王莲芬女诗家、词家、画家妙章

妙作欣观信是真，专员当代女才人。
王维不让承前后，名冠三家笔下春。

儋州市《荟心诗集》主编：儋州市《天涯吟草》诗词集主编：江湖老马、天涯老驴 曾壮经
1996年2月13日

王莲芬咏长钧鉴：

上月下旬收到德音及精湛墨宝大喜过望，十分感佩。

阁下虚心下士，至诚待人，并热情介绍学会王澍同志，已寄去稿件。春节伊迩，忙于杂务，虽尚未徧读精研大作，仅先浏览琳琅，乃如漱玉含珠，尤其自60–80年代“三吟雪莲”的时代绝唱，如“但得澄清万里埃，一片冰心抱！”感人殊深，更令我激动不已。如方家所评，君诗词创作激情昂扬，积极向上的作风，诚然是“心头四化热，笔底九州春”。又如封面吟荷诗“出泥不染独称君……为留君子遍寰垠”今后当续写“吟雪莲及莲莳（其实辛苦而济人安心）读后感”（论评）。

近日外出访友附带瑶章有如怀瑾握瑜“到处逢人说项斯”颇以扩展“社会效益”，老年大学“诗书画结合研究班”同学及方家观赏后，一致赞许书法浑厚遒劲，雄健洒脱，实远超巾帼纤丽手迹，不愧是“山东大汉”壮笔，难得难得！咄咄称奇。可师可法！表示希望有机会识荆聆教以增益艺术学养。予“相见恨晚”。尚幸能仰攀“文星”。如大书“有德容乃大”，自当勉以附骥，聊补晚成之器。念君功成名遂，位居上乘，倘非虚怀若谷，则“草野寒士”何得有缘景慕交流交往，请益师承？阁下“三联”得道，誉满京华，敢问可否利用离休闲暇，多作旅游，萍踪“散芳”（指莲莳芬芳）到苏常来访问故旧新知，进行交流展览活动，为常州“三联”文苑艺林添色增光，亦恢宏令名于大好江南文物之邦。盖春秋延陵季子的“礼让家风”正启迪后人期待您这位京都“文化明星”来指点这座“历史文化名城”，更放异彩。近年常州开发建设如雨后春笋，并建立了华罗庚、刘海粟（曾称赞君如“梅清、莲洁”）、谢稚柳等名家纪念馆、艺术馆、陈列铜像及文艺学术精品。不才91年入常州老年大学文史班学古文韵文，94年结业后继读“诗书画三结合研究班”，主学题画诗词文字。嗟予资质愚钝，虽学有年，但格律犹未熟谙，不能得心应手地吟咏，难得习作几首颇感吃力，尚未入门，更无论登堂入室“成家”（双关 我孤老无家室）不意，君台夸我“诗家“令我惭愧无地自容，千万恳祈谅解驽骀下乘，恕我“班门弄斧”之过，释我“负重”，视我如翰墨林中一门生，亟须循循善诱，使无忝于“老有所学”，万幸万幸！

今年“老年大学”要举办建校十周年一系列纪念庆祝活动，敢请容我先以私人名义谨向阁下请求诗书墨宝（或以《卜算子·咏雪莲》组词为题材之书法为主，以资庆祝，如蒙，俞允将为“老年大学”全体师生共同争取社会效益之大好事，而能发扬挥洒自如的椽笔得蜚声于“春风又绿江南岸”（王荆公句）也是一件大喜事，请恕冒昧。再一次讴歌大作：（我拟进京登门求宝）

“汝惠尽琼瑶，汝取皆辛扰，山是胸怀雪是魂，压顶摧无倒！”（《三咏雪莲·其三》）

“天外倚昆仑，日月晶莹照，但得澄清万里埃，一片冰心抱”（同上，其一）旨哉善哉！当此时会，良可颂赞千遍万遍，让此歌声响彻神州，“回肠荡气”几时休。

前寄《有感》一文，主旨赞叹廉洁高雅的“雪莲”（益清、凌风）形象，有如处于缤纷世相污浊环境中“亭亭玉立，出汙泥不染”，乃借题抒发感慨，并以之比拟我民族传统文化精华，伦理美德，从而激浊扬清，冀有以振衰起靡，僦顽立儒，匡救时弊。

……

后学　倪建中 拜上
1996年2月2日

赞和女诗人王莲芬《卜算子·咏雪莲组词六首》

诗一：昆仑山有“袪尘风”①，吹尽垢污洁我躬；
地动弦歌《雪莲咏》，回肠荡气吁苍穹②！

注：①《拾遗记》“昆仑山有袪尘风，若衣服垢污吹之即洁”，比喻人间一切不正腐败的垢污，端赖神州主脉建筑中华的昆仑山，“袪尘风”（象征中央反腐决策）整之。
②电视剧有题名《苍天在上》者！？

诗二：读《咏雪莲》感而益怀孔繁森书记：

高原青藏立苍松，斯士斯民甘苦同；
亿万典型孔书记，春秋长著不磨功！

诗三：王莲芬大家诗品、人品兼美：

红妆早咏《雪莲歌》，坎坷时艰逐逝波；
翰墨“三联”多异彩，老来椽笔焕“人和”！①

注：①“人和”含义兼指人们的品质。

诗四：凌风“雪莲”赞：

“劝君坦荡抛私我”①，雪岑凌风②亦自娱；
忘却人间多险阻③，几曾阮籍哭穷途。

注：①用王莲芬86《述怀》绝句，下句为“铁马关山路不穷”。
②双关语，王号“凌风”《咏雪莲》第二首有句：“雪岩冰天总自如！”
③王的《春望》诗有句：“坎坷诚规律”。

读王莲芬《卜算子·咏雪莲》词有感

汝惠尽琼瑶，汝取皆辛扰①；山是胸怀雪是魂，压倒摧无倒②。
根植大河源③，目极长城道④；身在峰巅始见高，我是一棵草！

笔者注：录自《传记文学》，原题为《甘负人间重荷——女诗人、书画家王莲芬素描》，作者离休前为文化部统战部长，1945年参加革命，1947年17岁入党。中华诗词学会会员。善素描画法，不着色却又是绝色异彩，被目为“七色综合体”而得好评。

①韩愈诗：“三百六旬长扰扰，不冲风雨即尘埃。革命者清廉自律，备尝艰苦，不辞劳怨，如老牛吃进稻草而献出乳汁。②革命者胸襟恢宏，志行高洁，不屈于邪恶横逆。③大河（长江、黄河）滚滚，源出昆仑山下的青海高原，雪莲根深蒂固，大河源远流长。④江河东流与万里长城透迤平行，可“极目而望，长城是炎黄子孙祖国雄伟形象，也是爱国主义象征。此两句喻革命者凭依神州建瓴，高瞻远瞩，十亿在抱。“国家兴亡，匹夫有责”，借喻作者“以天下为己任”的博大胸怀。

兹对《咏雪莲》作者奉赞诗一首：

红颜早咏《正气歌》，坎坷时艰逐逝波；
翰墨珠玑非凡骨，老来彩笔焕“人和”！

常州市花园新村8－乙－301 常州轻工业学校退休教师　倪建中

录北京女诗人王莲芬《卜算子·咏雪莲》

“风可洁衣裳，雨可除污淖，露作珠冠，霜润肤，风雨原无恼。
无外倚昆仑，日月晶莹照，但得澄清万里埃，一片冰心抱。”

赞 王莲芬女诗人咏雪莲词：

昆仑山有“祛尘风”①，吹尽垢污洁我躬；
地动弦歌“雪莲咏”②，回肠荡气舒太穹。

注：①《拾遗记》“昆仑山有祛尘风，若衣服垢污吹之即洁”；
② 用拟人化的雪莲以唤人间自洁洁人笃行环保，维护山河大地及社会生存、生活环境。

江苏常州 常州轻工业学校退休老教师　倪建中
2000年11月15日

敬爱的王莲芬奶奶：

您好！

我是巴中县平梁小学六年级学生，一直爱好书法。最近我耳闻大名，睹其秀字，令人倾慕不已，您那超群的书艺更激起了我对书法的兴趣，从您的字里我找到了最好的导师，无数次梦见您在指导我习字，如果能得到您在百忙中对我的直接教导，尽管相隔千山万水，我将终身铭刻肺腑，请收下我这蒙昧无知的学生吧！我诚挚地等待着奶奶的佳音。

致以崇高的队礼！

四川省巴中县平梁六（二）中队 红领巾　张 伟

1987年5月8日

王主任：

您好！喜接先生墨宝及《王莲芬诗书画》，欣喜无量，钦佩之意感激之情，实非只言片语所能表达。

先生之诗书画艺确实名不虚传，所赠书作功力深厚流畅潇洒，且内容十分中意，实为一幅不可多得之书法珍品，我当仔细欣赏品味并学习。先生长期从事文化事业，在诗书画艺方面又有高超的造诣，实在是当代难得的女文化人，当代活跃的文化艺术家。

蒙惠赠书作，内心不胜感激，只因咱相距迢迢，未便面谢，尚祈海涵。欢迎有便时来广东参观做客，我当热情接待。请有空时不吝赐教，我对台湾的书画艺术活动很感兴趣，如先生处存有有关台湾书画团体及书画名人介绍的资料，请提供赠送一点，不胜感激。

先生拟到深圳办展，是个好主意，深圳博物馆是个很好的展览地点。

专此申谢，并祝

大安

广东大埔县广播电视大学　晋奇敬上

1992年9月2日

王莲芬先生：

您好！

承惠赐大作《王莲芬诗书画》，不禁欢欣雀跃，与几位友人“奇文共欣赏”，都认为冰心老人的题词“像王莲芬这样的全才，现在少有。”最为恰当，诗书画三绝名不虚传。特为先生贺。

山西长治市第五中学　邹征鲁

1996年9月7日

莲芬老师：

七月九日《人民日报》刊登你诗词选简介，我有幸拜读，难得的佳作，我是一个诗词爱好者，更喜爱格律诗词，今来向老师索取你诗词选一本，学之受益。祺祝
夏安

山东枣庄果品公司读者　杨俊华
1992年7月10日

莱州市文化局负责同志：

您们好，这月九日人民日报星期四第五版《文艺评论》报到了周笃文、王成纲同志的文章《骨似梅清　诗如莲洁》——读《王莲芬诗词选》，介绍了王莲芬先生40多年来以火一样的热情对待工作，以火一样的热情从事诗词和书法创作，偏爱格律甚严的词和近体诗的创作，诗写得好，词写得更胜一筹，情声兼具，气象万千，得到当代老师们的盛赞。我是一个旧诗词的爱好者，看到这篇报导如获至宝，很想看到这本诗词选，很想向王莲芬同志学习请教，但不知这本诗词选何时出版，是否在新华书店销售？王莲芬同志在贵市何单位、何部门工作？我很想同她建立联系，以求指教。如能得到她的诗词选，那就更是一大快事了。所以冒昧同贵局联系恳请给予帮助，或回信告知地址；或把此信转给王莲芬同志本人，直接来信赐教，或告知当前哪家书店出售此书，以便设法购得学习。

我先谢谢你们的帮助！顺致
敬礼

兖州矿务局思想政治工作研究会 杜科
7月14日

一九八六年一月　文化部老干部文化活动中心举办李长路、王遐举、谢冰岩、陈乔、王莲芬五人书法展 ——观众留言：

王莲芬同志：

您好！我是一个年逾花甲的老叟，那天在活动站得以相识很荣幸。看了您们五人的书画展览，使我受益不浅，特别是诗词作品更为感人，您的诗我已抄录一些，由于时间所限未能全抄下来，实为可惜！听说您的诗已有专集，我渴望拜读学习，不知能否借给一阅，如能赠给一本更是盼之不得。如可以的话即将诗集交贵部老干部活动站的同志，并请函告去取。

另附上我的观后感拙句一首请指正。此致
敬礼

赵一平
1986年3月18日

参观文化部五人书画展感赋拙句留念

莲芬同志：这个书展太好了，不但书法好，诗也好。我曾来看过三次，并选抄了一些诗。真有百看不厌之感。

龙飞凤舞笔传神，书画诗词颂当今。
愚叟三来看不厌，只缘佳作太迷人。

赵一平 拙句并学书
乙丑年岁暮（1986年1月24日）

莲芬诗书画，遐迩有盛名。渴慕良已久，今始慰于心。
诗词多风雅，高歌盛世情。咏史赞英烈，怀古更颂今。
旅游吟即兴，读之如亲临。书法更潇洒，翰墨如有神。
龙蛇笔飞舞，艺高炉火青。画中寓诗意，配合贵在精。
绘画山河美，弘扬两文明。如斯佳作集，一卷值万金。
堪为吾师友，常读收益深。古来齐鲁邑，人杰地亦灵。
英雄喜辈出，更有女豪英。风流数人物，天地灿文星。

益清同志惠赠诗书画集，读后感佩
敬赋五古一章　即呈 郢正

赵一平
癸酉仲春（1993年3月23日）

喜闻五人书展开幕，特意赶来学习。受益匪浅，其中特别是王莲芬同志的《儿女的呼喊》，不仅字好，而且诗亦非常感人，催人欲泪。请王莲芬同志有暇给我写一幅《儿女的呼喊》，我来取。

如无暇时亦不免强您为难。

北京朝阳区 李为江
1986年1月17日

莲芬同志：

特来看展览。真是一饱眼福。你的两首诗《儿女的呼喊》、《天下父母心》激动人心。因为我也是母亲，而且经历过战争。想碰见你和谢老，都未能见到。不知你是否还记得送我一张字的要求（想你不会记得了）。几老的字各有千秋，看了很高兴，如有空，还想看。祝健康！

鲍 虹
1986年1月23日午后
（鲍虹老大姐原在新四军）

今天来看文化部五人书法联展，我感觉是不错的，……很有启发，我本人喜书法，我父亲和一些朋友也都离休了，正在学书法，建议他们也来看看学习一下，建议如有可能，可以出这方面的书，面向各部委……

北京城乡建设部　杨礼德
1986年1月23日

书法写的都好，我应认真学习，请王莲芬同志指导。

人民银行　王连科
1986年1月23日

王莲芬同志的字特别秀丽，飞白也用的好。今天我看到了本人，字也好，诗也好，人也好。字、诗都如其人。

北京朝内离休干部　王 峰

附：给湖南吴善先女诗人的信

函复湖南吴善先女诗人

湖南汨罗市骚坛诗联学会郑志龙先生台鉴：

先生来函未示女诗人姓名，憾甚。

遵嘱奉上为汨罗市新塘乡清泉村女诗人题签《兰轩吟草》请查收，并代为祝贺这位汨罗山地方女诗人大姐的大作出版，请转达我最诚挚的问候。

妇女成才不易，淡泊名利，甘于寂寞，默默无闻的有才识的姐妹更使我敬慕。愿早日拜读这位诗人大姐的大作。

王莲芬
2001年5月19日

2002年8月收到余为湖南汨罗女诗人题签的《兰轩吟草》出版诗集。始知此女诗人大名吴善先，已逾古稀之年。从诗集里的序与后记中得知其身世与经历。吴善先女士出身书香门第，其曾祖母熊荫基能诗工词，早逝，留有遗作。吴女士诗作甚丰，一生困顿，为一名忠厚、简朴的乡村劳动妇女。由于家务缠身，一生的聪明才智未得充分发挥。捧读所赠诗集，频频掩卷，颇多感慨。敬复此信如下：

汨罗市骚坛诗联学会郑志龙先生并转吴善先大姐：

惠寄大作《兰轩吟草》8月2日收到。坦率说我是在百忙中，扔掉别的事情，立即拜读的。虽然尚未全部读完，对大姐的深厚功底、写作技巧，自愧弗如。及至读了韩少功先生的序、大姐的后记，姜志强先生的著文以及大姐曾祖母的遗作和身世……不仅是感佩，又陷于沉思和万般感慨！这整整一天，内心似有一丝丝悲凉袭过……心情极为沉重。

封建社会的旧中国，妇女被压在最底层。许多有才华的妇女被埋没。无论是出自书香门第的名门闺秀，还是乡野村镇的劳动妇女，她们的聪明才智不得施展，她们的命运得不到公平对待。大姐曾祖母的悲惨身世，乖舛命运和她那无怨无悔、敦厚仁善的巨大承受力，就是一篇可悲可泣的历史写照。而作者吴善先大姐，我不认为她是草野村妇，其实她是真正出自书香门第沉没乡野村妇中的女知识分子。全中国解放时24岁的她，本应冲破诗礼家庭旧藩篱思想的羁绊，走出家门，投身到革命队伍中去（当时有许多地方上的妇女参加革命、参军，甚至抗美援朝奔赴战场……）掌握自己的命运，开拓、挖掘自己的理想、抱负，在革命大家庭里，以她的才华，定会得到充分发展，可以做很多工作和更大作为。即使在地方上扫盲、民教，也当坚持，不必为家事放弃……当然这是我现今的主观想象，主观愿望，现实生活不像我想的这样简单，但我总觉得“敦厚温柔”的思想影响，束缚了作者对自己命运的勇敢抉择。对于过去的历程，不应多是同情、欣赏、眷念，而也应是批判的、背叛地去沉思！如果不是这样，大姐的诗作不仅是酬唱、亲情、友情，而更会有更多的对人生的体悟！对国家、民族、世界更大范畴的精作。

我为前辈熊荫基夫人悲哀，也为吴善先大姐感叹！她年长我五岁，比我受过深厚的古典文学教育，而我只上过几年学……以她的学问、基础，她的仁厚、善良，应享有人生对事业、工作、生活的更多快乐和获取。我看到本集扉页上她的照片，便可知她的家境（简直不能和我们城市的人比），可她的简朴、贫寒、知足、安定，无怨无悔……让我除了敬佩和更加敬重她，也同时有所心酸，久久不能释怀，多次地抚摸书上的这枚照片，潸然泪下，……这可能是我的感情太脆弱了。但我想，这样的大姐在我们的许多地方可能还有很多很多……我爱她们，也想认识她们，希望她们幸福！

请你们好好照顾这位大姐。

王莲芬

2002年8月6日

兰轩吟草

王莲芬题

郑志龙先生并转

兰轩吟草女诗人台鉴：

先生来函未示女

诗人姓名，憾甚。

莲芬遵嘱奉上题签，

请查收并代为祝

贺这位汨罗地方

女诗人大姐的大作出

版并请转达我最诚

挚的问候！！

妇女成才不易，淡泊

名利，甘于寂寞默默无

闻的有才识的姐妹更

使我钦慕。愿早日拜

读这位诗人大姐的大作！！

二〇〇八年五月十九日王莲芬书

王蓮芬詩文選

八十生日感志邀和诗

邀和诗

——八十生日感志

少年世路不知艰，傲骨雄心敢闯关。

万里云涛鹏正举，一身风露马嘶还。

华堂太液人称羡①，玉宇琼楼我自寒。

耋耄方惊多所悟，又教笔底起波澜！

王莲芬

2007年12月于北京

注：①华堂指人民大会堂，太液指中南海。作者曾于此工作。

京津及故乡亲朋好友、诗词大家、同事、同学赐和

王莲芬同志您好！

认真拜读了您的作品，非常敬佩，很受教育。您的邀和诗—八十生日感志更是绝佳好诗，文如其人，令俺感奋。

有感而发，试和一首，敬请笑纳，不当之处，望批评指正。

此致

敬礼！

迟浩田

二〇〇八年

五月四日

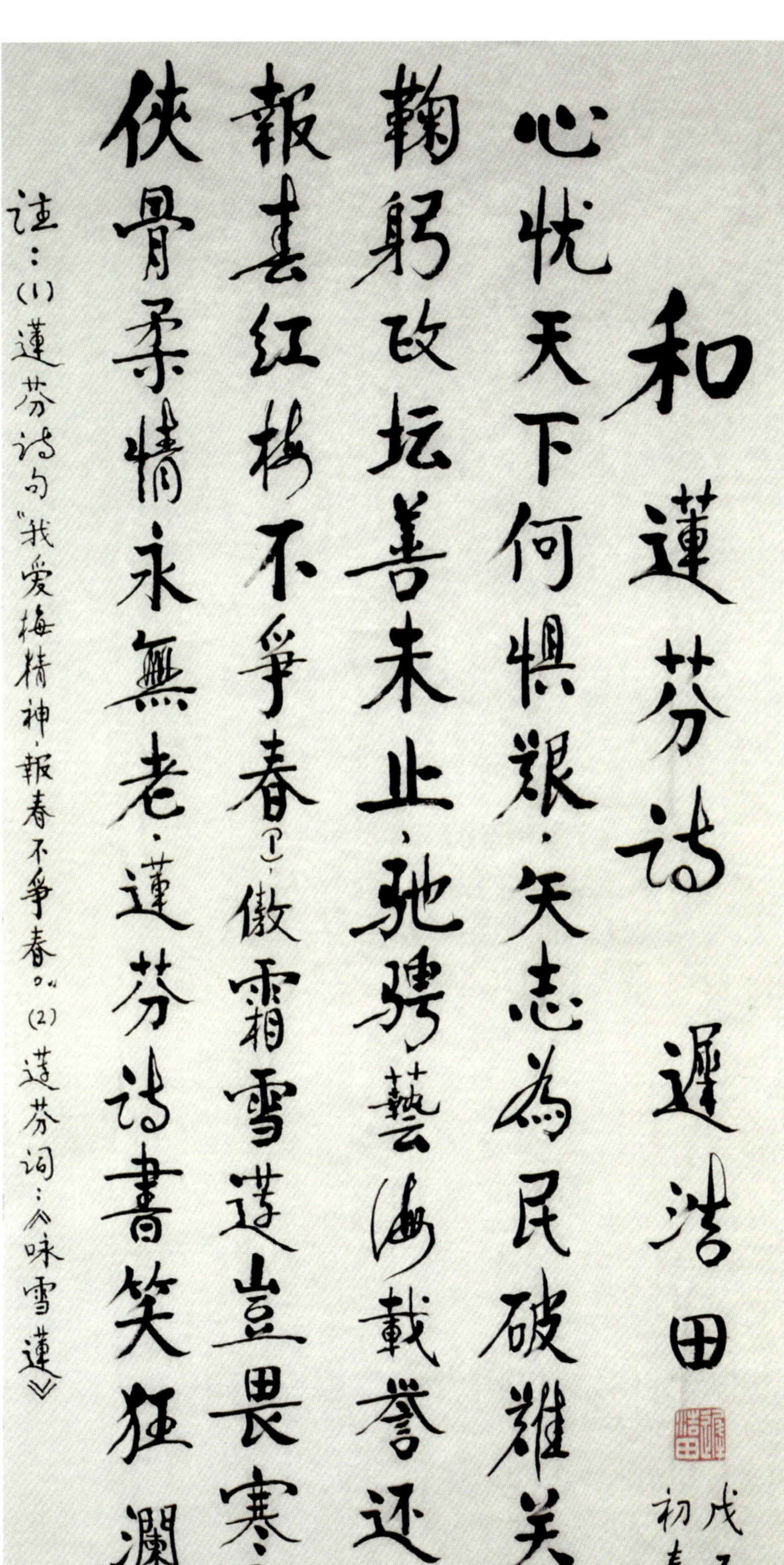

和莲芬诗

心忧天下何惧艰，矢志为民破难关。鞠躬政坛善未止，驰骋艺海载誉还。
报春红梅不争春①，傲霜雪莲岂畏寒②。侠骨柔情永无老，莲芬诗书笑狂澜。

注：①莲芬诗句：『我爱梅精神，报春不争春。』　②莲芬词《咏雪莲》

天下黄河十八湾，人生好似过大关。
李广百战无侯印，木兰千里征马还。
金阙凤毛当称羡，蓬门颜子愿自寒。
细推物理须行乐，莫教笔底起狂澜。

挚友 孙铁 八十七岁老兵

和王莲芬同志《八十生日感志》

老去深知世路艰，一生履险过重关。
曾随雁过云中旅，更愿人从月下还。
好事偏无千日久，倦勤幸有一时闲。
识途枥马心仍壮，犹想沿江看巨澜。

吴 空 中央文史研究馆副馆长

祝贺王老莲芬女史八十岁寿诞，谨步王老七律《八十生日感志》诗原韵

生平一语曰多艰，眼里几曾畏险关。
梦醒赤旗犹握举，潮消壮志未言还。
诗摹造化友朋羡，墨落乾坤神鬼寒。
客解尺幅当有悟，莲芬骨傲立清澜。

关纪新　丁亥年大雪时节
北京，中国社会科学院民族文学研究所教授

和王莲芬同志八十诞辰感志

出身书香门第家，参加革命振华夏。
历经感悟诗文记，汇编多集诗书画。
华堂太液曾同事，同灶就餐住一厦。
坎坷心寒人皆有，应付流水当笑话。

欧日升

祝贺王老莲芬女史八十岁寿诞，谨步和王莲芬同志八十诞辰感志

书香门第出芳华，少小革命走天涯。
傲骨丹心为人民，甘洒热血救中华。
生性豪爽天资绝，字画诗书汇自家。
晚年更悟新觉醒，映日晚荷又一花。

王桂英
2007.12

（以上欧日升、王桂英二位老战友曾为全国人大常委会办公厅同事，均已八十余高龄）

步韵和王莲芬女史原玉

栉风沐雨处时艰，冷暖阴晴越险关。
太液征停挥笔去，红楼战罢策缰还。

侠肝铁肩担道义，情伤桎梏耐冬寒。
巾帼精英惊四绝，诗文书画涌清澜。

张禾雨　文化部同事

贺莲芬同志八十寿辰

齐鲁横空才女秀，诗书三绝誉神州。
蟾宫折桂惊文采，碧海掣鲸踞上游。
漱玉苏辛传雅韵，新天盛世咏千秋。
清莲出水情无限，君子风高美永俦。

蔡孑人　文化部同事

赏《王莲芬诗书画集》

大气落莲芬，艺海夺三军①。
豪放诗书画，一笔扫千钧。
芬芳排污泥，高洁不染尘。
不是女中杰，何以骨梁硬。

龚道全　文化部同事

注：①夺三军，喻指王莲芬先生一身独秀，诗书画都成大器。

和王莲芬老友邀和诗

山岳峥嵘甚难艰，要树雄心去闯关。
五千年华需正举，万古春秋定又还。
身心修炼远离羡，放量吃苦不畏寒。
健步踏得山峦悟，喜迎高处起波澜。

王铁成　文化部同事

敬奉和诗
次韵致王莲芬前辈

八十年来世路艰，沙场宦海几重关。

何妨铁马凌云去，毕竟扁舟戴月还。
情彻四时花气暖，技成三绝笔锋寒。
灵心聊似沧浪水，纵使无风亦有澜。

空林子　文怀沙老先生女弟子，代文老和诗

七律·莲芬同志耄寿致贺

初笄累甲荐辕门
血火冰寒荡寇尘
槊立旌前闻鼓角
烛摇帐下默诗文
丹青着意傲先擘
笔墨随心傍右军
耄耋笃忠真主义
出泥不染是莲芬

欣闻莲芬同志耄寿将至赋诗相贺
二〇〇七年岁尾於病中
八十五岁宋鸿文

七律·莲芬同志耄寿致贺

初笄累甲荐辕门，血火冰河荡寇尘。槊立旌前闻鼓角，烛摇帐下默诗文。
丹青着意傲先擘，笔墨随心傍右军。耋耄笃忠真主义，出泥不染是莲芬。

欣闻莲芬同志耄寿将至，赋诗相贺。2007年岁尾写于病中。
八十五岁　宋鸿文　青岛北海舰队政治部主任

和王莲芬《八十生日感志》

青山踏遍未言艰，壮志凌云度险关。
树茂椿庭添福举，香斟佳酿盼君还。
日辉萱草值春羡，风静兰芽带露寒。
莫道八十方有悟，喜迎寿海卷新澜。

王部长，您好！

昨日下午，德璞局长转来您的《八十生日感志》，思绪万千。日月如梭，光阴荏

苒，不觉您已年届八旬，吾亦踏入古稀之年。和诗当晚吟成，用语用韵尚欠推敲，望您予以斧正，不胜感激之至。顺祝

大安

戴恩嵩　山东烟台市文联主席

2007.12.12

读王莲芬八十生日感志有感

年少似葩未放绽，睿智敏学乃不凡。
步入英华展雄姿，不让须眉盖政坛。
而今虽已届耄耋，翰逸神飞功力显。
热血当御寒宫冷，忘却忧思乐天年。

莲芬兄：

您好！

你真行！我算佩服您啦！耄耋之年雄心勃勃，不知老之将至。我不懂平平仄仄，四声也不通，读了你的佳作只是写点感受而已，敬请指导改之。

祝您：身体健康长寿！

弟 于讷 拜上

2007.12于金都

作者为故乡莱州午城小学同学，原山东招远黄金矿副矿长

和莲芬先生八十生日感怀

莲浴秋霜不畏艰，芬芳犹且溢乡关。
八旬风雨等闲度，一路征尘谈笑还。
翰墨抒怀人艳羡，卧薪陋室独自寒。
沧桑饱阅多所悟，笔底波涛卷巨澜。

林光旭　山东莱州市博物馆馆长、书法家

莲芬同学八十生日诗感怀

坎坎坷坷伴征程，庸庸碌碌日无宁。
欣逢盛世心欢悦，求是求真乐余生。

千里来书闻喜讯，耆年师妹庆芳龄。
午城母校传薪火，遥祝寰球共太平！

杨振东　故乡莱州午城小学同学
莱州一中原教导主任

王莲芬同志八十生日感志

东莱侠女不知艰，展翅雏鹰气贯天。
六十春秋功伟业，一身三绝誉瀛寰。
飞鸿万里志存远，华诞八旬恰少年。
正是风光无限好，椽梁之笔领波澜。

杨国庆　乡友，原天津工业学校校长

奉和王莲芬老师八十生日感志

令尊办学育才艰，抗日救亡闯万关。
俊彦千韬成壮举，英雄百战报捷还。
前贤美德人心暖，晚辈征程岁月寒。
书画诗词开大悟，流传艺苑起洪澜。

王　超　诗人、书画家中国人民大学特聘教授。

和老友王莲芬同志《八十生日感言》诗

2008年7月

人生何惧有艰险，华年弃学闯鬼关①。
融入铁流②鱼得水，敢挑重担勇为先。
不忿③贬谪遭磨难，一身正气乐陶然。
盖棺论定无遗憾，喜看日月换新天。

任　方　沈阳老战友

注：①指作者一九四八年三月，按地下党指示，背井离乡，弃读中法大学，闯越敌军警关卡、无人区、游击队等生死线，奔赴晋察冀根据地。
②铁流。中国人民解放军。　③不忿。不满、不平。

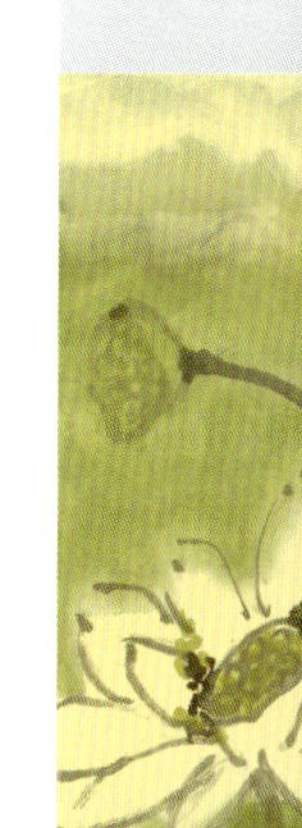

中华诗词学会诸大家赐和

王莲芬部长以《八十生日》七律寄示
次韵祝嘏

志大何愁世事艰，八旬已越百重关。
政坛跃马原知止，艺海扬帆未肯还。
三绝在身轻富贵，一甘到口念饥寒。
气吞云梦豪情涌，笔底龙蛇捲巨澜。

霍松林　中华诗词学会名誉会长、陕西师范大学教授、陕西文学研究所所长。

注：“一甘”，指一味美食，见《晋书 王羲之传》。钱谦益诗：“一甘逸少与谁兮。”

莲芬方家 春节吉祥
次八十咏怀诗

勇闯崎岖岂畏艰，盈胸剑气透重关。
襟怀洒落随云卷，诗酒风流载月还。
继往力曾扶大雅，开新何惧蹈奇寒。
从来志士不言老，椽笔磐磐涌巨澜。

周笃文　中华诗词学会原副会长

奉酬王莲芬征和诗

创会敲门荜路艰，应声援手得通关①。
无心出岫云高蹈，着意腾空鸟倦还。
香远益清君玉洁，位卑愈况我冰寒。
义肝侠胆锴兄鉴②，艺海横流冀挽澜。

王　澍　中华诗词学会原秘书长、老诗人

注：①中华诗词学会成立前夕，由挂靠单位原民间文艺研究会具文，向文化部转呈成立中华诗词学会的申请，适值国务院体改委发文通知文化部，暂停社团审批工作，但申请报件尚未向部领导送阅，赖王莲芬同志从中斡旋，将报件提前递到当天召开的部党组会议上，遂与其他议题一起讨论通过，这才使中华诗词学会的成立大会，得以如期于1987年5月31日端阳节召开，否则，再迟半天，一切酬备工作都将前功尽弃了。(引自王澍：《王屋山房诗文集》第145−146页，另见《中华诗词》1997年3期22页王澍文章)②《王莲芬诗书画集》第27页林锴题词云：“义肝侠胆，古道热肠。此八字莲芬大姐足以当之”。

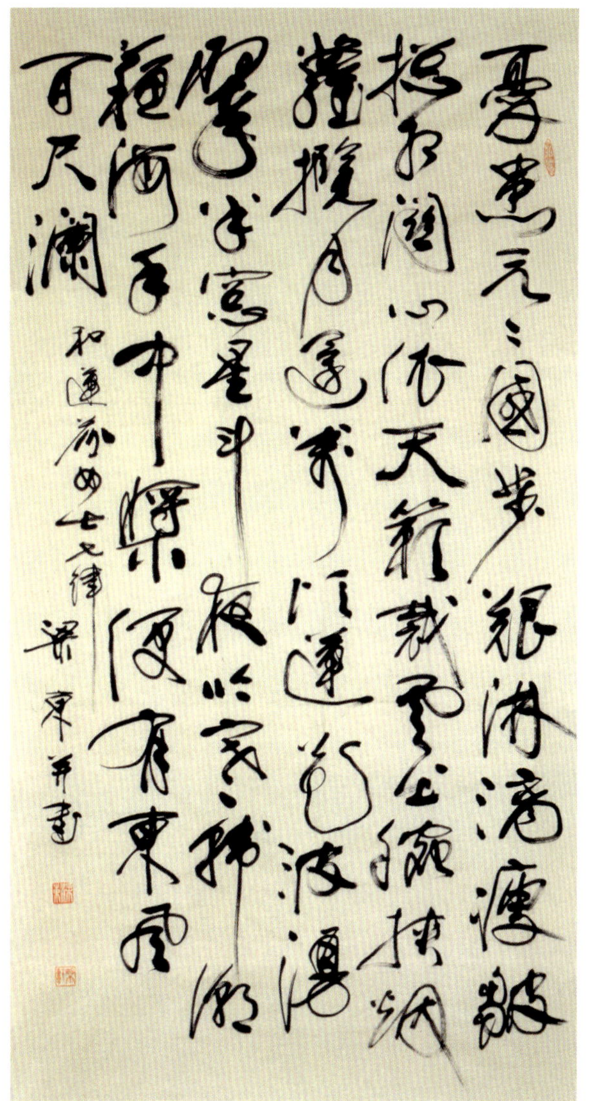

贺王莲芬同志八十生日

忧患元元国步艰，淋漓瘦皱总相关。
心依天籁裁云出，腕挟烟萝揽月还。
万顷莲花波涌翠，半窗星斗夜吟寒。
韩潮苏海手中桨，便有东风百尺澜。

梁东　中华诗词学会原副会长

王莲芬女士以书画集见贶
并寄大作《八十生日感志》步韵为和，以志谢忱

早岁从戎藐万艰，更随赤帜过榆关。上甘岭峻烟尘漫，鸭绿波澄歌笑还。
对镜常惊青鬓改，清吟却怯玉轮寒。读君诗画钦神品，使我胸怀涌壮澜。

张　结　中华诗词学会顾问、中华诗词杂志社主编、原新华社副总编

八十自遣·步韵和王莲芬吟长

老去方知世路艰，泥泞荆棘满城关。刘琨罢舞心犹壮，王粲登楼客未还。
闪闪天安星更亮，萧萧左道梦犹寒。平生久客黄河畔，看惯狂风卷巨澜。

林从龙　中华诗词学会顾问

山 东

浅和《八十生日感志》

征途少壮不知艰，为建共和曾闯关。戎马人生豪迈举，政坛半世鲜袍还。
风云茫海人称羡，日丽京城岂有寒。八秩华辰多感悟，挥毫泼墨助文澜。

吕 奇　山东诗词学会、江北诗词学会老干部之家诗词协会、会员

步原玉敬贺王莲芬吟友八十岁生日感志

尤记少时岁月艰，饥寒伴泪度年关。金鸡唱晓红旗举，雾瘴驱除丽日还。
傲立诗坛人敬羡，风云骤变沐霜寒。耋龄喜受党国惠，搜韵挥毫画彩澜。

公惟德　山东省豪阴县坦埠镇故县村

步韵奉和王莲芬吟友

生逢乱世路途艰，投笔从戎过险关。弥漫烽烟驱敌寇，澄清云雾凯歌还。
曾经风雨身犹健，几度炎凉不畏寒。觅得知音同唱和，笔锋一管起波澜。

王宗洲　山东济南八旬叟

原玉奉和王莲芬同志

一生坎坷历辛艰，百折不挠过险关。致远方知世道变，登高总盼凯旋还。
忠心报国志犹壮，赤胆为民心不寒。花甲老翁不服老，惠风吹拂捲文澜。

张 翔　山东济南退休干部

内蒙古

和王莲芬吟长《八十生日感志》原玉

尘烟浩瀚路多艰，漫漫征途越百关。艺海飞涛挥墨渡，吟坛畜锦捧珠还。
兰魂洁雅因人羡，梅骨清高为岁寒。塞上闻鸿惊妙语，原来耄耋笔生澜。

贾云程　中华诗词学会会员，红山诗词学会会长，红山吟坛主编

和王莲芬吟长《八十生日感志》原玉

雏莺搏击历辛艰，万里征程过雁关。斗浪斩棘英勇闯，朝霞结彩凯旋还。
功高位显人称颂，茅舍清欣好御寒。八秩瑶池重献瑞，纵情翰墨泻狂澜。

李凤阳　红山诗词学会秘书长，红山吟坛编辑部主任

和王莲芬老师《八十生日感志》原韵

落步铿锵何谓艰，遥征漫道破雄关。精章逼得腰身瘦，部长不求衣锦还。
艺领三绝赛馀热，诗押百首赌清寒。山花烂熳丛中笑，书立潮头画卷澜。

麻永昌　赤峰诗词学会理事，红山吟坛编辑

和王莲芬吟长《八十生日感志》原玉

华年有志不畏艰，盛气凌云几渡关。高位为民抛热血，功成退步让贤还。
专凭兴趣扬国粹，笔执精神慰广寒。墨宝诗书珍画里，神州才女展奇澜。

齐喜章　红山吟坛编辑

和王莲芬老人诗一首

芳龄少女目无艰，斗志凌云勇克关。碧海扬帆方令驶，丹心向党又召还。
中南海内思民暖，大会堂中议庶寒。颐养天年诗画墨，江滔后浪助前澜。

杨鸿雨　赤峰诗词学会理事

和王莲芬《八十生日感志》

一路奔波历苦艰，翻山越岭度难关。奈何岁月夹风刮，笑傲夕阳带血还。
统战为民轻富贵，廉洁从政重清寒。能文能武堪秋瑾，平淡人生起巨澜。

傅永明　红山诗词学会会员

和北京王莲芬先生《八十生日感志》步韵

风华正茂不知艰，壮志前驱踏险关。恰有豪情显身手，期当花节立功还。
沉鱼仙子羞妆晚，闭月嫦娥愧广寒。画里丹青谁得似？诗书开处撼波澜。

王若涛　红山诗词学会会员

上 海

叠步王莲芬女史《八十生日感志》原玉二首

人生何惧旅途艰，闯罢南关闯北关。顽固甘随文艺老，真诚得换友情还。
一贫但愿人皆富，众暖无妨我独寒。曾是岳阳楼上客，远瞻万顷洞庭澜。

书画融诗伟业艰，全才奇智夺三关。骚坛酬答芳名播，艺苑题签美誉还。
泼墨丹青堪衆暑，银鉤铁画足驱寒。精深行草尤珍貴，起风腾蛟捲巨澜。

上海杨凤生，又名越梦，著名诗人，编著《千家酬唱集》等并兼任多家学校诗词格律教学工作，著作甚丰。

敬和王莲芬老师《八十生日感志》原玉

虔心恭和笔沉艰，弄墨如同闯万关。拜读诗文宏志展，赏研书画显功还。
雄才出众源于实，博识超群出自寒。立雪程门犹恨晚，远瞻泰岳拜霞澜。

杜 晓（女）　上海

敬次王莲芬老师感志原玉

幼失严亲岁月艰，家贫依母度难关。攀龙未遂成烟散，画虎无功类犬还。
儿女孝贤如增寿，丹青笨拙亦驱寒。大师高艺臻“三绝”，捲我心田久静澜。

薛碧荷（女画家）　上海

敬次原玉贺王莲芬吟附八秩华诞

先生坚韧道何艰，壮志凌云敢闯关。博学吟坛行德远，驰名艺苑载誉还。
一身正气犹胜贵，两袖清风岂曰寒。有幸奉酬恭祝嘏，丹青气势捲波澜。

蒋益峰　上海

步王莲芬词长八十生日感志原玉

巾帼扬风不畏艰，敢凭睿智闯重关。丹山撷果披霞往，龙海探骊带露还。
出水青莲登大雅，傲霜秋菊耐高寒。惊人三绝皆歆赞，笔底生花泛瑞澜。

张立中（女）　上海

莲芬吟长八秩华诞敬次原玉

纷纭尘世旅程艰，天有风霜地有关。堪羡鲲鹏无畏惧，曾经沧海总回还。
多情山水邀青睐，大块文章藐岁寒。八秩华年时正好，易安词笔化春澜。

黄光华　上海

敬和王莲芬词长《八十生日感志》

傑英巾帼旅程艰，壮志凌云易过关。彩笔长空铺锦绣，莲花碧水郁芬还。
苍穹月殿嫦娥奔，茹义含情吐丽寒。逾越期颐更矍铄，诗书画艺地天澜。

黄建军　上海

敬步北京王莲芬吟长《八十生日感志》原玉

囊萤挂角耐辛艰，博得芳名透五关。铁尺磨针功底厚，罗浮傲雪暗香还。
丹青独领能祛渴，韵律风骚可御寒。面北敬酬心感愧，班门弄斧望洪澜。

姚瑞明　上海

敬次首都王莲芬吟长八十感志原玉

纷纷世路剧难艰，巾帼英豪敢闯关。伟业已成无计苦，鸿图尚远不思还。

一生心迹留清白，八秩韶光有暖寒。望米期茶娱晚境，丹青诗赋动波澜。

沈求洁　上海

自遣兼次诗人书画家王莲芬吟长《八十生日感志》元韵

碌碌无为多遇艰，人生底事闯难关。悬壶虽见微成就，伏案何期必报还。
花甲攻诗终觉晚，桑榆弄墨不知寒。古稀静思深深悟，秃笔勤耕望显澜！

祁德明　上海

《七十述怀》兼步王莲芬吟长《八十生日感志》原玉

少小家贫生计艰，高中毕业赴边关。建功有望客乡去，学业无成故里还。
仁义经商能饱暖，勤劳致富免饥寒。古稀愚叟今方悟，奋发耕耘可掷澜！

祁德廉　上海

江　苏

奉和北京王莲芬女士《八十生日感志》步原玉

征程从不计辛艰，坎坷重重幸过关。总让须眉愚叟羡，尤羡巾帼仗朝欢。
而今共享春和暖，非昔同愁冬苦寒。多悟方能挥大笔，扬清激浊起波澜。

淮南秦邮离休87病叟颜仁禧求正草

原玉奉和王莲芬女史八十生日感志

奋进人生岂畏艰，披荆斩棘步阳关。休惊白发来何速，无悔青丝去不还。
妙句吟成天色晓，梅花写罢月光寒。华堂杯满麻姑酒，祝贺瑶章似海澜。

联　凤顶

莲房多入画，芬室好藏书。

曹军江苏沭阳。县诗协“诗苑”主编，中华诗词学会会员。市、县楹联协会副会长，中国楹联学会会员。

次韵和王莲芬先生
《八十感志》（七律）

八秩人生岁月艰，临深履薄度重关。久忘路线归谁有，且喜身家傍我还。
侥幸闺名捐道统，奈何旧事触心寒。闲来一弄诗书画，随漾清波笔底澜。

嵌名联两制
莫道王莲花叶小，
芬芳驰突水云间。
莲动瑶笺，怡情能谑诗书画；
芬流玉简，翘首耶羞日月星。

李朝林　江苏临安九徙斋主

注：王莲、蔓弱、叶小、花微、香逸。

步原韵和王莲芬君《八十生日感志》

经世方知行路艰，少凭勇气破难关。青云有幸能平步，鸿运无伤得凯还。
身处庙堂勤国政，情牵野寨惦民寒。仰君八秩心神健，辉我三槐起壮澜。

王振文　江苏省沭阳高级中学退休老教师

原玉敬和王莲芬女史八十生日感志

英年涉世不言艰，敢闯征程万里关。救国寻方他邑去，建勋载誉故园还。
情牵社稷衰和盛，心系民生暖与寒。夕照秋山风景好，绸缪艺海涌惊澜。

左　松　江苏沭阳

原玉奉和王莲芬女史《八十生日感志》

尘封雾锁旅途艰，蹑足潜踪越难关。顾影窥隙寻道去，借舟逆水扯帆还。
蓬头垢面人憔悴，援笔为文心不寒。时过境迁吾老矣，吟风激起一江澜。

张怀明　江苏新沂市高流镇黑墩村

步王莲芬“八十生日感志”原玉相赠

一生生计总维艰，八十清风越险关。梦幻烟云随梦散，辛勤岁月踏歌还。

曾吟春水常留绿，每写朝阳不觉寒。步玉方今深祝福，凭君艺海挽狂澜。

崔以君　江苏常熟市浒浦镇

次韵奉和王莲芬诗友《八十生日感志》

景仰至人无畏艰，杖朝八秩作荆关。早年梦笔唐虞颂，晚岁诗书逸少还。
腕底春秋传雅趣，鬓边风雨恋窗寒。俚辞祝嘏歌玄度，韵海浪花妍助澜。

李步高　江苏涟水

奉和王莲芬吟长《八十生日感志》原玉

夙兴夜寐历千艰，为上层楼苦闯关。学海擒鲸如愿美，书山捡宝满囊还。
春花秋月凝香梦，梅骨松风耐酷寒。夕照桑榆无限好，回眸一笑涌诗澜。

奉和王莲芬吟长《八十生日感志》原玉

少小那知世路艰，浑身是胆闯雄关。燕翱烟海穿云上，马跃苍山带汗还。
辟地日边红杏瑞，开天月殿玉人寒。梦回笔吐莲花美，朵朵芬芳笑舞澜。

张映春　江苏沭阳

唱和王莲芬八十生日感志

八十回眸岁月艰，雄心壮志闯双关。红旗招展工农举，炮火连天日月还。
巾帼英雄当代羡，中华儿女不心寒。和谐社会诗书悟，笔底生花起巨澜。

吾吟感志已知艰，北京凌云闯大关。北海涛声惊浪起，南洋水暖驾舟还。
京城巾帼诗书羡，赤县风云夜雨寒。岁月蹉跎心意悟，龙飞凤舞再起澜。

李　静　江苏新沂市

原韵恭和王莲芬女士《八十生日感志》

戎装劲旅历辛艰，铁马金戈过五关。东挡西除功卓著，南征北战锦衣还。
军旗指处乌云散，威镇神州敌胆寒。卸甲归田怀壮志，英风不减起文澜。

陈怀君　江苏新沂市老干部局诗词协会

和王莲芬诗家《八十生日感志》

忆昔教坛时日艰，风云变幻度重关。青灯旧梦依稀在，老去情还今复还。
育李培桃心炽热，栉风淋雨意何寒。人生苦乐寻常事，本似江河东去澜。

绛帐归田未觉艰，俗尘烦恼懒心关。天涯觅胜寻幽去，韵海劈波斩浪还。
春品鲈鱼知岁暖，冬陪梅竹度霜寒。欣逢盛世心难老，再入大潮推巨澜。

赵嘉文　江苏新沂市高流镇高一村

恭和王莲芬女士《八十生日感志》

世途励志忘辛艰，奋骥扬蹄屡出关。万马奔腾行素愿，一腔热血凯歌还。
年华似锦千秋梦，岁月如梭独自寒。八秩回眸思往事，心潮涌动起狂澜。

八秩生涯不觉艰，风光旖旎满阳关。彩云入暮霞辉隐，晚雨初晴皓月还。
心慰平生无所好，安然度日未知寒。依稀往事千秋秀，瀚海腾波起巨澜。

田厚明　江苏新沂市高流镇黑沙墩村

春日怀友，兼和王莲芬女史《八十生日感志》

生涯落寞杂危艰，远适玉门沦谪关。踏遍天山遭摈黜，翻新“杨柳”谱歌还。
回眸岁月春风暖，感喟人间秋雨寒。春暮遐思离绪重，云浮心海自汍澜。

周学士　江苏新沂市踢球山石涧村

原玉敬和王莲芬女士《八十生日感志邀和》

披荆斩棘克屯艰，跃马横刀破险关。范蠡功成方隐退，木兰战罢即回还。
胸中烈日融严雪，笔底春风扫苦寒。琢玉磨珠抒雅兴，腾蛟起凤引洪澜。

寒　昱　江苏省海安县李堡镇

敬和王老莲芬诗家《八十生日感志》

八十春秋世事艰，全凭妙笔度难关。扬风推雅兴骚苑，觅句探奇振艺坛。
破纸龙飞堪赞赏，临池凤舞亦欣欢。杖朝之日同吟唱，祝嘏诗家寿比山。

黄奎芝　江苏

贺王莲芬吟长八十大庆

八十筹添福寿增，清风两袖慰生平。兰芳桂馥丹枫艳，笑对斜阳颂晚晴。

李如本　江苏省盐都区委党校

奉和王莲芬女士《八十生日感志》原玉

少年初露哪知艰，报国心胸一片丹。星火燎原侠女士，身经百炼马戎还。
宏扬国粹才情广，赞美琼楼却内涵。华发豪情心尚炽，每临艺海踏波澜。

仲九星　江苏宿迁市沭阳县

奉和《王莲芬吟长八十生日感志》原韵

跋涉征途岂畏艰，青春豪迈越重关。怡情太液倾杯饮，快意人生折桂还。
玉洁莲芬当啸敖，霜浓菊艳更迎寒。香山烂漫采红叶，鲜浥丹心揽翠澜。

吴志华　江苏高邮市

浙　江

步韵奉和王莲芬吟长《八十生日感怀》

八秩人生未识艰，轻车熟路过重关。撰文万字春风疾，挥笔千言依马还。
老骥耆骐思遥远，苍松翠柏耐严寒。王君今日杖朝寿，笔底犹兴百尺澜。

陈岳桐　宁波《宁波桑园诗联》主编

戊子巧月望试和宗姐莲芬《八十生日感志》韵

百年龙虎百重艰，神鉴何何造化间。好恶诸般梦痴溺，正邪两赋絮狂还。
离经听话蜃楼近，弑父骂娘忠胆寒。天佑九州存谬种，弦歌洙泗仰飞澜。

王留芳　嘉兴市海盐县

湖北

读王莲芬女史《八十生日感志》依韵奉和

步处敏诗超子建，戎装倚马咏津关。回环击刺剑挥舞，流水行云腕练严。
画壁点睛惊九野，白描烘托壮河山。人生变幻悟常异，世事浮沉添笔澜。

刘汉勋　湖北省洪湖市诗联会

奉和王莲芬女史《八十生日感志》

刻烛成章何所艰，歌风咏雪越千关。龙腾虎跃黄莺转，鹤舞鸿飞此燕还。
横锦散珠添好梦，写生模影破严寒。读书画艺嫏嬛宝，三绝声波掀巨澜。

郑效福　湖北省洪湖市诗联会

敬和王莲芬女史《八十生日感志》

八十坦荡忆从前，把住钱权两道关。半世苦栽桃李树，一生乐效古今贤。
漫天风雪冬已往，遍地芳菲春又还。遥祝神京名宿寿，敲诗写意寄拳拳。

驹隙人生步履艰，搴旗斩将越重关。易安居士成过去，管氏夫人焉可还！
丘壑存胸五中热，鲲鹏展翅九天寒。称觞遥祝耄耋寿，待看挥椽卷巨澜。

杨发兴　湖北长阳，土家族，曾从教数十年。著有《中华今韵》、《鸿泥集》等十多部。

奉和王莲芬先生《八十生日感志》

英雄名震响云天，舞剑操刀不畏艰。壮志翱翔飞万里，染霜搏击挂千帆。
诗词逸性心灵美，书画陶情品格酣。风采依然康体健，一生潇洒节功全。

袁勤英（女）　湖北省洪湖市诗词楹联学会

湖南

奉和王莲芬大师八十生日感志诗

人生世路自多艰，斩棘披荆敢闯关。两袖清风廉曲谱，一身正气凯歌还。

轻飑翠柳输芳馥，怒放红梅斗雪寒。书画诗词皆拍案，伫看笔底泛文澜。

朱海清　原湖南衡山县人大常委会主任。中华诗词学会会员，衡山县诗词学会名誉主席

原玉奉和王莲芬诗老《八十生日感志》

游艺何辞筚路艰，喜闻巾帼唱阳关。云龙入海凭吞吐，天马行空任往还。
柳絮才华登大雅，梅花品骨傲高寒。纵横捭阖如椽笔，涤浊扬清势卷澜。

曹百灵　中华诗词学会会员，湖南衡东县政协委员，衡阳市医院副主任医师

次原玉奉王莲芬师长《八十生日感志》

亭亭玉立洁知艰，漫漫涟漪沁骨关。劲伞粉拳当众举，香羔珠曜迓君还。
铿锵赋韵人称羡，蕴藉风徽自御寒。笔底春雷声迭起，莲芬四溢泛清澜。

彭月桂　湖南衡山县人民医院

次韵奉和王莲芬《八十生日感志》

高官显位恤民艰，公正廉明把好关。倒海翻江枯朽毁，乘风破浪凯旋还。
千金骏骨非凡举，两袖清风不畏寒。胜利征程多美景，挥毫拨墨壮波澜。

周仲生　湖南祁阳县浯溪镇

注：千金骏骨，《战国策·燕策一》燕昭王求贤，郭隗用买马作喻，不惜高价以买良马。谈话中所用“千金骏骨”喻为重金买良马。借此比喻招纳杰出人才。

次韵王莲芬先生(邀和诗)

少欲凌云步履艰，只因前路尽难关。晚逢盛世欣堪慰，早失芳华去不还。
往事何须回首忆，此心无悔只身寒。新秋捧读阳春曲，信笔临池附翠澜。

郑志龙　恭贺湖南省汨罗市

奉和王莲芬吟长《八十生日感志》

人生道路自知艰，雨雨风风勇闯关。四海纵横挥主笔，五经指掌舞歌还。
清风两袖诚可敬，正气一身乐月寒。立说著书存万代，兴来盛事起波澜。

赠王莲芬诗家

王氏诗词千百篇，奇葩香溢艳阳天。文坛兴旺春常在，留得华章佳世间。

李仕武　湖南洪江市计划生育局，著有《镡成吟草》、《铁山诗词》

四　川

敬和莲芬女史《八十生日感志》

少年荜路藐时艰，跃马飞驰百二关。数载沙场怀志远，八方韶乐庆生还。
诗书画韵频趋热，松竹梅魂自耐寒。大好春光人不寐，只缘心底涌狂澜。

革命方知创业艰，故园情势总攸关。横行四害飞灰灭，久别双珠得意还。
坚信前程将更美，诚希众士再无寒。春风最解骚坛事，永助生花笔底澜。

罗大千　四川泸州市诗书画院

步原韵和王莲芬先生

金阶初步说时艰，六十年来几度关。姓社姓资常困扰，卅前卅后两回还。
华堂献策君知暖，旅店忧民我斗寒。吾辈此生真有幸，何当与国共波澜?

邓天宇　泸州市老干部诗书画研究会、第五届理事会秘书长

敬和王莲芬女士《八十生日感志邀和》韵

少怀壮志斗辛艰，巾帼雄鹰遨碧天。九万里风霄际卷，六钧弓力凯歌还。
华堂玉液应无愧，热血丹心岂有寒。八秩登高迈新步，骚风骤起弄狂澜。

李泳林　四川省雅安市

敬奉王莲芬前辈

少年厉志济时艰，舍死忘生赴险关。赤帜临空红日出，青春跃马凯歌还。
功成不伐枢机贵，趣雅何辞笔砚寒。诗书画名播宇内，尤期墨海泛文澜。

靳朝济　泸州市人民政府

六十感怀 步王莲芬女史《八十生日感志》韵

百味人生步履艰，几回涉险悟玄关。迂夫老去叹无用，机会难留呼不还。
已解浮云如富贵，最钦劲节耐贫寒。闻雷得道终非晚，闲待江桥观碧澜。

苏金华　泸州市诗词学会

奉和王莲芬女士《八十生日感志》步原韵 祝王莲芬女士杖朝寿辰

情豪岂记世时艰，纵马驰驱越险关。气贯九霄阴雾散，志酬四海凯歌还。
西山红叶怀先哲，南苑梅花扮嫩寒。应趁夕阳风景好，馀霞成绮助安澜。

人生感悟

人生风雨路途艰，涉水登山踏险关。壮志未酬仍奋进，长城不到官思还。
常钦英杰胸襟热，鄙视强梁血液寒。迈步长征频注目，琼楼田舍有波澜。

钟定维　泸州市诗书画院、诗人 著有《溅玉集》

步韵和王莲芬女士感志诗

巾帼征途不惧艰，腥风血雨闯千关。披荆斩棘赢称颂，昂首欢歌庆凯还。
久处中枢人敬仰，几经恶浪胆犹寒。多才多艺勤挥洒，寡欲清心赏碧澜。

程　文　本名程树富，四川雅安市《雅风》主编

敬和王老八十生日感志 兼述怀

年少远游未许艰，浩然意气越重关。帝京峻阙铜驼老，蜀客沧江孺子还。
慢道升平歌盛世，亦当慷慨解孤寒。人间犹自多风雪，吾辈正须挽狂澜。

王林晚 小友　四川泸州四中

应邀步韵致王莲芬女史（二首）

峥嵘岁月路多艰，海上惊涛岭上关。咏志曾随龙奋起，忘机却共鸟飞还。
重开境界栖三绝，更立梅松傲九寒。国有风流人一代，心潮我亦万千澜。

莫话围城百事艰，迎头朗日过来关。仙葩悦目开而放，艺苑随心往复还。
最喜行吟天地阔，已成追忆雪霜寒。遐龄比作江河水，尚待长风卷巨澜。

鲁功洲　四川泸州市诗词学会

广　东

和王会长七律一首并祝八十大寿

共襄盛事恍如前，又见如椽谱巨篇。笔走龙蛇情切切，胸怀社稷意拳拳。
经霜盏菊香犹远，浴雪苍松情更坚。锦绣鹏城花正好，浅吟低唱做神仙。

孙　力　深圳市金斯泰投资发展有限公司董事长

人生写意

——敬和北京王莲芬方家《八十生日感志》

不经一堑不知艰，憧憬面前近险关。破土擎天龙角志，凌空击雨梦中还。
投炉煅出青锋胆，史海钩沉傲雪寒。丝路千年尘涤后，一支衰笔扫波澜。

蔡英豪　广东　中国国学学会名誉会长，澄海文博研究会主席，有诗集《癸藜禹心雨》

敬和王莲芬方家《八十生日志》原玉

世道轗轲岂惧艰，唯凭赤胆闯山关。荆途千里驹驰急，霜月满肩人倦还。
梦近天庭春色美，魂临宫阙碧虚寒。先忧后乐铭心腑，慷慨挥毫泪汍澜。

王永豪　广东中华诗词学会会员、澄海文博研究会会员，
曾任澄海楹联学会理事。著有《雨后寸心集》

和北京王莲芬女士

沧桑历历识时艰，坎坷前程处处关。壮志长存无反悔，仙山未到不思还。
花开更觉春风暖，叶落始知秋水寒。商海浮沉何所似，轻舟一叶闯波澜。

黄松坤　广东　中华诗词学会会员，著有《白云诗词》

奉和北京王莲芬先生《邀和诗》

春风得意未知艰，立地顶天藐闯关。并驾齐驱形势转，与时俱进凯歌还。
惊涛骇浪萦怀念，细草柔茵问暖寒。人到暮年如梦觉，难平方寸息波澜。

陈开明　汕头澄海

广　西

应王莲芬女士八十生日感志邀和

世路崎岖事事艰，敢于面对破难关。青云散逸层波幻，正气纵横奏凯还。
久住冰天方晓暖，常临暑地不知寒。为何要唱人间曲，瀚海时清更起澜。

黄德平　广西南宁市

奉和王莲芬女诗家《八十生日感志邀和》诗

豆蔻华年历苦艰，黉门闺秀勇攻关。十年尘浊春光逝，雨后莲芳燕转还。
首府御园日渐暖，红墙人事忆犹寒。红霞唱晚和谐调，不废文江漫起澜。

许鸣玲　广西南宁市

原玉敬步北京王莲芬女士《八十生日感志》

几过风云未虑艰，逸情耄寿忆登关。身经雨雪迎春到，史策功勋奏凯还。
启户栽花欣岁暖，临窗洗砚去冬寒。高吟漫绘人生戏，玉面丹心映碧澜。

廖家驹　广西桂林

宁　夏

敬贺莲芬老师八十寿辰

早岁从戎不畏艰，建功敌后越重关。大鹏唧志冲霄去，战马征尘奏凯还。
烟雨楼头日色暖，雪山边哨剑光寒①。期颐更待惊人句，一引长虹卷巨澜。

孔凡广　宁夏石嘴山矿职工

注：①引自莲芬老人《烟雨楼诗》、《咏雪山雪莲词》。

福 建

敬和王莲芬女士“八十生日感志”原玉

励志躬行不计艰，奔波劳碌叩难关。乘风破浪迎潮上，致远钩深踏月还。
心有灵犀唯送暖，胸怀慧火尚驱寒。新交旧雨嘤鸣盛，览胜探奇醉碧澜。

许宗明　福建闽清县

和王莲芬《八十生日感志》

人生到老始知艰，羡慕青年勇闯关。志大心雄劲头足，功成名就凯歌还。
吟山咏水酬亲友，炼字求精忘暑寒。子孝孙贤家境美，邀游韵海搏波澜。

黄德浓　福建省诗词会会员，闽侯县瀛洲诗社社长

步韵和北京王莲芬女士《八十生日感志》

征程何必计维艰，米寿期颐勇闯关。劳碌八旬求绩著，清风拂袖凯歌还。
灯前赋韵酬亲友，纸上腾蛟东暑寒。唯物唯心随政治，眼观猫鼠起波澜。

吴玉海　福建莆田市

王莲芬先生《八十生日感志》原玉敬和

雄心壮志胜难艰，漫漫途程已闯关。展翅大鹏凌宇舞，奋蹄良骥嘶风还。
曾驹要位人称颂，显现豪情不觉寒。耋耄吟坛擎大纛，鲜明文采涌斑斓。

陆琪灿　福建柘荣教师新村

陕 西

和王莲芬八十生日原玉

早岁哪知世事艰，半生碰壁度难关。蹉跎岁月韶华去，焚膏继晷鹤发还。
拍马溜须他富贵，为人做嫁我贫寒。红尘多少不平事，笔底狂飚卷巨澜！

阎凤仪　陕西户县

和王莲芬《八十生日感志》原玉

去路崎岖岂计艰，盛春健步闯雄关。遍寻芳翠鹍鹏逐，尽历风霜鞍马还。
玉圃年营红日暖，琼田日守碧空寒。迎来耄岁焕神彩，笔底玑珠涌似澜。

裴智　西安市

安徽

和北京王莲芬女作家先生（八十生日志感）

中华开放路多艰，奥运宏图已过关。我国坦诚和世界，穷邦欠债不追还。
先生参政声名洁，丹桂飘香秋色寒。我爱铜陵称八宝，东坡太白拓文澜。

杭钟灵　安徽铜陵县粮局离休干部定远籍99岁

敬和王莲芬诗长“八十生日感志”原玉

当年拼搏济时艰，引领文坛迈翰关。投入身心开教化，丰登硕果保收还。
诗词冶性陶康泰，书画凝神绘暑寒。盛世舒怀歌晚景，期颐婆焕对晴澜。

84岁老拙唐礼维拜　安徽枞阳人、退休干部，中华诗词学会会员，有诗词联曲两千余提次，并多次获奖和授予荣誉称号，业绩入选多家诗词艺术典籍。

王莲芬诗家：

昨于《炳烛诗书画》拜读先生大作《八十生日感志》，并见君“邀和”二字。为襄雅兴，不辞浅陋，奉和一首呈政。

诗　曰

怀才入仕济时艰，国计民生事事关。感志豪吟多仰止，绕梁清韵几回还。
闲居盛世春常暖，纵上高峰胆不寒。待晋期颐抬望眼，尧天婺焕灿文澜。

八二叟　汪元亮　敬颂　安徽省南陵县

奉和北京王莲芬女史八十生日感志

英雄仕路亦多艰，卓越豪情破曲关。执政为民常哺吐，宵衣旰食任劳还。
中枢文化开新页，百业腾飞湔旧寒。盛世和谐人未老，心宽体健气如澜。

浩然正气涤辛艰，耿耿丹忱藐视关。椽笔著书酬素愿，抒怀立意达标还。
藏珍入馆名尤显，解组高薪君不寒。八秩开筵庆华诞，亲朋祝嘏赞声澜。

另赠一联庆贺华诞

海屋添筹，寿比南山松不老；杖朝初度，福如东海水长流。

施维湘（现年八十有二）安徽省枞阳县

步和王莲芬老部长《八秩生日》原玉

万事开头起步艰，征程八十闯雄关。年轻砺志凌云去，岁迈归休衣锦还。
三绝文才赢盛誉，一身梅骨傲严寒。晴霞放彩挥余热，妙笔生花出巨澜。

任永年　历任中、小学教师，中学总务主任，中心小学校长，小学高职，天长市教育世家。现为中华诗词学会会员、安徽省炳烛诗书画联谊会会员、天长市诗词学会会员。

敬和王莲芬部长“八十生日感志”

欣闻八十喜辰庆，从政清廉众目弁。花培园圃赏芳秀，无瑕美玉向岚还。
香含诗韵祥云拌，珠泻荷塘光月寒。福禄峥嵘人未老，知音向念逞涛澜。

程天畏78岁敬和　安徽淮南老年大学

原玉遥和王莲芬女史“八十生辰感志”

老退方知仕路艰，也曾风雨过重关。如烟往事成追忆，似锦华年不复还。
统战文階人敬仰，丹心砥砺自经寒。声名遐迩誇巾帼，八秩赋诗思涌澜。

唐润生　安徽天长市退休教师

王老吟长：

喜读《炳烛》刊登大作，《八十生日感志邀和》，不揣冒昧，妄自班门弄斧，依韵凑成俚句见寄，恭请郢政！

阅世恒思岁月艰，八旬祝嘏动江关。英年励志酬衷愿，皓首推贤衣锦还。
望重文坛播盛誉，自持高洁敌严寒。扬芬国学雕龙管，玉轴涛笺卷巨澜。

吴明桂　安徽桐城

步韵奉和
王莲芬女史《八十生日感志》

少年阅世闯江山，老去三奇扣玉关。墨羡二王开笔阵，诗追双李夺标还。

锦衣广厦期民富，学海扬帆岂独寒。八十回头无缺憾，闲来妙笔绘晴澜。

周孝杰　安徽合肥市　著作有《飘蓬集选》

注：三奇：指莲芬女史工书、精画、诗臻妙境，集三绝于一体，实为三奇之谓。

和王莲芬老师，〈感志〉二首

巾帼雄心为国殚，栉风沐雨历途艰。浊尘乱世承天命，戎马金戈荣桂冠。
紫禁城中黎庶敬，昆明湖畔水云岚。回归故里犹勤奋，耄耋之年吟笔酣！

王老方惊多所悟，莲开秋令溢温馨。芬香飘逸百花羡，八秩抒情文韵吟。
十锦诗词歌盛世，生津书画飨知音。日晖夕照丹霞满，志赋沧桑醒世人。

索凤山　安徽明光市

敬和王莲芬女士《八十生日感志》原玉（集唐）

一簇林亭返照间（韦庄），碧流潜伏跃龙关（李绅）。
江头斑竹寻应遍（姚合），洞里丹砂自采还（姚合）。
灭烛何曾妨夜坐（章碣），倾壶不独为春寒（章碣）。
唯君最爱清狂客（杜甫），日泛仙舟醉碧澜（李群玉）。

苏自宽　安徽巢湖市苏湾镇

步北京王莲芬女史《八十生日感志》原玉

人生际迂历时艰，谨慎言行趋势关。白首羞惭抒意气，青春耽误孰回还？
风吹难冷丹心热，手暖方知铁索寒。回顾平生多感慨，劫尘惊梦笑狂澜。

李　幸　安徽繁昌县诗词学会

为王莲芬吟长女士八十生日感志和诗二首

乌云密布乱华天，铁骨忠魂著国篇。破碎山河沤沥血，风寒雨露战天边。
新朝立世功勋杰，热血洗身正气岚。宏业留芳融盛世，浓香墨迹润心田。

贫生世袭种田艰，誓跳农门觅墨关。风雨扬尘为中举，山乡小道育人还。
为民仆教灵魂美，敬业荣归祛旧寒。精彩人生则省悟，鹏程骏马浪涛澜。

汪金保　安徽省当涂县姑孰镇

次韵王老部长《八十生日感志》原玉
征程回忆

疆场驰骋乐无艰，比武砺兵争过关。踏遍江南军鼓震，扫平敌穴凯歌还。
追求解放行为志，散发归来情不寒。盛世家园山水秀，小康阔步湧新澜。

王仲杰　安徽省枞阳县　普通一兵

和王莲芬吟长

世路迢迢步履艰，身经坎坷度山关。挥戈跃马天门闯，成败是非日夕还。
心系红旗随火热，风摧落木抱冰寒。深宵细省生平事，心底无私不起澜。

卫道明　安徽省当涂县第一丝织厂

奉和八十生日感志诗

名门子弟步维艰，不是雄豪不斩关。脚踏风雷金榜上，身沾雨露锦衣还。
先师示范心潮暖，后学临摹胆水寒。过眼烟云留记忆，诗书济世逐文澜。

周友成　安徽省岳西县政府

原玉奉贺王莲芬女士《八十寿辰》

青年树志历辛艰，碧血丹心踏险关。叱咤风云龙起跃，翱翔霄汉凤飞还。
晚凋黄菊凌霜灿，不老苍松耐岁寒。伏枥犹怀千里志，笔耕潇洒涌波澜。

韩序龙　安徽天长市安乐镇政府党委书记、省人大代表

韵和王莲芬女诗人《八十生日感志》

有志竟成莫畏艰，排除险阻力攻关。创新开拓千秋业，破浪乘风万里还。
鸾凤鸣梧迎日丽，龙泉悬壁射光寒。须知女子多英杰，巾帼名流起壮澜。

张少奇　安徽天长市安乐镇建华小学

和王莲芬八十生日感志原玉

早年未解世途艰，入伍方知难闯关。茹苦含辛思奋进，栉风沐雨咏而还。

披荆斩棘情犹炽，激浊扬清胆不寒。莫道馀年无大用，敢挥翰墨遏狂澜。

符皓东　安徽怀远县政协

次韵奉和王莲芬诗长《八十生日感志》

坎坷行程步履艰，犹凭信念度重关。无情风雨头难举，有限年华天不还。
盛世欣逢向日暖，穷陬偶感背阴寒。幸哉施治人为本，海靖狂涛川靖澜。

马云骧　安徽省濉溪县中学

原韵奉和王君莲芬诗人《八十生日感志》

耄耋斯文不畏艰，奇葩三绝漫阳关。封疆固域须眉出，数典耘经巾帼还。
犹慕和谐娱晚景，尽忘风雨历春寒。抚今追昔抒胸志，略试毛锋壮阔澜。

王汉文　安徽省天长市铜城镇离休干部

原玉敬和北京王莲芬诗家八十生日感志

青春壮志不知艰，万丈豪情闯险关。北战南征烽火举，千锤百炼凯歌还。
权高应晓堪称羡，位显当知不胜寒。往事如烟今有悟，诗思似海卷波澜。

宁锐南　安徽铜陵市五松新村

依韵奉和王莲芬八十生日感志

邀和佳章吾感艰，才疏学浅未通关。心犹孺子愚中习，人到桑榆馀热还。
世味尝多终觉浅，山风吹惯不知寒。方城烟酒无缘分，惟爱笔端卷细澜。

八十征程步履艰，钦君学术屡攻关。挥毫书画兴华夏，泼墨诗词振宇寰。
花卉艳妍蜂蝶绕，柏松节耐雪霜寒。今朝喜祝南山寿，敬献芜言表寸丹。

叶　机　安徽省天长市新街镇卫生院

读王莲芬女史《八十生日感志》次韵四叠

足历杖朝知路艰，如虹英气越雄关。锺灵毓秀匡时出，骥子龙文报国还。
玉宇能瞻风岸净，琼楼何叹带衣寒。生辰感悟抒情愫，染我心头笔底澜。

踏破红尘往蜀艰，秦时明月汉时关。云涛正涌翅方劲，风鬣犹披征未还。
万里沧浪波濯足，一腔豪迈力推寒。耄年不老青春愿，又把心潮接海澜！

风程兼雨乐兼艰，才女扫眉出故关。事理词坛弘国学，心连统战促台还。
鹅偿经墨堪佳话，鸭戏春江不觉寒。风雅儒流诗一首，八方和韵簇清澜！

人生有路历辛艰，白发回眸过五关。云月悠扬心志远，埙篪高奏凯歌还。
情牵旧履春常在，誉满京华岁未寒。水浴青莲芬碧海，龙咏盛世怎安澜！

钱奕和　安徽省桐城市吕亭镇石南初中教师

敬贺王莲芬老部长《八十生日》喜逢奥运

年逢奥运喜人间，岁值生辰越寿关。盛会家欢同吉庆，时和世泰乐暄寒。
五环绚丽迎风舞，双百金牌获冠还。大业千秋新纪实，中华儿女壮波澜。

骆纯祚　安徽天长市

依韵奉和王莲芬吟长《八十生日感志》

人生八十历多艰，风雨兼程闯险关。拼搏征途烟雾散，欢呼胜利凯歌还。
孙贤子孝无穷乐，海阔天高不觉寒。笔走龙蛇抒美景，夕阳无限赏晴澜。

闫玉明　合肥

奉和北京王莲芬女士《八十生日感志》原玉

自古英雄耐苦艰，伟哉巾帼越难关。诗情画意无挑剔，国计民生有往还。
彩凤栖梧因识广，腊梅遇雪不知寒。桑榆晚景逍遥乐，祝愿乘风破浪澜。

杨纲五　皖省天长市汊涧镇于洼中学

次韵奉和王莲芬女士《八十生日感志》

青春奋志赴时艰，龙马精神勇闯关。历尽风烟征战苦，迎来胜利凯歌还。
共和兴造民欢悦，左祸滋生世气寒。劫后逢春重抖擞，如在天步泛新澜。

齐倞天　安徽天长市

奉和北京王莲芬女士《八十生日感志》

革命溶炉耐苦艰，人生漫道亘重关。八旬八斗诗风雅，十美十全书不凡。
暑夏炎飙忘却热，严冬凛雪不知寒。精神矍铄堪尤健，祝愿期颐定可攀。

虞乃汜　安徽天长市泌涧镇于洼信用社

步韵和王莲芬吟长《八十生日感志》

云途求索履时艰，巾帼华年万里关。一代江山英气撼，半生权位夕阳还。
斧镰旗帜荣辉暖，宦海风烟恶雨寒。松寿豪情歌舜日，挥毫举世大波澜。

高　歌　皖铜陵市长江西村

祝福著名诗人、书画家王莲芬老人八十寿辰（有感而作）

八十高龄称奇能，锦绣文章盖当今。中华儿女齐赞颂，名扬四海震乾坤！

附敬赠联一副

上联：莲花永放洁白芬芳飘宇宙
下联：诗画著名赞誉颂歌震乾坤

荣树林　安徽庐江泥河镇中

奉和王老莲芬诗长八十生日感志

敢闯征途履步艰，英资文萃出乡关。襟怀犹忆雄心向，志感难忘戎马还。
露润牡丹徵富贵，雪浸梅萼傲清寒。寿图云卷南山笔，泼墨风兴东海澜。

陶能中　安徽庐江泥河镇

依原玉奉和王莲芬《八十生日感志》

人生起步克时艰，万里征途利夺关。笔有空灵天马疾，志存高远凯歌还。
闻鸡起舞晨曦暖，尝胆卧薪夜露寒。回报上苍终有应，诗书艺海泛波澜。

王　真　安徽霍邱县孟集中学

奉和王莲芬同志《八十生日感志》

英年世事不知艰，万里奔波几涉关。弹雨枪林难叙述，清风暖日喜归还。
和谐社会安温暖，道义文章识冷暖。是是非非无所悟，闲情逸兴启波澜。

汪 洋　安徽省太湖县太湖诗词学会

七律二首
——依王莲芬大姐《八十生日感志》韵 奉和

莲芬大姐竞扬鞭，风雨沧桑历苦甜。练就三栖同侪羡，流芳四海后人传。
须眉低叹身多险，巾帼高吟心无舛。君在华堂曾虑否？如今国泰保平安。

总角之年志向鲜，沧桑泪眼别华年。从心喜看神州号，耄耋欣观赤县天。
九秩登高书拙律，期颐作画拓新关。如今思绪犹飞鸟，海阔天高任自攀。

张振中　安徽省肥西师范学校

次玉王莲芬先生《八十感志》

壮怀岂惧世途艰，出道拿云功隘关。竭尽身心播以寄，持恒搏比刘应还。
坎坷一路疑春艳，结彩三秋泯恨寒。未叹韶华销逝急，人生胆识最夷澜。

楚都子　安徽寿州

原玉奉和王莲芬女士《八十生日感志》

玉骨冰肌处世艰，毕生砺志越重关。三千蜀道酬心迹，八十风云扛纛还。
高阁能观天外事，虬枝何虑晚归寒。华年若许玻璃镜，欲驾轻舟逐海澜。

吕克达　安徽省太湖县公路分局

和王莲芬女士《八十生日感志》

雨雨风风世事艰，曾经奋力破重关。华堂四季匆忙过，统战双方奏凯还。
笔走龙蛇鸾凤舞，诗讥丑恶鬼神寒。欣逢八秩身犹健，妙手丹青写海澜。

方明海　安徽省安庆市宜秀区人民法院

敬和王莲芬女士《八十生日感志》

情疑耄耋倍悠然，历尽沧桑眼界宽。旷野寻悠添雅兴，重楼议政论清廉。
挥毫有致含芳意，泼墨无瑕著锦篇。时事和谐人奋志，庆成“三绝”乐尧天。

丁轶群　安徽省明光市涧溪镇

黑 龙 江

和王莲芬先生《八十生日感志》

人生之路远而艰，我幸行来易过关。贪坐学堂承久助①，渐成本领欲多还。
有谋尽力心增热，无愧竭诚胆不寒。岗退职离勤手脚，愿将馀热作微澜。

①我靠党和国家发的“人民助学金”读书至大学毕业，从而获得为社会工作的、为人民服务的幸福，此情终生人敢忘。

唐俊生　黑龙江省贸易经济学校退休教员

奉和王莲芬先生

中华历史五千年，战乱灾荒断复连。唐汉初期民乐业，宋清末代心相缠。
饥肠辘辘茹糠饼，病体恹恹乏药钱。今日吾侪康且饱，寿长能不颂尧天。

彭肇国　黑龙江大海林林业局老干办公室

敬和王老师《八十生日感志》诗原玉

虚怀若谷藐难艰，壮志凌云逾万关。勇上重霄探月返，奋潜沧海掣鲸还。
清风两袖驱炎热，朗日一肩御洌寒。耋耄更将神笔舞，滔滔翰墨涌波澜。

林秀彬　黑龙江

和王奶奶《八十生日感志》

少年不畏求学艰，只影片帆永闯关。斩浪劈波风里举，披星戴月雪中还。
琼浆玉液何足羡，陋室褐衣未晓寒。冠礼既加喜有悟，再教书海起波澜。

周金鹤　黑龙江鹤岗市鹤一中高三学生

云南

步王莲芬先生诗韵

婆娑世路本多艰，沉复直行闯雄关。秋夜沉沉心雨怨，明窗灿烂凤笙还。
嘤鸣四海和声众，缘结五洲忧庶寒。偶散奇花飞翠岭，滇波洱水起惊澜。

赵佳聪　云南师范大学教授

在整理各地邀和诗时，得知101岁高龄的安徽铜陵杭钟灵老先生也赐和诗，颇受感动，特敬赠《王莲芬诗书画集》致谢。杭老惠函如下：

莲芬先生：

书先信后，均已拜读详细。

老先生诗、书、画三绝，扬名中外，诚如冰心老先生题言：“像先生这样的全才现在少有。”时值中华60年的崛起，国泰民安。也敢说是新中国祥瑞之象征，非阳春白雪，宋玉片言所能尽其美也。

赐我宝书珍品，自当永远保留学习。

古人云：投瑶报桃，兹寄上铜陵特产一罐，可谓“山珍海味北京有，贡品生姜岂可无。”好了，以后再续。

敬祝福寿胜常，新春佳节虎啸龙吟！

老朽杭钟灵稿由小婿左保代书
2010年元月15日

答　谢

——庚寅新春赠余作年历敬表谢忱

余《八十岁生日感志》，已承蒙各地诗家赐和百余首。有耄耋老者，也有弱冠学子，尤令人感动的还有百岁开一的百龄前辈也欣然赋和，至为感谢！

兹值庚寅春节来临之际，赠上余之书画年历致谢并祝

新年好！

王莲芬

2010年元月于北京

酬王老首长赐虎年诗书画年历
欣读之馀感赋七律一首敬请指正

栉沐风霜数十年，南征北战勒燕然。
琼楼玉宇难留客，山水兰亭愿结缘。
解甲深怀诗书画，讲经远渡海洋天。
八旬尤健人生福，三绝堪称一代贤。

王仲杰敬呈　安徽枞阳县第二中学王晨东转交

2010年8月8日

编后记

赠王奶奶

非凡气宇惊云天，
灵辉①焉比挥毫灿！
雄心万丈凛然气，
世功名利任凭添！

俏俏敬上

很喜欢王奶奶的作品，尤其是书法和诗词，特赠此诗，以示崇敬之情！
非专业，喜好而已，王奶奶见笑，望奶奶能够喜欢！

注：①灵辉：太阳

上海文汇出版社在出版我的《诗文集》制作过程中，一位负责设计的少女高俏俏于2011年的“三八”妇女节这天给我发来了这首诗，我很喜欢和感谢。不仅是感谢她对我的这份真诚，而是感谢她对我们传统文化诗词、书法能够喜欢，虽然她尚未谙平仄格律，也饶有兴趣地写上几句……。原来人们总以为现在的年轻人对这些已不太在意，不会有多大兴趣或看不懂，恐怕要“断流”了，现在看来这一担心是多余的了，我很欣慰……愿将高俏俏这首小诗附在我这本《诗文集》中献给读者，也留作我的可喜的纪念。

八十一岁老人王莲芬于北京
2011年3月8日